诗词盛典（Ⅲ）

吕长春诗词盛典系列丛书

吕长春读写全宋词一万七千首（全四册）

第二十六函～第四十函

吕长春 著

中国书籍出版社
China Book Press

图书在版编目（CIP）数据

吕长春读写全宋词一万七千首. 三 / 吕长春著. --北京：中国书籍出版社, 2020.7

（诗词盛典. Ⅲ）

ISBN 978-7-5068-7892-0

Ⅰ.①吕… Ⅱ.①吕… Ⅲ.①词(文学)—作品集—中国—当代 Ⅳ.①I227.8

中国版本图书馆CIP数据核字(2020)第111840号

吕长春读写全宋词一万七千首. 三

吕长春　著

责任编辑	刘　畅　吴化强
责任印制	孙马飞　马　芝
封面设计	东方美迪
出版发行	中国书籍出版社
地　　址	北京市丰台区三路居路 97 号（邮编：100073）
电　　话	（010）52257143（总编室）　　（010）52257140（发行部）
电子邮箱	eo@chinabp.com.cn
经　　销	全国新华书店
印　　厂	三河市顺兴印务有限公司
开　　本	787毫米×1092毫米　1/16
字　　数	2600千字
印　　张	82.5
版　　次	2020 年 7 月第 1 版　2020 年 7 月第 1 次印刷
书　　号	ISBN 978-7-5068-7892-0
定　　价	1286.00 元（全四册）

版权所有　翻印必究

目 录

第二十六函

1. 张抡 …………3
2. 蝶恋花 …………3
3. 临江仙 …………3
4. 又 …………3
5. 西江月 …………3
6. 朝中措 …………3
7. 烛影摇红 上元 …………3
8. 浣溪沙 谢氏小阁 …………3
9. 霜天晓角 仄韵体 …………3
10. 又 平韵体 …………3
11. 点绛唇 咏春十首 …………3
12. 又 …………3
13. 又 …………3
14. 又 …………3
15. 又 …………4
16. 又 …………4
17. 又 …………4
18. 又 …………4
19. 又 …………4
20. 又 …………4
21. 阮郎归 咏夏十首 …………4
22. 又 …………4
23. 又 …………4
24. 又 …………4
25. 又 …………4
26. 又 …………4
27. 又 …………4
28. 又 …………4
29. 又 …………4
30. 又 …………4
31. 醉落魄 咏秋十首 …………4
32. 又 …………4
33. 又 …………5
34. 又 …………5
35. 又 …………5
36. 又 …………5
37. 又 …………5
38. 又 …………5
39. 又 …………5
40. 又 …………5
41. 西江月 咏冬十首 …………5
42. 又 …………5
43. 又 …………5
44. 又 …………5
45. 又 …………5
46. 又 …………5
47. 又 …………5
48. 又 …………5
49. 又 …………5
50. 又 …………6
51. 踏莎行 山居十首 …………6
52. 又 …………6
53. 又 …………6
54. 又 …………6
55. 又 …………6
56. 又 …………6
57. 又 …………6
58. 又 …………6
59. 又 …………6
60. 又 …………6
61. 朝中措 渔父十首 …………6
62. 又 …………6
63. 又 …………6
64. 又 …………6
65. 又 …………6
66. 又 …………7
67. 又 …………7
68. 又 …………7
69. 又 …………7
70. 又 …………7
71. 菩萨蛮 咏酒十首 …………7
72. 又 …………7
73. 又 …………7
74. 又 …………7
75. 又 …………7
76. 又 …………7
77. 又 …………7
78. 又 …………7
79. 又 …………7
80. 又 …………7
81. 诉衷情 咏闲十首 …………7
82. 又 …………7
83. 又 …………7

84. 又 …… 8	117. 水调歌头 …… 10	151. 又 …… 12
85. 又 …… 8	118. 又 …… 10	152. 又 荼蘼 …… 12
86. 又 …… 8	119. 瑞鹤仙 …… 10	153. 又 木犀十咏 带月 …… 13
87. 又 …… 8	120. 又 …… 10	154. 又 披风 …… 13
88. 又 …… 8	121. 又 …… 10	155. 又 照溪 …… 13
89. 又 …… 8	122. 满江红 戊戌除夕，己亥元日作 …… 10	156. 又 泡露 …… 13
90. 又 …… 8	123. 又 …… 10	157. 又 命觞 …… 13
91. 减字木兰花 修养十首 …… 8	124. 又 …… 10	158. 又 簪髻 …… 13
92. 又 …… 8	125. 又 …… 10	159. 又 熏沈 …… 13
93. 又 …… 8	126. 又 …… 10	160. 又 来梦 …… 13
94. 又 …… 8	127. 又 …… 11	161. 又 写真 …… 13
95. 又 …… 8	128. 水龙吟 又 …… 11	162. 又 怨别 …… 13
96. 又 …… 8	129. 多丽 又 …… 11	163. 西江月 …… 13
97. 又 …… 8	130. 念奴娇 …… 11	164. 又 侍儿初娇 …… 13
98. 又 …… 8	131. 又 …… 11	165. 青玉案 …… 13
99. 又 …… 8	132. 又 探梅 …… 11	166. 又 …… 13
100. 又 …… 8	133. 风入松 西湖 …… 11	167. 又 别朱少章 …… 13
101. 蝶恋花 神仙十首 …… 8	134. 又 …… 11	168. 昭君怨 亦名宴西园 …… 13
102. 又 …… 9	135. 又 …… 11	169. 四犯令 戊戌除夕 己亥上元自述 …… 13
103. 又 …… 9	136. 遥天奉翠华引 …… 11	170. 鹧鸪天 海棠 …… 13
104. 又 …… 9	137. 蓦山溪 戊戌夕己亥元 …… 11	171. 又 …… 14
105. 又 …… 9	138. 凤凰台上忆吹箫 …… 12	172. 又 芍药 …… 14
106. 又 …… 9	139. 又 …… 12	173. 又 还秋 …… 14
107. 又 …… 9	140. 又 咏梅 …… 12	174. 朝中措 双头芍药 …… 14
108. 二○一九年二月四日除夕 …… 9	141. 又 …… 12	175. 鹧鸪天 建康大雪 …… 14
109. 又 …… 9	142. 蝶恋花 …… 12	176. 朝中措 …… 14
110. 又 …… 9	143. 清平乐 又 …… 12	177. 又 …… 14
111. 鹊桥仙 己亥春联 …… 9	144. 又 …… 12	178. 又 …… 14
112. 春光好 …… 9	145. 玉楼春 …… 12	179. 又 元夕 自述 十三万诗词乃一气呵成之积 …… 14
113. 壶中天慢 …… 9	146. 又 …… 12	180. 又 …… 14
114. 侯寘 …… 9	147. 秦楼月 …… 12	181. 又 …… 14
水调歌头 题岳麓法华台 …… 9	148. 新荷叶 …… 12	182. 点绛唇 金陵鼓子词 …… 14
115. 又 …… 9	149. 菩萨蛮 湖上即事 …… 12	183. 又 …… 14
116. 浣溪沙 戊戌一己亥除夕 2018－2019 …… 10	150. 又 晚春词 …… 12	

目 录

184. 苏武慢（令）湖州 …… 14	218. 又 …… 17	253. 又 …… 19
185. 阮郎归 …… 14	219. 朝中措 …… 17	254. 点绛唇 …… 19
186. 又 小环赋 …… 14	220. 又 …… 17	255. 又 …… 19
187. 又 …… 14	221. 又 乘风亭 …… 17	256. 又 …… 19
188. 浪淘沙 …… 15	222. 又 …… 17	257. 又 …… 19
189. 踏莎行 元宵 …… 15	223. 又 …… 17	258. 又 西隐 …… 19
190. 又 寻梅 …… 15	224. 又 北京 …… 17	259. 秦楼月 咏睡香 …… 19
191. 浣溪沙 …… 15	225. 新荷叶 …… 17	260. 又 …… 19
192. 又 …… 15	226. 又 …… 17	261. 阮郎归 …… 19
193. 又 …… 15	227. 又 …… 17	262. 又 …… 19
194. 眼儿媚 寄易安 …… 15	228. 看花回 少年 …… 17	263. 又 自述 …… 19
195. 渔家傲 …… 15	229. 又 …… 17	264. 减字木兰花 …… 19
196. 又 小舟发临安 …… 15	230. 又 …… 17	265. 又 …… 19
197. 临江仙 …… 15	231. 菱荷香 …… 18	266. 又 …… 20
198. 又 同官招饮 …… 15	232. 垂丝钓 …… 18	267. 又 …… 20
199. 柳梢青 仄平两韵 …… 15	233. 又 …… 18	268. 又 …… 20
200. 又 …… 15	234. 谒金门 …… 18	269. 又 …… 20
201. 杏花天 豫章重午 …… 15	235. 又 …… 18	270. 鹊桥仙 …… 20
202. 江城子 …… 15	236. 又 …… 18	271. 又 秀野堂 正月 …… 20
203. 南歌子 自述 …… 15	237. 又 …… 18	272. 又 送客题长乐 …… 20
204. 瑞鹧鸪 …… 15	238. 又 …… 18	273. 又 二色莲 …… 20
205. 天仙子 …… 16	239. 又 …… 18	274. 菩萨蛮 …… 20
206. 醉落魄 夜静闻琴 古离别 16	240. 又 …… 18	275. 又 …… 20
207. 又 …… 16	241. 又 …… 18	276. 又 …… 20
208. 又 …… 16	242. 柳梢青 生日 仄韵 …… 18	277. 又 …… 20
209. 减字木兰花 …… 16	243. 又 平韵 …… 18	278. 又 …… 20
210. 鹊桥仙 和蔡子周 …… 16	244. 又 平仄叶韵 …… 18	279. 蝶恋花 别赵邦才席上 … 20
211. 赵彦端	245. 又 平仄叶韵 …… 18	280. 又 …… 20
醉蓬莱 酒 …… 16	246. 好事近 乘风亭 …… 18	281. 琴调相思引 …… 20
212. 满江红 荼蘼 …… 16	247. 又 …… 18	282. 又 …… 20
213. 又 赴鼎州席上作 …… 16	248. 又 …… 19	283. 杏花天 …… 20
214. 又 …… 16	249. 又 …… 19	284. 又 …… 21
215. 水调歌头 秀州 …… 16	250. 又 白云亭 …… 19	285. 浣溪沙 扇 …… 21
216. 又 …… 16	251. 又 腊梅 …… 19	286. 又 …… 21
217. 瑞鹤仙 …… 16	252. 又 …… 19	287. 又 …… 21

3

288. 又 …… 21
289. 又 …… 21
290. 又 …… 21
291. 虞美人 …… 21
292. 又 乘风亭 柳毅井 …… 21
293. 又 …… 21
294. 南乡子 …… 21
295. 又 …… 21
296. 又 读史 …… 21
297. 画堂春 容光堂 …… 21
298. 又 重阳 卜曰："等到来年黄花开，此时声名达帝畿" …… 21
299. 滴滴金 自述 …… 21
300. 青玉案 勉道琵琶人 …… 21
301. 沙塞子 …… 22
302. 临江仙 己亥年 …… 22
303. 又 英文印度尼西亚译为印度西面诸岛 …… 22
304. 鹧鸪天 白鹭亭 …… 22
305. 又 读史 …… 22
306. 又 寄贺知章 …… 22
307. 又 …… 22
308. 清平乐 …… 22
309. 又 …… 22
310. 眼儿媚 建安作 …… 22
311. 永遇乐 …… 22
312. 诉衷情 …… 22
313. 又 …… 22
314. 千秋岁 …… 22
315. 风入松 杏花 …… 22
316. 茶瓶儿 上元 …… 22
317. 祝英台 …… 23
318. 五彩结同心 …… 23
319. 瑞鹧鸪 寄李白 …… 23
320. 月中桂 送杜仲微赴阙 …… 23

321. 满庭芳 忆钱塘旧游 …… 23
322. 水龙吟 …… 23
323. 如梦令 …… 23
324. 又 …… 23
325. 蕊珠闲 …… 23
326. 念奴娇 十三体，一名，百字令，一名湘月 …… 23
327. 忆少年 酒 …… 23
328. 思佳客令 …… 23
329. 惜分飞 酒 …… 23
330. 绛都春 别张子仪 自述 23
331. 小重山 又 …… 24
332. 隔浦莲 《词律辞典》载为"隔浦莲近拍"。…… 24
333. 贺圣朝 …… 24
334. 念奴娇 建安钱交代沈公雅 24
335. 点绛唇 …… 24

第二十七函

1. 转调踏莎行 …… 27
2. 瑞鹤仙 …… 27
3. 看花回 …… 27
4. 好事近 …… 27
5. 贺朝圣 …… 27
6. 浣溪沙 与静夜思求格律 平一仄丨为记 …… 27
7. 又 …… 27
8. 菩萨蛮 又 …… 27
9. 眼儿媚 又 …… 27
10. 江城子 …… 27
11. 西江月 又 …… 28
12. 千秋岁 又 寄陈立夫"成败之鉴" …… 28
13. 虞美人 又 …… 28
14. 又 …… 28

15. 瑞鹧鸪 又 …… 28
16. 豆叶黄 又 …… 28
17. 念奴娇 又 …… 28
18. 水调歌头 又 …… 28
19. 清平乐 雪 …… 28
20. 临江仙 芙蓉 …… 28
21. 鹧鸪天 羊城十咏 萧秀 …… 28
22. 又 萧莹 …… 28
23. 又 欧懿 …… 28
24. 又 桑雅 …… 28
25. 又 刘雅 …… 28
26. 又 欧倩 …… 29
27. 又 文秀 …… 29
28. 又 王婉 …… 29
29. 又 杨阑 …… 29
30. 又 总咏 …… 29
31. 桃源忆故人 …… 29
32. 生查子 …… 29
33. 卜算子 …… 29
34. 生查子 …… 29
35. 喜迁莺 秋望 …… 29
36. 浣溪沙 己亥雪 …… 29
37. 王千秋 …… 29
贺新郎 石城吊古 …… 29
38. 沁园春 …… 29
39. 风流子 …… 29
40. 醉蓬莱 …… 30
41. 西江月 又 …… 30
42. 又 …… 30
43. 南歌子 …… 30
44. 虞美人 …… 30
45. 念奴娇 荷叶浦雪中作 …… 30
46. 青玉案 送人赴黄岗令 …… 30
47. 水调歌头 寄巴解 …… 30
48. 减字木兰花 …… 30

目 录

49. 风流子 …… 30
50. 忆秦娥 …… 30
51. 又 …… 30
52. 清平乐 …… 30
53. 贺新郎 …… 30
54. 好事近 …… 31
55. 又 …… 31
56. 虞美人 …… 31
57. 水调歌头 九日 …… 31
58. 菩萨蛮 荼䕷 …… 31
59. 蓦山溪 海棠 …… 31
60. 渔家傲 简张德共 …… 31
61. 念奴娇 水仙 …… 31
62. 生查子 …… 31
63. 又 …… 31
64. 又 …… 31
65. 又 …… 31
66. 又 …… 31
67. 又 …… 31
68. 又 …… 31
69. 解佩令 木犀 …… 31
70. 清平乐 …… 32
71. 忆秦娥 …… 32
72. 西江月 …… 32
73. 临江仙 …… 32
74. 浣溪沙 …… 32
75. 又 …… 32
76. 瑞鹤仙 十九体 …… 32
77. 又 …… 32
78. 满江红 赏心亭待月 …… 32
79. 感皇恩 酒 …… 32
80. 青玉案 又 …… 32
81. 醉落魄 又 …… 32
82. 桃源忆故人 …… 32
83. 水调歌头 赵可大生日 …… 32

84. 鹧鸪天 圆子 …… 33
85. 又 蒸茧 …… 33
86. 浣溪沙 货郎 …… 33
87. 又 …… 33
88. 好事近 …… 33
89. 喜迁莺 二十四体 可平可仄韵 …… 33
90. 又 …… 33
91. 满庭芳 二色梅 …… 33
92. 诉衷情 …… 33
93. 临江仙 又 …… 33
94. 浣溪沙 又 …… 33
95. 西江月 …… 33
96. 醉落魄 …… 33
97. 虞美人 和姚伯和 …… 33
98. 又 战国策 …… 33
99. 谒金门 …… 33
100. 又 …… 33
101. 点绛唇 …… 34
102. 又 …… 34
103. 又 …… 34
104. 又 …… 34
105. 又 …… 34
106. 水调歌头 又 …… 34
107. 瑞鹤仙 又 …… 34
108. 满江红 又 …… 34
109. 西江月 又 …… 34
110. 李吕 …… 34
111. 满庭芳 …… 34
112. 醉落魄 寄羊城中山大学严关绰 …… 34
113. 朝中措 …… 34
114. 又 …… 34
115. 鹧鸪天 寄情 …… 34
116. 前调 碧螺春 …… 35

117. 沁园春 叹老 寄先师满守诚都学礼 …… 35
118. 水调歌头 又 …… 35
119. 凤栖梧 又 …… 35
120. 点绛唇 又 …… 35
121. 调笑令 《词律辞典》载为调笑歌，黄庭坚体，单调三十八字，七句七仄韵 …… 35
122. 又 …… 35
123. 又 加字调笑 …… 35
124. 又 …… 35
125. 又 …… 35
126. 临江仙 又 …… 35
127. 青玉案 怀祖 …… 35
128. 陈从古
蝶恋花 飞机过巴新 …… 35
129. 姚宽
菩萨蛮 春愁 …… 35
130. 又 …… 35
131. 怨王孙 …… 35
132. 生查子 …… 36
133. 踏莎行 …… 36
134. 刘琪
满江红 …… 36
135. 黄格
水调歌头 …… 36
136. 汤思退
菩萨蛮 水月寺 …… 36
137. 张仲宇
如梦令 秋怀 …… 36
138. 李流谦
踏莎行 …… 36
139. 如梦令 又 …… 36
140. 醉蓬莱 …… 36
141. 小重山 又 …… 36

142. 青玉案 ……… 36	172. 洪惠英 会稽歌宫调女子 38	200. 又 ……… 41
143. 虞美人 ……… 36	减字木兰花 ……… 38	201. 六州歌头 渊明祠 …… 41
144. 点绛唇 ……… 36	173. 何作善 ……… 39	202. 瑞鹤仙 又 ……… 41
145. 感皇恩 又 …… 36	浣溪沙 ……… 39	203. 荔枝香近 ……… 41
146. 武陵春 又 …… 37	174. 刘之翰 ……… 39	204. 旧牌子近 ……… 41
147. 谒金门 ……… 37	水调歌头 ……… 39	205. 剑器近 ……… 41
148. 又 ……… 37	175. 周某 ……… 39	206. 木兰花慢 用韩干闻喜亭柱间韵。十七体 ……… 42
149. 又 酒 ……… 37	失调名 ……… 39	
150. 又 ……… 37	176. 太学诸生 ……… 39	207. 八声甘州 ……… 42
151. 玉漏迟 ……… 37	南乡子 ……… 39	208. 宴清都 ……… 42
152. 满庭芳 寄苏东坡 … 37	177. 仪珏 ……… 39	209. 倾杯近 ……… 42
153. 鹊人娇 又 …… 37	失调名 ……… 39	210. 长相思 《词律辞典》载为长相思慢五体。长相思九体无此体 42
154. 洞仙歌 ……… 37	178. 袁去华 ……… 39	
155. 卜算子 又 …… 37	水调歌头 雪 …… 39	211. 风流子 双 ……… 42
156. 水调歌头 江上作寄东坡 37	179. 又 登姑苏台 … 39	212. 浣溪沙 ……… 42
157. 于飞乐 ……… 37	180. 又 ……… 39	213. 侧犯 自述 …… 42
158. 西江月 为木犀作 … 37	181. 又 ……… 39	214. 贺新郎 ……… 42
159. 眼儿媚 中秋无月 … 37	182. 又 ……… 39	215. 红林檎近 林檎，相思树也 42
160. 朝中措 又 …… 37	183. 又 定王台 …… 39	216. 垂丝钓 又 …… 43
161. 千秋岁 寄秦少游 38	184. 又 ……… 39	217. 安公子 ……… 43
162. 虞美人 又 …… 38	185. 念奴娇 梅 …… 40	218. 蓦山溪 咏梅 … 43
163. 洪迈 ……… 38	186. 又 和人韵 …… 40	219. 一丛花 ……… 43
满江红 ……… 38	187. 又 自述 ……… 40	220. 雨中花 又为满路花 … 43
164. 临江仙 ……… 38	188. 又 ……… 40	221. 谒金门 ……… 43
165. 高宗梓宫发引三首 … 38	189. 又 ……… 40	222. 又 ……… 43
166. 六州 宋朝歌吹止有四曲，十二时，导引降仙台和六州。… 38	190. 水龙吟 雪 …… 40	223. 又 ……… 43
	191. 又 ……… 40	224. 又 ……… 43
167. 十二时 十二时慢 … 38	192. 又 ……… 40	225. 又 ……… 43
168. 踏莎行 ……… 38	193. 满庭芳 ……… 40	226. 又 ……… 43
169. 赵缩手 ……… 38	194. 又 ……… 40	227. 又 ……… 43
浪淘沙 ……… 38	195. 又 ……… 41	228. 金蕉叶 ……… 43
170. 张风子 ……… 38	196. 满江红 黄鹤楼 … 41	229. 又 ……… 43
满庭芳 牛 ……… 38	197. 又 滕王阁 …… 41	230. 又 ……… 43
171. 张珍奴 ……… 38	198. 又 岳阳楼 …… 41	231. 又 ……… 44
失调名 ……… 38	199. 兰陵王 ……… 41	232. 清平乐 ……… 44

233. 又 …………………… 44
234. 又 …………………… 44
235. 又 …………………… 44
236. 又 …………………… 44
237. 又 …………………… 44
238. 柳梢青 …………… 44
239. 又 建康 ………… 44
240. 又 长桥 ………… 44
241. 又 钓台 ………… 44
242. 又 …………………… 44
243. 菩萨蛮 …………… 44
244. 又 …………………… 44
245. 又 席上口占桃花菊 … 44
246. 又 …………………… 44
247. 思住客 《辞典无此》体，以格律为鹧鸪天 …………… 44
248. 又 …………………… 44
249. 又 七夕 ………… 45
250. 浣溪沙 …………… 45
251. 又 梅 …………… 45
252. 又 又 …………… 45
253. 山花子 侍姬 …… 45
254. 蝶恋花 …………… 45
255. 又 …………………… 45
256. 惜分飞 …………… 45
257. 又 …………………… 45
258. 鹊桥仙 …………… 45
259. 又 七夕 ………… 45
260. 诉衷情 又 ……… 45
261. 又 …………………… 45
262. 相思引 …………… 45
263. 又 …………………… 45
264. 点绛唇 登郢州城楼 … 45
265. 又 …………………… 45
266. 减字木兰花 梅 … 45

267. 又 灯下见梅 …… 46
268. 归字谣 …………… 46
269. 又 …………………… 46
270. 玉团儿 …………… 46
271. 青山远 …………… 46
272. 玉楼春 …………… 46
273. 踏莎行 自述 …… 46
274. 南柯子 苍桑 …… 46
275. 虞美人 悼词 …… 46
276. 忆秦娥 …………… 46
277. 长相思 …………… 46
278. 东坡引 …………… 46
279. 朱雍 梅词 ……… 46
如梦令 …………………… 46
280. 生查子 又 ……… 46
281. 点绛唇 又 ……… 46
282. 浣溪沙 …………… 46
283. 谒金门 梅 ……… 46
284. 好事近 …………… 46
285. 又 …………………… 46
286. 清平乐 …………… 47
287. 忆秦娥 …………… 47
288. 亭前柳 …………… 47
289. 又 别体 ………… 47
290. 又 别体 ………… 47
291. 十二时慢 ………… 47
292. 塞孤 ……………… 47
293. 八声甘州 ………… 47
294. 迷神引 …………… 47
295. 瑶台第一层 《词律辞典》载为赵顶词 ……………… 47
296. 西平乐 用耆卿韵，工于七遇韵 ………………………… 47
297. 梅花引 …………… 47

第二十八函

1. 笛家弄 …………… 51
2. 玉女摇仙佩 ……… 51
3. 晁公武 …………… 51
鹧鸪天 …………………… 51
4. 林仰 ……………… 51
少年游 早行 ………… 51
5. 邵伯雍 …………… 51
虞美人 赏梅月夜有怀 … 51
6. 黄中辅 …………… 51
念奴娇 …………………… 51
7. 满庭芳 题太平楼句 … 51
8. 郑闻 ……………… 51
瑞鹤仙 《词律辞典》无此体。以平仄韵和之，十一陌韵 …… 51
9. 刘望之 …………… 51
鹊桥仙 末三句 ……… 51
10. 如梦令 末三句 … 51
11. 水调歌头 ………… 51
12. 法常 ……………… 52
渔父辞 …………………… 52
13. 陆淞 ……………… 52
念奴娇 …………………… 52
14. 瑞鹤仙 …………… 52
15. 卓世清 …………… 52
卜算子 题徐仙亭 …… 52
16. 李结 ……………… 52
浣溪沙 …………………… 52
17. 西江月 句 ……… 52
18. 向滈 ……………… 52
水调歌头 ………………… 52
19. 念奴娇 十三体 … 52
20. 满庭芳 木樨 …… 52
21. 青玉案 …………… 52

22. 又 …… 52	57. 菩萨蛮 …… 54	89. 又 …… 56
23. 小重山 …… 52	58. 又 …… 54	90. 又 …… 56
24. 踏莎行 …… 52	59. 清平乐 …… 54	91. 又 …… 56
25. 蝶恋花 …… 53	60. 卜算子 寄内郭雅卿 …… 54	92. 又 …… 57
26. 临江仙 再到桂林 …… 53	61. 又 …… 54	93. 又 …… 57
27. 又 …… 53	62. 程大昌	94. 好事近 …… 57
28. 武陵春 藤州江月楼 …… 53	念奴娇 呈苏季真提举 …… 55	95. 又 …… 57
29. 阮郎归 …… 53	63. 浣溪沙 …… 55	96. 又 …… 57
30. 南乡子 白石铺 …… 53	64. 又 …… 55	97. 又 …… 57
31. 西江月 …… 53	65. 又 …… 55	98. 又 …… 57
32. 又 …… 53	66. 又 …… 55	99. 又 …… 57
33. 又 …… 53	67. 又 …… 55	100. 减字木兰花 …… 57
34. 又 …… 53	68. 万年欢 读史 …… 55	101. 念奴娇 示子 …… 57
35. 又 …… 53	69. 汉宫春 寄李广 …… 55	102. 南歌子 月 …… 57
36. 虞美人 临安客居 …… 53	70. 好事近 自述 寄程大昌 … 55	103. 又 …… 57
37. 又 …… 53	71. 减字木兰花 降高血压 …… 55	104. 又 …… 57
38. 南歌子 …… 53	72. 卜算子 园丁献海棠 …… 55	105. 点绛唇 …… 57
39. 点绛唇 …… 53	73. 感皇恩 …… 55	106. 万年欢 诗格 …… 57
40. 减字木兰花 …… 53	74. 又 …… 55	107. 水调歌头 上巳日领客上洛阳
41. 朝中措 …… 53	75. 万年欢 生日 …… 55	桥 …… 57
42. 忆秦娥 …… 54	76. 韵令 又 …… 55	108. 又 句 …… 58
43. 摊破丑奴儿 …… 54	77. 折丹桂 其献语曰"诗礼为家	109. 曹冠
44. 好事近 …… 54	庆,貂蝉七叶余,庭闱称寿处,童	江宫春 梅 …… 58
45. 点绛唇 …… 54	稚亦金鱼"忆鼎顶有鱼。又 …… 56	110. 凤栖梧 牡丹 凤栖梧者蝶恋
46. 阮郎归 …… 54	78. 水调歌头 …… 56	花也 …… 58
47. 如梦令 道人书郡楼 …… 54	79. 临江仙 弟生日词三首 …… 56	111. 又 兰溪 …… 58
48. 又 …… 54	80. 又 …… 56	112. 又 秋香阁 …… 58
49. 又 观音寺壁 …… 54	81. 又 …… 56	113. 又 寻芳 …… 58
50. 又 戈阳楼 …… 54	82. 好事近 又 …… 56	114. 夏初临 …… 58
51. 又 …… 54	83. 又 …… 56	115. 又 婺州郡圃 …… 58
52. 又 …… 54	84. 浣溪沙 又 …… 56	116. 又 …… 58
53. 又 …… 54	85. 万年欢 家乡寄燕滨妹 …… 56	117. 风入松 双溪阁观水 …… 58
54. 又 …… 54	86. 感皇恩 …… 56	118. 霜天晓角 清高堂看山 … 58
55. 长相思 …… 54	87. 又 …… 56	119. 又 荷花令 欧阳公欲霜天晓
56. 又 …… 54	88. 又 …… 56	角,每人一片荷花,末者饮 …… 58

目 录

120. 又 …… 58
121. 喜朝天 二体、平声。实踏莎行。绮霞阁 …… 59
122. 又 …… 59
123. 浣溪沙 柳 …… 59
124. 又 …… 59
125. 又 …… 59
126. 朝中措 茶 …… 59
127. 又 …… 59
128. 念奴娇 …… 59
129. 又 寄曹冠 …… 59
130. 又 …… 59
131. 又 …… 59
132. 西江月 秋香阁 …… 59
133. 又 …… 59
134. 又 巴布亚新几内亚吉科里村 …… 59
135. 水调歌头 自述 …… 59
136. 又 红梅 …… 60
137. 又 …… 60
138. 鹧鸪天 梦仙 …… 60
139. 好事近 岩桂 …… 60
140. 又 重阳游雷峰 …… 60
141. 又 灯火 …… 60
142. 兰陵王 …… 60
143. 宴桃源 游湖 …… 60
144. 又 …… 60
145. 惜芳菲 …… 60
146. 江神子 南园 …… 60
147. 蓦山溪 九日 …… 60
148. 又 鉴湖 …… 60
149. 又 …… 60
150. 又 …… 61
151. 又 …… 61
152. 东坡引 九日 …… 61

153. 水龙吟 梅 …… 61
154. 满江红 …… 61
155. 又 新疆考古队发现二千年前五星主华园 …… 61
156. 桂飘香 原名花心动 …… 61
157. 喜迁莺 二十四体，取平韵叶韵 …… 61
158. 八六子 寄杜牧 …… 61
159. 木兰花慢 …… 61
160. 柳梢青 …… 61
161. 哨遍 …… 61
162. 小重山 …… 62
163. 满庭芳 …… 62
164. 卜算子 …… 62
165. 粉蝶儿 …… 62
166. 临江仙 明远楼 …… 62
167. 浪淘沙 述怀 …… 62
168. 定风波 …… 62
169. 青玉案 …… 62
170. 使牛子 …… 62
171. 望海潮 …… 62
172. 葛郯 玉蝴蝶 …… 62
173. 念奴娇 …… 62
174. 又 …… 62
175. 洞仙歌 …… 63
176. 又 …… 63
177. 满庭霜 满庭芳 …… 63
178. 又 …… 63
179. 又 格林威治天文台以一铜板分地球东西两半球 …… 63
180. 又 一带一路 …… 63
181. 满江红 …… 63
182. 又 …… 63
183. 又 …… 63

184. 念奴娇 …… 63
185. 又 …… 63
186. 江神子 又 …… 64
187. 又 …… 64
188. 鹧鸪天 野梅示子 …… 64
189. 又 …… 64
190. 洞仙歌 灵霄 …… 64
191. 又 蓬莱 …… 64
192. 又 日本 …… 64
193. 水调歌头 …… 64
194. 又 运河 …… 64
195. 又 韩熙载 …… 64
196. 兰陵王 唐二十帝 …… 64
197. 柳梢青 平仄韵十二体 运河 …… 65
198. 又 …… 65
199. 朝中措 …… 65
200. 感皇恩 …… 65
201. 又 …… 65
202. 姚述尧 太平欢 …… 65
203. 满庭芳 …… 65
204. 念奴娇 唐宋词 …… 65
205. 又 …… 65
206. 又 九日作 …… 65
207. 又 …… 65
208. 又 …… 65
209. 水调歌头 …… 66
210. 又 七夕 …… 66
211. 又 酴醾 …… 66
212. 又 秩满告归 自述 …… 66
213. 洞仙歌 又 …… 66
214. 南歌子 九日 又 …… 66
215. 又 …… 66
216. 又 北京钢铁学院 …… 66

9

217. 又 …………………… 66	250. 又 …………………… 68	280. 满江红　中秋泛月太湖 … 70
218. 又 …………………… 66	251. 如梦令 ………………… 68	281. 喜迁莺　二十四体，取晏殊平
219. 又 …………………… 66	252. 又 …………………… 68	仄叶体 …………………… 70
220. 又 …………………… 66	253. 又 …………………… 68	282. 管鉴 ………………… 70
221. 又 …………………… 66	254. 点绛唇　兰花 ………… 68	念奴娇 …………………… 70
222. 又 …………………… 66	255. 又　扇 ……………… 68	283. 又 …………………… 70
223. 又 …………………… 66	256. 又　岩桂 …………… 68	284. 又 …………………… 70
224. 临江仙 ……………… 67	257. 又 …………………… 68	285. 又 …………………… 70
225. 又　重阳 …………… 67	258. 行香子　茉莉花 ……… 68	286. 水龙吟 ……………… 70
226. 又　雨中观瀑泉于白鹤僧舍 67	259. 朝中措 ………………… 68	287. 又 …………………… 70
227. 又　中秋夜雨 ………… 67	260. 南乡子　又 …………… 69	288. 水调歌头　又 ………… 71
228. 又 …………………… 67	261. 忆秦娥 ………………… 69	289. 又 …………………… 71
229. 又　九日 …………… 67	262. 丑奴儿 ………………… 69	290. 又 …………………… 71
230. 又 …………………… 67	263. 又 …………………… 69	
231. 又 …………………… 67	264. 醉落魄 ………………… 69	**第二十九函**
232. 浣溪沙 ………………… 67	265. 阮郎归 ………………… 69	
233. 又 …………………… 67	266. 归国谣 ………………… 69	1. 又　龙守沈商卿　三十年故交75
234. 又 …………………… 67	267. 又 …………………… 69	2. 又 …………………… 75
235. 又　渔父词 …………… 67	268. 好事近 ………………… 69	3. 又　夷陵九日 ………… 75
236. 鹧鸪天 ………………… 67	269. 又 …………………… 69	4. 又 …………………… 75
237. 又 …………………… 67	270. 石敦夫 ………………… 69	5. 满江红　国清寺 ………… 75
238. 又　雨 ……………… 67	临江仙　句 ……………… 69	6. 又 …………………… 75
239. 又　日日红 …………… 67	271. 甄龙友 ………………… 69	7. 又　巴布亚新几内亚共和国 75
240. 瑞鹧鸪　春过半，桃李飘零，	水调歌头 ………………… 69	8. 洞仙歌 ………………… 75
独海棠盛 ………………… 67	272. 南乡子　木状元 ……… 69	9. 又 …………………… 75
241. 西江月　忆故乡凉水泉与四弟	273. 贺新郎 ………………… 69	10. 暮山溪 ………………… 76
同寻 ……………………… 68	274. 霜天晓角　题赤壁 …… 69	11. 又 …………………… 76
242. 又　寄四弟 …………… 68	275. 范端臣 ………………… 69	12. 蝶恋花　禄清春义茂兄弟，妹
243. 减字木兰花 …………… 68	念奴娇 …………………… 69	燕滨 ……………………… 76
244. 又 …………………… 68	276. 又 …………………… 70	13. 定风波 ………………… 76
245. 又　千叶梅 …………… 68	277. 韦能谦 ………………… 70	14. 鹧鸪天 ………………… 76
246. 又 …………………… 68	虞美人 …………………… 70	15. 又 …………………… 76
247. 又 …………………… 68	278. 耿时举 ………………… 70	16. 又　致妻 ……………… 76
248. 又 …………………… 68	浣溪沙　忆乡 …………… 70	17. 又　致子女 …………… 76
249. 又　鼓子词 …………… 68	279. 又 …………………… 70	18. 又 …………………… 76
		19. 朝中措 ………………… 76

目 录

20. 又 …… 76
21. 又 …… 76
22. 又 立夏日观酴醾 …… 76
23. 柳梢青 十二体，或平或仄 …… 76
24. 又 …… 76
25. 好事近 …… 76
26. 又 …… 76
27. 又 寄妻 …… 77
28. 又 …… 77
29. 桃源忆故人 …… 77
30. 又 …… 77
31. 菩萨蛮 …… 77
32. 浣溪沙 …… 77
33. 又 …… 77
34. 又 …… 77
35. 又 …… 77
36. 醉落魄 …… 77
37. 又 …… 77
38. 又 …… 77
39. 又 …… 77
40. 生查子 杏花 …… 77
41. 虞美人 又 …… 77
42. 又 …… 77
43. 临江仙 …… 77
44. 又 雪 …… 77
45. 清平乐 …… 78
46. 点绛唇 多少？ …… 78
47. 又 …… 78
48. 酒泉子 二十五体，取平仄两韵 …… 78
49. 又 …… 78
50. 青玉案 …… 78
51. 阮郎归 …… 78
52. 木兰花 应为减字木兰花 …… 78
53. 西江月 …… 78
54. 又 …… 78
55. 鹊桥仙 …… 78
56. 如梦令 …… 78
57. 鹊桥仙 …… 78
58. 南乡子 张子仪席上作 沈阳北陵寄戈玛蒂 …… 78
59. 玉连环 《词律辞典》载一落索 …… 78
60. 吴徽 念奴娇 …… 78
61. 蓦山溪 …… 78
62. 满庭芳 …… 79
63. 又 …… 79
64. 虞美人 送益章赴会试 …… 79
65. 又 …… 79
66. 又 …… 79
67. 西江月 …… 79
68. 浣溪沙 星洲寺 …… 79
69. 又 范石湖 …… 79
70. 又 …… 79
71. 又 登镇楼 …… 79
72. 又 七夕竹洲 …… 79
73. 又 …… 79
74. 又 …… 79
75. 又 …… 79
76. 又 …… 79
77. 减字木兰花 …… 79
78. 又 …… 79
79. 又 …… 80
80. 又 …… 80
81. 念奴娇 …… 80
82. 又 …… 80
83. 又 …… 80
84. 西江月 又 …… 80
85. 浣溪沙 又 …… 80
86. 又 …… 80
87. 又 …… 80
88. 又 …… 80
89. 朝中措 又 …… 80
90. 陆游 …… 80
91. 赤壁词 …… 80
92. 浣溪沙 …… 80
93. 其二 …… 80
94. 青玉案 …… 80
95. 水调歌头 多景楼 …… 80
96. 浪淘沙 丹阳浮玉亭 …… 81
97. 定风波 十五体，见梅 …… 81
98. 南乡子 …… 81
99. 又 …… 81
100. 满江红 …… 81
101. 其二 …… 81
102. 感皇恩 立春 …… 81
103. 其二 …… 81
104. 好事近 寄张真甫恩垦安吉宏 …… 81
105. 其二 …… 81
106. 其三 …… 81
107. 其四 …… 81
108. 其五 …… 81
109. 其六 …… 81
110. 其七 …… 81
111. 其八 …… 82
112. 其九 …… 82
113. 其十 …… 82
114. 其十一 …… 82
115. 其十二 …… 82
116. 鹧鸪天 …… 82
117. 其二 葭萌驿 …… 82
118. 其三 …… 82
119. 其四 自述 …… 82

120. 其五　又 …………… 82
121. 其六 ………………… 82
122. 其七 ………………… 82
123. 蓦山溪 ……………… 82
124. 又　游三荣龙洞 …… 82
125. 木兰花　立春日 …… 82
126. 朝中措　梅 ………… 82
127. 其二　又 …………… 82
128. 其三　又 …………… 83
129. 临江仙 ……………… 83
130. 蝶恋花 ……………… 83
131. 其二 ………………… 83
132. 其三 ………………… 83
133. 钗头凤 ……………… 83
134. 清商怨 ……………… 83
135. 水龙吟 ……………… 83
136. 秋波媚　长安南山 … 83
137. 其二 ………………… 83
138. 采桑子 ……………… 83
139. 卜算子　咏梅 ……… 83
140. 沁园春　三荣横溪阁 …… 83
141. 其二 ………………… 83
142. 其三 ………………… 83
143. 忆秦娥 ……………… 84
144. 汉宫春 ……………… 84
145. 其二　又 …………… 84
146. 月上海棠　成都城南蜀主旧苑，尤多梅，二百年古木 …… 84
147. 其二 ………………… 84
148. 乌夜啼 ……………… 84
149. 其二 ………………… 84
150. 其三 ………………… 84
151. 其四 ………………… 84
152. 其五 ………………… 84
153. 其六 ………………… 84

154. 其七 ………………… 84
155. 其八 ………………… 84
156. 真珠帘 ……………… 84
157. 好事近 ……………… 85
158. 柳梢青　故蜀燕王海棠成都第一，今属张氏 …… 85
159. 其二　又 …………… 85
160. 夜游宫 ……………… 85
161. 其二 ………………… 85
162. 安公子 ……………… 85
163. 玉蝴蝶 ……………… 85
164. 木兰花慢 …………… 85
165. 苏武慢　别名选冠子，《词律辞典》为仄声词 …… 85
166. 齐天乐 ……………… 85
167. 又 …………………… 85
168. 望梅 ………………… 85
169. 洞庭春色 …………… 85
170. 渔家傲 ……………… 86
171. 绣停针 ……………… 86
172. 桃源忆故人 ………… 86
173. 其二 ………………… 86
174. 其三 ………………… 86
175. 其四　知多少 ……… 86
176. 其五　华山图 ……… 86
177. 极相思 ……………… 86
178. 一丛花　过中山陵寝 …… 86
179. 其二 ………………… 86
180. 隔浦莲近拍 ………… 86
181. 其二 ………………… 86
182. 昭君怨 ……………… 86
183. 双头莲　自述 ……… 86
184. 南歌子　别渝 ……… 87
185. 豆叶黄 ……………… 87
186. 其二 ………………… 87

187. 醉落魄 ……………… 87
188. 鹊桥仙 ……………… 87
189. 其二 ………………… 87
190. 其三　夜闻杜鹃 …… 87
191. 长相思 ……………… 87
192. 其二 ………………… 87
193. 其三 ………………… 87
194. 其四 ………………… 87
195. 其五 ………………… 87
196. 菩萨蛮　己亥二月初三与妹共渡于北京 …… 87
197. 其二　又 …………… 87
198. 诉衷情 ……………… 87
199. 其二 ………………… 87
200. 生查子 ……………… 87
201. 其二 ………………… 87
202. 破阵子 ……………… 87
203. 其二 ………………… 87
204. 上西楼　一名相见欢 … 88
205. 点绛唇 ……………… 88
206. 谢池春 ……………… 88
207. 其二 ………………… 88
208. 其三 ………………… 88
209. 一落索 ……………… 88
210. 其二 ………………… 88
211. 杏花天 ……………… 88
212. 太平时 ……………… 88
213. 恋绣衣 ……………… 88
214. 其二 ………………… 88
215. 风入松　寄陆游 …… 88
216. 真珠帘 ……………… 88
217. 风流子　（一名内家娇），风流子九体皆平韵。内家娇四体，三体平一体仄，非此体，故以平和之，作风流子 …… 88

目 录

218. 双头莲 …………… 89	247. 霜天晓角 …………… 90	失调名 和人春词·句 …… 92
219. 鹧鸪天 …………… 89	248. 阮郎归 …………… 90	280. 又 和人腊梅·句 …… 92
220. 蝶恋花 …………… 89	249. 浪淘沙 …………… 90	281. 范成大 …………… 93
221. 渔父 …………… 89	250. 朝中措 …………… 91	满江红 酒 …………… 93
222. 其二 …………… 89	251. 又 …………… 91	282. 又 …………… 93
223. 其三 …………… 89	252. 又 和欧阳 …………… 91	283. 又 …………… 93
224. 其四 …………… 89	253. 蝶恋花 送伎 …… 91	284. 又 …………… 93
225. 其五 …………… 89	254. 声声慢 岩桂 …… 91	285. 千秋岁 重到桃花坞 …… 93
226. 恋绣衣 …………… 89	255. 卜算子 寄东坡 …… 91	286. 浣溪沙 …………… 93
227. 采桑子 …………… 89	256. 西江月 …………… 91	287. 又 …………… 93
228. 水龙吟 …………… 89	257. 满江红 …………… 91	288. 又 …………… 93
229. 月照梨花 …… 89	258. 念奴娇 …………… 91	289. 又 …………… 93
230. 其二 …………… 89	259. 满江红 又 …… 91	290. 又 …………… 93
231. 夜游宫 …………… 89	260. 临江仙 …………… 91	291. 又 …………… 93
232. 如梦令 …………… 89	261. 感皇恩 柳 …… 91	292. 又 …………… 93
233. 解连环 柳毅井 …… 89	262. 周必人 …………… 91	293. 朝中措 立春大雪 …… 93
234. 大圣乐 应为沁园春仄体 89	朝中措 …………… 91	294. 又 …………… 93
235. 江月晃重山 雪 …… 90	263. 满庭芳 …………… 91	295. 又 …………… 93
236. 唐婉 …………… 90	264. 谒金门 …………… 92	296. 又 …………… 93
钗头凤 …………… 90	265. 点绛唇 …………… 92	297. 又 …………… 93
237. 陆游妾某氏 驿卒女陆游纳之，不及半年，夫人逐之。…… 90	266. 又 …………… 92	298. 蝶恋花 又 …… 94
	267. 又 …………… 92	299. 南柯子 又 …… 94
238. 王嵎 …………… 90	268. 又 七夜，赵富文出家伎小琼赋 …… 92	300. 又 …………… 94
祝英台近 …………… 90		301. 又 …………… 94
239. 夜行船 …………… 90	269. 朝中措 …………… 92	302. 水调歌头 …… 94
240. 贾逸祖 …………… 90	270. 又 嘲 …………… 92	303. 又 燕山九日 …… 94
朝中措 …………… 90	271. 醉落魄 …………… 92	304. 西江月 又 一九九〇年巴黎
241. 蜀伎 陆游客蜀携归 …… 90	272. 又 …………… 92	…………………… 94
鹊桥仙 …………… 90	273. 西江月 …………… 92	305. 又 …………… 94
242. 姜特立 …………… 90	274. 又 …………… 92	306. 鹊桥仙 又 …… 94
画堂春 …………… 90	275. 导引曲 宋鼓吹曲歌也 … 92	307. 宜男草 …………… 94
243. 浣溪沙 …………… 90	276. 又 …………… 92	308. 又 …………… 94
244. 菩萨蛮 …………… 90	277. 明堂导引 …………… 92	309. 秦楼月 …………… 94
245. 又 …………… 90	278. 合宫歌 …………… 92	310. 又 …………… 94
246. 又 中秋不见月 …… 90	279. 周辉 …………… 92	311. 又 …………… 94

13

312. 又 …… 94
313. 又 …… 94
314. 念奴娇 …… 94
315. 又 …… 95
316. 又 …… 95
317. 又 …… 95
318. 又 …… 95

第三十函

1. 惜分飞 …… 99
2. 梦玉人引 …… 99
3. 又 …… 99
4. 如梦令 …… 99
5. 又 …… 99
6. 菩萨蛮 …… 99
7. 又 元夕立春 …… 99
8. 又 …… 99
9. 临江仙 …… 99
10. 又 …… 99
11. 减字木兰花 …… 99
12. 又 …… 99
13. 又 …… 99
14. 又 …… 99
15. 又 …… 100
16. 鹧鸪天 …… 100
17. 又 …… 100
18. 又 …… 100
19. 又 雪梅 …… 100
20. 好事近 …… 100
21. 又 …… 100
22. 卜算子 …… 100
23. 又 …… 100
24. 三登乐 …… 100
25. 又 …… 100
26. 又 …… 100

27. 又 …… 100
28. 浪淘沙 …… 100
29. 虞美人 梅 …… 100
30. 又 …… 100
31. 又 …… 100
32. 又 …… 101
33. 醉落魄 元夕 …… 101
34. 白玉楼步虚词六首 并序 …… 101
36. 又 …… 101
37. 又 …… 101
38. 又 …… 101
39. 又 …… 101
40. 又 …… 101
41. 玉楼春 …… 101
42. 霜天晓角 …… 101
43. 菩萨蛮 …… 101
44. 眼儿媚 萍乡道上 …… 101
45. 惜分飞 寄东坡 …… 101
46. 菩萨蛮 湘东驿 …… 101
47. 满江红 清江风帆 …… 101
48. 谒金门 宜春道中野塘水 …… 101
49. 秦楼月 寒食 …… 101
50. 醉落魄 …… 101
51. 霜天晓角 …… 102
52. 菩萨蛮 清明雨 …… 102
53. 水调歌头 桂林九日作 …… 102
54. 又 成都九日作 …… 102
55. 又 姑苏九日作 …… 102
56. 醉落魄 …… 102
57. 朝中措 …… 102
58. 水龙吟 寿 …… 102
59. 满江红 又 …… 102
60. 水调歌 实为水调歌头。寄东坡，水调歌，大曲十一首 …… 102
61. 浣溪沙 江村 …… 102

62. 破阵子 被禊 …… 102
63. 鹧鸪天 …… 102
64. 酹江月 …… 102
65. 水调歌头 …… 102
66. 木兰花慢 送郑伯昌 …… 103
67. 游次公 …… 103
贺新郎 宫词 …… 103
68. 卜算子 …… 103
69. 满江红 …… 103
70. 贺新郎 …… 103
71. 满江红 丹青阁 …… 103
72. 赵磻老 …… 103
满江红 …… 103
73. 又 …… 103
74. 又 …… 103
75. 念奴娇 中秋 …… 103
76. 水调歌头 和平湖 …… 103
77. 永遇乐 …… 104
78. 醉蓬莱 …… 104
79. 又 …… 104
80. 鹧鸪天 又 …… 104
81. 又 …… 104
82. 生查子 …… 104
83. 又 …… 104
84. 又 …… 104
85. 又 …… 104
86. 南柯子 赏荷花 …… 104
87. 又 …… 104
88. 浣溪沙 …… 104
89. 又 …… 104
90. 尤袤 …… 104
91. 又 …… 104
92. 赵昚 …… 105
阮郎归 …… 105
93. 谢懋 …… 105

目 录

忆少年 …………………………105	127. 鹧鸪天 山行 …………107	160. 又 银山寺 …………109
94. 石州引 ……………………105	128. 又 咏渔父 …………107	161. 又 …………………………109
95. 洞仙歌 ……………………105	129. 一斛珠 ……………………107	162. 又 九日 …………………109
96. 杏花天 ……………………105	130. 又 雪 ……………………107	163. 又 岭上梅 …………………109
97. 画堂春 ……………………105	131. 又 …………………………107	164. 八声甘州 …………………110
98. 武陵春 惜别 ……………105	132. 怨春郎 宿池口，实为怨王孙	165. 又 读周公瑾传 ……………110
99. 霜天晓角 桂花 ……………105	体和之 ……………………107	166. 又 读诸葛五侯传 …………110
100. 风流子 ……………………105	133. 虞美人 ……………………107	167. 又 读谢安石传 ……………110
101. 念奴娇 中秋 ……………105	134. 又 …………………………107	168. 倦寻芳 试墨 ………………110
102. 鹊桥仙 ……………………105	135. 临江仙 ……………………107	169. 又 渡口酒家 倦寻芳慢 110
103. 解连环 三体，始自柳永 105	136. 又 …………………………107	170. 万年欢 有感 ………………110
104. 蓦山溪 ……………………105	137. 又 …………………………107	171. 真珠帘 裁竹 ………………110
105. 风入松 ……………………106	138. 又 …………………………107	172. 沁园春 ……………………110
106. 浪淘沙 ……………………106	139. 定风波 ……………………107	173. 红窗怨 ……………………110
107. 王质 ………………………106	140. 又 …………………………108	174. 又 …………………………110
相见欢 薄霜 …………………106	141. 又 …………………………108	175. 凤时春 残梅 ………………111
108. 长相思 ……………………106	142. 苏幕遮 ……………………108	176. 泛兰舟 以新荷叶和之 …111
109. 又 …………………………106	143. 又 大曲六首，五台小曲子	177. 无月不登楼 种花 …………111
110. 生查子 ……………………106	……………………………108	178. 别素质 浙江僧 ……………111
111. 杨柳枝 ……………………106	144. 青玉案 木樨 ………………108	179. 笛家弄 ……………………111
112. 浣溪沙 ……………………106	145. 又 …………………………108	180. 沈瀛 ………………………111
113. 又 …………………………106	146. 江城子 ……………………108	念奴娇 …………………………111
114. 又 …………………………106	147. 又 …………………………108	181. 又 …………………………111
115. 又 …………………………106	148. 又 …………………………108	182. 满江红 九日登凌歊台 …111
116. 清平乐 ……………………106	149. 蓦山溪 茶 …………………108	183. 又 …………………………111
117. 又 …………………………106	150. 满江红 ……………………108	184. 水调歌头 和李守 …………111
118. 又 …………………………106	151. 又 …………………………108	185. 又 …………………………111
119. 眼儿媚 ……………………106	152. 又 …………………………108	186. 又 …………………………112
120. 西江月 ……………………106	153. 又 …………………………109	187. 满庭芳 立春生日 海阔天空
121. 又 …………………………106	154. 又 …………………………109	照片 ………………………112
122. 又 …………………………106	155. 又 …………………………109	188. 又 …………………………112
123. 又 …………………………106	156. 又 …………………………109	189. 又 …………………………112
124. 滴滴金 ……………………107	157. 又 听琴 …………………109	190. 朝中措 生日 ………………112
125. 燕归梁 ……………………107	158. 水调歌头 京口 ……………109	191. 又 …………………………112
126. 青门引 ……………………107	159. 又 中秋饮南楼呈范宣抚 109	192. 西江月 又 …………………112

15

193. 醉落魄 又 ……112	228. 又 索求 ……114	262. 又 ……116
194. 又 ……112	229. 又 道葫芦 ……114	263. 又 ……116
195. 又 ……112	230. 又 ……114	264. 又 ……116
196. 又 ……112	231. 又 ……114	265. 又 ……116
197. 又 ……112	232. 又 ……114	266. 又 ……116
198. 柳梢青 ……112	233. 又 ……114	267. 醉乡曲 ……116
199. 行香子 ……112	234. 又 ……114	268. 驻马听 ……116
200. 又 ……113	235. 又 ……114	269. 风入松 ……116
201. 又 ……113	236. 又 ……115	270. 杨万里 ……117
202. 卜算子 ……113	237. 又 ……115	归去来兮引 大曲四首 ……117
203. 又 ……113	238. 又 ……115	271. 又 ……117
204. 如梦令 ……113	239. 又 ……115	272. 又 ……117
205. 捣练子 ……113	240. 又 ……115	273. 又 ……117
206. 又 ……113	241. 又 ……115	274. 念奴娇 ……117
207. 又 ……113	242. 又 ……115	275. 好事近 ……117
208. 又 ……113	243. 又 ……115	276. 昭君怨 ……117
209. 浣溪沙 雨中荷花 ……113	244. 又 十勤 ……115	277. 又 咏荷上雨 ……117
210. 画堂春 风中荷花 ……113	245. 又 二劝 ……115	278. 武陵春 茶疾后 ……117
211. 减字木兰花 酒 ……113	246. 又 三劝 ……115	279. 水调歌头 ……117
212. 又 ……113	247. 又 四劝 ……115	280. 忆秦娥 立春 ……117
213. 又 ……113	248. 又 五劝 ……115	281. 某教授 ……117
214. 又 ……113	249. 又 六劝 ……115	眼儿媚 ……117
215. 又 ……113	250. 又 七劝 ……115	282. 陈居仁 ……117
216. 又 ……113	251. 又 八劝 ……115	水调歌头 ……117
217. 又 ……113	252. 又 九劝 ……115	283. 李洪 ……118
218. 又 ……114	253. 又 十劝 ……115	满庭芳 木犀 ……118
219. 又 ……114	254. 又 ……116	284. 满江红 驿题 ……118
220. 又 ……114	255. 又 ……116	285. 南乡子 盐田渡 ……118
221. 又 贪 ……114	256. 又 ……116	286. 鹧鸪天 ……118
222. 又 嗔 ……114	257. 野庵曲 大曲十首 采自《竹斋词》 ……116	287. 西江月 ……118
223. 又 情 ……114	258. 又 ……116	288. 菩萨蛮 ……118
224. 又 成败 ……114	259. 又 ……116	289. 浣溪沙 ……118
225. 又 荣辱 ……114	260. 又 ……116	290. 又 ……118
226. 又 好恶 ……114	261. 又 ……116	291. 又 ……118
227. 又 迟速 ……114		292. 念奴娇 观落梅 ……118

293. 卜算子 …… 118	3. 又 …… 123	33. 又 …… 125
294. 李漳 …… 118	4. 念奴娇 咏梅 …… 123	34. 菩萨蛮 …… 125
鹊桥仙 …… 118	5. 水调歌头 …… 123	35. 又 酒 …… 125
295. 桃源忆故人 …… 118	6. 忆秦娥 …… 123	36. 浣溪沙 又 …… 125
296. 满江红 听琴 …… 118	7. 又 …… 123	37. 行香子 又 …… 125
297. 鹧鸪天 …… 118	8. 水调歌头 …… 123	38. 喜迁莺 …… 125
298. 生查子 …… 119	9. 青玉案 酒 …… 123	39. 菩萨蛮 …… 125
299. 南歌子 …… 119	10. 黄铢 …… 123	40. 朝中措 …… 125
300. 李泳 …… 119	江神子 …… 123	41. 念奴娇 自述 …… 125
水调歌头 又 …… 119	11. 菩萨蛮 闻箫 …… 124	42. 又 …… 125
301. 贺新郎 又 …… 119	12. 渔家傲 …… 124	43. 青玉案 又 …… 126
302. 定风波 又 …… 119	13. 高宣教 …… 124	44. 洞仙歌 …… 126
303. 李泾 …… 119	卜算子 …… 124	45. 又 …… 126
满庭芳 …… 119	14. 严蕊 …… 124	46. 又 …… 126
304. 西江月 腊梅 …… 119	卜算子 …… 124	47. 虞病人 己亥清明 …… 126
305. 李澜 …… 119	15. 如梦令 …… 124	48. 又 …… 126
踏莎行 …… 119	16. 鹊桥仙 …… 124	49. 又 …… 126
306. 满庭芳 酒 …… 119	17. 晦庵 僧人 …… 124	50. 探春令 …… 126
307. 千秋岁 又 …… 119	满江红 …… 124	51. 如梦令 …… 126
308. 朱熹 …… 119	18. 徐逸 …… 124	52. 薄幸 …… 126
浣溪沙 …… 119	清平乐 自度 …… 124	53. 江城子 …… 126
309. 菩萨蛮 回文 …… 119	19. 沈端节 又 …… 124	54. 满庭芳 …… 126
310. 又 …… 119	20. 卜算子 又 …… 124	55. 采桑子 …… 126
311. 好事近 …… 120	21. 又 …… 124	56. 西江月 自度 …… 127
312. 西江月 …… 120	22. 又 …… 124	57. 喜迁莺 二十四体 …… 127
313. 又 …… 120	23. 又 …… 124	58. 西江月 …… 127
314. 鹧鸪天 …… 120	24. 又 …… 124	59. 念奴娇 …… 127
315. 又 …… 120	25. 忆秦娥 …… 124	60. 又 …… 127
316. 又 …… 120	26. 惜分飞 …… 125	61. 感皇恩 …… 127
317. 南乡子 …… 120	27. 南歌子 …… 125	62. 张孝祥 …… 127
318. 满江红 酒 …… 120	28. 鹊桥仙 …… 125	六州歌头 …… 127
	29. 醉落魄 …… 125	63. 水调歌头 …… 127
第三十一函	30. 太常引 …… 125	64. 又 …… 127
	31. 谒金门 …… 125	65. 又 泛湘江 …… 127
1. 水调歌头 …… 123	32. 又 …… 125	66. 又 金山观月 …… 127
2. 又 …… 123		

67. 又 静山观雨 …………127	102. 又 饯刘恭父 …………130	135. 浣溪沙 …………132
68. 又 桂林 …………128	103. 又 …………130	136. 又 …………132
69. 又 …………128	104. 又 荆州别同官 …………131	137. 又 …………132
70. 又 寿 …………128	105. 又 …………131	138. 又 瑞香 …………133
71. 又 垂虹亭 …………128	106. 虞美人 无为 …………131	139. 又 …………133
72. 又 …………128	107. 又 …………131	140. 又 …………133
73. 多丽 …………128	108. 又 …………131	141. 又 …………133
74. 木兰花慢 …………128	109. 又 …………131	142. 又 去荆州 …………133
75. 又 …………128	110. 又 …………131	143. 又 …………133
76. 水龙吟 望九华山作 …………128	111. 又 …………131	144. 又 …………133
77. 又 过浯溪 …………128	112. 鹊桥仙 …………131	145. 又 洞庭 …………133
78. 念奴娇 过洞庭 …………129	113. 又 …………131	146. 又 坐上十八客 …………133
79. 又 忆乡 …………129	114. 又 寄苏武 …………131	147. 又 沈约韵 …………133
80. 又 雪 …………129	115. 又 …………131	148. 又 …………133
81. 又 …………129	116. 又 别立之 …………131	149. 又 烟水亭 …………133
82. 又 …………129	117. 又 为老人寿 …………131	150. 又 己亥清明 …………133
83. 醉蓬莱 为老人寿 …………129	118. 南乡子 送朱元晦 …………131	151. 又 …………133
84. 雨中花慢 …………129	119. 画堂春 祝母寿 …………131	152. 又 …………133
85. 二郎神 七夕 …………129	120. 柳梢年 …………131	153. 又 …………133
86. 转调二郎神 …………129	121. 又 高士说京城旧事 北京小说 …………132	154. 又 …………133
87. 满堂红 …………129		155. 又 …………133
88. 又 于湖怀古 …………129	122. 又 探梅 …………132	156. 浪淘沙 …………133
89. 又 思归 自述 …………130	123. 踏莎行 …………132	157. 又 …………133
90. 青玉案 …………130	124. 又 长沙牡丹花极小 …………132	158. 定风波 刘项原来不读书 133
91. 蓦山溪 …………130	125. 又 荆南作 …………132	159. 望江南 …………134
92. 蝶恋花 行湘阴 …………130	126. 又 …………132	160. 又 …………134
93. 又 …………130	127. 又 月甚佳 …………132	161. 醉落魄 …………134
94. 又 …………130	128. 又 送刘子思 …………132	162. 桃源忆故人 …………134
95. 又 送姚主管泉州 …………130	129. 又 迎送 …………132	163. 临江仙 …………134
96. 鹧鸪天 上元 …………130	130. 丑奴儿 …………132	164. 又 …………134
97. 又 …………130	131. 又 …………132	165. 如梦令 木犀 …………134
98. 又 …………130	132. 又 …………132	166. 菩萨蛮 …………134
99. 又 …………130	133. 又 …………132	167. 又 …………134
100. 又 忆母 …………130	134. 又 巴布亚新几亚吉科里村 …………132	168. 又 …………134
101. 又 寄钱横州 …………130		169. 又 …………134

170. 又　筝伎 …… 134	204. 又 …… 136	237. 西江月　自述 …… 138
171. 又 …… 134	205. 清平乐 …… 136	238. 忆秦娥 …… 138
172. 又　登浮玉亭 …… 134	206. 又　杨侯书院 …… 136	239. 浣溪沙　自述 …… 138
173. 又　夜坐清心阁 …… 134	207. 又　梅 …… 136	240. 柳梢青 …… 138
174. 又 …… 134	208. 又 …… 136	241. 卜算子 …… 138
175. 又　舻舟采石 …… 134	209. 点绛唇　赠袁立道　自嘲 136	242. 柳梢青 …… 138
176. 又 …… 134	210. 又　饯别 …… 136	243. 瑞鹧鸪 …… 138
177. 又 …… 135	211. 又 …… 136	244. 青玉案　送顾统辖行 …… 138
178. 又 …… 135	212. 卜算子 …… 136	245. 念奴娇　读史 …… 138
179. 又 …… 135	213. 许衷情　中秋不见月 …… 137	246. 又 …… 138
180. 西江月 …… 135	214. 又 …… 137	247. 暮山溪　又 …… 139
181. 又 …… 135	215. 好事近　木犀 …… 137	248. 拾翠羽 …… 139
182. 又 …… 135	216. 又　冰花 …… 137	249. 蝶恋花 …… 139
183. 又 …… 135	217. 南歌子 …… 137	250. 渔家傲　红白莲不可同盆而栽 …… 139
184. 又 …… 135	218. 又　赠吴伯承 …… 137	
185. 又 …… 135	219. 霜天晓角 …… 137	251. 夜游　句景亭 …… 139
186. 又 …… 135	220. 生查子　辽东在三边 …… 137	252. 鹧鸪天　菊桃花 …… 139
187. 又 …… 135	221. 长相思 …… 137	253. 又 …… 139
188. 又 …… 135	222. 忆秦娥 …… 137	254. 菩萨蛮　回头 …… 139
189. 又 …… 135	223. 苍梧谣 …… 137	255. 又 …… 139
190. 又 …… 135	224. 又 …… 137	256. 又 …… 139
191. 又 …… 135	225. 又 …… 137	257. 又 …… 139
192. 又 …… 135	226. 水调歌头　又　示儿 …… 137	258. 南歌子　过严关 …… 139
193. 又　祖父洪尊祖母刘氏，父传德母丛润花 …… 135	227. 又　临安 …… 137	259. 燕归梁 …… 139
194. 又 …… 135	228. 木兰花　应为木兰花慢　十七体 …… 137	260. 卜算子 …… 139
195. 减字木兰花　江阴漾花池 136	229. 雨中花　应为雨中花慢　二十一体 …… 137	261. 点绛唇 …… 139
196. 又 …… 136		262. 水调歌头　酒 …… 139
197. 又 …… 136	230. 鹧鸪天 …… 138	263. 锦园春 …… 140
198. 又 …… 136	231. 眼儿媚 …… 138	264. 天仙子 …… 140
199. 又　琵琶亭 …… 136	232. 虞美人 …… 138	265. 鹧鸪天　酒 …… 140
200. 又　立春 …… 136	233. 菩萨蛮 …… 138	266. 风入松 …… 140
201. 又 …… 136	234. 临江仙 …… 138	267. 多丽 …… 140
202. 又 …… 136	235. 浣溪沙　过临川 …… 138	268. 临江仙 …… 140
203. 又 …… 136	236. 又 …… 138	269. 杨柳枝 …… 140
		270. 鹧鸪天 …… 140

271. 西江月 ……………140
272. 郭世模 ……………140
273. 瑞鹤仙 十九体无本体，以本体四纸韵和之 酒……140
274. 朝中措 ……………140
275. 南歌子 酒…………140
276. 念奴娇 ……………140
277. 浣溪沙 ……………141
278. 黄仁荣
木兰花………………141
279. 许左之
失调……………………141
280. 又………………141
281. 黄谈
念奴娇 过西湖………141
282. 张栻
水调歌头……………141
283. 阎苍舒
水龙吟 自述…………141
284. 念奴娇 ……………141
285. 崔敦礼
柳梢青…………………141
286. 西江月 ……………141
287. 鹧鸪天 ……………141
288. 又………………141
289. 浣溪沙 酒…………141
290. 念奴娇 和徐尉……141
291. 水调歌头 垂虹桥亭……141
292. 江城子 ……………142
293. 陈造
诉衷情………………142
294. 蝶恋花 游石湖……142
295. 洞仙歌 四十一体…142
296. 水调歌头 千叶红梅……142
297. 菩萨蛮 乞梅画……142

298. 虞美人 ……………142
299. 鹧鸪天 ……………142
300. 又……………142
301. 又……………142
302. 江神子 ……………142
303. 黄定 进士第一……
鹧鸪天 寿……………142
304. 王自中
念奴娇 严滩钓台……142
305. 李处全
水调歌头 吴门………143
306. 又 送王景文 论酒……143
307. 又……………143
308. 又 渡口……………143
309. 又……………143
310. 又 咏梅……………143
311. 又 处州烟雨楼……143
312. 又 除夕……………143
313. 又……………143
314. 满江红 寄燕宾妹……143
315. 临江仙 寄吕长禄兄为师 143
316. 念奴娇 京口上元雪夜招唐元明……………144
317. 满庭芳 初春………144
318. 鹧鸪天 社日二首…144
319. 又……………144
320. 柳梢青 茶…………144
321. 又……………144
322. 朝中措……………144
323. 又……………144

第三十二函

1. 菩萨蛮 ……………147
2. 又……………147
3. 又 菊…………147

4. 浣溪沙 铸五女于浑江岸……147
5. 西江月 第四次浪潮………147
6. 又 第四次浪潮……147
7. 又 第四次浪潮……147
8. 生查子 ……………147
9. 又……………147
10. 减字木兰花 ………147
11. 又 木犀…………147
12. 又 和陈尚书宴……147
13. 想见欢 八月见月闻笛……147
14. 江城子 重阳………147
15. 阮郎归……………147
16. 忆秦娥 ……………148
17. 又……………148
18. 好事近 ……………148
19. 蓦山溪 ……………148
20. 卜算子 ……………148
21. 又……………148
22. 诉衷情 ……………148
23. 醉蓬莱 酒…………148
24. 贺新郎 ……………148
25. 四和香 立春………148
26. 玉楼春 守岁………148
27. 南乡子 除夕又作…148
28. 韩仙姑
苏幕遮………………148
29. 周颉
朝中措 湘席上作…148
30. 王彭年
朝中措 湘席上作…148
31. 李伯虎
朝中措 湘席上作…149
32. 岳甫
水调歌头 登赏心亭怀古……149
33. 又……………149

目 录

34. 又 秋日登望远堂 …… 149	69. 夜行船 越上作 …… 152	103. 卜算子 …… 154
35. 又 鄂渚 …… 149	70. 又 …… 152	104. 柳梢青 和胡夫人 …… 154
36. 满江红 …… 149	71. 又 …… 152	105. 点绛唇 …… 154
37. 又 …… 149	72. 又 怀越中 …… 152	106. 醉花阴 …… 154
38. 又 …… 149	73. 感皇恩 …… 152	107. 愁倚阑 重九 …… 154
39. 又 …… 149	74. 蝶恋花 寿酒 …… 152	108. 如梦令 …… 154
40. 又 渚宫怀古 …… 149	75. 又 送岳明 寄杨一木一机部副部长 国务院能源办 …… 152	109. 又 …… 154
41. 洞仙歌 …… 149		110. 太常引 …… 154
42. 又 …… 150	76. 又 竹阁 …… 152	111. 朱晞颜 …… 154
43. 又 元宵词 …… 150	77. 一剪梅 梅 …… 152	南歌子 墨竹 …… 154
44. 又 绵棠 …… 150	78. 天仙子 五体 …… 152	112. 吕胜己 …… 154
45. 又 金林檎 …… 150	79. 朝中措 …… 152	沁园春 闯关东 …… 154
46. 卜算子 一曲 …… 150	80. 又 …… 152	113. 醉桃源 即阮郎归 景山寄独娜燕子 …… 154
47. 沁园春 怀归 …… 150	81. 又 …… 152	
48. 又 …… 150	82. 菩萨蛮 …… 152	114. 又 …… 154
49. 千秋岁 …… 150	83. 又 甲午秋 …… 153	115. 又 …… 154
50. 又 …… 150	84. 又 送 …… 153	116. 蝶恋花 自述 …… 154
51. 又 …… 150	85. 西江月 …… 153	117. 又 …… 155
52. 汉宫春 …… 150	86. 又 …… 153	118. 又 …… 155
53. 又 和辛幼安秋风亭 …… 150	87. 梅弄影 …… 153	119. 又 …… 155
54. 水龙吟 自述 …… 151	88. 诉衷情 …… 153	120. 长相思 …… 155
55. 念奴娇 …… 151	89. 又 …… 153	121. 又 …… 155
56. 扑蝴蝶 …… 151	90. 又 …… 153	122. 又 …… 155
57. 祝英台 成都牡丹会 …… 151	91. 又 …… 153	123. 浣溪沙 …… 155
58. 江城梅花引 …… 151	92. 锦帐春 …… 153	124. 又 …… 155
59. 西河 …… 151	93. 谒金门 …… 153	125. 清平乐 …… 155
60. 夜合花 …… 151	94. 又 …… 153	126. 又 咏木犀 …… 155
61. 垂丝钓 …… 151	95. 又 …… 153	127. 促拍满路花 瑞香 …… 155
62. 黄河清 …… 151	96. 又 …… 153	128. 谒金门 闻莺 …… 155
63. 蓦山溪 …… 151	97. 好事近 …… 153	129. 又 …… 155
64. 鹧鸪天 …… 151	98. 又 …… 153	130. 又 …… 155
65. 又 …… 151	99. 浣溪沙 寄吕思凝 …… 153	131. 又 …… 155
66. 又 登君山 …… 152	100. 又 …… 153	132. 又 …… 155
67. 又 采莲曲 …… 152	101. 浪淘沙 …… 154	133. 又 …… 155
68. 又 咏绿荔枝 …… 152	102. 定风波 丹桂 …… 154	134. 又 …… 156

135. 又 …… 156	169. 又 …… 158	201. 梁安世 …… 160
136. 南乡子 …… 156	170. 柳梢青 …… 158	西江月　重九 …… 160
137. 又 …… 156	171. 鹧鸪天　城南书院 …… 158	202. 黄岩叟 …… 160
138. 减字木兰花 …… 156	172. 又　桓仁西关天后村 …… 158	望海潮 …… 160
139. 瑞鹤仙　与独娜燕子过皇城根上景山　十九体 …… 156	173. 又　湘赣 …… 158	203. 富捕 …… 160
	174. 又 …… 159	多丽 …… 160
140. 又 …… 156	175. 又 …… 159	204. 邵怀英　寄白居易 …… 161
141. 又 …… 156	176. 点绛唇　长沙送同官 …… 159	水调歌头 …… 161
142. 又 …… 156	177. 又 …… 159	205. 赵长卿 …… 161
143. 又 …… 156	178. 又 …… 159	水龙吟　酴醿 …… 161
144. 满江红 …… 156	179. 又 …… 159	206. 念奴娇　梅 …… 161
145. 又 …… 156	180. 又 …… 159	207. 满庭芳　元日 …… 161
146. 又　长沙定王台 …… 156	181. 鱼游春水 …… 159	208. 花心动　见梅寄暖香书院　161
147. 又　归次长沙 …… 157	182. 霜天晓角　题九里驿 …… 159	209. 踏莎行　春暮 …… 161
148. 又　博见楼 …… 157	183. 虞美人　咏菊　自述 …… 159	210. 南歌子　早春 …… 161
149. 又 …… 157	184. 又 …… 159	211. 蝶恋花　春深 …… 161
150. 又 …… 157	185. 又 …… 159	212. 鹧鸪天　茶醿 …… 161
151. 又 …… 157	186. 菩萨蛮　月下听琴　西湖作 159	213. 又　春暮 …… 161
152. 又 …… 157		214. 江神子　梅 …… 161
153. 江城子 …… 157	187. 又　题莲花庵 …… 159	215. 南歌子　忆南徐故人 …… 161
154. 又 …… 157	188. 南歌子　又 …… 159	216. 临江仙　酴醿 …… 161
155. 满庭芳　登博见楼 …… 157	189. 八声甘州　怀渭川 …… 159	217. 一丛花　杏花 …… 162
156. 卜算子 …… 157	190. 如梦令 …… 160	218. 青玉案　春暮 …… 162
157. 又 …… 157	191. 又　同官新得故官故姬 … 160	219. 蓬莱　芍药 …… 162
158. 瑞鹧鸪　登博见楼 …… 157	192. 又　催梅雪 …… 160	220. 雨中花慢　寄麦可沙龙 … 162
159. 又 …… 158	193. 西江月 …… 160	221. 蓦山溪　早春 …… 162
160. 感皇恩　舟泊 …… 158	194. 渔家傲 …… 160	222. 蝶恋花　暮春 …… 162
161. 临江仙　又 …… 158	195. 又 …… 160	223. 虞美人　清婉亭赏酴醿 … 162
162. 好事近　又 …… 158	196. 又 …… 160	224. 又 …… 162
163. 又 …… 158	197. 杏花天 …… 160	225. 江神子　忆梅花 …… 162
164. 鹊桥仙　第四次雪 …… 158	198. 唐致政 …… 160	226. 醉蓬莱 …… 162
165. 木兰花慢 …… 158	199. 楼锷 …… 160	227. 临江仙 …… 162
166. 又 …… 158	浣溪沙　双楗堂　实为山花子 160	228. 青玉案　社日客居 …… 162
167. 又　观稼 …… 158	200. 林外 …… 160	229. 南歌子　春暮 …… 162
168. 又　小隐 …… 158	洞仙歌 …… 160	230. 醉落魄　春深 …… 162

目 录

231. 点绛唇 春寒 …… 163
232. 又 早春 …… 163
233. 又 春半 …… 163
234. 又 春雨 …… 163
235. 又 …… 163
236. 鹧鸪天 咏酴醾五首 …… 163
237. 又 …… 163
238. 又 …… 163
239. 又 …… 163
240. 又 …… 163
241. 探春令 元夕 …… 163
242. 小重山 残春 …… 163
243. 又 …… 163
244. 菩萨蛮 梅 …… 163
245. 又 …… 163
246. 水龙吟 …… 163
247. 又 小杏 …… 163
248. 又 莺词 …… 164
249. 浣溪沙 己亥清明寄 …… 164
250. 胜胜慢 草词 …… 164
251. 又 柳词 …… 164
252. 南歌子 暮春值雨 …… 164
253. 浣溪沙 与四弟义五弟藏扫墓 …… 164
254. 又 芍药,将离,离草 …… 164
255. 又 …… 164
256. 朝中措 腊 …… 164
257. 昭君怨 春日寓意 …… 164
258. 桃源忆故人 初春 …… 164
259. 长相思 春浓 …… 164
260. 感皇恩 柳 …… 164
261. 探春令 早春 …… 164
262. 菩萨蛮 春深 …… 165
263. 浣溪沙 已赢余清明 …… 165
264. 丑奴儿 …… 165

265. 浣溪沙 宠姬小春 …… 165
266. 清平乐 问讯梅花 …… 165
267. 又 早起闻莺 …… 165
268. 更漏子 夏 …… 165
269. 诉衷情 春台梅 …… 165
270. 小重山 杨花 …… 165
271. 蝶恋花 春残 …… 165
272. 鹧鸪天 咏雁 …… 165
273. 又 春残 …… 165
274. 浣溪沙 与长义洪游章樾公园 …… 165
275. 又 …… 165
276. 探春令 寻春 …… 165
277. 又 立春 …… 165
278. 又 赏梅十首 …… 165
279. 又 …… 165
280. 又 …… 166
281. 又 …… 166
282. 又 …… 166
283. 又 …… 166
284. 浣溪沙 乙亥三月十四日 北京东城汪魏新巷九号 庭中枣树 166
285. 宝鼎现 上元 …… 166
286. 青玉案 残春 …… 166
287. 烛影摇红 深春 …… 166
288. 念奴娇 梅影 …… 166
289. 又 落梅 …… 166
290. 阮郎归 咏春 …… 166
291. 虞美人 …… 166
292. 念奴娇 梅 …… 166
293. 玉楼春 春半 …… 166
294. 谒金门 暮春 …… 167
295. 菩萨蛮 残春 …… 167
296. 画堂春 长新亭小饮 …… 167
297. 又 …… 167

298. 卜算子 春景 …… 167
299. 念奴娇 梅 …… 167
300. 菩萨蛮 梅 …… 167
301. 点绛唇 梅 …… 167
302. 鹧鸪天 梅 …… 167
303. 又 送春 …… 167
304. 瑞鹤仙 …… 167
305. 临江仙 暮春 …… 167
306. 一丛花 暮春送别 …… 167
307. 柳梢青 春词 …… 167
308. 夏景 …… 167
花心动 荷花 …… 167
309. 鼓笛慢 《词律辞典》仅存鼓行令,无此体收。 甲申五月,仙源试新水,雨过丝生,荷香袭人而感。 …… 168
310. 念奴娇 碧含笑 …… 168
311. 满庭芳 …… 168
312. 又 …… 168

第三十三函

1. 好事近 雨过 …… 171
2. 虞美人 双莲 …… 171
3. 醉蓬莱 又 …… 171
4. 又 …… 171
5. 踏莎行 …… 171
6. 醉落魄 重午 …… 171
7. 阮郎归 送别 …… 171
8. 蝶恋花 寄亚洲发展投资银行 …… 171
9. 鹧鸪天 夜钓月桥赏荷花 …… 171
10. 红神子 夜凉 …… 171
11. 新荷叶 咏荷 …… 171
12. 临江仙 …… 171
13. 朝中措 首夏 …… 172

14. 减字木兰花 咏柳 …172	47. 鹧鸪天 …174	81. 念奴娇 夜寒 …176
15. 卜算子 …172	48. 蓦山溪 …174	82. 摊破丑奴儿 冬日 …176
16. 临江仙 …172	49. 醉落魄 …174	83. 柳梢青 早梅 …176
17. 雨中花令 …172	50. 好事近 …174	84. 祝英台近 …176
18. 画堂春 游西湖 …172	51. 菩萨蛮 七夕 …174	85. 点绛唇 夜饮青云楼听更在足下有所思 …176
19. 浣溪沙 饮 …172	52. 卜算子 春深 …174	86. 又 …176
20. 西江月 忠孝堂观书 …172	53. 点绛唇 …174	87. 又 …176
21. 卜算子 四明别周德远 …172	54. 好事近 …174	88. 浣溪沙 寄包文正 …176
22. 清平乐 忠孝堂雨过 …172	55. 品令 秋日感怀 …174	89. 柳梢青 东园梅 …177
23. 清平乐 舞宴 …172	56. 小重山 秋雨 …174	90. 西江月 雪江见红梅 …177
24. 鹧鸪天 寄内 …172	57. 采桑子 …174	91. 眼儿媚 霜夜对月 …177
25. 菩萨蛮 …172	58. 朝中措 …174	92. 别怨 霜寒 …177
26. 西江月 …172	59. 又 …175	93. 减字木兰花 …177
27. 浣溪沙 …172	60. 洞仙歌 …175	94. 好事近 …177
28. 蝶恋花 分荷 …172	61. 似娘儿 残秋 …175	95. 霜天晓角 霜夜饮 …177
29. 浣溪沙 呈赵状元 …172	62. 蝶恋花 深秋 …175	96. 鹧鸪天 腊夜 …177
30. 青玉案 …172	63. 夜行船 送胡彦直归槐溪 …175	97. 蓦山溪 …177
31. 谒金门 雨顺风调 …172	64. 清平乐 秋暮 …175	98. 浣溪沙 西山老梅 …177
32. 念奴娇 客豫秋雨怀归 …173	65. 又 …175	99. 又 …177
33. 声声慢 寄元好问 …173	66. 一剪梅 秋雨感悲 …175	100. 点绛春 月夜 …177
34. 瑞鹤仙 …173	67. 南歌子 道中直重九 …175	101. 鹧鸪天 …177
35. 满庭芳 七夕 …173	68. 醉花荫 建康重九 …175	102. 望江南 …177
36. 水调歌头 中秋 …173	69. 菩萨蛮 秋雨船中 …175	103. 菩萨蛮 初冬 …177
37. 蓦山溪 古人云"满城风雨近重阳" …173	70. 又 …175	104. 又 …177
38. 洞仙歌 木犀 …173	71. 浣溪沙 早秋 …175	105. 阮郎归 …177
39. 虞美人 中秋无月 …173	72. 冬景 …175	106. 霜天晓角 咏梅 …177
40. 醉蓬莱 七月漕试,兰台主人宴于法回寺 题壁 …173	满庭芳 大雪 …175	107. 又 …178
	73. 御街行 夜雨 …175	108. 菩萨蛮 …178
	74. 有有令 守岁 …175	109. 忆秦娥 …178
41. 洞仙歌 残秋 …173	75. 摊破丑奴儿 梅词 …176	110. 如梦令 …178
42. 夏云峰 初秋有作 …173	76. 临江仙 舟中,月明,寒甚 176	111. 总词 …178
43. 感皇恩 送别 …174	77. 南歌子 …176	112. 水调歌头 无日客宁都 …178
44. 瑞鹤仙 深秋有感 …174	78. 永遇乐 霜 …176	113. 水龙吟 盼盼翠环侑樽,琵琶曲,梁州舞 …178
45. 临江仙 送宜春令 …174	79. 玉蝴蝶 雪 …176	
46. 又 …174	80. 潇湘夜雨 灯 …176	

114. 念奴娇　江亭小饮 ……178	145. 水龙吟　云词 ………180	178. 谒金门　又 ………182
115. 青玉案　又 …………178	146. 诉衷情 …………………180	179. 点绛唇 …………………182
116. 虞美人　又 …………178	147. 满江红　饮 …………180	180. 菩萨蛮 …………………182
117. 又　送别 ……………178	148. 贺新郎 …………………180	181. 画堂春 …………………182
118. 临江仙　杨柳 ………178	149. 眼儿媚 …………………181	182. 如梦令　寄蔡坚老 …182
119. 渔家傲　旅中 ………178	150. 簇水 ……………………181	183. 又 ………………………182
120. 江神子 ………………178	151. 摊破丑奴儿 ……………181	184. 长相思 …………………183
121. 御街行　柯山故人改图 …179	152. 更漏子 …………………181	185. 柳梢青 …………………183
122. 一丛花　和张子野 …179	153. 浣溪沙 …………………181	186. 贺生辰 …………………183
123. 天仙子 ………………179	154. 又 ………………………181	好事近　贺德远 ……………183
124. 瑞鹧鸪 ………………179	155. 汉宫春 …………………181	187. 朝中措　上钱知郡 …183
125. 又 ……………………179	156. 雨中花慢 ………………181	188. 念奴娇　上张南丰生日 …183
126. 行香子　路上有感 …179	157. 柳梢青 …………………181	189. 好事近 …………………183
127. 夜行船　咏美人 ……179	158. 南歌子 …………………181	190. 柳长春　《词律辞典》无此体
128. 采桑子　寓意 ………179	159. 临江仙 …………………181	上董倅 ……………………183
寄李白　静夜思……………179	160. 浣溪沙 …………………181	191. 武陵春　上马宰 ……183
129. 蝶恋花　又 …………179	161. 浪淘沙 …………………181	192. 临江仙　上祝丞 ……183
130. 又 ……………………179	162. 如梦令 …………………181	193. 喜迁莺　上魏安抚 …183
131. 又 ……………………179	163. 减字木兰花 ……………181	194. 鹊桥仙　上张宣机 …183
132. 鹧鸪天　又 …………179	164. 又 ………………………181	195. 拾遗 ……………………183
133. 又 ……………………179	165. 夜向船 …………………181	柳梢青 ………………………183
134. 又 ……………………179	166. 眼儿媚 …………………182	196. 贺新郎 …………………183
135. 又 ……………………179	167. 品令 ……………………182	197. 东坡引 …………………183
136. 眼儿媚　东院适人乞词，醉书	168. 柳梢青 …………………182	198. 满庭芳 …………………183
于裙带之上………………179	169. 浣溪沙 …………………182	199. 杏花天 …………………184
137. 又 ……………………180	170. 临江仙 …………………182	200. 临江仙 …………………184
138. 又 ……………………180	171. 夜行船　送张希舜归 …182	201. 滚绣球　和其韵，《词律辞典》
139. 临江仙　云梦笙伎，修眉问道	172. 浪淘沙　又 …………182	无此体……………………184
……………………………180	173. 如梦令　每日十首诗，百年	202. 眼儿媚 …………………184
140. 又 ……………………180	三十万首，我今十三万首……182	203. 菩萨蛮 …………………184
141. 又　寄文卿 …………180	174. 眼儿媚　又 …………182	204. 鹧鸪天　一九九七年二月 184
142. 惜奴娇　水仙花 ……180	175. 南乡子　又 …………182	205. 沙沙 ……………………184
143. 水龙吟 ………………180	176. 又 ………………………182	206. 谒金门 …………………184
144. 水调歌头　又 ………180	177. 卜算子　又 …………182	207. 侍香金童 ………………184

208. 菩萨蛮 …………184	水调歌头 桓仁天后村故居……186	265. 浣溪沙 诗词盛典 吕长春格律诗词六万八千首 续集一 读写全唐诗五万二千首。续集二 读写全宋词一万六千首。总计十三万六千首，其中诗十万余首，词三万余首，年秩八十。………188
209. 清平乐 …………184	235. 锦堂春 又 …………186	
210. 好事近 …………184	236. 柳梢青 又 …………186	
211. 品令 …………184	237. 采桑子 乙亥春雨 ……186	
212. 武陵春 …………184	238. 念奴娇 …………186	
213. 罗愿 …………184	239. 行香子 …………186	
水调歌头 中秋和施司谏……184	240. 刘德秀 …………186	
214. 失调名 …………184	贺新郎 西湖 …………186	266. 青玉案 …………188
215. 楼铜 …………185	241. 吴镒 …………186	267. 满庭芳 …………189
醉翁操 七月上浣游裴园 独一体…………185	水调歌头 柳州北海……186	268. 凤栖梧 老嫂比母，寿长嫂清明张桂珍 …………189
	242. 又 85568个汉字……187	
216. 又 …………185	243. 林淳 …………187	269. 又 …………189
217. 导引曲 …………185	水调歌头 …………187	270. 临江仙 …………189
218. 导引曲 …………185	244. 鹧鸪天 …………187	271. 西江月 …………189
219. 张良臣 …………185	245. 柳梢青 …………187	272. 又 …………189
失调名 …………185	246. 浣溪沙 忆西湖 ……187	273. 鹧鸪天 …………189
220. 西江月 …………185	247. 水调歌头 …………187	274. 又 …………189
221. 采桑子 …………185	248. 又 …………187	275. 卜算子 人生 …………189
222. 舒邦佐 …………185	249. 菩萨蛮 …………187	276. 点绛唇 和梁从善 ……189
水调歌头 …………185	250. 减字木兰花 …………187	277. 又 别卿 …………189
223. 张孝忠 …………185	251. 又 …………187	278. 又 …………189
杏花天 咏北湖 …………185	252. 浣溪沙 …………187	279. 又 …………189
224. 又 …………185	253. 廖行之 …………187	280. 丑奴儿 …………189
225. 破阵子 故乡 人来处 …185	洞仙歌 …………187	281. 如梦令 寄梦 …………189
226. 玉楼春 …………185	254. 念奴娇 …………187	282. 又 …………189
227. 鹧鸪天 …………185	255. 贺新郎 秋日许怀 木犀 188	283. 鹧鸪天 …………189
228. 菩萨蛮 …………185	256. 水调歌头 寄寿 ………188	284. 减字木兰花 送别 ……189
229. 西江月 饮 …………185	257. 又 家园 …………188	285. 京镗 …………190
230. 霜天晓角 汉阳雪守席上 185	258. 又 …………188	醉落魄 …………190
231. 方有开 …………186	259. 采桑子 水 …………188	286. 好事近 …………190
点绛唇 钓台 …………186	260. 采桑子 感遇 …………188	287. 又 …………190
232. 满江红 钓台 …………186	261. 沁园春 …………188	288. 定风波 七夕 …………190
233. 许及之 …………186	262. 千秋岁 …………188	289. 又 …………190
贺新郎 …………186	263. 青玉案 七里桥店 ……188	290. 水调歌头 呈茶漕二使 …190
234. 傅大询 …………186	264. 又 …………188	291. 满江红 中秋前同二使者赏月 …………190

292. 又 中秋约茶漕二使，不见月 ……………………………190
293. 又 次卢漕长短句之秋 …190
294. 木兰花慢 重九 ………190
295. 绛都春 元宵 …………190
296. 满江红 浣花因赋 ……190
297. 念奴娇 七夕 …………191
298. 水调歌头 中秋 ………191
299. 洞仙歌 药市 …………191
300. 水龙吟 …………………191
301. 汉宫春 立春是元宵日前一天 ……………………………191
302. 洞仙歌 海棠 …………191
303. 念奴娇 …………………191
304. 满江红 …………………191
305. 念奴娇 …………………191
306. 水调歌头 驷马楼落成 …191
307. 念奴娇 …………………191
308. 洞庭春色 ………………192
309. 满江红 成都七夕 ……192
310. 贺新郎 中秋 …………192

第三十四函

1. 雨中花 重阳《词律辞典》僻为雨中花慢，二十一体 …195
2. 又 次阎侍郎韵 ………195
3. 瑞鹤仙 …………………195
4. 水调歌头 子 …………195
5. 水龙吟 …………………195
6. 满江红 …………………195
7. 念奴娇 …………………195
8. 水调歌头 ………………195
9. 水龙吟 …………………195
10. 醉江月 次眉州 ………196
11. 水调歌头 苏州工业园区职 196

12. 又 ………………………196
13. 满江红 …………………196
14. 水调歌头 ………………196
15. 又 ………………………196
16. 张震 ……………………196
蝶恋花 ……………………196
17. 鹧鸪天 …………………196
18. 又 春暮 ………………196
19. 蓦山溪 春半 …………196
20. 又 初春 ………………196
21. 张颛 ……………………196
水调歌头 徐高士游洞霄……196
22. 王炎 ……………………197
蝶恋花 夜饮 ……………197
23. 又 ………………………197
24. 点绛唇 野次 …………197
25. 水调歌头 夜泛湘江 …197
26. 又 登石鼓合江亭 ……197
27. 念奴娇 菊 ……………197
28. 鹧鸪天 梅 ……………197
29. 阮郎归 …………………197
30. 青玉案 …………………197
31. 浪淘沙令 寄小桥村叶兄与戈玛蒂 ……………………………197
32. 木兰花慢 ………………197
33. 清平乐 越上作 ………197
34. 又 ………………………197
35. 浪淘沙 辛未中秋饮 …197
36. 卜算子 雨后到双溪 …198
37. 又 ………………………198
38. 江城子 癸酉春社 ……198
39. 虞美人 正月望后燕来 …198
40. 南乡子 …………………198
41. 忆秦娥 赏春 …………198
42. 临江仙 吴宰生日 ……198

43. 好事近 同前 …………198
44. 水调歌头 贺宰生日 …198
45. 念奴娇 过江潭 ………198
46. 浪淘沙 令菊 …………198
47. 采桑子 秋日丁香 ……198
48. 好事近 早梅 …………198
49. 临江仙 落梅 …………198
50. 卜算子 …………………198
51. 木兰花慢 ………………198
52. 小重山 …………………199
53. 阮郎归 …………………199
54. 临江仙 莫子章郎中买妾佐酒，魏倅词戏之，因韵 …………199
55. 又 ………………………199
56. 水调歌头 留魏倅 ……199
57. 南柯子 …………………199
58. 浣溪沙 …………………199
59. 好事近 …………………199
60. 朝中措 异体 …………199
61. 南柯子 秀叔娶妻不为人知小词贺之 ……………………………199
62. 朝中措 九月末水仙开 ……199
63. 西江月 酴醾酒 ………199
64. 柳梢青 言志 …………199
65. 踏莎行 自述 …………199
66. 清平乐 除夕 又 ……199
67. 南柯子 又 ……………199
68. 夜行船 和随 …………200
69. 临江仙 过双溪 ………200
70. 蓦山溪 自述 …………200
71. 忆秦娥 咏梅 …………200
72. 满江红 至日和黄伯威 …200
73. 玉楼春 …………………200
74. 又 ………………………200
75. 杨冠卿 …………………200

如梦令 …………………200	107. 又 …………………202	137. 又 自曰 …………205
76. 生查子 ………………200	108. 前调 云海亭 …………202	138. 又 …………………205
77. 前调 …………………200	109. 前调 古今诗自述 ………202	139. 贺新郎 水仙 …………205
78. 前调 赋湘灵鼓瑟笺湘妃泛莲叶上有片云擎月 …………200	110. 水龙吟 金陵作三次握手，与陈立夫萧丽云 …………202	140. 念奴娇 过雪楼观雪 …205
		141. 又 白牡丹 …………205
79. 浣溪沙 ………………200	111. 崔敦诗 ………………202	142. 又 登建康赏心亭 ……205
80. 前调 …………………200	112. 赵汝寓 ………………202	143. 又 书东流村壁 ………205
81. 霜天晓角 渔社词 ………200	柳梢青 又 ………………202	144. 又 西湖 ……………205
82. 卜算子 杜甫贾谊 ………200	113. 辛弃疾 ………………202	145. 又 赋雨岩 …………205
83. 垂丝钓 ………………200	摸鱼儿 …………………202	146. 浣溪沙 秦唐府 ………206
84. 菩萨蛮 春日宴安国舍人…200	114. 又 观潮上叶丞相 ……203	147. 新荷叶 ………………206
85. 前调 …………………201	115. 沁园春 带湖新居 ……203	148. 又 …………………206
86. 前调 …………………201	116. 又 送赵江陵东归 ……203	149. 最高楼 醉中有索四时歌者为赋 ……………………206
87. 前调 雪 ………………201	117. 水龙吟 登建康赏心亭 …203	
88. 好事近 代人书扇 ………201	118. 又 为韩南涧尚书寿 ……203	150. 又 赋牡丹 …………206
89. 前调 …………………201	119. 又 …………………203	151. 洞仙歌 为叶丞相作 ……206
90. 谒金门 ………………201	120. 满江红 贺王宣子平湖南寇 …………………………203	152. 又 访泉 ……………206
91. 忆秦娥 ………………201		153. 八声甘州 为建康胡长文留守寿 ……………………206
92. 前调 …………………201	121. 又 送汤朝美自便归 ……203	
93. 清平乐 ………………201	122. 又 送李正之提刑 ……203	154. 声声慢 红木犀 ………206
94. 柳梢青 金陵八艳 ………201	123. 又 中秋寄远 …………203	155. 江神子 ………………206
95. 前调 咏鸳鸯菊 …………201	124. 又 建康史致道留守席上赋 …………………………204	156. 又 …………………206
96. 浣溪沙 忆苏州书于北京瑞尔齿科 ……………………201		157. 又 书王氏壁 …………206
	125. 又 赣州席上陈季陵太守 204	158. 又 …………………207
97. 又 …………………201	126. 又 江行 ……………204	159. 六幺令 送玉山令陆德降六幺辞无七字者。故取六幺正体单调三十字八句平韵。 …………207
98. 西江月 白菊丛开有傲霜雪之姿 ……………………201	127. 又 送郑舜举郎中赴召 …204	
	128. 又 游南岩 …………204	
99. 前调 …………………201	129. 又 访别 ……………204	160. 六幺 辛弃疾双调九十四字上四十六字下四十八字，各九句五仄韵。 ……………………207
100. 前调 …………………201	130. 水调歌头 盟鸥 ………204	
101. 东坡引 古今诗 …………201	131. 又 …………………204	
102. 鹧鸪天 ………………201	132. 又 席上留别 …………204	161. 满庭芳 和洪丞相 ………207
103. 小重山 ………………202	133. 又 九日游云洞 ………204	162. 又 …………………207
104. 蝶恋花 ………………202	134. 又 答李子永 …………204	163. 鹧鸪天 鹅湖寺 ………207
105. 前调 …………………202	135. 又 吴江观雪 …………205	164. 又 …………………207
106. 水调歌头 春日舟行 ……202	136. 又 舟次扬州 …………205	165. 又 …………………207

目 录

166. 又　送人 …………………207
167. 又 ……………………………207
168. 又 ……………………………207
169. 丑奴儿　博山道中效李易安体
丑奴儿正二体平声韵。取曾干曜又
取黄庭坚体。……………………207
170. 蝶恋花　送长义弟登望江亭
………………………………………207
171. 浣溪沙 ………………………207
172. 蝶恋花　和杨济翁韵 ……208
173. 又　月下醉书 ……………208
174. 又　杨济翁侍女 …………208
175. 定风波 ………………………208
176. 临江仙　探梅 ……………208
177. 又　醉宿崇福寺 …………208
178. 又 ……………………………208
179. 菩萨蛮 ………………………208
180. 又　书江西造口壁 ………208
181. 又　送佑之弟归浮梁 ……208
182. 又　赏心亭为叶丞相赋 …208
183. 又　赋樱桃 …………………208
184. 西河　送钱仲耕自江西漕赴婺
州 ……………………………………208
185. 木兰花　慢席上呈张仲固帅兴
元 ……………………………………208
186. 又　滁州送范倅　自述蛇口工
业园区 ………………………………208
187. 朝中措 ………………………209
188. 又 ……………………………209
189. 祝英台令　应为祝英台近晚春
………………………………………209
190. 乌夜啼　山行 ……………209
191. 又 ……………………………209
192. 鹊桥仙　为人寿八十 ……209
193. 太常引 ………………………209

194. 昭君怨　豫章寄张定叟 …209
195. 采桑子　书博山道中壁 …209
196. 杏花天　无题 ……………209
197. 踏歌 …………………………209
198. 一落索　闺思 ……………209
199. 千秋岁　为金陵史致道留守
………………………………………209
200. 感皇恩　为范倅寿 ………209
201. 青玉案　元夕 ……………209
202. 霜天晓角　旅兴 …………209
203. 阮郎归　来阳道中 ………210
204. 南歌子 ………………………210
205. 小重山　茉莉 ……………210
206. 又　送李子友 ……………210
207. 西江月　渔父词 …………210
208. 减字木兰花 ………………210
209. 清平乐　博山道中 ………210
210. 又 ……………………………210
211. 又　检校山园 ……………210
212. 又　独宿博山王氏庵 ……210
213. 又　检校山园 ……………210
214. 生查子　山行 ……………210
215. 又 ……………………………210
216. 山鬼谣　两岩石甚怪，取九歌
名山鬼，赋摸鱼儿，改本名 …210
217. 声声慢　登楼作 …………210
218. 满江红　题冷泉亭 ………210
219. 又 ……………………………211
220. 又　暮春 …………………211
221. 又　送佑之弟 ……………211
222. 又　和廊之春 ……………211
223. 又　稼轩居士花下郑使君惜别
醉赋 …………………………………211
224. 又 ……………………………211
225. 又 ……………………………211

226. 又 ……………………………211
227. 又 ……………………………211
228. 又　暮春 …………………211
229. 贺新郎 ………………………212
230. 又　陈同父见和 …………212
231. 又　前韵送杜叔高 ………212
232. 又　听琵琶 ………………212
233. 又 ……………………………212
234. 水调歌头　谢严子文韵 …212
235. 又　送太守王秉 …………212
236. 又　六户之叹 ……………212
237. 又　送郑厚卿赴衡州 ……212
238. 又　元日投宿博山寺见者惊叹
其老 …………………………………212
239. 又　南涧 …………………213
240. 念奴娇 ………………………213
241. 又　用东坡赤壁韵 ………213
242. 又　用前韵和丹桂 ………213
243. 又　墨梅 …………………213
244. 又　梅 ……………………213
245. 东风第一枝　寄老子 ……213
246. 水龙吟　人生 ……………213
247. 又 ……………………………213
248. 又 ……………………………213
249. 又　题瓢泉 ………………213
250. 又 ……………………………214
251. 最高楼　送丁怀忠 ………214
252. 又　乞归示儿十月兰。…214
253. 又　答晋臣 ………………214
254. 又　为洪内翰庆七十 ……214
255. 浣溪沙　己亥春末北京景山题
黑豹珍珠藏娇隐玉牡丹 …………214
256. 又　七彩郁金香 …………214
257. 瑞鹤仙　上洪倅寿 ………214
258. 汉宫春　即事 ……………214

29

259. 沁园春　弄溪赋 …………214
260. 又 …………………………214
261. 归朝欢　题晋臣积翠岩…215
262. 水龙吟　过南剑双溪楼…215
263. 又　别传倅先之，时传有诏命
…………………………………215
264. 卜算子　答晋臣……………215
265. 江神子　和人韵……………215
266. 又　和陈仁和韵……………215
267. 鹧鸪天　鹅湖病归起作 …215
268. 又　席上………………………215
269. 又　对阵………………………215
270. 又　重九………………………215
271. 又　石门道中…………………215
272. 又　送欧阳国瑞入吴中…215
273. 又　送廓之秋试 ……………215
274. 又　和赵文鼎雪……………215
275. 又　徐衡仲惠琴不受………215
276. 又　游鹅湖醉书酒家壁 …216
277. 又　元溪不见梅……………216
278. 又送元省干 …………………216

第三十五函

1. 西江月　夜行黄沙道中……219
2. 菩萨蛮 …………………………219
3. 又 ………………………………219
4. 又 ………………………………219
5. 朝中措　为人寿 ……………219
6. 鹊桥仙　送佑之归浮梁……219
7. 又　山行寄所见……………219
8. 临江仙　和南涧韵…………219
9. 又　岳母寿……………………219
10. 定风波　药名………………219
11. 又　游建康…………………219
12. 又　再和前药名 ……………219

13. 又　大醉自诸葛溪亭归……219
14. 又　席上赋……………………219
15. 又　杜鹃花……………………220
16. 浣溪沙　赠子文侍人名笑…220
17. 又　别成上人并送性禅师…220
18. 又　种梅菊……………………220
19. 又　漫兴……………………220
20. 杏花天　嘲牡丹……………220
21. 鹊桥仙　赠人………………220
22. 又　为岳母庆八十寄………220
23. 又　贺余察院生日…………220
24. 又　送粉卿行………………220
25. 虞美人　送赵达夫…………220
26. 又　赵文鼎生日……………220
27. 又　饮不饮…………………220
28. 又　赋荼蘼…………………220
29. 蝶恋花　送人行……………220
30. 又　元旦立春………………220
31. 又　和江陵赵宰……………220
32. 又　送郑元英………………221
33. 感皇恩　寿范倅……………221
34. 一枝花　醉中作……………221
35. 永遇乐　送陈光宗知县……221
36. 御街行　山中………………221
37. 又 ……………………………221
38. 生查子　雨岩………………221
39. 渔家傲　卜寿………………221
40. 好事近　元夕立春…………221
41. 又 ……………………………221
42. 行香子…………………………221
43. 南歌子　独坐………………221
44. 又 ……………………………221
45. 清平乐　寿…………………221
46. 又 ……………………………221
47. 又　赵民则提刑从不饮……222

48. 浪淘沙…………………………222
49. 又　赋虞美人草……………222
50. 虞美人　赋虞美人草………222
51. 新荷叶　初秋访悠然………222
52. 生查子　独游西岩…………222
53. 西江月　赋丹桂……………222
54. 唐多令…………………………222
55. 王孙信　《词律辞典》无此体可校。去声四寘韵…………222
56. 一剪梅…………………………222
57. 又 ……………………………222
58. 玉楼春…………………………222
59. 又 ……………………………222
60. 又 ……………………………222
61. 南乡子…………………………222
62. 又 ……………………………222
63. 忆王孙　雁…………………222
64. 柳梢青…………………………223
65. 惜分飞春思……………………223
66. 六州歌头………………………223
67. 又　自慰………………………223
68. 满江红　醉…………………223
69. 又　山居即事………………223
70. 永遇乐…………………………223
71. 兰陵王　赋一丘一壑………223
72. 蓦山溪　昌父赋一丘一壑，格律高古、因效其体…………223
73. 又 ……………………………223
74. 满庭芳…………………………223
75. 又 ……………………………224
76. 最高楼…………………………224
77. 又 ……………………………224
78. 江神子　送…………………224
79. 木兰花　慢十七体菊隐……224
80. 又 ……………………………224

目 录

81. 又 中秋饮酒达旦送月 ……224
82. 声声慢 隐括渊明停云诗 …224
83. 八声甘州 夜读李广传 ……224
84. 水调歌头 送施圣与枢密帅隆兴,信之评云:"水打乌龟石,方人也大奇。"方人也乃施字……224
85. 又 壬子被召,端仕相饯席上作 ……………………………224
86. 又 以病止酒 ……………225
87. 又 醉吟 …………………225
88. 水龙吟 爱李延年歌、淳于髡语,合为词,庶已高唐、神女、洛神赋之意云 ……………225
89. 贺新郎 福州游西湖 ……225
90. 又 ………………………225
91. 又 别茂嘉十二弟 ………225
92. 又 ………………………225
93. 沁园春 ……………………225
94. 又 将止酒戒酒杯使勿近 …225
95. 又 酒 ……………………226
96. 哨遍 秋水观 ……………226
97. 又 ………………………226
98. 念奴娇 赋梅花 …………226
99. 又 ………………………226
100. 感皇恩 寿陈丞及之 ……226
101. 又 读庄子有所感 ………226
102. 又 寿七十 ………………226
103. 南乡子 …………………226
104. 小重山 游西湖 …………226
105. 婆罗门引 别叔高叔长于楚门 ……………………………226
106. 又 ………………………227
107. 又 ………………………227
108. 行香子 …………………227
109. 又 ………………………227
110. 又 ………………………227
111. 粉蝶儿 …………………227
112. 锦帐春 …………………227
113. 夜游宫 苦俗客 …………227
114. 浪淘沙 山寺夜半闻钟 …227
115. 唐河传 …………………227
116. 西江月 题可卿影像 ……227
117. 又 以家事付儿曹示之 …227
118. 丑奴儿 书博山道中壁 …227
119. 破阵子 赠行 ……………227
120. 碛石道中有怀子似 ……227
121. 定风波 送卢提刑约上元重来 ……………………………228
122. 又 再用韵卢置歌舞甚盛 228
123. 踏莎行 赋稼轩集经句 …228
124. 汉宫春 立春日 …………228
125. 归朝欢 …………………228
126. 玉蝴蝶 追别杜叔高 ……228
127. 雨中花慢 登新楼有怀昌甫,斯远、仲止、子似、民瞻 ………228
128. 临江仙 侍者阿钱以行赋钱字以赠之 …………………………228
129. 又 ………………………228
130. 玉楼春 …………………228
131. 南歌子 …………………228
132. 品令 八十 ………………228
133. 武陵春 …………………228
134. 鹧鸪天 离豫章别司马汉章大监 ……………………………228
135. 又 ………………………229
136. 又 知昌父 ………………229
137. 又 ………………………229
138. 又 赋梅 …………………229
139. 又 黄沙道中 ……………229
140. 又 ………………………229
141. 又 ………………………229
142. 又 ………………………229
143. 又 和子似山行 …………229
144. 又 祝良显家牡丹一本百朵 ……………………………229
145. 又 赋牡丹 ………………229
146. 又 再赋 …………………229
147. 又 不寐 …………………229
148. 又 村舍 …………………229
149. 又 博山寺作 ……………229
150. 又 寄叶仲洽 ……………229
151. 浣溪沙 黄沙岭 …………229
152. 又 泉湖道中赴闽宪别诸君 ……………………………229
153. 又 种松竹未成 …………230
154. 又 偶作 …………………230
155. 又 ………………………230
156. 又 赋清虚 ………………230
157. 又 ………………………230
158. 又 借叔高,子似宿山寺戏作 ……………………………230
159. 又 ………………………230
160. 又 ………………………230
161. 又 常山道中 ……………230
162. 新荷叶 上巳日子似谓古今无此词索赋 …………………………230
163. 生查子 …………………230
164. 又 ………………………230
165. 昭君怨 …………………230
166. 乌衣啼 …………………230
167. 朝中措 九日小集,世长将赴省 ……………………………230
168. 又 ………………………230
169. 河渎神 …………………230

170. 太常引　建康中秋为吕叔潜赋
……………………………………230
171. 清平乐　谢叔良惠木犀 …230
172. 又 ……………………………231
173. 又 ……………………………231
174. 菩萨蛮 ………………………231
175. 又　赠周国辅侍人 …………231
176. 又　张医道服为别，且令馈河豚 ……………………………231
177. 又　晋臣张菩提叶灯，席上赋 ……………………………231
178. 又　云岩 ……………………231
179. 又 ……………………………231
180. 柳梢青　生日八吟 …………231
181. 贺新郎　严和之好古博雅，以严本姓庄，取蒙庄，子陵四事，曰濮上，曰濠梁，曰齐泽，曰严濑，为四图，属于赋词。予谓蜀君平之高，扬子云所谓虽隋和何以加诸者，班孟坚独以子云所称述为王贡诸传序引，不敢以其姓名列诸传，尊之也。故予谓和之当并图君平像，置之四图之间，庶几严氏之高杰者备焉。作乳燕飞词合歌之…………231
182. 又　小鲁亭 …………………231
183. 又 ……………………………231
184. 又　悠然阁 …………………231
185. 又　题君用山园 ……………232
186. 又 ……………………………232
187. 又 ……………………………232
188. 水龙吟 ………………………232
189. 又 ……………………………232
190. 水调歌头 ……………………232
191. 又　一枝堂 …………………232
192. 又 ……………………………232
193. 又　自叙 ……………………232
194. 又 ……………………………232
195. 又　自述 ……………………233
196. 念奴娇　又 …………………233
197. 又 ……………………………233
198. 又 ……………………………233
199. 新荷叶 ………………………233
200. 又　悠然阁 …………………233
201. 波罗门　引用韵答先之 …233
202. 行香子 ………………………233
203. 江神子　鸣蛙 ………………233
204. 又 ……………………………233
205. 沁园春　农夫一带一路 …233
206. 又　赵茂嘉郎中 ……………234
207. 喜迁莺　又 …………………234
208. 永遇乐　赋梅雪 ……………234
209. 又　送十二弟赴都 …………234
210. 归朝欢　寄题郑元英文山巢经楼，楼之侧有尚友斋，欲借书者就斋中取读，书不借出。………234
211. 瑞鹤仙　南剑双溪楼 ………234
212. 玉蝴蝶　叔高书来戒酒用韵此词非正体，取柳永正体。………234
213. 满江红 ………………………234
214. 雨中花慢　非正体，取苏轼正体，双调九十八字，上四十九字十一字四平韵，下四十九字四平韵。……………………………234
215. 洞仙歌 ………………………234
216. 又 ……………………………235
217. 又　浮石庄 …………………235
218. 鹧鸪天 ………………………235
219. 又 ……………………………235
220. 卜算子 ………………………235
221. 又 ……………………………235
222. 又　荷花 ……………………235
223. 点绛唇 ………………………235
224. 谒金门 ………………………235
225. 又 ……………………………235
226. 东坡引 ………………………235
227. 醉花阴 ………………………235
228. 清平乐 ………………………235
229. 又 ……………………………235
230. 又 ……………………………235
231. 醉翁操 ………………………235
232. 西江月　又 …………………235
233. 丑奴儿　和陈薄 ……………236
234. 破阵子 ………………………236
235. 又　如陈同甫赋壮语以寄 236
236. 千年调 ………………………236
237. 祝英台近　泉为何鸣 ………236
238. 又 ……………………………236
239. 江神子　自述 ………………236
240. 清平乐　呈昌父，时仆以病止酒，昌父日作诗数篇，未章及之。……………………………236
241. 临江仙 ………………………236
242. 又 ……………………………236
243. 又　和叶仲洽赋羊桃 ………236
244. 又　元亮席上见和 …………236
245. 南乡子 ………………………236
246. 玉楼春 ………………………236
247. 又 ……………………………236
248. 又 ……………………………237
249. 又 ……………………………237
250. 又 ……………………………237
251. 又 ……………………………237
252. 又 ……………………………237
253. 鹧鸪天 ………………………237
254. 又 ……………………………237

目录

255. 又 重九 ……………237
256. 又 睡起即事 …………237
257. 又 有感 ………………237
258. 又 子似过秋水 ………237
259. 又 有客慨然谈功名 …237
260. 又 示儿吕赢 …………237
261. 又 ……………………237
262. 鹊桥仙 …………………237
263. 西江月 …………………237
264. 又 ……………………237
265. 又 三山作 ……………238
266. 又 遣兴 ………………238
267. 又 和晋臣登悠然阁 …238
268. 又 ……………………238
269. 生查子 独游西岩 ……238
270. 又 ……………………238
271. 卜算子 饮酒败德 ……238
272. 又 饮酒成病 …………238
273. 又 饮者不写书 ………238
274. 又 饮者龄落 …………238
275. 又 ……………………238
276. 又 ……………………238
277. 又 ……………………238
278. 又 ……………………238
279. 哨遍 诗有其意计无其意,也辩,诗乃作者与读所思也。……238
280. 兰陵王 又 ……………238
281. 贺新郎 枣花 …………239
282. 又 ……………………239
283. 又 ……………………239
284. 又 ……………………239
285. 念奴娇 和信守王道夫席上韵
……………………………239
286. 又 ……………………239

第三十六函

1. 又 五百年梅 ……………243
2. 沁园春 自述 …………243
3. 又 寄辛弃疾 …………243
4. 又 答余叔良寄安吉宏 …243
5. 又 答杨世长 …………243
6. 水调歌头 寄桓仕四弟五弟六妹
……………………………243
7. 又 和章槭县令 ………243
8. 又 ……………………243
9. 又 ……………………244
10. 又 ……………………244
11. 又 送杨民瞻 …………244
12. 又 三山用赵丞相韵答师幕王君,近中秋事 ……………244
13. 又 ……………………244
14. 又 赋傅岩叟悠然阁 …244
15. 又 赋松菊堂自述 ……244
16. 满江红 中秋 …………244
17. 又 ……………………244
18. 又 ……………………244
19. 又 ……………………244
20. 又 ……………………245
21. 又 和卢国华 …………245
22. 又 ……………………245
23. 又 ……………………245
24. 又 游清风峡 …………245
25. 永遇乐 京口北固亭怀古 …245
26. 归朝欢 丁卯岁寄题眉山李参政石林 ……………………245
27. 瑞鹤仙 赋梅 …………245
28. 声声慢 又 ……………245
29. 汉宫春 舒适蓬莱阁怀古 …245
30. 又 会稽秋风亭观雨 …245

31. 又 答李兼菩提举和章 ……246
32. 又 答吴子似总干和章 ……246
33. 洞仙歌 红梅 …………246
34. 又 ……………………246
35. 上西平会稽秋风亭观雪 …246
36. 又 送杜叔高 …………246
37. 婆罗门引 ………………246
38. 千年调 …………………246
39. 江神子 赋梅寄余叔良 ……246
40. 又 和李能伯韵呈赵晋臣 …246
41. 一剪梅 中秋无月 ……246
42. 踏莎行 …………………246
43. 又 赋木犀 ……………247
44. 又 和赵国兴知录韵 …247
45. 定风波 自和 …………247
46. 又 ……………………247
47. 破阵子 …………………247
48. 临江仙 …………………247
49. 又 ……………………247
50. 又 ……………………247
51. 又 ……………………247
52. 又 中庭枣树汪魏新巷九号 247
53. 又 北京钢铁院毕业,郭雅卿致计曰:"待到明年黄花,此时声名达帝畿" ……………247
54. 又 ……………………247
55. 又 ……………………247
56. 又 ……………………247
57. 又 ……………………247
58. 又 ……………………248
59. 又 海南岛 ……………248
60. 又 ……………………248
61. 蝶恋花 继杨济翁韵饯范南伯知县归京口 ……………248
62. 又 ……………………248

33

63. 又 ……………………248	96. 又　赋秋水瀑泉……250	130. 又 ……………………252
64. 又 ……………………248	97. 又 ……………………250	131. 恋绣衾 ………………252
65. 南乡子　登京口北固亭有怀 248	98. 朝中措　祝寿 …………250	132. 杏花天 ………………252
66. 鹧鸪天　和张子志提举……248	99. 清平乐　书扇 …………250	133. 柳梢青　三山归途见白鸥 252
67. 又 ……………………248	100. 好事近　中秋席上和王路钤	134. 武陵春 ………………252
68. 又 ……………………248	…………………………250	135. 谒金门 ………………252
69. 又 ……………………248	101. 又　和城中诸友 ………250	136. 酒泉子 ………………252
70. 又　郑守厚卿席上谢余伯山用	102. 菩萨蛮 ………………250	137. 霜天晓角　八十岁，三万日，
其韵……………………248	103. 又 ……………………250	十三万诗词数。………252
71. 又 ……………………248	104. 又 ……………………250	138. 点绛唇　留博山寺 ……252
72. 又 ……………………248	105. 又　送郑守厚卿赴阙 …250	139. 生查子 ………………252
73. 又　三山道中 …………248	106. 又　送曹君之庄所 ……250	140. 又　京口郡治尘表亭 …252
74. 又 ……………………248	107. 又 ……………………250	141. 昭君怨　送晁楚老游荆门 252
75. 又　寄陶渊明 …………249	108. 又 ……………………250	142. 一落索 ………………252
76. 又 ……………………249	109. 卜算子　问陆游韵咏梅 …250	143. 如梦令　赋梁燕 ………252
77. 又 ……………………249	110. 丑奴儿 ………………251	144. 生查子　和夏中玉 ……252
78. 又 ……………………249	111. 又 ……………………251	145. 满江红　吕长春格律诗词
79. 又 ……………………249	112. 又 ……………………251	六万八千首……………252
80. 又　登一丘一壑偶成 …249	113. 又 ……………………251	146. 菩萨蛮　和夏中玉 ……253
81. 瑞鹧鸪　京口有怀山中故人 249	114. 又 ……………………251	147. 一剪梅　柳杨 …………253
82. 又京中病中 ……………249	115. 浣溪沙　赠内 …………251	148. 又 ……………………253
83. 又 ……………………249	116. 又 ……………………251	149. 念奴娇　谢王广文双姬词 253
84. 又　乙丑奉祠归舟次余千赋 249	117. 又 ……………………251	150. 又　三友同饮 …………253
85. 又 ……………………249	118. 又　别杜叔高 …………251	151. 又　赠夏成玉 …………253
86. 玉楼春 ………………249	119. 又 ……………………251	152. 江城子 ………………253
87. 又 ……………………249	120. 添字浣溪沙 …………251	153. 惜奴娇 ………………253
88. 又 ……………………249	121. 又 ……………………251	154. 眼儿媚 ………………253
89. 又　题文山郑元英巢经楼 …249	122. 又 ……………………251	155. 如梦令　歌声，寄武警歌舞团
90. 又 ……………………249	123. 又 ……………………251	长高歌…………………253
91. 又　乙丑京口奉祠西归将至仙	124. 减字木兰花　宿僧房有作 251	156. 鹧鸪天 ………………253
人矶……………………249	125. 又 ……………………251	157. 踏莎行　春日有感 ……253
92. 鹊桥仙　席上和赵晋臣敷文 250	126. 醉太平 ………………251	158. 出塞 …………………253
93. 西江月　用韵和李兼济提举 250	127. 太常引 ………………251	159. 谒金门 ………………253
94. 又　春晚 ………………250	128. 又寿 …………………251	160. 好事近 ………………253
95. 又　木犀 ………………250	129. 东坡引 ………………252	161. 又 ……………………254

目 录

162. 又 …………………………254
163. 水调歌头 和马叔度游月波楼 …………………………254
164. 又 …………………………254
165. 贺新郎 …………………………254
166. 渔家傲 湖州 …………………………254
167. 霜天晓角 赤壁 …………………………254
168. 苏武慢 雪 选冠子又名苏武慢，辛此词不工，取陆游体……254
169. 绿头鸭 七夕 别名多丽，平韵者绿头鸭，仄韵者多丽。多丽十一体，绿头鸭独一体。辛词平韵体多丽，取张孝祥多丽体。……254
170. 乌夜啼 …………………………254
171. 品令 …………………………254
172. 好事近 …………………………254
173. 金菊对芙蓉 重阳 …………255
174. 贺新郎 …………………………255
175. 好事近 西湖 …………………255
176. 生查子 重叶梅 …………255
177. 赵善扛 …………………………255
传言玉女 上元 …………255
178. 好事近 …………………………255
179. 重叠金 春游 …………255
180. 又 春思 …………………………255
181. 又 春宵 …………………………255
182. 十拍子 上巳 …………255
183. 青玉案 春暮 …………255
184. 烛影摇红 盱江有怀 ……255
185. 谒金门 春情 …………255
186. 宴清都 钱明远兄县丞荣满赴调 …………………………255
187. 小重山 别情 …………256
188. 感皇恩 自述 …………256
189. 贺新郎 夏 …………………256

190. 喜迁莺 又 …………………256
191. 越善括 …………………………256
菩萨蛮 西亭 …………256
192. 柳梢青 …………………………256
193. 鹧鸪天 …………………………256
194. 又 …………………………256
195. 又 …………………………256
196. 沁园春 和辛帅 …………256
197. 又 …………………………256
198. 又 …………………………256
199. 满江红 和坡公韵 …………257
200. 又 南康作 …………………257
201. 又 坐闲二〇一九年 …………257
202. 鹧鸪天 和朱伯阳 …………257
203. 念奴娇 重阳岚光亭 …………257
204. 醉落魄 …………………………257
205. 摸鱼儿 和辛幼安韵 …………257
206. 又 …………………………257
207. 虞美人 无题 …………257
208. 好事近 怀归 …………257
209. 鹧鸪天 翁广文席上 …………257
210. 满江红 和李颖士 …………257
211. 水调歌头 渡江 …………257
212. 好事近 春暮 …………258
213. 鹧鸪天 庆金判王状元 …258
214. 醉落魄 江阁 …………258
215. 又 …………………………258
216. 朝中措 …………………………258
217. 菩萨蛮 七夕 …………258
218. 水调歌头 赵帅生日 …………258
219. 满江红 自述 …………258
220. 醉蓬莱 …………………………258
221. 又 …………………………258
222. 鹊桥仙 又达者 …………258
223. 水调歌头 吴门咏 ………258

224. 又 …………………………258
225. 又 奉饯冠之之行 ………259
226. 又 饯吴漕 …………………259
227. 鹧鸪天 1949-2019 七十年中国金融 …………………………259
228. 又 …………………………259
229. 满江红 饯京仲远赴湖北漕 …………………………259
230. 满庭芳 七十年 金融史 259
231. 好事近 又 …………………259
232. 程垓 …………………………259
满江红 又寄国家档案馆 …………………………259
233. 又 …………………………259
234. 最高楼 七十年中国金融史 …………………………259
235. 南浦 又 …………………259
236. 摊破江城子 又 …………259
237. 木兰花慢 又 …………260
238. 八声甘州 …………………260
239. 洞庭春色 …………………260
240. 四代好 …………………………260
241. 水龙吟 …………………………260
242. 玉漏迟 七夕 …………260
243. 折红英 …………………………260
244. 上西平 …………………………260
245. 瑶阶草 …………………………260
246. 碧牡丹 …………………………260
247. 满庭芳 临安晚秋登临 …260
248. 念奴娇 …………………………260
249. 浣溪沙 过秦淮寄萧丽云、陈立夫 …………261
250. 雪狮儿 …………………………261
251. 摸鱼儿 …………………………261
252. 闺怨 无闲 …………………261
253. 孤雁儿 …………………………261

35

254. 又　有尼从人而复出者 …261	289. 忆王孙 …………………263	20. 又 …………………………268
255. 意难忘 …………………261	290. 卜算子 …………………263	21. 南乡子 …………………268
256. 一丛花 …………………261	291. 又 …………………………263	22. 浪淘沙 …………………268
257. 蓦山溪 …………………261	292. 又 …………………………263	23. 又　木槿　马来西亚、巴布亚新几内亚 …………………268
258. 满江红 …………………261	293. 霜天晓角 ………………263	24. 摊破南乡子 ……………268
259. 小桃红 …………………261	294. 又 …………………………263	25. 祝英台　晚春 …………268
260. 芭蕉雨 …………………261	295. 鸟夜啼 …………………264	26. 虞美人 …………………268
261. 红娘子 …………………262	296. 又　醉床不能寐 ………264	27. 长相思 …………………268
262. 醉落魄　赋石榴花 ……262	297. 又 …………………………264	28. 又 …………………………268
263. 一剪梅 …………………262	298. 瑞鹧鸪　瑞香 …………264	29. 又 …………………………268
264. 又 …………………………262	299. 又　春日南园 …………264	30. 鹊桥仙　秋日寄怀 ……268
265. 眼儿媚　又朝中措 ……262	300. 青玉案 …………………264	31. 醉落魄 …………………268
266. 浪淘沙 …………………262		32. 减字木兰花 ……………268
267. 雨中花令 ………………262	**第三十七函**	33. 谒金门　杏花 …………269
268. 又 …………………………262		34. 又　荼蘼 ………………269
269. 又 …………………………262	1. 好事近　资中道上无双埭感怀作 …………………………267	35. 又　陪苏子重诸友饮东山 …269
270. 凤栖梧客临安 …………262	2. 又　待月不至 ……………267	36. 又 …………………………269
271. 又 …………………………262	3. 又 …………………………267	37. 又 …………………………269
272. 又 …………………………262	4. 又 …………………………267	38. 又 …………………………269
273. 又 …………………………262	5. 点绛唇 …………………267	39. 又 …………………………269
274. 又 …………………………262	6. 如梦令 …………………267	40. 蝶恋花 …………………269
275. 愁倚阑　三荣道上赋 …262	7. 清平乐 …………………267	41. 又　寄稼轩， …………269
276. 渔家傲　彭门道中早起 …262	8. 又 …………………………267	42. 又　春风一夕浩荡，晓来柳色一新 …………………………269
277. 又　独木成林 …………263	9. 又　咏雪 ………………267	43. 又　自东江乘晴过暮颐渚园小饮 …………………………269
278. 临江仙 …………………263	10. 又 …………………………267	44. 又 …………………………269
279. 又 …………………………263	11. 望秦川　早春感怀 ……267	45. 又 …………………………269
280. 朝中措　运河 …………263	12. 又 …………………………267	46. 又 …………………………269
281. 又　茶词 ………………263	13. 又 …………………………267	47. 又 …………………………269
282. 又汤词 …………………263	14. 天仙子 …………………267	48. 又　月下有感 …………269
283. 又　咏七十九 …………263	15. 望江南　夜泊龙桥滩前遇雨作 …………………………267	49. 又　崖柏毛瓣宇妻之兄刘力宏送我赵朴初赠万年崖柏 …270
284. 又 …………………………263	16. 南歌子 …………………268	50. 菩萨蛮 …………………270
285. 醉落魄　别少城舟宿黄龙 263	17. 又　杨光辅又寄示寻春 …268	
286. 酷相思 …………………263	18. 又　早春 ………………268	
287. 生查子 …………………263	19. 又 …………………………268	
288. 又 …………………………263		

目 录

51. 又 …………………………270
52. 又 访江东外家作 …………270
53. 又 …………………………270
54. 又 正月三日西山即事 ……270
55. 又 …………………………270
56. 又 …………………………270
57. 又 …………………………270
58. 又 回文 ……………………270
59. 又 …………………………270
60. 又 …………………………270
61. 又 …………………………270
62. 又 …………………………270
63. 又 …………………………270
64. 又 …………………………270
65. 木兰花 北京东城区汪魏新巷九号 ……………………270
66. 鹧鸪天 …………………………270
67. 入塞 杨柳 ……………………271
68. 桃源忆故人 又 ………………271
69. 愁倚阑 …………………………271
70. 乌夜啼 …………………………271
71. 忆秦娥 …………………………271
72. 又 …………………………271
73. 又 …………………………271
74. 西江月 …………………………271
75. 又 …………………………271
76. 乌夜啼 …………………………271
77. 浣溪沙 …………………………271
78. 又 …………………………271
79. 又 …………………………271
80. 又 …………………………271
81. 又 …………………………271
82. 鹧鸪天 …………………………271
83. 又 …………………………271
84. 一落索 …………………………271

85. 又 歌者索词，名之一束 …271
86. 破阵子 …………………………272
87. 一剪梅 …………………………272
88. 木兰花 …………………………272
89. 生查子 春日闺情 ……………272
90. 虞俜 ……………………………272
   满庭芳 腊梅 …………………272
91. 临江仙 苏倅席上赋 …………272
92. 徐似道 …………………………272
   阮郎归 …………………………272
93. 虞美人 夜泊庐山 ……………272
94. 瑞鹤仙令 ………………………272
95. 一剪梅 …………………………272
96. 失调名 …………………………272
97. 徐安国 …………………………272
   蓦山溪 早梅 …………………272
98. 鹧鸪天 …………………………272
99. 满江红 约齐同席用马庄父韵 ……………………………272
100. 又 晦庵席上作 ………………272
101. 黄人杰 …………………………273
   祝英台 八十自寿实为祝英台近体 …………………………273
102. 酹江月 寿二月初三，又 ……273
103. 感皇恩 西湖 …………………273
104. 念奴娇 游西湖 ………………273
105. 浣溪沙 江陵二在席次为江梅腊梅赋 ……………………273
106. 生查子 …………………………273
107. 柳梢青 黄梅 …………………273
108. 蓦山溪 …………………………273
109. 满江红 …………………………273
110. 蔡戡 ……………………………273
   点绛唇 百索 …………………273
111. 水调歌头 南徐秋阅宴诸将代老人作 ……………………273
112. 又 送赵帅锁成都 ……………273
113. 何澹 ……………………………274
   鹧鸪天 绕花台 ………………274
114. 桃源忆故人 …………………274
115. 满江红 和陈郎中元夕 ………274
116. 又 ………………………………274
117. 鹧鸪天 …………………………274
118. 陈三聘 …………………………274
   满江红 冬至 …………………274
119. 又 八十年吃五亿粒米，一树柳，五亿叶一春秋。………274
120. 又 雨后游西湖荷花盛开 274
121. 又 ………………………………274
122. 千秋岁 重到桃花坞 …………274
123. 浣溪沙 烛下海棠 ……………274
124. 又 ………………………………274
125. 又 ………………………………274
126. 又 ………………………………275
127. 又 元夕后三日王文明席上 ………………………………275
128. 又 ………………………………275
129. 又 ………………………………275
130. 朝中措 丙午立春大雪 ………275
131. 又 ………………………………275
132. 又 ………………………………275
133. 又 ………………………………275
134. 又 ………………………………275
135. 蝶恋花 …………………………275
136. 南柯子 …………………………275
137. 又 ………………………………275
138. 又 七夕 ………………………275
139. 水调歌头 ………………………275
140. 又 燕山九日作地铁沟通使节 ………………………………275

141. 西江月　马来西亚 ……275	176. 又 ………………278	209. 又 ………………280
142. 又　巴布亚新几内亚……275	177. 卜算子 ………………278	210. 又 ………………280
143. 鹊桥仙 ………………276	178. 又 ………………278	211. 又　孟扶千岁寒三友屏风 280
144. 宜男草 ………………276	179. 三登乐 ………………278	212. 鹧鸪天　旅中中秋 ……280
145. 又 ………………276	180. 又 ………………278	213. 又　冬至上李漕 ……280
146. 秦楼月 ………………276	181. 又 ………………278	214. 渔家傲　送李憨言徐元吉赴试南宫 ………………280
147. 又 ………………276	182. 又 ………………278	215. 又 ………………280
148. 又 ………………276	183. 浪淘沙 ………………278	216. 洞仙歌　四十一体 ……280
149. 又 ………………276	184. 虞美人　寄人觅梅 ……278	217. 念奴娇　上洪帅 ………280
150. 又 ………………276	185. 又 ………………278	218. 又 ………………280
151. 念奴娇　自述 ………276	186. 又 ………………278	219. 又 ………………280
152. 又 ………………276	187. 又　红木犀 ………278	220. 又 ………………280
153. 又　寄李白 ………276	188. 醉落魄　元夕 ………278	221. 又 ………………281
154. 又　寄杜甫 ………276	189. 眼儿媚　老苏州餐馆 ……278	222. 醉落魄 ………………281
155. 又　寄王维 ………276	190. 石孝友 ………………279	223. 又 ………………281
156. 惜分飞 ………………276	水调歌头　送张左司 ……279	224. 又 ………………281
157. 梦玉人引 ………………277	191. 宝鼎现　上元上江西刘枢密 ………………279	225. 又 ………………281
158. 又 ………………277		226. 丑奴儿　次韵何文成灯下镜中桃花 ………………281
159. 如梦令 ………………277	192. 眼儿媚 ………………279	
160. 又 ………………277	193. 又 ………………279	227. 西江月 ………………281
161. 菩萨恋　端午 ………277	194. 临江仙 ………………279	228. 又 ………………281
162. 又　元夕立春 ………277	195. 又　自述寄子吕赢女昌今 279	229. 鹧鸪天 ………………281
163. 又 ………………277	196. 又 ………………279	230. 踏莎行 ………………281
164. 临江仙 ………………277	197. 又 ………………279	231. 望海潮 ………………281
165. 又　聚 ………………277	198. 又 ………………279	232. 虞美人 ………………281
166. 减字木兰花 ………277	199. 鹧鸪天 ………………279	233. 又 ………………281
167. 又 ………………277	200. 又 ………………279	234. 水龙吟 ………………281
168. 又　思乡 ………277	201. 又 ………………279	235. 长相思 ………………282
169. 又 ………………277	202. 又 ………………279	236. 又 ………………282
170. 又 ………………277	203. 又　寄祖父 ………279	237. 又 ………………282
171. 鹧鸪天 ………………277	204. 又 ………………279	238. 又 ………………282
172. 又 ………………277	205. 又 ………………279	239. 品令 ………………282
173. 又 ………………277	206. 又 ………………280	240. 点绛唇 ………………282
174. 又　雪梅 ………278	207. 又 ………………280	241. 又 ………………282
175. 好事近 ………………278	208. 卜算子 ………………280	

242. 又 ……282	277. 西江月 ……284	310. 减字木兰花 赠何藻 ……286
243. 又 ……282	278. 望海潮 元日上都运鲁大卿 ……284	311. 又 ……286
244. 又 ……282		312. 又 ……286
245. 又 ……282	279. 清平乐送同舍周智隆 ……284	313. 柳梢青 ……286
246. 玉楼春 ……282	280. 又自述 ……284	314. 乌夜啼 ……286
247. 又 ……282	281. 又 ……284	315. 愁倚阑 又名春光好 ……286
248. 又 ……282	282. 又 ……284	316. 又 ……286
249. 又 ……282	283. 又 ……284	317. 满庭芳 上张紫微自述 ……286
250. 又 ……282	284. 又 ……284	318. 又 次范倅忆洛阳梅 ……286
251. 又 冬日上江西漕鲁大卿 ……282	285. 一剪梅 送晁驹父 ……284	319. 又 ……286
252. 又 ……282	286. 浣溪沙 ……284	320. 又 寄别 ……287
253. 又 ……282	287. 又 ……285	321. 更漏子 ……287
254. 又 ……283	288. 又 ……285	322. 又 ……287
255. 西地锦 ……283	289. 又 ……285	323. 木兰花 ……287
256. 朝中措 ……283	290. 谒金门 ……285	324. 又 ……287
257. 阮郎归 ……283	291. 又 ……285	325. 踏莎行 ……287
258. 满江红 ……283	292. 又 ……285	326. 行香子 ……287
259. 浪淘沙 ……283	293. 又 ……285	327. 画堂春 ……287
260. 声声慢 ……283	294. 又 ……285	328. 摊破浣溪沙 ……287
261. 忆秦娥 ……283	295. 水调歌头 ……285	329. 燕归梁 ……287
262. 菩萨蛮 ……283	296. 又 赵倅生辰 ……285	330. 望江南 ……287
263. 又 ……283	297. 又 ……285	331. 青玉案 ……287
264. 又 ……283	298. 又 ……285	332. 蝶恋花 ……287
265. 惜奴娇 ……283	299. 又 ……285	333. 又 柳 ……287
266. 又 ……283	300. 杏花天 ……285	334. 又 ……287
267. 江城子 ……283	301. 南歌子 ……285	335. 蓦山溪 ……288
268. 又 ……283	302. 又 ……285	336. 又 ……288
269. 如梦令 ……283	303. 浣溪沙 ……286	337. 又 ……288
270. 又 ……284	忆 ……286	
271. 又 ……284	304. 南歌子 ……286	**第三十八函**
272. 亭前柳 ……284	305. 又 ……286	
273. 好事近 ……284	306. 又 ……286	1. 千秋岁 ……291
274. 夜行船 ……284	307. 又 ……286	2. 传言玉女 ……291
275. 又 ……284	308. 武陵春 ……286	3. 韩玉 ……291
276. 茶瓶儿 ……284	309. 好事近 ……286	水调歌头 ……291

4. 又　自广中出卢陵，赠歌姬段云卿……291
5. 又……291
6. 念奴娇　十三体……291
7. 感皇恩　广东与康伯可……291
8. 满江红　重九菊张舍人……291
9. 曲江秋　正宫……291
10. 一剪梅……292
11. 上西平……292
12. 西江月……292
13. 临江仙……292
14. 番枪子　又名春草碧……292
15. 清平乐　赠棋者……292
16. 减字木兰花　赠歌者……292
17. 行香子……292
18. 太常引　自述……292
19. 又……292
20. 贺新郎　自述……292
21. 又　咏水仙……292
22. 又……292
23. 水调歌头　上辛幼安生日…292
24. 且坐令……293
25. 风入松……293
26. 鹧鸪天……293
27. 又……293
28. 生查子……293
29. 卜算子……293
30. 霜天晓角　十体，有平仄声 293
31. 又……293
32. 熊良翰
蓦山溪……293
33. 熊可亮
鹧鸪天……293
34. 熊上达……293
35. 苏十能……293

南柯子……293
36. 朱景文
玉楼春……293
37. 欧阳光祖……293
满江红　奉吴漕正月十五……293
38. 瑞鹤仙　与十九体不工。取史达祖体。……294
39. 罗椿……294
酹江月　贺杨诚斋……294
40. 游九言……294
沁园春　自述……294
41. 赤枣子　又……294
42. 又……294
43. 刘光祖……294
洞仙歌　荷花……294
44. 鹊桥仙　留别……294
45. 昭君怨……294
46. 江城子　梅花……294
47. 长相思　别意……294
48. 水调歌头　旅思……294
49. 临江仙　春思……294
50. 又　自咏四五十始工于格律而成今诗……294
51. 踏莎行　春暮……295
52. 醉落魄　春日怀故山……295
53. 沁园春　自述……295
54. 何师心……295
满江红　又……295
55. 赵蕃……295
小重山　又……295
56. 菩萨蛮……295
57. 何令修……295
望江南……295
58. 马子严……295
水龙吟……295

59. 玉楼春……295
60. 桃源忆故人……295
61. 十拍子……295
62. 花心动……295
63. 贺新郎……295
64. 满庭芳……296
65. 水龙吟……296
66. 二郎神　十体本词转调二郎神，取杨无咎体自语……296
67. 天仙子　又……296
68. 最高楼　十七体……296
69. 青门引……296
70. 朝中措……296
71. 临江仙　上元……296
72. 月华清　忆别……296
73. 贺圣朝　春游……296
74. 鱼游春水……296
75. 海棠春……296
76. 鹧鸪天……296
77. 归朝欢……297
78. 孤鸾……297
79. 阮郎归　西湖春暮……297
80. 卜算子慢　二体《词律辞典》无此体，以张先体……297
81. 锦缠道　桑……297
82. 满江红……297
83. 水调歌头……297
84. 感皇恩　四五句非正体。自寿……297
85. 浪淘沙　又……297
86. 苏幕遮　又……297
87. 水调歌头　龙师宴王公明…297
88. 又　春野亭送别……297
89. 又　癸卯信丰送春……298
90. 又　万载烟雨观……298

目 录

91. 又 …………………298	121. 又 临安道中赋梅 ………300	154. 又 题胜竹屏 …………302
92. 又 …………………298	122. 又 秋夜 …………………300	155. 又 玉山道中 …………302
93. 又 …………………298	123. 又 …………………………301	156. 又 默林渡寄兴伯 ……302
94. 又 长沙寿王枢使…298	124. 又 …………………………301	157. 又 永州故人亭和圣徒季行韵
95. 满江红 甲竿豫章和李思永 298	125. 鹧鸪 天壬辰惠月佛阁 …301	…………………………………302
96. 又 辛丑赴信丰，舟行赣石中	126. 又 …………………………301	158. 又 春陵迎阳亭 ………302
…………………………298	127. 又 …………………………301	159. 又 辛亥二月雪 ………303
97. 又 壬子秋莆中赋桃花…298	128. 又 七夕 …………………301	160. 又 鉴止莲花穿栏杆开 …303
98. 又 丙辰中秋定王台即席饯富	129. 又 湘江舟中 ……………301	161. 好事近 垂丝海棠 ……303
次律…………………………298	130. 又 赠妙惠 ………………301	162. 又 癸巳催妆 ……………303
99. 又 丁卯和济时几宜送春…298	131. 又 丁巳初夕 ……………301	163. 醉蓬莱 重明节 ………303
100. 沁园春 和伍子严避暑二首	132. 柳梢青 …………………301	164. 汉宫春 壬子莆中鹿鸣宴 303
…………………………………299	133. 又 茶䕷屏 ………………301	165. 厅前柳 …………………303
101. 又 …………………………299	134. 又 …………………………301	166. 又 …………………………303
102. 酹江月 题赵文炳枕屏 …299	135. 又 …………………………301	167. 诉衷情 鉴止初夏 ……303
103. 又 丙午螺川 ……………299	136. 又 …………………………301	168. 又 莆中酌献白湖灵惠妃三首
104. 又 乙未白莲待廷对 ……299	137. 又 …………………………301	…………………………………303
105. 又 乙未中元自柳州过白莲	138. 又 …………………………301	169. 又 …………………………303
…………………………………299	139. 又 …………………………301	170. 又 …………………………303
106. 又 …………………………299	140. 又 …………………………302	171. 一剪梅 莆中赏梅 ……303
107. 又 信丰赋茉莉 …………299	141. 又 …………………………302	172. 又 丙辰冬长沙作 ……303
108. 又 万载龙江眼界 ………299	142. 浣溪沙 癸巳豫章 ………302	173. 朝中措 莆中共乐台 …303
109. 又 呈乐园牡丹 …………299	143. 又 滕王阁席上赠段去了经	174. 又 …………………………303
110. 促拍满路花 十四体信丰黄师	…………………………………302	175. 又 乙未中秋麦湖舟中 …304
尹跳珠亭…………………300	144. 又 鸣山驿道中 …………302	176. 又 山樊 …………………304
111. 又 瑞阴亭赠锦屏苗道人 300	145. 又 螺川叙别 ……………302	177. 又 …………………………304
112. 永遇乐 重明节 …………300	146. 又 鉴止宴坐 ……………302	178. 又 丁亥益阳贺王宜之 …304
113. 又 …………………………300	147. 又 鸳鸯红梅 ……………302	179. 点绛春 和翁子西 ……304
114. 又 …………………………300	148. 菩萨蛮 癸巳自豫章檄归 302	180. 又 …………………………304
115. 风入松 潇湘 ……………300	149. 又 …………………………302	181. 又 同曾元玷观沈赛娘棋 304
116. 凤凰阁 己酉归舟衡阳作 300	150. 又 …………………………302	182. 扑蝴蝶 …………………304
117. 蝶恋花 …………………300	151. 又 用三谢诗："故人心尚远，	183. 醉桃源 桐江舟中 ……304
118. 又 …………………………300	故心人不见。" ………………302	184. 又 单叶茶䕷 ……………304
119. 又 …………………………300	152. 又 秋望 …………………302	185. 又 …………………………304
120. 又 二色菊花 ……………300	153. 又可人梅轴 ……………302	186. 贺朝圣 和宗之梅 ……304

41

187. 踏莎行 ……………304	219. 江南好 ……………306	246. 三部乐　七月送丘宗卿使虏
188. 又 ………………304	220. 关河令 ……………306	……………308
189. 忆秦娥　和刘希宋 …304	221. 又　己亥宜春舟中 …306	247. 水调歌头　菊 ………308
190. 武陵春　和王叔度桃花 …304	222. 采桑子　三月晦必东馆大雨	248. 念奴娇　登多景楼 ……308
191. 又　信丰楫翠阁 ……304	……………306	249. 贺新郎　寄辛幼安和见怀韵
192. 清平乐　萍乡必东馆 …304	223. 又　樱桃花 ………306	……………308
193. 又阳春亭 ……………305	224. 浪淘沙　杏花 ………306	250. 瑞云浓慢　八十述 …308
194. 又　迎春花，一名金腰带 305	225. 又　桃花 …………306	251. 阮郎归　重午 ………308
195. 鹊桥仙　归舟过六和塔 …305	226. 又　柳 ……………306	252. 祝英台　近六月十一日送叶则
196. 又　安仁道中雪 ……305	227. 双头莲令　信丰双莲 …306	如江陵 …………308
197. 又　同敖国华饮，闻啼鹃，即	228. 画堂春　梅 …………307	253. 蝶恋花　甲申寿元晦 …308
席作 ……………305	229. 南柯子　送朱辰州千方壶小饮	254. 水调歌头　和吴允成游灵洞
198. 又　丁巳七夕 ………305	……………307	……………309
199. 谒金门 ……………305	230. 西江月　丁巳长沙大阅 …307	255. 念奴娇　送戴少望参选 …309
200. 又　丁酉冬昌山渡 …305	231. 又　同蔡爱之、赵忠甫巡城饮	256. 卜算子　九月十八日寿徐子才
201. 又　耽冈迓陆尉 ……305	于南楚楼 …………307	……………309
202. 又 …………………305	232. 洞仙歌　丁巳元夕大雨 …307	257. 贺新郎　酬辛幼安再用韵见寄
203. 又　常山道中 ………305	233. 南乡子　又 …………307	……………309
204. 又　和从善二首 ……305	234. 行香子 ……………307	258. 垂丝钓　九月七日自寿 …309
205. 又 …………………305	235. 卜算子　立石道中 …307	259. 彩凤飞　十月十六日寿钱伯同
206. 东坡引　别周诚可 …305	236. 又　丙午春节 ………307	……………309
207. 又 …………………305	237. 又　海棠 …………307	260. 鹧鸪天　怀王道甫 ……309
208. 又 …………………305	238. 又 …………………307	261. 谒金门　送徐子宜如新安 309
209. 生查子　宜春记宾亭别王希白	239. 又　赴春陵和向伯元送行词	262. 天仙子　七月十五日寿内 309
庚 ………………305	……………307	263. 水调歌头　又 …………309
210. 又　萍乡阳春亭 ……306	240. 伊州三台　丹桂 ……307	264. 洞仙歌 ……………309
211. 又 …………………306	241. 陈亮 ………………307	265. 祝英台近 …………309
212. 又 …………………306	水调歌头　送章德茂大卿使虏 …307	266. 踏莎行　怀叶八十推官 …310
213. 又 …………………306	242. 念奴娇　至金陵 ……307	267. 南乡子　谢家嘉诸友相饯 310
214. 少年游　梅十五体 …306	243. 贺新郎　同刘元实唐与正陪叶	268. 三部乐 …………310
215. 又 …………………306	丞相饮 ……………308	269. 贺新郎　怀辛幼安用前韵 310
216. 小重山　农人以夜雨昼晴为夜	244. 满江红　怀韩子师尚书 …308	270. 点绛唇　咏梅月 ……310
春 ………………306	245. 桂枝香　观木犀有感寄吕郎中	271. 又　圣节 …………310
217. 霜天晓角　三衢道中 …306	……………308	272. 又 …………………310
218. 又 …………………306		273. 又 …………………310

274. 南柯子 …………310	3. 仙江仙 …………315	35. 又 寿稼轩 …………318
275. 好事近 …………310	4. 水龙吟 …………315	36. 蝶恋花 别范南伯 …318
276. 又 …………310	5. 洞仙歌 雨 …………315	37. 又 稼轩坐间作 …318
277. 又 …………310	6. 虞美人 …………315	38. 又 …………318
278. 浣溪沙 …………310	7. 眼儿媚 …………315	39. 千秋岁 代人为寿 …318
279. 采桑子 …………310	8. 思佳客 …………315	40. 玉人歌 …………318
280. 朝中措 …………310	9. 浣溪沙 南湖望中 …315	41. 点绛唇 …………318
281. 柳梢青 …………310	10. 贺新郎 …………315	42. 又 送别洪才之 …318
282. 浪淘沙 …………310	11. 又 八十人生，三万日，何以	43. 秦楼月 …………318
283. 又 梅 …………311	十三万首格律诗词 …315	44. 浣溪沙 …………318
284. 小重山 …………311	12. 李谌 又 …………316	45. 又 …………318
285. 转调踏莎行 上巳道中作 311	13. 六州歌头 又 …………316	46. 桃源忆故人 …………318
286. 品令 咏雪梅 …………311	14. 杨炎正 …………316	47. 减字木兰花 …………318
287. 最高楼 咏梅 …………311	水调歌头 登多景楼 …316	48. 生查子 …………318
288. 青玉案 …………311	15. 又 呈辛隆兴 八十岁，三万	49. 柳梢青 …………319
289. 诉衷情 …………311	日 …………316	50. 相见欢 …………319
290. 南乡子 …………311	16. 又 送张使君 …………316	51. 诉衷情 …………319
291. 一丛花 溪堂月 …………311	17. 又 …………316	52. 满江红 寿郑给事 …319
292. 清平乐 秋晚 …………311	18. 又 …………316	53. 俞灏 …………319
293. 渔家傲 …………311	19. 又 …………316	点绛唇 …………319
294. 丑奴儿 …………311	20. 又 …………316	54. 连久道 …………319
295. 滴滴金 …………311	21. 又 …………316	清平乐 渔父 …………319
296. 七娘子 三衢道中作 …311	22. 浣溪沙 丁巳初遇纺织娘 …317	55. 赵师儿 …………319
297. 醉花阴 重九 …………311	23. 满江红 …………317	减字木兰花 …………319
298. 又 …………311	24. 又 …………317	56. 宋先生 …………319
299. 汉宫春 …………312	25. 又 …………317	苏幕遮 …………319
300. 暮花天 …………312	26. 又 …………317	57. 丑奴儿 非正体，取黄庭坚正
301. 新荷叶 …………312	27. 瑞鹤仙 又 …………317	体 …………319
302. 秋兰香 …………312	28. 贺新郎 …………317	58. 沁园春 …………319
303. 汉宫春 见早梅呈吕一郎中	29. 又 寄辛潭州 …………317	59. 武陵春 …………319
…………312	30. 念奴娇 …………317	60. 又 …………319
	31. 又 …………317	61. 丑奴儿 …………319
第三十九函	32. 洞仙歌 …………317	62. 丑奴儿 …………319
	33. 又 寄稼轩 …………318	63. 又 …………319
1. 桂枝香 …………315	34. 鹊桥仙 …………318	64. 太常引 …………320
2. 水龙吟 …………315		

65. 点绛唇 ……………320	95. 又 ………………322	128. 又　凯旋 …………323
66. 又 …………………320	96. 又 ………………322	129. 卜算子 ……………324
67. 捣练子 ………………320	97. 又 ………………322	130. 杨柳枝　《词律辞典》无此例。
68. 临江仙 ………………320	98. 昭君怨 ……………322	取白居易正体……………324
69. 丑奴儿　取正体，黄庭坚体 320	99. 又 ………………322	131. 感皇恩　驾霄亭观月 ……324
70. 浪淘沙 ………………320	100. 又 ………………322	132. 夜游宫 ……………324
71. 又 …………………320	101. 霜天晓角　荷 ……322	133. 醉高楼　月 ………324
72. 又 …………………320	102. 如梦令　雪 ………322	134. 蝶恋花 ……………324
73. 唐多令 ………………320	103. 南乡子　春雪 ……322	135. 又 ………………324
74. 桃源忆故人 …………320	104. 乌夜啼　夜坐 ……322	136. 又　挟翠桥 ………324
75. 惜黄花 ………………320	105. 菩萨蛮 ……………322	137. 鹊桥仙　秋 ………324
76. 阮郎归 ………………320	106. 又 ………………322	138. 又　采菱 …………324
77. 武陵春 ………………320	107. 又 ………………322	139. 鹧鸪天　自兴远桥过清夏堂
78. 叶适 …………………320	108. 折丹桂 ……………322	………………………324
西江月　和李参政………320	109. 清平乐　题黄宁洞天吹笛台	140. 又　咏阮 …………324
79. 王楙 …………………320	………………………322	141. 临江仙　自述 ……324
望江南　寿张仪真………320	110. 又　炮栗 …………322	142. 御街行 ……………324
80. 刘裒 …………………321	111. 谒金门 ……………322	143. 满庭芳　促织儿 …324
水龙吟 …………………321	112. 又 ………………323	144. 风入松　寄乐天 …324
81. 雨中花慢 ……………321	113. 柳梢青　适和轩 …323	145. 念奴娇　宜雨亭咏千叶海棠
82. 满庭芳　留别 ………321	114. 又 ………………323	………………………325
83. 六州歌头　上广西张帅……321	115. 又 ………………323	146. 水调歌头　姑苏台 ………325
84. 水调歌头　中秋　又……321	116. 好事近　拥绣堂看天花 …323	147. 又 ………………325
85. 章良能 ………………321	117. 诉衷情　香一雁，偶亡其一，	148. 木兰花　七夕 ……325
小重山 …………………321	感而歌之…………………323	149. 又　生日 …………325
86. 熊以宁 ………………321	118. 又 ………………323	150. 又 ………………325
水调歌头 ………………321	119. 浣溪沙 ……………323	151. 水龙吟 ……………325
87. 醉蓬莱 ………………321	120. 虞美人　又 ………323	152. 祝英台近 …………325
88. 鹊桥仙 ………………321	121. 玉团儿　又　格律长城 ……323	153. 满江红 ……………325
89. 詹克爱　失调名 ……321	122. 眼儿媚 ……………323	154. 又 ………………325
92. 李寅仲 ………………321	123. 又　女贞木 ………323	155. 汉宫春　和稼轩帅浙东作风
齐天乐 …………………321	124. 又　水晶葡萄 ……323	亭寄予，因登次寄 ……325
93. 张镃 …………………322	125. 南歌子 ……………323	156. 烛影摇红　灯夕玉照堂梅花正
长相思 …………………322	126. 鹧鸪天　咏二色葡萄 ……323	开 ………………………326
94. 楚游仙 ………………322	127. 江城子 ……………323	157. 贺新郎　寄稼轩 …326

目 录

158. 又 ……326
159. 瑞鹤仙 灯夕 ……326
160. 八声甘州 秋夜奉怀浙东辛帅 ……326
161. 又 九月末南湖对菊 ……326
162. 江城子 寄唐玄奘 ……326
163. 渔家傲 又 ……326
164. 八声甘州 中秋夜作 ……326
165. 木兰花慢 ……326
166. 念奴娇 夜饮双瑞堂 ……327
167. 兰陵王 ……327
168. 乌夜啼 ……327
169. 如梦令 ……327
170. 失调名 ……327
171. 风入松 池下 ……327
172. 蓦山溪 忆玄奘 ……327
173. 菩萨蛮 ……327
174. 贺新郎 ……327
175. 柳梢青 舟泊秦淮 ……327
176. 鹧鸪天 ……327
177. 宴山亭 ……327
178. 柳梢青 西湖 ……327
179. 朝中措 重茸南湖堂馆 ……327
180. 刘过
   沁园春 御阅还上郭殿帅 ……328
181. 又 题黄尚书夫人书壁后 328
182. 又 寄辛稼轩 ……328
183. 又 寄孙竹湖 ……328
184. 又 卢蒲江席上 ……328
185. 又 寄稼轩承旨 ……328
186. 又 寄稼轩承旨 ……328
187. 又 ……328
188. 又 张路分秋阅 ……328
189. 又 张路分秋阅 ……329
190. 又 赠王禹锡 ……329

191. 又 送王玉良 ……329
192. 又 咏别 ……329
193. 又 王汝良自长沙归 ……329
194. 又 ……329
195. 又 ……329
196. 水调歌头 ……329
197. 又 ……329
198. 又 寿王汝良 ……329
199. 念奴娇 留别辛稼轩 ……330
200. 又 七夕 ……330
201. 唐多令 安远楼小集 重过武昌 ……330
202. 满江红 同襄阳帅泛湖 …330
203. 又 高帅席上 ……330
204. 又 ……330
205. 谒金门 次京口 ……330
206. 又 ……330
207. 贺新郎 ……330
208. 又 春思 ……330
209. 又 ……330
210. 又 游西湖 ……331
211. 又 赠张元功 ……331
212. 又 赠邻人朱唐卿 ……331
213. 又 ……331
214. 水龙吟 寄陆放翁 ……331
215. 又 ……331
216. 祝英台近 又 ……331
217. 柳梢青 送卢梅坡 ……331
218. 霜天晓角 ……331
219. 辘轳金井 席上赠马金判舞姬 ……331
220. 好事近 ……332
221. 四字令 ……332
222. 蝶恋花 赠张守宠姬 ……332
223. 又 ……332

224. 临江仙 ……332
225. 又 ……332
226. 又 ……332
227. 又 ……332
228. 江城子 ……332
229. 又 ……332
230. 浣溪沙 赠徐楚楚 ……332
231. 又 ……332
232. 又 ……332
233. 又 ……332
234. 又 ……332
235. 满庭芳 ……332
236. 西江月 ……332
237. 又 ……333
238. 又 ……333
239. 天仙子 初题省别妾 ……333
240. 又 ……333
241. 六州歌头 题岳鄂王庙 ……333
242. 又 ……333
243. 沁园春 送辛幼安弟赴桂林官 ……333
244. 八声甘州 送湖北招抚吴猎 ……333
245. 四犯翦梅花 上建康钱大郎寿 ……333
246. 小桃红 在襄州作 ……333
247. 竹香子 同郭季端访旧不遇有作
248. 祝英台近 ……333
249. 临江仙 四景 ……334
250. 鹧鸪天 ……334
251. 清平乐 ……334
252. 西江月 ……334
253. 临江仙 ……334
254. 唐多令 ……334

255. 贺新郎 ……………334
256. 清平乐 ……………334
257. 西吴曲　怀襄阳 ……334
258. 行香子　山水扇面 ……334
259. 望江南　元宵 ………334
260. 风入松 ……………334
261. 蔡幼学
　　 好事近　送春 ………334
262. 卢炳
　　 西江月 ………………334
263. 念奴娇 ……………334
264. 鹊桥仙 ……………335
265. 柳梢青 ……………335
266. 又 …………………335
267. 谒金门 ……………335
268. 又 …………………335
269. 又 …………………335
270. 浣溪沙 ……………335
271. 贺新郎　寄斜塘 ……335
272. 菩萨蛮 ……………335
273. 好事近 ……………335
274. 减字木兰花 ………335
275. 画堂春 ……………335
276. 临江仙　寿老人 ……335
277. 踏莎行　小桥村寄费孝通先生
　　 ……………………335
278. 杏花天　又 …………335
279. 水调歌头　又 ………335
280. 鹧鸪天　又 …………336
281. 菩萨蛮 ……………336
282. 踏莎行 ……………336
283. 贺新郎 ……………336

第四十函

1. 水调歌头 …………339
2. 武陵春 ……………339
3. 朝中措 ……………339
4. 小重山 ……………339
5. 玉团儿　用周美成韵 …339
6. 醉蓬莱　上南安太守庚戌正月
　　 ……………………339
7. 一剪梅　元宵 ………339
8. 满江红道 …………339
9. 水调歌头　上沈倅 …339
10. 清平乐　木犀 ………339
11. 念奴娇　白莲呈罗教黄法 …339
12. 又 …………………340
13. 又　自述 …………340
14. 瑞鹧鸪　除夜逆旅、夜雨酌 340
15. 武陵春舟行三衢 …340
16. 鹧鸪天席上戏作 …340
17. 蓦山溪 ……………340
18. 又 …………………340
19. 减字木兰花 ………340
20. 满江红　送赵季行赴金坛 …340
21. 踏莎行　过黄花渡沽白酒，因成，呈天休 …………340
22. 蝶恋花　和彭乎韵 …340
23. 点绛唇 ……………340
24. 诉衷情 ……………340
25. 念奴娇　太守待同官曲水园因成 …………………340
26. 冉冉云　牡丹盛开招同官小饮 …………………341
27. 减字木兰花　咏梅呈万教 …341
28. 鹧鸪天　题广文官舍竹外梅花呈万教 ……………341
29. 水龙吟　秋 …………341
30. 浣溪沙　初心 ………341
31. 又　七十年是部金融史 …341
32. 柳梢青 ……………341
33. 少年游　用周美成韵 …341
34. 汉宫春　初心 ………341
35. 多丽　寿邵郎中 ……341
36. 满江红　贺赵县丞 …341
37. 蝶恋花　和人探梅 …341
38. 水调歌头　读史 ……341
39. 满江红 ……………342
40. 许衷情 ……………342
41. 浣溪纱 ……………342
42. 清平乐 ……………342
43. 菩萨蛮　用周美成韵 …342
44. 姜夔
　　 小重山令　赋潭州红梅 …342
45. 江梅引　丙辰之冬，予留梁溪，将诣淮而不得，因梦思许志。…342
46. 蓦山溪　题钱氏溪月 …342
47. 莺声绕　红楼甲辰春，平甫与予自越来吴，协家伎观梅于孤山西村，命国工吹笛，伎皆以柳黄为衣。 ………………342
48. 鬲溪令仙吕调　丙辰冬自无锡归 …………………342
49. 阮郎归　为张平甫寿，同日宿湖西定香寺 …………342
50. 又　寄儿女 …………342
51. 好事近　赋茉莉 ……342
52. 点绛唇　西末冬过吴淞作 …342
53. 又　七夕 ……………342
54. 虞美人　赋牡丹 ……343
55. 又　事与人 …………343
56. 忆王孙　番阳彭氏小楼作 …343
57. 少年游　戏平甫 ……343
58. 鹧鸪天　已酉之秋苕溪记所见 ……………………343

目 录

59. 又 …………………………343
60. 又 丁己元日 …………343
61. 又 正月十一观灯 ……343
62. 又 元夕不出 ……………343
63. 浣溪沙 元夕有所梦 …343
64. 又 …………………………343
65. 夜行船 己酉岁寓吴兴寻梅 343
66. 杏花天影 ………………343
67. 醉吟商 小品石湖老人谓余曰：琵琶有四曲：濩索梁州、转关绿腰、醉吟商湖渭州、历弦薄媚也。…343
68. 玉梅令 石湖家自制此声 …343
69. 踏莎行 …………………343
70. 诉衷情 端午宿合路 ……343
71. 浣溪沙 …………………344
72. 鹧鸪天 忆父 ……………344
73. 浣溪沙 己酉客吴兴灯节后 344
74. 又 辛亥正月二十四日发合肥 …………………………344
75. 又 丙辰岁不尽五日吴松作 344
76. 又丙辰腊得腊花赋二首 …344
77. 又 …………………………344
79. 庆宫春 寄姜夔 …………344
80. 齐天乐 蟋蟀促织 ………344
81. 满江红 原词仄韵。曹操至濡须口，孙权遗书曰："春水方生，公宜速去。"操曰："孙权不欺孤。"及撤军还，濡须口与东关相近，江湖水之所出入必以司之者。曰仙姥，改平韵。……………344
82. 一萼红 长沙观政堂 ……344
83. 念奴娇 寄客武陵什刹海观荷 …………………………344
84. 又 …………………………345
85. 眉抚 一名百宜娇 ………345

86. 月下笛 …………………345
87. 清波引 …………………345
88. 浣溪沙 …………………345
89. 法曲献仙音 读史 ………345
90. 琵琶仙 …………………345
91. 玲珑四犯 ………………345
92. 侧犯 咏芍药 ……………345
93. 水龙吟 …………………345
94. 探春慢 故家乡 …………345
95. 八归 湘中送胡德华 ……346
96. 解连环 …………………346
97. 喜迁莺慢 官二代 ………346
98. 摸鱼儿 又 农二代 ………346
99. 自度曲 又 ………………346
    扬州慢 …………………346
100. 长亭怨慢 予喜自制典，先长短句，后律五声而成 …346
101. 淡黄柳 客居合肥南城赤栏桥西 ……………………346
102. 石湖山 寿范成大，成大号石湖 …………………………346
103. 暗香 辛亥以暗香疏影寄石湖 …………………………346
104. 疏影 …………………346
105. 惜红衣 吴兴号水晶宫，荷花盛丽 …………………347
106. 角招 …………………347
107. 征招 五音以音而转者，易也 …………………………347
108. 自制曲 ………………347
    秋宵吟越调 ……………347
109. 凄凉犯 ………………347
110. 翠楼吟 ………………347
111. 湘月 …………………347
112. 小重山令 自述 ………347

113. 念奴娇 ………………347
114. 卜算子 吏部梅花八咏次韵 …………………………347
115. 又 …………………347
116. 又 …………………348
117. 又 …………………348
118. 又 …………………348
119. 又 …………………348
120. 又 …………………348
121. 又 …………………348
122. 洞仙歌 黄木香赠辛稼轩 348
123. 蓦山溪 咏柳 …………348
124. 永遇乐 次韵辛克浦先生 348
125. 虞美人 括苍烟雨楼，石湖先生造似越蓬莱阁 ………348
126. 永遇乐 次稼轩北国楼词韵 …………………………348
127. 水调歌头 富览亭永嘉作 348
128. 汉宫春次韵稼轩 ………348
129. 又 次韵稼轩蓬莱阁 …348
130. 点绛唇 寿 ……………349
131. 越女镜心 别席毛莹 …349
132. 月上海棠 ……………349
133. 浣溪沙 己亥入伏儿自上海寄水果来。………………349
134. 汪莘 …………………349
    水调歌头 月 …………349
135. 乳燕飞 采楚词 ………349
136. 又 …………………349
137. 浪淘沙 自述八十自六十后七千三百日，格律诗词七万首。349
138. 沁园春又 ……………349
139. 满江红 谢孟使君 ……349
140. 又自赋 一九四二至一九六九至二〇一九 ……………349

47

141. 浣溪沙 又 ……350	162. 又 ……351	184. 又 ……353
142. 又 ……350	163. 又 ……351	185. 生查子 春晴 ……353
143. 念奴娇 寄孟使君 ……350	164. 满江红 赋唐诗宋词者 …351	186. 好事近 春有三易，曰孟仲季，
144. 蓦山溪 ……350	165. 又 ……351	天分四象，曰晓夕昼夜。七篇…353
145. 生查子 ……350	166. 水调歌头 又 ……351	187. 又 ……353
146. 感皇恩 ……350	167. 沁园春 忆黄山 ……352	188. 又 ……353
147. 忆秦娥 ……350	168. 又 ……352	189. 又 ……353
148. 点绛唇 ……350	169. 行香子 ……352	190. 又 ……353
149. 菩萨蛮 ……350	170. 行香子 ……352	191. 又 ……353
150. 桃源忆故人 ……350	171. 水调歌头 ……352	192. 又 ……353
151. 浣溪沙 手足胼胝 ……350	172. 鹊桥仙 ……352	193. 洞仙歌 ……353
152. 点绛唇 ……350	173. 又 ……352	194. 乳燕飞 清明日 ……353
153. 汉宫春 ……350	174. 沁园春 家乡 ……352	195. 八声甘州 ……353
154. 菩萨蛮 一九七八年梦渔 …350	175. 杏花天 ……352	196. 浣溪沙 ……354
155. 小重山 ……350	176. 又 有感 ……352	197. 满庭芳 ……354
156. 聒龙谣 ……351	177. 减字木兰花 ……352	198. 谒金门 ……354
157. 水龙吟 ……351	178. 西江月 赋红白二梅 ……352	199. 玉楼春 赠别孟仓使 ……354
158. 水调歌头 ……351	179. 又 赋红梅 ……352	200. 江神子 ……354
159. 又自述 一九四九至二〇一九 ……351	180. 又 ……353	201. 满庭芳 寿金黄州 ……354
	181. 卜算子 立春日赋 ……353	202. 哨遍 ……354
160. 又 ……351	182. 南乡子 ……353	203. 曹彦约 ……354
161. 又 ……351	183. 好事近 ……353	满庭芳 寿妻 ……354

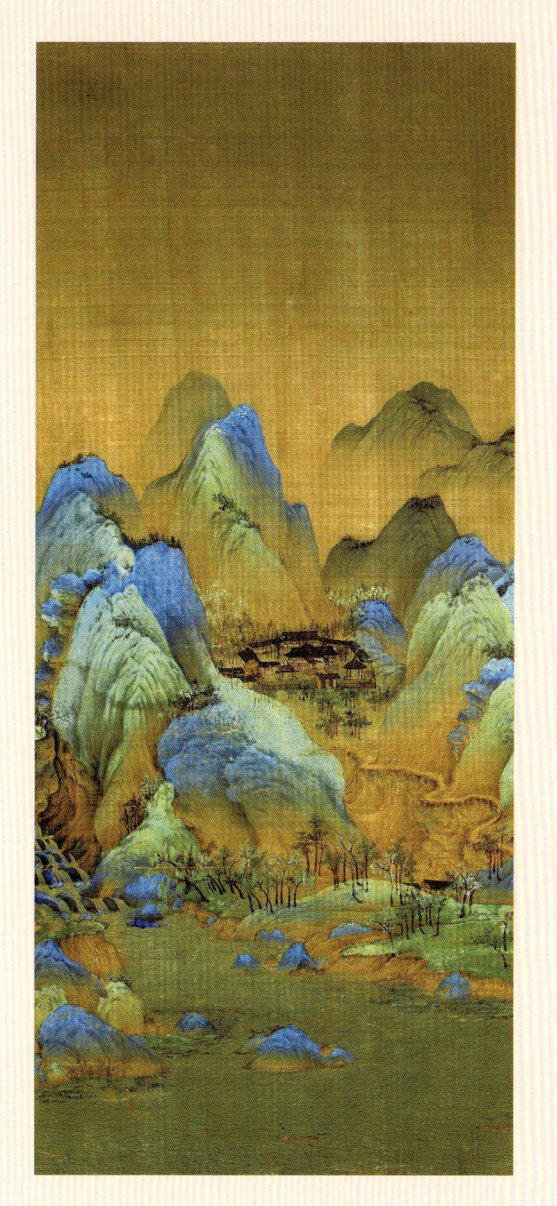

北宋·王梦希
千里江山图

读写全宋词一万七千首
第二十六函

1. 张抡

柳色初杨花似,细雨行人。一片黄花,清明寒食,碧玉湖津。春江花月相邻。笛管曲,江南已新。下里巴人,高山流水,分付红尘。

2. 蝶恋花

到了江南都是客,柳柳杨杨,处处阡阡陌陌。两岸运河多水泽,隋炀但易苏杭帛。不上江南谁是客,一半金陵,一半钟山石。燕子矶前流九脉,六朝未尽长江隔。

3. 临江仙

八月中秋寻桂子,重阳九月秋风。嫦娥不在广寒宫,东西南北问,南北又西东。后羿巡天应射日,金乌八只红日。何留药物作英雄。成仙成不得,一念一空空。

4. 又

已见运河南北水,开封不是开封。芙蓉出水作芙蓉,根根藕塘白白作中庸。六涍残塘天下色,春江花月相逢。钟钟鼓鼓故人踪,天涯天竺路,海角海云龙。

5. 西江月

一见西江水色,三闻北国春津。天涯处处是红尘,木木林林任任。玉宇琼楼玉宇,花花草草新新,相邻日月总相邻,禁禁开开禁禁。

6. 朝中措

灯花一半夜将阑,温末玉臂寒。妇妇夫夫窥幔,不肯面对长安。去来无绪,相闻不难。明月光残。都把离思别怨,何须分会眉端。

7. 烛影摇红 上元

见了东君,上元已始春光面。梅花白雪正精神。满了长生殿。随着风流变。早以香香相传,以岁尾,年头成缱。上元时节,万物向荣,欣欣如见。烛景摇红,凤楼十二瑟,且惊起,北飞晓燕。茵茵百草,海棠待时,玉兰庭院。

8. 浣溪沙 谢氏小阁

小阁临流纳四方,高山屹立自三扬。谁言谢守好文章。远远天空天近近,杨杨柳柳几杨杨。英雄一笑是衷肠。

9. 霜天晓角 仄韵体

冰清傲洁,不与梅花别。且与玉龙三弄,心地动,朝天说。色绝,月圆缺,白雪嫁衣拙,露露藏藏红隐,情切切,且莫折。

10. 又 平韵体

晓角霜天,阳春白雪边。岁尾年头天地,冰玉骨,月婵娟。度一经年,暗香疏影悬。是得苗条淑女,向群芳,作神仙。

11. 点绛唇 咏春十首

白雪三冬,梅花岁尾年头晓,一先千早,只在此中好。地冻天寒,九九心中了。寒丝了,又寒丝了,只向春前少。

12. 又

白雪梅花,寒中作友寒心晓。你心还小,却是吾心老。一半人家玉,玉玉香香好。情情早,一枝应了,唤起群芳鸟。

13. 又

白雪阳春,梅花处处和衣早。一枝多少,不觉春眠晓。半是红尘,半是群芳草。应知道,水边啼鸟,柳柳杨杨老。

14. 又

白雪人家,梅花采得千枝好。不知多少,只是香香杏。水水注注,柳柳杨杨晓。东君道,以她香晓,以你河边草。

15. 又

白雪轻轻,梅花作得嫁衣好。有情无了,只让群芳晓。色色明明,去去来来早。幽幽道,一心多少,莫以人情老。

16. 又

白雪梅花,阳春一曲群芳晓,去来飞鸟,不问东君早。万紫千红,百草千花蓼,繁荣好,此情金箔,你我她知道。

17. 又

白雪阳春,梅花落里闻啼鸟。草花多少,柳柳杨杨晓。处处红尘,三叠阳关了,平生早,少年年少,下里巴人老。

18. 又

白雪芳菲,何疑白雪人间老,老人人老,白雪阳春好。白雪形容,色色颜颜好,清清了,来年重道,我待梅花早。

19. 又

白雪无形,梅花有影,纯香好。雪中花草,色里藏娇绕。与共丹青,一半冬春了。谁知晓,是心中道,百百千千老。

20. 又

阳春白雪,高山流水阳关道。少年年少,不在人间老。冬夏春秋,步步江山晓。情情情了,一生多少,止止行行早。

21. 阮郎归 咏夏十首

浮萍贴水自圆圆,小荷脚角尖。欲当初水问源泉,池池碧玉田。
杨柳岸,待青莲。阴晴日月天,运河留下小桥边,是谁系过船。

22. 又

运河两岸水平平,钱塘自在清。采桑养蚕女儿惊。丝丝守不鸣。方作茧,已成城。人间一半倾。春春夏夏两交情,生生死死生。

23. 又

清风不尽一清风,五湖波不惊。运河南北已无声,半阴又半晴。云杳杳,雨轻轻。钱塘久不平。黄天里有云瑛,十年一日鸣。

24. 又

五湖月色一琴声,渔舟唱晚情。春江花月夜光明,平沙落雁盟。寒山鼓,拾得钟,朝朝暮暮主。农夫日月自耕耘,如来自在荣。

25. 又

黄天荡里半江湖,明皇一念奴。运河杨柳向姑苏,洞庭山上吴。天下水,剑书儒。人间大丈夫。楼船不在问江都,长城有是无。

26. 又

金乌玉兔最无情,年年岁岁倾。少年何以问阴晴。荒芜不再生。明灭里,去来情。元知最有情。不休不止不枯荣。时时刻刻明。

27. 又

一池一水一长天,山峰草木田。牡丹桃李自方圆。花开花落全。深里见,浅中悬。层层世界宜,无私夏水纳荷莲,忽然过八仙。

28. 又

清风明月半荷塘,青莲一故乡。饮中何以见明皇。华清伺奉玉,蜀李白,贺知章,谁然是夜郎,莲蓬结子在荷塘,檄文是酒狂。

29. 又

芙蓉出水一芙蓉,神仙水月封。有心成子筑莲蓬,婵娟半露容。岸曲曲,水邕邕。好红玉立逢。不偏不倚不中庸,年年岁岁踪。

30. 又

秋来夏往几时休,年年岁岁游。玉荷开遍最风流。木樨已半酬。经一夏,过三秋,年年岁岁舟。春秋不是不春秋,江湖逝水流。

31. 醉落魄 咏秋十首

一叶已落,西风起处重阳约。木樨自知先香跃。远近人间,见得莲蓬若。朝天直上何飞雀,南南北北鸿鹄托。自在三寸茱萸博,不必须,一叶不必错。

32. 又

先生一叶,自然分付先生落。一叶百日生生若,不是秋风,恰与秋风落。桂花处处香求索,分明香香秋风约。面向西方,天末已叶落。

33. 又

重阳九九，运河两岸垂杨柳。白雪封顶天山首。采了茱萸，且向高阳走。人生醒醉多少酒，分明不向君人口，扫净道路江山守，五里长亭，十里长亭后。

34. 又

一片落叶，求根不得求根蝶。飞飞落落声声接。最是西风，不予玉门牒。君王只以君王错，分明不断秋高捷，一矢射雉归来摄，且以阳关，渭水唱三叠。

35. 又

流年放牧，看成败叶初辞木。何以不是归根逐，唯有霜枫，树上不障目。中原自古谁逐鹿，心经一半西天竺，如来自得观音福，各气重来，白雪梅花日立。

36. 又

千山如玉，豪豪洁洁冰霜续，寒寒冷冷应相促。夏夏秋秋，一半自荣辱。月广寒宫中烛，分明不是嫦娥曲。圆圆缺缺婵娟瞩，半向人间，半是自己欲。

37. 又

不问宋玉，瞿塘流水高唐曲。以赋巫山襄王促，再见瑶姬，万里悲偢蜀。长歌一度三峡缘，嘉陵未以巴陵足。以石作舟知相束，不是颤项，却是问帝嚳。

38. 又

西风不断，秋高自主天云散。玉霜初见枫红半，半在江桥，足迹清清旦。成林独木青河岸，根根千千孤身段。初初水水山山畔，岁岁年年，静静观观看。

39. 又

春春夏夏，秋秋不下冬冬下。兄兄弟弟荣萸社，只向商商，不向低低哑。西风扫荡空空野，江流曲曲何风雅。且颂昆仑天山色，隔了东君，不可问商贾。

40. 又

春秋无主，春秋只以春秋主。花草结子春秋舞。一半春秋，一半春秋数。春秋一曲黄金缕，高山流水春秋宇，春秋南北鸿鹄羽，见得春秋，今古春秋府。

41. 西江月　咏冬十首

雪雪霜霜雪雪，冰冰冻冻冰冰，云云雨雨水相凝。地地天天百姓。暖暖寒寒暖暖，僧僧寺寺僧僧，朋朋友友朋朋，命命非非命命。

42. 又

无隙光阴无隙，当然自主当然。天天地地半天天，一半方圆一半。夏夏冬冬夏夏，弦弦月月弦弦，圆圆缺缺复圆圆，不断人间不断。

43. 又

旱旱分成西西，丛林赤道丛林，不冬不夏四时暗，莫以春秋租赁。去去来来去去，今今古古今今。人心万里万人心，一枕当非一枕。

44. 又

一半当然一半，当然一半当然。冬冬夏夏半边天，一半阴阳一半。四象两仪八封，方圆一半方圆。南洋不以四时宣。周易何为不断。

45. 又

冬至当然数九，冰封逝者风流。人间正气十三州。四九已难出手。白雪梅花心动，梅花三弄春头。当知天下不知悉，六九河边杨柳。

46. 又

冬至阴阳已始，最寒数九当时。梅花三弄已相知，白雪成衣素泪。始始终终始始，迟迟早早迟迟，四时四秩四时司，地地天天地地。

47. 又

一梦浮生一梦，三冬九九三冬，江河二月已开封，百鸟群鸣朝凤。系住流年不动，无非日月相逢。欲留日月是行踪，十里长亭相送。

48. 又

四序中原四序，天涯海角难同。只分雨旱序时风，一半阴阳两用。赤道南洋赤道，只须两季天空。丛林自古自无空，一统何言一统。

49. 又

白雪阳春白雪，梅花腊月梅花。香香影影入人家。月月圆圆缺缺。别别离离别别，风花雪月风花。梅花白雪半梅花，色色香香彻彻。

50. 又

白雪梅花三弄，高山流水高山。阳关三叠玉门关，杨柳声中相送。下里巴人不断，平沙落雁归还。渔舟唱晚入人间，百鸟林中朝凤。

51. 踏莎行　山居十首

去去来来，年年代代，山林落尺山常在。浮生一路几徘徊，居居住住人间态。顶顶冠冠，穿穿戴戴，勤勤恳恳难相佩。朝思暮想一江湖，应时进得应时退。

52. 又

古古今今，今今古古。帝王不尽帝王府，山居不得不山居，人生未作人生主。虎虎龙龙，龙龙虎虎，山山水水阴晴舞。云云卷卷亦舒舒，江山社稷风云雨。

53. 又

一半渔樵，渔樵一半。张良问了萧何断。商山四皓四云霄，当知吕后当知岸。汉汉秦秦，秦秦汉汉。刘邦项羽鸿沟算。霸王帐下问虞姬，英雄只向江东散。

54. 又

一片闲云，一川逝水，一山不尽层林里，一天是暮暮朝朝，无心无欲无何几。不是渔樵，渔樵也是。人须果腹千度子，阶墀近近又遥遥，书生一世书生比。

55. 又

暮暮朝朝，朝朝暮暮，行行止止成幽路。回头玨是空空，云云雾雾谁分付。步步徐徐，徐徐步步，天天只以重相顾。江山社稷数英雄，枯荣草木枯荣树。

56. 又

处处山林，山林处处。泉泉只作人人语。重阳九九是茱萸，归来独坐何情绪？楚楚吴吴，吴吴楚楚，头头尾尾何情与，春秋不尽读春秋，秦楼弄玉谁家女。

57. 又

暮去朝来，朝来暮去，来来去去樵渔度。花开花落又花开，秋冬春夏天分付。独树成林，成林独树。根根千千相同故，百年步步近瑶台，王母有信多云雾。

58. 又

白雪阳春，阳春白雪，广寒宫殿多圆缺。婵娟一半作嫦娥，无心有欲情难。灭灭明明，明明灭灭，弦弦总是弦弦别。人言十六月方圆，中秋已了当然说。

59. 又

雨雨风风，风风雨雨，山中处处山中雾。明明日日自明明，行行止止行行步。路路无无，无无路路。只须足下常年度，无无有有有无无，来来去去何言许。

60. 又

四四三三，三三四四。朝三暮四何言志。名名利利不随人。山山水水从无忌。始始终终，终终始始，人人事事当然比。林中草木各高低，人间士子谁分稚。

61. 朝中措　渔父十首

虽淞江口作江湖，杨柳满江都。恰是阴晴天气，钱塘水，运河吴。运河以是隋炀故，留作待姑苏，羞怯对小桥流水，轻舟碧玉村姑。

62. 又

洞庭山下一姑苏，春雨半三吴，已近清明寒食，黄天荡里江湖。虎丘塔上生公问，西子剑池孤。知石点头谁见，衔泥燕，小娘姑。

63. 又

江湖三月上沙滩，如得鲤鱼澜。恰是晴知天气，钱塘一半长安。十三日里桃花水，千万望云端。沧浪小庭深院，红泥纳了香残。

64. 又

平沙归雁小汀洲，枫叶五湖秋。白芷红蓼深处，船姑按住船头。别来几日愁心折，时以不含羞。由之来由之去，无人处处由舟。

65. 又

春江花月夜轻舟，来去太湖秋。八月莼鲈相脍，阳澄蟹脚当留。买东一水千年故，吴越帝王洲。钱镠十三州里，人间万事皆休。

66. 又

高山流水一知音，天地七弦琴，太伯钱塘吴越，渔舟唱晚人心。买来碧玉江湖月，朝暮作衣襟。行止直须年老，云中草木森森。

67. 又

乌江渔父霸王前，刘项未央天。八百江东子弟，今今昔昔何年。未分垓下鸿沟岸，何以作方圆。羞对虞姬前后，乌骓立足凌烟。

68. 又

夫差勾践半春，天下帝王侯。子胥关前灯下，愁思一旗霜头。楚吴未以英雄见，渔父问长洲。无以古今荣辱，成成败败千秋。

69. 又

人心人意一人情，天下步三生。古古今今渔父，朝朝暮暮云平。霸王别去虞姬问，吕后付何名？成在一人之下，何须败在其成。

70. 又

严滩洲上一清名，渔父半无成。草木繁荣阑芷，垂钩鼓案难平。炎汉提封远，姬周世祚行，朱干何玉成，全象武功情。

71. 菩萨蛮　咏酒十首

人间不尽人间酒，隋炀帛帛易运河柳。醒醉半春秋，功成三界侯。状元应饮酒，进士当然酒，饮酒是应酬，应酬当酒州。

72. 又

人间不尽人间酒，生业庆祝生来酒。红运已当头，青云重九州。年年天地酒，岁岁阴晴酒，逝水一江流，青丝成白头。

73. 又

人间不尽人间酒，少年东去成年酒。社稷帝王侯，江山来去留。兴兴废废酒，辱辱荣荣酒，未了暮朝休，江流成败舟。

74. 又

人间不尽人间酒，书生太学书生酒。太白过江油，青莲黄鹤楼。诗词都是酒，日月何须酒。侯是与人修，何言成白头。

75. 又

人间不尽人间酒，平生不饮平生酒。十二万诗词，唐朝天下知。青莲千百首，五万乾隆守。百岁老人修，千年今古留。

76. 又

中秋未了重阳酒，汨罗又以长沙酒。楚国楚人修，吴城吴客留。宫庭官宴酒，社日春秋酒。月下月江流，天空天水州。

77. 又

轩辕社稷江山酒，阡阡陌陌农农酒。有事有春秋，无为无九州。阴晴当水酒，醒醉何须酒。一酒误千愁，三生闻九流。

78. 又

今今古古古人人首，三千年里三千酒。饮者饮沉浮，诗人诗九州。何须何饮酒，无可无杨柳。俱是不为求，当非由自流。

79. 又

无无有有杯杯酒，成成败败杯杯酒。荣辱自沉浮，兴亡皆水流。何须何是酒，当晓当非酒。与世与春秋，为人为九州。

80. 又

翁翁欲饮童童酒，童童欲饮翁翁酒。六国一春秋，三秦千古留。谁言何是酒，当米当然酒。逝水逝江舟，江流江岸楼。

81. 诉衷情　咏闲十首

闲中一卷圣贤书，半步不多余。诗词格律歌赋，日月自由居。无不主，有樵渔，卷云舒，足思田牧，俯仰人间，草木荷锄。

82. 又

闲中不可不知书，日月不多余，不多不少工作，不得不樵渔。应不是，不无居，不无锄，不无无不，不忘诗词，不可无鱼。

83. 又

闲中不可不耕耘，日月不时分，忙人不是忙去，不主不斯文。无不在，不思君，不纷纭，一生生二，二又生三，自在香噗。

84. 又

闲中不可不吟诗，格律不因时。樵渔只是湖口，日月有思慈。生一世，活先师，志千夷，始终无羡，日日诗词，处处深思。

85. 又

闲中未了未闲中，自主自诗中。人间客天下，彼此不相同。公一半，半私通，何由衷。一情南北，见得，是广寒宫。

86. 又

随中只是忙中闲，去去来来归还。当知彼此朝暮，日色两红颜。三界事，两斑斑，雁门关，岁年南北，一半山川，一半河湾。

87. 又

闲中只是忙中闲，水水复山山。阴阳两半同在，日月各归还。泾渭合，入潼关，作河湾。主成成客，一半青云，一半红颜。

88. 又

闲知一叶小轻舟，去去总垂钩。非非是是闲忙，一念总无休。无彼此，有沉浮，自春秋。一诗成就，一事还成，一世还忧。

89. 又

闲如一叶去来舟，总是逐江流。心中手上云里，彼此有春秋。流水去，坐船头，问长注重，事人人事，独独孤孤，荡荡悠悠。

90. 又

闲如一法似忙舟，此事彼时求。平生一路南北，步步在心头。随日月，逐春秋，大江流，我唯唯我，别业形成，一世修修。

91. 减字木兰花　修养十首

金丹石玉，步步玄虚灯火烛。半在山居，半在人间半在余。道冠装束，汞汞银银阳九旭。不以知书，却以元元度有无。

92. 又

阴阳一半，不断玄元何不断。见得云端，卷卷舒舒总是残。乾坤一半，向背当然分两岸，你在长安，我在峨眉日月坛。

93. 又

宣言妙道，见得花花成草草。近近遥遥，处处蓬莱处处桥。归根已老，步履深山情且少。赤赤条条，无挂无牵无玉宵。

94. 又

神仙处处，处处人间何处处，一半姑苏，一半钱塘一半吴。穷人处处，处处富富还处处。欲欲奴奴，处处心私处处儒。

95. 又

秦皇汉武，虎虎龙龙龙虎虎。二世扶苏，吕氏春秋定国都。横横竖竖，八百童男童女舞，徐福王奴，却是神仙不是主。

96. 又

秦皇汉武，玉女王母传信数。一半浮屠，一半藏娇问念奴。瑶池天宇，诩诩人生人诩诩。尽是河图，自古谁闻谁见趋。

97. 又

无知是故，普渡人生人普渡。彼岸浮屠，何见何闻何有无。无知是付，不足难成难不足，六澳江苏，多少神仙多少奴。

98. 又

闻闻面面，天下神仙都不见。岁岁年年，满了人间满了田。思思变变，云卷云舒云又卷，自古先贤，净净心中净净传。

99. 又

无无有有，留在人间都是酒。逝水江流，处处河边处处楼。杨杨柳柳，不否知知知不否。自是春秋，不见神仙不见留。

100. 又

神仙知否，一古一今谁可否。有了江流，水问江楼水自流。西天王母，玉女心中传信守。五百年头，未上秦皇汉武舟。

101. 蝶恋花　神仙十首

自有神仙神自有，见得真真，世上千杯酒。白首当然当白首，心中力量心中守。有有无无有有有，切切人人，已入童翁口。柳柳杨杨杨柳柳，人间天上应行走。

102. 又

人愿长生长不老，见得秦皇，留下秦皇岛。万岁千年何未了。人间只是天天好。人爱花花和草草，有了和平，不可多烦恼。如是如非如所晓，神仙以此神仙道。

103. 又

利禄功名何不了，满了人间，只有神仙了。看破红尘谁可晓，天堂只有天堂草。进退升迁官位少。最是红颜，下里巴人早。记取梅花三弄道，平沙落雁归情好。

104. 又

苦苦难难，何所救，自是神仙。不论何时候。左右相知相左右，无分男女无分动。如去如来如保佑。日月经天。只以飘然走。未了黄粱何豆蔻，新新洞府新宇宙。

105. 又

不去不来何不见，一半神仙，只在心中面。远近飞飞燕，便便随随便便，遥遥近近高低遍。海上八仙从不倦。已有神封，一榜周公殿。独有一神天上羡，无须问可无须奠。

106. 又

阮肇山中曾一面，自是神仙。不可回乡见。天上人间分两片，神仙一日千年遍。世外桃源桃李淀。不种桑田，不似农家院。却以心中心所恋，玉皇只道应差遣。

107. 又

老子潼关知老子，万里黄河，渭渭泾泾水。李耳当然当李耳。道旨玄元玄道旨。一二三生，无限无其止。洞府深深深不已，天机只在天机里。

108. 二〇一九年二月四日除夕

路路神仙神路路，暮暮朝朝，留下神仙住。雨雨云云云雨雨，东君随之春春度。路路神仙神路路，己亥如猪，岁岁年年步。已数诗词今已数，工精格律工精故。

109. 又

自古人生人自古，半是心田，半是当然主。洞府神仙神洞府，时时寄托时时雨。腊月梅花香九五。白雪阳春，唱得黄金缕。格律高山流水浦，梅花三弄梅花圃。

110. 又

一片梅花梅一片，处处神仙。彼此神仙见，白雪阳春阳已遍，红红炎炎红红恋。何必神仙何必羡，都是人间。都在长生殿。自在瑶台王母荐，秦皇汉武当然院。

111. 鹊桥仙　己亥春联

左边一撇，右边一捺，增是人人见面。一人为大二人天，合分处，方方便便。上逆一点，下边两点，合了方圆实贱。天天六合一天天，进退是，流流传传。

112. 春光好

云渺渺，雨蒙蒙，竹丛丛。一半珍珠明点点，小桥东。兰衣碧玉藏红。是春风，待相逢。记得年前同里水，落飞鸿。

113. 壶中天慢

洞府深深牡丹香，玉女瑶池相约。汉武王母应已见，且以琼浆如若。露染妖科，风传郁馥，云落凌烟阁。春初来暖，五彩衣衫还薄。一二相继生三，三生万物，老子如今绰。四境丰收丰六郡，满足人人求索，九九重阳，千秋万代，永享田家乐，东皇太乙，花开不见花落。

114. 侯寅

水调歌头　题岳麓法华台

戊戌年除夕，己亥立元春。湘灵鼓瑟天下，始得去来人。自古苍梧大舜，自以唐尧今古。治水治天津。岳麓如今见，留下润芝民。农夫事，天地改，自翻身。帝王不再称主已破古君臣。自此为民服务，一易千年万代，共了中山进退，同了木经纶。可以中华论，看破夏周秦。

115. 又

五百年中迹，五百岁春秋。明清了了今古，改制一神州。海角天涯如是，依旧黄河东去，日月自沉浮，已是三边界，杨柳且风流。胡姬舞，藏袍裘。纵蒙骝。长城内外南北，一水运河舟。自此农夫天下，自在自由自见，自得自羊牛，自主人间事，废去帝王侯。

116. 浣溪沙 戊戌一己亥除夕 2018—2019

孟昶当然一对联，长春佳节半阳天。诗词自主作方圆，白雪梅花三弄曲，寒冬九九暖桑田。人人笑笑上元前。

117. 水调歌头

进退人间路，上下五千年。中华大禹传夏，自定作方圆。武主帝王独立，文以君臣称道，得此向先贤。商以周秦汉，隋去以唐全。长城石，南北战，运河泉。宋元明代清史不必记桑田。只是今今古古，一半功功过过，一半故前年，唯有乾坤易，一手不遮天。

118. 又

进出中南海，见得一方圆。为人民服务，自立向青天。以此中华子弟，不战长城南北，足见运河船，古古今今事，上下五千年。谁称霸，皇城界，作方圆。家家总是天，下不得不耕田。土地原原本本，日月重重复复，水水有源泉。自作江山主，社稷万夫权。

119. 瑞鹤仙

西湖曾相约，问杜者汀洲，不见梅鹤。林知靖台阁。小荷尖尖脚，杜鹃花落，如何飞雀。一道是，莺声渐江。有玉箫，梅花三弄，阳春白雪花萼。求索。人生一也，春来春去草木何托，枯荣自若。人老少，总不漠，走东西南北，功名就夏，也把幽情作错。对江流，逝者如斯，江楼漠漠。

120. 又

三冬梅花落，一阳春白雪，东娇有托。春莺已相约。瀛洲沙滩草，共荣杜若，回归燕雀。何不念，两潭月错。柳杨堤，白堤苏堤，只是小荷尖脚。荷泽通过一月，建碧青莲，珍珠跳跃，方圆独泊。情字里，西子约。与范蠡无事，馆娃曲舞，夫差勾践束缚。半春秋，吴吴越越，只成渭洛。

121. 又

西湖西子水，有日月阴晴。梅花桃李。东君半所指。香雪海里见，已藏兰芷。花花蕊蕊，足见得，芳心妹姊。一莺声，温温细细，似乎只诈原委。谁美。小家碧玉，小窗临渠，小桥流水。芳心咫尺。有相思，却独以。怨春风多事，吹芳杨柳，总是香香靡靡。付君心，入得红尘，与郎相比。

122. 满江红 戊戌除夕，己亥元日作

除夕逢春，自应是，儿儿女女，天地上，在人间里，姓同同吕。四十吕赢今不已，琳琳美美亲亲语。一时间，明惠共年光，家庭侣。兄弟蜀，鱼未煮，辣豆腐，拔丝暑。又夫妻肺片，几乎无绪。倩倩同庭同子夜，分年饺子诗词与。何枚乘，七发自留成，谁相叙。

123. 又

父父母母，向何是，儿儿女女。少小始，知书知礼，法兰西去。美美琳琳孙羲云月，成名成迹成功与。有自豪，老已不平生，孤身旅（吕）。死是独，生不语，八十至，行程杵。作回归少小，无助无处。左右无邻无上下，曾无自念曾无序。俯仰寻，己再无黄粱，朝无去。

124. 又

第一元元，当初日，年年如故。独居处，以耕耘字，以诗词赋，不以诗词何不以，诗词格律诗词数，一天天，一夜夜无休，曾何度。独一处，孤一住。独相片，孤朝暮。养儿还育女，也夫妻误。已是人间人不已，平生各自平生路，向前行，日月几阴晴，谁分付。

125. 又

暮暮朝朝，独行止，朝朝暮暮。一撇振，一当天字，一当天度。世界荷马诗第一，如今我以五倍数，五千年，上下半中华，吾分付。李白诗，千首赋，五万首，全唐句，二千三百作，不如孤步。最是乾隆诗四万，如今我是十三万，叹古今，第一一雕虫，何情误。

126. 又

父父母母，毕竟是，儿儿女女，也许是，丈夫相位，妇妻相侣，国国家家同日月，行行止止如生旅。以同荣，以共辱，悠悠，如禾黍。合一室，分四序，黄河水，中原语，以文文化化，一江吴楚。老小年年老少，童翁草木童翁绪。个人生，个个度人生，何言吕。

127. 又

一介文夫,农家弓,来来去去。不介意,不知天地,不闻吴楚。日日匆匆还忙忙,文章翻译诗词语,也养儿,也养女儿情,夫妻如。最不解,成名誉,相谋略,成心虑。以平生步步,作车当驭,日月辛辛无止境,年年岁岁庸庸欤。不回头,不以是生平,经寒暑。

128. 水龙吟 又

平生只是渔樵,渔樵不是渔樵好。衣衣食食,名名利利,多多少少,野野朝朝,谋谋断断,何何了了。又养儿育女,子承父业,唯读学,诗书晓。不是如今之道,运河潮,范蠡商沼,沉浮不定,兴亡难扰,江山寥寥。你去他来,不奸诚界,鸟飞飞鸟,诸繁繁世界,花花草草,草花花草。

129. 多丽 又

一琵琶,张均伎女天涯。对平生,如来如去,半出半入人家。楚汉是,鸿沟两岸,未央问,开碧参差。四面埋伏,阳关三叠,张良韩信你我他。自以作,乌江渔父,八百子飞霞,当不是,渔樵闲话,曲尽阳斜。一琵琶,音声多丽,向背三弄梅花。正关情,半无天伦,半无意,半无清华。省得中宵,工精格律,荷锄日月种桑麻。已惊首,老知老后,生死皆无嗟。终究是,独独孤孤,彼此无遮。

130. 念奴娇

一流沧浪,半缨沐,半足无须如故。不与瞿塘千万里,也有朝朝暮暮。也有波澜,却无惊涛,悄悄承风雨。自来自去,谁疑知本知付。一水沧浪亭前,共长洲日月,同姑苏路。陌陌阡阡,多少处,已与五湖相互,向运河流,应杨杨柳柳,度如如度。以形形以,皆皆天地分付。

131. 又

满川飞羽何以是,不暖不寒天宇。一半冬封冬一半,半已云云雨雨。只有梅花,和衣和露,自立朝天主。阳春白雪,梅花三弄今谱。王王谢谢乌衣,漫天杨絮絮,无须龙虎。只有寒山,枫桥知拾得,暮朝钟鼓,渔舟唱晚,常云常是常雨。

132. 又 探梅

梅花三弄,白雪见,一严冬无主。地冻冰封寒处处,只有香风如舞,已是朌芳,幽幽雅雅,傲傲孤姿树。今今古古,年华何主何辅。太乙二以东君,这群春草木,当然成圃,香雪海中,桃李杏,最是梨花同舞。暗自成蹊,再三呼碧玉,唱黄金缕,小桥流水,莫闻渔樵渔父。

133. 风入松 西湖

少年一醉杜韦娘,半路入黄粱。西湖不可当西子,有炎凉,只是花香。只是朝朝暮暮,红颜着了红妆。牛郎织女鹊桥旁,记取故衣裳。如今不挂无游朴,七夕见,多少思量。天下人间地上,自然处处衷肠。

134. 又

西湖不尽一钱塘,半柳柳杨杨,三潭印月明秋水,满银光,处处春香。四面四时顾,运河水色天堂。苏堤未以白堤长,不可忘隋炀。丝丝帛帛时时物,好头颅,共了苏杭,一半人间南北,群芳在淮扬。

135. 又

菲菲草木半阴晴,细雨一清明。苏州两岸杭州岸,运河水,读学书生,自以钱塘六渎,心怀四海平平。年年岁岁久枯荣,西子自倾城,玉杵兰桥知娃馆,千姿态,百媚生情。古古今今古古,吴吴越越菁菁。

136. 遥天奉翠华引

五湖山里山,一姑苏,半是红颜。三分惜恋,一分湖州浒关。运河南北岸,满玉莲,船小钩钩闲。豆蔻芬香,桥边碧女阿蛮。声声向晚,落夕阳,常小客厢世间。虎丘剑池,江左江右班班。只可春秋问,是夫差,勾践归还。年岁河湾,水平平,紫府人寰。

137. 蓦山溪 戊戌夕己亥元

朝朝暮暮,去去来来度。初夕一元年,无限是,期期误误,少年时修改,记取一衣新。年亲数岁华数,不向人生住。鞭声炮雾子夜三更顾,熬夜熬冰梨,缓出冰,成层分付。过年味道,如此待飞鸾。回首步,朝前步,记忆何如故。

138. 凤凰台上忆吹箫

一种相思，百情两处。人间难尽心肠。四秩序，中原魏晋，楚汉天章，八水长安灞沪，泾渭洛，北极河舫。秦川浃，三十六宫，何以隋唐。隋炀，运河留下，唐制史，右门有状元郎。弃荐选，书生自考，已有玄黄。人在如来殿里，文武举，西望西凉，长城外，皇市可以经商。

139. 又

弄玉秦楼，凤凰已去，朱清炎驭升阳，正道是，人间桑榆，一抹斜阳。海市蜃楼远近，沙漠里，一半玄黄。鸣声久，谁汉武闻，谁问秦皇。天章。上元元上，知世界，原来万里无疆。却只是，人求所欲，事勉其强，何以蓬莱岛殿。非是里，同异炎凉，赁儒想，**繁简已是圆方**。

140. 又　咏梅

孟昶长春，上元地气，幽幽来去芬芳。举目见，先行岭外，已到咸阳，最是书生子弟，同玉女，采得奇香。何浓郁，三十六宫，谁点新妆。萧娘。自好好立，相比拟心中却是刘郎。傲首处，环环顾顾，一步双徨。当以疏疏影影，开六瓣，心蕊丝黄。三冬里，常以日月星光。

141. 又

白雪梅花，不分两色，红颜如是倾斜。满一树，寒中有暖，入女儿家。隐隐藏藏露露，含皙玉，正是苞芽。芳香里，孤独独孤，同着窗纱。天涯。

诸芬群草，知一柱，农夫始问桑麻，海角石，波涛涌动，反弹琵琶。人在长安故郡，三两日，书笔成嘉，南山望，朝夕一路无遮。

142. 蝶恋花

且莫云遮明月见，白雪方停，一半桃花面。姊姊先开冬一院，梨颜一树沉香甸。玉皙肌肤曾上宴。暗暗馨馨，只向群芳倩。待得清明寒食院，此春妹妹争久恋。

143. 清平乐　又

冬春一半，姊妹江南岸，共作梅花先后看，白白红红畔畔。小桥碧玉河边，人间岭上前川。曾以孤芳自赏，群芬独树香妍。

144. 又

阳春白雪，暖暖寒寒绝。九九阳初阳已拙，共与清宫明灭。冬梅不是春梅，香香色色催催，姊姊何非妹妹，来来去去回回。

145. 玉楼春

南山弱苑皇家路，九巷三行走朝又暮。一曲千情半东吴，共与长安人共度。归来不息人生步，月瀣风清云水住。西风已止雁南来，却在潇湘何所顾。

146. 又

中秋一月圆方度，十六无弦无影住。陌陌阡阡几分付。桂子寻来人共暮。嫦娥后羿应相惜，地上天空曾一步。寒宫玉兔已无情，不免人间当错误。

147. 秦楼月

萧史曰，凤凰弄玉秦楼月，秦楼月，凤凰已云，穆公闻阙。秦川八百里无歇，周王养马知回纥，知回纥，与人争速，与天超越。

148. 新荷叶

一水浮萍，新荷叶下阴晴，碧碧圆圆，光明总有枯荣。烟波淼淼，一茎立，半顶红英。作芙蓉色，由人弄句吟　。点点珠珠，欲流欲止还倾。恰似萧娘，刘郎约了还惊。飞鸥不落，隐隐处，怯以私情，儿儿女女，乍闻何以嘤嘤。

149. 菩萨蛮　湖上即事

云云水水天天度，高高处处低低付。草木自扶苏，单于歌五湖。长江长是雨，无锡无朝暮。六溇一东吴，三家三念奴。

150. 又　晚春词

春梅已上桃花路，梨花未可甘棠步。同是作群芳，无心寻柳杨。浮萍浮不误，知雨知云度。日月一江湖，阴晴三界图。

151. 又

飞鸿已浇潇湘岸，湘灵鼓瑟应无断。白雪一天山，鸣声三度还。衡阳青海见，雁问沙前面。塞北雁门关，江南明月湾。

152. 又　荼蘼

东君已见群芳草，荼蘼只与梅花好，姊妹共情桥，冬春香未消。红红应不了，白白知多少。七色共云霄，三光同玉摇。

153. 又 木犀十咏 带月

木犀八月香天地，何言三月听桃李，一岁一春秋，三生三界修。寒宫寻桂子，玉树隋弦止。逝水逝江流，中秋中九州。

154. 又 披风

秋风秋日秋香里，秋山秋水秋清止。去叶去迟迟，姮娥姮静时。寻当寻桂子，知道知天时，九月九重阳，三关三故乡。

155. 又 照溪

江边江岸江梅雪，溪头溪尾溪前洁。夕照夕阳红，红颜红色空。桂花香不断，桂子成天杰。以此木犀丰，经天朝地隆。

156. 又 浥露

木犀郁郁团团享，桂花处处丛丛仰。杜仲杜秋娘，三秋三里香。沉霜沉叶上，浮色浮枝仰。浥露向晨扬，明珠朝下藏。

157. 又 命觞

刘郎不尽刘郎想，萧娘自以萧娘仰。李白贺知章，曹操寻杜康。英雄英自赏，簪髻簪钗昶。自古自文章，何酒何酒长。

158. 又 簪髻

木犀香尽黄天荡，江湖净洁寒山丈。一水一苏杭，三吴三玉光。人知人俯仰，天地天时广。以此以天堂，寻思寻故乡。

159. 又 熏沈

熏沈一半熏沈断，风流不止风流岸。运命运河船，人生人自园。木犀香不散，桂子成功冠。岁岁一前川，年年三百天。

160. 又 来梦

寒山拾得知方丈，渔舟唱晚枫桥上。一梦一黄粱，三生三玉房。木犀芳已广，不去黄天荡。九月九重阳，留人留桂香。

161. 又 写真

梅花落里梅花断，阳春白雪阳春岸，桂子桂人间，重阳重日山。高山流水畔，下里巴人叹。入得木犀湾，年年来去还。

162. 又 怨别

芙蓉七月蓬莲子，桂花八月芳香里，九月一天机，重阳日所依。人生人咫尺，行止行无止。四秋四时归，鸿鹄鸿落飞。

163. 西江月

远望西江一月，近闻椰桴三声。四方水土四方情，谁唱阳春白雪。下里巴人天阙，梅花三弄晴明。高山流水自相颂，不可知音不绝。

164. 又 侍儿初娇

豆蔻梢头眉目，梅花落里红尘。一身化作十三春，曲曲声情如玉。寸足纤腰杨柳，竹枝下里巴人。阳春白雪作经纶，白白红红妆束。

165. 青玉案

运河一半钱塘路，处处红尘雨。已住香烟香已住，去来来去，暮朝朝暮，草草花花度。六淡自以夫差故。水水舟舟小桥数。香雪海中香雪赋，不停天下，不停云里，处处人人步。

166. 又

苏杭一半天堂路，六淡自然分付。海水高高难不住，运河河水，以隋炀注。日月寻常渡。自以水调歌头赋，帛易苏州柳杨树，如去如来如所度。一吴云雨，越吴烟树，半壁江南故。

167. 又 别朱少章

三年未了潇湘路，不尽洞庭烟树。见得苍梧斑竹赋，二妃鼓瑟，九嶷倾许，步步人间度。此去何处何人顾，且以三杯别君鹜，扬首登舟天下雨。不归何语，过长亭住，驿奇相分付。

168. 昭君怨 亦名宴西园

日日朝朝暮暮，处处云云雨雨。杨柳运河苏，到江都。草草花花路路，岁岁年年数数。天下一东吴，半书儒。

169. 四犯令 戊戌除夕 己亥上元 自述

十载寒窗成一路，日日风云雨，夜夜三千文字句。作平生，行行步。也有芳花芳草暮，也有阳关度。也有长亭长驿数。八十岁，留诗赋。

170. 鹧鸪天 海棠

万点灯笼碧叶中，黄黄白白又红红。佳人艳质分天半，小口纤腰不禁风。

停独步，待由衷。萧娘已在阮郎束。潘鬓一曲周公问，客见江山日月同。

171. 又

白白红红总不匀，枝枝叶叶已成春。潘鬓未改溶解要改，李李桃桃杏杏新。知芍药，牡丹邻，海棠处处小花津。因因果果从无误，半在人间地在沦。

172. 又　芍药

不见当年姚魏家，如今处处作丛花。分分合合成团结，紫紫红红叶叶华。云落落，雨斜斜。珍珠点点映天霞。还须梦里随君去，翠羽重重已不遮。

173. 又　还秩

作得书生作得人，丈夫只是丈夫身。堂前已道堂中客，紫府分香老子秦。君可去，我回津。如来自在自经纶。杏坛孔孟知天礼，古古今今作玉真。

174. 朝中措　双头芍药

春春已始已红红，处处溢香风。最是成双成对，丛丛芍药从从。盈盈向前，牡丹不远，色色西东。直在昭阳称艳，枝前已有童翁。

175. 鹧鸪天　建康大雪

建业成城玉雪来，金陵处处六花开，何须手上融融化，且入秦淮不再回。天下路，尽徘徊。纷纷济济相催。江梅又得新妆嫁，莫折枝头淑女猜。

176. 朝中措

重阳九月九重阳，天下菊花香。记取茱萸兄弟，书生不在家乡。云英

十载，年年岁月，处处霓裳。见得阳春白雪，何然淑玉衷肠。

177. 又

孤舟一日到孤山，惠菊半红颜。只是阴晴天气，潇湘雾，洞庭湾。王母玉女，传情汉武，似在云间。如此几何相念，苍梧竹泻斑斑。

178. 又

离情不可不思量，半是一衷肠。惠菊黄花十里，偏逢九九重阳。茱萸采得，人情寄上，尚有余香。四目无相对，深秋不免炎凉。

179. 又　元夕　自述　十三万诗词乃一气呵成之积

春秋一半一春秋，年岁岁年头。夕夕元元相继。诗词格律分酬。自然一气呵成就，奇意独思留，何以凿雕玉斧，休休止止何修。

180. 又

平生一半一人生，一气一呵成。步步行行步步，枯枯自自荣荣。无须等待，无须苦索，信以修名。凿凿雕雕不就，云云雨雨阴晴。

181. 又

春春夏夏一秋秋，四秩四时流。有不有山云雨，已当信步行修。当然素质，当然头恼，自在深谋。一气当然呵出，江流不是江楼。

182. 点绛唇　金陵鼓子词

一半金陵，金陵一半台成院。石头如面，一半皇宫殿。鼓子词声，且

且情情见，乌衣燕，几何寻遍，二水三山恋。

183. 又

西去阳关，玉门关外阳关阙，居庸关厥，一曲关山月。不斩楼兰，不可回头越。回头越，汉胡回纥，不尽关山月。

184. 苏武慢（令）湖州

水上三分，江湖无了，无夕二邻云杳。一半姑苏，淞江东去，寄与双龙多少。太伯知，王土无非，江苏泽，草花花草。王土外，草下鱼禾（苏），人中何故，只作济民天晓，调鼎为霖，诗词作赋，音声即须人老。一生三万日，江都杨柳，五湖天表。

185. 阮郎归

未留阮肇已回家，山中世外华。一千年里百年花，黄昏日日斜。瑶台何以问桑麻，樵夫语他。神仙无欲自然娃，田夫知豆瓜。

186. 又　小环赋

佳人两字作阿娇，一悄金尾消。见郎何易送郎遥，有情心是桥。归去后，凤凰招。作秦楼玉箫，小环无可上云霄，梦中波浪潮。

187. 又

青团青到清明节，寒食梅花折。群芳香雪海中杰，不可轻轻别。杜宇声声啼无绝，当闻月圆缺。庄周有梦惊飞雪，何须应蝶说。

188. 浪淘沙

建邺半金陵，半以香凝。六朝已作六朝征，大小乘中何大小，自古亡兴。

见得一鲲鹏，半空飞鹰，台城一盏故明灯，梁武无言梁武帝，古刹钟僧。

189. 踏莎行　元宵

糯糯元宵，甜甜菠菠，层层无了层层了，绵绵细细软绵绵，姿身白皙姿身好。两两三三，圆圆小小，皮皮馅馅谁人晓，芝麻桂酱玉核桃，不同口味相同老。

190. 又　寻梅

傲首扬天，幽香入地。头头尾尾冬春季。终终始始四时稚。谁分九九谁分次。多少寒风，冰霜主次，云中一半心中忘，东君且以唤群芳，应知一二应三四。

191. 浣溪沙

十里京城万里流，三冬白雪一冬休，梅花唤起柳枝头。碧玉碧螺春碧玉，苏州一半老苏州，五湖日月五湖舟。

192. 又

十里姑苏一客乡，四面半冯唐。阳关一曲教钱塘。短短长长天下水，运河南北作天堂。船娘已着嫁衣裳。

193. 又

碧玉姑苏碧玉乡，小桥流水小姑娘，女儿白皙箸红妆。本色兰衣兰本色，羞羞答答过钱塘，朝朝暮暮入黄粱。

194. 眼儿媚　寄易安

鲁鲁齐齐漱玉泉，风雨半云天。清清照照，赵明诚子，谁语文田。黄花瘦里情都懒，切切度愁年。凄凄惨惨，寻寻觅觅，月月弦弦。

195. 渔家傲

玉杵金盘承瑞露，曹操未问玄霜故。不误周郎琴不误。天下数，东风赤壁英雄妒。鼎立三分三鼎立，长江南北长江雾，魏蜀吴中吴蜀数，天下付，徐都，献帝英雄妒。

196. 又　小舟发临安

不是湘灵湘水容，无言水色临安泽。见得钱塘湾里帛，铜驼陌，红尘未断红尘策。何以吴山吴水问，舟浮上下浮舟隔。一片喧声鸥鹭白，潮已迫，谁书古古今今册。

197. 临江仙

不在临江仙不在，圆圆缺缺徘徊。弦弦上下总相催。圆圆应十六，缺缺月难裁。一问嫦娥应一问，何去去来来，极弦最苦最边限，年年如此是，岁岁自然偎。

198. 又　同官招饮

一步青云青一步，皇州十里皇州。书生有始有终求。何言千盏酒，逝水一风流。斗粟江山江斗粟，凤凰曲尽秦楼。穆公留下作春秋。闻君同此醉，共世共人忧。

199. 柳梢青　仄平两韵

鹤鹤猿猿，方方正正，本本原原。曲曲弯弯，平平落落，柳柳宣宣。书生面对轩辕，知其意，纵横简繁。我以清风，一空明月，草木宣言。

200. 又

去去来来，行行止止，朝朝暮暮。进进升升，迁迁退退，途途路路。一平生，剑剑书书，一日日，分分付付。简简繁繁，清清澹澹，秦秦楚楚。

201. 杏花天　豫章重午

书生自得成杨柳，向李白，饮千杯酒。皇城上下谁知否。侍秦翰林不绶。两只手，垂垂久久。曾夜郎，王王口口。莫以当涂劳月叟，留下诗词千首。

202. 江城子

春秋不读不春秋，半春秋，一春秋，一半春秋，一半不春秋。吕工春秋何吕氏，知日月，识春秋。江流不住问江楼，一江楼，一江楼，逝水江流，逝日是江楼。古古今今今古古，同日月，共江流。

203. 南歌子　自述

去去来来雨，舒舒卷卷云。芳芬处处是芳芬。志在耕耘天下自耕耘。十载三千日，平生万万文。年年岁岁何分，十万诗词再二万声闻。

204. 瑞鹧鸪

天天地地半云间，去去来来一等闲。驿社旅途常所问，行行止止客红颜。千杯未醉何闻酒，十里长亭万里。

风云沿着长城线,阳关曲里使君还。

205. 天仙子

醉醉醒醒何以省,止止行行难入境。当涂李白酒中回,留空影,伤流景,往事如今成水井。柳柳杨杨才子领,水水山山何是岭。高高未济作低低。墙头杏,人忡憟,夕照黄昏当烛秉。

206. 醉落魄 夜静闻琴 古离别

圆圆缺缺,今今古古弹离别。长亭十里人相望,还是长亭,不尽天山雪。当涂劝君君心绝,分明醒醉无须说,阳关三叠长安节,曲曲兼来,一夜问豪杰。

207. 又

梅花白雪,梅花白雪阳春别。梅花白雪阳春别,色色香香,一唱古离别。高山流水知音绝,子期未与伯牙说,夜下忽得阳关切,梦里声声,月向东邻灭。

208. 又

梦里切切,高山流水幽幽别。下里巴人应无绝,汉水琴台,彼此月明灭。嫦娥只以婵娟说,弦弦上下分明子。一曲未了寒宫咽,入了黄粱,处处是豪杰。

209. 减字木兰花

东风一面,见字木兰花下见,已是春天,处处芳菲处处妍。群芳片片,香雪海中飞来燕。岁岁年年,一半江湖一半船。

210. 鹊桥仙 和蔡子周

杨杨柳柳,苏堤两岸,一半人间如首。梅梅鹤鹤问西湖,已见得,杨杨柳柳。谁言李白,当涂有酒,不是青莲似否。醒醒醉醉是非才,人间路,行行走走。

211. 赵彦端

醉蓬莱 酒

笑黄粱一梦,三盏蓬莱,又回重九。千叶金蕉,适之惊回首。九品多情,好饮何事,作古人杨柳。水水山山,年年岁岁,似旧非旧。一半醒醒醉醉,何以上下弦弦,狭狭窄窄,谁似嫦娥,不得寒宫守,无以圆圆,缺缺成月,醉羽觞江口。会与重阳,来无无去,此身知否。

212. 满江红 荼䕷

色色荼䕷,群芳后,黄黄白白,丛丛见,以红成紫,不分阡陌。碧碧芳芳还碧碧,何言主主何言客,有人情,便有这倾倾,纤纤席。粱宝钿,珠珥帛。金罍度,浓荫积。也丛丛落落,也欣欣璧。也是春秋同夏雨,无声寞寞长亭驿。半枯荣,一半共风云,留天迹。

213. 又 赴鼎州席上作

何处蓬莱,涨天上,花花草草,神仙客,瑶台相聚,向多多少?榜上封神人演易,人逢欲望成仙早,人是仙,仙却是人非,何终了。仙不老,人已老,人已老,仙无了。这去去来来,是心中晓。五百年中年五百,山东有个蓬莱岛。客言时,

我以此回头,人生好。

214. 又

所遇平生,数不尽,多多少少。一棵树,其根多少,叶枝多少?一世百年粮谷食,颗颗粒粒知多少?一百年,三万五千天,情多少?来去,朝暮晓,身边事,何言了,这平平凡凡,无休无了,日日行行夜夜,诗词格律知多少?一平生,日夜总相持,知多少!十三万六千首格律诗词,人间少。

215. 水调歌头 秀州

草木知多少?草木共春秋,江河水量钞,竟自向东流。草木多多少少,决定繁荣昌盛,决定一神州。水量何多少,决定一沉浮。古今事,今古事,去来求。运河两岸杨柳多少数行舟,富了钱塘两岸,富了苏杭南北,富土一村头。不忆三年故,沧浪净长洲。

216. 又

五万全唐诗,二千二诗人。中华全宋词作,一千三词人。长春格律词,十二万余万首,郑斯林作经纶,八十平生数,两万七千轮。天相继,年已续,夜灯邻。退休六十前后日月数相珍。日以三千余字,一半修修正正,一气一秋春。上下三千载,进退老人民。

217. 瑞鹤仙

忆河梁折柳,见燕子归来,当寻春事。风光几时有?减芳菲,何以卖

花人守。芝田渚苑，红绿里，差差紫绶。不等闲，半委兰亭，曲水岸，流觞口。先后。人间左右，岁岁年年，行行走走，应成老叟。重阳见，多少九九？向菊黄，不取落花不去，一叶经霜已厚。且红红，一片丹枫，是否是否。

218. 又

度人生似酒，见岁岁年年，人人如口。江山作杨柳，共长亭，常在运河城阜，钱塘两岸，六渎羁苏州，南北见，红尘紫绶。莫等闲，又以会稽还守。知否。楼船上下，一路江都，帝王如首。秦皇左右，三千女，六国饥受。汉武知，已是藏娇未了，赵氏昭阳殿后，怎知人，事事荒滛，魏征笔手。

219. 朝中措

三春桃李一梨花，云雨半天涯。下里巴人吴楚，梅花落里人家。竹枝曲里船娘唱，儿女好年华，当以自由自，村村处处桑麻。

220. 又

斜阳斜照一村前，霞彩半云天。恰是吴门杨柳，长长影影帆船。渔舟唱晚江田岸，何以小桥边。卢社已多知己，醒醒醉醉婵娟。

221. 又 乘风亭

临桥临水一风序，天地半丹青。见得江南天气，斜塘处处浮萍。别来久久苍梧忆，流水逐长汀。留得洞庭湖院，听来鼓瑟湘灵。

222. 又

竹枝唱尽竹枝情，尽是女儿声。下里巴人杨柳，阳春白雪相生。婵娟月下，王母玉女，一半阴晴。天上瑶台处处，人间处处英英。

223. 又

人生一半一人生，醒醉有无情。若是天天若是，来来去去成成。明明白白，清清净净，纵纵横横。万物真须杨柳，春秋冬夏相荣。

224. 又 北京

西城一半半东城，处处是红英。北海前门分晴，故宫几度明清。景山失守，闯王一箭，李自成倾。不是崇祯甚暗，臣臣尽尽私荣。

225. 新荷叶

自是初春，飞鸿已到天津。花草归来，四时如秩经纶。桃桃李李，向牡丹，何以红尘，梅花落里，群芳百草茵茵。最是儒生，故乡何处作邻。无是非非，只怀疑梦中人。书书剑剑，终生道，永怀忧乐，百家诸子周秦。

226. 又

一片新荷，园园叶叶萍萍。风若归来，任浮浮也青青。轻轻细雨，点点珠，如是丁宁。云锦云落，弄来琴曲聆听。回首长亭，江南塞北分庭。何以长城，运河杨柳苏莲。和和战战，同商贾，比难难比，不异渭渭泾泾。

227. 又

一半春秋，江南一半春秋。春在耕耘，以秋凭任丰收。和颜悦色，税赋交，颗粒田留。江南江北，去来皆以风流。回首长城，荒丘漠漠厯楼，无了沙鸣，六州多少沙丘。英雄一世，楼兰问，交河难留。玉门关外，酒泉飞将回头。

228. 看花回 少年

注目，见丛林赤道，年年森木。处处水浒急速，九日合成明，威然如逐。原原始始相会，生机勃勃沐。环四面，老子潼关，一儒天下望天兰。小少年，槟榔直幅，又椰树，竟朝空独。知与风云接济，十丈十丈族，层层飞牧。他年妙高峰，心怀自然穆。有高低，也有远近，看取朱轮鹭。

229. 又

一曲。以阳春白雪，文章如玉。下里巴人出俗，上下五千年，中华荣辱。东亚病夫无在，巨龙醒来瞩。三皇会，五帝轩辕，夏商周六国春秋，鬼谷子，联横合纵，自来木汉，晋隋唐宋，元又明清去了，泽东以民主，中华相续，一改帝王将相，翻成国朝旭。有长城，运河南北，诸子百家促。

230. 又

一路。一带成一路，三千年度，论语诗经汉赋，诸子百家文，中华分付。唐诗又宋词化，今今古古注。天下问，左传春秋，五百年里几如故。闻世界，朝朝暮暮。二百国，以荣如许。赤道丛林未了，亚欧美非大洋洲相数。他年作龙门子，各平以云雨，有长城，运河南北，一带成一路。

231. 芰荷香

玉门关，已沙丘漫漫，十里阳关。玉随人去，只空余响沙山。多情细柳，对沈腰、垂月芽湾。何海市蜃楼闲。晴空万里，何在人间。自见楼兰未斩，一国今谁在，不见人寰。有交河壁，古今已成荒颜。风流旱谷，骆驼舟，步履维艰，翁已八十删删，黄去路隐，此去无还。

232. 垂丝钓

江川残照，彩霞明向低草。最是丹枫，却是无风扫。何人老，白首西阳照，心无了，见长长影影，连山逐岭，无形大无小。不回目好，面向黄昏杳，还是人生晓，归梦晓，一梦谁觉晓。

233. 又

罗敷还好，莫愁何以还好，留在人间，有念奴还好。何为好，留在人间好，当然好。这西施不好，貂蝉不好，昭君贵妃不好。帝王不好，上下千年了，留下分封了，留下了，有无无了。

234. 谒金门

天下故，天下江山如故。陌陌阡阡应不故，年年经日雨。天下如今如故，日月依然朝暮。草木扶苏多少故，人生千百度。

235. 又

天如故，地地天天如故。日日人人皆不故，心心皆不故。为事人如故。待已待人如故。步步行行皆不故，情情皆不故。

236. 又

千百度，事事人人何故，自在人间千百度，如今千百度。止止行行一路，去去来来当步。足下行踪成足迹，平生前进路。

237. 又

春一路，百草百花朝暮，岁岁年年应举步，不知何未顾。花谢花开无数，俱成了红尘故。百草茵茵茵不住，四时分不付。

238. 又

春夏度，杜仲葱葱分付，小小尖尖荷脚数，浮萍先已住。一半斜塘细雨，一半是江南故。一度人间人一度，情情都不误。

239. 又

秋如故，一叶西风分付，九月重阳重九月，荣黄黄菊故。去岁今年如故，此草彼花何故。异异同同相互度，人来人去数。

240. 又

冬寒顾，白雪阳春分付。下里巴人天下度，何成文化赋。三弄梅花百树。不便和衣相住。留在人间人不误，群芳群一路。

241. 又

曾扇赋，正反千年分付。社稷江山应已住，观人观不故。静里春秋冬夏，已不尽昭阳路，为取风风朝又暮，清凉窗外雨。

242. 柳梢青　生日　仄韵

阡阡陌陌，来自田祖，皇城山客。八十重阳，荣莫九月，一番头白。诗词格律如石，十三万首归得璧，已到黄花，声名帝畿，踪踪迹迹。

243. 又　平韵

吕氏春秋，如来正派。不问江楼，不问徐卿，只问江流。有弯曲，有沉浮，万里逐高低，应载舟，八十年年，去来去去，自不回头。

244. 又　平仄叶韵

一生无止行路，十万诗词箸书。岁岁年年，年年岁岁，朝朝暮暮。巫峡云云雨雨，情是情非情疏。甘罗一度，老成吕望，鼓案何居。

245. 又　平仄叶韵

古今千里江河，天下谁呼你我，白玉为车，黄金作印，不解如何。诗词日月如歌，不尽人生风波。品望甘罗，江东江右，八十如何？

246. 好事近　乘风亭

八十故乡扬，六十岁黄天荡，三载姑苏同里，问寒山方丈。人生不免利名尝。步步有朝向，格律诗词天下，一生生平养。

247. 又

十步乘风亭，诸子百家人性。四面临山临水，五千年前净。长安水渭渭泾泾，作得一明镜，自以黄河来去，在潼关相并。

248. 又

一人一江湖,半路半生朝暮。止止行行止,此生诗词度。方圆格律是方圆,中分付,自以耕耘无住,只须天天数。

249. 又

少小一甘罗,吕望直钩垂沱,鼓案文王知左,向江河空锁。田禾万亩是田禾,自得你他我。若以周公天下,已封神仙坐。

250. 又　白云亭

云落白云亭,露满孤城州鼎。一半山山林木,杏坛当茶茗。碧罗春绿碧罗春,尽是女儿町,叶叶牙牙杯里,饮中难难醒。

251. 又　腊梅

白雪下三冬,只可和衣相送,自是成香成色,自由黄粱梦。无声之处且无声,香雪海中凤,未及梨花桃李,见梅花三弄。

252. 又

一片是梨花,大雪不分阡陌,又以杏花桃李,一香千层白。春江花月夜中香,处处有芳泽。已是江南杨柳,别离歌阡陌。

253. 又

一曲大江东,已入千家百姓,白雪阳春天下,下里巴人迎。高山流水有知音,杨柳别离靓,唱晚渔舟儿女,越吴多天性。

254. 点绛唇

杨柳萧萧,阳关三叠阳关道,有无多少,只在人间了。水水潮潮,不尽云天小。声声杳,大中应小,进退前程晓。

255. 又

近近遥遥,天天地地何难老,似曾相似,是是非非晓。岁岁年年,古古今今道,山川缈,草花花草,异异同同了。

256. 又

一代佳人,西施了了貂婵了,贵妃昭君,只以君王笑。只有湘灵,鼓瑟苍梧晓。人间好,向父母道,竹泪年年早。

257. 又

天下江湖,太湖半在淞江老。雨云多少,雾雾烟烟老。一半姑苏,一半杭州小,天堂岛,问长城道,又运河还好。

258. 又　西隐

迟迟天涯,心心意意何花草。有知无晓,有隐无知好。泾渭黄河,入得潼关道。樵渔老,食为人早,处处寻多少。

259. 秦楼月　咏睡香

红腊烛,一光闪闪总难足。总难足,半明还暗,沈腰如玉。
条条赤未无妆束。为君亡忘何荣辱,何荣辱,已香成馥,与君相续。

260. 又

红腊烛,月明白雪阳春足。阳春足,百姿千态,纤纤曲曲。清波似水寒宫玉,弦弦躲入人间续。人间续,不寻桂子,只须相续。

261. 阮郎归

三冬白雪一梅开,东君尚未来。别株还在等春才,相逢有约回。天下色,久相猜。有倾有妒催。群芒日上日成媒,嫁天嫁地恢。

262. 又

临安一日一临安,中原夕照残。渭泾难ут总波澜,花开问牡丹。天下路,白云端。行行上杏坛。知书达理稚邯郸,少年半玉兰。

263. 又　自述

三年退职一姑苏,平生六十儒。半吴同里老江湖,诗词专注奴。从此始,作飞凫,平生大丈夫。独行独往独身孤,无须一玉壶。

264. 减字木兰花

人生一路,一路人生人一种。一半姑苏,一半江湖一半吴。朝朝暮暮,千百身名千百度。一半河图,一半文章一半奴。

265. 又

江村一路,水上太湖船不住,日晚姑苏,系住盘门客有无。朝朝暮暮,不以范蠡商品顾,越越吴吴,子子书书女女儒。

266. 又

渔家一路,只以船头方向顾。左右相趋,当以摇摇摆摆途。何须步步,舟上行止来去数,如故如斯如所无。

267. 又

人间一路,水水山山多少步。一半诗书,一半耕耘一半锄。朝朝暮暮,格律诗词天下付,一半当初,一半方圆云卷舒。

268. 又

条条路路,左右高低千万步。食已樵渔,不以樵渔不读书。林林树树,只到归时成一数。司马相如,一品文章一品初。

269. 又

云云雨雨,暮雨朝云神女路。此去东吴,蜀楚瞿塘三峡姑。回回顾顾,千百人间千百度。不及当初,未及平生未及儒。

270. 鹊桥仙

祥风夹道,中南海北,北海旁边花草,奇奇怪怪自荣荣,岁岁里,多多少少。人间不道,阡阡陌陌,处处锄禾拔草。如何草草两生平,一百岁,初初了了。

271. 又　秀野堂　正月

梅花落里,阳春白雪,古古今今离别。高山流水汪知音,折杨柳,情情切切。堂中秀野,东君斗草,玉烛明明灭灭。长春佳节是长春,孟昶说,春春节节。

272. 又　送客题长乐

长亭五里,长亭十里,相伴杨杨柳柳,行行止止又行行,一路是,知知否否。人生一路,千年朝暮。处处朋朋友友。高山流水是知音,不见得,千杯浊酒。

273. 又　二色莲

如同姊妹,红红白白,玉立婷婷二色。相承相辅两情颜,一天地,同心度得。如同姊妹,红红白白,粉粉居中有感。此身已是彼身成,不左右,情情默默。

274. 菩萨蛮

英雄未饮三杯酒,长亭一路多杨柳。已过十三州,何方回过头。当初君子口,一去无言酒,且见大江流,沉浮来去舟。

275. 又

千杯酒外千杯酒,英雄口里英雄口。杀以十三州,何言闻九流。乾坤谁左右,天下谁知否。不饮作春秋,当涂捞月留。

276. 又

朝朝暮暮何时候,南南北北相依就。不可不风流,相思相九州。年华如豆蔻,岁月成衣袖。草木十三州,人心千里求。

277. 又

来来去去相思守,儿儿女女应依就。隐隐不知羞,情情寻自留。春心如锦秀,白皙长衣袖。只待运河舟,桥边相约牛。

278. 又

阴晴一半阴晴雨,朝朝暮暮朝朝暮。碧玉在东吴,小桥边上姑。黄昏应不住,影影形形顾,草木已扶苏,君心何所图。

279. 蝶恋花　别赵邦才席上

一水东流流不断,柳柳杨杨,都在江南岸。泽泽溪溪多少畔,禁火清明寒食断。十里长亭行一半。君可回头,我在轻轻唤。自古书生天下叹,忧家忧国忧汗漫。

280. 又

一寸相思思不断,去去来来,万万千千难。昨日同行同里岸,花花草草风云散。一半阴晴晴一半,禁火清明且向绵山看,晋耳朝重朝重晋冠,已惊介子推官宴。

281. 琴调相思引

俱是黄河两岸人,单于曲里半红尘。一河流水,百草牡丹新。燕子飞来寻旧主,相思引里问三春,开花时节,结子当真。

282. 又

一半姑苏一半台,夫差已向馆娃来。剑池勾践,五霸越吴催。六溇连湖连日月,无成今古运河开,所以民生,见得是春梅。

283. 杏花天

长亭十里长亭酒,向前去,年年杨柳。长亭驿舍相邻久,一举千杯酒酒。匆匆去,那人知否?酒酒酒,酒香依旧，酒醒酒醉都须走，止止行行非酒。

284. 又

成成败败千杯酒，有荣辱，当知君口。人人事事何相守，一也三生杯酒。来来去，那人知否？酒酒酒，莫开君口，你有我有他都有，身外方言是酒。

285. 浣溪沙　扇

小月弦弦半不羞，清风册册一人留，开开折折不春秋。知面知人知暑热，不思不顾不枉求。清凉世界莫愁由。

286. 又

全面开时点点红，香香阵阵化成风，佳人手里色空空。一半楼台楼一半，梅花约约在其中，黄昏楚楚在床东。

287. 又

小蝶飞飞扑不成，化丛处处有红英。珠珠粉粉似阴晴。香雪海中香雪海，清清秀秀自清清，卿卿我也我也卿卿。

288. 又

只在梅花落里香，炎炎来去也凉凉。蜂蜂蝶蝶太轻狂。水面池塘池水面，芙蓉欲出我惊慌，无心落却薄衣裳。

289. 又

一去池塘半上船，三心并作二心田，原来小扇有婵娟。习习凉风凉习习，何须手上舞翩翩。遮羞不得露娇妍。

290. 又

清水池塘月下弦，何须折取半婵娟，三天过后不须眠。一半嫦娥常一半，有情无意也周全，禾禾结子在田田。

291. 虞美人

杨杨柳柳江南岸，见得红荷畔。浮萍处处自方圆，出水芙蓉玉立作蓬莲。丝丝藕藕情难断，日月何其旦。女儿不在采花船，叶下风头不顾是婵娟。

292. 又　乘风亭　柳毅井

乘风亭上乘风去，左右无人语。龙宫玉女美人鱼。一半天机一半卷云舒。习家莫以花园虑，百里江湖女。人间自有自知初，一大丈夫柳毅可传书。

293. 又

太湖百里风云岸，日月从无断，姑苏已有七分船，无夕元头渚上望天边。湖州无锡三分半，半在河落海干畔，淞淞沪沪海前川，，二百年中等于二千年。

294. 南乡子

泾渭久波澜，入了黄河久不残，万里东流流万里，云端。逐鹿中原逐鹿难。一世几人单，百度人生百度寒。佛道儒家何自主，邯郸。学步心中信仰安。

295. 又

浅浅一溪流，半在相思半在休。净净清清天上月，如钩。不见弦弦不见愁。水水有源头，晋晋秦秦总是由，自以冰肌寒自以，悠悠，不在人间不白头。

296. 又　读史

一镜一方圆，一水一源一映天。飞将酒泉泉酒将，年年。霍卫兵中霍卫权。司马李陵宣，功武牧羊十九年，不是人间人不是，干干，不得乾坤不得干。

297. 画堂春　容光堂

枝枝叶叶一层层，春春处处兴兴。年年岁岁自相承，苑苑香凝。少女天然如玉，肌肤珨透如冰。如应之处总如应，大小乘乘。

298. 又　重阳　卜曰："等到来年黄花开，此时声名达帝畿"

茱萸采得过重阳，平生九九防乡。朝朝暮暮菊花黄，日月方长。自以两仪八封，来年岁月名扬。黄花开处帝畿芳，金玉满堂。

299. 滴滴金　自述

平生一度平生客，向唐诗，对李白。我以青莲约千年，不分谁阡陌。华清蜀道千杯迹，夜郎天，檄文泽。茗以江流问江楼，殷勤诗注册。

300. 青玉案　勉道琵琶人

琵琶楚汉兴亡曲，四面埋伏荣辱。划定鸿沟分界属，项刘刘项，未央宫烛，谁灭谁人续。且听古古今今曲，友弹琵琶友弹足，留下声声秦汉欲。以兴亡见，向虞姬促，只可江东誉。

301. 沙塞子

十里长亭十里，一步步，行行不止。
又长亭，十里长亭，何休何止。杨
杨柳柳何求水，这根在，只应如是，
向深求，还应向广，无言桃李。

302. 临江仙　己亥年

八十人生人八十，天天地地天天，
诗词格律过前川。当今当盛世，百
岁百丰田。以万成章成以万，十年
又是十年。行船顺昨顺贡船。中华
中一带，一路一方圆。

303. 又　英文印度尼西亚译为印度西面诸岛

八十南洋南赤道，丛林自是丛丛。
巴新几世几成翁，诗词诗格律，一
树一云蓬。印度洋名何印度，向西
岛屿蒙蒙。由衷不得自衷，今天原
始国，明日现代丰。

304. 鹧鸪天　白鹭亭

色色空空白鹭亭，云云雨雨客丹青。
黄昏日下长长影，日上高山寄远灵。
天下水，本无形。一川一谷一画屏。
千山千壑千年石，作得人间座右铭。

305. 又　读史

赔了夫人又折兵，周郎诸葛几何名。
东风只借操公箭，火字何言问孔明。
吴蜀事，共曹营。三分已是九分成。
岐山六出谁思蜀，白帝托孤白帝城。

306. 又　寄贺知章

一半东风一半船，梅花落里落花前。
知章只向知章问，一去家乡六十年。
成甲子，镜湖边。弦弦上下总弦弦，
嫦娥不是婵娟是，三十天中只一圆。

307. 又

月对梅花雪后新，人寻傲骨意经纶，
英英气气寒心在，自得芬芳自得邻。
红白色，白红身。三冬末了来三春。
人间留下人间影，日向长安日向秦。

308. 清平乐

东风一面，一面东风见。半见衡阳
飞去燕，留下沧沧一甸。依依竹泪
斑斑，湘灵鼓瑟红颜。不断苍梧不断，
洞庭十里孤山。

309. 又

桃花桃叶，不是阳关叠。只以金陵
淮水接，月在献之眉睫。情情意意
和谐，琴琴曲曲阶阶，已是朝云暮玉，
襄王未在天行走。

310. 眼儿媚　建安作

台城十里老人家，二水满丝华，几
回记得，三山琪树，一石无斜。金
陵紫气东来见，半吴已非赊。有人
却道，眼儿媚色，酒带杏花。

311. 永遇乐

一世阴晴，三生日月，何以朝暮。
十论书书，千番剑剑，夏度风雨雨，
桑麻杜曲，泾泾渭渭，壶口瀑，潼
关雾。长安问，咸阳再问，苏秦是
张仪故。联横合纵，是非非是，同
在同身同顾。有曰阴阳，阴阳不曰，
彼此应相互。黄公垆下，山阴亭外，
太守文章一路。英雄见，英雄不见，
故然不故。

312. 诉衷情

吴江半水半江吴，汴水到江都，运
河帛易杨柳，一颗好头颅。同里岸，
老姑苏，虎丘孤。此流南下，色里
钱塘，碧玉村姑。

313. 又

千年留下一梅花，万朵作黄纱。盘
根错节今古，立此洞庭家。隋帝种，
过唐生，已吴娃。饮钱塘水，颂得
隋炀，海角天涯。

314. 千秋岁

一春春雨，见与花无数。开落是，红
尘故。群芳群自立，应色应颜许。知
日暮，何分付也何分付。有月当留住，
羞里藏娇故。人已见，多云雾。不须
千百度，明日珍珠露，天也助，自成
自得文人赋。

315. 风入松　杏花

桃桃李李自芬芳，小杏独逾墙，为
观不已人间色，人蹊处，结子低藏。
故熟时分早熟，红黄一半才香。琴
声不断不周郎，误了是衷肠。书生
禁火书寒食，却寻得，小杏张扬，
以得情情欲欲，心中入了黄粱。

316. 茶瓶儿　上元

上元花灯初夜，有方圆，却无轻榭。
春风当与东君嫁，恰白雪昨天相借，
欲藏梅花之下，这梅花，以红相罢，
以香以色同低亚，一五十，凤凰文化。

317. 祝英台

祝英台，梁山伯。读遍了书册。一半先生，一半问阡陌，鹅鹅阿妹阿哥。墙头红杏，已觉得，动摇心白色。作书客，情情意意和和，温柔去来帛。许下平生，一世不相隔。天天地地成城，对天相诺，对地合，此生如石。

318. 五彩结同心

云云雨雨，雨雨云云。金炉玉字丹砂。银汞当中合，琼波液，时有笑语仙槎。潼关泾渭同为水，黄河岸，老子道家，一生二，二生三，三生万物奇葩。主为客时天下，客为主时地上，淘冶金沙。成败皆身外，见红处，荣荣辱辱无华。已知南斗朝天去，定何以，人过天涯，且一咱，朱颜想见，你中我，我中他。

319. 瑞鹧鸪 寄李白

唐家李白一诗翁，未得文心未得工。静夜思中明月夜，床头井架不相同。平平平仄平难律（床前明月光），一月当涂已作空。此韵当成今，古别无同之处有相同。

320. 月中桂 送杜仲微赴阙

一半多情，以长歌作行，惜惜离别。人生路上，驿舍长亭暮，对天难说。自阳春白雪，步下里，巴人豪杰。处处欣然去，如何分付，明月几明灭。梅花落里攀折，留作明年色，此情难吴吴楚楚，朝暮多云雨，瑶姬神女。为君留 素手，向宋玉，襄王音切，去去知官渡，当然水天总不缺。

321. 满庭芳 忆钱塘旧游

一水钱塘，千年古郡，如今已是天堂。运河流水，记是隋炀。水调歌头南北，丝帛易，柳柳杨杨。人间见，商商贾贾，天下一苏杭。苏杭，多草木，阴晴一半，处处情肠。有小桥流水，碧玉周庄，也有三潭印月，苏堤晓，提浪湖光，西泠社，文文化化，日月自扬长。

322. 水龙吟

三年上下东吴，姑苏六十平生路，云云雨雨，烟烟雾雾，阴晴半度。娃馆夫差，虎丘勾践，范蠡商步，子胥何问楚，昭关已过，何不负，从分付。一分湖州相顾，七分应长洲故，二分无夕，太湖淞江，朝朝暮暮。百里江湖，问黄天荡，东西应数，向洞庭山步，运河之水作天堂度。

323. 如梦令

如水如花如炉，由玉由云由雨。一半一多余，三峡三生朝暮。朝暮，朝暮，只与嫘姬神女。

324. 又

云雨雨云云雨，朝暮暮朝朝暮。一水一云雨。半客半主神女。神女，神女，高在高唐云雨。

325. 蕊珠闲

浦云开，梅花落，碧水兰天相约。白堤桥外湖边，有谁舞鹤。起收获。珠蕊从心堪蕚。多情成子，寡意自朝天博。小舟何以，有波求索，教人忆滕王阁。

326. 念奴娇 十三体，一名，百字令，一名湘月

黄河万里，也长江万里，黑龙江水，南见珠江天海去，留下五千年史。莽莽昆仑，峨嵋水月，五岳藏龙豸。河江山岳，九州同度同轨。百水自可思源，西东上下，自以高低始，无止无休无退路，何以不知何以。我是高山，顶然屹立，一木临峰峙，高山流水，阳关三叠如此。

327. 忆少年 酒

逢春无酒，逢花无酒，逢人无酒。平生作杨柳。九州少年首。海上三山谁之口，古今来，不知何有。可闻苏秦者，直寻张仪否。

328. 思佳客令

桃又李，春里群芳花不止。梅花落里黄花蕊。自得江南分寸美。清露姊，天云小妹知葆姒。

329. 惜分飞 酒

来去年年谁论酒，一笑天涯分手。何道平生守，暮朝行止应知否。十里长亭人自走，不在尊敬沉首。处处多杨柳，英雄不因英雄酒。

330. 绛都春 别张子仪 自述

人生长步，三万日，日日朝朝暮暮。六十回章，退休前后何分付。眼前都有前条路，有工作，有诗词赋。有时天上，有时人间，一如如故。

此是珠江海口，晦日下南洋，以清风数。目上青云，却以梅花三弄度。以寒知得长春住。八十岁，风光云雨，共同国国家家，如辛如苦。

331. 小重山　又

八十年来，如短长，只知度日日，几炎凉，天天夜夜，文与章，曾无止，今古一衷肠。日月自耕桑，平生三万日，是吾乡。草花深处共天光，春也是，秋也是，芬芳。

332. 隔浦莲　《词律辞典》载为"隔浦莲近拍"。

花花何以草草，不如人情老。岁岁年年问：人情人老多少？君且知道了，年年晓，雨雨云云好。准拟初春已小小，染早，朝阳升起昭昭。

333. 贺圣朝

江流不住江流住，尽难留朝暮。水归大海已成川，作得人间路。风流如数，风流无数。丽江天涛故，黄河壶口过潼关，渭泾分布。

334. 念奴娇　建安饯交代沈公雅

金陵依旧，六朝去，留以秦淮云雨。自古天公自古，如故并非如故。记得台城，如来如去，梁武何当许，心径当是，人间依此分付。鲍照白下江宁，凤凰台李白，与谁同住。天下去，夜雨连江朝暮。百里民谣，江南江北顾，以江山数。以江山主，人间依此分付。

335. 点绛唇

我是行人，长亭再送行人去。十里应无语，回首知何处。许是天涯，许是瑶姬女。瑶姬女，以巫山倨，宋玉襄王楚。

北宋·张择端
清明上河图

读写全宋词一万七千首
第二十七函

1. 转调踏莎行

水镜多深？云天朝暮，纷纷皆装入。层层注。高低远近，春夏秋冬度。舒舒卷卷见云分付。玉影佳人，肌肤相顾，藏娇藏不住，自难妒，红红白白，共同倾身附，日日月月，岁年分付。

2. 瑞鹤仙

春秋多一半，水色运河岸。南北湖畔。烟云几何断。这朝朝暮暮，云消雨散。六淡汗漫。这江花，平平浩翰。望吴宫，高水低船去，在舱中叹。娃馆。西施应在，寸点金莲，浣溪纱乱。争吴越东。夫差去，范蠡唤，以径商来去，虞山常熟，奇货何言可算，会稽城，小阁幽幽，一朝一旦。

3. 看花回

三二一，知森林木。何森林木。汉汉胡胡种牧。草原自凌烟，牛羊相逐。中原田舍，稻米桑麻伺六玄田。吴六淡，越以钱塘，楚当荆州潇湘竹。望南北，长城分目。最好是，风梳云沐，当是春秋共济，自作四时同天，风流香馥。江山惠祝，人类人人人类读，自身疑，近人疑，无解无知无凤。

4. 好事近

日日有东西，山顶高低风木，自比山高山上，比天低眉目。有山有水有林木，处处不孤独，独木成林成就，以根枝干育。

5. 贺朝圣

桃桃李李春风暮，杏梨香香树。因因果果半知书，雨雨云云度。时当三月因无数，五月留不住，因因果果半人间，只由天分付。

6. 浣溪沙　与静夜思求格律平一仄｜为记

静夜思
李白
床前明月光
一一一｜一
疑是地上霜。
一｜｜｜一
举头望明月，
｜一｜一｜
低头思故乡。
一一一｜一
吕长春
床前一月光，
一一｜｜一
地上半层霜。
｜｜一一｜
俯首寻踪迹，
｜｜一一｜
扬言待故乡。
一一｜｜一

一酒当成一酒仙，茫然李白半茫然，夜郎未了夜郎天。九百诗词加八十，无言上下五千年，经纶之内也方圆。

7. 又

一半人生一半行，百年读学百年英。清明禁火过清明，床是床非蜀井架，月光菩萨月光衡，乡城不是一乡城。

8. 菩萨蛮　又

青莲一半三清路，黄河泾渭潼关故。李白己知书，诗歌何有余。诗名千百首，日夜三千酒。侍奉帝王居，清平闻乐如。

9. 眼儿媚　又

青莲居士一诗家，蜀道日西斜。是当醒醉，非当醒醉，酒里无华。夜郎不尽何天意，未肯问桑麻。江油不醉，当涂已醉，二月梅花。

10. 江城子

金陵自是石头城，虎龙惊，虎龙惊，

一半台城，一半六朝盟。一半秦淮秦一半，东紫气，北王名，龙盘虎踞秣陵情。以吴名，以吴名，万里江山，万里大江横。万里今成古古，天下路，共精英。

11. 西江月　又

一半金陵一半，金陵一半。三山二水以香凝，望得云云梦梦。大小乘乘大小，乘乘大小乘乘，台城留下一明灯，夜下迎迎送送。

12. 千秋岁　又　寄陈立夫"成败之鉴"

金陵一面，留下台城院。白下水，江宁殿。千年知鲍照，又以昌龄恋。吴蜀客，凤凰台上飞来燕，万里江如练，万里沉芳淀。陈立夫，南京愿，中华民国去，重修中山陵，成败鉴，此生未了他生见。

13. 虞美人　又

刘刘项项鸿泗岸，地地天天断。未央宫里帝王宣，不以桑麻不以作民权。今今古古重新看，莫向明清叹。农夫不立一方圆，溪口三军保护蒋家园。

14. 又

我非政客风流见，三反韶山院。毛家湾里是江山，日月春风已过玉门关。
陈公知道蒋公殿，指令三军电，戎军保护蒋前川，溪口父母天上一人间。

15. 瑞鹧鸪　又

陈公亦步到台湾，海峡相离去不还。百里停舟停信使，云间一笑作人间。分分合合径三国，诸葛周郎不共班。只付民心民自主，中华一体万民颜。

16. 豆叶黄　又

普天之下一东风，万物当然无有中。见得东君一世风，作英雄，处处樱桃叶里红。

17. 念奴娇　又

成败之鉴，百岁四，已尽台湾朝暮。陈立夫兄陈立夫，萧丽云君分付。孙越琦公，资源部长，民国中山故。共事金陵，第三次国共合作倾许，重修中山陵前如此如故。成败之鉴生平，有荣荣辱辱，沉浮无数。国共中华，人已去，事在人为人度。一峡台湾，又金门马祖，郑成功步，去来去来，统一终究同路。

18. 水调歌头　又

水调歌头曲，一曲到天堂。隋炀帛杨柳，六瘖月家乡。若以楼船南，秀了扬州美女，回首问咸阳。赵境长城筑，再以作秦皇。金陵水，长洲水，会稽梁。天台国清寺里不该问钱塘。古古今今古古，好好头颅好好，自主自扬长，非是非为战，一界一炎凉。

19. 清平乐　雪

飞飞落落，悄悄幽幽约。夜阁停风停夜阁，铺铺平平绰绰。衣衣破破多多，唯唯不满江河，白白山川白白，层层玉玉珂珂。

20. 临江仙　芙蓉

出水芙蓉身出水，红红白白红红。婷婷玉立自由衷，开封开不得，结子结其中。蕊蕊丝丝丝丝蕊蕊，形形影影丰丰，恭恭敬敬始成蓬，千求千不得，一瓣一天宫。

21. 鹧鸪天　羊城十咏　萧秀

步步羊城步步迟，风风月月水知知。姬姬伎伎年华女，曲曲琴琴夜夜时。天岛近，久相思。天涯海角海南姿。梅花早开梅花色，一品群芳第一枝。

22. 又　萧莹

玉润芳华玉润颜，香香豆蔻待清闲。温温不尽柔柔手，月芽沙鸣月芽湾。云雨客，到巫山。红红小杏过墙蛮。天台一半刘郎半，只以情缘到此间。

23. 又　欧懿

十五寒宫十六圆，翩翩起舞舞翩翩。清波已满清波跃，半在人间半在天。花已散，还丝弦。心田自是好心田。明明媚媚传情色，唤得前川小杜鹃。

24. 又　桑雅

白雪阳春一桂冠，高山流水半波澜，春情百媚云端舞，半壁生辉半壁安。天女色，散花丹。凤鸾似成凤凰鸾。温温雅雅桑榆晚，共在人间问广寒。

25. 又　刘雅

半寸相思寸寸消，十分春色一妖娆。千金难买千金雅，最是风花雪月潮。

行以媚，坐行娇。苗条细细总苗条，纤纤楚楚昭君塞，只是宫师画路遥。

26. 又　欧倩

上下弦弦月月空，嫦娥不在广寒宫，婵娟作得人间舞，十六方回玉树丛。今不素，外衣红。肌身白皙散香风。人间留下娇妍影，色色空空色色空。

27. 又　文秀

二八娇娇二八春，红尘一半粉红尘。文文秀秀文文秀，寂寂桃源是汉秦。和氏女，玉生津，昭君出塞单于亲。西施已作貂蝉姊，留下杨妃作女人。

28. 又　王婉

半露风光半戴纱，钗边直插一枝花，香香滢滢香香溢，玉玉真真未破瓜。腰楚女，面吴华。侬侬细语故人家。小桥流水姑苏客，日日生辉柳自斜。

29. 又　杨阑

柳柳丝丝柳柳长，垂垂荡荡不张扬。运河两岸商船住，自是人间二故乡。听羯鼓，舞霓裳。普天之下尽知杨。知春未了知春去，虢国夫人不上堂。

30. 又　总咏

半在羊城半在天，蓬莱自有女神仙。人间少了人间色，曲曲歌歌彼此年。三世界，一梨园。今今古古已方圆。明皇且与杨妃见，一得长生一得眠。

31. 桃源忆故人

桃源处处知秦汉，故故人人不断。柳柳杨杨岸岸，处处香香散。人间来去人间乱，何世外，陶公兴叹。只以武陵参半，僻址深山畔。

32. 生查子

生生息息生，路路行行路。。息息是生生，路路非非路，朝朝暮暮生，止止行行路。进退是行行，左右成程步。

33. 卜算子

一种一人生，三界三天下。止止行行止止行，冬后春秋夏。处处是芳花，只以东风嫁。百草茵茵自不平，不以谁低亚。

34. 生查子

弦弦月月弦，白白寒寒白，玉兔玉团团，寒桂寒宫陌。嫦娥何患天，十六圆圆魄，茗此一源泉，茗彼情情脉脉。

35. 喜迁莺　秋望

遥遥一望，一草一木色，如无如故。一二三生，还三二一，相反相承相互，一春去，一秋去，岁岁年年朝暮。同异处，朽朽荣荣度。人人路路。凭霜霜雪雪，任日月相继，去去来来数。似是春秋，春秋是似，缘里带黄分付，向春向秋归去，从此无同无共，冬夏相承相顾。且留取，一知应知一，人间云雨。

36. 浣溪沙　己亥雪

大大方方成小小成，花花絮絮自轻轻。明明六瓣六棱明。来自天空天下去，梅花一树自相倾，红尘只作白法情。

37. 王千秋

贺新郎　石城吊古

古古今今路，夏商周，春秋战国，故如如故，渡渡兴兴天下去，帝帝王王自许，败是寇，成为王度。成败败成成败数，这成败，人间误。天下事，谁分布。

秦秦汉汉隋唐步，宋明情，中华民国，涌云天赋。治理人民人作主，自此三千载煦。世界上、神话朝暮。最是这中南海里，一行书，为人民服务，天下望，是天路。

38. 沁园春

地地天天，事事人人，岁岁年年。有成成败败，荣荣辱辱，兴兴废废，故故新新。古古今今，朝朝暮暮，纵纵横横一经纶。泾渭水，自黄河而入，逐鹿天津。春春自是红尘，岁月里，年华总自珍。已花花草草，红红碧碧，丛丛独独，客客邻邻。雨雨云云，晴晴阴阴。一半人间一半沦。杨柳曲，又阳春白雪，下里巴人。

39. 风流子

江南江北岸，风流子，当已自风流。似柳柳杨杨，系商船住小桥桥边，唱晚渔舟。应最是，春江花月夜，流水问江楼。古曲别离声，竹枝已遍，不言柱笳，无绪春秋。相来还相去，向高山流水，李白江油，应念贺知章酒，金龟会酬。莫芳菲将过，红英畹晚，何以风流。时得碧玉心里，浑是羞羞。

40. 醉蓬莱

了终生一梦,非醉蓬莱。是重阳九,黄菊荣萸,问荒园杨柳。赖以多情,一片霜白,叶叶枫丹守。岁岁登高,年年故步,物华依旧。是旧当然不旧,春去六月秋来,已然成阜。层落霜明,不在人间久。相序相承,莫以升落,天地经纶久。会与同人,以前思后,白首应否?

41. 西江月 又

事事人人事事,年年岁岁年年。圆圆缺缺月圆圆,有有无无限限。灭灭明明灭灭,弦弦上下弦弦。天天自此知天天,简简繁繁简简。

42. 又

少少中中老老,行行止止行行,阴阴一半是晴晴,梦梦生生梦梦。大大中中小小,成成败败成成。坚坚持持可赢赢,送送迎迎送送。

43. 南歌子

独木成林见,成林独木闻。南洋赤道不云云,见惯司空何是一分文。木木林林树,林林木木群。森森木木自林林,得以云云雨雨矅矅。

44. 虞美人

苏秦不作张仪客,纵纵横横帛。山山水水一江河。唱遍九歌十里问汨罗。刘邦项羽江东册,两岸鸿沟陌。未央宫里不磋砣,八百江东子弟作荆轲。

45. 念奴娇 荷叶浦雪中作

浦中荷叶,铺铺展,一片一层临雪。不定六花飞不定,自自明明灭灭,漫漫天天,飞飞洒洒,包是层层彻。当衣当被,已无花草分别。此色来自天山,广寒宫里玉,谁谁言说,见得玉碎,分不得,细细研研如切。淑淑幽幽,以清清雅雅,向君倾绝,可曾应见,雨中云里豪杰。

46. 青玉案 送人赴黄岗令

黄岗一令黄岗令,上路上,知明镜。知地知天百姓。以高悬处,上知天命,下也知天命。小小寄与关怀性,岁岁年年去来政。净净公文公净净,一川阡陌,一方神圣,一寸人心正。

47. 水调歌头 寄巴解

一日江湖上,十里老苏州。莼鲈八月相脍,蟹脚已清秋。巴解将一怒,何以此虫横窜,帐小已难留。掷去兵营火,香味已无休。阳澄水,昆山岸,半长洲。将军巴解天下第一食横流。如此人间地上,箸庙高高展展,胜似古王侯。我建渔村墅,向背运河楼。

48. 减字木兰花

行行走走,万事人间何不否。半是王侯,半是儒书半是忧。无无有有,暮暮朝朝皆是口。李白江油,杜甫成都草堂休。

49. 风流子

金谷已成尘,东君早,一半石崇春。缘珠已下楼,玉姿千载,以身百态,过眼游鳞。竟自是沉沉落落,成各自经纶。情是不情,意非非意,可怜天下,何以当真。江东江流水,第娘见,朝暮是,去来人。二十四桥明月,草木茵茵。却见那琼花,层层开遍,素幽幽素,无以冠巾。听得玉箫声起,今古相邻。

50. 忆秦娥

何相织,凤鸣一曲秦娥忆。秦娥忆,声声弄玉,穆公杨柳。秦川千里周云匿,战征养马风云翼。风云翼,如今萧史,寄何消息。

51. 又

谁相如,秦楼一半秦娥语。秦娥语,凤凰一曲,凤凰相与。穆公弄玉情儿女,凤鸣萧史朝天去,朝天去,人间留下,楚吴吴楚。

52. 清平乐

清平不乐,未与相如约,帐外琴声梅花落,白雪阳春相托。人间万里江河,曲多一半云多。今夕不知何夕,相思岁月蹉跎。

53. 贺新郎

万万千千路,只行行,不分老小,不分朝暮。南北东西春又夏,最是秋冬步步。一粒子,三生分付。有得功成名就事,自当然,苦苦辛辛苦。求日月,几何度。茫然去去知何故,与人同,与时俱进,以天相许。去去来来去去,积累平生历蠹。有进退,高低如树。逝者江流流不住,是回归,意意情情顾,三峡岸,几云雨？

54. 好事近

是白雪阳春，也见得梅花落。只在群芳丛里，与君曾相约。如然玉碎玉如然，草木苦求索。挎下挑灯何问，只当东君错。

55. 又

问下里巴人，腊月梅花三弄，已是高山流水，伯牙何相送。阳春白雪玉门关，酷吏入君瓮，是是非非是是，是非黄粱梦。

56. 虞美人

虞姬帐下声声曲，仍旧人如玉。帝王不以帝王居，进出乌江进出不多余。刘邦项羽鸿沟瞩，日月应相续，无言垓下不知书，八百江东子弟几当初。

57. 水调歌头 九日

岁岁重阳九，唱水调歌头，运河两岸杨柳，已过十三州。莫以隋炀故事，莫以秦皇故事，有水有沉浮，若以长城见，终不及运河流。茱萸草，黄菊色，忆秦楼。凤凰弄玉，箫史已做凤凰游。留下穆公怀旧，只有凤鸣来去，不尽一春秋，谁道头颅好，今古半扬州。

58. 菩萨蛮 荼蘼

群芳未尽群芳暮，梅花落里东君住，最是见三吴，声声听念奴。春风春细雨，千百千人度。自以自然图，当归当故途。

59. 蓦山溪 海棠

一年一度，处处低高树。叶叶碧当初，自不语，如今如故。红红白白，果果色黄黄。前年故，去年故，也是今年故。珠珠露露，风风光光住。见得已成层，繁简里，云云雨雨。依依附附。岁岁是春秋，花分付，子分付，传代应分付。

60. 渔家傲 简张德共

俯首高山流水古，扬眉自得黄金缕。已是春云春雨圃。花草主，群芳处处茵茵辅。岁岁年年杨柳色，朝朝暮暮闻飞羽，不是相同相异数。应三五，今年三四明年五。

61. 念奴娇 水仙

水花花水，近春节，身向中原相住，薄薄轻姿轻玉立，细细条条相主，玉女云端，鼻尖点点，色色黄黄度。依依约约，王母传信分付。自是叶叶纤纤，又垂垂碧碧，根根曾许。洁洁清清，心蕊见，已是瑶台曾顾。此在人间，无为无俗去，与天倾许，奇香留下，幽幽雅雅如故。

62. 生查子

年年岁岁桃，岁岁年年杏。桃李已成蹊，小杏红红影。荷荷夏夏润滑油脂，麦麦收收领。粒粒苦辛辛，八十天中静。

63. 又

尖尖脚脚荷，麦麦收收杏。一岁一终成，三夏三生影。果成八十天，子结经年杏。小小亦黄黄，白白红红颖。

64. 又

心中淑淑生，墙外红红杏。结子结同行，成果成回省。春春夏夏萌，岁岁年年影。一度一心成，三面三光景。

65. 又

鲜鲜嫩嫩娇，白白红红影，一半一黄黄，三界三生幸。甜甜一口消，也许酸酸杏。一度一平生，千户千家秉。

66. 又

中原百里平，麦麦收收杏。一见一农夫，三夏三天境。女儿采果行，碧玉桥边影，不得见红沉，见得心中懔。

67. 又

黄黄白白红，小小中中大。一果一由衷，千杏千夫个。空空色色空，色色空空过。麦麦已收收，杏杏应相佐。

68. 又

年年一味桃，夏夏三红杏。处处自，岁岁何形影。春春结子潮，夏夏丰丰永。一味一招摇，千果千家领。

69. 解佩令 木犀

花花不大，香香不小，木犀色，人人皆晓。记取当时，已留下，风流年少。又重阳，云云缈缈。中秋桂子，寒宫处处，这嫦娥，拾得还好，且不声张，让后羿，无从知道，待明年，有花有草。

70. 清平乐

三三五五，只唱黄金缕，古古别离离别古，如去如来如。洞庭山下江湖，运河两岸姑苏，碧玉小桥流水，东吴云雨东吴。

71. 忆秦娥

秦娥忆，穆公楼上年年忆。年年忆，朝朝暮暮，凤凰读英语匿。凤鸣萧史来凰翼，如今弄玉何心臆，何心臆，三生来去，一情无力。

72. 西江月

步步天南地北，行行海角天涯，人间你你我他他，处处春秋冬夏。事事朝朝暮暮，人人正正斜斜。江流万里浪淘沙，古古今今文化。

73. 临江仙

逝者如斯如逝者，之乎者也难成。书生一半一书生。明光明日月，草木草枯荣。自古人间人自古，阴晴处处阴晴，平平不是不平平，江流江水见，有势有行行。

74. 浣溪沙

处处山河处处屏，湘灵日月竹湘灵。丹青一泪一丹青。水水苍梧尧舜禹，人间正道是心经，泾泾渭渭浔泾泾。

75. 又

十里长亭十里行，三生日月一三生。成成败败可成成。路路千条千路路，荣荣辱辱自荣荣，阴阴之后是晴晴。

76. 瑞鹤仙 十九体

以延年故道，约得紫姑神，周权应晓。人间客多少？几长亭万里，去来年老，花花草草，岁岁年年好好。去年寻，再问明年，何是又非无忧。飞鸟。人人可见，暮暮朝朝，以梁环绕。今年生小，来年是，付苍蓼。刘郎见得，萧娘知得，昔比今非悄悄。怎争如，异异同同，一时一了。

77. 又

是千丝万缕，是万缕千丝，春蚕春茧。桑桑小新叶，精心采，工于微微圆扁。初初绿处，带轻黄，应以未展。对柴门半掩，听听动静，不可敷衍。天遣，惊人惊己，束妆妆束，正值经典。情中不已，何所谓，方圆选。到如今，渔雁沉沉分不辩，生生相易实践。不归来，成帛成锦，作冠作冕。

78. 满江红 赏心亭待月

一半斜阳，一半水，云云雾雾，远近是，大江连海，作黄昏暮。百舸争流争日晚，千帆靠岸渔家渡。赏心亭，四面不相邻，唯桥路。向背望，弦月顾。且挂在，天边树，隐藏应不是，是难分付。窄窄如钩如不住，嫦娥缩影还闻兔，大弦弦，上下总弦弦，年年数。

79. 感皇恩 酒

一路一声鸣，千杯老酒，不是人间作杨柳。生生息息，醒醉以何当守，步行知我意，凭天口。君子多为，小人劝酒，是是非非，皆空首。败成荣辱，进退升迁行酒，无心有事，时时酒。

80. 青玉案 又

时时事事人人酒，古古今今皆酒，李白知章诗也酒，八仙张旭，巅狂如酒，死死生生酒。不得天下谁无酒，一世平生不曾酒。十万诗词非以酒，止行行止，世人皆酒，我只成杨柳，不饮酒。

81. 醉落魄 又

人人事事，千年古古今今路，醒醒醉醉应无数，败败成成，辱辱荣荣故，有有无无何所顾，名名利利何分付，是非醒醉酒当误。不饮英华，自以方成赋。

82. 桃源忆故人

玉楼深锁多情女，日日同鹦鹉语。羞得吴吴楚楚，只在无人处。文君何以知相如，三弄曲，人情归处，只古今私去，且以身心许。

83. 水调歌头 赵可大生日

草木成天地，日月作平生。毛遂自荐今古，博浪逐沙平。王佐曾经断臂，易水荆轲图匕，留下半身名。举椠人间赋，披锦泛枯荣。同来去，同朝暮，共倾城，鲲鹏鸥鹭千里一路作精英。上下五千年里，尽是农民父子，一字一纵横，二笑谋三径，四问是渊明。

84. 鹧鸪天　圆子

禁火绵山禁火休，依然晋耳旧风流。姑苏碧玉青圆子，寒食清明作国忧。寻草木，问春秋。茵茵琥珀面浮油，蟠珠瓅瓅溶溶粉，口味浓浓少女羞。

85. 又　蒸茧

比屋清灯已晚春，东邻碧玉问西邻。桑桑叶叶天天老，一半丝丝一半人。歌舞罢，敬蚕神。心诚不是玉佳珍。怀中不定情难定，两处波波两处新。

86. 浣溪沙　货郎

两两三三两两声，竹枝不尽竹枝情。针针线线可层层。不问货郎郎已问，绣以细丝成，"你知不是我知明。"

87. 又

远远无声近近声，去年不是本年情，丝丝线线可营营。只愿竹枝郎再唱，鸳鸯绣得已倾盟，阿兄未解女儿声。

88. 好事近

十步过枫桥，一寺寒山方丈，何以天涯迟迟，太湖黄天荡。渔舟唱晚上渔舟，六渎运河乡网。柳柳杨杨垂落，向长洲分享。

89. 喜迁莺　二十四体　可平可仄韵

花不尽，草无穷。应与我心同。天天地地一长空，何以有中空。春秋见，吴宫殿。西施范蠡何面，去来来去作飞鸿，朝暮自由衷。

90. 又

寒梅向暖，一秀在庾岭。芳华朝暮。傲骨冰肌，形形影影，香向人间分付。有无处处凝住，不与群芳争妒。三弄里，白雪枝头上，清芬如故。东君应知道，昨夜一灿，夜里开无数。小作衣衫，堆堆落落，总是欲藏还度。有明暗中浮动，休得无风成雨。且留取，香雪海中赋，由春分付。

91. 满庭芳　二色梅

独独双双，双双独独。一撇一捺圆方。梅花三弄，人字二天梁。一二三生万物，夫差始，六渎钱塘，隋炀帛，杨杨柳柳，今古运河乡。天堂。多少路，寒中日月，暖里苏杭，已阴晴一半，一半风光。白白红红粉粉，香雪海，尚有余黄。人间是，奇奇妙妙，处处忆芬芳。

92. 诉衷情

冬梅影里作春梅，香雪海恢恢。梅花落里春雨，草木已相催。黄白色，粉红堆，去来回，成双成对，五瓣冬寒，六瓣春陪。

93. 临江仙　又

二色梅花花二色，黄黄素素红红。一分白雪一分工。三冬三日月，半暖半寒中。自得春机春自得，空空色色空空。成双成对入心宫。千枝千少见，百步百相逢。

94. 浣溪沙　又

两色梅花两色匀，一春未了半三春。黄黄白白作红尘。紫紫红红红紫紫，香香淑淑玉人身，标标里里几成珍。

95. 西江月

一半家书一半，三千辫子三千。风风雨雨过前川，日日阴晴燕燕。去去南南北北，来来陌陌阡阡。生生息息已年年，首首如闻如见。

96. 醉落魄

不学东方朔，何当宋玉歌。

97. 虞美人　和姚伯和

虞姬帐下声声曲，酒断残口烛。三千子弟过东吴，不在乌江不在一扶苏。刘刘项项咸阳玉，垓下鸿沟笃。未央宫里火光孤，半见坑灰半见几书儒。

98. 又　战国策

张仪已向苏秦问，不以黄金印。纵横留得古今人，六国春秋，一半作经纶。联横合纵文章觑，也布军兵阵。人间夏秋继冬春，日日山河草木净风尘。

99. 谒金门

梅花落，下里巴人相约。汉汉群芳群漠漠，东君东已若。香雪海中一诺，白雪阳春求索。古曲别离别雀，何飞飞落落。

100. 又

梅花落，两两鸳鸯难作，六六金鳞金不托。高山流水错。静静池塘如约，纳纳容容川壑。也有风云风雨掠，天津天有约。

101. 点绛唇

一半神仙,玄都一半桃花路,不分朝暮,不见谁分付。作了刘郎,未以江山付。文才数,道家如故,佛学儒家故。

102. 又

一半神仙,神仙一半人间住。有人则付,存在心中数。一半蓬莱,只是江山故。风云雨,树林林树,共共同同遇。

103. 又

自是神仙,神仙自是人间路。故如如故,去去来来数。是以心中,是以平生步。无中度,有中还度,岁岁年年度。

104. 又

自是神仙,神仙自是谁分付。汝吾他数,如子如君故。自是神仙,必是心中住。心中住,古今今古,一念千年度。

105. 又

一半神仙,神仙只在人心住。作人心度,不以金钱付。信念生生,有有无无路,儒家路,道家还路,也是如来路。

106. 水调歌头　又

自以封神榜,自以作仙人。仙人一半人也,最后吕洞宾。留得唐诗字句,也有韩湘子寄,宋后不仙人。只是心中愿,千载一秋春。蓬莱岛,天台径,正经纶。来来去去今古处处有精神,一撇须一捺,二字成天大小,彼此是为人。有愿仙人在,有愿作仙人。

107. 瑞鹤仙　又

沈延年术士,邀请紫姑神,何人间始。江东也哪些。叹民生力薄,不知披靡。春秋日月,一天千年作几。不寻常,百姓寻常,辜负几年经史。无视,仙人不见,只在心中,已如如已。风风水水,又云雾,似曾襭,刘郎未见,玄都兴废,也是兴亡所匦。只争回,古古今今,是非燕雉。

108. 满江红　又

一半人生,一半是,朝朝暮暮。一半是,去来来去,不知何务。一半见,天天地地,春秋冬夏千条路,几不然,几所自然寻,平生度。怪所遇,奇所遇,有知故,无知故,这今今古古,不知谁数。这就是神仙所在,仙人作得人仙赋。寄望多,向有有无无,神仙住。

109. 西江月　又

不见神仙不见,人间只是人间。无知不是回知还,有有无无未面。徐福秦皇岛外,王母汉武红颜,君今何处玉门关,作得云中舒卷。

110. 李吕

一落索,《词律辞典》载九体,无此体,取吕渭老体。

鸟在花余无主,自由飞舞,微风不断不沉香,送去归渔父。子胥乌江如数,不知南浦,当知一度一当知,花鸟处,寻今古。

111. 满庭芳

一半人生,人生一半,只是止行行。向前思后,向后思前程。老得方知步步,应策划,路路皆明。三年量,年年岁岁,不可不成城。成城,应记取,时时刻刻,自主身名,人中正,介石方荣,古古今今岁月,三万日,百岁精英。知音者,诗词格律,一世一人生。

112. 醉落魄　寄羊城中山大学严关绰

开开落落,花花草草年年约。休休莫莫情情若。碧碧茵茵,色色香香,已得梅花落。谁谁落魄谁谁诺。滕王不在滕王阁,且向羊城,我念严关绰。

113. 朝中措

空空色色色空空,尽在有无中。有有无无有有,风风雨雨风风。人人事事,时时序序,始始终终。老老何言少少,童童一半翁翁。

114. 又

山山水水雨云中,地地对天空。四序三光六郡,千家万户清风。春秋岁度,枯荣草木,日月西东,格律规则乐府,唐家宋代成翁。

115. 鹧鸪天　寄情

夕照残霞半未消,红光远上一云潮。高山顶上应多得,树影长长几里遥。人所问,水如桥。江南渡口有藏娇。姑苏碧玉江村色,不见梅花草不凋。

116. 前调　碧螺春

小小典典绿绿芽，云云雾雾日方斜，明前小叶山中采，碧碧螺螺手不搓。春色里，作怀花，儿儿女女不还家，洞庭山上东西望，一半江湖一半霞。

117. 沁园春　叹老　寄先师满守诚都学礼

老下南洋，赤道丛林，自在自由。马来西亚国，巴新岛国，银行创办，乎相酬谋。回首中年，苍天在上，九鼎日玄步九州，开放日，举国同振奋，鸟飞鱼游。人生六十退休。自少小，诗词格律求，小学满守诚，先生私塾，还都学礼，教我堂楼。始以诗经，唱得音韵，入了神情入马牛。声声是，作人间正道，诗词重修。

118. 水调歌头　又

少是书生路，老也是书生。书生一世无了，处处始阴晴，步步前程步步，一咱诗词不缀，日日古今情。八十人间故。第一作精英。唐今古，求格律，韵音萌。隋炀格律庚信已得古今城。古古今今去，死死生生无异，留下一平生。去去来来者，各自各枯荣。

119. 凤栖梧　又

一世人生成一路，一日光荫，一步由朝暮。事事分明事事顾，辰钟暮鼓从君住。务务时进千百度。究竟思量，古古今今故。日日行行日日数，飞鸿作得同飞鹭。

120. 点绛唇　又

小小书生，人生不定人心定，去来如镜，事事人人性。老老书生，（人生）已定神无定。求中正，耳根清净，介石心经圣。

121. 调笑令　《词律辞典》载为调笑歌，黄庭坚体，单调三十八字，七句七仄韵

无数。不无数。来去行行皆不住，无当有时无有故。死死生生分付，天长地久人人度，去去来来何路。

122. 又

来去，问云雨。来自天空从地去。无则有时云作雨。雨作云时云故，相分互合人生路，有有无无来去。

123. 又　加字调笑

生死。是行止。行止何时行是止。生在人间何在死。人情有时思不止，若是无时如止。死死生生分城市，有界无边何如是。

124. 又

朝暮。有朝暮。朝自来时朝向暮。朝朝几时朝自暮。不见中途分付，相连互别居间度，纱纱诚诚如故。

125. 又

云雨。见云雨。云雨成诗云作雨，云非雨时云已故。生生死死分离路，死在人间知何去。

126. 临江仙　又

一日临江仙一日，生生死死生生。生生来处可生生，人生人自死，死去死无名。死死生生生死，来当何处去何行，相连相自己，不见不无情。

127. 青玉案　怀祖

枚乘七发枚乘数，宋玉一峡当赋。留下瑶姬神女有，有襄王语，有秦皇误，徐福当知故。少小老大人生路，当记爷爷爹娘助。有难则严重死顾，一言难尽，万情分付，止行行步步。

128. 陈从古

蝶恋花　飞机过巴新

一片浮云浮一片，日上重光，隔隔分分见，千百人间千百面，长生不在长生殿。赤道风云风雨便，处处丛林，处处洋洋澜。原始村庄酋长院，如今现代重家眷。

129. 姚宽

菩萨蛮　春愁

斜阳未了黄昏暮，归来一半村边路。有约有殊途，从心从玉奴。临行临故语，从你从神女。不可不江湖，当然当丈夫。

130. 又

来来去去江南路，云云雨雨云云雨。不可可东吴，当知当玉奴。千人千百度，一女一如故。早去早归途，温杯温玉壶。

131. 怨王孙

杨杨柳柳绿垂低，杏杏梨梨桃李齐。结子花中花草萋。水侵堤，你作东

流我作西。

132. 生查子

竹枝一两声，小女三千命。一曲一春情，三夜三更性。形形梦梦生，影影心心镜，一见一红英，千态千姿靓。

133. 踏莎行

一半春秋春秋一半。花花草草都成半。冬梅岭上半春头，秋来一叶惊公断。一半春秋，春秋一半。晴晴见见风云散。枯荣相似各荣格，年年岁岁阴阳半。

134. 刘珙

满江红

百态人生，以正气，朝朝暮暮。左右步，以方知向，作前程路。社稷江山天下故，年年岁岁相分付。共父母，同国国家家，人生度。自今古，经风雨。空色里，心经住。任成败败，陌阡如数。又几何，荣荣辱辱，飞鸿来去知飞鸷。一苍梧，留下一人间，诗词赋。

135. 黄格

水调歌头

万里长江水，日日逐江流。西来不尽东去，处处有江楼。富贵身名不计，曲曲弯弯折折，留下数下洲。了平生顾，竟渡竟风流。三江水，下泉注，万帆舟。沉浮不定方向已定一神州。不尽南南北北，一半东西一半，自古自春秋。一石擎天柱，

青海水源头。

136. 汤思退

菩萨蛮　水月寺

人心咫尺天涯断，平生水月江南岸。茧茧一桑田，蚕蚕千束延。心经心冕冠，金玉金刚翰。见寺见青莲，闻春闻杜鹃。

137. 张仲宇

如梦令　秋怀

已去雕梁飞燕，一叶秋风如面。彼此问江南，处处云舒云卷。云卷，云卷，近近遥遥何见。

138. 李流谦

踏莎行

九九重阳，重阳九九。人间不尽人间酒，杯杯浅浅是深深。醒醒醉醉垂杨柳。口口人人，人人口口，今今古古何人口。知音不饮是知音，谁当事事谁当否。

139. 如梦令　又

古古今今杨柳，事事人人当酒。一半逐风流，一半文才知否。知否，知否，只见人前人后。

140. 醉蓬莱

已金蕉叶见，三盏蓬莱，品曰重九。黄菊萧萧，采荣英扬首。赖有多情，举杜康酒，问古人知否？此物年年，人人事事，只当如口。何以醒醒醉醉，无序去去来来，酒烟朋友。朝暮长亭，

四顾皆杨柳。无废无兴，是废是兴，落羽江流守。会与州人，饮公当受，在神仙后。

141. 小重山　又

岁岁年年四百天，朝来还暮往，数流年。人间何处有神仙，无醒醉，花底与尊前。争道李青莲。太白街市饮，上皇宣。长安不在日西边，空回首，当涂酒中眠。

142. 青玉案

春风春雨春花草，一水一川皆好。万物欣欣荣已晓，绿黄黄绿，茵茵还早，生息知多少。路路不尽船桥道，止止行行去来了，未得身名身已老。化文文化，已无年小，处处归飞鸟。

143. 虞美人

人间处处黄粱梦，处处相迎送。荼蘼雪白牡丹龚，春雨春云未了又春风。冬寒已云梅花弄。又作钗头凤，女儿自是女儿衷，一半思量一半望飞鸿。

144. 点绛唇

去去来来，人间处处人间酒，一尊清酒，古古今今守。上至君王，下得非朋友，杯杯酒，见深无有，醒醉成翁叟。

145. 感皇恩　又

何谓一人生，半杯老酒。已是深深古今有，醒醒醉醉，淹没万千人口。八仙明知道，饮中走。不是无知，当知白首，去去来来作杨柳，有风

不垂。朝暮何须相守。今天是昨日，明天否。

146. 武陵春　又

饮中八仙常醒醉，李白有其声。张旭风流鹤发成。杜甫不纵横。且以金龟来换酒，留下一诗名。古古今今几半生，误了少年英。

147. 谒金门

何大小，八十人生多少。不爱花花知草草。人情人不老。赤道巴新可好，一片丛林无了。原始天尊天下道，三生三界晓。

148. 又

飞鸿翼，过了清明寒食。禁火情中情已织，青团何所臆。只向绵山藏匿，晋耳应非无力。五霸春秋无不极，如今如直得。

149. 又　酒

谁白首，十里长亭杨柳。浅浅深深都是酒。难同千万口。古古今今此丑，淹没人间知友。醉醉醒醒何左右，成人成事否？

150. 又

谁知酒，何是何非何酒。醉醉醒醒皆是酒，功成非是酒。
行者长亭一酒，路路程程非酒，无是生非闲是酒，英雄前后酒。

151. 玉漏迟

向长亭一路，行行止止，何分朝暮。杨柳柳杨，只在人前分付。去后时时不见，又待得、新人当步。重再度。

生生息息，如今如故。料想塞北江南，大漠问青莲，互相相互。千百年中，剩把天轮重数，不斩楼兰一语，已似交河飞鹜，应所顾，风沙里，何云雨。

152. 满庭芳　寄苏东坡

且问东坡，周郎赤壁，以火了了曹营。叹徐庶去，一子百万兵。诸葛东风借箭，应谈笑、一半身名。身名是，今今古古，合纵与连横。三分三国志，九州日月，六郡枯荣。忆貂蝉拜月，吕布精英。最是空城老小，司马懿、退避琴声，英雄是，谋谋智智，对垒见轮赢。

153. 殢人娇　又

多少英雄，今今古古。千年来，何当龙虎。花无长好，鸟无长飞舞。司马懿，明知是空城盅。留等来时，横横竖竖，万军前，精英重数，江山一统，以晋人间主。有道是，梅花弄，黄金缕。

154. 洞仙歌

江湖小雨，无限知情侣，自在轻舟自来去。有琴琴曲曲，白雪阳春，梅花落，三峡高唐神女。水烟烟水处，流水高山，一枕风轻作吴楚。不必约西山，见得姑苏。留园里，留心留苎。终不如、疑作洞庭云，沉浮迷人绪，以何相叙。

155. 卜算子　又

去去又来来，别别逢逢路。一半人生一半催，一半分朝暮。自古一书生，利利名名误。背井离乡去不回，草木枯荣变。

156. 水调歌头　江上作寄东坡

百里江湖水，十步一帆船。姑苏城外南望，不尽古前川。曾以会稽太守，又作苏堤春晓，最是海南边。一柱擎天见，缺缺度圆圆。风先后，云左右，雨桑田。人生一半天下自主自神仙。最是平生步步，上上弦弦下下，夜夜作婵娟。古古今今是，草木几千年。

157. 于飞乐

水边山，山边水，水水山山。四分田，一半人间。玉门关，连大漠，客去无还。蜃楼海市，黄昏里，云影无闲。望楼兰，交河壁，问月牙湾。有沙鸣，一半云环。见敦煌，知日月，今古维艰。百年以后，莫回首，沙碛斑斑。

158. 西江月　为木犀作

色以冬梅可比，奇香八月扬长。重阳处处共微黄。桂子朝天俯仰。木木丛丛簇簇，人间共渡炎凉。秋风起处各思乡，却是不知方向。

159. 眼儿媚　中秋无月

弦弦上下十多天，只可问婵娟。一边一角，半弯半狭，雨夜圆圆。圆圆不见圆圆别，桂子已无边。吴刚已住，玉兔已止，各自求全。

160. 朝中措　又

中秋一月一中秋，儿女半风流。何

以广寒许事，江流不问江楼。杯前深浅，目后阳关，欲止无休。当以人生步步，江楼不问江流。

161. 千秋岁　寄秦少游

长城外内，不以荒沙退。秋叶断，声声碎。何飞飞落落，别别休休昧。人不得，相相背背何相背。六十应三袭。且以绯衣配。四五品，今生佩。又南洋赤道，一路朱颜改，衡阳雁，春秋不断春秋废。

162. 虞美人　又

朝朝暮暮朝朝暮，步步行行步。孤孤独独独孤孤，赤道丛林不归不京都。诗词格律诗词路，八十人生付，十三万首已同儒，且以佩文音韵过浮屠。

163. 洪迈

满江红

一水鄱阳，牯岭色，匡庐相顾，洪皓子，中书舍人，侍读分付。留下文章文太守，唐人万首精绝句。八十年，光禄大夫名，端明赋，博学士，宏词务。泰章阁，绍兴住，以容斋五笔，作高山树，何以人生多日月，朝廷上下无风雨。选唐诗，格律作规则，方圆度。

164. 临江仙

千百人生千百度，唐人绝句当初。截句万首国风余。方圆由格律，兴比对心居。万首唐人唐绝句，人间一半知书，樵渔以此作樵渔。人生三万日，一日一诗如。

165. 高宗梓宫发引三首

导引　宋鼓吹四曲，车驾出入奏导引

朝日上，清风徐徐。天下路自当初。条条大道通南北，一江东去自西洒。紫箫前后知踪迹，同玉管，共銮车。不远是瑶城。繁荣花木度仙居。

166. 六州　宋朝歌吹止有四曲，十二时、导引、降仙台和六州。

中兴路，处处自升平。伊梁日，石渭氏，册宝初引鸿名。兴亡一度一清鸣，老莱衣旧绣花轻，中原老少女儿情，黄河北上，南下向东行，潼关泾渭合，流水自难平，春秋秦汉，天下人生。洛阳城，唐以周明，长安又以唐明。任帝子，以民生，功功过过群英。隋唐制，唐以隋荣，武瞾间，诗以成城，之问伫期婉儿译，女皇赐袍，格律始量衡。会稽城外，已有运河，南南北北蓬瀛。

167. 十二时　十二时慢

春秋一叶问飞鸿，明在广寒宫。慈恩桂子，玉树吴刚相东。长安路，吴越水，四时风。梅花香腊月，白雪上元宫，群芳二月，牡丹桃李，三月芳红。当四月由衷，处处甘棠结子，柳杨半苍穹。花草总无终。汨罗逢五，六六雕虫，银河七七，牛郎直，织女弓。色色空空，八月中秋相逢。三秋桂子重重，玉难通。九重阳，还上瀛蓬。神仙应在，秋冬霜未老，数九经翁。向冰花，分

棱角，始英雄。

168. 踏莎行

止止行行，桥桥路路，江湖渡口舟舟渡。楼船已经到都都，运河杨柳隋炀故。后后忧忧，前前步步，年年岁岁应分付，天天日月天天数。

169. 赵缩手

浪淘沙

月作一帆船，挂在天边。秋中初九冷弦弦。不知嫦娥何处去，独影难全。只可问婵娟，今夜无眠，三三五五日方圆，你我相观观你我，满了心田。

170. 张风子

满庭芳　牛

第一牛牛，牛牛第一。半亩田一头牛，老婆孩子，得以热坑头。且以农家庄户，唯此见，结社丰收。结社会，他当独卧，友雏自回头。牛牛。声振动，人泥入水，兼以车酬。自耕耘日月，土地无休。一曲小童牧笛，杨柳调，也是悠悠。人间客，人间主子，何处不风流。

171. 张珍奴

失调名

明皇留下一珍奴，半在长安半在吴。

172. 洪惠英　会稽歌宫调女子

减字木兰花

梅花似雪，雪似梅花非可折。白雪

红花，且任东君你我他。梅花不语，白雪梅花三弄女，无限精神，一半冬春一半人。

173. 何作善

浣溪沙

白白酴醾一玉人，情情叶叶半丛春。心中蕊蕊总相匀。浅浅深深娇脉脉，云云雨雨意真真。风风月月属闲人。

174. 刘之翰

水调歌头

何经金秋见，一叶下梧桐。枝枝千千呈举，羽下已生风。一半人间有问，地阔天高路远，客以少鸣虫。十里长亭路，色色自空空。清溪水，明白石，暗林枫。经年至此霜后日见日丹红。自唱采莲小曲，笑折荷花碧玉，十一子成蓬，一子留池下，隔岁向西东。

175. 周某

失调名

一半黄粱梦，一半作神仙。醒醒醉醉天下，俱是有心田。

176. 太学诸生

南乡子

洪迈被拘留，不以宏词不以由。七日难明饥饿死。回头。老子生来不惧留。世上开无谋，死掉人生不可谋。一去归来夸海口，如牛，得摆头时便摆头。

177. 仪珏

失调名

翻阳见得匡庐秀。

178. 袁去华

水调歌头　雪

一曲梅花弄，不为玉衣愁。捉襟见肘无隐，只得半含羞。自是红颜未语，等待东君分付，草木久相留。不久酴醾色，白皙白明浮。长安市，东都镇，御杭州。春行岭上来去日月满心头。五瓣黄心玉叶，唤取群芳响应，早早到长洲。再以长安路，已见柳枝眸。

179. 又　登姑苏台

水调歌头唱，一路到长洲。吴门多少台榭，五霸自春秋。勾践夫差旧事，何故西施相送，不是不非由。若以姑苏问，九脉五湖舟。九兴废，兴亡故，古今留。三千年里天下六郡十三州。钱缪无须旧话，拙政园中积水，也可映明楼。有语朝天阙，日月大江流。

180. 又

岁岁年年去，老小一沧洲。少年自是书剑，自得半春秋。不斩楼兰不志，不到交河不止，日月尽风流。见得沙鸣响，见得月芽军。忆当年，携长剑，上书楼。人生忆是非是自得自沉浮。舜在苍梧治水，禹已传成夏国，以此到君侯。此水君山去，不尽洞庭舟。

181. 又

听玉笛杨柳，唱水调歌头。人间历历天下，何去又何留？那里秦皇汉武，那里唐宗宋祖，这里是春秋。晓以元明世，清代已沉浮。帝王去，封建尽，润之酬。中华大地南北一统一神州，立为人民服务，九鼎非然九鼎，共产共和求。剑造人间路，见得运河舟。

182. 又

格律诗词主，音韵作方圆。诗经自古留下，日月以言宜。孔子兴观群怨，已过二千年。睢鸠关关唱，在河之洲传。离骚客，经史集，楚辞田。路修远兮吾求索而源泉。慷慨悲凉孟德，采菊南山五柳，直以弃琴弦。以大江东去，古今入幽燕。

183. 又　定王台

百里君山路，三水古潇州，定王台上来去，不问是谁修。何以王王帝帝，何以民民子子，今古古今留。为人民服务，自此一千秋。登临望，兴废见，大江流。千载已尽天下来去自悠悠。曾是忧忧患患，也是忧忧患患，彼此是非忧，暮暮朝朝事，向背是民求。

184. 又

自古书生见，向背帝王侯。忧忧患患天下，不得十三州。拙政园中积水，浊浊清清深浅，日月映沉浮。勾践夫差去，吴越半长洲。兴废事，功名客，古今修。魏征向着炀帝，左右一谋求。杜断房谋天下，已在凌烟阁上，教化作春秋。古古今今见，格律作神州。

185. 念奴娇　梅

梅花三弄，一梅去，一梅春中争晓。自以寒中寒自以，腊月寒香报道，一半清幽，冰肌玉骨，独傲苍天笑。原来万物，熊熊冬储何了。不可不问东君，自元元日日，阳生阳道。百草已萌，天地暖，白雪还余多少，已见群芳，丛丛香雪海，不分老小。不分老小，人间因此难老。

186. 又　和人韵

冬梅冬至，腊月里，一半寒香匿匿。一半寒香天下寄，报道人间天力。此去春来，春梅小妹，只与群芳息。东君已是，甘棠桃李鸿翼。南北已有阴晴，不东西与比，君心居臆。香雪海中，天下色，自得自然杨柳。一半山河，长安流八水，向潼关涌。黄河东去，人情如此如织。

187. 又　自述

人生来去向朝暮，只要向前行步。自幼诗书诗自幼，步步行行步步。八十人生，回头相顾，应志应分付，以诗而始，以书如此如故。日月自有阴晴，已枯荣草木，诗词歌赋，事事人人，天下路，步步诗诗分付。古古今今，也年年岁岁，以诗书度。尔安随遇，天天如数如数。

188. 又

重阳重日月重九，可望河边杨柳。四品绯衣绯五品，见得人间饮酒。少小离家，功成名就，止止行行走。江山社稷，借机都可开口。一醉李白吟诗，是饮中八仙，诗词千首。换得金龟，清平乐，捞月涂无有。铁杵磨针，江油成蜀道，以知章友。去来来去，当诗无酒知否。

189. 又

平生多半，七十九，日胺三千文字。一路文章文一路，德日俄英译至。百万之余，成书著述，调入中书稚。中南北海里，岁岁年年相次。两万八千人生，见天天地地，听民人治。话语三农。书记处，以农村为事，户户家家，红头文件下，改天之志，杜润生在，平生当以相寄。

190. 水龙吟　雪

人人有得平生，平生只是随朝暮。人忙着生，人忙着死，人忙着路。步步虚名，虚名步步，去往何处，两步分左右，三留迹向，回首见，非如故。雪上行踪留住，见分明是非如故。阳春白雪，高山流水，知音几数。下里巴人，竹枝乡曲，人生相度，老来重回首，原来俱是，暮朝，朝暮。

191. 又

平生未是平生，平生只是平生路。生生死死，来来去去，人人步步。来是无无，去是无无，无中生渡。是无非无是，是无非是，无是故，无故故。一是儒书分付，二如来，三生万物。潼关老子，西游天竺，春秋可数，一问人生，二寻天地，三知朝暮。三万天百岁，重回来处，去来如故。

192. 又

书书礼礼书书，儒儒道佛儒儒路。朝朝代代，如如此此。依然如故。自是神仙，非儒非佛，道家相顾，也非儒非道，人心所欲，天外去，超然度。天外天云天雨，是非天，是非分付。天天地地，本来无限，无中河故？事事人人，人人事事，来来去去，内外何以见，玄虚虚玄，是非分付。

193. 满庭芳

人忙着生，人忙着死，人忙着是虚名。高山流水，一半汉江情。且入长江故道，初合一，黑白分明。分明是，清清浊浊，又浊浊清清。去来来去路，今今古古，纵纵横横，去帝王将相，去了书生，去了虚名生死，何至哉，留下枯荣，枯荣里，人间正道，一子一耘耕。

194. 又

人忙着生，人忙着死，人忙着是人生。人生一世，救世主光荣。下里巴人日月，无知也，盼待精英。精英道，人人所向，处处是民平。人间，贫富见，成成败败，辱辱荣荣。尽来来去去，大众求生。自古农村城市，应共产，应共享情，民公社，家家国国，共产主义城。

195. 又

人忙着生，人忙着死，人忙着是人生。一人人一，不足以人生。国国家家国，天下路，共产同荣。和平里，农民世界，是向工人城。第三浪潮至，人间讯息，互联网情，高速公路网，高速铁路，高速常明通讯，人类望，远近皆明。中华见，中华一带，一路自光明。

196. 满江红　黄鹤楼

一路长江，收汉水，楼前黄鹤。李白去，不鸣崔颢。鹦鹉洲头青草草，龟蛇山下谁当耕。楚鄂天，辽阔一江山，谁求索！川上曰，梅花落，杨柳曲，民间鹊，有高山流水，有知音若。自是洋洋兮水水，微微兮是山山壑。知音台，伯牙子期呼，谁相约。

197. 又　滕王阁

一路长江，一流水，滕王一税，知湘沅，望庐山木，向翻阳索。气吞云梦已落，王勃一赋，如今博。逐三江，万里一江河，人间诺。赣水下，临川略。抚河结九江泊。问南昌故郡，作江南托。古古今今多少客，英雄一半江西跃。老表情，自是自由衷，长空缚。

198. 又　岳阳楼

上岳阳楼，君山问，苍梧不若。二妃是，湘灵鼓瑟，以心求索。竹泪流时洛客泪，潇湘阮水年年漠。向九嶷，万里一长江，疏通作。三峡谷，官渡泊，吞云梦，龟蛇钥。问江东父老，作乌江雀。项羽刘邦何日月，江山不尽，江山略。以古今，介石一虚名，中庸拓。

199. 兰陵王

望丘壑，谷谷山山落雀。川川水，溪石月明，脉脉细流不交错。孤来孤往若。逝者如斯独鹤。原应是，积水积人，处处农家建村落。寻踪迹时约，立行一儿童，分得强弱。成年成业成如诺，老子以天合，何行何止。纫兰结佩步步缚，一年一收获。事事，自难托，不得问人人，俯仰为之，几何一笑天辽廓，处处一穷达，楚徒知鄂。古往今在，不是乐，亦是乐。

200. 又

一飞雀，小子天高可托。风流是，留恋人间，却道是人欲仙怍。蓬莱岛上索，不过晨梅夜鹤，西湖畔，莫以后人，柳浪闻莺雨云错。三潭印月诺，天坛地坛，日坛月坛阁。二十八宿鲲鹏博。七夕气巧节，天河云密，人间天上皆喜鹊，牛郎织女约。大拓，事如昨，自古古今今，荷黄人薄，八仙过海梅花落，玉女不传信，是王母泽。古往今来，往亦茗，来亦茗。

201. 六州歌头　渊明祠

一琴立柳，黄菊已知书。天下路，朝至暮，几心余，几多步。步步居心度，何相数，何分付，千百度，千千度。度中龠，无中有无，非里非非故。不是多余，是多余，数数。帐下一相如，求文君裾，自当炉。此途非路，人生路，事业路，自行路。有当初。丘壑故，来去故，武陵居，自荷锄。彼此何如故，何独许。一生余，多少步，应何步。步思思，岁岁年年，且不思思误，作了樵渔，不知人间路，一道自玄虚，以一归屠。

202. 瑞鹤仙　又

问渊明一步，却了弃琴弦，知音何故，音由一心数，是音作声异，意情分付。收贤五柳，武陵源中路路。不寻常，百姓人家，秦汉古今相住。风雨，人人已见，子子知书，似曾如故。东篱已暮，采黄菊，诗词赋。周郎见得琴弦弃得，作得知音不妒，却争如，击木求心，五音七布。

203. 荔枝香近

小部长生殿，秦新曲，贵妃生日，香泽荔枝，霓裳羯鼓相催，更得太眞如玉。相续，骊山如此妆束。大都世间，最是民意俗。一半风情，一半是梨园笃。情情欲欲只以明皇夜明烛，此怀天宝何瞩。

204. 旧牌子近

去去来来，一杯酒一杯酒。千万缕，风摇杨柳。先后事事人人，君口臣口，成败又荣辱，醒醉友，谁知否。尽玉壶谁相守。知古古今今，有人有手，不必空空，朝朝暮暮老叟。饮无得，不堪回首。

205. 剑器近

渭城雨，八水色，长安烟雾。海棠

牡丹花树，不如故，也如故，只是这，珍珠不住，分明与天分付。一春路。佳赋，已寻三五步。香心未卷，蕊直立，等待情人顾。高山流水遇知音，子期知伯牙，忆如此如度。总是新春，已半阴晴相互。一人独见何人妒。

206.木兰花慢　用韩干闻喜亭柱间韵。十七体

一番知落叶，一番雨，一番秋，记取一番凉，一番来去，处处休休。长江水同汉水，过龟蛇，彼此共风流，谁道江山易改，年年岁岁春秋。春秋。楚尾接吴楼，旧事似飞舟。不知黄鹤去，空余杳杳，鹦鹉洲头。知音台上莫问，子期问，留下伯牙忧。已得今古古，古今处处沉浮。

207.八声甘州

问紫岩去后汉公卿，已闻司徒名。谁终是分三国，魏蜀吴惊。何以风尘朴朴，何以唱空城，何以过赤壁，归晋留情。记取玉堂对策，见楼兰未斩，北海骑鲸，笑重湖八桂，不笑失千声。一黄河，长江万里，过九州，人事已纵横。梅花落，见群芳正是，天下春生。

208.宴清都

碧玉姑苏暮，渔舟晚，只等闲小桥路。寒山拾得，唐人古刹，岸枫如故。梅花落里步步，下里巴人何不住。自古是，佳人才子，此景此清谁数。云云雨雨，见春江花月夜，鸥鹭飞鹭。吴宫旧苑，留园拙政，洞庭山树，

江湖剑池分付，沧浪水，夫差一度，勾践再度，春秋不误。

209.倾杯近

草草花花世界，树林高低影。朗朗乾坤日月，入人心仙境。思思量量，寻觅寻寻觅省。不须言，小墙边上有红杏。驻步听，梦回处，彼此何同景。你是张生，她是莺莺安排肯，已自当人已静。

210.长相思　《词律辞典》载为长相思慢五体。长相思九体无此体

一半姑苏，小家碧玉。隐约东西山公，江湖百里，落雁飞鸿，雕楼残照挥虹。得意秋风，扫清天下路，叶叶无穷，山在洞庭中。二千年，色色空空。已见得，江山易改，难移本性，人事雕虫，春秋应吴越，一夫差，勾践何终。古今纵横，留下得，成成在工。问西施，情情切切，居心吴越称雄。

211.风流子　双

吴越未成空，夫差去，六溇始成工。运河至北南，帛商杨柳，水连水口，处处西东。泽泽互通成一路，回首忆吴宫。炀帝所闻，以春秋故，楼船南下，行大江东。春江花月夜，梅花落，阳春白雪红红。二十四桥箫笛，碧玉由衷。处处有芳心。千思千缕，这江都女，花草丛丛。终待凤池相比，已待相逢。

212.浣溪沙

雪打己亥上元灯　之一

己亥上元雪打灯，梅花三弄玉香凝。如来大小两方乘，自在人间人自在。春冰化水化春冰，相承日月日相承。

之二

璞璞琳琳九色灯，应承建屋一香凝。高悬自主六棱冰，中国法兰西日月。诗词格律可儒兴，入间大小可相乘。

213.侧犯　自述

一生步步，前后左右知多少？多少，已岁岁年年，日多少？人生百岁计，三万六千晓。人老。三万日，时时知多少？人生八百六十万时晓。何以好。每天天，三千字了了。格律诗词，十三万首。多少？一世此如多少？

214.贺新郎

一水钱塘路。作姑苏，杭州碧色，柳杨分付。去去来来运河岸，总是半云半雨。小淑女，如情如度。忽尔花开花落问，任心中，梦断相思步。不知是，风情故。石榴半红相妒，海棠桃李已无数，小舟常寓何以向寻小小去，芳草连天百度。又总是，萧娘相顾。夜月不常多注目，波波闪闪忍不住。共细语，薄薄雾。

215.红林檎近　林檎，相思树也

五色林檎木，林檎五色红。进于高宗殿，相思曲调风。半唐情，三世界，九密意，一由衷。以此见，入骚人，

心在有无中。以相思至此，枝叶叶枝丰，叶枝枝叶，相思处处无穷。有相思人采，入黄粱梦，怀孤枝独叶相逢。

216. 垂丝钓　又

相思一半，林檎红豆南岸。俗曰"苹婆"，垒垒河滩。高宗叹，寄以相思冠。心情畔，王方言所乱。人情至此，难知难舍难断。朝朝不断，暮暮更难断，断断了还无断，如已断，只那人不断。

217. 安公子

步步辽东路，太宗应见隋炀故。山海关前春处处，又一番风雨。问得令言时，见得瑟琶诉。安公子，一曲人人误。不扩不分疆，何以朝鲜分布。且以隋唐数，以隋维治唐家度。唐标铁柱垂大理，又征东步。空际有，朝朝暮暮，唐诗赋，隋规主，音韵半关句，若无炀帝，格律诗词，运难付。

218. 蓦山溪　咏梅

阳春白雪，岁岁年年别。一度一惊心，寒暖里，梅花不绝。去年今日，处处散余香，常无绝，常无绝，作古今离别。离离别别，别别离离别。曲里自悠悠，心上是，呜呜咽咽。罗敷不去，且向莫愁说，启应折，君应折，插向心中缺。

219. 一丛花

去年一日似今年，船是运河船。萧娘有约刘郎见，宝带桥、柳际花边。

杜宇啼后，相依相问，何以且弦弦。月弦自是两尖尖，钩地也钩天。已钩你我寻心计，小桃红、小杏争先。明年今日，梨梨李李，结子自高眠。

220. 雨中花　又为满路花

江上春风早，远近兼程鸟。江南已翠晓，半阳岛，小柳叶满梢，俱言东君好。小草茵茵铺，处处青青，悄悄吴云悄悄。

白雪来，梅花多多少。客里难相道，有飘泊，有谁老，对照壁孤灯，人世间，经得万千，事事是，无休无了。

221. 谒金门

梅花落下，下里巴人如约。尽是秋冬春夏基，无情飞去雀。蜀蜀湘湘鄂鄂，越越吴吴船泊，一曲竹枝情已诺，当心今夜错。

222. 又

江湖水，树树梨花桃李。白白红红争所以，东君东不理。如此年年结子，如彼年年无止。自是人间人可比，问谁他我你。

223. 又

何寂寂，水榭月宫鸣。一曲别离今古觅，婵娟悉心白暂。独坐孤听面壁，细细清泉流泪，隔壁潘郎声历历，云中云雨淅。

224. 又

天天路，日月天天朝暮。一树梨花花一树，三春千子住。结子应当无数，果果因因都误。度度香梨香度度，

谁分分付付。

225. 又

梅花落，一曲单于相约。再以阳关三叠诺。沙鸣回大漠。不斩楼兰如若，却问交河飞鹊。未了玉门关玉凿，酒泉曾锁钥。

226. 又

肌如雪，面似梅花香彻。一半羞颜羞欲绝，周郎应不卸。已有琴声如说，月里嫦娥明灭。玉骨含冰影彻，高山流水别。

227. 又

临水榭，见得东君情借。已是春江花月夜，婵娟何论嫁。一曲别离天下，十里长亭文化。最是骚人知五霸，西施娃馆夏。

228. 金蕉叶

林檎豆蔻，相思树，一心左右。依始相思依旧。上衣超袖。恰似梅花独守。是双苞，两波作秀。不可无情不就，自是一玉宙。

229. 又

相思独忆，知红豆，一生停息。离别千情云极，一心不可匿。旧日相逢似织，见林檎，只留子殖。不觉相思无力，与子与子忆。

230. 又

重阳数九，河边见，半杨半柳。垂下低低偶偶。此君不饮酒。一曰诗翁老叟，到如今，十三万首。格律诗词独守，句句朗朗口。

231. 又

多多少少，人间是，一春花草。何以花花草草，一年一岁老。大大无从小小，见今年，去年已了，不待明年地老，一度一岁草。

232. 清平乐

花花草草，草草花花草。如晓人间人如晓，相异相同相好。花花草草娇娇，条条似似条条。人面人心人人体，潮潮似似潮潮。

233. 又

花花草草，处处人心晓，且以多情多意好，致以芳香无了。红颜学得藏娇，蜂蜂蝶蝶如潮，前后萧娘左右，刘郎彼此难消。

234. 又

花花草草，只向人情老。学得含羞颜色好。如态如形如巧，卿卿我我娇娇，草草花花如箫，彼此相如彼此，摇摇静静摇摇。

235. 又

花花草草，已有萧娘貌。一岁从言从语道，相见相思相好。心心印印朝朝，情情意意寥寥，目目心心目目，同同像像雕雕。

236. 又

依依就就，曲曲章台柳。不酒知君知不酒，且劝三杯入口。暗中自有情来，此夜玉壶金杯，醒醉向倾醒醉，瑶姬自会相催。

237. 又

长条依就，学得章台柳。白白红红红白手，不饮三杯不走。高山流水流流，阳春白雪洲洲，下里巴人才是，渔舟唱晚含羞。

238. 柳梢青

细细思量，似无消息，一片衷肠。应是回小，已满春光，何以空床。有谁步上厅廊。准时来，一身芳香。确是刘郎，无须束带，自在梦长。

239. 又 建康

白鹭洲前，乌衣巷口，风雨金陵。台城台下，大小乘兴，梁武梁陵。古今寺寺僧僧，石头城，去来回应，步步人间，行行止止，一盏明灯。

240. 又 长桥

雪雪霜霜，沧沧浪浪，客客乡乡。利利名名，功功业业，曲曲肠肠。醉里别有风光，自在一黄粱。经远香，只半醒时，晴晴夜夜，月上空床。

241. 又 钓台

步步钓台，年年岁岁，去去来来。直直钩钩，无无钓钓，日月恢恢。几刁鼓案相催，具以得江山，君子媒。八百年中，一周天下，万古奇才。

242. 又

万里黄河，长江万里，源自罅沱。南去三江，北来九派，万里风波。运河上下长戈，一水过吴门，穿玉梭。过了扬州，作钱塘客，共了嫦娥。

243. 菩萨蛮

如来一路，如来路，观音已度观音度，佛是大师儒，佛居心上苏。无须情所住，只有心如故。亦步亦相趋，行程行玉符。

244. 又

情情只在人人处，心心不可人人与。不道不知书，何言何是余。时分时有绪，闻道闻来去。静者静心居，云天云卷舒。

245. 又 席上口占桃花菊

桃桃李李，成蹊好，花花草草人间晓。一曲凤凰箫，三声杨柳谣。重阳重九颢，只采黄花少。作色作秋潮，秦楼秦汉霄。

246. 又

人人别里人人性，明明水面明明镜。古事古难平，今言今不清。桃源彭泽令，五柳琴弦净。一曲一人鸣，三生三界行。

247. 思住客 《辞典无此》体，以格律为鹧鸪天

以酒当歌以酒来，听音作曲故音回，歌中有酒歌无醉，曲里知音同里猜。相约后，莫思催。卿卿我我上瑶台，王母玉女曾何误，汉武情銮久未开。

248. 又

一曲难鸣一曲回，四音未了五音开。阳关三叠阳关唱，渭水千流渭水催。寻大漠，问瑶台，英雄自在是天才。葡萄美酒交河岸，始见胡姬始见梅。

249. 又　七夕

七夕人间七夕忙，姑娘乞巧巧梳妆。银河喜鹊成桥渡，织女牛郎一夜长。天上望，贴花黄。思量不及不思量。牛郎织女牛郎会，本是姑娘未是娘。

250. 浣溪沙

宝阁珠宫月未央，耶溪浣水净纱妆。人谦太薄误新娘。燕子梁间梁燕子，声声不尽别情长，回乡三日一回乡。

251. 又　梅

自在幽幽自在香，寒冬处处玉心凉。天机一度一群芳。已见人间人已见，阳春白雪日方扬，春梅姊妹换红妆。

252. 又　又

白雪无心白雪飞，冬梅有意带香归。立春郊日见春晖。香雪海中香白雪，徒闻素色素云霏，霓裳落下是杨妃。

253. 山花子　侍姬

条条路路，左右高低千万步。食已樵渔，不以樵渔不读书。林林树树，只到归时成一数。司玉立婷婷玉立妍，丰丰楚楚兼婵娟。脉脉含情舍傲骨，语如泉。白皙冰肌冰已透，阳春白雪唱梅边。已近高唐三峡水，已停船。

254. 蝶恋花

一抹斜阳天下暮，上了山峰，下了江河路，处处红霞红处处，分付草木谁分付。不顾人间人不顾，一半相容，一半阴阳步。暗暗明明皆是度，重重复复重重故。

255. 又

十二峰前峰十二，不锁夔门，已向高唐近，一半瞿塘三峡洎，襄王宋王分相次。莫问姬神女肆，一水江流，两岸风光匮。可以巫山官渡渍，朝云暮雨当然稚。

256. 惜分飞

一半春秋春自好，万物枯荣早早。绿绿茵茵草，群芳开了群芳晓。一半秋春秋自好，万叶飞飞了了，一二三生道，玄元来去玄元老。

257. 又

除夕梅花春已到，止止行行早早。步步前程昭，农夫朝暮耕耘晓。九日重阳重古道，采得茱萸敬老。一片黄花标，丰收声里人间好。

258. 鹊桥仙

成成败败，荣荣辱辱，不到江东下足。刘邦项羽不知书，未央见，残残烛烛。君君子子，歌歌曲曲。两岸鸿沟毕酷。虞姬帐下问三吴，一韩信，乌雅莫束。

259. 又　七夕

生生世世，儿儿女女，我我卿卿语语。牛郎织女在河边，这只是，人间魏楚。恩恩爱爱，情情如如，不忍来来去去，成仙也是不成仙，借喜鹊，人间处处。

260. 诉衷情　又

红尘一半一红尘，一半是天伦。芙蓉出在池里，结子在心因。由乞巧，作天真，共秋春。是非非是，非是人人，是是人人。

261. 又

红尘一半一红尘，一半问东邻。梅花三弄明月，曲曲向初春。天下意，世中人，雨云珍。在高唐岸，由得瑶姬，晋晋秦秦。

262. 相思引

下里巴人一世音，阳春白雪半情深。江山处处，客向竹枝寻。水入瞿塘三峡去，瑶姬宋玉木成林。去来朝暮，一事一人心。

263. 又

一半江湖一半烟，波平水静两三船。扁舟偏无这，不见小婵娟。曲断声轻何不禁，摇摇摆摆总缠绵，无端无绪，此路到天边。

264. 点绛唇　登鄢州城楼

一目波涛，人人远远人人小。眼前多少，足下风云了。俯仰江山，社稷轩辕晓。英雄老，水烟花草，未及家乡好。

265. 又

百里人潮，辛辛苦苦劳劳道，少多多少，利禄功名小。你也求求，他也求求早。孤心处，已忧忧晓，却被渊明笑。

266. 减字木兰花　梅

冬梅一路，已似春梅春一路。不必知书，序序时时日月如。群芳朝暮，百草千芳千百度。自是当初，岁岁年年叶总舒。

267. 又 灯下见梅

灯下一见，粉面佳人佳粉面。月下婵娟，且以冰肌傲骨妍。无情成眷，叶叶枝枝舒不卷。曲意绵绵，自以香香伴入眠。

268. 归字谣

归。一半江山一半微。飞鸣问，岁岁向何飞？

269. 又

归。一半一半微，书生问，处处有阴扉。

270. 玉团儿

英雄一半英雄路，有远望，行行步步。五叠阳关，梅花三弄，朝暮朝暮。阳春白雪文章度，竹枝曲，分分付付。下里巴人，楼兰应斩，生世如数。

271. 青山远

竹下兰边，菊后梅花腊月天。寒冬已尽又斯年。月婵娟。春春夏夏秋秋泉，且以东君著自怜，知伊曲舞怯裙弦，已如船。

272. 玉楼春

月上玉楼春已促，色色空空何未缘。亦明还暗半休休，何处管弦红蜡烛。年岁岁年相继续，一去一来春夏督。立秋冬至四时分，只有高山流水曲。

273. 踏莎行 自述

一半黄花，黄花一半，运河杨柳江南岸，高天九月一高天，重阳草木重阳换。看看茱萸，茱萸看看，兄弟弟兄兄散。老老小小各方圆，相思不断相思断。

274. 南柯子 苍桑

叶落知秋色，花荣问夏颜。黄河万里雁门关，岁岁年年西望响沙山。白羽潇湘岸，红枫竹泪斑。今今古古月芽湾。不见楼兰不见故人间。

275. 虞美人 悼词

何时未了何时了，来去知多少。以无来处向无消，近近遥遥迟迟是遥遥。天天地地何飞鸟，死死生生道，此桥不是彼人桥，独去孤行独往不知钊。

276. 忆秦娥

谁相忆，秦楼弄玉谁相忆。谁相忆，穆公举目，凤凰声息。秦楼已在秦娥匿，箫声未了人间域。人间域，不闻萧史，但闻云翼。

277. 长相思

长相思，短相思，一半相思一半痴。一人一独知。是相思，非相思，处处相思处处师，暮暮朝朝时。

278. 东坡引

江涛江水暮，云雾云风故。东坡赤壁江东赋，周郎黄盖度。天涯海角，诗词八句。会稽守，迟姬数，人生不必人生妒，开怀何自苦。

279. 朱雍 梅词

如梦令

一曲梅花三弄，十里长亭相送，独得一枝香，却引得钗头凤。如梦，如梦，自作一身芳蕨。

280. 生查子 又

梅花落里声，不是梅花弄，一岁一冬春，千度千香送。群芳处处荣，独秀幽幽凤，白雪白红尘，黄色黄粱梦。

281. 点绛唇 又

我我卿卿，卿卿我我何相度，一如如故，只要无人顾。去去来来，日月阴晴数。闻君步，作香香路，处处时时付。

282. 浣溪沙

一代唐朝一代牛，布衣宰相一马周，房谋杜断一春秋。一镜魏征成一镜，夫人一语一酬谋，帝王一度帝王侯。

283. 谒金门 梅

冬已晓，白雪阳春还早。十日东君方问好。梅香梅未了。蕊蕊苞苞多少，自以香香称道。不待群芳群百草，人间人不老。

284. 好事近

只问一东君，冬尽春来谁晓。本岁香香开落，向明年多少？今冬又是一明春，去岁来年早。去岁梅花三弄，今年呼百草。

285. 又

一暮一枝斜，一入人家多少？留作纱窗相挂，望情人知晓。香香一处一幽幽。一女一知道，已是相思相忆，玉肌离情老。

286. 清平乐

梅花白雪，合合分分别。处处衣妆衣半缺，雪雪花花折折。玉冰满了台阶，层层落落和谐，露露藏藏色色，瑶台已惟天街。

287. 忆秦娥

月朦胧，东君已问莫匆匆。莫匆匆，衣妆白雪，冰肌玉骨，未换春红。去年今日有微风，桃桃李李有无中。人由衷，开开落落，始始终终。

288. 亭前柳

腊月寒心动，玉扶肌，白雪新妆。三界芳香处，一蕊黄。藏娇处，半含凉。清素质，临风临骨气，独扬首，俯仰冰霜。潇湘无尘镜，过钱塘，度倩影，共天堂。

289. 又　别体

雪衣妆，以两色，成三弄，逐幽香。正风露藏娇处，蕊正黄。不分得，女儿娘。念一树，千年千古木，自南南北北无疆。有人皆知道，对天梁，共同见，太平庄。

290. 又　别体

白雪梅花，白雪白，问梅花颜。这冬梅黄里透粉，这春梅，粉里也透红蛮。见得千千万万树，冬五瓣，只在香间，及至春梅，六七八九瓣，以妍斗，只分付等闲。

291. 十二时慢

近阳春，一身白雪，衣露冠倾相顾。远近芳，幽幽明澹，寒寒中度。骨气刚，柔柔本性，不向东君误，知百草，先以茵茵，万感众生，当以群芳倾述。丛以云为众，不得当初相数，缠缠未曾瑶英，姊妹以冬春为赋，香色不分处，年年岁岁如故。

292. 塞孤

一山明，已满层层雪，旷野梅香无绝。隐隐瑶林孤净浩。明月半，多明灭。弦弦挂，树斜斜，塞太重，何须说。半江流，曲曲折折。江练暗岭峰，草木幽幽寒彻。郢客秦谣离别。谁念高山流水拙，下里巴人说。三两处，足踪留，三弄迹，同欣悦。此心思，步步豪杰。

293. 八声甘州

一半冬一半春梅花，八声问甘州。阳关玉门关外，处处风流。依旧沙鸣万里，河洛度春秋。三月五多月，应暗香留。傲骨立，舒影直，自先明大义，次第边筹。我来由岭外，岁月已幽幽，过中原，交河去也，紫气浮，僧侣西游，东君意，以公平正道，天下同修。

294. 迷神引

腊月寒冬，寒冬娆，已知东君矢，梅花落了，自然春早，负群芳，花多少。似绰绰。香雪海中凫，共飞鸟。姊妹凝清浅，青妆巧。玉骨棱棱，独傲朝天笑，半在冬春，冰痕小。含苞欲放，雅芳处，人难老。问西施，溪纱浣，沉鱼到。闭月羞花秋，如窈窕。瑶英繁昌举，任春好。

295. 瑶台第一层　《词律辞典》载为赵项词

情在天边，自独立，枝枝对玉霄。晓阳和煦，冰扶雪质，瑞气香潮。见王母玉女，汉武闻，忘了骄骁。只凝望，壶中珪璧，天下琼瑶。听箫。梅花三弄，自以冬里作春桥，以寒成，与牡丹武瞾，都作时娇。况身香淑，风韵雅举，麛卷云绡，凤凰瑶。在群芳里，取次弄春宵。

296. 西平乐　用耆卿韵，工于七遇韵

举目当空皎月，明向梅花许，白雪衣妆点缀，无以精神雅句。融了珍珠似雨，光光闪闪，装点春中烟雾。不相住。隆冬暮，清桂树。广寒宫中乍似，如去如来易象，且向人间度。以香以颜成色妒，琼肌傲骨，影影形形，留下是，共分付。夜夜人人光顾。同心你我，如玉如明如故。

297. 梅花引

梅花落，梅花落，梅花三弄都如约。雪融融，月蒙蒙，分得四时，冬意作春衷。梅花三弄冬春节，梅花落里君莫别。朝春风，暮春风。与以东君，应与群芳同。相思别，相思切，为莫梅花三弄缺。一心中，半无穷。天寒地暖，日月各西东。梅花落里时秩守，共云同雨多杨柳。是冬天，是春天，梅花三弄，梅花落里年。

南宋·李迪
风雨归牧图

读写全宋词一万七千首
第二十八函

第二十八函

1. 笛家弄

三弄梅花,一笛三弄,梅花朝暮。见仙姿见冰肌赋,白雪飞落,满地寒霜,以天作地,冬里冬步。只在心中,以根连结,厚地高天顾。与东君,有商量,脉脉以春预付。一路。闹苑河岸,瑶台玉女,一半冬春,一半幽幽,群芳相住。自此,是处何须攀折,岁岁年年度过。香雪海中,暗芳浮动,只向人分布。梅花落,只红尘作泥,沉香如故。

2. 玉女摇仙佩

梅兰竹菊,玉女王母,庚岭梅花如故,且以传书,重宣旧赋。汉武人间相许。且以瑶台住。有芬芳旖旎,以香分付。自多情,梅花落里,作得红尘,云云雨雨。瑶姬道,归春上下,高唐自由相许。三弄梅花处处,首以冬寒,肯以心根自注。二唤群芳,香雪海里,互相相群妨,竟竟争争误。红尘落,自以冬春相度,两姊妹,一趋一步。东君去了,来年重布,三弄数,梅花落里梅花暮。

3. 晁公武

鹧鸪天

雪未消时月正明,梅花落里作红城。冬冬已了春春继,色色空空着玉英。双眉重,一心轻。钟钟鼓鼓已三更,婵娟下得东就上,客作梅花两品清。

4. 林仰

少年游 早行

古古今今少年游,不尽一春秋。八声甘州,去来来去,渭水自风流。阳关唱尽重三叠,心在帝王州。一半阴山,两三单于,白马已无休。

5. 邵伯雍

虞美人 赏梅月夜有怀

梅花落里梅花柳,下里巴人想。姿姿态态是衷肠。一雨一云三峡一高唐。五湖自在黄天荡,庚岭无方丈。情情意意作萧娘。夜月分明全是斯人香。

6. 黄中辅

念奴娇

有长城否,已分断,北北南南胡汉。尚有长江长万里,两岸东西不断,还有黄河,中原逐鹿,鲁鲁齐齐半,秦晋赵魏,英雄应冲霄汉。自以古古今今,五千年里见,江河湖畔,积水成源,天下路,步步行行无半,怕向方恒,中兴中介石,自云天轮。暮朝朝暮,无须妄自兴叹。

7. 满庭芳 题太平楼句

一剑太平楼,千书误九州。

8. 郑闻

瑞鹤仙 《词律辞典》无此体。以平仄韵和之,十一陌韵

雁归来,已得人间南北。青海衡阳旧迹,有余程,度里春秋,几寻芳碧。

9. 刘望之

鹊桥仙 末三句

牛郎织女半人间,乞巧日,郎郎女女。

10. 如梦令 末三句

归去,归去。澡知如何归去。

11. 水调歌头

三万三千日,上下南三楼。滕王阁上王勃,一语十三州。黄鹤楼前李白,不免一语崔颢,未了鹦鹉洲。范仲淹今古,忧在岳阳楼。江楼在,江楼问,大江流。长江万里东去,逝者自悠悠。已是鄱阳湖上,又是洞庭湖上,还数太湖舟。水水山山路,日月自沉浮。

51

12. 法常

渔父辞

暮暮朝朝成一路,行行止止何千步。十问三年三十问,应无误。
阴阳还似晴晴雨。日日年年应数数,如来也是观音度。平生信念心中住。江山赋,春秋自有飞鸿顾。

13. 陆淞

念奴娇

阳澄湖蟹,巴解庙,十里昆山朝暮。一半姑苏姑一半,碧玉小家相住。九步桥中,两端九步,步步成门户。莼鲈脍羹,江南如此如故。八月一阵秋风,木樨香桂子,知重阳度。不问虎丘,却问剑池分付。谁是英雄,春秋称五霸,吴越相互,一人人一,江山如此如故。

14. 瑞鹤仙

紫姑神入境,一捻红,沈延年已约风景,周兴已相请。有纤纤细步,楚腰吴颖,丰波不静,眉间流,丝帘玉井。腿修长,说与西施,以寸寸金莲领。重省,吴宫娃馆,再浣溪沙,会稽忱憯。高唐画屏,云雨里,鬟无整。问瑶姬,何以襄王还在,宋玉声声所幸。问因循,过了巫山,是官渡岭。

15. 卓世清

卜算子 题徐仙亭

何处问徐仙,不见青蛇返。法海人间不可缘,水漫金山晚。一命一芝莲,未以昆仑远。不惧雷峰塔下年,且得人情婉。

16. 李结

浣溪沙

小径幽幽小石通,甘棠碧碧牡丹红。春莺步步向西东。近近丛丛草草,遥遥曲曲总相逢。梅花落里色空空。

17. 西江月 句

凌烟阁上一身名,伯柱唐标永胜。

18. 向滈

水调歌头

桂树吴刚伐,玉兔广寒忧。年年岁岁弦里,不免不圆愁。一半人间一半,未解嫦娥孤独,只见只。彩带霞冠色,碧玉到沧洲。婵娟望,舒广袖,有春秋。声声古别离,曲贡不尽修修。十五圆时十六,上上弦弦下下,去去来来去去,四序四时留。但见乾坤里,水月自沉浮。

19. 念奴娇 十三体

一词百字,有东坡旧韵,千古朝暮。赤壁江东,有道是,不尽人间风雨。乱石穿空,惊涛拍岸,多少英雄步。中流砥柱,以英自在分付。谁解此水苍梧,湘灵鼓瑟,竹泪斑斑顾。若以姜夔,叹去客,今古如新如故。柳柳杨杨,花花草草,日月阴晴数。平生年岁,一天一夜文度。

20. 满庭芳 木樨

满地芳香,芳香满地,八月处处风光,木樨黄了,已上女儿墙。簇簇丛丛落落,凭所色,任所衷肠,人间是,阴晴日月,九月九重阳。木樨,天下望,年年岁岁,柳柳杨杨,自香香万里,万里香香。物物方兴物物,成就处,不误炎凉。由今古,今今古古,一易一青黄。

21. 青玉案

相思不尽相思句,有阴有情无度。路路何言何路路。一生朝暮。去来无数,最是巫山雨。一半都是相思误,水过瞿塘是官渡,暮雨朝云朝暮雨,是瑶姬女,以襄王故,宋玉文章许。

22. 又

相思问题相思付,半去去来朝暮。百度千情千百度,一心相待,含辛茹苦,切切分分付。日月草木阴晴数,世故人为可相住。多少婵娟多少妒,你云无际,我云无雨,别别离离误。

23. 小重山

一日阴时一日晴,见茵茵草草,正光荣。梅花落里已声声。桃李杏,香雪海中英。小女梦难成,向黄粱步步,不成情,手揆裙带绕花行,花本我,何以小男生。

24. 踏莎行

独独孤孤,寻寻觅觅。花花木木花花寂。林林落羽一林林,花花戴帽花花幂。我我卿卿,沉 溺溺,情情臆臆情情历。似乎不定似居心,红中白暂听鸣笛。

25. 蝶恋花

一夜桃花红不少。小杏甘棠，李李梨梨花，自以梅花三弄了，春梅却在丛中笑。行雪海中天已道，既是群芳，俱作婵娟好，留在人间人不老，春秋一半应花草。

26. 临江仙　再到桂林

一见漓江漓水色，木樨满了山城。平平展展半晴明，香风香不尽，古木古枯荣。此地无峰无峻岭，岩岩洞洞生生。石钟乳液向天情，年年年点点，岁岁岁城城。

27. 又

一水漓江今古色，桂花桂子桂林。山歌远近是知音。郎知郎有意，女怯女居心。香雨午云香草木，桥楼桥塔桥浔。君君子子一衣襟，唐标唐铁水，玉斧玉甘霖。

28. 武陵春　藤州江月楼

千步藤州江月楼，风水大江流。万里烟波万里秋。今古自悠悠。不见云鬓香雾湿，羞对问鄘州，相片相思一样愁，何以是去舟。

29. 阮郎归

江南一半水云乡，杨杨柳柳长。运河处处已苍茫，低低逐海洋。知六淡，问钱塘。回头八月潮，盐官独岛梦黄粱，蓬莱已断肠。

30. 南乡子　白石铺

百步岳阳楼，四面滕王阁上秋，汉水楼前黄鹤去，忧忧。不尽书生不尽愁。白石铺沙洲，一寸一相思一世留。日月留成留日月，休休，白了相思白了头。

31. 西江月

四序秋冬春夏，小桥流水人家，梅花落里问梅花，客在长廊短榭。草草茵茵草草，参差处处参羞，无遮小杏小无遮，无止无休无罢。

32. 又

别别离离别别，圆圆缺缺圆圆，弦弦月月总弦弦，不见嫦娥不见。一半相思一半，无眠夜夜无眠，卿卿我我望长天，如梦如心如面。

33. 又

古寺清灯佛面，如来自有因缘。瓢泉来自一源泉。相见观音相见。心上心经心殿，年年岁岁年年，人生信仰似桑田。此世此生此见。

34. 又

去去来来日日，朝朝暮暮年年。书生书子作书缘，一二三生菀。人在人生人世，前川草木前川，今今古古有方圆，只有心知往返。

35. 又

色色空空色色，思思想想思思，时时日月日时时，止止行行止止。早早应应早早，迟迟匆匆迟迟，知知佛佛佛知知，子子君君子子。

36. 虞美人　临安客居

千金一笑东邻笑，半面情多少，相如不在问文君，一水巫山暮雨是朝云。平生何以平生小，北北南南鸟。江南碧玉女儿寻，十步回身回首不离分。

37. 又

江南一夜东邻女，半是含羞语。侬家自幼自三吴，作了西施西子范蠡孤。吴宫已见春差去，子胥无如楚。如今已是小娘姑，草木扶苏草木已扶苏。

38. 南歌子

路到天涯水，人行海角山。擎天一术一云间。海阔天空应见，不归还。小鹿回头间，鲮鱼竹叶斑。此时此地此人寰。再望南洋南下，马来湾。

39. 点绛唇

九九重阳，茱萸采了黄花酒。见红酥手，不忍沈园柳。半半衷肠，不可君无口，回回首，放翁知否，草木何知否。

40. 减字木兰花

多情多少？多少多情多少了。一海潮潮，一海潮潮，一海消。老老小小，小小人生人小小，老老遥遥遥，弄玉秦楼，弄玉箫。

41. 朝中措

渔舟唱晚问寒山，明月太湖湾。十步枫桥两岸。钟声已渡人间。船中老大，问胥门关，楚楚吴吴非是，春秋五霸回还。

42. 忆秦娥

何求索，人间事事何求索。何求索，秦楼犹在，穆公离索。求求索索何求索，秦川养马何求索，何求索，凤凰弄玉，是何求索。

43. 摊破丑奴儿

少小不知情，却老大，肚里心生。来来去去别人声，人声以外，心心臆臆，俱是斯暗斯明。楼上已多英。两地里，思量轻轻。竹枝一曲吴楚见，哥儿有语，女儿有盟，只见得挽手行。

44. 好事近

草草一春情，草草谁知多少。草草茵茵天下，岁年知多少。人生一世一人生，日月又多少？日日天天多少，事人知多少？

45. 点绛唇

蕙蕙兰兰，杨杨柳柳江南岸。太湖湖畔，百草群芳灿。水水滩滩，日月阴晴半。阴晴半，女儿心乱，去了情难断。

46. 阮郎归

滕王阁上问鄱阳，庐山五岭乡。玉壶倾倒到南昌，今今古古扬。千万水，九江长。洞庭碧玉妆，谁闻竹泪满潇湘，苍梧日月忙。

47. 如梦令　道人书郡楼

近近遥遥天下，日日年年春夏。岁岁一秋冬，古古今今文化。文化，文化，格律诗词传嫁。

48. 又

一半阴晴云雨，一半枯荣朝暮。一半一人间，九陌九阡天路。天路，天路，只是天天行步。

49. 又　观音寺壁

一半是观音壁，一半是如来壁，一半是心经，一半是人生历。生历，生历，不必多余寻觅。

50. 又　戈阳楼

楼上千峰千点，楼睛三江三滟。但望武陵溪，水色水波层染。层染，层染，装点戈阳天险。

51. 又

举首阳关三叠，俯首玉门千叶，渭水入黄河。过了长安眉睫，刘勰，刘勰，文心雕，龙成晔。

52. 又

野杏杜康当酒，十里长亭杨柳。五个半长亭，百个余长亭走，知否，知否，格律诗词千首。

53. 又

独独孤孤朝暮，水水山山云雨。月上下弦弦，如暗如明如故，分付，分付，由已由人分付。

54. 又

四序秋冬春夏，一颂人间风雅。珠玉在浔阳，故事琵琶音社。江野，江野，误得江州司马。

55. 长相思

一相思半相思，一半相思古别离。声声曲曲知。桃花迷，李花迷，李李桃桃成自溪，西施问范蠡。

56. 又

半相思，一相思，处处相思鸟自移。啼啼不可知。日相思，夜相思，暮暮朝朝总不宜。春心乱我姿。

57. 菩萨蛮

相思云里相思雨。相思一半两分付，两地两相思，三春三不知。幽幽花草数，处处寻朝暮。去去已迟迟，来来知几时。

58. 又

相思日月相思数，嫦娥只与嫦娥伍。独独是孤孤，吴吴多玉奴。香消香似故，花落花如数。一日一扶苏，三春三丈夫。

59. 清平乐

朝朝暮暮，雨雨云云故。谁数阴晴谁分付，人世间千百度。花花草草多余，人人事事知书。臆臆情情处处，元元道道虚虚。

60. 卜算子　寄内郭雅卿

一半读人生，一半人生误。碌碌忙忙五十余，不得如何故。七十下南洋，独步孤行数，自是年年岁岁朦，日月谁分付。

61. 又

不可不知书，不可不知书误。苦苦辛辛子女情，未解夫妻路。步是你人生，人生是我步。本是同林草木生，各自同朝暮。

62. 程大昌

念奴娇　呈苏季真提举

少年知学，一提举，自是人生当步。一半春秋春一半，百草千花相顾。草木枯荣，枯荣草木，已是天分付，春光无量，精英天香如故。腊月始自冬梅，与寒窗面对，心心相互，独立鳌头。元月里，又与春梅相度，姊妹群芳，当成香雪海，已成蹊数。在成蹊处，经风经日经雨。

63. 浣溪沙

访戴无成过五溪，严滩有岸渡三堤，原来一路半红泥。白雪梅花落白雪，红颜欲露欲高低，玉枝负重负东西。

64. 又

六九河边看柳杨，梅花落里已沉香。群芳族族共群芳。白雪阳春阳白雪，高山流水故人乡，少年老子可扬长。

65. 又

九九阡阡陌陌牛，云云雨雨水东流。春春子粒作秋秋。一日耕耘耕一世，书生读学自开头，五州之外十三州。

66. 又

小小问问小小苗，逍道自在自遥遥，当春领取领秋潮。土地耕耘耕土地，云霞不望不云霄。天骄子粒子天骄。

67. 又

一度风云一度潮，鸿鹄南北半云霄，衡阳青海两遥遥。已见潇湘多竹泪，苍梧作水作天桥，湘灵鼓瑟女儿娇。

68. 万年欢　读史

十里长亭，一千年旧迹，百岁之路。柳柳杨杨，叶叶枝枝如步。半唱阳关三叠，八水绕，长安何故。洛灞溪，渭渭泾泾，八晨里秦川暮。咸阳始皇分付，未央宫里秦主，同轨同度。书楚坑儒，天下自然相互。九鼎中原此举，也莫负，东瀛玉树，这徐福，臆造蓬莱，不与二世同住。

69. 汉宫春　寄李广

古别离情，渔舟唱晚，三叠阳关。春江花月夜曲，望月芽湾。交河石壁，回首见，是鸣沙山。迎是送，相逢短短，荒丘远，几时还。不见汉宫春雨，有酒泉殍饮，李广无班，无端风云聚散，有意人间。君侯不老，重亲友，也重红颜。知汉武，王母载酒，何须飞将维艰。

70. 好事近　自述　寄程大昌

日绎五千言，八十年中应续，草正年年相持。不须知荣辱。龙图阁学士知文，一字一真玉，格律方圆天下，九鸣阳关曲。

71. 减字木兰花　降高血压

霜林雪宇，翠竹苍松天术。有凤池舒，风府中中枢血压主。人生龙虎，常按三重三穴数，一半知书，畅畅通通自在余。

72. 卜算子　园丁献海棠

一苑一园丁，三木三林青。绿绿茵茵满草坪，处处群芳馨。早早海棠灵，白白红红宁。半半黄黄半玉苓，画里图中屏。

73. 感皇恩

七十九年中，诗词格律。日月方圆以人秩。江山社稷，草木乾坤琴瑟。已当言老小，听筚篥。一曲单于，玉门关弱，不斩楼兰无逸。剑气两主，去去来来甲乙。交河故绩外，数第一。

74. 又

六十岁年中，人生一路。岁岁年年以天数，翻翻译译，作得书生如故。文化大革命，何分付。德日俄英，苦辛天赋，日日三千文字度，有诗词句，六万八千首步，四千万译文，天天数。

75. 万年欢　生日

生日生时，自无天而来，成就行路。少小知书，皇榜进士朝暮。向得京城不误。数第一，桓仁步步。家乡去，四品郎中，五品绯服如故。年年一生日度，算当时寿阳，七十余付，应以南洋，巴郎旧曾相住。生日何生日铸。这金字，应临边布。何须再，三叠阳关，有胡杨作沙树。

76. 韵令　又

一生一日，一日三生。无无有有成。来之无有，去已无明。来来去去，春里花荣。秋中落叶，只我我卿卿。今人八秩，七次枯荣，南洋十秩行。定知前面，草木丛生。诗词格律，此世难平。只回王母，天在午时更。

77. 折丹桂 其献语曰"诗礼为家庆，貂婵七叶余，庭闱称寿处，童稚亦金鱼"忆鼎顶有鱼。又

人生步步人生路，我自鞍山住。佛山顶鼎见金鱼，调令下，京城度。一生来去还如故，性命里，金鳞许。年年二月初三时，是生日，天章赋。

78. 水调歌头

白雪曲，水调一歌头，高山流水三叠，唱晚半渔舟。自以瑶台故里，又作蓬莱旧岛，唤取八仙游。汉武王母会，玉女楚辞修。心中臆，情里想，帝王侯。无中是有无里有问春秋，日月阴晴可鉴，草木枯荣已证，四秩见风流。唯有玄虚道，议水议沉浮。

79. 临江仙 弟生日词三首

一树一根千万叶，枝枝彼此枝枝，思思共度共慈慈。风云风雨赋，日月日当时。一路一人千万步，分分合合辞辞。相承相辅互相期。依心依老幼，处事处根基。

80. 又

一木成林成一木，根根叶叶枝枝，时时彼此是时时。根深枝叶茂，土厚载德思。一日一生来此日，兄兄弟弟相知，辛辛苦苦忆当宜，年年如所见，处处似其期。

81. 又

两弟两兄加妹妹，爹娘祖辈胶东。恩恩济济忆情衷。书书书不止，故事故难空。一路家乡家一路，分分合合融融。西东世界有西东，人间人彼彼，记忆记无穷。

82. 好事近 又

妹，弟弟兄兄，如去如来如梦。老大成行南北，少年梅花弄。行行止止又行行，如入学入书瓮。常忆常思常想，放翁钗头凤。

83. 又

一树六盘桃，半世父母标劳，读书生天下，食父母粮膏。东流不断问波涛，日月不孤傲。八十惊心回首，问谁当停靠。

84. 浣溪沙 又

一曲难鸣古别离，儿儿女女久相期，前程步步尽无知。苦苦辛辛辛苦苦，耕耕织织总相师。人生路上两行诗。

85. 万年欢 家乡寄燕滨妹

十里浑江，抱桓仁南去，八卦城景，五女（山）红妆，九月丹枫入镜。对面烟囱山上，有传说，其兄所秉。是兄妹，各自精英，人间纵横憧憬。辽东边界一省，五百年一度，神仙已颖。少小功名，不解隋唐驰骋，何得征东扫北，不记取、鲜卑重整。别有个，晋地鸥夷，曾以天地同永。

86. 感皇恩 又

少小一家乡，年年回到。处处田园满花草。京城太学。读了诗书难了。井边同打水，同情晓。你有咳嗽，冬天难好。引起为兄臆多少，满怀离绪，妹妹兄兄无了，西关五队也，人已老。

87. 又

城镇一西关，杨杨柳柳。天后村中一天后。桓仁十里，尽在农夫之手，已成天地厚，乡人口。第一书生，家中父母。第一县城以家绶。满怀离绪，作得人生九九，十三万首诗，君知否。

88. 又

十月一山乡，枫丹白露。彼此人人已朝暮。清江映碧，七色层林如故。五女山下梦，西关路。十里就都，燕山步步，格律诗词我分付。一城八卦，四象两仪相度。故人何去也，无之雾。

89. 又

白雪已冰封，阳春还早。最是当年小儿小。齐腰玉碎，树树林林无鸟。在熊罴洞里，寒冬晓。兔子欲沉，欲浮老道。薄薄冰层雪深了。请君入瓮，野雉冻麻多少。拾来系住也，已自倒。

90. 又

老子欲还乡，六河先到。下古城中小芬好，一人一字，小学同书同道。一撇加一捺，人天了。回忆当年，先生多少。彼此诗词逐天晓。再寻芬女。六十八年飞鸟，故人何处也，人已老。

91. 又

处处是江山，人人老少。小学先生

不称好。恐慌家访,总怕人云人道。北里听师道,长春好。第一轻松,随心崔颢。黄鹤前李白草。凤凰台下,再作落花啼鸟。故人何去也,长春老。

92. 又

一路一牛群,多多少少。陌陌阡阡已无了。同同共共谁晓。牧翁知挂角,知书好。却得此翁,天天一道,回首平生与书老,满怀情绪,不是家乡父母,诗词应去也,作野草。

93. 又

早读一青山,木林多少?步步行行又多少?人生百岁,三万六千多少?事人人事处,知多少?日日诗词,工余古道,十三万首是多少,平均计算,自己自知多少,一斤两万米,是多少?

94. 好事近

一树一生根,百岁百年难尽。独木成林枝叶,几何知春笋。年年岁岁有慈恩,善事相悯。本本源源知本,草中丛生菌。

95. 又

水结水冰花,处处人间天下。自是六分棱角,闪光多清雅。寒中玉宇玉光华,玉碎玉晶也,不可知无见,不分飞田野。

96. 又

一树白梨花,落落开来如惹。结子行同桃李,以红颜天下。阡阡陌陌两人家,不知几冬夏,相辅相承相互,不分何孤寡。

97. 又

八十近当年,已对青春无感。见了丛林丛木,一花根前菡。人间老少老人间,处处可重眈。知了童翁相似,品尝成橄榄。

98. 又

一岁一衡阳,青海来年方向。作了书生南北,自然当然想。家乡半世半家乡。古寺古方丈。鼓鼓钟钟钟鼓,不知黄天荡。

99. 又

万里一黄河,万里长城南北,万里长江南北,不分春秋国。单于声里问单于,水调歌头侧,千里运河南北,一船苏杭色。

100. 减字木兰花

平生一路,三万六千五百步。步步天天,数数时时数数田。诗词分付,日日年年千百句,字字精研,一度文心一度泉。

101. 念奴娇 示子

天涯飞洞,向近远,无止无休无主,一食求之求所得,视以当空作舞。阔海游鱼,波翻阻涌,上下高低溥。水晶宫里,龙王龙子府。如此如彼人间,自年年岁岁,如今如古。学学知知,和日月,草木枯荣金缕,合合离离,又离离合合,故乡何数,父母随我,天南天北天宇。

102. 南歌子 月

十五圆圆始,圆圆十六凋。弦弦月得月逍遥。不见嫦娥形影半云霄。上上随天近,随天下下辽。娇娇不见忆娇娇,不待人间不待是天桥。

103. 又

日月同升落,东西上下行。朝升自向自高明,暮落自然同样向高明。日月同升落,东西上下行。当天俯仰下倾明,久久长长向下倾明。

104. 又

步履天涯客,风流在酒家。不知醒醉只知花。何必相知相见你吾他。不问江山易,何闻日月斜。生生死死已无家,有有无无草木本无遮。

105. 点绛唇

青草,山山水水茵茵绿,月圆如玉,赐坐嫦娥束。不见吴刚,玉兔旁边促。应归瞩,别当相续,隔日弦弦曲。

106. 万年欢 诗格

两袖清风,一腔成正气,千代人性。古古今今,格律诗词方正。自以隋唐所至,佩文韵,以康熙令。考状元,进士身名,已为天子行政。乾隆笔,成百姓。下江南而去,三生一圣。留下诗词,四万余首如镜。况是此江山迹,顶珈笄,见苏杭命。钱塘一路下天堂,有臣书得和庆。

107. 水调歌头 上巳日领客上洛阳桥

上巳东君见,领客洛阳桥,豫章文

化南北，天下一思潮。自以凋龙岁月，又是君心正字，自在自，三叠阳关唱，八水映天骄。长安巷，泾渭水，玉云霄。潼关老子如至一二三生肖。自此黄河东去，曲曲弯弯曲曲，逐鹿逐风潮。学以英雄步，一路一昭昭。

108. 又　句

一种潼关去，泾渭入黄河。

109. 曹冠

江宫春　梅

一品天香，半枝朝天望，一半扬长。东君晓得自负，唤以群芳。临安浙水，会稽巷，日月钱塘。常见得，秋风去后，三冬自度寒凉。梅以梅心梅主，有双溪日月，碧翠东阳。无端彩霞易散，西后水难尝。风流无老，重立步，作状元郎。应又似，当年举步，依依回首家乡。

110. 凤栖梧　牡丹　凤栖梧者蝶恋花也

一夜东都一夜雾，国色天香，唤以牡丹赋。武曌宫中天不暮。留名魏紫姚黄度。暖暖寒寒洛阳故，白雪凌冰，得以花相住。以此则天则莫去，皇都御苑何然数。

111. 又　兰溪

不到兰溪不到路，桂棹悠悠，一水偏钟赋。独占春光三月暮。绿野兰天红花树。柳柳杨杨随朝暮。地厚天空，足以由人住。昨日今天明日去，步在人心人在步。

112. 又　秋香阁

一度秋度秋一度，一叶寻根，一叶朝天付。独自风流风不住，原来叶叶飞无数。路路黄花黄路路，觅觅寻寻，慢慢重阳步。遇得茱萸兄弟遇，朝朝暮暮凝珠露。

113. 又　寻芳

李李桃桃桃李树，处处梨花，杏杏红红故。香雪海香雪度，梅花落里梅花数。千百人间千百度，一半阴晴，一半云知雨。且以小桥流水暮，小家碧玉桥边住。

114. 夏初临

一夏初临，莲叶尖尖，阴晴日月平和。十里钱塘，圆圆碧碧萍萝。浮云欲展浮荷。岸边云，已作清波，茶花杜仲，山丹杏李，萱草萱窠。儿儿女女，臆臆情情，风风月月，水水禾禾。功名事业，人生不可蹉跎。待旦雕戈，曾胡尘，引颈高歌。望长城，知音应我，是运河波。

115. 又　婺州郡圃

秦丞十客，一师教垾，双溪共步甲科。子曰何疑，流流水水同波，是金鳞，再度仁和。书书礼礼，才才志志，草草禾禾。宗臣字字，处处心心，风花雪月，如意偏多。千秋事业，今今古古如何。步上中书，再重阳菊，柳天河。半文毫，临安主薄，燕喜词歌。

116. 又

步上生秋，冲霄亭阁，熏风已扇微和。万物扶苏，千年杜仲庭柯。丁香茂密成坡。知新篁，雨后穿梭，兰亭集序，池瘦鹅肥，流觞无多。人间书子，戊戌淳熙，感怀天下，社稷天波。功名事业，任他造物几何。藤藤萝萝，已连天，逐地甲科。莫醒醉，酒里黄粱，桂影嫦娥。

117. 风入松　双溪阁观水

瑶台不远一双溪，水色半天低。东东合合雨雨合，互交汇，又是东西。雾雾烟烟处处，林林木木栖栖。花花草草已齐齐，越过女儿堤。春锄（鹭也）掠水舟前去，向芦丛，自以栖栖。却与渔翁作伴，待鱼上岸轻啼。

118. 霜天晓角　清高堂看山

色色空空清高堂上风。十里山山水水，都俱在，雨云中。看花花不同，嗅香香欲穷。直得天晴分寸，三弄曲，五湖东。

119. 又　荷花令　欧阳公欲霜天晓角，每人一片荷花，末者饮

一片云烟，女儿正采莲，已是芙蓉出水，分花瓣，色偏船。霜天晓角传，处处香与妍。清得个温存语，一半心，玉壶边。

120. 又

月月船船，杨杨柳柳悬，见得荷花两岸，半芙蓉半蓬莲。十一子心田，两三洲水烟。只以温柔去处，碧玉家，小桥边。

121. 喜朝天　二体、平声。实踏莎行。绮霞阁

一阁绮霞，春春夏夏，秋秋叶叶冬冬野。梅花雪花共冰花，人人颂颂多风雅。日日中中，天天下下。耕耘之后丰收社。家家一醉一家家，秦秦汉汉砖和瓦。

122. 又

岁岁年年，年年岁岁。知知智智心心慧。书书礼礼一诗经，空空色色佛门第。历历经经，经经历历。玄玄学学元元际，五千年岁五千，儒儒佛佛道道家易。

123. 浣溪沙　柳

柳柳垂垂柳柳风，牡丹蕊蕊牡丹红。人生处处一人生。柳柳千条千柳柳，牡丹绿了牡丹弓，江山岁月各其中。

124. 又

柳柳杨杨柳柳杨，涛香有色有清香。条条细细细长长。楚女修身修楚女，宫墙过了过宫墙。河边九九柳和杨。

125. 又

水水山山土地翁，四时日月四时同。生生命命有无中。不以虚荣求不以，秋冬春夏一年终，空空色色色空空。

126. 朝中措　茶

洞庭山上碧螺春，春雨半春人。采得芽芽怀里，温柔一半人身。似螺由来心外，微小两波亲。差对着乾隆间，人生一半天伦。

127. 又

当真何必太当真，都是女儿身。入得双峰和悦，温温沧沧均均。采来小叶芽芽暖，心有有心人。何以有乾隆笔，姑苏碧玉乡邻。

128. 念奴娇

巫山三峡，向官渡，十二峰前云雨，一水瞿塘瞿一水，自是朝朝暮暮。神女瑶姬，来来去去，只在夔门住，白帝城里，如斯如彼如故。宋玉无以襄王，用朝朝暮暮，成高唐赋，暮雨朝云，借今古古，误传传误。楚辞声里，如何何以分付。

129. 又　寄曹冠

双溪居士，十客一，秦埙甲科同步，市桧东阳东一路，自以文才分付。再举龙门，临安主簿，未以风云度。瑶姬宋玉，襄王如此如故。本本都是传言，自朝朝暮暮，无须吟赋。雨雨云云，天地间，自是阴晴无度，宋玉瑶姬，襄王都是误，几何云雨，人间留下，朝云暮雨佳句。

130. 又

巫山三峡，几险峻，滟滪当流分布。一半船夫生一半，足以朝朝暮暮。已有瑶姬，再来宋玉，故事从此住，人间如此，当真何必分付。今古迁客骚人，以襄王不羁，江流官渡，楚峡嘉陵，巴水去，逝者如斯相许，字字文文，诗经诗日月，作高唐赋，有何可无，人人知得云雨。

131. 又

天津桥客，欲平蔡，不以龙钟装度。老父知人知老父，应是此人分付，一木东山，千谋万虑，已就唐家路。经经史史，何天何夜何故。本是伪伪真真，又真真伪伪，当今人误。事事时时，千百度，百百千千无数。野史难明，何言何正史，史官成许，古今今古，平生多少行步。

132. 西江月　秋香阁

明月广寒明月，秋香阁上秋香。西江一水一重阳，叶叶人间俯仰。九日黄花九日，农忙自是农忙，家家户户社风光，杜康年年杜康。

133. 又

桂子方成桂子，重阳九九重阳。茱萸采了问家乡，弟弟兄兄共享。菊菊篱篱，黄花问题花黄，八十人生回想。（辞：待到来年黄花发，此时声名达帝畿）

134. 又　巴布亚新几内亚吉科里村

一水三湾九港，二山万谷千梁。黄河南下朝东方，半在潼转向。逐鹿中原逐鹿，南洋赤道南洋。四时雨早季分当，原始丛林泱泱。

135. 水调歌头　自述

我本垂杨柳，来去两无心，阴晴日月天下，草木作知音。不慕巢由归隐，不羡皋长国业，独木自成林。本界三生计，一树一根深。平生路，三万日，古今寻，唐诗宋词相度夜夜积甘霖,盛典（诗词盛典）今时出版,只是平生步步,月色水云沈,过以隋唐客,是古古今今。

136. 又 红梅

造物冬夏见,香雪海中梅。应知姊妹相继,共与雪花相催。衣着成层素素,分得黄红两色,一月已徘徊。先是冬香姊妹是作春来。同桃李,同梨杏,共花开。丛里常锦绣织天台。一度人间一度,万紫千红万紫,只作半生才,隔岁三三九,再序向阳魁。

137. 又

十里长亭路,一步大江东。天公造物无数,又见一飞鸿。我欲超群脱俗,拾得巢由隐迹,四皓自虚空。记取丹青笔,介石雕虫。人间路,来去步,问英雄。刘郎莫以桃杏,李白自当弓。何以成成败败,杨杨柳柳处处,日月各西东。澹。平平故,只在去来中。

138. 鹧鸪天 梦仙

好似蓬莱有列仙,蓬莱只以半尘缘。山东海上烟台外,已在人间半日船。潮水石,介中天。如思设想自当然。心中已得神仙位,眼下何时不涌泉。

139. 好事近 岩桂

桂子已香成,只与姮娥相奉。且向吴刚疑问,已留人间种。黄花一片作精英,簇簇似丛丛。此气团团无散,在深宫妃宠。

140. 又 重阳游雷峰

九月九重阳,一步一登天上。一叶飞临山顶,一儒难想成。茱萸采得

忆家乡。春节问孟昶,学步爷娘年月,玉书黄金榜。

141. 又 灯火

一夜一灯花,半剑中书天下。不尽东西南北,又秋冬春夏。明明暗暗向天涯,苦苦读文化,尽管灯心如豆,字字心中无罣。

142. 兰陵王

一阡陌,去去来来似客,人生路,雾里起帆,云里扬长向太伯。千年问周策。丝帛王恩帝泽。兴亡去,一半姑苏,惠山江湖石泉白。陈迹,入秦册。莫非莫王土,五湖千脉。鱼禾头顶草成帻。向文王醑酒,武王伐纣,封神演易英雄隔,俱是仙人格。迫迫。不知莫,八百年中厝,不须回首,还知重八百年弈,代代子孙代,作蓬莱驿。金童玉女,王母帼,不见帼。

143. 宴桃源 游湖

西湖小雨不回头,如相吻水鸥,斑斑点点满瀛洲。孤身一独舟。穿柳浪,闻莺楼,三潭印月休。黄昏以后可停留,琴声万籁幽。

144. 又

梅梅鹤鹤一妻妻,西湖半白堤。白堤十步是苏堤,莺嚎柳浪低。花艳艳,草萋萋。钱塘映彩霓。瀛洲杜仲小荷蘘,波波总不齐。

145. 惜芳菲

自古人情人与酒,未晓何无何有,唯唯留一口。知间李白东坡否。留

下非为非自首,不比杨杨柳柳。天意重阳九。重阳九月九日九。

146. 江神子 南园

三天不见两天晴,五天荣,一莺鸣。半见南园,半见草洲生。一半芝兰芝一半,藏秀色,隐泉声。黄云麦陇堆千顷,见乡情,有人生,处处农夫,小杏正红明。隔日回头收刈处,梅正熟,又新耕。

147. 蓦山溪 九日

重阳九九,处处黄花守。叶叶已飞扬,登高处,人人酒酒。何时不饮,不饮不身情。朝也口,暮还口,不饮谁当口。人人口口,不饮应知否。自古五千年,醒醉客,成名是酒,败名是酒,饮者饮兴亡,来是酒,去还酒,是是非非酒。

148. 又 鉴湖

杨杨柳柳,记取金龟酒。李白贺知章,长安市,文章之友。清平乐里,侍奉翰林词,天子口,明皇口,醒醉非君口。夜郎是酒,这永王非酒。一兔下当涂,且捞月,皆因饮酒,此生休矣,记蜀道之难,来去酒,是非酒,死死生生酒。

149. 又

年年酒酒,今古知多否?一九九三年,全国饮,西湖当酒。江南酒酒,塞北酒更酣。乡野酒,皇城酒,五亿人人酒。山东好酒,不及茅台酒。老窖在泸州,蒙古王,葡萄美酒。杜康一酒,未了铜雀台,英雄口,

帝王口，未了人人口。

150. 又

一杯水酒，有有无无酒。已入得黄粱，繁华处，人人酒酒。书生饮酒，武士酒中徒。英雄酒，匹夫酒，醒醉谁知否。诗人半酒，行者如斯酒。已入得长亭，馆驿里，人人酒酒。醒来是酒，醉去有谁知，天也酒，地还酒，俱是人间酒。

151. 又

一人不酒，独自行行走。步步是人生，只作得，杨杨柳柳。诗词格律，只以佩文韵。君子口，匹夫口，独我清清口。一生不酒，水水知无有。日月可经天，同草木，阴晴相守，十三万首，留作一人间，今古叟，古今叟，今古应知否。

152. 东坡引　九日

黄花黄一路，朝朝自凝露。飞天落叶知已暮。归根归不住。互互相相，相相互互。知素肃，经霜顾，随风不得随心故，无须何所住。

153. 水龙吟　梅

冬梅腊月严冬，根中正气心中正。寒寒冷冷，霜霜雪雪，生生命命。大地微微，一香三弄，先得天性。以冰肌玉骨，蕊黄芳暗，浮动处，人间净。午雪海中如镜，共群英是春梅盛，桃桃李李，梨梨杏杏，朝天自竟，处处人人，花花草草，百家千姓，与东君共与，春云春雨春水春盟。

154. 满江红

去去来来，作平生，朝朝暮暮。不虚顾，炼丹金井，以神仙误。半是心中心半是，人间步步人间度。见秦皇，徐福去蓬莱，今如故。如去问，如来数。茵原草，成林树。这年年岁岁，古今分付。一半晴阴晴一半，枯荣总是枯荣路，作柳场，先绿后同秋，重阳住。

155. 又　新疆考古队发现二千年前五星主华园

剑剑书书，俱只是，农夫子女。三千载，轩辕稼穑，道婆蚕祖。咫尺天涯天咫尺，人间种植人间雨，自夏周，见故国家园，仅从禹。民似子，王似虎。公卿客，黎情羽。已年年代代，如今如古。自以中华民族立，五星已上红旗舞，二千年，预者预言明，人民主。

156. 桂飘香　原名花心动

楼外楼中，西湖影，人人见人人口。糠醋鲤鱼，香叫花鸡，远沾济公相守，菊花开了重阳酒，茱萸采，垂垂杨柳，忆兄弟，相携桂子，足弟兄手。步步苏堤依旧，荷碧处，中秋几番王母。莲蓬里面，娓娓相顾，岁岁不空回首。来年始见人情厚。重九九，君心知否，从此后，纤腰为郎左右。

157. 喜迁莺　二十四体，取平韵叶韵

花不尽，草无穷。人与我情同。梅花落里问西东，桃李向阳红。黄粱梦，

知音弄，萧史以凰求凤。穆公何老几情衷，今古已空空。

158. 八六子　寄杜牧

夜沉沉，半明灯火，如此如古如今。诸子诸著百家音，云雨芭蕉滴玉，渊明不群不林。琴弦弃之杨柳，若以回归，何必弦琴。独木相侵，武陵源，谁秦汉，秦衣襟。在东篱下，寄黄花色，秋菊，太白当言蜀道，维艰试得人心。影重重，遥遥自然深深。

159. 木兰花慢

已平生路路，曾步步，自谋身。度在道行藏，书书剑剑，晋晋秦秦。经纶，是今是古，自为人，不古不今尘。明月千岩万壑，落花北苑南津。秋春，一叶相邻。相似处，是天伦。共是一微黄，春黄成绿，秋黄成臻。平均。一初见色，末时珍。来去去来瞋，记得春秋易改，却知万物枯荣。

160. 柳梢青

雁落平沙，云沉故水，一片烟霞，雨后黄昏，香香沁沁，十里荷花。小舟已入人家。系缆处，垂垂柳斜。碧玉相寻，红红绿绿，及短无遮。

161. 哨遍

一步当求，千载可知，有日则朝暮。赤壁赋，何不问书儒。向非非是是如故。揽河图，氓之蚩蚩抱布，贸丝反亦良顾。嗟诸葛周郎，东风一火，曹营与之一付。若是徐庶告之东吴，这一字，军中奇谋无。小大知之，

白露横江,飞鸟落羽,古今一度。夫!归去来乎,几分江山几分付。桂棹兰桨误,诗书途,自难数。仕官自扶苏,身名别意,涓涓暗谷泉泉注。何必太良孤,以酒属客,此物非以当婪。记得东山谢守望飞凫,自觉得,山河已江湖。见我心,夏口难句,知音台南北,汉水清流入,大江此际江楼不问,醒醉刘伶如注,杜康孟德一匹夫,建安文,格律方圆。

162. 小重山

一片荷塘雨作烟,明珠明愈垒,碎还圆。云云雾雾似清泉,细细滴,不尽不丝弦。半载半蓬莲,心中心结子,已经年。舟船小大作舟船,只见得,水露作方圆。

163. 满庭芳

雾雾云云,烟烟雨雨,细细积珍珠。易园还碎,自得自圆珠。既或粉身碎骨,方圆在,不尽殊途。纵横见微微小小。终究是非无。人间,何大小,又保彼此,是不知儒。一物之心也,万物同雏。却异一人之欲,三人欲,各自飞凫。人心也,平生自视,贯顶醍醐。

164. 卜算子

我肇不求仙,孟德刘伶梦,酷吏周兴来俊臣,饮酒知知瓮。醒醉共登天,别别离离送。不见黄粱不见人,百鸟齐朝凤。

165. 粉蝶儿

淑玉梅花,冰霜白雪奇绝,月明前

认时殷切。已三冬,孟昶曰,长春佳节。向东君,同路去来相说。群芳丛里,春梅同开同结,箸新衣,楚人后折,作吴头,何五霸,又谁豪杰。洞庭山,香雪海中明灭。

166. 临江仙 明远楼

水色双溪双水色,东阳十客东阳。甲得自视状元郎,知音知草木,再举再文章。明远楼前明远近,家乡已是家乡,一官自是一扬长,三人同止步,十里共思量。

167. 浪淘沙 述怀

草木一知音,独木成林。根根本本是人心。地地天天天地地,五七弦琴。水月半知音,积水成浔,源源浅浅自深深。雨雨云云云雨雨,一半甘霖。

168. 定风波

处处行人处处桥,逍遥津里自逍遥。弄玉学箫萧史去,谁女秦楼不见望云霄。凤凤凤凰何所在,穆公心里自窰窰。莫以九歌当楚语,相如,只今唯有水云潮。

169. 青玉案

东阳草木双溪畔,茂樾水村湾岸。不断风云应不断,鸟鸣声里,向东边看,也向西边看。五百年里谁兴叹,一子当官一乡算,鹭落鸥飞都不乱,以江南见,豫章知观,士达芳芬散。

170. 使牛子

一人独在东阳侧,孤得双溪月色。明远楼前知,飞落高扬是两翼。自身不以鲲鹏力,修以文章停息。步

是平生,只可前行前直得。

171. 望海潮

钱塘流域,盐官都会,平来一线潮头。八月秋风,黄花满岭,高低上下潮流。六国六春秋,一秦秦二世,如此沉浮。如此沉浮,五千年里,是何留。舟舟水水舟舟,一运河南下,处处云楼。米市酒旗,碧螺春茶,杨杨柳柳丝绸。以帛下扬州,去了隋炀帝,留下羊牛。留下人间水月,草木十三州。

172. 葛郯

玉蝴蝶

一半天天地地,一半地厚,一半天高。一半家乡,一半司守兰皋。随朝暮,来来去去,傲骨里,隐隐风骚。两鬓毛,故人何在,李李桃桃。澜涛。文期筝会,登临问逝,杜宇虫螯。海阔川遥,江河已去自滔滔。几古今,杜康犹在,何处去,可觅曹操。问周郎,草船借箭,风火诞生虓。

173. 念奴娇

念奴声里,念奴曲,未与梨园瞩目。力士明皇天下问,赐于人间相逐。羯鼓霓裳,珍珠十斛,未必平香馥。采萍心上,自当皇上文竹。若以闽闽姑姑,作儿儿女女,渔家渔淑。莫在长安,应见地,不在华清池渎。出水芙蓉,且长生殿上,半分羹臛。开元天宝,玄宗兴废如木。

174. 又

阳关三叠,已唱罢。渭水东流朝暮,自入黄河黄土地,到得潼关入注,

老子玄元,虚清自主,一二三生度,谁言西去,玉门关外分付。自是未斩楼兰,却楼兰灭绝,荒沙无数,又以交河,不知谁故国,古今当赋,兴亡兴废,何人何以分付。

175. 洞仙歌

人人处处,皆以神仙侣。紫绂丹麾自无语,以佛坐左右,道貌天高,瑶阶步。都立人间玉杵。以蓬莱海岛,云里瑶台,复以天尊作玄举。石玉炼丹炉,汞气分升。银河岸,王孙程序。终作为,何去作苕川,问徐福东瀛,似同吴楚。

176. 又

人间阮肇,山里神仙语。不是蓬莱是非侣。在人间以内,不在人间,玄虚处,应似吴吴楚楚。忆凌波渭女,宓妃心灵,且以高唐作神女,取姓作瑶姬,暮雨朝云,何辛苦,无宫无序。终不如,公榜里封神,五百年中与,一千年去。

177. 满庭霜 满庭芳

一半黄花,茱萸一半,一半九九重阳。渊明篱下,五柳教书堂。弃得琴弦自在,知音客,处处荒唐。荒唐客,杨杨柳柳,亦柳柳杨杨。一官,官一己,一乡一士,一半黄粱。以英雄救世,处治圆方,又以精英书策,忧家国,辅以青黄,平生路,天天地地,步步一农桑。

178. 又

鼓案声声,直钩钓钓,吕尚作得周公。一刁非市,一水非渔翁。六国谁言六国,何六国,六六称雄,称雄去,连横合纵,皆以一秦终。一秦,秦二世,指鹿为马,以一秦终。六国终六国,二世秦终,世上原来有道,终是始,始是其终。其终者,终终始始,始始亦终终。

179. 又 格林威治天文台以一铜板分地球东西两半球

世界天文,格林威治,一线分了西东。我来线上,何以问西东,自此东行至极,回头处,又是西东。应归一,分分合合,东西是西东。中华,千万里,法兰两国,各在西东。美国分两度,合理分工,你我明明暗暗,时差是十二时穷,思量处,和和缓缓,各自各由衷。

180. 又 一带一路

归去来兮,儒儒道道,佛佛色色空空。伊斯兰教,上帝上天中。人在心中信仰,同是羿,羿又同ริ。千年里,千年以外,各有国家风。中华,文化故,五千年里,世上英雄,地方天圆说,伟烈丰功。现代文明人类,由一带,一路通融,你中我,我中你,共度共西东。

181. 满江红

一半鄱阳,牯岭下,匡庐一半。山水色,纵横峰谷,以人兴叹,古古今今书院,高低远近应无断。四百旋,上下见森林,何霄汉。九嶷问,三顶冠,十脉水,浔阳岸。向南昌故郡,见风云散。半上滕王楼阁望,苍梧木叶湘妃唤,鼓瑟情,竹泪已斑斑,曾无断。

182. 又

上岳阳楼,望君山,潇湘两岸,一沅水,不分南,大江浔畔。自是湖南湖北问,风云百年风云断。这中华,黑手已高悬,从间换。明清去,民国半,共产党,中华旦。在天安门上,五星旗观。千载预言胡木见。三千年里三千帝。古今中,自以润之明,人称赞。

183. 又

下得江湖,上得路,运河成畔。六渎水,古今黄泛,望洋兴叹。根治淮河钱正英,生锈就在淮南岸。古今中,换了这人间,重新见。兰亭序,吴娃馆,虎丘寺,钱塘滩,任来来去去,俱重新算。已是为人民服务,中华人民共和国,夏传商,作废了明清,王侯断。

184. 念奴娇

一平生路,三万日。去去来来多少。三万天朝朝暮暮,自以少年初晓。小学知师,先生私塾,格律诗词好,启蒙始教,心中留下其表。太学一半青年,步家家国,同趋同道。建立中华,同岁月,共历人间春早。改革开放,中华行世界,世界中华,一带一路,繁荣,天下昭昭。

185. 又

一人生路,三万日,去去来来多少?六十退休修格律,自取佩文韵好。

古古今今，唐诗出版，五万应草草。退休之后，重新修订臻好。唐代三千诗人，五万首诗词，我一人了。二万宋词，千八百作者，我一人了。十三万首，已林林总总，事情多少，七十年里，与共和国同老。

186.江神子　又

共和国里一人田，国家泉，是源泉。一路平生，以此作方圆。八十年中年八十，同，共诗篇。共和国里一条船，数天天，著天天，已此思量，两万八千天。全宋重和结尾，如草木，在前川。

187.又

双溪白水护青田，半红莲，一江船，此水朝天，自得自无边。月在广寒宫中曰，来是我，去是婵娟。东坡赤壁论方圆。上弦弦，下弦弦。别别离离，缺缺总难圆。后羿争功争射日，何月，又年年。

188.鹧鸪天　野梅示子

半望荒山半望村，一春已到一黄昏，香香四野香香散。不似花园锁玉魂。同日月，共慈恩，天机序秩赋儿孙，由根由叶由枝长，一样芬芳一样坤。

189.又

一样三冬一样春，千山万水半香津。无分四野无分苑，紫紫红红作玉尘。天地暖，暮朝新。同芳同色共红尘。群芳丛里群芳见，只与东君作近怜。

190.洞仙歌　灵霄

琼楼十二，年月无朝暮。半似薗半如雾。步虚三二一，地阔天高，中间处，知道神仙可住。是，人应地上，其它空空，自以灵魂充其数。已有水晶宫，灵霄殿院，银河岸，天孙谁渡。离不离，归去是归来，见人间处处，不由分付。

191.又　蓬莱

飘飘缈缈，云雾烟台路，阁榭楼台何人住。自空空是也。半似华清，如花蕊，不似未央宫数。八仙吕洞滨，之侄韩湘，俱在唐朝自行步。未以封神榜，别类分门，灵霄殿，大名宫赋，天竺天，由武罂临川。海中海边城，本来如故。

192.又　日本

神仙何处，传说东瀛住。海外仙山海中付。步虚声里误，雾雾云云，茫茫见，何以枫丹白鹭。秦皇徐福见，秦皇岛外，半在黄骅半成故。日本日东方，大阪东京，镰仓市，天孙难渡。谁不知，天园地方殊，已天地皆晓，阴晴云雨。

193.水调歌头

上将秦王府，文学馆中求，房谋杜断如此，十八子春秋。分得三班执守，五品享均膳食，一世一瀛洲。辅以贞观治，学士助王侯。李唐主，唐李靖，自风流。英雄自得杨素，"自可上床留"（素曰君可随时上床，不避谦世，床坐具，榻卧具也）。红拂相知虬髯，踏步千涛海上，一主一人修。南北东西客，日月共沉浮。

194.又　运河

霸引长江水，一路到瓜洲。夫差自得天下，三百里邗沟。再以隋炀一帝，连线黄河汴水，阳充，以此楼船去，处处是商舟。南杭州，经赵州，北通州。凌河安济桥下（赵州桥）拱石敞肩楼。驻跸钱塘粮饷，都会江南形胜，自以入春秋，为大余杭市，六溇五湖浮。

195.又　韩熙载

北海韩熙载，进士半风流。庄宗时节南渡，李璟待沉浮。"五鬼"横征暴敛，再臻南唐败溃，忠奸不分酬。贬赐下和州，铸币中枢客，独见未春秋。笙歌酒，无醒醉，不思忧。姬姬妾妾相继昼夜不知求。乞乞怜怜讨讨，富富贫贫济济，色色声声留。亡国亡君辱，亡国亡臣羞。

196.兰陵王　唐二十帝

自高祖，至太宗，皇帝宇。贞观治，且以世民，玄武门前弟兄主。千年记当父。龙虎，鸿鸿羽羽。兴亡事，李治无知，唐代周朝似成府。今古，李知武，一唐一周绪，相继相辅。开元天宝重新数。以中宗李旦，到玄宗住，梨园　裳羯声鼓，肃宗代宗伍。六部，三台谱，亦三省言，国家云雨。德宗通顺宗怙。以六骏无数，宪宗天柱。八宗八旬，哀帝房，哀帝房。

197. 柳梢青　平仄韵十二体　运河

雁落平沙，船行草岸，一面桃花。汴水金陵，黄河六渡，九派山涯。长江一路风华，纵横处、云虹雨霞，万亩钱塘，杨杨柳柳，桂子荷花。

198. 又

杨柳千年，去来百岁，何何依旧。暮暮朝朝，行行止止，先先后后。寻寻觅觅平生，书不尽、诗词相守。古古今今，唐唐宋宋，孤随孤走。

199. 朝中措

山东不隔不山西，一北一南低。汴水钱塘六渡，秦淮夜月莺啼。风流才子，佳人墨客，杜忡梅黄。已着湘灵鼓瑟，苍梧草木萋。

200. 感皇恩

学步一邯郸，知书多少。北北南南路多少，人人事事，去去来来多少，又年年岁岁，何多少。少少多多，多多少少，处处微微又多少，自生到死，思思索索多少，平生此彼是少多少。

201. 又

四秩四时移，花花草草，水水山山有花草。阴晴一半，一半人间花草，渊明篱下见，黄花草。谢守东山，觅寻花草。地貌天姿是花草，一年一岁，自在枯荣花草，人人事事老，随花草。

202. 姚述尧

太平欢

梅花落幕，白雪阳春诺。阳关三叠，渭水长安西见雀。两两三三飞鹤。一半楼兰，春回草木，一半荒沙壑。无云无水，沙鸣隐隐约约。遥想故旧繁华，庆父殊子禹，不如不若。夏以商周私以托，帝帝王王求索，何以人间，恩覃匹夫，只以桑麻博。今今古古，年年岁岁箸。

203. 满庭芳

已是尧唐，轩辕社稷，夏禹传了私王。三皇五帝，彼此立朝堂，谁以人间冷暖，施土地，布德炎凉。周姬姓，唐时是李，武曌也称皇。明清后，中华民国，共产共天堂。古今，三千载，改革开放，一代西洋，自华人世界，一路东洋。苦苦辛辛楚楚，天下去，处处炎黄。华人在，环球就在，共济共家乡。

204. 念奴娇　唐宋词

念奴娇里，百字令、白雪词中朝暮。赤壁江东双翠羽，醉月壶中天度，已庆长春，太平欢里，淮甸春声数。杏花天雨，大江东去如故。函四历代诗余，有万六千首，宋词如数。"钦定词谱"，还万树，"词律"，总计九千余故，体数三千加四百拾二，别词应付，九百十首。白香词谱综赋。

205. 又

长江万里，自西东流去，黄河万里，还自西东流而去。黄地同源分夸，曲曲弯弯，以高低轨，南北皆桃里，晋秦壶口，丽江虎跳峡砥。如此，一片惊涛，九州倾荡，当以江河毁。同是风流风不已，知有无休无止。雨雾翻腾，叠荡起伏，自是东流水。人间来去，童翁元自如此。

206. 又　九日作

重阳九日，以黄花为为九，茱萸为九，天下人间皆九九，处处登高回首。九九则归，以霜知雪，相见多杨柳。已寻常见，四方八面都有。知否，拂拂垂垂，风风雨雨，春夏秋冬守，相继花开花落去，无与樵渔左右。岁岁年年，枯荣如旧，默默父母受，人知人知，人间皆朋友。

207. 又

天天朝暮，记年年朝暮，东阳西沉。知得人生三万日，琴瑟箫笛知音。玉斧唐标，经纶如许，何以木成林。江流江泽，浃浔当以深深。芬芳香瑞绵幽幽，由花花草草，何觅何寻。步步行行坚持客，无止无休无暗。只计图程，以心相许，夜夜自甘心。一声名处，不虚古古今今。

208. 又

天天步步，一天知多少？年年步步。何以平生多少问，自自然然无数。实实虚虚，实虚虚实，如步如行故。大中知小，小中知大知度。何路，万万千千，去来来去，朝暮还朝暮。南北东西天下目，前后高低相顾。也有功名，那当然成败主，步步前行路，谁知多少，诗词如付如数。

209. 水调歌头

月以中秋见,缺缺自圆圆。弦弦上下分合。日日总弦弦。最是嫦娥去处,桂树寒宫玉兔,只可问婵娟。素女心思外,一色一长天。对清影,寻桂子,易当然。黄花发时,京畿自得自来年,已是平生怕积,六十还经八十,夜夜数方圆,格律方圆客,一度一清泉。

210. 又　七夕

七夕人间七,天上九重天。人间何以天上,今昔是何年,织女牛郎彼此,彼此牛郎织女,几度几成仙。七夕人间七,天上九重天。牛郎问,知织女,不耕田。谁言织女朝暮,作锦彩霞莲。见以鹊桥今夜,只以婵娟相见,可得老牛缘,莫以牛郎在,七夕月无弦。

211. 又　酴醾

着意酴醾晚,独自挽春红。群芳暗得争绿,不忍对东风。已见玉英初坼,蔫蔫形容无定,犹色色空空。一品迟迟至,一品广寒宫。嫦娥问,情不已,臆由衷。佳人独步羞对左右半残弓。蕊落心中结子,只待明年复迹,以此作归蓬,万紫千红去,白马故香同。

212. 又　秩满告归　自述

秩满应归去,六十夕阳,酴醾作得迎送,尾尾一春盟。夏雨夏云夏水,夏草夏花夏暖,借得一春情。六十难为老,再作再人生。中原地,分

四序,一年英。诗词格律工整日日著心声。同步共和家国,目瞩改革开放,一带一路行,立我中华步,世界久和平。

213. 洞仙歌　又

平生一路,秩满还朝暮。人到黄昏自如故。最无端,自作自受行行,门自掩,上下月弦相数。日日诗词顾,格律方圆,韵韵工精厌平度。古诗作今诗,总是休休,佩文律,以清朝圃。典康熙,御制全唐诗,字字句句根,古还今赋。

214. 南歌子　九日　又

九日重阳会,三生秩满人。退休二十个秋春,七千三百天日月分均。日日天天数,天天日日珍。朝朝暮暮度经纶,格律诗词十二万首陈。

215. 又

少小知人字,青年学作人。一撇一捺一秋春。一大一天之下一经纶。一二三知道,先生第一人,先生坐立是前人,两手肩平大字垂则人。

216. 又　北京钢铁学院

太学京城北,离乡始晓难。书生第一下长安,自得小村之外渭泾澜。自以方圆定,无言日月端。思思虑虑久书安。回到人时人字两边观。

217. 又

步入先贤路,行身思客边。方圆自此自方圆,法法人人人法两重天。法是人为治,人为是法田。已闻制书制前川,领导意图左右一人宣。

218. 又

苦苦辛辛事,精精业业工。工工十载作飞鸿,听得湘灵鼓瑟水云空。已上衡阳路,苍梧治水雄。春回青海两由衷,唯独已知草木色空空。

219. 又

一二三生道,如来普渡生。伊斯兰客半经名,上帝知书儒子百家英。古古今今著,朝朝暮暮城,诗词格律伴平生。事事人人一字一精明。

220. 又

我本农家子,诗书第一名,作人作事作精英,四品郎中难及作县荣。不远中央路,无须寸步行。七品县令地方成。一意为民自古自今鸣。

221. 又

李白当涂酒,成都杜甫堂。长安饮醉八仙郎。古古今今诗句半辉煌。张旭知毫发,王维废豫章。开元天宝半明皇。留下梨园作圆方。

222. 又

夏水红莲幕,秋池落叶图。留下风尘身迹作累敷。世上三生界,人间一匹夫。辛辛苦苦半屠苏,日日还须作步殊途。

223. 又

水调无深浅,山高有木林。人人事事一知音。日月阴晴天下是如今。雨云云云露,云云雨雨霖,天天地地是音琴,一撇当然一捺是人心。

224. 临江仙

腊月三冬三腊月,梅花落里梅花。东君已是过长沙。湘灵湘鼓瑟,九问九歌箫。唤得群芳群草木,春梅入了人家。自然香雪海中华。江湖江水色,日月日无遮。

225. 又 重阳

魏赐钟繇文帝曰,黄花菊色扬扬。巴山严武故思乡。重阳重日月,日月日重阳。
记取陶渊明五柳,篱间一半花黄。曲江台上作文章。三秋三草木,一吉一飞扬。

226. 又 雨中观瀑泉于白鹤僧舍

雨雨云云云雨雨,泉泉瀑瀑溪溪。高高在上向低低,僧人僧白鹤,寺水寺红泥。一读心经心一读,东西南北东西。空空色色自辛黄。天高天所见,地厚地常栖。

227. 又 中秋夜雨

八月中秋中八月,弦弦上下分平。圆圆缺缺自相明。今天今日雨,一夜一难晴。岁岁年年圆缺月,弦弦上下平平。中秋本来要分平。分平分不得,合作合人情。

228. 又

隐隐玄藐玄隐隐,泾泾渭渭泾泾。清清浊浊自泠泠。黄河典水去,日月日丹青。一到潇湘潇沅汇,洞庭岳麓江汀。飞翎不尽是飞翎。秋来秋岁岁,一去一春楚。

229. 又 九日

九日钟繇钟九日,神仙一半神仙。魏文帝曰是何然。人成山左客,神在客中年。不见钟繇钟不见,人人只在人前,神仙只是神仙。人言人草木,草木草成仙。

230. 又

步步姑苏曾步步,吴吴越越吴吴,东西南北一车途。钱塘钱水岸,六溇六州奴。岁岁长洲长岁岁,儒儒一半儒儒。金陵百里会稽虞。运河同里色,玉女在江都。

231. 又

别别离离天下路,泾泾渭渭泾泾,黄河相会共心灵,江流江不尽,水上水峰青。岁岁衡阳青海岸,湘灵鼓瑟湘灵,秋来春去不零丁,双飞双自主,独自独乡亭。

232. 浣溪沙

一寸心思半故乡,三生故步两南洋。巴新大马设银行。加入东盟巴达维,瀛缔赤道太平洋。平生八十易青黄。

233. 又

不与东山问谢公,芝田绛节客诗翁,阳春白雪女儿红。且上庾楼寻旧迹,平平仄仄已工工。方圆处处各西东。

234. 又

自主县中一令公,中书五品半郎中。人间判断有西东。此子当官民作主,三千年里帝王终,农夫记取润芝翁。

235. 又 渔父词

一夜昭关书胥歌,三军霸主未央戈。乌江不渡万千波。见得乌骓渔父问,刘刘项项丈夫何,当方言楚客复仇多。

236. 鹧鸪天

白雁携霜素玉束,红猿带日叶枝催,根由土地根由主,一带中华一路开。同世界,共瑶台,人间至此不徘徊。行行不止行行进,各自荣荣各自催。

237. 又

一夜东风到我家,三冬未了半梅花。香香色色情浮动,白雪阳春一女娃。颜似玉,面如霞,黄黄白白半天涯。红红粉粉群芳里,百态千姿你我她。

238. 又 雨

一片云来半雨行,三秦日下两秦生,周王养马封川邑,弄玉家翁任凤声。天下雨,及时荣。备荒备战备人情,家家国国家家事,处处悠悠处处鸣。

239. 又 日日红

一品花名日上红,春来夏去半香风,书房见得瑶姬女,暮雨朝云总不定。风雪月,玉株丛。枝枝叶叶故人同。红颜得意红颜在,如画身姿如画丰。

240. 瑞鹧鸪 春过半,桃李飘零,独海棠盛

桃桃李李带春光,杏杏梨梨结子忙,独见海棠芳独自,红红粉粉只朝阳。东君动兵曾留语,隔岁先争第一香。记取梅花先自落,佳人取折上初妆。

241. 西江月　忆故乡凉水泉与四弟同寻

白雪西风落叶，红枫染色经霜。三秋末了也重阳，五彩林中俯仰。弟弟兄兄日月，林林木木风光。少年不忘少年郎，凉水泉中思想。

242. 又　寄四弟

五女山中一木，浑江水上千波，年年岁岁少年多，弟弟兄兄你我。每亩高粱数过，六千上下余科，父母教得作田禾。领悟人生不惰。

243. 减字木兰花

朝朝暮暮，步步行行步步。秩满人生，一半南洋一半鸣。年年数数，日日天天天数数。八十心情，格律诗词格律行。

244. 又

重阳九九，柳柳杨杨杨柳柳。岁月如舟，数尽年华数尽头。知知否否，走走行行还走走。八十春秋，日日诗词日日修。

245. 又　千叶梅

一梅千叶，再唱阳关三两叠。过玉门关，香到昆仑白雪山。寒宫月篾，不上空床空作妾。一半红颜，一半羞身带月还。

246. 又

玉门关牒，此玉园名留此烨。碎了斑斑，又以还颜过雪山。妻妻妾妾，无地自容羞歆厣。弱弱删删，素口蛮腰杨玉环。

247. 又

三家二户，不远运河边上住。网网渔渔，一半心经一半书。云云雨雨，柳柳杨杨树，碧玉深居，流水桥边总自余。

248. 又

梅花落里，数尽寒冬心不止。对了东君，对了群芳不入芬。香香蕊蕊，自以春光春自己。日日嘿嘿，不箬衣裙处处闻。

249. 又　鼓子词

词词鼓子，处处干符何彼此。父母皆知，自以唐虞，自以时。何几几，逝水如斯如逝水。役役司司，不在人间不在辞。

250. 又

河河伯伯，一半无知无白石。过了黄河，不必回头处处波。玄虚阡陌，复杂文心文化客，少少多多，读读诗书作了婆。

251. 如梦令

去去来来如梦，古古今今如梦。事事与人人，虑虑思思如梦。如梦，如梦，何以黄粱成梦。

252. 又

败败成成如梦，辱辱荣荣如梦，一世一平生，暮暮朝朝如梦。如梦，如梦，春夏秋冬如梦。

253. 又

利利名名如梦，禄禄官官如梦，止与行行，福寿死生如梦，如梦，如梦，南北东西如梦。

254. 点绛唇　兰花

竹菊梅兰，四时君子谁分付，竹青朝暮，菊以重阳度。梅自寒冬，其妹群芳住。兰花数，独幽香故，玉凤箐缨赋。

255. 又　扇

扇动生风，川流一谷川流去，不闻神女，雨雨云云虑。阵阵香香，只在佳人处。轻轻语，酒炉相如，只见文君助。

256. 又　岩桂

八月香风，应寻桂子吴刚问，一年勤奋，不与嫦娥近。留在人间，古古今今训。听音韵。乐天杭郡，已在东都酝。

257. 又

阵阵清香，幽幽远远浓浓润。一情秦晋，一意江南吝。子女黄粱，不问谁尧舜，重阳信，乐天元慎，留下诗词印。

258. 行香子　茉莉花

一品行香，六郡张扬，百洁芬芳，枝枝叶叶，碧绿成妆。在广寒宫，玉门阙，入黄粱。姿姿态态，色与酴醾，比江梅，白雪如霜，仙容天赋，美丽娇娘，不可轻摘，以羞对，凤求凰。

259. 朝中措

黄花九月度重阳，回首故家乡，

七十余年过去,如何再见爹娘。童时学步,中年教子,老下南洋,都把辛辛苦苦,消磨日月时光。

260. 南乡子 又

九九一重阳,八十三生半故乡。一半何为一半,炎凉。一半炎时一半凉。学步学爹娘,饮水思源日月长,一半人生人一半,圆方。一半圆时一半方。

261. 忆秦娥

忆秦娥,穆公箫史求凰歌。如今何处,弄玉如何?年年岁岁相思多,人间凤凤凰凰窠。云中不见,明月秋莎。

262. 丑奴儿

山城草木东国早,兀自逢春,处处茵茵。已与司花暗结姻。林中秀鸟先飞起,似有惊人。独步藏身,不解何因是自珍。

263. 又

杜鹃已放三分色,作映山红。色色空空。已与司花暗结姻。山岩险处凭情望,可以由衷,已是无穷。却道纷纷一阵风。

264. 醉落魄

听梅花落,阳春白雪曾相约。梅花三弄寒冬尊,不见东君,未与群芳若。香雪海里谁求索,分明姊妹芳香诺。梅花姊妹冬春著,待得明,不独梅花落。

265. 阮郎归

村边小小一枝梅,幽幽香色催。不同无异报春来。向人独自开。形自傲,影徘徊,朝朝暮暮才,孤身与众不同魁,非君自不陪。

266. 归国谣

初夏好,水已温温荷叶小。尖尖未展尖尖逗,娇娇不似旁边草。云烟淼,人人驻步人人晓。

267. 又

春已老,杜仲新芽天已晓,浮萍已展方圆小。池塘处处闻啼鸟,人多少,佳人已去情难了。

268. 好事近

五柳五蕴中,一曲一琴朝暮,加以文王天地,七弦情分付。渊明自弃七弦空,击木何相顾,自是声声无了,不频知音度。

269. 又

何谓一知音,木以声声如故。不必加弦柱,腹空何分付。高山流水过琴台,下里巴人误。且以声声知得,此音心中度。

270. 石敦夫

临江仙 句

溪山溪石白,一雪一梅红。

271. 甄龙友

水调歌头

水调歌头唱,汴水到扬州。山阳不南北,始自北通州。永定河边涿郡,筑得赵州桥拱,千载过欧洲,复与秦淮岸,以此运河流。隋炀帝,征劳役,运河修。食人之子,麻叔谋职此应酬,死死亡亡无数,堪与长城相比,不尽万千仇。古古今今见,天下一杭州。

272. 南乡子 木状元

第一状元郎,一地一天一步长。一撇修身修一捺,圆方。是故人人是故乡。第一状元郎,业业行行作柳杨。纵纵横横天下路,低昂。第一人中第一章。

273. 贺新郎

思远楼前路,半沙堤,半泥石水,是船舟渡。逝者如斯承载去,已见沉浮如故。四面望,船头无住,船尾由教非自主,向前行,不必寻常步。流快慢,任人布。人生一半人生误,少年书,中年学句,老人回首,只是由朝朝暮暮。应是三年一步。三盅里,精英天赋,三十年中应十渡,作平生,秩满人生路。书不尽,自分付。

274. 霜天晓角 题赤壁

东坡赤壁,胜似周郎壁,谁说孔明生得,东风借,草船镝。见历,何赤壁,既生瑜赤壁,火字中何生亮,谁三国,计匡边。

275. 范端臣

念奴娇

十三圆缺,再两日,十五嫦娥当宇。不是弦弦无处觅。自以明光作主。

桂树吴刚，蟾蜍玉兔，如此方成五。东西上下，秋冬春夏相数。后羿自在人间，也孤身独处，无言无诩。夜夜长长，明月色，是我居心当舞，狭袖飘飘，应知君入梦，古今今古。广寒宫里，方圆三五三五。

276. 又

广寒宫里，寻桂子，不见吴刚朝暮。夜半来迟来又去，玉兔嫦娥倾注，十五圆圆，圆圆十六，上下弦弦度，人间见得，婵娟依此分付。总是缺缺弦弦，也东西上下，明明无顾，挂在天边，当空当隐约，与星同住。人间天上公平是公许。

277. 韦能谦

虞美人

人生一半黄昏路，暮暮朝朝暮。东西南北四方步，回首功名利禄不多余。人生是是非非误，是是非非度。是分两面作非如，非是非时非是老人初。

278. 耿时举

浣溪沙 忆乡

中作珍珠点点圆，月明草木自身弦。长安也似故乡天。五女山前山五女，三生离索半心田。桓仕八卦卜源泉。

279. 又

少小离家少小乡，黄粱梦里有黄粱。原来太学作文章，小小无知无小小，京城日月共焱主，童翁首尾忆爷娘。

280. 满江红 中秋泛月太湖

一半江湖，淞江岸，五湖朝暮。中秋月，何如天上，向湖中赋。却是娥姬娥少女，明明已在船中住。有其形，也有色情怀。相倾许。锡惠岭，湖州路，七分水，姑苏渡。独知今日夜，以婵娟度。共了洞庭山盯，湖心岛上人情故。只留船，记得这声声，寒宫数。

281. 喜迁莺 二十四体，取晏殊平仄叶体

人不尽，柳无穷，应与我心同。淞江且与五湖通。江湖一名友。黄天荡，何方向。天竺在西玄奘，不知经译误真章，今古已茫茫。

282. 管鉴

念奴娇

少年年少，老人老，自是人生朝暮。少小只知天下去，学步邯郸学步，上下长安，阳关三叠，立斩楼兰赋，鹅肥池瘦，流觞三月文句。自有日月阴晴，见枯荣草木，如来如渡。立得心经，天下去，人去人来几故。过了交河，玄奘西域去，是经文误，心经心里，心中心上心度。

283. 又

少年年少，老人老，自是人生朝暮。一二三生天下物，道道玄玄步步，老子潼关，泾泾渭渭，合得黄渡，向东流去，中原中水中路。已自古古今今，试金丹玉石，天尊天步。上下峨眉武当山上易，两仪分付。平生来去，人来人去人度。

284. 又

少年年少，老人老，自是人生朝暮。上下杏坛儒子路。一半诗书诗一半，左传春秋分付，辫子三千，功名五百，吏吏官官度。二千年里，一百皇帝相数。

大禹夏以商周，一秦平六国，同轨同度。六国连横，春合纵。六国自生自灭，二世秦皇，汉隋唐宋去，元明清故，儒书相辅，如今如古如付。

285. 又

少年年少，老人老，自是人生老小。一步前程前一步，学步邯郸方好。历世经年，帝王将相，才子佳人草。唐朝六典官员多少多少。六部门下中书，三公三师尚书，中丞道。五品郎中，知日月，也是兴亡飞鸟。社稷江山，农夫谁可了，作桑田蓼，古今今古，谁知谁问谁晓。

286. 水龙吟

江山不尽江山，人间不尽人间雾。成成败败，兴兴废废，朝朝暮暮。帝帝王王，臣臣子子，新新故故，是今今古古，去去来来来，凭日月，寻常步。岁岁年年如数，夏商周，禹传私付。秦秦汉汉，相承相辅，似新似故。六典当朝，唐隋隋到，如云如雾，已两千年后，中华民族万民民路。

287. 又

霜霜雪雪冰冰，春春夏夏秋冬续。

林林木木，山山水水，金金玉玉。万里黄河，长江万里，中原曲曲，见长城万里，运河千里，留足迹，知荣辱。燕赵秦皇汉武，一长城界分谁属。南南北北，相和相战，同红共缘。柳柳杨杨，运河南北，官商民足，俱劳民伤财，不同结果不同前瞩。

288. 水调歌头　又

水调歌头唱，一曲自隋炀，谁传荒唐无度，以帛换柳杨，劳民伤国挥霍，且以楼船南下，不顾半炎凉，自道头颅好，一味到苏杭。分南北，长城远，运河商。一秦六国宫女饿死半伤亡，如此公然无道，且以隋炀相比，谁可忆钱塘，自二千年后，天下共名扬。

289. 又

十里姑苏市，百里古长洲，洞庭东西山上，望断五湖舟。步步吴王宫殿，一路西施娃馆，勾践剑池留，五霸知吴越，再上虎丘谋。孙夫子，宫廷女，帝王侯。今今古古天下，草木一春秋。来去山呼万岁，却是人民百姓，再造运河头。本以农夫志，日月共沉浮。

290. 又

百步台城路，十载一精英。梁朝武帝钟，弃已弃身名。自在如来自在，社稷江山社稷，社稷是私盟。西域西天兰，建邺建殊行。秣陵北，吴门上，石头城。六朝已去，三山二水半枯荣。莫以秦淮作论，还以观音普渡，自己自心明。岁岁年年世，日月日方萌。

南宋·李迪
雪树寒禽图

读写全宋词一万七千首
第二十九函

1. 又　龙守沈商卿　三十年故交

二十年中度，秩满已黄昏。公司担保程序，食用是源根。八达民生担保，保定宝银立册，一载过王孙。再设新中泰，担保助乾坤。两三载，收百亿，正邪浑。三两宵小辈贪海淀中关村。自以奸商自成民，终究公公正正，各入法人门，国是共和国，正道正乾坤。

2. 又

南雪难平地，北雨客经天。同源同水同异，各自各成泉。陌陌阡阡原野，暮暮朝朝来去，共润共桑田。岁岁年年见，日日度前川。春秋见，冬夏见，自方圆。人人一撒一捺一大作成天。细细微微处处，民民时时楚楚，彼此可成全，雾雾云云润，水水自涟涟。

3. 又　夷陵九日

小雪成微雨，雨小已成烟。茱萸叶上珠落，滴滴已成泉。玉露黄花容纳，过了重阳九十，一叶一秋天。下月霜枫见，远近胜红莲。运河岸，多杨柳，去来船。洞庭山下风流处处五湖涎，淅淅茫茫片片，雾雾云雾雾，半见半桑田，只有江南岸，一月一婵娟。

4. 又

一代隋朝去，三十七年中。杨坚后主炀帝，三省六郡通。自以开皇兴业，赵绰法农弘。罢举分科制，贸易同家风。裴矩使，西域客，见西东。百济新罗日本，赤腊东南赤土，再与运河工。一带丝绸路，一路树华丰。

5. 满江红　国清寺

一寺天台，其名曰、国清一路。隋炀帝，其炀何至，魏征唐付，其谥名修隋史册，陈朝同名度。若几何，俭朴自称君，谁分付？曾记得，求宦步。貌不扬，分科度。既难才不得，作贞观赋。败败成成败败，兴兴已故亡已故，何名声，正野史书评，千年步。

6. 又

十里长安，西去路，长安万里，一路是、丝绸之路，以中华市，日本新罗交址国，欧罗巴外西洋子。德联邦，英意比联邦，人间旨。北极圈，南美企，环世界，东西趾。这天天地地，海洋多水，一带何当人类史，工农停息三潮尔，向天空，再向海洋求，人生是。

7. 又　巴布亚新几内亚共和国

赤道丛林，原生处，有人有路。树上望，草花瓜果，不分朝暮，也无工农无现代，原原始始森森树。一水平，自荡荡洋洋，千流注。吉科里(K-KOR-)，村落住,高尔富(GOLF)，酋长户。二十二省长，七百岛渡。八百万人人自主，天天地地岛岛数，日月低，头上已待红，惟生付。

8. 洞仙歌

莺莺燕燕，自欣欣语语，你在三吴我在楚。半长洲，半鄂州，一神女，春香处。宋玉高唐如箸。四时初始，千里江流，逝者头头尾尾虑。过程中，却总是，后后前前，微微分，繁简**繁繁**据据。柳杨絮，杨树姓隋炀，几辛苦，千年里何须誉。

9. 又

琴台汉水，不得寻黄鹤。未以龟蛇锁客雀。向纷纭，问雪霜，一相约，梅花落，下里巴人求索。高山流水，山也**巍巍**,北也扬扬逐渭洛。伯牙知，楚鄂客，何以知音，灵犀间，应是心心若若。子期曰：生生自息息，盛情臆，山山水水漠漠。

10. 蓦山溪

朝朝暮暮去，去来来路。止止行行，前程去，回回顾顾。思思索索，日日自难同，相同步。相如故，步步何分付。人生一路，去去来来步，多少步行程，多少步，何言步步。知时是少，或少或多营，多少步，几多路，岁岁年年度。

11. 又

朝朝暮暮，去去来来路。少小离家，经师付，邯郸学步。长安八水，具渭渭泾泾。潼关注，黄河渡，一峡三门户。风风雨雨，古古今今数，谁逐鹿中原，只作得农夫分付。五千年里，大禹始从私，公已故，相如赋，民以人间主。

12. 蝶恋花　禄清春义茂兄弟，妹燕滨

一命三春三一命，弟弟兄兄，小妹人生敬。立正离家离立正，平生彼此平生镜。圣黄春秋春黄圣，纵纵横横六国分心政。独是秦人秦自病，兴亡二世秦皇性。

13. 定风波

书书剑剑可几何？行行止止故人歌。水水山山应不断，香散人人记取运河波。非是是非分付立，中中正正介荆轲，后主柳杨炀帝岸，参半。两千年里帝王多。

14. 鹧鸪天

一寸心思九派泉，三生旧步两重天，青云半在青云上，格律耕耘草木田。年八十，自方圆，功名秩满七千天。全唐全宋诗词著，日日相倾月月悬。

15. 又

帝帝王王一国田，方圆自作自方圆，臣臣子子民民事，一代兴亡一代传。今古见，古今天。国家日月国家年，为民服务中南海，主政为公大自然。

16. 又　致妻

一日夫妻百日恩，三千独木独成魂。同行同止同归去，各自扬长各自根。成子女，作儿孙。乾坤世界半乾坤。林林鸟鸟栖栖止，此日黄昏彼日门。

17. 又　致子女

子子爷娘女女情，自无世界自无生，东西南北何成就，草木枯荣水不平。当奋斗，竟争营，又生子女又生名。如今如彼如同故，老少人面老少年。

18. 又

一草群中一草孤，似无原上半如无。秋冬春夏枯荣守，南北东西日月苏。三世界，四时图，来来去去雨云殊，阴晴处处阴晴故，也在长安也在吴。

19. 朝中措

年年岁岁一平生，百岁半枯荣。秩满平分朝暮，诗词格律声鸣。七千日月，七万诗词，白首衣轻。八十人心依旧，孤行独步成缨。

20. 又

雕雕玉玉玉方成，格律作枯荣。好似朝朝暮暮，人生秩满人生。词词句句，诗诗赋赋，曲曲英英，只要他年见得，由来目水冰清。

21. 又

人生十里问长亭，秩满一丹青，五品郎中绯服，清清白白渭泾。岳阳黄鹤滕王阁下，鼓瑟湘灵，最是忧民忧国，知音台上零丁。

22. 又　立夏日观酴醾

三春六夏九秋冬，一水自开封。万紫千红何去，群芳自取侍容。酴醾夏始，成蹊杏李，自与莲逢。白白红红粉粉，颜颜色色中庸。

23. 柳梢青　十二体，或平或仄

天上成桥，牛郎织女，人间离别。去去来来，几年几月，广寒如雪。明明白白圆缺，夜夜年年，相谁与说。不要经年，相思相守，应千秋节。

24. 又

暮暮朝朝，寻寻觅觅，水水潮潮。我我卿卿，儿儿女女，路路桥桥。藏藏隐隐娇娇。一扇一昭阳，香不消。且问相如，掌中飞燕，已上云霄。

25. 好事近

九月九重阳，五日五湖明朝。五水舟扬淞沪，九歌黄天荡。泪罗不要问三闾，寒山问方丈。见得渊明篱下，在人间来往。

26. 又

腊月一梅花，三弄自寒风雅。只待群芳相见，共香情天下。梅花落里

问梅花,不必到初夏,作得红尘红水,只须年年姹。

27. 又 寄妻

一步一阴晴,百日百家成姓。只在人情人里,不言何心性。同同异异不同同,各是各人命,我自独行独往,几何知无敬。

28. 又

一石一中流,半在人生时候。作得垂垂杨柳,不分成衣袖。分分制制又离离,江左又江右,留下人情空白,只须空回首。

29. 桃源忆故人

桃桃李李清明雨,何与群芳共住,一水运河南渡,草草花花路。江南柳杨如故,云雾里,还听杜宇,只在虎丘分付,第二泉声赋。

30. 又

秦秦汉汉桃源路,留得前人共住。处处柳杨如故。不见渊明步。花开花落千百度,人何见,情何分付,只向武陵南渡,不见长安树。

31. 菩萨蛮

云山过了云山客,云山不见云山石。一水一江河,三闽三九歌。长洲吴太伯,不以江湖陌。王土已如何,鱼禾知草多。

32. 浣溪沙

一半耶溪一半花,西施已了浣溪沙。馆娃作了馆儿娃。且以天平山上客,吴宫作得越人家,千年流水浪淘沙。

33. 又

去去来来日日空,朝朝暮暮各无同,空空色色是空空。一半人生人一半,无穷草木是无穷,如今秋满颂雅风。

34. 又

白日东西白日邻,红尘草木易红尘,茵茵岁岁复茵茵。不以今年今不似,冬冬不可不春春,同人未异未同人。

35. 又

一两丛林一两家,三河赤道五河涯。椰林直直向天夸,树树槟榔红色色,菠萝出土似桑麻,千奇百怪树根花。

36. 醉落魄

微微小小,阡阡陌陌梅花落。无人有顾无人约,独独孤孤,曾以三弄若。阳春白雪多少错,高山流水云中作,下里巴人谁求索,一味芳香,自在自漠漠。

37. 又

一半明皇一半王,三宫六院两宫墙。霓裳羯鼓胡儿舞,留下梨园一斛香。

38. 又

力士三呼一念奴,明皇千许半天枢。人间留下梨园曲,采萍何然一斛珠。

39. 又

珍珠一斛,明皇自是难分付。杨妃自以霓裳步。最是芙蓉出水人间渡。自是红颜红女顾,清平乐里羞花赋。采萍作得梅妃故,不是华清,莫以华清付。

40. 生查子 杏花

千姿百态情,二意三心步。一去一回头,半句半分付。行行止止声,互互相相顾,有约有媚波,以目以心住。

41. 虞美人 又

一枝红叶春来早,艳艳何时了。过墙自在自逍遥,可以随风拂荡柳杨条。运河两岸风骚好,陋巷书生少,由来是我欲藏娇,你与春莺见我互招摇。

42. 又

莫言小小诚言小,只是红来早,春蕾已是作春潮,且与书生一道入云霄。黄粱说道梦中好,此去何回了。桃桃李李各琼瑶,你去成蹊我来系绫绡。

43. 临江仙

一日武陵溪岸划,三湘竹叶青青。二妃鼓瑟动心灵。苍梧苍水色,九派九巍汀。半在桃源桃李问,是秦是汉谁铭。陶君自命一零丁。千年千五柳,弃木弃弦听。

44. 又 雪

一片天花天一片,武陵溪上源泉。秦秦汉汉乙前天。邻当邻昨日,作事作今天。一半人间人一半,桃桃李李莲莲。秋冬春夏总相连,明天又是明天。江流逝水有桥船。平生如草木,足迹作方圆。

45. 清平乐

东君已面，处处群芳见。日日江南飞小燕，塞北茵茵草甸。春风过了前川，骚人上了湖船。一片江青一片，峰峰作了云烟。

46. 点绛唇　多少？

一树桃花，多多少少何多少。百斤桃好，四粒称斤了。四百颗颗，八百花了了。知多少。近边多少，远处知多少。

47. 又

问在身边，一斤白米知多少。数量颗好，三万斤斤了。每亩千年，三千万粒晓。知多少。不知多少，仔细知多少。

48. 酒泉子　二十五体，取平仄两韵

一树杏花，十载归来年已老。浑江水色满西桥。半云霄。穆公弄玉凤凰箫，五女山前观玉枕，秦楼至已半逍遥，半云霄。

49. 又

少小离家，五女山前成一路，北京钢铁学院花，不事不桑麻。朝朝暮暮朝朝暮，山海关外谁分付。桓仕八卦杜鹃花，一生久容嗟。

50. 青玉案

蒙蒙湖上细细雨，已不见，重重雾。何处琴声何处渡，小舟前面，运河流水，郁郁青青树。于无人处黄昏暮。不忍独，寻千步，只两三三人户，曲终难觅，阳春白雪，杨柳何音赋。

51. 阮郎归

东凤自以自东君，梅花白雪分。只藏颜色短衣裙，羞羞达达芬。桃李问，百花闻，云云雨雨勤，露珠香雪海中昕，春光处处曛。

52. 木兰花　应为减字木兰花

镜湖如镜，李白知章尝百姓。一半平生，一半诗词一半名。金龟似敬，少小离家谁记性。世宦人情，不忆当涂不忆行。

53. 西江月

一曲梅花落尽，阳春白雪倾城。春光处处向瑶英。巧换年华如令。水调歌头又起，阳关三叠争鸣。竹枝不尽不知情，下埯巴人百姓。

54. 又

一曲渔舟唱晚，寒山寺外枫桥。春江花月夜云霄，一半江湖多少。汉口高山流水，二泉映月孤寥。楚头吴尾半江潮，逝者无休无了。

55. 鹊桥仙

山山水水，云云雨雨，人情一半一人情，自在自，朝朝暮暮。平平路路，行行步步，日日分分付付。枯荣一半一枯荣。只在于，朝朝暮暮。

56. 如梦令

七月木樨香彻，八月中秋分别，九月是重阳，总是不圆多缺。多缺，多缺，如此如何如说。

57. 鹊桥仙

木樨七月，香香已绝，八月中秋如雪。重阳九月九重阳。广寒宫、圆圆缺缺。弦弦下下，十天半月，不见嫦娥不说。婵娟不在不婵娟，最终是，圆圆缺缺。

58. 南乡子　张子仪席上作沈阳北陵寄戈玛蒂

大雪满沈阳，落落飞飞一尺忙。武迪生兄今布长，华章、副职长春一方。戈玛蒂君香。全国地铁法国杨，地铁外交成地铁，天光，四百公里皇城达四方。

59. 玉连环　《词律辞典》载一落索

东君已令梅花早，半春风晓。九冬三弄已香幽，白雪伴、情多少。同里长洲先赵，运河青草。柳杨向钱塘，成绿色，飞来鸟。

60. 吴微

念奴娇

念奴娇在，力士语，由得明皇知作。不是梨园天下曲，应与民间相约。一二三声，声三二一，道道家家若。玄宗自此念奴娇曲求索。不压侠歌音，倡民间伎舞，唐诗唐乐，得以文唐，三百载，始向今诗重著，之问佺期，隋分科格律，以今诗博。夺袍天下，古今今古分略。

61. 蓦山溪

相思不约，已是梅花落，香雪海中香，近寒食，清明一鹊。岳阳楼上，

听得洞庭歌。闻黄鹤，知音错，气吞云梦泊。南昌领略，独见滕王阁。九派一鄱阳，长江去，如如若若，波波浪浪，过楚楚吴吴，非如昨，似如昨，异异同同博。

62. 满庭芳

一路飞鸿，飞鸿一路，年年岁岁春秋。春来秋去，青海半河洲。八月中秋前后，衡阳去，处处回头。经南北，年年岁岁，一度一春秋。书生，天下秩，南南北北，半度风流。自忧民忧国，自动沉浮，日月阴晴草木，杨柳树，赋十三州。河小路，天天日日，江水问江楼。

63. 又

逝者如斯，如斯逝者，岁岁月月谁知。大江东去，赤壁一天时，火字东风诸葛，黄盖苦，蒋干相宜。连营计，徐庶水阵，一字一天师。既生瑜，何生亮，吴蜀合，倒道行施。以秣陵建邺，未了军旗。赔了夫人赔了，情未了，也有相思。凭三国，分分合合，小子是曹丕。（燕哥行）

64. 虞美人　送益章赴会试

龙门草木龙门水，只在龙门里，鸿鹄两度两回归，一度春秋一度北南飞。花花品位花花蕊，第一人间士。微微自在自微，一半春晖一半是秋晖。

65. 又

春晖一半秋晖半，日月江南岸。寒窗十载十经年，饱读诗书第一过前川。邯郸学步邯郸翰，已入芳香畔，云云雨雨好桑田，上得龙门下得作方圆。

66. 又

人生第一人生见，北北南南燕。方圆之内有方圆，岁岁年年岁岁又年年。平生秩满平生面，见得云舒卷。诗词格律作桑田，二十年中七千百百天。

67. 西江月

石立分波两岸，溪流合谷千峰，江青月色半重重，留下黄粱一梦。已是行行止止，何言足足踪踪。人人老得老人容，百鸟诗词朝凤。

68. 浣溪沙　星洲寺

十里青山百里流，千阶古寺一星洲，如来普渡自回头。自在心经心自在，观音日月是春秋。回头是岸自回头。

69. 又　范石湖

越水吴水范石湖，钱塘古渡江都。杨杨柳柳不荒芜。帛易隋炀杨柳树，荒荒诞诞几评殊，帝王本是帝王孤。

70. 又

半是长城半始皇，未成二世万民伤，运河如此共兴亡。帝帝王王都是客，长城荒废运河昌。秦皇未比一隋炀。

71. 又　登镇楼

一日孤城镇远楼，无疆万寿始皇求。秦王二世已风流。莫以三边三界满，州州郡郡又州州，天天海海也无头。

72. 又　七夕竹洲

七夕郊原一竹洲，初表香气木樨流，牛郎织女已心收。晚得荷蓬应结子，形形影影自沉浮，嫦娥八月作中秋。

73. 又

世上和平一剑扬，人间盛世半经商，运河流水两天堂。步步繁荣成一带，千年一路是苏杭，如今能不忆隋炀。

74. 又

一带千年一路长，运河流水到天堂，云云雨雨半苏杭。碧玉桥边桥上望，江苏六涞继山阳，如今能不忆隋炀。

75. 又

一带千年一路长，丝绸之路到西方。黄粱实现不黄粱。自古中华中自古，无疆世界自无疆，芬芳人类共芬芳。

76. 又

七十二妃一帝王，三宫六院制秦皇，长城南北不爷娘。以帛移杨原是柳，运河本是富天堂，如今能不忆隋炀。

77. 减字木兰花

人生八十，不及何言无不及，锁住黄昏，具用灯灯火火门。诗诗集集，秩满全新全力立，一半儿孙，一关余明老树根。

78. 又

三分已绿，还有七分黄未足，处处元虚，四序天机自展舒。如花似玉，下里巴人杨柳曲。问了相如，一部春秋一部书。

79. 又

此身难老，只在天天应早早。一半辛劳，一半人间不断袍。以心小小，日日诗词诗好，乐乐陶陶，保健思维耳目操。

80. 又

天天早早，八十人生人已少，赤壁曹操，火烧连营徐庶骚。东风少少，若以先知先已道，诸葛周瑜，踏得江东大小乔。

81. 念奴娇

人生如此，必见历，八十年中朝暮，二万九千二百日，国国家家一路。自立中华自立，权与民生住，农夫解放，如今天下重布。一九四九年成，己初初立国，邯郸初步，换代师生，应种下，古古今今诗赋，私塾先生，新中国小学，共生同度，物理化学，几何文学代数。

82. 又

初高中学，老乡校，五女山前朝暮，自以山形如枕立，李白知章同住，解了金龟，竹枝八卦，换得长安路。右鸿同党，恩缓同党，如故。二十年里桓仕，已居天后村，西关行步。误入牛群，书读读，与尔声声相互。耳外轻言，四眼王进士，此生应数。一年年后，北京钢院分付。

83. 又

桓仕中学，高贵部，师在胡宗权度，自是俄文先毕业，又以德文再步。老九央名，工农面向，电话班中住。工人工作，不知何年何路。一九七二年初，有鞍钢任务，连轧机顾，法国进口，加日本，翻译当年如数。自此生平，与洋人交涉，一生相度。马来西亚，巴新翁首分付。

84. 西江月 又

苦苦六年岁月，鞍钢调京城。"科技大会"已成名，百万译文当镜。自箸轧机停息，冶金部里相倾。潘琪引度作精英，香港抬商人政。

85. 浣溪沙 又

十载生平万里涯，来来去去半人家，儿儿女女自无暇。妇妇夫夫相聚少，年年岁岁各分华，中南海里杜鹃花。

86. 又

马宾潘琪杜润生，今生日月有阳晴，家家国国步枯荣。机构改中机构改，中央编委六典行，能源办里伴君行。

87. 又

限四拉三不点灯，京城缺电夜无行，周周七日不多明。已见江南江北冷，儿儿女女勉冬情，艰艰苦苦度平生。

88. 又

七国风云我国行，法兰西国已分明。中华自主自阴晴。地铁外交中法使，京城八百里通行，巴黎香港俄都名。

89. 朝中措 又

文章草木亦应酬，格律自风流。业中业外业余，步步行行求求。童颜白首，如今八十，秩满春秋。三万日夜无休，全唐全穴全修。

90. 陆游

八十五年中，山阴陆放翁。沈园谁所记，日月各西东。别驾编修仕，荫从国史公，金山惊赤壁，未与阮郎同。

91. 赤壁词

大江东去，不同君思路，高低流注，不是周郎当独步，谁以东风分付。人生难料，若是徐庶知故。回首百里连营，东吴西蜀，不向华容顾。恰是英雄关羽误，留得青山重度。岁月惊心，人间相互，彼此繁纷数。一情多欲彼浮此起如许。

92. 浣溪沙

一半黄昏一半情，高峰夕照向高明。斜阳早下与低平。草木阴晴多少见，枯荣总是总枯荣。人生处处可人生。

93. 其二

书一华清第二汤，红妆已卸觅红妆，芙蓉出水久低昂。点点珍珠光闪闪，潘郎不可问萧娘，原来此处隐华章。

94. 青玉案

人间一路多重向，五湖岸，黄天荡。孟昶当春当孟昶，蜀人知晓，寒山方丈，八月知鱼鲞。见得沧浪亭中仰，目在天空足自赏。同里莼鲈菘蟹享，作长洲客，问姑苏浃浃忆得人间想。

95. 水调歌头 多景楼

燕子楼前见，燕子一春秋。十年杨柳成树，自在自风流。盼盼知情居易，曲曲年年旧事，已故已文休。

若以知音得,百了百徐州。多情水,多景色,多人求,原来世上花少月少去还留。草木年年总是,日月年年总是,水水自沉浮。最是人人最,作马马牛牛。

96. 浪淘沙　丹阳浮玉亭

一玉落丹阳,玉落丹阳。长亭俯仰自低昂,唱得阳关三叠去,不忍丹阳。已理半行装,理半行装。玉门关外玉方藏。不及如羞如此隐,近了苏杭。

97. 定风波　十五体,见梅

君今阳关,我在吴,香余岭外半姑苏。但请留心三两步,边路。应当隐隐问浮屠。西去春风今已度,分付。无时是有时无。天下天中天竺数,梅花处处作娇奴。

98. 南乡子

秩满御衣香,却在他乡作故乡,久久胶州祖上问,爹娘一闯关东一柳杨。八十岁年长,格律诗词寸尺方。七万(首)七千天(二十年)日日,炎凉。苦苦辛辛日月光。

99. 又

秩满读春秋,不待人潮自己羞,六十年中今八十,从头,二十五史已风流。见杜断房谋,已是唐标铁柱留。古古今今天地界,悠悠,不度平生不白头。

100. 满江红

水色连天,白云际、山山树树。深远见、层层楼宇,几重分布。小鸟飞来飞去影,长空总是如烟付,自苍茫、叶叶自沉浮,何相顾。碧玉色,花草度。亭榭浅,峰如雾,再人间,水流如注。俯仰高低由上下,池中日月阴晴故,且行行、一半是风流徘徊数。

101. 其二

北海桥边,中南海,人生一度。秩满后,以诗词赋,自由分付。自是农家农子弟,并非二代官僚路,又不知、富二代频频,谁相数。当然是,英雄步,论改革,中华步,以家家国国,精工飞鹜。万里鲲鹏知远近,千年日月知风雨。这人间、进以进其才,和阳煦。

102. 感皇恩　立春

柳色立春时,三分新绿,七分黄黄已如玉。梅花落里,香雪海中相续,是冬春姊妹,人间曲。李李桃桃,妆妆束束。结子匆匆不知俗。俏然开放,一夜自当如属。成蹊作红泥,见灯烛。

103. 其二

气吞云梦楼,汉水分付。一片孤云半成雨,一半成雾。去去来来一路。弥衡击鼓问曹,人何误。鹦鹉洲头,黄枢紫阁,凤阁鸾台几人数。如今不计,一介书生何故,总是知音问,从朝暮。

104. 好事近　寄张真甫恩垦安吉宏

自少小离家,度人间天下,海角天涯行遍,忆山乡田野。南边哈达杜鹃花,十里一河雅。五女山前刘家沟,人间春夏。

105. 其二

一九四二生,一九五零年学。自以邯郸学步,过桓仁山岳。浑江逝水过西关,朴玉自雕琢。此去刘家沟里,已知回垦榷。

106. 其三

一九六零年,全国自然灾害,粮票珍稀无比,有恩垦信赖。北京钢院过前,川隔载吉林艾。文化大革命里,去来人生外。

107. 其四

少小最知情,直教人无我,雁自双飞双去,锁情何难锁。平生日月作平生,天下一云朵,自是风舒风卷,始终无成果。

108. 其五

十步望江亭,一目浑江流水,还见西关五队,以江桥居里。西江沿外金鱼郎,麻口上钩止。网网三条无比,见无言桃李。

109. 其六

百亩是平沙,改道浑江不止。留得桑苍岁月,十年重桃李。胶州祖父闯关东,开荒种田唯。辅以行医行药,立平生原始。

110. 其七

一九六〇年,已是洪涛猛兽,一水平铺直下,似黄河天漏。牛羊草屋漫淹沉，起伏已难救。此是人生灾害，叹何依何就。

111. 其八

泛水入家房，祖父女儿相守，认得曲家姑母，自蓬莱时候。行医收女儿堂，怪病已称漏。骨水相离相合，善人重医救。

112. 其九

有弟有兄家，少小读书时候。父母声声前后，可相信相就。如今女子各成家，还似故时候。如此如今如彼，与谁同相守。

113. 其十

七十下南洋，岁岁清明时候。必是回乡回里，以心田相守。爹娘祖父兄嫂，皆以共归旧。二十春秋之后，问谁吾衣袖。

114. 其十一

七十下巴新，赤道丛林依旧，此地人情方好，不思人间昼。有来有去有无休。可古可今陋。不必人人知道，太平洋天秀。

115. 其十二

百岁一平生，去去来来如命。暗暗明灯火，自成人成性。人人自在自枯荣，日日以心镜。盛典诗词天下，太平洋清净。

116. 鹧鸪天

步步前行步步扬，尊前只得一虚狂。何人因酒成轼迹，醒醉之余各炎凉。知李白，夜郎量。当涂捞月不文章。

金龟换酒金龟去，不是长安不柳杨。

117. 其二　葭萌驿

一半巴山有蜀泉，三千辫子五千年。惯眠驿社何安枕，独唱阳关过陌阡。寻得路，问前川，夜郎李白作青莲。玄宗已道如来愿，天子人间自是天。

118. 其三

月下谁传子夜歌，单于曲里唱黄河。阴小牧马昭君塞，汉帝如今画像多。今古事，问嫦娥。吴刚桂柱有干戈。和和战战谁和战，不似阳春白雪莎。

119. 其四　自述

老却英雄似等闲，浮云不在一川间。家家国国随年月，去去来来平列班。千万里，暮朝颜，成成就就见江山。平生社稷平生顾，秩满诗词格律还。

120. 其五　又

一世青云四十年，三生秩满七千天。中华改革还开放，且以农村实验田。从七八，十三年，江山社稷自方圆。当家作主东方立，一带当兴一路泉。

121. 其六

百里苍烟落照间，三吴一叶可相关。长安已有西风过，影入黄河一半山。泾渭水，汉胡蛮。同天同地不同颜。秦川养马周王见，不等昭君不等还。

122. 其七

但向青门学种瓜，山前开尽杜鹃花。红尘不尽香泥色，只在人间你我他。樊素口，小蛮纱。曲金腰细乐天家。今朝下里巴人见，夕照渔舟唱晚霞。

123. 暮山溪

丝绸一路，一带英雄步。印度太平洋，北冰洋、大西洋渡。亚洲北美，也上南美州，欧洲顾，非洲付，又大洋洲数。朝朝暮暮，大地同相住。人类地球村，共呼吸、云云雨雨。年年岁岁，有日月枯荣，阴晴度，你中顾，我也当然顾。

124. 又　游三荣龙洞

他他我我，我我他他坐。望水水山山，水细细、山峰险峨。三荣龙洞，故磊对岩沙，花一朵，春梅惰，欲放还封锁。云云娴娜，似与佳人哆，以合又离，久久久、黄昏婆娑，形形隐隐，远近渐糊涂，商驿奇，酒垆左，处处闲灯火。

125. 木兰花　立春日

三年容舍姑苏道，一度玄元三度晓，人生自得自人生。步步吴宫吴野草。冬梅香遍春梅好，且与群芳群色早，洞庭山上太湖平，香雪海中无大小。

126. 朝中措　梅

幽姿不向少年郎，一半带书香。何以孤孤独独，只是澹澹含光。山花渐起，东皇已至，唤得群芳。应去应来自在，有颜有色炎凉。

127. 其二　又

幽幽一色一年香，三弄对寒凉，化作东皇小妹，香雪海中群芳。冰姿腊月，春肌素玉，总是天章。不似桃桃李李，结子欲先张扬。

128. 其三 又

梅花三弄对寒凉，无语不张扬。一路幽幽清气，千姿百态成妆。群芳见得，阿娇见得，独色孤香，自是来来去去，年年有约东皇。

129. 临江仙

燕子春飞春燕子，垒窠收尽残红。东西不见不西东。双飞双起落，独作独精工。一日天光天一日，三秋不自由衷。年年岁岁自无穷。来时来是始，去者去何终。

130. 蝶恋花

陌上清明寒食近，细雨纷纷，处处人人问。不信东风谁不信，青团一半姑苏素。六郡唐家唐六郡。已有长洲，税税渔渔奋。隋炀训，运河河运，一半江南韵。

131. 其二

香雪海中香雪海，总是徘徊，一半春梅彩，一半杏花桃李在，牡丹芍药甘棠宰。已是群芳都是蕾，随意含苞，结子成傀儡。春夏秋冬情已待，年年岁岁温元恺。

132. 其三

只向春梅称小妹，不与群芳，独自藏娇退。待到三冬三弄慨，冰玉骨含香念。我自幽幽谁可配，半在黄粱，半向人间味。只有女儿头上戴，偷偷悄悄潘即配。

133. 钗头凤

人人手，人人口。人人不尽人人酒。人人约，人人博。人人相隔，人人离索，若若若。人人柳，人人就，人人不解人人否。人人弱，人人托，人人海誓，人人有诺，拓拓拓。

134. 清商怨

江南杨柳杨杨柳，白雪阳春酒，碧玉萧娘，黄昏船独守。芙蓉出水之后，望左右，已自扬首，白白红红，此心谁知否。

135. 水龙吟

琴台还是琴台，知音不是知音故。一天汉水，三江不锁，千溪万数。黄鹤楼前，气吞云梦，岳阳楼渡，洞庭湖水布，滕王阁上，鄱牯岭，浔阳路。下里巴人分付，竹枝声，如今如故，阳春白雪，高山流水，伯牙所顾。暮暮朝朝，去来来去，风云风雨，叹今今古古，平生自己自平生度。

136. 秋波媆 长安南山

阳关三叠一徘徊，半曲上高台。楼兰未斩，交河断壁，十剑难裁。书儒只似南山月，有日方明开。长安八水，曲江第一今古人来。

137. 其二

天花已散蕊珠宫，色在半尘中，荆轲击筑，图穷匕现，几人称雄。王母素玉曾传意，处处与人同。秦皇岛外，蓬莱徐福，俱是西东。

138. 采桑子

辽东一子辽东步，书尽东吴，书尽东吴，咫尺方知咫尺儒。朝朝暮暮行行路，一半江湖，一半江湖，自由由格律图。

139. 卜算子 咏梅

问道问东皇，何色何颜主。三弄寒冬岭外孤，独自朝天宇。一度一春扬，千载千今古。半寄红尘半寄天，与明年数。

140. 沁园春 三荣横溪阁

去去来来，古古今今，一事一人。也年年岁岁，朝朝暮暮，途途路路，步步行行处处秦。知秩序，一半从日月，一半经纶。山川冉冉秋春，水水色，林林木木濒。与天云共渡，峰岩相合，重重叠叠，已惟天津。不是天津，一处相逢一处均，深浅见，似平平镜镜，玉质彬彬。

141. 其二

独独孤孤，木木林林，一岁一轮。有盈盈倩语，纤纤步步，回回顾顾，曲曲真真。下里巴人，阳春白雪，一半人间一半尘。天下事，若彼如此问，晋晋秦秦。秦秦不是秦秦，是二世，秦亡二世秦，是连横六国，苏秦六国，张仪一国，已是经纶，纵纵横横，因因果果，一二三生一道真，今古事，已兴兴废废，治治邻邻。

142. 其三

蜀锦吴绫，独砚孤书，有雨有云。有辽天辽润，江门江渚，黄昏黄暮，日月耕耘。草苫渔村，风风雨雨，三两人家三两分。来去见，去来寻得失，误了衣裙。芳芬处处芳芬。抬望眼，青天白日曛。见花香鸟语，钟钟鼓鼓，江南烟厚，塞北雪纷。最是钱塘，运河斯文。两岸杨杨柳柳群，苏杭水，只低低亚亚，色色昕昕。

143. 忆秦娥

忆秦娥，渭水东流一路波，一路波，潼关相会，作了黄河。单于声里曲多多，阳春白雪净干戈，净干戈，南南北北，谁唱九歌。

144. 汉宫春

任其当然，已平生如是，知问少年。牛群之中共读，步步云天。书书剑剑，望浑江，五女山前，青春志，桓仁第一，行歌胜似流年。太学勤勤恳恳，北京钢铁院，多少神仙，隋炀赵州船，苏杭六溴。水色里，有了方圆。天堂已就，江南碧玉婵娟。

145. 其二 又

少小家缩微胶片，老大南洋路。一半云天。耕耘日日夜夜，八十огод年，春秋飞雁，有春秋，两度徙迁。独我是，有夫不妻，有妻又不夫。事事人人如此，以为当如此，自古难全。人生失满，两复水无泉。风华未老，手下有，一半心田，三万日，年年日日，诗词格律当然。

146. 月上海棠 成都城南蜀主旧苑，尤多梅，二百年古木

黄昏一半朱门半，锁兴亡，蜀主几声叹。树树宫梅，也依然，故香不断。成都在，古木宣华云散。行人不问行人乱，折幽枝，取石影池畔。可问江都，不相逢，古今汗漫，长春节，且以佳人月馆。

147. 其二

多情蜀主多情主，有佳人，旧苑一王府。树树梅花，仍依香，色颜如古。君主去，留下宣华苑圃。何人一曲黄金缕。望阳春，白雪应飞羽。可惜城头，不男儿，不龙不虎，应留下，一半人间渔父。

148. 乌夜啼

在一半已暖，草木三天见荣。柳柳杨杨分明色，绿里带黄生。只是梅花落里，阳关渭水无声，湘灵鼓瑟湘灵梦，别曲是春莺。

149. 其二

路路神仙神路路，暮暮朝朝，留下神仙住，雨雨云云云雨雨，东君随之春春度。路路神仙神人间日月生老，草木阴晴见荣。朝朝暮暮行行止，步步度平生。一一阳关三叠，声声唱晚渔舟，春江花大夜中情，别曲是春莺。

150. 其三

草色丹台玉宇，花光蕊殿诗篇。成都里巷多君子，俯仰自当然。踏步茵茵厚厚，寻梅树树婵娟。相思不尽鹧鸪问，白石阻清泉。

151. 其四

一客司空见惯，三生日月当然。圆圆缺缺圆圆缺，世上有婵娟。驿外灯灯火火，川前水水涓涓，闲闲等等闲闲见，似有似无缘。

152. 其五

水水山山物外，云云雨雨人中。空空色色空空色，色到无是空。寺寺僧僧方丈，心心臆臆由衷。山门不锁人情锁，不问不西东。

153. 其六

一半栖霞一半，金陵一半金陵，今今古古何今古，建邺以香凝。石石头头世外，方圆大小两乘。无中是有无中有，夜里一清灯。

154. 其七

一半金陵一半，三千辫子三千。台城一半台城见，一半作方圆。古古今今事事，人人岁岁年年。三山二水江宁岸，记取秣陵田。

155. 其八

八艳秦淮八艳，秦淮八艳秦淮。明明已尽清清尽，格律佩文斋。字典康熙字典，阶阶步步阶阶，文文化化传今古，世界总和谐。

156. 真珠帘

年年岁岁长亭路，总是行，不尽朝朝暮暮。海角天涯，水水山山分付。少小离家成老大，已几时，年年如度，何数。日日多辛苦，诗词打住。
是故。儒冠多误，忆当年，仕官前途何许。莫以半江湖，足见飞鸥鹭，却以莼鲈都弃了，问五味，酸甜辣苦。

何故。客在瞿塘峡，一袭云雨。

157. 好事近

一世一人间，三万天中朝暮。少小知书达理，学中青年路。平生进退作平生，五品郎中步。秩满诗词留下，老翁重回顾。

158. 柳梢青　故蜀燕王海棠成都第一，今属张氏

第一成都，成都第一，胜似东吴。白里参红，黄中隐绿，碧玉扶苏。妖姬隐隐孤孤，作念奴、人间当途。银烛光中，清风明月，影影无无。

159. 其二　又

第一成都，成都第一，在燕王家。垒尊环宫，藏藏隐隐，玉果奇花。海棠处处无遮。细雨下，珍珠瑞霞。只待明朝，重回故里，忘了张家。

160. 夜游宫

见得红尘苦，不可清闲，自行行步。处处时时留一路。有前行，有诗词，又一度。日日年年付。黄河改道分付，曲曲弯弯千百度。几多湾，几多塘，留一路。

161. 其二

一路千条路，一带中华，古今如故。已是人间人类度，自如途，自功成，自在路。日日当朝暮，时时算帐分付。自是同心同德住。有光明，有元初，应进步。

162. 安公子

由得东风嫁，子规声里春成夏。杜

仲方兴，荷小脚，尖尖不亚。见以浮萍，圆了从无罢，应展展，杨柳垂垂谢。缘是重重接，难却莺嚓无不暇。最是清清夜，月圆圆胸围我我下，树树山茶，香遒遒、兰亭相借，山阴绂禊，又忆章台舍。何见他，一半沈园讶，隔壁闻声怅，不是情人旧诈。

163. 玉蝴蝶

谁问朝朝暮暮，蜀蜀楚楚，栈道陈仓，见得瑶姬，未见宋术襄王。锁夔门，巫山不老，白帝月，水上风光。几情伤，故人何在，逝水苍茫。苍茫，嘉陵百里，一船官渡，两岸星霜。草木枯荣，原来处处有高唐。张飞庙，今今古古，知黎民，翼德飞扬。义关羽，托孤刘备，三峡瞿塘。

164. 木兰花慢

以天工之道下细雨，净清明。小杏李桃花，听莺啼遍，也半阴晴，成城，已寒食后，里书生不觉碧郊坰。不向酒家问讯，倾听枝节新声。生生。草草盈盈，何处处，共萌萌。小路旁，大道初心负绿，各自纵横。人情，以纤纤态，作人间所向所冀荆。九畹金芝琪树，共同世界春程。

165. 苏武慢　别名选冠子，《词律辞典》为仄声词

臆臆心心，空空色色，不尽一天朝暮。清清净净，寺寺僧僧，灯灯火火当路。雨雨云云，山山水水，去去来来之步。叹尘尘世世，忧忧喜喜，分分付付。谁记得，杜曲池台，新摆布，

回首人生，时时处处，寻寻常常相度，共如来，同了观音，心经自负。

166. 齐天乐

寒门半掩寒门雨，灯影暗明庭树。驻日流年，关山朝暮，且把柔情不许。自然相互，仿仿是文章，初心分付，莫以玄虚，诗词字句始成步。铜驼一带一路，以丝绸远近，杨柳风露。九九重阳，汨罗五五，世界中华共度。如今如故。角征羽宫商，在天相住，以柱弦弦，七音千万数。

167. 又

黄梅一半黄梅雨，谁唱九歌重五。一鼓扬帆，千声共吓，风物依然飞羽。群龙独虎，一舟一兵符，不应无主，竞竞争争唤风呼露过端午。汨罗人去问楚，有长沙贾谊，感时怀煦。六国连横，秦王合纵，不以离骚相数。春秋暗取，只留一纵横，作文人度。俯仰江山，几今今古古。

168. 望梅

陌阡阡陌，此来彼去向，石溪溪石，一路上，何梦南柯，记取了山阴，不堪轻客，成火边尘，又不是周公太伯。莫非天下土，水草长洲，只是湖泽。隋炀杨柳易帛，运河南北水，天淏连济，自姓杨，称广陵云，以好好头颅，作扬州策，作扬州籍。又以魏征，应记取，修隋史册，算当年也以断章，斥之无格。

169. 洞庭春色

壮岁行身，暮年成业，一世作人。

有英雄成败，轩裳得失，功名利禄，梦想成真，不论保来何往去，日日吟诗作得经纶。黄河水，弯弯曲曲处，积水成津。人间定无所意，只记得，玉质金身。任渔樵四皓，晋耳绵山，旱桑甘霖，净了红尘，化作红泥，洛水潼关听老子，尚棘暗铜驼，劳心神，行行步，秋中还秩足，生活秋春。

170. 渔家傲

一望山阴何处是，三生半路三千里。半纸家书留半纸。闰生矢，弯弓只是时时止。寄与兄兄和弟弟，再加一妹爹娘祀，古古今今天下水，平是轨，不平不是和和唯。

171. 绣停针

半牧是，见一半秋冬，一半春夏，逐鹿中原，万里长空白马。千川四野。六国策，连横称霸。一秦二世坑灰，纵横纵横天下。文文鲁鲁者，燕赵晋魏宋，越吴分寡。寺院清香，匹夫耕种，今古春秋成社。以人相蕊。幸自得，颂时风雅。燕归应笑，此情此生此也。

172. 桃源忆故人

三荣郡治楼观路，一日高齐步步。下见山村朝暮，世外相分付。临行回首应相顾，还似桃源如故。汉地秦人可数，只在人间度。

173. 其二

齐高独主多云雾，一半山村细雨。不见农夫同住，只与官人步。无端画角三荣由，惊破天空岛村，霜重月华飞鹫。

174. 其三

利利名名情情锁，如此如彼如约。汉水楼前黄鹤，不与知音错。岳阳楼上忧人诺，国国家家求索，滕王阁中故若，四望匡庐拓。

175. 其四 知多少

行行止止知多少，步步又知多少。思虑不知多少，处处知多少？一生一世知多少，进退可知多少？秩满知多少，不必知多少。

176. 其五 华山图

华山草草年年老，早晚春秋小小。水水峰峰鸟鸟，木木林林晓。三山五岳江河绕，无止无休无了。天宝开元悟道，武盟如来好。

177. 极相思

清明细雨绵绵，寒食满榆钱。红尘已始，黄昏柳暗，绿叶翻然。十载书生当自怜，理素质，不却桑田。且见流水，涓涓不断，自得源泉。

178. 一丛花 过中山陵寝

深宫浅院古今城，故殿亦芳明。明朝已断清朝断。中山寝，草木枯荣。圆恩寺外，锣鼓口，俯仰望东城。兴兴废废帝王名。不必修长城，南南北北干戈尽，运河水，相叙相倾，隋炀杨柳，苏杭幽燕，一国一人情。

179. 其二

湘灵鼓瑟一灵湘，命笔状元郎。曲江十里隋唐试，当知举，殿对荣光。策比上下，明经论语，春秋经豫章。朝朝代代有黄粱，但应取文昌。朝朝暮暮寒窗读，步午后，说道炎凉。苍梧竹泪，岳阳楼下，江水向东方。

180. 隔浦莲近拍

南来南去燕子，只以秋春止。得自衡阳暖，还知青海乡里，寻觅寻觅水，长安望，不见阳关美，沙鸣比。大漠海市，夕照蜃楼何以，沙丘漫布。已没楼兰城市，残壁交河怕独倚。咫尺。天涯何处重始。

181. 其二

北来北去燕子，只以春秋止。岁岁年年翼，当知千里万里。梁中梁上子，多情是，只以天天梓。花花蕊蕊。巷巷陌陌，市市街街如是。村村落落，共以桃桃李李。且此生生世旨，彼此，三千年里历史。

182. 昭君怨

日日庭庭院院，李李桃桃面面。水色五湖船，一云天。雨后洞庭飞燕，自以呢喃相见。莫道汉宫缘，单于怜。

183. 双头莲 自述

少少年年，遥想步天涯，以黄粱寄。桃桃李李，暗自是，当以成蹊成子。不尽止止行行，只随江河水。人万里，社会兴隆中华盛世典记。是得锦绣繁荣，是江山社稷，荆荆成耳，清明自视。念此际，付于文人文子。见得楚柁吴樯，秦汉隋唐彼。回首处，八十年中，鉴真历史。

184. 南歌子 别渝

夕照相逢晚,朝霞作别难。风风雨雨客衣单。共在朝天门外,问江澜。步步留霜迹,行行过雪滩。乌奴山下一枫丹,白露珍珠已结,自凝寒。

185. 豆叶黄

重阳九月九风流,采得茱萸寄晚秋。已是黄花四十州,望江楼,见得江流一叶舟。

186. 其二

春春夏夏半分成,豆叶贡时黄叶生。绿绿丛中点点萌。以平生,作枯荣。

187. 醉落魄

阡阡陌陌,石头如玉玉如石。溪中净净清清白。又在林间,作得江山客。花花草草当恩泽,亭亭阁阁记周伯,何以长洲,草下鱼禾魄。

188. 鹊桥仙

昭关子胥,乌江子弟,谁问去中渔父。夫差勾践范蠡吴,西施白,姿娃馆舞。成成败败,奴奴主主。石头点头时钟鼓,剑池三里虎丘僧,五霸后,云云雨雨。

189. 其二

僧僧寺寺,钟钟鼓鼓,有有无无主主。渔樵渔父问严光,这百里,滩滩浦浦。来来去去,今今古古。自以辛辛苦苦。人间一度一心经,任日月,听黄金缕。

190. 其三 夜闻杜鹃

声声杜宇,倾倾许许,已是山花分付。江流不住问江楼,总见得朝朝暮暮。蚕丛杜宇,春春相顾,总是人间相度,田夫自以自田夫。唤日月,天天可数。

191. 长相思

山也青,水也青,水水山山一色青,分分合合青。天也宁,地也宁,地地天天处处宁,家家国国宁。

192. 其二

桥如翁,柳如翁。柳柳桥桥陆放翁。童童叟叟翁。诗如翁,词如翁,不到山阴不是翁,沈园处处翁。

193. 其三

少长春,老长春,八十人间八十春。中华总是春。吕长春,子长春,事事人人一半春,三人一日春。

194. 其四

一汐生,一潮生,汐汐潮潮总不平,相分进退明。一草生,一花生,草草花花处处生,各知各自荣。

195. 其五

有浮生,有浮名,事事人人总是情。江流总不平。去也行,来也行,去去来来自枯荣。心成不自轻。

196. 菩萨蛮 己亥二月初三与妹共渡于北京

少年故土知书剑,春秋直可楼兰鉴。玉在玉门关,蕃人菩萨蛮。经天经佛梵,寻步寻云帆。一路一归还,三生三世攀。

197. 其二 又

从何来处从何去,无人晓得无人语。不问不多余,其生其必居。生当生所虑,知事知神女。一世一儒书,三生三自如。

198. 诉衷情

少年一字一春秋,自在自风流。书生作得南北,不谓十三州。天下路,帝王侯,步无休。此生来去,苦苦辛辛,秩满长洲。

199. 其二

青衫已入九重城,一代一精英。中南海里来去,五品一平生。何进退,有阴晴,自枯荣。匹夫儿子,秩诗词,秩内营营。

200. 生查子

三生太学城,一路长亭柳,止止又行行,子子君君口。阴晴草木荣,日月何无有。不饮度平生,醒醉非非酒。

201. 其二

吴蚕一线丝,越女三生织。日日自迟迟,岁岁孤相臆。秦川白马驰,渭水红鸢匿。五叠玉门知,六郡应其色。

202. 破阵子

一带平生一路,前行步步前行。故国同人同故国,日月中华日月明,人人随自荣。社社群群会会,成成就就萌萌。八十人生人八十,见历繁华见历声。乾坤当自惊。

203. 其二

日月耕耘日月,平生苦读平生。

八十人前人六十,处处枯荣处处明。国家家国情。去去来来去去,荣荣世世荣荣。一带东西东一路,主主行行客客行,时时听一鸣。

204. 上西楼　一名相见欢

香香雪雪画初开,半天台。二月初三一见,有春媒。柳杨色,北京见,妹兄催。一举生生日日,待春秋。

205. 点绛唇

秩满人生,诗词日月诗词性,此如如命,格律千家镜。八十声鸣,六十人心净。人心净,不为其政,不失其中正。

206. 谢池春

人到中年,上有祖宗父母,步前程,杨杨柳柳,八方交结,五湖皆朋友。作儒生,度重阳九。功名利禄,子女多情回首。有长歌,当然知否?流年无际,以长安行走,王屋叹,已知秦叟。

207. 其二

八十平生,老是一人孤守,已回头,从不饮酒。醒醒醉醉,误了人间柳。笑儒冠,寸阴成九。当涂李白,张旭长安狂走。贺知章,金龟作友。凌烟阁上,问秦王知否,古今诗,四万余首。

208. 其三

回首当年,作得杨杨柳柳,只前走,朝朝暮暮,有水则活,只是不知酒,记黄花,过重阳九。书生是九,又

以十九回首,北钢院,青年老叟。文化革命,古今应知否,一人生,行行走走。

209. 一落索

柳絮杨花一路,风华不住。年年岁岁都朝暮,有百草,枯荣树。处处风风雨雨,行人无数,空空色色几分明,应自是,刘伶故。

210. 其二

自古为何一酒,人人口口。醒醒醉醉垂杨柳,却不似垂杨柳,见得杨杨柳柳,长亭扶手,运河岸上渡江南,人不知,谁知否?

211. 杏花天

残红一逝无寻处,只百草,茵茵不语,瞿塘可问瑶姬女。宋玉襄王谁去。谁为情,不曾赋著。望白帝,官渡问楚。昭阳路上有相如,不必藏娇不与。

212. 太平时

竹下溪流石径深,有知音,百年独木已成林。有鸣琴。一步高山流水问,古今心,清清净净是潭浔,浴缨襟。

213. 恋绣衣

未得封侯陆放翁,同时人,何以不同。求进退,知风雨,数鸣声,当自不穷。沈国一曲红酥手,有人情,水月空空。半世向,丹青看,到如今,雨雨风风。

214. 其二

步步人生步步中,不同不,同又不同。随日月,凭辛苦,任阴晴,由始至终。

红红紫紫沈园色,以群芳,百草西东,谁饮酒,山阴老,不须闻,放放翁翁。

215. 风入松　寄陆游

年年岁岁作行人,处处红尘,何言自得如来岸,作诗词,格律修身。一曲渔舟唱晚,三吴水月成真。郎中秩满挂冠巾,作得诗人。十三万首天天记,不浮名,何以经纶。牧满应当日少,东君自是东邻。

216. 真珠帘

花前月下知朝暮,一灯前。古古今今相遇。静夜思中知李白,何陈述。坐具称床明月望,井架深,青莲相度,谁路?月光成菩萨,霜霜普渡。普渡。人来何处,又当何处去,乡乡相住。俯首寻踪迹,又一番朝暮。父母人间人子女,第一步,最终一步,应数,此生多少步,如来如去。

217. 风流子（一名内家娇）,风流子九体皆平韵。内家娇四体,三体平一体仄,非此体,故以平和之,作风流子

何作一文风,佳人问,自举向梁鸿。举案齐眉,暮朝朝暮,南辕驾北,路步西东。作书子,以春秋论语,子集佛经中。兰独带香,绵纶同载,牡丹别馆,玉树深宫。听杜宇由衷,山山见颜色,处处红红,天下水,初心月,杨柳花丛。塞北尘封,江南巷宋,小桥流水,碧玉相逢,不作陆家桃李,寻作放翁。

218. 双头莲

三叠阳关，知渭水，长安道前朝暮。柳杨一路，可伴可来去，如今如故。草木问玉门关，有江南风度。何日误，不见东吴，春风却，匆匆遇。漫漫处处平芜，望沙尘遍野，苍茫封步。胡杨独树，万里见，漠漠丘丘千里，早已唱彻楼兰，交河无箐素。回首顾，百岁人生，分分付付。

219. 鹧鸪天

五百年前事总知，三千载后世人时。黄河已在潼关待，渭水泾流自不迟。儿女在，有相思。逢逢别别无名姓，合合离离代代司，子子孙孙各自持。

220. 蝶恋花

禹庙兰亭曾一水，半作东瀛，半作山阴子。古古今今留下史。谁知夏在商同里。曲水流觞文化纪，不见羲之，古寺高梁以。御史太宗和尚止，声色俱在声名彼。

221. 渔父

山阴十里一兰亭，曲水流觞两岸青。三世界，一心灵。回顾平生问布丁。

222. 其二

兰亭集序一文章，未了纵横半短长。何雅颂，几风张。何似人间作柳杨。

223. 其三

三江四海五湖田，两扇风帆十尺船，何处去，几经年，以水沉浮以水泉。

224. 其四

鉴湖俯仰两青山，万顷琉璃一碧产。三五鹭，两鸥还。草木云间草木湾。

225. 其五

山阴自古一沈园，半壁兰亭半壁天。今古事，意难全。唐婉放翁共岁年。

226. 恋绣衣

唐婉放翁一世情，半沈园，壁外身轻，钗头凤，何时也，到如今，真个相倾。山山水水无心绪，总难平，世世生生。你是你，我非我，共乾坤，同度阴晴。

227. 采桑子

春江花月春江岸，一半人间。一半人间，曲曲歌歌曲曲还。渔舟唱晚渔舟湾，三两红颜。三两红颜，下里巴人不第闲。

228. 水龙吟

钟钟鼓鼓僧僧老，寺顶寺门阳早。天天地地，佛家灯火，年年普照，颂得心经，金刚细读，声声香绕。最是独鹤立，云翼垂垂，扬头望，云纱纱。何以人间正道，以人分，何人何晓，人居各处，人行各路，人思多少。步步程程，石头城外，秣陵寒草。龙踞龙盘见，秦滩故地，栖霞应老。

229. 月照梨花

已是春半，运河南岸。李李桃桃，芳芳散散。香雪海里相明，似有情。羞羞似了章台柳，姊妹两手盛事可知否。如仙如画妞妞，月照梨花半人家。

230. 其二

过了春半，运河香散，结子初心，云云不断。池里游鱼还行，传书声。杨杨柳柳分南岸，通宵达旦，已有三天算。黄粱梦里所见，我是婵娟，是空船。

231. 夜游宫

不得相思不见，三月里，桃花如面。崔护书生崔护恋，一年后，作来燕。我有云舒卷，读明皇，上长生殿。何不任君已久待，翰林院，见伊时，话阳春，花一片。

232. 如梦令

春去春来春老，花落花开花好。水水有波潮，雨雨云云多少。多少？多少。

233. 解连环　柳毅井

锦书难托，多情人柳毅，五湖如约。以此井，直达龙宫，一路一行程，作人间鹊。洞庭西山，杨柳树，啼莺求索，色荷莲百卉，山水楼船，杜仲芍药。汀洲牡丹木槿，柘桎花约。应记得，当日姑苏，以女半由言，未以非诺，今日雷霆，且见我，白龙收作。付先生，女儿充诺，为君所狱。

234. 大圣乐　应为沁园春仄体

子陵先生，故人光武，柔道身名。上严滩问草，直钩见钓，有游鱼照顾，阳水明明。俯仰云天，独全高节，归去江湖作先生。见精减，裁兵从简政,中兴当荣。人人事事成城,山野外,深宫各已情。盖候王臣子,樵渔草津,功勋同日月,器量容惊。一代儒风,治丰天下,万世阴晴皆殊荣,何今古,以家荣国制,民得耕萌。

235. 江月晃重山　雪

草洲前草,花花岸上花花。霜衣未了一身华,遮无住,落落故人家。

点点冰冰玉玉,江江水水咨嗟。鸥鸥鹭鹭足方斜,身偏迹,不奈入寒涯。

236. 唐婉

钗头凤

寒冬约,梅花落。一半梅花三弄索。初心弱,入盟若,似有何事,是窗花薄。绰绰绰。今非昨,人惊谔。夫夫妇妇深情垫。冰霜雀,银河鹊,上下翻飞,在山阴阁,恪恪恪。

237. 陆游妾某氏　驿卒女陆游纳之,不及半年,夫人逐之。

黄昏一半云,一半黄昏雨。着得故衣裙,自是嫦姬女。芭蕉不见云,却见芭蕉雨。处处已声声,处处心中苦。

238. 王峒

祝英台近

一长亭,三界立,处处共杨柳。步步行行,意意可知否?运河水上行舟,阳关三叠,有相伴,当然杨柳。重阳九黄花,共了茱萸,年年共杨柳。

早绿成春,叶晚落时薮。宫庭故苑交河,花王牡丹,杜鹃处,当然杨柳。

239. 夜行船

一半江南天下水,小桥边,小家气子。碧玉萧娘,无人深巷,却是窗临船姊。

白面书生窗前视,小舟比,不疑妹美。草草拖裙,上衣欲落,学出水芙蓉蕊。

240. 贾逸祖

朝中措

川川水水两三家,杜宇杜鹃花。岁岁年年野野,风流隐隐满山涯。桥下碧玉,云中竹枝,处处彩霞。最是朝朝暮暮,知明月,总是西斜。

241. 蜀伎　陆游客蜀携归

鹊桥仙

盟盟誓誓,情情意意,都在心中不止。多应念得去来时,结了子,桃桃李李。

花花草草,山山水水,岁岁年年无止。有朝有暮有成交,作一代,桃桃李李。

242. 姜特立

画堂春

卖花声里半新春,杜宇鸣湮。萧娘作了阮郎邻。处处无尘。杏杏桃桃李李,花花草草茵茵。芳菲无界过墙津,晋晋秦秦。

243. 浣溪沙

节序回环日月流,班超自己不封侯。江山社稷数春秋。一二三生三一二,书生自古自空头。江流不住问江楼。

244. 菩萨蛮

人人路路人多少,花花草草花多少。暮暮又朝朝,舟船和小桥。春秋应不了,秋月春花了。汐汐又潮潮,波涛何涨消。

245. 又

蓬山学士文章伯,人间父母慈恩泽。学步学阿哥,知公知渡河。阡阡垂陌陌,石石溪溪白。学问净干戈,身名无少多。

246. 又　中秋不见月

中秋不见中秋月,嫦娥未得嫦娥歇。隐隐一天河,明明三界波。无非去里没,也是阴时削。上下自弦多,汨罗无九歌。

247. 霜天晓角

朝朝暮暮,别别离离路。意意情情相互,何不尽,总倾许。分付,非如故。思思量量度,最是春花秋月,总不尽,是倾许。

248. 阮郎归

阴晴一半一阴晴,江山草木荣。无声社稷总无声,人间日月明。云纱纱,月多情。刘郎今所盟,萧娘不必系红缨,腰姿柳条生。

249. 浪淘沙

万里浪淘沙,一两人家。孤孤独独在天涯。上上弦弦下下,自种桑麻。先得是朝霞,后夕阳斜。潮潮汐汐已无遮。等等闲闲等等,见了涛花。

250. 朝中措

芳菲石径步芳菲，北鸟已回归。昨日苍梧竹泪，离情别道湘妃。浔阳九派，岳麓半晖，不忍孤飞。细细思思量量，臆臆微微。

251. 又

十分天赋好腰身，一曲半情人。乱了阳城下蔡，未了宋玉红尘。步步回首，高唐有梦，楚峡当春。遇得知音留下，云云雨雨相邻。

252. 又　和欧阳

如山堂上一山翁，水影各西东。夜夜明明月月，花花草草风风。今今到此，悠悠万世，色色空空。俯仰当天一笑，分明草木无穷。

253. 蝶恋花　送伎

一路人生人一路，止止行行，去去来来步。驿外桥边多少顾，心中月下难分付。夜里声声声不住。下里巴人，落雁平沙赋。一句高山流水误，知音近得由心度。

254. 声声慢　岩桂

云迷岩桂，枫冷吴江，人间已有天香。处处藏丹，别额一半涂黄。自可当秋独步，左清兰，右是菊霜。最好处，向月满远望，误得炎凉。已有林林木木，又峰峰谷，柳柳杨杨。含纳白露，结子再度风光。不奈猖狂老子，寄心在，野故山房。共早晚，约婵娟，同作黄粱。

255. 卜算子　寄东坡

一曲竹枝声，半夜人初静。一半黄粱一半情，月里姮娥影。起步自芒明，怅意还思省。不奈婵娟不嫁人，广广寒寒冷。

256. 西江月

富贵功名自有，童童岁岁翁翁。英雄步步一英雄，性性何何命命。进退升迁已古，鹰鹰兔兔虫虫。飞飞落落已成风，处处中中正正。

257. 满江红

已见梅山，白雪里、香香未散。藏露处，衣衫难就，已休当断。最是风摇风不止，东君自是多添乱，各自思、目的不相同。群芳唤。方见得，红颜冠。先岭外，秦川畔。只须三九日，渭泾皆灿。住得长安长住得，桃桃杏杏梨梨半。共人间，香雪海中澜，人人叹。

258. 念奴娇

自然思想，古今是、事事人人多少？处处时时行处处，步步寻寻多少？有界无边，无边有界，界限知多少？来来去去，细敛多少多少。多少多少无休，却成成就就，无须多少，势势明明，当断处，不论因因多少。不以微微，微微成秩序，自然多少，人知天地，人知日月多少。

259. 满江红　又

暮暮朝朝，百岁是，当然多少。三万日，六千五百，不多多少。万里长城长万里，砖砖石石知多少。米一斤，二万八千颗，知多少。有多少，无多少。知界限，知多少。唯思思想想，不知多少。无限无边无界见，头头恼恼谁多少。是多少，已事事人人，非多少。

260. 临江仙

老老人人人小小，江江水水潮潮。梨梨李李杏杏桃桃。明皇明一道，念得念奴娇。好好头颅头好好，隋炀杨柳萧萧。扬州已半已云霄。琼花琼素玉，细女细苗条。

261. 感皇恩　柳

黄弱绿方明，初春时候，六九河边已开口，梅花落里，总是纤腰垂首。折来离别人人手。四围长亭，三边朋友。帛易江南运河守。善愁多感，见得微风知否，与黄花共重阳九。

262. 周必人

朝中措

阴晴日月是枯荣，进退作平生。不足浮名富利，何言进士方成。参知政事，宏词科举，枢密当声。相府四时八节，文忠谥作余英。

263. 满庭芳

一望长沙，三湘再见。重阳重九，独步祝融峰。莫与岳阳旧事，忧不尽，故道难封。天下事，南南北北，皆鼓鼓钟钟。庐陵匡牯岭，鄱阳水色，向洞庭淞。到君山回首，不改行踪。子曰如斯逝者，西东去，大势成邕。平江是，高低上下，一路一殊从。

264. 谒金门

梅花落，却与群芳相约。香雪海中天下若，不飞天下雀。已是花花萼萼，子子心心孤索，杜宇声声春已诺，小荷初色弱。

265. 点绛唇

一半人生，回归不是回归路，雨云云雨，止止行行步。一半人生，古古今今住，秦亡故，是秦亡故，六国无分付。

266. 又

纵纵横横，苏秦未了张仪路。似云如雾，留下文章故。一半阴阳，象象仪仪度。连践步，合纵还步，宋玉高唐赋。

267. 又

二世秦亡，秦皇自是秦皇故。不须分付，且以丞相误。六国无王，自主分心顾。兴亡步，自行相住，不得人间路。

268. 又 七夜，赵富文出家伎小琼赋

已是声声，阳春白雪阳春赋，小琼当度，白雪身前步。也是情情，下里巴人许。轻轻步，互相相顾，已在人间住。

269. 朝中措

珠珠露露自园园，老子已当年。古古今今今句句，唐诗格律生贤。知章李白，成都杜甫，摩诘浩然。杜牧司空见惯，湖州已过三年。

270. 又 嘲

连营火烧一东风，赤壁半成空。百万雄师直下，踏平万里江东。分明徐庶，未言此策，毋事其中。士以真真假假，成成败败曹公。

271. 醉落魄

山川秩满，依然独立同圆缺，无须兴叹逢离别。一曲清吟，胜似江南雪。碧玉小桥杨柳折，小家窗下临明灭。巷渠自有船郎说，细细听来，有约黄昏切。

272. 又

人生秩满，情情意意何难绝，同舟共济同风雪，作得豪杰。塞北江南拙，见得运河杨柳说，月明明月长城别。几何战战和和结，国国家家，自以忧人苗。

273. 西江月

三月群贤毕至，五湖一水苍茫。运河六浹逐钱塘，问得寒山方丈。十里姑苏故巷，半生日月天堂。平生秩外著文章，佳节长春孟昶。

274. 又

鲁国方虚两社，齐人已实三香。书生作柳柳杨杨，莫以轻轻枉枉。百里长洲故里，千年六浹循章。运河自此下天堂，带路当然方向。

275. 导引曲 宋鼓吹曲歌也

母仪天宇，如日月行昌。人间自此有无疆。基祚侵明堂。重华大孝一灵光，安豫闷慈祥。已是金母垂仙丈，自在自天堂。

276. 又

一家盛事，百姓自由衷。自立自家风，父慈子孝夫妻顺，日月可无穷。钧韶九奏度春喷。彩伏列西东，爹娘和气弥寰宇，事事与天同。

277. 明堂导引

年年一度，岁岁岂人间。稼穑已收全，苍生草木春秋社，日日是天颜。深宫故苑临天地，俯仰见南山。华旌翠羽黄花道，不锁玉门关。

278. 合宫歌

翠华羽，旷典当空舞。皓皓以秋宇，九室八牖四户，敕躬齐敬向龙虎，处处钟鼓。并佑以今古。洒水作玉行雨，清清净净煦煦。银弓金斧，以天皇，云门祖。自此成主。人间当然父。以灵心性，当月下明珠。知晓可途说，坑灰已冷见朱。齐人知壁问鲁儒。徐命法驾，慢慢思量吴。已过千载，几何无晓，已如唐虞。因此父父武武。可重会诸侯，依旧江都。

279. 周辉

失调名 和人春词·句

不钧东皇，梅花落里问群芳。

280. 又 和人腊梅·句

梅花三弄，不免钗头凤。

281. 范成大

满江红　酒

问玉门关,到此处,谁当知玉。和田故。以英雄见,只须荣辱。三朴当然当一路,人生雕凿方知玉,问刘伶,误了几人生,何知俗。醉是醉,还相续,醒是醉,还相续。这醒醒醉醉,岁年风烛。直直弯弯何曲曲。人生路上人生促。古今声,莫醒醉生涯,无拘束。

282. 又

败败成成,人生路,荣荣辱辱,自学步,少年知酒,见红颜曲。不问邯郸何咫尺,天涯咫尺天涯足。一天涯,一醉到天涯,谁知足。醉是醉,还相续,醒是醉,还相续。这醒醒醉醉,几多风烛,日月阴阳全不顾,夫妻子女无须督,古今声,莫醒醉生涯,无拘束。

283. 又

利禄功名,都不免,承承续续。数日月,中年知酒,误红颜烛。醉臣沙疆君可笑,楼兰不斩知何辱,过交河,疑是过湾关,黄河曲。醉是醉,还相续,醒是醉,还相续。这醒醒醉醉,以生封瞩,处处人人皆所是,时时事事诚然毒。古今声,莫醒醉生涯,无拘束。

284. 又

秩满归来,已回首,瑞琪学訾,未留下,酒何当酒,与人何足。一世平生平一世,无中生有凭秉烛,读知前,见知后,时时人人瞩。醉是醉,还相续,醒是醉,还相续。自昏昏闭目,不知何瞩。未得刘伶刘未得,天涯咫尺天涯足。古今声,莫醒醉生涯,无拘束。

285. 千秋岁　重到桃花坞

洞庭山下,天布桃花雨,云不隔,人行路,烟里多少雾,步步重重度,还远处,当心悄悄鹂声住。处处茵茵草,前后泉泉注。坞里暖,梅还暮,红尘红似水,莫以尘分付。春在也,群芳业已同香赋。

286. 浣溪沙

一路风光百媚生,三生不酒半多情。无知醒醉几何荣。饮后八仙仙醒醉,长安以此可知名,诗人李白夜郎行。

287. 又

酒酒诗诗两半生,分分各各独成情。当然酒醉自无声。李白吟诗留千首,唐诗五万两千名。诗诗酒酒已相倾。

288. 又

籍酒消愁酒更愁,吟诗籍酒已无流,醒来未了翰林头。侍奉玄宗玄不得,檄文未尽夜郎游。行人有计恋行舟。

289. 又

李白生平六十年,青莲二万二千天,吟诗不过一千篇。静夜诗中无格律,声名人口可称贤。一夫留下一生田。

290. 又

一步行行一步行,青莲半度半虚名。无须佛道信心倾。日月如来如菩萨,人间普渡普阴晴。以霜静夜月方明。

291. 又

井架之中月正明,如来普渡月光生,心灵净化以霜城。学步人生人学步,故乡自是去来行,何时不忆父母情。

292. 又

俯首寻踪问迹行,何时学步入人生。无声不语不知情。自一人知一路,爷娘父母常回首,天天地地古今萌。

293. 朝中措　立春大雪

东皇夜渡洞庭山,大雪覆三关。百里江湖已暖,千人巷外珊珊。江南塞北,银烟一片,等等闲闲。不是宜春问柳,梅花作了小蛮。

294. 又

格律诗词二月花,修身养性老人家。东君杜仲半天涯。已见西湖西子色,梅妻鹤子不桑麻。南南北北日西斜。

295. 又

咕酒何知过市行,谁人醒醉已成名。多多少少酒人声。不是雄风雄饮,文章不在醉中生,关山只在醒中行。

296. 又

醒醉之中己不生,天公俱下是清名。瑶台不是世中情,且问刘伶刘已去,何留玉液玉难平。英雄以此作人鸣。

297. 又

一饮清清五饮横,三生处处半真生。胡涂事事总难明。醒醉之中之醒醉。长亭日月待君行,多多少少饮君衡。

298. 蝶恋花 又

多少少多多少度。处处平生。饮者时时误，不饮诗词千百路，算帐自在自分付。但数行人行但数，醒醉无成，只可无停步。无是生非当饮故，清清净净知朝暮。

299. 南柯子 又

醒醉心宽处，身名日月书。樵渔是度是樵渔，饮者是非非是必然居。草木无知故，枯荣自展舒，耕耘之手自荷锄，饮者是非是是多余。

300. 又

是以梅花驿，非为杜若洲。英雄自得自风流，不问何时何地几人忧。缄素双鱼远，人心独可求。春秋一半一春秋，只是江楼不断问江流。

301. 又

一半姑苏水，江湖一半舟。洞庭山上问春秋，水色三分无锡一湖州。剑剑池池水，僧僧虎牙丘。吴吴越越已风流，记得江东五霸诸王侯。

302. 水调歌头

一世三生路，十地半春秋。忧家忧国忧己，又上岳阳楼。竹泪湘灵鼓瑟，只见苍梧逝水，独步望杭州，九派分流去，万里自沉浮。冬梅色，春兰色，已悠悠。何须夏竹秋菊，四序四君留。我已长安西问，立向关山许诺，老子志无休，且以临安目，留意一皇州。

303. 又 燕山九日

万里中华使，地铁十三州。燕山九月天下，独步过卢沟。只向法兰西去，地铁联通中西，一国立春秋，阿尔斯通会，认可中国华旎，加入联合国里，如今如是，雨过天晴时。自以天书信，周觉共风流。

304. 西江月 又 一九九○年巴黎

自古中华自古，当然彼此当然。何须风云变幻年，来日方长六典。高速巴黎铁路，家华首辅承贤，十年国产化方圆，世界中华运转。

305. 又

十载家华旧志，如今世界当先，人人高铁路朝天，一线何分早晚。首辅房谋杜断，中华自以方圆，腾飞之国作源泉，远近中华近远。

306. 鹊桥仙 又

中华世界，巴黎世界，一带人间一路，当今高铁作通途，共同度，朝朝暮暮。东方世界，西方世界，你争我斗何故，如今人类共和平，现代化，分分付付。

307. 宜男草

北北南南几人老，不宜男，万重花草。天为谁，见得江湖渺渺，应为我，洞庭未了。元龟头渚上望飞鸟，雪云涛小舟多少？逐运河，柳柳杨杨好好，过小桥，上扬州道。

308. 又

李李桃桃见多少，杏花好，过墙头笑。原来是，自得人心不老，当然也，一情悄悄。江湖一半茵茵草，洞庭山早春先晓，小舟中，船娘已唱无了，影影娇，自当窈窕。

309. 秦楼月

梅花落，东君去了谁相约，谁相约，明年太久，本岁云薄。群芳姊妹同时，香雪海里谁求索，谁求索，花飞处处，似云天鹤。

310. 又

人情漠，多多少少人情江，人情薄，功名利禄，智谋经略。花前草后曾飞雀，云云雨雨何相泽，何相泽，多多少少，强强弱弱。

311. 又

香罗薄，围围宽宽带带觉，带带觉，长长结结，系梅花落。寒中三弄无飞鹊，东君已自早求索，早示索，香香自散，心心约约。

312. 又

桃花雪，梨梨李李杏花雪。杏花雪，海棠日暮，月明如雪。烟烟雾雾重重雪，明明照照灯花雪，灯花雪，结时如梦，开则似雪。

313. 又

知圆缺，轻雷隐隐惊明灭，惊明灭，杜鹃声里，几何离别。愁愁处处凄凄绝，年年岁岁春秋节，见时方短，合则又别。

314. 念奴娇

阳关三叠，渭水浥，步步长安西去。

过了玉门关外望，不见杨花柳絮，处处沙丘，骆驼一队，大漠行舟驭。敦煌回首，莫高窟里思虑。武盟当是如来，却观音普渡，无言秦楚。酷吏请君，谁入瓮，断后儿儿女女。也赐袍诗，佺期之问语，以才相欤。古今今古，周唐何处何处？

315. 又

一生回顾，三万日，苦苦辛辛分付。日日天天天日日，夜夜相承相度。岁岁年年。如行如此，日夜还如数。秩中秋外，诗词当步当路。曾以学步邯郸，忆父母举止，人间初步，迹迹踪踪，天下去，左右东西如故。总是朝前，也行行止止，总无停步，父母声里，一生如此如步。

316. 又

去来来去，似重复，岁岁年年如故。岁岁年年全不似，日月朝朝暮暮。水水山山，花花草草，燕子春秋顾，春来秋去，衡阳青海分住。去岁大雪封山，而今年雾霾，无风无雨，独木成林，天地间，枝叶根干如数，岁岁年年，人情人已老，几何分付。知知如此，随家随国随步。

317. 又

水乡乡水，运河岸。柳柳杨杨分付。拂拂垂垂曾荡荡，六渎钱塘浙渡。半壁江南，荷花处处，共以吴波住，秦淮已入，苏杭如此如许。日落江白山青，以黄昏远近，高低相顾。高扬先来，低先去，影子长长如幕。莫问人前，阴晴多草木，以枯荣度，少年应老，相珍相惜相数。

318. 又

黄河泾渭，三门峡，合以潼关朝暮，过了秦川壶口去，半在中原分布。子子孙孙，燕燕赵赵，鲁鲁齐齐故，豫韩魏晋千年如此如数。谁人逐鹿长城，以知知战战，离离苦苦。北问单于，南下去，一半临安如度，最是苍桑，人间人已误，在江山路。古今今古，如云如雨如圃。

南宋·李嵩
西湖图

读写全宋词一万七千首
第三十函

第三十函

1. 惜分飞

已去浮云难再遇，聚合由天摆布。不以人间故。五湖一水淞江路。步步姑苏姑步步，多少云云雨雨。都是江南赋，思长梦短黄粱度。

2. 梦玉人引

陌阡阡陌，人生路，半朝暮。天末风云，应是短长亭付。从此寻寻，觅觅难有个，相倾相互。隔隔离防，日月中间住。柳杨杨柳，处处生，处处绿黄度。拂拂垂垂，万头千绪如故。年岁分枝，**繁荣繁生赋**。十载后，共江山，自以根根相布。

3. 又

上登临处，重阳九，木樨度。郁郁香香，长与菊花自负。采得茱萸，寄与兄弟处，秋山如故。你我他她，只可人间顾。再高高处，半生寒，回首见，万里乡家，有心难自分付。八十平生，如何重分付，故人若望长春，子子孙孙如许。

4. 如梦令

一点方圆一线，短短长长方面。彼此在心中，所得去来小燕，何见。何见。撒捺人中如缱。

5. 又

两两三三客渡，水水山山无数。我在你中行，你在我中住。休雨。休雨。山在水中鸥鹭。

6. 菩萨蛮

幽幽水色茵茵草，山山树树沉沉渺。半见半云霄，千波千浪潮。春来天气晓，雨云云行早，一越一逍遥，三吴三女娇。

7. 又　元夕立春

立春六九东皇早，今年先遣梅花报。二弄已香潮，三冬冰已消。长亭杨柳道，驿女青春早。野店不藏娇，心胸如涌潮。

8. 又

越衫小小吴纱薄，运河处处谁相约。昨夜一江潮，今辰何不消。春春知杜若，日日听飞鹊。情臆已当桥，秦楼多玉箫。

9. 临江仙

羽扇纶巾三国志，周郎赤壁周郎。东风一火一江扬，连营连十里，立马立云长。既有瑜时何有亮，草船借箭当阳，空城计里太牵强。当归司马客，晋有晋思量。

10. 又

一计空城空一计，军中司马军中。英雄胜负是英雄。二毛应不战，自古已由衷。老弱军中军老弱，后便穷已见兵穷。琴声不远已西东，我应留诸葛，一晋蜀吴终。

11. 减字木兰花

入黄天荡，一半五湖多少泱。过得淞江，海上风云上海邦。一帆方向，俯仰人间人俯仰。开了书窗，步步平生步步桩。

12. 又

梅兰一半，竹菊成时成一半。岁岁年年，处处人人君子天。年年不断，冬夏春秋从不断，寸寸心田，四序中原四序迁。

13. 又

朝朝暮暮，八百里秦川一路。彼此江湖，半在姑苏半在吴。云云雨雨，六郡九州千百度。作了书儒，自是忧人自是奴。

14. 又

今今古古，一带方成成一路，自是殊途，故国中华故国都。行行步步，木木林林都是树，有了江苏，有了梨园有念奴。

15. 又
开开闭闭,一第风来风一第,隙隙迷迷,半彩黄昏半彩霓。遮遮蔽蔽,系系门帘门系系。际际低低,问了三吴问会稽。

16. 鹧鸪天
晋晋秦秦一半山,泾泾渭渭入潼关,长安八水长安问,何人问道去无还。杨柳见,曲河湾。端端正正竹枝蛮。阳春白雪梅花见,下里巴人淑玉颜。

17. 又
半见西湖半是濒,红尘落落是红尘。春春日暖春春草,李李桃桃处处人。吴越水,运河津。争如碧玉小家邻。船娘不住渔舟曲,成亲不可不成亲。

18. 又
柳柳杨杨半入春,黄黄绿绿五分匀。垂垂拂拂离心笛,曲曲难成处处新。牛小牧,暮朝茵。竹枝一曲竹枝人,多情只向萧娘问,有信鱼中可写真。

19. 又 雪梅
一半梅花一半寒,三重白雪两重丹。东君不在刘郎在,未计桃花有贵冠。藏不住,露羞鸳,红红白白向云端。香香散散香香散,处处团团处处团。

20. 好事近
好事近身边,小小圆圆点点。四面张张望望,见人人收敛。人人事事在人间,日月有光闪。夜夜灯灯想见,已成春成染。

21. 又
一念一人间,如草如花如面。利禄功名天下,去来长生殿。桃桃李李是花颜。结子问飞燕。自以成蹊朝暮,几乎常想见。

22. 卜算子
草草问花花,叶叶知多少。总总开开落落情。色色人人晓。岁岁问年年,日日知多少。一世人间一世生,事事人人老。

23. 又
旷野总茵茵,望望年年草。自在枯荣自在新,独在边边好。冬夏又秋春,可以微微小。去岁今年明岁尘,风雨知多少。

24. 三登乐
三考黜陟,应自得,余三年食。登平者,六年之食,泰平身,廿七载,九年余食。六典所识,自知其力,此三登之乐吗,自然自得。可风流,九歌一侧,对青灯,儒道佛,居心南北。世时人织,有杨有柳。

25. 又
小老童翁,同异处,原知微少,小儿是,处处惊鸟,老儿则轻移步,切莫惊鸟。独独自得,一和百好。已得梅花落里,声声悄悄。有风流,与人共晓,向群芳,见播种,待秋收了,两社轻歌,日月昭昭。

26. 又
岁岁年年,谁数得,人知人老。只由是,自己知道。一人生,多运动,学成飞鸟。来来去去,以求窈窕。日日三更造就,益生则好,可应知,手足先老。对孤灯,腿脚懒,时时生矚,欹枕梦寒,耄耄凤爪。

27. 又
记得秦皇,知二世,何求徐福。秦皇岛,黄骅百屋。有童男,有童女,东瀛成目,此处系船,万寿求牧。已是坑灰渐冷,霸王逐鹿,沛公流,再修箭镞。这古今,谁得见,神仙一族,五百年里,梅兰竹菊。

28. 浪淘沙
见得五湖舟,各自沉浮。无休无止也无头,人去人来人彼此,度得春秋。一日一风流,百里长洲,洞庭山上古今比。范仲淹翁留此语,自是忧忧。

29. 虞美人 梅
人生未尽人生老,已如深秋草,枝枝叶叶尚无凋,已有冰霜相侵自难消。三冬最是梅花好,势在春荣早。暗香浮动已逍遥,唤起群芳,共以人间,分得玉人娇。

30. 又
梅花落里梅花落,不与群芳相约,阳春白雪也声声,俱是人间天下一人情。知音黄鹤楼前鹤,九派滕王阁。岳阳楼上以忧名,冬夏春秋四序四时萌。

31. 又
江湖不在江湖岸,水水山山半。洞

庭山下运河船,见得苏杭,处处水云天。风云不断风云断,百里钱塘畔。弦弦月月月弦弦,碧玉小家小桥小婵娟。

32. 又

无边雾里无边雨,寒食无边度,清明蒙蒙一东吴,碧玉桥头步步小姑苏。杨杨柳柳年年树,岁岁枯荣数。儒儒书书书儒儒,格律诗词留寄当涂。

注:当涂:唐第一诗人李白去处。

33. 醉落魄　元夕

阳春白雪,梅花影里香奇绝。疏疏澹澹殷殷切。已立春节,灯火常明灭。人心不老人心折,多情又少多情别。谁人道得何圆缺,只有婵娟,十五日明杰。

34. 白玉楼步虚词六首　并序

图中白玉楼,玉女问春秋。步步虚虚见,元元草木修。
琼瑶琼水岸,气宇气风流。只以天家路,团团已自留。

35.

珠光殿,玉宇一天宫。紫气东来成万象,元楼十二自晴空。已是瑞光中。

36. 又

灵霄殿,不似老君宫。白玉阶墀成步步,虚无缈缈红虹色,已是最高空。

37. 又

红云照,玉宇已重层,向后高耸高不止,神仙不自着心明,处处是瑶英。

38. 又

仙官立,玉女两垂红。另有重楼重侧殿,音音乐乐已成风,法驾瑞无穷。

39. 又

钧天乐,乐曲韵工明。若以玲珑珠玉落,音音处处步虚声,相合八鸾鸣。

40. 又

神仙好,最好作神仙。想得神仙神想得,人间不见不人天,画以六楼全。

41. 玉楼春

佳人自立幽幽独,雪月多芬相互沐。国中阁上衣衫冷,玉玉肌肌香水逐。林林木木云烟竹,石石溪溪难足目。裙裙带带各朝元,只有心思当约菊。

42. 霜天晓角

缺圆明灭,夜夜难成说。最是弦弦狭狭,云遮住,半扬雪。
人绝人未绝。不行不豪杰。只有前前后后,行踪见,秦楼别。

43. 菩萨蛮

运河一路钱塘去,小家碧玉人间语,月满净三吴,水天明五湖。人间多少女,上下分秦楚,杨柳满江都,如今听念奴。

44. 眼儿媚　萍乡道上

阴阴已去见晴,草木净殊荣。困人不困,行行不止,继续行行。春程恰似春潮水,势力总难平,波波流流,风流无了,又与潮生。

45. 惜分飞　寄东坡

未与东坡行止路,毛滂惜分飞暮。何以平分误,君临庭上知音故。赤壁江流周郎妒,火以东风分付。不在连营顾,东风自得当心数。

46. 菩萨蛮　湘东驿

行行一驿湘东客,斑斑竹泪成阡陌,不及问汨罗,何人闻九歌。苍梧今古脉,鼓瑟尧妃泽。日月自穿梭,如今公渡河。

47. 满江红　清江风帆

一叶飞舟,风帆展、东流一路,推波去,逐澜杨柳,共潮相互。引知千万里,方方向向同同数,有云天,也有自天光,曾如故。无岁月,无朝暮。沉浮里,阴晴数。必东流入海,作潮头注。逝者如斯如逝者,行人自得行人度。以风闻,破竹似人生,天天步。

48. 谒金门宜春道中野塘水

天下水,一镜平平方止。上以天云天宇始,同桑桑梓梓。下以桃花杏李,峰岭相邻相指。滴滴当明天地里,亦红红紫紫。

49. 秦楼月　寒食

秦楼月,秦楼不见秦楼月,秦楼月,穆公不见,曲歇。清明细雨知寒食,绵山介子推人没,推人没,当朝晋耳,谁人关阙。

50. 醉落魄

阳春白雪,还听曲曲梅花落,群芳

已是应相约。一九寒心,三弄已求索。芳芳色色冰肌博。杨杨柳柳何如若。东君见得衣衫薄,当早立春,先上滕王阁。

51.霜天晓角

少年如瓮,百鸟当朝凤。作得京游小子,狂饮酒,黄粱梦。旧游迎又送,醒醉听三弄,介得阳春白雪,都不道,玻璃瓮。

52.,菩萨蛮 清明雨

天公分付清明雨,年年年年岁岁当如注,万物已扶苏,千年谁丈夫。神仙神已故,来者来人住。彼此共殊途,父母同可渡。

53.水调歌头 桂林九日作

湘西八月木樨香。

54.又 成都九日作

成都一草堂,楚客九歌扬。

55.又 姑苏九日作

阊门始一舟,十里次横塘。

56.醉落魄

成都万里,姑苏万里桂林客,行程万里年年迫。一半生平,南北各阡陌。名名利利当然泽,杨杨柳柳泉清白。擎天一柱天涯石。三弄梅花,九日九收获。

57.朝中措

清明时节雨绵绵,以此问长天。雨雨云云是水,思饮者思泉。人生一世,何来何去,父母当先。以此云云雨雨,

回归自自然然。

58.水龙吟 寿

思思虑虑思思,人人事事人人志,书书剑剑,时时步步,三千年稚,五百年前,神仙修得,平生何寄。这成成败败,荣荣辱辱,回首顾,何终始。逝者如斯如次。自沉浮,以流踪渍,弯弯曲曲,波波涌涌,同潮共稚,岁岁年年,前前后后,永无三四。这平生八十,秋中秋外秋归诗织。

59.满江红 又

一叶春桑,何变变,蚕蚕茧茧。丝丝绕绕,丝丝缠绕,自生繁衍。八十行行止,如何相似如何遣。这长丝,木以圆方圆,成冠冕。过秦论,承相典,李斯轨,同书篆,待秦皇二世,是赵构贱,指鹿当朝成马问,坑灰冷却儒如犬。这丝丝可束束编编,人生蠹。

60.水调歌 实为水调歌头。寄东坡,水调歌,大曲十一首

与东城共语,方朔在身边。惜分飞曲,平生人外有云烟。莫以长安故步,何以杭州又守,百里近临川。笑问长缨使,风火大江边。周郎火诸葛火,使风船。连营徐庶,嘱咐曹营要观天。百万军中一字,借得东风箭,自此一方圆。毛滂当知者,智异作源泉。

61.浣溪沙 江村

木槿花开十里香,心心蕊蕊七丝长。

红红未尽色黄黄。一到江村江水色,朝开暮谢自朝阳,生生不息共天光。

62.破阵子 袯襫

步步江村岸岸,朝朝木槿鲜鲜。百里兰亭谁集序,不废三年曲水边,草裙香女妍。曲曲丝丝竹竹,阳春白雪小蛮。樊素长安多姊妹,下里巴人竹枝弦,一情涌千泉。

63.鹧鸪天

一半阴时一半晴,三声不尽两声明。如心有约如心约,下里巴人下里盟。杨柳曲,竹枝鸣。渔舟唱晚江村月,隐隐灯灯火火明。

64.酹江月

平生步步,辛辛多苦苦,忧忧属属。业业工工何造就,处处时时烛烛。自我留明,阡阡陌陌,直直还成曲。江村水上,山间珠珠玉玉。严滩不似严公,丛丛渚渚,不以羊公促,砚尾寻君寻不得,垂泪难为拘束。一片烟光,三溪流水,此处无荣辱,荒台遗古,如今无故无足。

65.水调歌头

自古三边阔,已见五湖低,运河一水南北,帆与半天犁。国国家家国国,事事人人世世,四序自东西。六渎夫差治,未与馆蠡。单于曲,杨柳岸,越香泥。江山社稷天下自古自裳霓。赵卫燕山永定,晋鲁桑干雁邑,鲁鲁复齐齐。当以英雄此,步步以心犀。

66. 木兰花慢　送郑伯昌

木兰花慢慢，经细雨，过清明，与艳杏妖桃，共同回首，忆却梅情。明城。以花独见，待留枝叶慢慢春生。万户七门相见，千家守舍相荣。盈盈。名动京城。刘郎弟，杜陵兄，野路边，市井繁繁淑淑，珠瓣天萌。情情。以寒为志，任金罍罄竭玉山倾。步步躬耕日日，心心只待山盟。

67. 游次公

贺新郎　宫词

人生第一人生见，北北南南燕。方圆之内有方圆，岁岁年年岁岁又年年。平生秩满平生面，暮暮朝朝顾，这宫墙，分成两处，一天同渡，一地却成三一培，记取昭阳步步，又不远，藏娇人遇。姊妹赵家飞燕在，以身轻，掌上明珠趣。云里舞，雨中住。相如一曲相如赋，一声声，声声不得，一人分付。记得秦皇兼六国，有得三千玉女。已饿死，无知其数。与隋炀相比也，作何故，且道如何故。云中雨，雨中雾。

68. 卜算子

雨雨一清明，雨雨三吴暮。寒食寒霜作别情。万里黄河雾。不得不行行，不得行行步，已道三门峡水生，日用吉分误。

69. 满江红

竹泪苍梧，湘灵在，朝朝暮暮。洞庭水，鄱阳湖水，九江分付。最是岳阳楼上见，忧人不尽忧人数。与谁归，天地自悠悠，平生度。林草木，风云雨，今古事，英雄步。这天高地厚，万千千路。剑剑书书剑剑，文谋武断江山赋。你我他，共处共云天，同飞鹜。

70. 贺新郎

西子郑庄驿，白堤边，梅妻鹤子，作西湖客。虎跑泉前龙井碧，见得梅坞玉泽。百里见，丝绸乡宅。越曲声声听茉莉，女儿红，自以花花液液。千载纪，观音璧。幽幽语轻轻帛，似行行，行行止止，已情情脉脉。足以江南江北色，最是苏杭石白。溪水里，相信相隔，隐隐含含还约，莫猜疑，只要心心在，苏小小，在阡陌。

71. 满江红　丹青阁

一阁丹青，千里目，左江不约。云山外，中原辽阔，任黄河泊。泾渭潼关相汇合，三门峡里风云凿，直向束，已自下阴山，梅花落。记归路，飞寻鹤。几徘徊，何如若，见林林木木，匹夫湘鄂。见以苍梧流竹泪，当知尧舜终开拓一。向人间，以古今今，人求索。

72. 赵磻老

满江红

莫问东皇，梅花雪，临安一路。主知府，侍郎工部，拙庵如数。一半阴山水阔，三千瓣子三千故。适所知，今古一文章，池肥注。曲觞水，鹅瘦故。草草岸，花花雾。以骚人被禊，问骚人步。莫以羲之当旧付，风流不住风流住，这天堂，日日运河流，苏杭度。

73. 又

一半山阴，一半是，兰亭集序，一半是，人情风俗，会稽丝竺。最是钱塘天下水，流觞曲曲流觞渚，聚文豪，物外会延英风光侣。谁可主，何言语。修被禊，寻神女，上天台不远，在瑶处处。不在高唐云雨误，原来越玉和吴楚，运河舟，带来许多情，如禾黍。

74. 又

万里江山，五千载，今今古古。听杨柳，问梅花落，已知渔父。下里巴人巴蜀赋，高山流水知音谱。任子期，不任伯牙琴，樵渔宇。禹传夏，商周汩，合纵国，连横蛊，尽春秋战国，不苏秦主。却是张仪张一策，楚王楚地秦人数。尽前言，谁社稷江山，称龙虎。

75. 念奴娇　中秋

望中秋月，见桂子，玉兔广寒宫里。自以嫦娥圆缺久，今日以情唯止。着得霓裳，缥摇长袖，双髻流苏姒。卿卿我我，相倾相许相美。人间自有婵娟，已邯郸学步，妍妍如姊。你去弦经，由我代，夜夜如情如理。妇妇夫夫，也儿儿女女，以桃知李，杏红梨白，心心如此如彼。

76. 水调歌头　和平湖

一句东山问，百岁北人还。和平湖

上天日，水色入青山。昨已春风万里，大漠沙鸣犹在，玉存玉门关。立斩楼兰士，不见几归还。梅花落，杨柳曲，月芽湾，乌衣巷口王谢一步一人寰。一半运河草木，一半长城白骨，一半问朝班，一半天街望，一半在人间。

77. 永遇乐

千古江山，百年朝暮，何路何步。秩里人生，竞竞业业，事事工工顾，年年岁岁，分分付付，自以去来相度，秩中补，诗词格律，相承相辅如数。秩归六十，方知重故，日日天天辛苦。二十年中，三千六百五十天诗句，十三万首，方圆格律，八十诗翁晋祚。古今问，人生彼此，一人一路。

78. 醉蓬莱

自平生一路，今古千年，又还归九。黄菊茱萸，以重阳回首。少小多情，莫以成问，向天下行走。岁岁登高，年年望远，杨杨柳柳。步步行行步步，谁把日月风流，付潮江口。纵有层波，浪涌涛涛吼。来以今朝，复以明日，又似前天否？且见东州，以云行雨，一声飞鸥。

79. 又

见文章太守，醒醉沉浮，几刘伶酒。记得曹操，杜康天天手。元白相居，书狼毒和旭，李白仙人口。玉作山前，冰为水结，饮人谁友？杜甫当庭，浩然相对，撼岳王维，已去宗社。紫极旋枢，鹇鹭班回绶。好把文墀

万卷，都应负，一阳重九。以此枫丹，白露深切，五湖回首。

80. 鹧鸪天 又

除夕年中两烛花，诗收月上半人家。芝函再色冬梅早，处处沉香不语华。冰雪色，水仙芽。木兰枝叶尚无遮。已是东皇东已是，天光一路一桑麻。

81. 又

一柱撑天一海涯，椰林织女半桑麻。麻姑已作轩辕教，万里声名入我家。临赤道，近天涯，丛林一半海洋花。风风雨雨晴光岸，鸟鸟滩滩浪里沙。

82. 生查子

阳春白雪声，又唱黄金缕。以雁落沙平，作得瑶姬主。高山流水情，下里巴人雨。蜀客笔枝声，楚女知音舞。

83. 又

梅花三弄声，又得梅花落。别别最关情，处处相思约。阳关三叠行，渭水千波诺。子夏不兼盟，杨柳悠悠索。

84. 又

金门一寸声，玉柱三江约。玉女玉人情，何意何飞雀。人人别别行，处处离离诺。半语半留盟，千故千心若。

85. 又

圆圆缺缺情，别别离离命。一步一回头，三界三生性。人人处处行，

虑虑思思镜。半问半春秋。千里千家姓。

86. 南柯子 赏荷花

世上刘伶酒，人中陆羽茶，如何处处八仙家。醒醉不知荣辱不知他。李白青莲士，王维鹿柴花。诗词格律到天涯，李白知章杜甫饮中差。

87. 又

李白当涂醉，青莲捞月亡。诗词未了近千章，蜀道之难留下作牵肠。莫问刘伶故，还闻陆羽香。人间彼此入黄粱。世上无须醒醉作文章。

88. 浣溪沙

一路如来一路冠，三生普渡两心丹。成人不易答人难。水水山山水水，云端远近在云端，波波浪浪自推澜。

89. 又

一代朝堂一代冠，三公九品郡县官，千循六典制云端。赵以长城分界限，隋当汴水逐金銮。青丹世上逢青丹。

90. 尤袤

江村碧玉小溪束，细雨纷纷水色蒙。色色空空空色色，心中普渡流心中。歌歌曲曲人何在，同里唯亭吴里同。宝带桥梁成宝带，一水千年一水风。

91. 又

清明雨细雨清明，杏李桃花小叶生。花落花开花落去，繁繁结子自枯荣。群芳不语群芳色，杜宇声声杜宇鸣。山花熳烂红颜见，忆取父母别去情。

92. 赵昚

阮郎归

临安钱缪十三州,心宽万事休。小荷尖角上池头,平生自不求。皇太子,内禅酬,二十七载流。宋挥玉斧定边楼,运河日月舟。

93. 谢懋

忆少年

清明已近,纷纷雨细,云云阡陌。人人来去见,都作人间客。何处来得何去魄,重重问,谁知见革。心思费消遣,以桃花相隔。

94. 石州引

一抹斜阳,低暗远明,人自无语。黄花九九荣萸,叶叶枝枝秋黍。黄昏日下,古木业已霜红,西风送客闻砧杵,辞渭邑西行,故人王维去。无语。阳关好唱,欲斩楼兰,作交河侣。原是红尘,来去几多羁旅,以天公计,随去随来,自然天地沉浮序。天力主沉浮,玉门关前与。

95. 洞仙歌

一人不老,百岁何知晓。去去来来已多少,几何平生事,暮暮朝朝,应未了,秩里平生还好。十年成一道,数尽流年,秩外芳英共花草。见历改江山,人事人人,应自早,来去无如小鸟。日日年年岁岁年年,以秩在,一心一情难老。

96. 杏花天

花开花落知多少,岁岁是,不知多少?花花草草何多少?有秋有时有了。人百岁,三万日晓,几日日,分成多少。老老少少谁知道,成事成人多少。

97. 画堂春

运河两岸柳垂垂,江南花草姿,梅花落里正春时,杏李红枝。步步寻芳见色,见得碧玉已迟,运河水上有人期,来得当知。

98. 武陵春　惜别

已有东风人不问,一别武陵春。一寸心思一寸珍。不欲见红尘。有曲梅花三弄客,风月总相邻。缺缺圆圆总入心,晋晋不秦秦。

99. 霜天晓角　桂花

金屑纷纷落,木樨如所约,结子未成午后,秋风早,已求索,香气扑人若,花花已如雀,飞飞如所获。有得个温存处,只细寻,有心尊。

100. 风流子

金谷已成空,风流去,未尽绿珠红。不知几少年,向青楼觅,女儿曲里,妄自由衷。窈窕玉身衣带解,何以两波丰。终是一情,怨时成梦,以朝还暮,无始无终。春江花月夜,萧娘渡,云雨见雨云中。二十四桥南北,十二峰东,念劈碎芳心,高唐三峡,度瞿塘水,烟雾蒙蒙。回首怅然离去,两手空空。

101. 念奴娇　中秋

中秋园月,当天照,入得五湖方领。宝带桥前同里岸,一品杭州龙井,品碧螺春,轻风阵阵,粒粒葡萄影。瓜瓜果果,广寒宫里人静。八月桂子成城,又重阳九九,秋霜秋省。一半莼鲈,阳澄蟹,巴解将军平告。草下鱼禾,长洲今古色,女儿脱颖,运河船上,婵娟相约心憬。

102. 鹊桥仙

年年七夕,年年乞巧,岁岁年年都好。牛郎织女在人间,结桂子,秋香缈缈。莲莲生子,蓬蓬早早。十一粒中何了,心心苦苦,自红颜,下月见,婵娟小小。

103. 解连环　三体,始自柳永

一书无托,三更明月下,如何相约。纵妙手,能解连环,似云散雨收,却梅花落。燕子楼空,盼盼去,柳杨求索。当以居易问,便是人间,曲终人薄。汀洲已生杜若,运河舟靠岸,彭城客作。曾记得,当日沈园,今日节度使,似作飞雀。水上青莲,已见得,尖尖其脚。已长春,牡丹开放,不羞不漠。

104. 蓦山溪

迷迷雾雾,水水烟烟露。这一半阴晴,一半是,云云雨雨。人情总是,碧玉小桥边,天如故,地如故,也小家如故。虎丘寺步,勾践夫路去。最是馆娃宫,只留下,西施曲赋,人间日月，都认取红颜。姑苏度，姑苏度，社稷江山度。

105. 风入松

老翁常忆少年郎，学步父母旁。牙牙学语父母教，一行止，一语声张。人以人生人始，心中第一思量。农家自是故家乡。见杨杨柳柳，西瓜地里芝麻种，要兼收，祖父申扬。如此平生秩序，诗词格律文章。

106. 浪淘沙

万里浪淘沙，水到天涯。东西南北有人家，四序中原中四序，草草花花。处处种桑麻，豆豆瓜瓜。丛林赤道半云霞，照到海南琼岛上，两旱分瑕。

107. 王质

相见欢　薄霜

一层层，一轻霜，一明扬。月亮菩萨普渡，净心房。一冷暖，一炎凉，一衷肠。春夏秋冬相继，如来乡。

108. 长相思

短相思，长相思，一半相思一半思。相思总是思。长相思，短相思，何以相思何以思，相思不是思。

109. 又

短相思，长相思，一半心田一半思。心田不是思。长相思，短相思，有得思有得思，田心总是思。

110. 生查子

长安白雪飞，岭上梅花落，万物已菲菲，百草纷纷约。湘灵鼓琴归，

竹泪苍梧若，一水岳阳楼，九派滕王图。

111. 杨柳枝

柳柳杨杨自在垂，也千姿。楼台影影水中司，不知迟。已有人人杨柳曲，楚腰枝，小蛮见女插头眉，女儿思。

112. 浣溪沙

日日重阳九九晖，人参不似一当归。春秋雁字北南飞。岁岁衡阳青海岸，霏霏细雨草菲菲。微微自得自微微。

113. 又

不问南洋不问归，丛林赤道雨霏霏，晖晖日色日晖晖。祖国江南江北见，四时秩序四时依。何维雨旱两则依。

114. 又

一步回归一步乡，爹娘祖上是爹娘，当言学步两相当。少小离家离少小，衷肠不尽是衷肠，如今我轰老爹娘。

115. 又

少小离家少小行，清明细雨是清明，今今古古是声声。去去来来何去去，谁人老大谁人情，冠英不必不冠英。

116. 清平乐

运河一半，一半姑苏岸，来稿商船应不断，草草花花水畔。人间一半方圆，婵娟一半婵娟，上下弦弦上下，年年岁岁年年。

117. 又

沙沙水水，水水沙沙里。岸岸滩滩花有蕊，处处香香无比。应当草木

萋萋，虫虫鸟雀栖栖。不以人情不以，高高自在低低。

118. 又

杨杨柳柳，拂拂垂垂否，自以刘伶都是酒，醒醉人人口口。春秋六国春秋，沉浮一世沉浮，赶路长亭标点上，行舟水月行舟。

119. 眼儿媚

渭渭泾泾八水边，三月有云田，不如且住，清明寒食，差两三天。长安西去阳关路，飞将在酒泉。沙鸣大漠，交河石壁，去便经年。

120. 西江月

白雪腊梅白雪，春梅白雪春梅。群芳丛里自，唯有香香不绝。杏杏桃桃切切，颜颜色色催催。尘埃已定已尘埃，已与红红别别。

121. 又

白雪香香白雪，衣衣短短衣衣，颜颜色色露稀稀，切切冰肌别别。故故藏藏别别，圆圆缺缺圆圆。弦弦月月总相依，不与群芳绯绯。

122. 又

意在琵琶序下，人成水上人家。四时日月四时花，作得丹青春夏。一半楼台水榭，回廊曲曲无远，黄昏未及夕阳斜，领领风风雅雅。

123. 又

不在云中间月，无须水上听声，青峰草木与江平，见得人间百姓。步在长亭来稿，人行自在枯荣。精英

一事一精英，清净心田清净。

124. 滴滴金

重阳十日成霜树，谁分付，白衣故。千军万马都无顾，解甲归田住。昆山已把阳澄误，湖水色，重新布。洞庭已见五湖雾，又加一重暮。

125. 燕归梁

别别离离一马蹄，此去柳杨堤，运河岸上水高低。平平见，草难齐。楼船不可长城比，同是劳民啼。追名逐利各栖栖，役难役，苦民兮。

126. 青门引

乍暖还轻冷，云雨雨云无定。纷纷细雨问清明，浮云不主，一醉不须醒。原来饮者多人性，只要心头净。古今见得明月，一弦上下秋千影。

127. 鹧鸪天　山行

一路山行一路孤，无无有有路无无。泉泉石石泉泉石，步步寻寻步步趋。花浅浅，草苏苏。藤藤树树互相扶，湾湾水水沉沉积，独木成林近玉壶。

128. 又　咏渔父

见得波平月上时，嫦娥隐隐水中姿。婵娟莫以寒宫住，只有人间只有思。渔父问，世人师。樵夫快活谁何知。乌江子胥曾相见，只有虞姬剑舞时。

129. 一斛珠

文章太守，何尝一饮回春酒。花花草草斜杨柳，翠袖之间，只以君人口。天香国色重阳九，白菊黄花何回首。秋冬将至霜冰厚，细细观察，见得梅香否。

130. 又　雪

阡阡陌陌，本来不是江南客。花花自带冰霜迹。入得梅丛，锦锦丝丝帛。飞来飞去飞云白。化化融融成恩泽。留心可见寒中脉，暖暖方成，已被冬梅获。

131. 又

寻寻觅觅，行行见见人生历。荣荣辱辱成成绩，少小童翁，老马常伏枥。倾倾点点风云寂，水水山山成痕幂。何当水色成肤皙，镜里白云，只可多分析。

132. 怨春郎　宿池口，实为怨王孙体和之

人人不老，人人已老，留下平生，多多少少。踪踪迹迹桥桥，在云霄。秦楼曲断情何了？萧史晓，却穆公无晓，凤凰弄玉，一半是凤凰箫，忆君遥。

133. 虞美人

帐中一饮战姬舞，不得未央主。一千子弟半东吴，立马乌江自身孤。鸿沟两岸谁龙虎？汉以张良辅。项庄垓下一丈夫，项羽刘邦韩信有何无。

134. 又

鸿沟设定鸿沟岸，未了风云散。未央宫里是云天，以火夷平天下谁成全。项庄舞剑何当断，当断应不乱。楚歌四面楚歌宣，八百江东子弟忆乡田。

135. 临江仙

岁岁衡阳青海岸，今年上雁门关。钟钟鼓鼓五台山，如来如此见，一念一归还。一半心经心一半，空空色色僮。斑斑竹泪竹斑斑。湘灵湘鼓瑟，曲水曲江湾。

136. 又

岁岁年年年岁岁，青青处处青青，苍梧一半二妃灵，山峰山入镜，一色一江宁。九派东流分九派，五湖水五湖萍。长安友问王昌龄，寒江寒渚岸，水暖水泠泠。

137. 又

曲水流觞流曲水，兰亭被禊兰亭。鹅池水上一天庭。云霓云自主，玉宇玉飞翎。建邺秣陵吴建业，石头城外倾听，江宁一令是昌龄。长安长日月，浣水浣溪汀。

138. 又

五五汨罗寻楚客，九歌唱罢江洲。张仪自得一风流，斯城斯土地，一欲一王侯。九九重阳重九九。冰霜作得深谋。红枫叶叶不低头。天公天草木，地主地春秋。

139. 定风波

水水山山水水知，峰峰岭岭总相宜，见得小溪流水色，高处，自然其下有低时。休把闲心寻物态，何事？莫须醒醉乱心思，何以不听梅花落，杨柳，木兰也有两三枝。

140. 又

曲曲离离歌曲曲行，圆圆缺缺圆圆情。月月当然圆少少，弦了。玉宇云里半清明。化作人可见，如面。年年岁岁自盈盈。只在心中相记取，不必低头，密意有诗生。

141. 又

黄鹤楼前望九州，滕王阁上岳阳楼，谁295长江分九派，无止东流。日日过千舟。已有忧人忧所国，所国。青山隐隐水沉浮。只把一生随日月，夜夜无休，付以老年头。

142. 苏幕遮

苏幕遮，西域帽，妇人头冠，左右端肩傲。细细腰腰弯足蹈，芳草我情，且以流波操。佩丝囊，悬玳瑁，夜夜凫凫，步舞身身好。醒醉胡儿河上倒，酒以肚肠，作得浪花滚盗。

143. 又　大曲六首，五台小曲子

曲五台，如来说，普渡观音，普贤心经杰。东西南北中台绝。罗汉扶桑，盘道分圆缺。念慈悲，成忧切。天竺金沙，礼拜清清洁。瑞彩香香祥云哲。福祚当今，只以文殊悦。

144. 青玉案　木樨

中央自以中央度，子子自由付，且以香香分散住。从来无误，从来无误，岁岁年年故。八月一半霜风误，且以芬芳远天路。待到中秋回首顾，有黄金缕，字瑶曾数，蕊殿桂华赋。

145. 又

中央自以丛丛度，子子香香分付。簇簇朝朝和暮暮，去来来去，如云如雾，处处人人顾。一尺一寸天香数，散落黄金已无数。未与枚乘分别步，有云无雨，有云无雨，只以芬芳布。

146. 江城子

立春一始一年春。碧鳞鳞，玉津津，一半山峰，先与水成邻。作得池青池作得，天阔阔，宇濒濒。江湖百里日新新。草茵茵，柳彬彬。见了梅花，白雪也筠筠，隐隐藏藏天下见，梅已浇，作红尘。

147. 又

云云雨雨自如烟，好桑田。好桑田，见得春蚕，日日自方圆。一寸江湖心一寸，何处处，有绵绵。运河两岸运河边，帛丝弦，帛丝弦，柳柳杨杨，以此作源泉。自得原来由碧玉，成水路，运河船。

148. 又

读书已是读书生，读书行，读书明，读了平生，读学自成城。读学无休垂止境。千万里，万千程。行行一路一行行，半前行，再前行。若以前行，处处是前程。彼此人间人自此，从日月，不虚荣。

149. 蓦山溪　茶

梅花之后，小玉红酥手。自是杏花前，已见得杨杨柳柳。洞庭山上，处处碧螺春。尖尖首，尖尖首，自以尖尖首。如花似荠，雾雾云云应厚。最是一株株，各自向，翁翁相守。谁分左右，是上下争光，谁知否，可知否，万枚成斤否。

150. 满江红

十月阳春，和气里，层霜满树，处处是，枫丹白露，落叶成路，最是林间泉水净，青峰与之同朝暮。以此行，有约作观天，观风度。李进士，张口赋。草木里，藏飞鹜。一鸣惊日月，有青莲炉。蜀道难分难不住。人生只在朝前步。这冰花，剔透又玲珑，心经度。

151. 又

俯仰人间，坐白石，层林如数，七色彩，赤橙黄绿紫青兰付。色色相间相互济，原来世界同船度。这青山，本是入池中，由泉顾。十五里，千万树，三万日，人生付。这天天地地，有观音度。日月分工两菩萨，人间分别轮回渡，这去来，来去是无无，无无住。

152. 又

这里清泉，那里是，残花藏住，洞口见，空空峡峡，云云雾雾。赤白难分难赤白，黄花隐隐同居住。这是春，小草也离离茵茵故。地有缝，天光顾。溢热气，流溪布。这层岩以下，有炎炎路，一半无知无一半，深山唯有深山赋。有神奇，也古怪难言，谁分付。

153. 又

石石钟钟,又乳乳,父母一关顾。慢成长,点点滴滴,自身分付。气气蒸蒸蒸气气,温温暖暖如春布。有草茵,也有菊花黄,香香度。水云积,泉缓注,也如镜,明明数。上来明下去,与岩相互。去去来来都是处,并非来去无时故,这岩心,点点自方长,成功步。

154. 又

日丽风和,晴万里,黄昏已暮。岩洞里,重阳前后,已生新树。出得洞来方晓得,天天地地人间住。一玄元,原始有天尊,天虚步。老子问,开炉煦。三二一,三生悟。一心一道,是非如故。别有一番天地外,高低上下重新数,这人间,独木忆成林,重新布。

155. 又

不在山中,不知道,世间朝暮。日朝暮,山川朝暮,水流朝暮,岁岁年年朝又暮,生生息何分付。鸟也飞,草木也回归,人人度。望渔舟,山下渡。去何处,云烟雾。有天光渺渺,似茫茫雨。鹭鹭鸥鸥飞不定,忽然见得高飞鹜。已遥遥,见得我无知,珊珊步。

156. 又

见得斜阳,峰光后,山林已暮。听牧笛,作牛羊曲,向回归路。自古五千年里见,农耕六典官家步,夏商周,一意到明清,王侯住。中华主,人相顾。匹无见,江山赋。这天天地地,已重新布。记取先贤先已去,中华人民共和国,立东方,为人民服务,朝前步。

157. 又 听琴

下里巴人,一半是,阳春白雪。子期去,伯牙何去,知音不绝。汉水琴台黄鹤去,龟蛇不锁长江泄。下鄱阳,再问岳阳楼,君山说。应最是,苍梧别。竹泪落,春秋节。有湘灵鼓瑟,二妃呜咽。寒山寺,渔舟唱晚,春江花月何明灭,一姑苏,再加半杭州,天堂杰。

158. 水调歌头 京口

水调歌头唱,一曲到瓜洲,镇江北国京口,不尽大江流。二水三山白下,十步乌衣巷口,半载半春秋。未了口城望,梁武自风流。隋炀帝,丽华井,六朝休。西湖水瘦天下六渎半扬州。古古今今古古,未以金陵旧迹处处各沉浮,莫以江宁问,不见石头楼。

159. 又 中秋饮南楼呈范宣抚

岁岁年年月,十五作中秋。弦弦上下无尽,不可不知忧。缺缺圆圆缺缺,总是圆圆缺缺,古渡古风头。去岁长安夜,今日在扬州。秦楼曲,吴门韵,楚江流。阳关三叠唱罢,八声问甘州。望广寒宫里,桂树嫦娥玉兔,自古不曾游,当以婵娟色,老子共沧洲。

160. 又 银山寺

步步银山寺,水水隐蛟龙,年年岁岁如此,处处有青松。最是人生来去,不尽南南北北,是否已留踪。少小父母手,自得自音容。心经在,金刚在,已中庸。运河六渎杨柳汴水一开封。留作天堂两岸,千里千年千水,千水总相逢。千手观音渡,步步自闻钟。

161. 又

步步银山寺,一阵了清风,徐徐缓缓钟鼓,水水自归洪。山上山前山下,草草花花木木,处处不相同。若以三清界,不言有无中。春秋草,冬夏石,各西东。松松竹竹兰菊,叶叶也精工。只要精心设计,便可如来如去,自在自由衷。只要心经见,自色色空空。

162. 又 九日

自以长城立,南北已无平。单于牧马难度,汉武意难成。原上离离草木,塞下秦秦晋晋,一世一枯荣。若以中秋月,不道不分明。胡姬舞,秦弄玉,凤凰鸣,儿儿女女天下何处来生情。却是运河南北,柳柳杨杨,处处有阴晴,界是人为界,共度一阳城。

163. 又 岭上梅

岭下三溪水,岭上一枝梅,寒冬五九杨柳,浮动暗香来。欲与人情互问,唤起群众同舞,香雪海中开。姊妹同春品,日月共徘徊。梅花落,杨柳曲,牡丹台,单于声里桃李小杏互相催。杜宇情中已定，不向东君让步，发起韩芳陪，再与荷莲色，入夏百云堆。

164. 八声甘州

上长安，又下五湖天，柳杨运河船。问青莲碧玉，芙蓉出水，云满前川，同里帆帆点点，云雨小家烟。谁在窗外语，约了心田。何以潘郎曾记得，广寒宫里，作得婵娟。又秣陵建业，登燕子矶边。这石头，无言无语，让千年，隋水东去争先。人声断，书斋半掩，月落成禅。

165. 又　读周公瑾传

既生瑜，何生亮为天，草船借箭弦。对连营百万，当然火烧，风满江船。徐庶知固未点，当化作云烟。唯有曹公误，以杜康缘。谁问周郎，吴蜀见，孙权重建，在秣陵前。以汉家对立，录建邺方圆。莫道秦，紫金山许，尽风情，终不是始皇年。经沧海，朝朝暮暮，日月桑田。

166. 又　读诸葛五侯传

一空城，半火借东风。草船借曹雄。宠统徐庶荐，三分天下，心在隆中。人外田田亩亩，何以作西东。白帝托孤见，历历躬躬。司马空城，兵百万，退避三舍，晋已成翁。叹七擒孟获，六公祈山功。以始终，已知马谡，让风情，三国归晋谁隆。人来去，去师表里，草木无穷。

167. 又　读谢安石传

石头城，建邺抹陵东。一吴一江风。

已经三国故，桓温一语，誉满江东。回首潮头点点，何以自称雄。在雨花台上，指点群么。泗水商山，曾四皓，青龙千舸，净得霓虹。草木同日月，曰云花普金风。问谢安，有家陈郡，尽风情，当不可，成未得小家终。人前见，非非是是，异异同同。

168. 倦寻芳　试墨

一池日月，三界清风，小大多少。最是中包身契，含纳云光天晓。作江山，丹青色，中华只向书生了。有云光，有山峰入主，有清明草。作飞燕，江南江北，美景良辰，当与天好。岁岁年年，见绿绿红红道，只是高阳君去早，落花流水知栖鸟。这羲之，这兰亭，不与人老。

169. 又　渡口酒家　倦寻芳慢

旗亭酒市，居者刘伶。小字杨柳，有去无来，止止行行前后，远长亭，寻辛苦，醒醒醉醉当人口。算书生，又因循过了，清明时候。倦赵燕，齐齐鲁鲁，晋晋秦秦，吴楚回首。败败成成，又辱辱荣荣之手，废废兴兴今古九，昨天今日明天守，这情，对东山，酒可知否？

170. 万年欢　有感

飞将谁人，向阴山一箭，何以三秦。霍卫英雄何见，作酒泉邻。九奏钧天日月，过天水，凉州官佩。岐山静，回首幽州，依旧花了红尘。今今古古经纶。一成王帝侯，半败无身，

见李凌臣，军尽一将难钧。只以成成败败，不可得，君王三代，经年岁，唐宋明清，汉家依旧良臣。

171. 真珠帘　栽竹

沈园近在山阴路，陆放翁，正似真珠帘暮。竹泪斑斑，知是二妃相顾。水馆山亭留自语，有小溪，声声相许。迟赋。欲听高君子，梅半已付。自度，儒冠多误，忆当年，不得唐婉相许，远望一兰亭，看夕阳鸥鹭。莼菜鲈鱼都弃了，已不得，江南步步。谁度，这如来如去，若烟云雨。

172. 沁园春

一百年中，步步人生，三万暮程。有行行止止，时时刻刻，人人事事，暗暗明明。平平淡淡，一水平平总不平，高低见，进退常上下，一半枯荣。文章纵纵横横，战国策，春秋自古名，已秦皇二世，李斯见鹿，书坑未冷，不问儒生。社稷江山，江山社稷，只是人间帝王城。农家子，以匹夫之力，忆取程婴。

173. 红窗怨

一路去，千回首，何须见得，坝桥杨柳，秦秦晋晋行行，再前后，是应楚江口。驿上莫饮浔阳酒。过瞿塘，见瑶姬否？要记取，有醒醉，莫醒得，醉中可有。

174. 又

云不卷，人难见，有了东风，已桃花面。记得云雨少年，在苏杭，钱塘运河燕。白雪阳春白雪扇，小桥边，

小家影院。记取梨园十丈,有缘直上长生殿。

175. 凤时春　残梅

依旧芳芳如故,其只作红颜。其香如故,唯有一心心不付,残似缺衣,冰肌相度。且自与、白雪相顾,色香应互,从来不误。在丁香蔷薇酴醾处,共了春光,一路一路。

176. 泛兰舟　以新荷叶和之

乌帽绯衫,官家五品郎中。月白宫清,心经色色空空,不醒不醉,不饮酒,不作酒虫。身前身后,是非李白成风。珠佩姑苏,湖州无锡江东。六渎钱塘,今古古古工工。江南已见,杨柳岸,几对飞鸿,人间三改,运河南下情衷。

177. 无月不登楼　种花

春生春花草,向荣处,以新如碧,子子成芽,颗颗玉粒,滴水润成浆液。杨柳条条,牡丹临壁,芍药朝阳,暖暖温席。杜宇唱,声声无迹。玉女瑶台有仙ీ,遍向阡阡陌陌,二日三天,欣然出土,枝叶世间标格,红红黄黄白,兰色少,紫橙多脉,陈藕,十五日,作红尘,成今昔。

178. 别素质　浙江僧

一卷心经,金刚如若,寺寺僧僧结舍。方方丈丈平平,香炉钟鼓,朝朝暮暮七八,杨杨柳柳垂垂桑野。放生池水清清,鱼余者,春春夏夏。便是招提兰若,自食其乡园,看经行社。随分斗米相酬,菜饭娘惹。秦砖见得见汉瓦,都自、长城脚下。

功夫久,一虚还虚易,八卦当也。

179. 笛家弄

西子五湖,项羽乌江,谢安淝水。颠倒人间披靡。夫差勾践,子胥阊门,昭关不是。何时可止。何作何为,个人恩仇,国国家家豸。知渔父,应落羽。自然如彼,自然如此。叶枝心蕊,同根同美,向以人人,红黄相视,白橙兰紫。只是春秋冬夏相延,草木以群尔尔。世世间间,醒醒醉醉,误平生所以。今又昔,李白诗子,过千否,静夜思里。

180. 沈瀛

念奴娇

石头城里,秣陵问,建邺孙吴朝暮。二水三山春色早,白下长干同雾,上凤凰台,莫愁湖水,只向秦淮渡。六朝都市,台城梁武如故。京口北固瓜洲,见鸥鸥鹭鹭,相间飞鹜,一半江东,天下水,曾以始皇分付。紫紫金金,雨花台已见,一江云雨,燕子矶上,石头城里,天赋。

181. 又

春江花月,月月水水,水水广寒明灭。一半金陵金一半,一半秦淮不绝。只问秦皇,黄金紫禁,何以台城说,南朝梁武,以身相许天别。自古才是如今,有圆圆缺缺,人情离别。见得弦弦,藏玉兔,隐隐吴刚明灭,不见嫦娥,何时寻桂子,广寒如雪。只须回首,孙权当此豪杰。

182. 满江红　九日登凌歊台

一载姑苏,十年志,东吴半主。虎丘寺,剑池勾践,作夫差羽。最是黄山名畔侧,古台巍立经风雨。对长江,隐隐望西州,英雄数。吴太守,文章府,天下路,当今古。这阡阡陌陌,带江城浒。一击中流舟直下,乘风破浪心如虎。敌难强,一诺平江湖,成今古。

183. 又

六代豪华,已去也,台城作古。且留下,不图王帝,以心经数。自是金刚下客,如来如去人间主。敬观音,普渡众生灵,和风雨。自夏禹,商周宇,秦汉见,隋唐府,匹夫王帝竟,几何梁武。天下天中天上问,台城留下证今古。这金陵,屹立大江东,黄金缕。

184. 水调歌头　和李守

仰望云中鹤,俯见水边鸥,今今古古何见,南北运河流。止止行行步步,自以踪踪迹迹,一岁一春秋。路路由来去,事事自沉浮。当朝暮,寻日月,不停休。江流直下天际不问半江楼。只与江山社稷,曲曲弯弯折折,承重载飞舟。鼓瑟乡灵在,自度国家忧。

185. 又

一路潇湘水,百步岳阳楼。巴陵胜状南北,月色一。去岁太湖朗朗,今日洞庭处处,桂子逐香流。且向嫦娥问,如何自沉浮。广寒树,吴刚伐，故人忧，君山不问天上揽，入作沧洲。作得江青水国，只中峰屹立，直下十三州。楚尾吴头去，似女已温柔。

186. 又

水调歌头曲，杨柳运河舟。隋炀统治天下，未及十三州。追得丽华井下，后主难为其主，且止此王侯。自古称皇帝，一位一风流。钱塘岸，苏杭水，百红楼。奉送六浊淮泗以水作春秋。已作天堂故里，人曰苏杭隆治，千载自然留。不见秦楼客，弄玉下扬州。

187. 满庭芳　立春生日　海阔天空照片

不问东君，立春之日，入世记取听闻。共和天下，同里雨纷纷。一曲高山流水，梅花落、处处芦花。单于度，阳春白雪，三责一巫云。天涯天自远，擎天一柱，海角耕耘。以天空海阔，十载功勋。且以双肩而论，沧桑见，陆已成文，天低是，盈盈五寸。此证挂衣裙。

188. 又

且问东君，立春之日，何以作此听闻。东坡何去，李白几檄文。九百首诗不足，经赤壁，一揽风云。风云是，大江东去，烟雨自纷纭。天涯应不止，杭州太守，惜分飞裙，以词人倾复，日月耕耘。妄以当涂捞月，醒醉里，不必难分。蚕丛问，鱼凫不问，一目自无垠。

189. 又

一带功名，功名一路，自得远近联盟。中华儿女，处处半精英。你你他她我我，人本是，共共生生。观天地，同享日月，是晋晋荆荆。成城。天下路，南洋赤道，草木丛生。又东西世界，以海洋瀛。一水边邦彼此，同玉宇，共以人生。天天计，成成败败，永久是和平。

190. 朝中措　生日

平生一日始平生，由读学方成。第一由当行步，父母左右相成。老来八十重回想，应世代枯荣。难对古今今古，行行止止行行。

191. 又

老来无事不思量，经世一衷肠。本是爹娘生成，如今我作爹娘。一生一世三万日，南北自炎凉。回首少年豪气，桓仁五女山旁。

192. 西江月　又

五女山前五女，男儿世上男儿。杨杨柳柳自垂垂，不尽浑江流水。普渡观音普渡，师师旷旷师师。年年岁岁总相思，天后村中三子。

193. 醉落魄　又

五女山下，桓仁八卦城中步。高丽王国国曾朝暮。两代隋唐，留下征东故。十丈县衙桃李树，山东创造关东路。子孙如此人生数，日月年年，已在农家住。

194. 又

父母身后，羞羞怯怯邯郸步。呀呀学语人生路，百岁之中，三万日可数。来时便是归时故，　分明不误分明误，秋余格律诗词住，道得耕耘，道得一分付。

195. 又

人生步步，师师自自师师付，牛羊群里牛羊顾，读学诗书一路牛羊路。柳杨草草杨柳树，天涯海角皆分布。兴安岭下农家户，每亩高粱，六千棵如数。

196. 又

人人二路，行行止止行行步。谁分自得谁分付，日日年年，秋余一条路。当然此路当彼路，诗词格律方圆度，文化腐蚀药常常注，自是泉源，五品郎中赋。

197. 又

长白山雨，兴安岭里当然雨，天天地地家家路，日月同当，共以风云度。国强得以人强数，文文化化中华故。农夫自上耕耘数，子粒生生，岁岁年年付。

198. 柳梢青

别别离离，逢逢见见，年年不面。海角天涯，擎天一石，云舒云卷。祗应自度三千，已回首，寻长生殿。踪迹人间，已从桃李，飞飞燕燕。

199. 行香子

老叟般般，等等闲闲。已回首，去

去还还。七十天外，八十红颜。秩余如此，应六十，已全潜。上玉门关，下黄河湾。叹飞将，一产阴山。李陵独步，史箸维艰。十九年，苏武问，子成蛮。

200. 又

老叟年年，李李桃桃，黄鹤楼，汉水涛涛。知音台上，留下江皋。子期伯牙，你中我，断中袍。何言李白，惊问崔颢。此风流，乍立鬓毛。凤凰一曲，建邺吴曹。与蜀同行。月同照，日同操。

201. 又

老叟明明，岁岁轻轻，七八十，秩满人情。依然自得，日月同城。暮暮朝朝，诗词客，独When倾。
何妨到此，终生不饮，向青莲，李白非名。衷颜自强，字字重生。佛道儒中，形同坐，影同行。

202. 卜算子

日日五更钟，步步三生性。如此思量如彼行，自以凌烟镜。一夜十诗词，八十人间咏，秩里文章秩外情，世界何清净。

203. 又

一度一参禅，三界三生梵。且以粗言细语宣，自是心经忏。有意为前缘，无欲无知阈。半在江湖半在天，且在江村淹。

204. 如梦令

一曲梅花三弄，下里巴人相关。切切是真情。如梦，如梦，最好是黄梁梦。

205. 捣练子

来又去，暮还朝。山水路和桥，以舟东，度短遥。耕土地，重云霄，神仙只在入心潮，有阳和，无萧条。

206. 又

孤草木，自如来，观音菩渡自相催，以人心，有去回。经纶在，幽香堆，须弥山上一天台，以阳春，梅花开。

207. 又

三世界，一书生，含元殿上帝王情，过龙门，第一名。夫子孔，春秋英，当今世界以枯荣。夜三更，辰五更。

208. 又

西域望，一阳关，长安渭水映红颜。试新妆，画玉环。惊鸣在，月芽湾。大漠难度响沙山。玉还在，玉门关。

209. 浣溪沙　雨中荷花

雨作珍珠水上声，花承玉露半含情。芙蓉自立自身明。不是婷婷何不是，烟烟雨雨已倾倾，原来俱是女儿盟。

210. 画堂春　风中荷花

荷花十里问香风，情情意意红红。芙蓉出水不蒙笼，玉女相通。悄悄羞羞落落，谁闻岸上鸣虫，多情有约自由衷，下广寒宫。

211. 减字木兰花　酒

年年路，步步人生人步步。楚楚吴吴，一水东流一水苏。行行数数，百岁朝朝三万度，作得书儒，酒不忧人自丈夫。

212. 又

刘伶已故，以酒当歌操已故。一半匈奴，一半单于读汉儒。八仙已故，李白当涂应已故。一半读书，饮者无成是酒余。

213. 又

三分是酒，是酒三分三界口。一水浮舟，一水浮浮一水流。杨杨柳柳，两手人间人两手。醒醉昏头，不自耕耘不自修。

214. 又

行行止止，驿舍长亭人酒里，自得无知，醉醉醒醒不问时。霸王已是，帐下虞姬虞不视。一饮为迟，隔日乌江自不司。

215. 又

渊明五柳，篱下重阳谁饮酒。过日行舟，记取桃源一半忧。弃弦当口，留在人间君子手。武陵洲头，醒醉当分日月酬。

216. 又

醉时知否，醒昨方知成就否。水里沉浮，见得何人向酒求。等闲是酒，少小无须当老大，达士酬谋，可是还非可是由。

217. 又

秦皇饮酒，八百童男童女绶。留在黄骅，地下三层自作家。东瀛寿酒，徐福依然依所有，渡海行舟，一去如今二千秋。

218. 又

梁山一酒，聚义厅前倾缸酒。好汉沧洲，只要英雄不要头。招安之后，只饮当朝千碗酒。从此休休，方腊成终水泊休。

219. 又

僧人一酒，睡足倒，拔垂杨柳。醉卧东流，不作忧人不作忧。
何知人口，一口人间人一口。汉水行舟，鹦鹉洲头草木休。

220. 又

农夫一酒，最是春秋田社酒。醒醉无忧，且自风流且自由。人生一口，一人平分当一口。天下曹刘，生子当如录伸谋。

221. 又 贪

贪人喜酒，醉醉醒醒何用手。有了王侯，有了官官吏吏流。宴中有酒，会上当然还有酒。钱不无求，交易偷偷两自由。

222. 又 嗔

人情色酒，色里人情人色酒。一饮千酬，眼里西施已不羞。杨杨柳柳，楚女条条垂两手。目已流流，一半心中一半眸。

223. 又 情

人情是酒，溺溺沉沉都是酒。井下谁忧，后主丽华后主休。隋炀不酒，井下无须重回首。陆放翁愁，不在沈园不在楼。

224. 又 成败

一杯浊酒，败败成成都饮酒。成在心头，败在心头过九浓。千杯浊酒，败败成成先后酒。事过境迁，败寇成王饮八仙。

225. 又 荣辱

杯杯浊酒，辱辱荣荣都饮酒。荣在心头，辱在心中来去舟。霸王一酒，帐下虞姬轻一手。荣辱当休，成败生生死死休。

226. 又 好恶

杯杯浊酒，不解不分难住口。好恶人头，是是非非有九流。善人也酒，作得罪人还饮酒。已是平头，本来无心地痞留。

227. 又 迟速

迟迟一酒，速速难成还一酒。一半王侯，一半臣臣吏吏求。时时酒酒，事事人人皆酒酒。水载其舟，酒载人生万世休。

228. 又 索求

人间一酒，天上天中天下酒。索索求求，不尽朋朋友友酬。行行走走，少小平生平老叟。多少沉浮，多少升迁进退谋。

229. 又 道葫芦

洞仙一酒，步步玄元应知否。见得江流，见得江楼见得舟。重阳九九，九九葫芦还九九。舟以浮游，类似风流类似留。

230. 又

悲欢离合，喜好声里哀乐沓。少少多多，处处人人唱酒歌。拉拉朵朵，语态频频还嗑嗑。水水河河，见得流流不见波。

231. 又

功名利禄，且上中原曾逐鹿，又下东吴，过了江都都是五湖。重阳黄菊，背井离乡多少溟。回首姑苏，半醉人间半醒无。

232. 又

潼关老子，尹喜闻声寻道祀。何以东西，酒是玄虚有玉堤。长亭十里，事事人人谁可比。进退高低，不醉当局不是迷。

233. 又

醍醐贯顶，一半人生何酩酊。止止行行，醒醉当须醒醉行。条条路迥，最是田家耘水町。早晚无明，酒里辛勤酒里耕。

234. 又

长亭一路，十里风云朝到暮，驿里醍醐，只到江都不到吴。亭亭数数，去去来来非故故。步步途途，梦里黄粱有念奴。

235. 又

生儿育女，嫁嫁婚婚秦作楚。雨里云居，自配天仙自配如。江南有语，十八女儿红已据，不在多余，过得村头一尾鱼。

第三十函

236. 又

年逾一百，路路行行阡又陌。老态龙钟，故步人间故步封。平生主客，见得隋炀柳帛，醒醉江邑，见得长城翠栢松。

237. 又

诗诗酒酒，君子文章屠子手。水水洲洲，楚尾吴头，一路舟，船娘不酒，一半船公船上酒。莫以沉浮，莫以书生醒醉由。

238. 又

葡萄美酒，上得楼兰千里走，下得交河，不在汨罗唱九歌。英雄之手，绿蚁杜康重九九，李白江河，一醉诗词已不多。

239. 又

唐家酒酒，饮中八仙仙不走，皇上传呼，力士当知唤念奴。杨杨柳柳，醉醉醒醒如此守，似作书儒，学得风流学得无。

240. 又

旗亭酒市，饮者听歌听历史，李白吟诗，醉后醒前谁不知。名人借口，君子相知君子守，人如行舟，了了平生已白头。

241. 又

醉时是酒，醒了昏昏还是酒。一半春秋，一半人生逝水流。少年饮酒，老子无时无不酒。求寿为由，不饮诗词不饮谋。

242. 又

四通八达，酒入倾肠衣下钵。醉里长歌，火烧连营不渡河。杜康不夺，赤壁东风徐庶掇。若以天戈，七子三曹作燕歌。

243. 又

三生六劫，不怯人生不不怯，醒醉之中，不以价书雅颂风。瞿塘一峡，滟滪中流行者甲，一路江花，不饮雄黄不见家。

244. 又　十勤

南朝梁武，一半如来如去府，四次金身，四次朝中四次春。钟钟鼓鼓，古古今今又古古，水水津津，米米相平酒酒均。

245. 又　二劝

普通（梁武年号）是酒，一半当庭应不绶。一半春秋，一半人间一半酒。自然杨柳，且以垂垂天下首，醒醉风流，不必风中不必流。

246. 又　三劝

酒粮一半，一半人生人一半，此此般般，匹马当须过五关。饮时难断，最是如今当好汉，宁折无弯，不诺无归不诺还。

247. 又　四劝

谁言不酒，不米人生何借口。一半江舟，一半沉浮一半流。老翁回首，日月枯荣君子口。一半筹谋，只以清清静静求。

248. 又　五劝

人生一半，酒酒粮粮应一半。世上人间，醒醉无边醒醉闲。河河岸岸，天水沧洲天水畔，色色颜颜，一半相宜一半还。

249. 又　六劝

关公一酒，先斩温侯方饮酒。可谓风流，一半英雄一半谋，渊明一酒，五柳亭中篱下忧，去武陵舟，一半清明一半修。

250. 又　七劝

今今古古，何事无人何不主。醒醉何知，一半天公不等时。江山落羽，日月东西循自数，醒醒陈师，一半人生半不司。

251. 又　八劝

妻妻子子，都在人生生活里，醒醉不知，未了亲情未了时。行行止止，所以何言何所以。一半当思，一半为人一半持。

252. 又　九劝

三巡应止，古古今今谁子子，一半无时，一半当司当自知。杯杯水水，浊浊清清非是里，委委靡靡，不可平生不可师。

253. 又　十劝

粗茶淡酒，户户家家皆所有，一半江楼，一半江流一半舟。能知一半，能作当然还一半，一半人间，九曲黄河十八湾。

254. 又

人间一酒，少小年年今白首。日月悠悠，逝者如斯逝者流。平生杨柳，不饮平生重九九。草木春秋，不食粮禾不可求。

255. 又

何然一酒，至已相交相一友。去去留留，事事时时当自修。三杯浊酒，一半成杨柳，到了深秋，落尽枝干独自愁。

256. 又

人生一路，事事时时皆在度，酒也儒儒，酒也秦川酒也吴。行行步步，雨雨云云都不顾，一半当涂，李白诗诗李白无。

257. 野庵曲　大曲十首　采自《竹斋词》

处处草萋萋，见水流，东西当自高低。同了云霓，有春夏，有秋也有冬兮。从头到尾，同日月，何以辛荑。处处香泥，应花卉，时时蚖何无几。

258. 又

何已斐，莫闭扉，只在一心中，云雨微微，步步可相依。阴晴度，问天向地回归。行行止止，应步步，圆缺晖晖。是是非非。两三趄，以此生作湘妃。

259. 又

酒米原委，当食取，一品茶香美。迟迟日长，醒醉无可当归。安排势子，相序相闻。有天机，输赢成败，

辱辱荣荣矣。跳脱去，醉醒可作违。虚度后，常人常事又常沂。登高望远寄桃李，以物荣物枯，节损人稀。

260. 又

春与东君，有阳春寒梅白雪飞，翠翠微微。清明过了寒食，日日芳菲。成蹊桃李，见得柳柳杨杨肥。人来人去，尽在明光里。

261. 又

经花蕊蕊，小小青莲，脚尖夏晖，作旌旗，云雨已微微。红荷碧叶曾冠紫，见得风去后，又复园衣。

262. 又

秋物稀稀，芙蓉出水作天机，黄花度，中秋月色燕子矶。采了茱萸桂子，枫丹白露，霜叶何美，可居高相视。人先老，草木在天地里。踏平香经，人间路，如是如非。

263. 又

立冬时，经日月回归。听流水，明窗净几，宫角征，竹枝曲，下里巴人到帝畿，高山流水长城豸，向荒原驰，有单于声里，忆昭君成徙。

264. 又

去来氏，孔府书生谁卧鲤，向冰祈。曲水流觞，兰亭序止，羲之一笑，肥池瘦鹅相视，入芳菲。祓禊文章，贤客衣绯。何须沐足，溪清水中林木，玉人肌。听得村童，一笛声，竹枝比，扬柳情中，入了草闱，牛羊已无饥，向天披靡。

265. 又

野庵一曲，高山流水，一枕华亭心暗喜，一春晖，三夏荷衣，经九秋盛，严冬鸿归，春春秋秋双飞。

266. 又

年年岁岁如此，日日月月普渡归。古古今今满光晖。

267. 醉乡曲

醉醉醒醒，这躯，安能久伏行。这尊中，有酒成一快，神交神不平。水流水止相倾径，有无明，不见真如性，没头脑，没心惊。
一杯酒，三生如米情。百杯酒，飘飘逸逸空城。沧沧海海无骑鲸。问相如，宋玉几生情。有醍醐，应放过，半杯盟。

268. 驻马听

谁言道，醒醉难平。一人一丹青。烦恼欢喜元无定，荣辱里，半杯之情。你我他却问道，几何玉壶行。暮朝日月草木听，一天何圆缺。一天何明灭。莫闻人人千杯方别。

269. 风入松

龙门宴后玉壶华，第一已盛名。半杯玉盏知心处，一成事，一介书生。此后醒醒醉醉，阴阴一半晴晴。不粮不食不成行，不饮不须鸣。相承相辅相知己，莫无有，莫有无争，酒里人中天下，当然以此平平。

270. 杨万里

归去来兮引　大曲四首

南南北北一东西，半入武陵溪。一半人间秦汉，庄园草木高低。偶然左右露琼霓，处处有蒺藜。不知君来曾何地，彭泽水，近在辛夔，五斗渊明，度弦鼓木，归去来兮。老圃芷开筓，山庄落鸟啼，竹菊梅兰柳柳成蹊，处处有红泥。疑是楚鹓鹨，却当作飞来了，误东西。

271. 又

清明寒食雨霏霏，纤草自微微。自是青青如色，茵茵处处依依。已当天宇自菲菲，谁见入心扉。已荒三径东君去，会稽守，不问回归，却有鸿鹄，岳阳过去，向渭水飞飞。人自问湘妃，苍梧鼓瑟祈，竹泪留下指日重闻，长是闭斜晖。纵兰亭一序，不自回归。

272. 又

云云雨雨有心思，远近自相知。五柳渊明何去，湘灵鼓瑟应期。自留草木去来姿，与世与人宜。不言去去来来闭，有秦汉谁子谁规。今古笑谈，高山流水，下里巴人时。邂逅遇吴姬，红颜未描眉，汉时当有画像宫师，容老子相闻，别意分厘。有婵娟苗条，听竹枝词。

273. 又

山河花木自灵墀，家乡不可亏。老子少年如计此生休已复滋，寓形宇内内何时，不见有何为。一同一共阴晴故。有昭君，何以何离，去了阴山，单于归嫁，蜀客蜀人仪。富贵本相期，功名不可持。自然当然自在相随。独秦汉桃源，未了刘郎诗，除天知命，寄小蛮慈。

274. 念奴娇

老儿当了，秩满后，寿命应知多少。不在当朝当不在，二十年中还小。六十三岁，三十六岁，倒数重新好。平生日月，回归多少多少。此去来兮桃源，不秦秦汉汉，春秋还早。三经清风，风雨声，声声人听人蓼。止止行行，俱依孤所晓，独寻花草，替天行道，人间知好如好。

275. 好事近

玉在玉门关，见得书生书剑，上了运河船上，已来姑苏念。虎丘寺上问孙子，第二泉边滟，道是剑池勾践，几何夫差筑。

276. 昭君怨

一半阳春白雪，一半月圆月缺。一是一人间，半红颜。稚满人生一半，柳柳杨杨两岸。全日著诗词，可全司。

277. 又　咏荷上雨

雨打荷蓬荷叶，形似非妻如妾。不正自偏斜，半开花。最是成珠处，悄悄作窗前女。散了聚还情，自光明。

278. 武陵春　茶疾后

世外桃源三两步，饮茶上姑苏。饮碧螺初采艮，毫白有如无。洞庭山上谷雨后，玉女问江都。第一新芽万里夫，不岁廷秀儒。

279. 水调歌头

一子杨廷秀，八十老先生。光宗进士辞职，作得一清名。自以诚斋文节，光禄大夫学士，学者有书情。彼此中庸客，上下共潮平。重阳九，汨罗五，共枯荣。高山流水，知者社稷复兴成。俯望南南北北，楚有一鸣惊国，晋有子推英，最是清明雨，细细满皇城。

280. 忆秦娥　立春

梅花早，三冬一日春光好。春光好，梅花落里，野花多少。东君与我商量了，冬梅去得春梅晓，群芳笑，桃桃李李，留人不老。

281. 某教授

眼儿媚

眼儿媚色一枝花，教授半人家。书生一路，行则万里，今日天涯。东君太乙群芳唤，知音镜湖洼。当涂李白，除非记取，蜀道咨嗟。

282. 陈居仁

水调歌头

记取人生路，起步自家乡。呀呀语语身教，等一始爹娘。老以诗翁八十，教子读书海外，自以自炎凉。以已寻成就，日月著衷肠。朝前走，回首顾，忆黄粱。年年岁岁，天下一度一沧桑。但以思前想后，秩内秋余秋后，格律作诗章，不作身名客，自古已春长。

283. 李洪

满庭芳　木犀

有木犀扬,人间普渡,自是改了炎凉。莲蓬花落,美丽一荷塘。合以芬芳气节,无上下,沾惹萧娘,衣衫上,先生桂子,处处可倾扬。广寒宫里见,形形影影,伐者吴刚,趁嫦娥已在,下月重阳。共与黄花织锦,茱萸草,七彩秋章。丛丛溢,层层郁郁,远近作秋香。

284. 满江红　驿题

绿绿黄黄,半分得,杨杨柳柳。幽燕并,桑干河水,问龙城守。塞外沈阳关外路,飞将一箭阴山后,这单于,牧马过黄河,葡萄酒。隋炀帝,征东酒,唐太宗,征东酒。入高丽故国,以谁知否。四壁题诗留一迹,生成古古今今叟。作英雄,不在庙堂中,重阳九。

285. 南乡子　盐田渡

一水作东流,细雨各风过渡头。已是清明寒食后,长洲。柳絮杨花满小舟。半岸著红楼,过客醒醒醉醉求,不是人生人不是,悠悠。不与清清白白休。

286. 鹧鸪天

二月燕山一点霜,黄黄绿绿半分章。杨杨柳柳均匀色,絮絮花花已自扬。天下望,百花香。迎春草木早低昂。人间自有回天力,最忆桓仁是故乡。

287. 西江月

已满西江月色,难平水草波涛。三分天下一曹操,董卓无须人了。吕布貂婵吕布,司徒王充官袍。思时识世是英豪,自有英雄不老。

288. 菩萨蛮

黄粱一枕黄粱梦,林中百鸟林中凤。芍药一香风,牡丹三日红。梅花三两弄,人中成九贡。自在自由衷,阳春阳小虫。

289. 浣溪沙

二月东风已入春,黄黄绿绿柳杨匀。半分古木半分新。小杏过墙墙外见,桃花自我作东邻,成蹊自是自红尘。

290. 又

一日东风一日花,三春细雨二春华。桃桃李李半人家。已近清明寒食节,深恩祭祖隔天涯,如今老态夕阳斜。

291. 又

少小离家老大心,阳春白雪作知音。百年独木可成林。下里巴人巴蜀客,竹枝曲里七弦琴。人情古古亦今今。

292. 念奴娇　观落梅

东君来去,岭上见,草木里梅花落,曾以梅花三弄曲,留与人间相约,始自寒心,霜霜雪雪,气节朝天乐。凝香骤碧,以根知晓求索。自是地暖天和,正隆冬欲尽,阴阳交错。二义与时应俱进,草木山河相若。三度东君,群芳应己动,作梅花落,百花丛中,云天云雨云雀。

293. 卜算子

日以去来明,夜自方圆缺。桂子寻来桂子情,后羿嫦娥别。九箭九功成,三界三成折。只是弦弦总不平,不肯相思绝。

294. 李漳

鹊桥仙

李家五子,洪漳泳泾渊氏,花萼集里,扬州子大自当名。弟兄是,形同尺咫。迢迢一路,盈盈半是,自以平生历史。天天地地自枯荣,天上望,人间五子。

295. 桃源忆故人

纷纷细细清明雨,如果留人且住。两岸不同朝暮,普渡由人度。谁知天外天中路,明月夜,松岗何许,不尽互相如故,便是人生步。

296. 满江红　听琴

汉水琴台,知音问,何寻黄鹤?只应是,此龟为守,此蛇为约。不锁高山流水客,子期自渔樵博,这伯牙,师旷以弦弦,闻飞鹊。一杨柳,单于度,昭君怨,梅花落,这声声曲曲,在人间右。下里巴人常自得,地弦加天弦作,七音中,一世一平生,何求索。

297. 鹧鸪天

淑德由来孟母名,齐眉举案女师生。孔明已作三分国,汉武阿娇两燕情。班固立,扇团倾。文章日月有贤名。昭君一使中原汉,不忘貂婵董卓倾。

298. 生查子

夫妻一世盟，子女三生约。自古作人生，故尔相分平。阴阳日月生，草木枯荣作。水水总无平，处处当知梅花落。

299. 南歌子

老子平生事，诗词格律耕。诗经之后楚辞情，自以风骚天下燕歌行。乐府三曹子，周颙切四，永明体经沈约明。南北朝唐宋格律已初成。

300. 李泳

水调歌头　又

人情漠，多多少少人情薄，人情薄，功名利禄，智谋经略。花前草后曾飞雀，云云雨雨何相庾信隋炀帝，七律已成篇，民歌绝句南朝，五七已言传。又以佺期之问，格律当然对仗，以此有方圆，古古今今界，御制佩文铨。初唐杰，中唐盛，已工。子昂修竹成论，王维孟浩然，李白知章杜甫，居易司空"辨味"，短句宋词研。"曲子词"词字，以此作当然。

301. 贺新郎　又

曲子词歌赋，至中唐，声平乐府，入文章路，短短长长三五句，短短长长百句。涵内容，文思千度，格律之中近付，以音频，也以情情数。花间集，婉约住。当然赤壁东坡故，大江流，周郎诸葛，一词分付。已有方圆还已有，律律音音作顾。繁简处，欧阳晏殊，唐宋之间知李煜，大晟格，乐府徽宗柞。今古句，古今句。

302. 定风波　又

辛弃疾前后是功，文学流年浪淘沙。书剑当然行天下，朝野。成成败败入人家。不尽兴废荣辱，曲曲歌歌自在鸣，散文今诗还口语，足履，有无相约定风情。

303. 李淦

满庭芳

九日重阳，汨罗五日，古今今古留香。居间居里，事迹久传扬。忧国忧民忧己，天下事，共以炎凉，江河水，源源不断始可见流长。渊明，篱下菊，茱萸草草，一路玄黄。又长沙贾谊，也赋玄黄，一二三生无限，潼关外，阿喜声张，玄元处，秦秦楚楚，汉汉作平章。

304. 西江月　腊梅

腊月冬梅春早，阳春白雪来枝，东君未到两三枝，已是香香好好。不断藏红多少，黄心泛泛时时。千姿百态又千姿，见得人心不老。

305. 李渊

踏莎行

别酒无声，人心不定，梅花落里居心听，阳春白雪立春情，金陵无锡姑苏镜。水水难平，清清净净，花花草草人间性，年年岁岁自枯荣，江山社稷知仁政。

306. 满庭芳　酒

醒醉人生，人生醒醉。醒醉不计功名。不知来去，不计半枯荣。醒醉不分南北，无所见，不虑阴晴。何应得，醒醒醉醉，未了一前程。三公，谁五马，醒醒醉醉，不入群英。无是生非事，误了人生。误了家家业业，尤自己，相溃相倾。人生里，三杯不过，闭口见文明。

307. 千秋岁　又

何时何侯，不饮三杯酒。秋叶落，垂杨格，人情轻薄见，止止行行走，醒醒酒，人生原地空双手。试问谁知否，事事不当酒，误人酒，害人酒，平生醒又醉，何以儒书旧。君一口，严严看取严严守。

308. 朱熹

浣溪沙

一架酴醾一架霜，如曾白雪半层凉。丛丛落落作黄粱。不以阴晴为定度，当然素玉女儿妆，纯纯洁洁嫁时堂。

309. 菩萨蛮　回文

早间丛叶知多少，少多知叶丛间早。风去是红红，红红非去风。晓光人不老，老不人光晓。好自由由衷，衷由由自好。

310. 又

路路条条路条条路，路条条路路路条路，吴越一湖江，江湖一越吴。故朝朝暮暮工，暮暮朝朝故。儒子向京都，都京向子儒。

311. 好事近

一步一钱塘，半载半春昶。十里湖州无夕，五湖黄天荡。洞庭山上满天光，着意俯还仰。见得楷杷仙子，问寒山方丈。

312. 西江月

草木姑苏草木，阴晴日月阴晴。庄王一世一惊鸣，暮暮朝朝暮暮。故故今今故故，生生处处生生，行行止止总行行，路路条条路路。

313. 又

事事人人事事，时时刻刻时时。诗诗不可不诗诗，字字还还字字。四四三三四四，知知是是知知。司司秩秩秩秩司司，治治余余治治。

314. 鹧鸪天

百里江湖一共天，三盂宝带半同船。桥边碧玉姑苏岸，柳柳杨杨不到边。同里水，剑池泉。虎丘点将女儿妍。洞庭山下园园月，见得嫦娥玉影悬。

315. 又

子胥门前有一鸣，夫差帐下已三声。馆娃宫里西施舞，勾践心中总不平。渔父问，范蠡情。太湖十丈女无生。虞山留下经商客，记得春秋五霸生。

316. 又

唱晚渔舟唱晚情，春江花月夜光明。寒山寺里，寒山寺，鼓鼓钟钟夜夜声。方丈静，咏禅英。枫桥十步一方城。心经已作心经路，此处人生彼处行。

317. 南乡子

莫上五湖船，头顶白云脚下天，草木洞庭山草木，年年。一半阴晴一半烟。莫下五湖船，百里天堂百里田。自古皇家多少税，涓涓。第一人间第一家。

318. 满江红　酒

老少童翁，同日月，不同饮酒，共天地，不同天地，共同行走。见得人人醒还醉，未闻醒醉成何有。十年扬，不饮自生生，三年柳。日日酒，年年酒，醒醉里，君知否，倒行递施后，几何知否。醒醉是生生死死，何向行止何相守。这刘伶，有过亦无功，当回首。

南宋·李唐
万壑松风图

读写全宋词一万七千首
第三十一函

1. 水调歌头

富富贫贫见，利利名名忧。人生何以贵贱，逝者一江流。见得成成败败，见得荣荣辱辱，见得有沉浮。岁岁升迁路，日日去来修。功勋绩，今古事，社秋收。自由自在当主自得一王侯。自在自由王车，也是朝朝暮暮，自可自消愁。三界三生步，一诺一京州。

2. 又

不可荒芜度，不可负平生。人人事事来去，日日只须行。滴水当然不止，自以有方有向，自得自难平。利利名名外，总是有潮情。东门里，华亭巷，五湖英。洞庭山下山上，岁岁有枯荣，四秩秋冬春夏，竹菊梅兰四序。顺者顺时生。步步行行路，步步望长鲸。

3. 又

好雨知时节，好水自沉浮。好人日日朝上，步步有前途。醒醉何时何地，稀里哗啦梦里，自作自匹夫，不以平生路，一醉一胡涂。以何问，何以答，草荒芜。头头恼恼昏胀匆匆蜘蛛。切切丝丝挂挂，无能无无力，不得可扶苏。行尸千杯半，

走失作侏儒。

4. 念奴娇 咏梅

微微一笑，白雪里，腊月冬梅钞，自以寒心寒气节，一弄东君已晓，影影香香，溢溢凝凝好。君心三弄，三弄应是春早。是百草群芳，作春梅小妹，花花皆道，向得风华，朝暮里，香雪海中飞鸟，已纷纷，同桃桃李李，杏红梨筱。女儿情里，梅花应是难老。

5. 水调歌头

雪月风花色，水石杜鹃红。山前满了山下，也满了心中。已见清溪流去，又见云浮日月，未见女由衷。汉武王母约，以此伴花丛。华清苑，玉霄殿，翠吴宫。长洲百草同里一路运河虹。六溇夫差治水，五派隋炀柳，所向不西东。若以长城比，此处也称雄。

6. 忆秦娥

三冬尽，东君去了梅花落。梅花落，群芳琼玖，春梅相约。行行止止寻飞鹤，花开花落何离索，何离索，冬春成夏，人情最薄。

7. 又

梅花落，冬天尽了梅花落。梅花落，冰封白雪，明年再约。云云月月凌烟阁，岁岁年年总无略。总无略，已为成度，当为所托。

8. 水调歌头

不见严夫子，独步富春山。阳关三叠西望，未锁玉门关。朴石何难分辨，自是万年生成，雕凿始成刪。一笑平生路，完璧始归还。功名迹，驱驰路，立朝班。英雄豪杰相比一步一天颜。且以中兴所向，自是江山社稷，不可再等档。济世忧民意，自古有峰峦。

9. 青玉案 酒

人无日月人无醒，水酒里，如浮铤。无靠无依无可等，死生生死，误误昏昏溟。无口无肺无心到，无意无情无头顶。步步无知冲撞鼎，几何何几，以欲无迥，一醉应无醒。

10. 黄铢

江神子

夕阳不尽夕阳红，向西东，自西东，七色扬扬，七色看成功。远近高低留不住，天际外，似飞鸿。人间日

照去匆匆。已成翁，已成空。色色空空，演易广寒宫。莫以姮娥圆缺见，同始始，共终终。

11. 菩萨蛮　闻箫

梅花三弄梅花早，阳春白雪知多少。落落步江桥，悠悠听玉箫。茵茵生百草，楚楚知三老。太乙一春潮，东君千步消。

12. 渔家傲

一半姑苏云水雾，阴晴一半清明雨。步步天平山上路，娃馆住，人情莫以人情误。已有三千年岁古，先生后继殷殷度。太伯自周留此住，王土柞，还乡祭祖应如故。

13. 高宣教

卜算子

去是去来今，来是来非故。一步难成万里心，日日行行路。

14. 严蕊

卜算子

爱是爱风尘，身是身非误。一日春风一日新，百岁三生故。不是不秋春，当以当住。百草千芳都是邻，修得同船度。

15. 如梦令

不是梨花如是，不是杏花如是，以白白红红，一半风尘皆靡。成子成子，如此如心如彼。

16. 鹊桥仙

寻寻觅觅，来来去去，步步停停步步。分分别别又分分，不尽了、朝朝暮暮。山山水水，江江峡峡，路路长亭路路。巫山官渡总相闻，不尽是云云雨雨。

17. 晦庵　僧人

满江红

寺寺僧僧，今古见、兴兴废废。佛道儒、帝王将相，自然无咎。自以诗书文化教，儒家子集成先羲，再玄元、又一二三生，心经鼐。太宗释，经音对，玄应译，玄奘诲。去来来去是，拾金何昧。自古人情人净化，灵墟自在灵墟悖。向背知、佛道庙堂中，儒为内。

18. 徐逸

清平乐　自度

人生一路，几得清明顾。自己离乡今已暮，最忆爹娘祖父。少年读学诗书，郎中五品何余。小小行行一步，农家日月荷锄。

19. 沈端节　又

五福降中天，五福一曰寿，二曰富，三曰康宁，四曰悠好德，五曰考终命。已清明寒食，处处细雨纷纷。云里有行人，湿了衣裙。何顾停停步步，此步如何学勤，总教平生，笑天下有豫章闻。诗词格律，自以是，方圆鉴分。岁岁此日如此，祖上添坟。天情地态，作古古今今芳芬。万里千年，洪尊传德，教耕耘。

20. 卜算子　又

一世人生，三界三边故。自以家乡学步行，少小年年住。八十作回程，步步重回顾。岁岁年年日日鸣，第一人间步。

21. 又

几止止行行，又去来朝暮。最是爹娘祖父明，第一人生步。九日又清明，八十诗翁数。四代人中五福情，世道天分付。

22. 又

七十下南洋，八十回京度，步步行行步步行，如故还如故。自是问回归，可以爹娘住。少小时年少小情，是此当然路。

23. 又

八十作词余，一半平生路。最忆三年客在吴，秋尾姑苏步。五口虎丘间，第二泉边数。已是夫差旧经共，勾践卧薪付。

24. 又

十二万诗词，三万天岁月。一半人生一半知，步步朝天阙。日日自当时，处处书吴越。最是隋炀六溴司，彼此同鲈鳜。

25. 忆秦娥

阳春约，梅花落里梅花落。梅花落，红尘一片，已民香香若。群芳毕竟何求索，云云雨雨曾相托。曾相托，明年彼此，还当如萼。

26. 惜分飞

少小离乡还背井，最是床前月影，坐具唐人省。榻边何以青莲境，静夜思中思已永，李白人生已领，日月菩萨幸，低头思故乡如憬。

27. 南歌子

十里长亭短，长亭十里长。思量总是总思量，水月风花如雪半残塘。一半隋杨柳，三千辫子乡，运河船上一船娘。十六娇声弄玉凤求凰。

28. 鹊桥仙

人人意意，情情绪绪，岁岁年年如故。苏州百里一江湖，碧玉里，桥边小姑。小家如此，窗前水路，一夜风花分付，阳春白雪竹枝声，小舟逝，云云雾雾。

29. 醉落魄

问得方丈，寒山寺外枫桥上，玉楼苕馆何人问？一半江湖，一半黄天荡。醒醒醉醉谁俯仰，分明不解何来稿，南南北北东西广，不以清名，浊酒花枝爽。

30. 太常引

何尝居此太常妻，茅屋两东西。白石与辛夷，更谁问，恒斋会稽。汉家一怒，送收昭狱，窥内莫须犀。闲可度栖栖，不觉西施范蠡。

31. 谒金门

长相忆，长已思之相忆。梦里长长寻又觅，黄粱无停息。一带云云翼翼，一种去来如织，自是回天天琦力，人人长相忆。

32. 又

飞天翁，唱遍了黄金缕。一半人间王谢府，金陵当自主。已是秦淮玉树，何以献之当户，桃叶渡头桃叶数，留声情里古。

33. 又

金陵雨，最是雨花台雨。细细绵绵无断雨，莫愁湖上雨。最是清明时雨，禁火书窗寒雨，冷冷纷纷天下雨，心中无是雨。

34. 菩萨蛮

花花草草花花草，春春已是春春老，一水一成潮，三声三玉箫。子规啼尽好，杜宇红尘早。自是自逍遥，何言何小桥。

35. 又　酒

何人道酒何人酒，运河边上多杨柳，醒醉作消愁，当然愁更愁。何人常饮酒，自是非君口，不饮不知休，名人名不留。

36. 浣溪沙　又

醉醉醒醒七尺田，醒醒醉醉半沉船。儿儿女女误时眠。一半成功成一半，醒醒醉醉皆无缘，谁怜自己自谁怜。

37. 行香子　又

一水钱塘，一月苏杭。一天堂，柳柳杨杨，翛然风度，玉质金章。有许多情，许多意，许多香。醉醉醒醒，酒算醇香，以无知，堕入空肠，扬州初见，饮者楼船，真无酒，及隋炀。

38. 喜迁莺

嫦娥何氏？已知谁后羿。广寒宫里，桂树吴刚蟾蜍玉兔，上下弦弦不已，一成十五，斜斜视视，天与何比，到三十，自然又圆缺，无休无止。自在头头顶顶上，不同形影同桃李。明月人间，晴也阴也，静静悄悄如水。醉魂不得，醒后返思，如何知轨。可知道，广寒宫，无酒无言无你。

39. 菩萨蛮

巫山楚水经官渡，朝云暮雨瑶姬付。一路到东吴，三江三峡渠。枯荣风雨顾，日月谁分付。已是到东吴，五湖知小姑。

40. 朝中措

空空色色色空空，尽在有无中，尽在有无中。自在心经自在，金刚处处同同。云云雨雨，烟烟雾雾，露露蒙蒙，已到清明时节，归来家祭吾翁。

41. 念奴娇　自述

人行人老，少年学，第一步中谁道，见得人生从此始，自以呀呀问晓。长长成成，书书剑剑，学院经年早，鞍山十载，五年翻译还好。香港蛇口招商局中自主，专家飞鸟。记得潘琪，天下路，自以冶金部了，再步人生，交通副部长，古今今昭，国务院里，中南海水多少。

42. 又

人行人老，国务院，农村能源当子，百亩千县三十省，步履桃桃李李，北黑龙江，兴安岭外，长白山中视，南行海角，天涯同步同轨。西是西藏新疆，布达拉宫色，心经如比。乌鲁木齐，阳早起，晚落时差何已。国有东方，荣城威海市，胶州故里，山海关上，秦皇岛何美。

43. 青玉案　又

南洋不尽南洋路，马来（西亚）又巴新（巴布亚新几内亚）顾。七十银行依此步，善人人善，以心相度，自以宽和付。日日岁岁财政部长　，亚美欧非大洋洲，秩后诗词从不误，十三万首，以鸣分付，且以中华故。

44. 洞仙歌

儿儿女女，已司空见惯，相约湖州不官宦。笑孤行孤寂，台上疏狂争得是，醉醉醒醒昏宴。听琴琴瑟瑟，笛笛箫箫，阮阮笙笙不应盼，以差护短，不落红颜，泾渭水，潼关一涧。道外有高人可时来，此意此情中，牡丹花绽。

45. 又

儿儿女女，已司空见惯。如此长安避飞雁。望东西南北，人后人前，何不解，只以情心居篡。人人何不断，不免童翁，不免王侯子孙幻不当。不免，不免红颜，应九月，黄花一片。若以成双成对相闻，不免雨云深，个中花瓣。

46. 又

儿儿女女，已司空见惯，成对成双作飞雁。向衡阳青海，年度春秋，同穴里，苇苇芦芦塘涧。栖栖同止止，意意情情，值秩高天雨云患。自当蔽护，照照关关，南北路，声声盼盼。直到雁门关外归来，再以忆潇湘，野花重绽。

47. 虞病人　已亥清明

清明寒食纷纷雨，日日应无主。父母祖上已殊途，有到无时却是有还无。两分世界分天宇，静静闻钟鼓。亦趋亦步亦耶稣，去去来来来去是何隅。

48. 又

清明时节纷纷雨，日日人无主，少年小小许多书，忘了父母祖上几年余？如今我已成飞羽，不在家乡圃，父母祖上卧山居，两处天涯两处卷云舒。

49. 又

清明时节纷纷雨，日日何无主。老翁回首已多余，十载如今再问又当初。儿儿女女同朝暮，各自人生路，归时不似似樵渔，去去来来来去不分付。

50. 探春令

东君如面，梅花落了，群芳里见。那梁了，作个穴巢窝，三个小飞燕。明皇下了长生殿，华清池水思恋。这梨园，曲曲声声沉甸，合是玄宗院。

51. 如梦令

一曲梅花三弄，十里有人丰送。不可饮千杯，不见得凰求凤。求凤，求凤，箫史玉萧如梦。

52. 薄幸

过江南浦，见杨柳，千丝万缕。已满眼，红花无尽，杜宇声声自主，碧玉人，芳草茵茵，江湖水里山无数，一半有浮云，青青白白，相卷相舒相舞。山草木，沉浮见，水色山光相辅。这山山水水，原来何在，今已自在成婚补。唱黄金缕。趁酴醾香暖，同形共影瑶台圃。阳光作证，明岁春，寻落羽。

53. 江城子

春花秋月一年年，半青莲，半婵娟。一半人间，总缺缺圆圆。春月无声秋月静，天下见，去来妍。前川草木满前川。水如烟，雨如烟，一半人间，月月总弱弱，如此嫦娥何处在，天下见，去来妍。

54. 满庭芳

雨雨云云，云云雨雨，近了寒食清明，洞庭山上，玉女采茶行。以碧螺春小叶，怀里暖，悄悄柔平，双波里，珍藏秀色，始有玉皇荣。碧螺春小叶，旗枪未了，不必分明，只以胸前储，有了香城。三泡沉浮上下，全见得，世界枯荣。姑苏月，炒茶手下，一片女儿情。

55. 采桑子

当年小小江湖岸，不问隋炀。不问隋炀，见得楼船见得杨。诗翁六十江湖岸。见得隋炀，见得隋炀，修造运河万里芳。

56. 西江月 自度

百岁人生一路，三年秋满姑苏。中新（加坡）工业一园区，足迹当然朝暮。如古如今如故，农夫就是农夫。不求我诈尔虞吴，一任前行日数。

57. 喜迁莺 二十四体

冷冷暖暖，一秀出庚岭，三冬杨柳，五九河边，何当六九，人已无须数九。一弄二弄三弄，见得梅花开口。应占尽，已慢群芳见，严寒独首。东君何问早，本是两年，岁尾年头守。万蕊千枝，堆堆叠叠，总是芳香知否。月明雪明霜动，江左人情江右，只留取，女儿心中色，怀中常嗅。

58. 西江月

俯望西江一月，仰天半宇星云。天天地地难分，共以水中海里。自觉吴吴越越，无言日月耕耘，今今古古一文文，天上水中无止。

59. 念奴娇

念奴娇曲，力士向，一半群声分付。且以明皇天下许，留在人间朝暮。有了梨园，霓裳羯鼓，又有胡旋雨，如今天下，如胡如汉无数。清平乐里华清，问青莲李白，何言虎故。近了君王，谁蜀道，却向夜郎分步。再向当涂，谁人捞月问，古今难度。一千诗里，当今留下词赋。

60. 又

浣花溪岸，草堂外，杜甫人间朝暮。已有二千诗留下，李白无须止步。百里成都，成都百里，俱以先生住，情中诗里，窗含西岭飞鹭。舟泊门下东吴，见长安少府如倾如许，匹匹夫夫，天下事，俗子何辛何苦。饮中八仙，谁当留下风度。

61. 感皇恩

十里一长亭，长亭十里，处处时时见桃李，年年岁岁，自是无休无止。人来来去去，先生轨。驿上留题，河边红紫，步步行行读孙子，一生一世，水调歌头成史，运河千古水，谁人比。

62. 张孝祥

六州歌头

六州歌头，今古自无声。江山静，何人省。昔人行，今人行，谁以三闾影，山河整，枯荣领，阴晴请。展旗旌，举前程，不远长安泾渭，过东都，足迹功名。听得杨柳，是春莺。清清冷冷，冬春景，梅花颖，雪无声，群芳幸，烟云境。杭州明，贺兰赢，草木朝天永，方圆晴，有归缨。人心秉，知秦郢，问乡情。惟有开封皓月，依然昭还结春盟，以中原黄土，返鹿自兴城，兴废重生。

63. 水调歌头

寒食青团子，艾草过春分。度青细细研捣，处处雨纷纷。禁火清明已了，扫基还身祭祖，子女自辛勤。千里来寻故，不见相邻友，老矣不相闻。晋重耳，绵山火，子推君，农夫以

土天下一路一耕耘。国国家家彼此，失失重重得得，仿佛着衣裙。同在松林里，今岁有新坟。

64. 又

竹菊梅兰色，四序四风流，青黄白雪仙碧，自立十三州。腊月春秋夏日，处处姿姿态态，已是有沉浮，若以人间客，岁岁有香留。金陵水，秦淮月，运河楼，梅花落里，杨柳也有竹枝悠。唱得阳关三叠，莫以高山流水，黄鹤汉江楼。只以知音问，草木鹦鹉洲。

65. 又 泛湘江

一竹苍梧泪，三水沅潇湘。二妃鼓瑟南北，半度九歌扬。若以长沙贾谊，再望洞庭山水，雁住满衡阳。只以云梦泽，未了万年乡。君山渡，荆州客，岳鱼梁。忧民忧国忧己，范仲淹衷肠，自此书生此世，日日追追逐逐，秋外秋中尝，独立平生步，最是夜阑香。

66. 又 金山观月

一水金山月，百里秋陵城。孙权立足南北，三足未分明。北固瓜洲路路，蜀蜀吴吴魏魏，一寺一枯荣，若以台城见，不了六朝英。秦淮岸，杨柳树，运河情。长江燕子矶上今古半晴明。有道兴兴废废，何以荣荣辱辱，以此以相倾，古古今今见，足迹足平生。

67. 又 静山观雨

一雨人间静，半水净风流。天公造

物天下，无化净神州。川气沟沟壑壑，蜀鄂云云雾雾，九派九沉浮，何以云梦泽，不尽洞庭舟。君山水，孤山岸，岳阳楼。湘灵鼓瑟，天子一试状元头。已自隋炀依始，修得书生代举，此制入唐筹。水调歌头唱，不问运河舟。

68. 又　桂林

一日桂林水，半世客心明。人间八月香气，十里已相倾。最是漓江沥沥，象鼻山中花木，自在自青清。水在山中色，山在水中荣。寻钟乳，应俯仰，古今情。原来世界天地一点一身中，只是天公公道，造物当须时日，不计一功成。翠羽明珠在，处处作瑶英。

69. 又

水调歌头唱，步步运河游。杨杨柳柳南北，六渎运河舟。一带人间一路，自从长安伊始，西域一商流。重问隋炀，仅仅造船楼。秦淮水，三山度，一扬州。杨柳从此杨姓，易帛易春秋。留下钱塘六郡，已成天堂水陆，人人人长洲。日月苏杭见，草木认皇州。

70. 又　寿

五福三生度，一世半家人。少年已步天下，一路一和长春。读学儒书日月，又何邯郸旧故，处处作东邻。进士先君课，第一状元臻。梅花落，群芳始，作红尘。香香不尽古自度自芳津。自是天天地地，又以人人事事，始得始经纶。八十人难老，以历以清纯。

71. 又　垂虹亭

已上江湖水，未下运河船。垂虹亭上杨柳，自入自天然。水水天天相接，鹭鹭鸥鸥追逐，交集半云烟。木渎夫差馆，夕照范蠡舷。西施客，勾践陪，剑池边。吴吴越越南北，一水一源泉。自是今今古古，同以朝朝暮暮，草木共方圆，何以人心异，事事久难全。

72. 又

步步平生客，路路去来量。天天日日三万，夜夜数文章。不论辛辛苦苦，不论朝朝暮暮，父母在高堂。八十人间老，只可问隋炀。当年事，头颅好，运河扬。钱塘自此连结，六渎共苏杭。自以丝绸帛易，两岸花花草草，处处有莲塘，作以扬州渡，千古一天堂。

73. 多丽

多丽曲，穆公弄玉秦天。这西川，周时养马，八百里路云边。以琵琶，四方八面，楚歌曾以杨人弦。何以鸿沟，不封垓下，霸王刘项未封田，未央，书坑灰冷，胜败几当然。咸阳去，秦王二世，何李斯传。问张良，萧何月下，不知韩信方圆。过前川，一人一见，一人成败一人宜，赖以功成，同样功败，醒醒醉醉故时年。只道是，臣臣子子，何致帝王船。谁知道，江山社稷，吕后新篇。

74. 木兰花慢

木兰花枝慢，有细雨，近清明，独立傲幽燕，豪豪杰杰，瓣瓣先成。倾城。未生翠羽，紫红红白，幌出郊炯。十里长安路上，长春已见新声。盈盈。杨柳青清，先后是，各逢迎。叶叶迟，只待花花盛盛，她再纵横。深情。百花不知，任金罍罄竭玉山倾。一树千枝万叶，天堂共度枯荣。

75. 又

樵渔深处隐，林木净，一尘空。见处处白云，舒舒卷卷，不得山童。只恐烂柯人到，怕光阴不与人间同。莫以书书剑剑，忧忧济济功功。由衷。何以百年翁。流落夕阳红。治世作平生，田桑入目，朝清风。樵渔不须读学，斧钩垂成在有无中。谁落魄巢由问，古今今古难同。

76. 水龙吟　望九华山作

安徽目，九华山。金身铸就成蹊路，普贤菩萨，文殊菩萨，地藏王度。大势观音，大势如来，释伽弁尼，向人生普渡，行舟彼岸，天竺近，人心付。自以金刚相顾，又心经，佛家倾许。僧僧寺寺，方方丈丈，朝朝暮暮。色色空空，空空色色，如今如故。已三千年矣，九华山上木成林雨。

77. 又　过浯溪

今生一渡浯溪，流流只作人间水。东西是也，高低是也，何成作轨。大禹是也，唐陶是也，当然民轨。此方成九派，当临大海，千万里，成归纪。岁岁年年桃李，见江山，问行踪理，功功业业，截截诸诸，

无知何以。也应如此，也应如彼，
因势力导，是因山循水，人间始得
作桑田子。

78. 念奴娇　过洞庭

洞庭湖上，一泌水，且以君山朝暮。
九派江流江九派，自以浔阳东渡。
回首鄱阳，江湖在左，自得潇湘顾。
长江已注，苍梧分付分付。万顷玉
鉴琼田。千年今古水，悠然成布。
日月分辉，天下路，何处何时何遇。
小小行舟，茫茫微一叶，有沉浮渡。
西江相许，波峰北无数。

79. 又　忆乡

三边风雪，五女木，七彩枫林列列。
一半江山如此色，一半冰霜无绝。
万里如烟，千峰顶立，两立千秋节，
五湖淼淼，四方如此明灭。已是天
地茫茫，竟苍苍莽莽，豪豪洁洁，
霭霭扬扬，天下望，远近已成凛冽，
北国封林，独成林海雪。冰花雕结。
长白山外，兴安岭下乡别。

80. 又　雪

如烟如雾，先披上，岭岭山山树树，
也作行人衣上着，自以均均分布。
只有江流，明明暗暗，两岸分七度，
我行我素，纷纷扬扬如故。地冻三
尺成冰，客行千里路，依然留步，
林海皓原，重莽莽，再以层层相付。
衣被无言，明春融作水，黑龙江注，
长白山下，兴安岭外如故。

81. 又

如烟如雾，也如故，恰如江南云树，

如似洞庭山上木，簇簇丛丛如露。
落落浮浮，浮浮落落。远近江湖渡。
飘飘洒洒，银光如此分付。仔仔细
细南州，运河流水去，携珍珠雨。
一片明光，无中有，有中还无如数。
渺渺遥遥，阴晴分半，作淞江澍。
太湖千里，如同千万飞鹜。

82. 又

一番离索，一月色，一半弦弦圆缺。
十载鞍山钢铁路，正是书生时节。
二十二年，三十二岁，已与青年别。
中年已入，广东香港无绝。步入干
面明同，有潘琪老者，夕阳红结。
一世交通，副部长，且向冶金部长说，
借调长春，珠江蛇口岸，开发区说，
天下第一，中华当此豪杰。

83. 醉蓬莱　为老人寿

少年曾一梦，多少人生。今重阳九，
风叶萧萧，夕阳红搔首。八十何情，
格律当事，只以诗词守。岁岁年年，
唐唐宋宋，古今诗友。已是黄花处处，
还把桂子茱萸，细听杨柳。霜雪分明，
步迹不停走。来岁今朝，去岁南北，
东西长江口，会与天机，不难前进，
作红颜叟。

84. 雨中花慢

二日清明，禁火五天。绵山细雨萧萧。
晋耳行功论赏，上下云霄。成败荣
荣辱辱，故时土地逍遥。子推应已
语，欲劝还休，玉馆冰绡。兴兴废废，
国国家家，臣臣子子谁招。君以待，
英雄同见，天有天骄。世有身名功绩，
人无利禄兰苕，不休休矣，江山社稷，

分外成桥。

85. 二郎神　七夕

行中客，坐中客，何成阡陌。织女
不得牛郎会面，天如水，地无恩泽，
唯有喜鹊桥上渡，依旧约，丝丝帛帛。
极目处，人间乞巧，相结同心同魄。
收获。牛知此事，有衣白白，以密心，
窥窥池下女，抱衣去，终成脉脉。
此计方成私语籍，只应在，居心品格，
以翠羽明珠，七夕欢如，形形迫迫。

86. 转调二郎神

剑池边上，一簇簇，重重花影。忆
五霸春秋，卧薪尝胆，第二泉流冷冷。
俱是夫差同公路，有干将，莫邪谁幸。
想旧日沈腰，如今潘鬓，不须临镜。
重省。平生步步，秦秦郢郢。一路
一南楼，岳阳楼上，黄鹤楼中未静。
雁翼不停，滕王阁上，四面八方风景，
最忆处，日月忧忧草木，夜灯常秉。

87. 满堂红

望满堂红，何相似，朝朝暮暮。旭
日照，上西山顶，以峰分付。夕照
当然东岭顶，自然依此低分付，满
堂红，自得自高低，从无误。行人步，
天下路，水水去，山山住，到天涯
海角，下南洋渡，记取人间人自主，
昭阳殿上相如赋。见班超，班固古
今书，还如故。

88. 又　于湖怀古

古古今今，五千载，三皇已故，五
帝故，夏商周故，又秦皇故。自以
秦皇徐福故。黄骅八百童男女，未

东瀛，留下作蓬莱，如来度。叹二世，兴亡付。叹李斯，丞相步。焚书坑里见，几何儒数。孔府当知藏壁里。刘刘项项鸿沟路，何须寻，一火未央宫，江山故。

89. 又 思归 自述

八十年中，家庭二十，少年乃至青年。五年大学，第一过前川，入了北京太学，当进士，作状元田。平生路，人人事事，自我自当先。行踪，行步，匹夫之志，任自当然。拾得凭拾得，父母先贤，予我平生素质，终足迹，俯仰长天，何人是，依袭就职，不免作源泉。

90. 青玉案

红尘处处人间路，日月去来如故。步步行行步步，步成成步，路成成路，自作应如顾。唱罢杨柳阳关度，下里巴人自分付。且以朝朝还暮暮，岁年年岁，雨云云雨，不止前行数。

91. 蓦山溪

红尘，最是江南岸。不尽运河船。杨柳曲，香香散散，小家碧玉，暮色小桥边。花花半，人人半，有约荷花畔。红尘不断，李李桃桃看，最是见甘棠，芡实浦，司空见惯。湖州日月，亦暮暮朝朝，应都算，三年唤，不见吴娃馆。

92. 蝶恋花 行湘阴

一到苍梧流竹泪，不见湘君，却见唐虞字。二千年前年水治，东流九派衡阳泪。过尽潇湾三十次，细雨纷纷不以风云至。最是清明寒食记，轻舟只在滩头寄。

93. 又

不少湘花开不少，入了江花，明了衡阳草。雁已飞行青海早，湘灵鼓瑟清明晓。不远君山姑大小，镜里江流，一半人情老。尽在岳阳楼上了，忧民忧国忧人好。

94. 又

不可弓刀常入鞘，不见葡萄，不以人多少。不是三边三草草，单于声里单于晓。小小姑苏姑小小。蜀女昭君，已在阴山好，未以军兵军事了，儿儿女女人情老。

95. 又 送姚主管泉州

一半民声民一半，一半江南，一半三边断。一半天涯连四海，唐标铁柱云南散。日月东西天上旦，一半山东，一半康藏畔。一半荣城荣一半，吴吴越越何娃馆。

96. 鹧鸪天 上元

一片灯灯火火繁，明楼走马共天言。人间自是人间愿，处处荣华处处喧。旗市食，上元轩，林林酒酒已同藩，原来此物原来醉，不是长城不是垣。

97. 又

子夜封章扣紫清，辰时步履玉犀明。人间一道人间路，见得风骚见得荆。瑶简重，羽衣轻，家家国国使臣荣。三湘五筦三边数，万里千年处处生。

98. 又

一半风云一半山，五湖日月五湖颜。苏杭已在钱塘岸，九曲黄河十八弯。鸣沙响，月芽湾，阳关十里玉门关。春风不度西风度，不作英雄不必还。

99. 又

一日风霜一日风，三秋草木半枫红。冰封雪海三边外，薛里征东夜里功。空色色，色色空。人间正道数英雄，兴兴废废成今古，去去来来自不同。

100. 又 忆母

第一人声第一鸣，三儿学步向母行。如今教子重孙子，不在人间见我名。何处在，有无声，分开世界不分情。朝朝暮暮还朝暮，日日相思夜夜倾。

101. 又 寄钱横州

五品郎中五品官，横州水上半波澜。风花雪月人间客，一岁芳香一岁丹。天下路，世中安。一方百姓一方餐。民脂彼此民膏见，已秋先贤已秋冠。

102. 又 饯刘恭父

白玉长安白玉堂，江南解印自归乡。他年若肯传衣钵，普渡人间九曲肠。何不语，耐火六。扬头不饮有茶香。行行止止何荣辱，柳柳杨杨是柳杨。

103. 又

一渡江流一渡船，运河杨柳运河天。钱塘已向苏杭岸，已是成千五百年。千万里，万千田。连连六渎到三边。商商旅旅何今古，此代人收古代钱。

104. 又　荆州别同官

已在荆州过半辛，人人楚楚共三千。风骚不与风骚客，且在汨罗望月弦。谁世界，九歌天。湘州五五竞飞船，屈原不在先生在，九九重阳九九传。

105. 又

一步平生一步尘，三春草木半春新，何人不解何人色，不是东邻是北邻。朝暮度，女儿身，秦楼弄玉凤凰秦。春江花月江南夜，下里巴人总是人。

106. 虞美人　无为

天无主也人无主，地也应无主。胡胡是不是胡胡，半问杭州半问一江都。临安不远临安府，未断台城鼓。长江南岸越和吴，不可垂鞭面对是书儒。

107. 又

江山一半江山客，日日知阡陌。江南百里九歌多。塞北黄河九曲作黄河。西溪一半西溪石，岁岁年年白。垂鞭自可静，干戈，见得泾泾渭渭有涛波。

108. 又

江南是行舟路，养马秦川故。吴吴越越可知书，水水山山水水自多余。杭州一半天堂步，日月君分付。人间不可不安居，一半樵渔一半不樵渔。

109. 又

梅花落了梅花落，姊妹冬春约。阳关三叠一阳关，半在幽州半在是维班。桑干水色桑干索，永定河边若。谁人记取李陵还，一箭飞将射虎过阴山。

110. 又

运河过了江南岸，水调歌头断。词人留下去来添，一半人间一半送商船。风云不住风云散，不向人间乱，秦川养马在秦川，吴越行船吴越好桑田。

111. 又

千金一笑千金笑，小小姑苏小。藏娇金屋不藏娇，碧玉小家碧玉小春桥。红尘不少红尘少，花落何时了。春江花月夜当潮，古古今今未得未逍遥。

112. 鹊桥仙

去时步步，来时步步，去去来来步步，离离别别又离离，总是路，留留不住。朝朝暮暮，分分付付，事事人人如故，相思留下总相思，最不尽，云云雨雨。

113. 又

去时一路，来时一路，去去来来路。李陵苏武都居胡，小子女由谁托付。汉家一故，胡家一故。十九年中云雨。牧羊北海牧羊夫，史公曰，谁人可度。

114. 又　寄苏武

行行止止，来来去去，暮暮朝朝暮暮，胡家小女汉家奴，十九载，生儿育女。且留子女，难留子女，仗节牧羊仗节，胡胡汉汉女儿孤，史曰：英雄有度。

115. 又

明珠斗斗，黄全斛斛，作了三湘景色。鸥鸥鹭鹭作飞凫，这一片，层层翼翼。湘灵鼓瑟，斑斑竹竹，泪泪难平相忆，西风一半待重阳，紫菊下，茱萸直得。

116. 又　别立之

黄陵庙外，送君归去，一别重逢何处，山西一岭过山东，隔岁月，千言万语。东西南北，秋冬春夏，晋晋秦秦楚楚。你家问得我家书，且记取，儿儿女女。

117. 又　为老人寿

不明大士，潼关老子，一二三生无数。玄玄一半是元元，且步步，如今如故。司空日上，长沙月下，泾渭黄河已注。清清浊浊自湾湾，千万里，关山一路。

118. 南乡子　送朱元晦

一水送归船，留下当前一远舷，你上乡程何问我，明年，三百六十五整天。浪里似珍弦，曲曲声声总是连，你执扬帆谁问我，乡田，一寸心思一岁年。

119. 画堂春　祝母寿

蟠桃已熟一千年，蓬莱岛上神仙。画堂春色满前川，曲曲弦弦。教我邯郸学步，启蒙向左先贤。人民自在一桑田，自得方圆。

120. 柳梢年

万里长城，长江万里，黄河万里。曲曲弯弯，弯弯曲曲，何休何止。一流万里江源，水湾处，桃桃李李，沙漠长城，沉沉没没，无终无始。

121. 又　高士说京城旧事 北京小说

十里京城，千年旧事，罗锅巷名，成罗鼓巷，引人成思。北新桥上新桥，老龙误，谁言儿戏，何以幽州是燕山地，粗茶茉莉。

122. 又　探梅

一弄梅花，腊冬白雪，圆圆缺缺。二弄梅花，以寒心动，香香明灭。以三弄梅花，已春至，群芳不说，藏白成红，姊情还妹，东君相别。

123. 踏莎行

柳柳杨杨，杨杨柳柳，钱塘已到钱塘口。杭州湾里问杭州，钱塘不独钱塘首。八月中秋，运河入后，富春江水随波走。盐官一线共天游，潮头直下人间否？

124. 又　长沙牡丹花极小

洛下生根，阳前雨露，天香国色千金暮。三千里路到长沙，当然步步平生误。小小多情，如羞似妒，颜颜色色心中顾，长安武后已分付，天香国色应如故。

125. 又　荆南作

一望天门，天门一望，湘灵鼓瑟应无恙，天门开锁楚江来，苍梧九派荆南畅。已见东流，天公巧匠，唐尧舜禹川方向，开山引导到东洋，人间至此观潮涨。

126. 又

万里扁舟，扁舟万里，十年一度荆南水，天门不锁楚江开，东流九派东流轨。无砥川波，川波无砥，深深海海洋洋比，高高是我你低低，人间至此人间矣。

127. 又　月甚佳

百姓婵娟，婵娟百姓，人人俯首听天命，弦弦上下不弦弦，明明今日明明镜。娉娉嫦娥，嫦娥娉娉，人间至此重清净，形形影影是瑶英，中秋桂子中秋性。

128. 又　送刘子思

野渡孤舟，孤舟野渡。年年岁岁如云雾。来来去去问乡途，萧萧别意谁分付。路路行行，行行路路。君今向北长安顾，明辰我却下三吴，同天日月同天步。

129. 又　迎送

东畔湘江，湘江东畔。风云不断风云散。人间日月共人间，你来我去他还叹。一半人生，人生一半，湘灵鼓瑟湘灵唤，苍梧竹泪，九嶷斑，东流到海云霄瀚。

130. 丑奴儿

春春夏夏群芳草，叶落秋尽，寒腊冰封。步步行行步步踪踪，回首不相知。是谁知道梅花弄，岁岁重重。人自中庸，何以阳春白雪迟，幸有夜鸣钟。

131. 又

少年步步中年去，过了中年，过了中年，翁今前川八十年。如今识尽平生路，岁岁年年，水上行船。却

道《云沉影在舷》。

132. 又

少年海角天涯问，万里江流。万里江流，天下迢迢一叶舟。如今步步南洋去，再上山楼。再上山楼，却是丛林上上头。

133. 又

老年赤道丛林去，最近天阳，最近天阳。花草成森日夜香。如今北国裁棚屋，秀秀红黄，秀秀黄黄。谁是乡人，万物自炎凉。

134. 又　巴布亚新几亚吉科里村

一间草屋三重草，不是层楼，却是层楼。遮雨屏风不再愁。丛林赤道归原始，自在无愁，不再无愁，不道衣衫不道盖。

135. 浣溪沙

一半英雄不见兵，偃旗息鼓蔡州城。孔明诸葛只须名。故纵方知司马懿，三分天下晋归赢。秦秦汉汉已无声。

136. 又

玉节珠幢出翰林，读书日月眷方深，天光虎啸有龙吟。万旅云中飞将问，阳关三叠楼半箭，高山流水有知音。

137. 又

一代佳人一代春，三生日月五湖津。姑苏小小半红尘。我是先生门下士，忧忧切切自经纶，不事周文不事秦。

138. 又　瑞香

杨柳声声不一般，单于处处过千山。琵琶蜀女在河湾。瑞瑞香香香未断，梅花落里水仙颜。人间曲曲在人间。

139. 又

一计归乡一计东，三生未了半生空。清明是日故家中。父母无居山上卧，如今我已一情同，何年彼此再相知。

140. 又

一客南来渡一舟，五湖月去五湖留，洞庭草木已中秋。秋满三年三秩尽，人生六十退休头，诗词格律筑层楼。

141. 又

已是人间不系舟，居心自是不惊鸥，东山草木可春秋。日月耕耘耕自己，前行步步不回头，江流自得向东流。

142. 又　去荆州

百里潇湘一去舟，荆州一岳阳楼，洞庭水色是春秋。石首山光山入水，斑斑竹泪自风流。天门不锁十三州。

143. 又

一瞬西飞一瞬东，五湖水月五湖空，洞庭草木洞庭鸿。水水山山山入水，山山水水水山中。朝朝暮暮自红红。

144. 又

妪妇滩头十八姨，东君已自草萋萋，何求杜宇自不嚄。有是佳人佳玉质，高高草木已低低，栖栖自在自栖栖。

145. 又　洞庭

一路潇湘到洞庭，岳阳楼上数峰青。波平沉下一天星。楚水吴水头尾间，金陵一半在江宁，高山流水子期听。

146. 又　坐上十八客

已是瀛州十八员如今坐上黄婵娟，三天之后月园园。杨柳声声杨柳曲，嫦娥过半度弦弦，梅花落里百花田。

147. 又　沈约韵

柳柳杨杨早翠烟，黄滕绿竹已当先，东君动兵百花妍。太学星生多少问，糊涂自是自明前，无知胜似有知园。

148. 又

一曲梅花一竹枝，五湖水月五湖时。糊涂八封父谁知。自历明明非自历，明明白白解心期。无知最怕有知疑。

149. 又　烟水亭

滟滟湖光泛泛明，波波耀眼暮朝生，亭亭水水自清清。一饮千杯千万里，三生在此一生平，诗翁八十只诗情。

150. 又　己亥清明

独自回乡独自行，孤情半世是孤情。飞飞落落绕家城。以此相依相互问，分成两界已分成，清明乃祭一清明。

151. 又

一世人生一叶舟，泾泾渭渭不同流。春秋草木共春秋。未了前行前未了，江帆不住问江洲。回头只是不回头。

152. 又

一寸心思一寸田，千年故事五千年，三皇五帝是先贤。禹夏商周秦汉继，封神演易匹夫仙。谁知李白作青莲。

153. 又

一日西风一日寒，枫丹白露半枫丹。波澜影入影波澜。水里观天观日月，云端照旧在云端，峰峦两处作峰峦。

154. 又

柳柳垂垂半碧空，一生步步一生同。由衷此路此由衷。不止前行前水止，英雄自古自英雄，秋风六月是春风。

155. 又

豆蔻枝头处处花，纤纤玉叶待新芽。芙蓉出水夕阳斜。十八年中年岁小，女儿红里有朝霞，今辰喜鹊向谁家。

156. 浪淘沙

水水浪淘沙，处处人家。东君昨日问梅花。今日潘娘应出嫁，咫尺天涯。

一女一枝花，水岸明霞，小舟不系不平些，今日难同难昨日，作别人娃。

157. 又

玉树入琼林，共以成荫。溪泉注水已深深，岁岁年年多少日，独木成林。

一草一知音，细雨甘霖，朝朝暮暮有人心，见得鸳鸯鸳见得，风语凰吟。

158. 定风波　刘项原来不读书

项羽鸿沟到未央，张良一曲楚人乡。莫道萧何韩信望，思量。梅花似雪月如霜，见说坑灰儒不忘，兰亭集序曲流觞。孔子家书入壁藏。天荡，自在文房自在香。

159. 望江南

十八载，未见女儿红。已是苏杭挥玉手，如今碧玉小桥东。去后自空空，曾一笑，弄玉问穆公，不向秦楼萧史去，天云四海送飞鸿，独见夕阳红。

160. 又

八十载，岁岁有春风。萧史凤凰曾一曲。秦秦楚楚女儿红。一世穆公公。曾一语，一语各西东。八百里秦川射虎，如今四顾有无中，一叹乃成翁。

161. 醉落魄

黄黄绿绿，风风度度春装束。纤纤细细书中玉。点点秋波，行里向人瞩。梅花落里桃花曲，多情多少相续。归时夜色明明烛，半卸衣衫，谁道那人促。

162. 桃源忆故人

风风月月桃花面，卷卷舒舒云重见。淑淑温温倩倩，玉玉摇摇扇。相思一半长生殿，留得明皇上院，莫道珍珠一斛，再无华清晏。

163. 临江仙

了了人生何了了，波波水水潮潮，巢由一始有渔樵。无非无是是，有近有遥遥。一半渔樵何一半，衣衣食食条条，称臣作主几云霄，成人成步迹，隐遁隐天雕。

164. 又

一半书生书一半，樵渔不是樵渔，直沟鼓案帝王居。无非无是隐，有是有非如。世世人人人世世，他他

你你予予。共生共度共荷锄。同耕同日月，一路一当初。

165. 如梦令 木犀

一关是桂花路，一半是桂花雾，一半是香香，一半是香如故。如故，如故，结子由谁分付。

166. 菩萨蛮

清明不尽清明雨，琵琶已别琵琶树，六十在姑苏，东西山上吴。太湖天下路，秩满诗分付。一日问江都，运河非是无。

167. 又

清明不尽清明雨，姑苏一半姑苏雾。人在一江湖，长安寻念奴。清明寒食路，烟里难行步。香雪海中吴，梨花桃李芜。

168. 又

冬梅已作春梅路，烟烟雨雨烟烟雨。未了未东吴，停云停五湖。青团青不误，艾草香醵付。禁火禁书儒，成人成小姑。

169. 又

清明不尽清明路，人生不尽人生步。六十在姑苏，此生公秩无。退休应不住，专一诗词度。庾信庾楼儒，行人行匹夫。

170. 又 筝伎

纤纤细指纤纤曲，十三弦上有明玉。问道问姑苏，听筝听太湖。高山流水路，唱晚渔舟烛。不是不罗敷，昭君无怨夫。

171. 又

吴娃不在吴娃馆，姑苏二月姑苏暖。拨拨十三弦，扬扬天地川。阳关三叠伴，不作广陵散。一度一方圆，三声三岁年。

172. 又 登浮玉亭

江山处处江山客，阡阡陌陌阡阡陌。万里一长河，十年多少波。溪清溪石白，浮玉亭前碧。一日净干戈，千家寻玉娥。

173. 又 夜坐清心阁

清心夜坐清心阁，求索不尽还求索。等待等嫦娥，公无公渡河。人生人自博，寻路寻天若，与日净干戈，何言听九歌。

174. 又

江湖一半江湖路，朝朝一半朝朝暮，一步一姑苏，三生三界儒。洞庭山上树，寺里寒山度。公路剑池孤，夫差同里奴。（同里富土）

175. 又 舻舟采石

三年作得江南客，舻舟采石何阡陌。草下一鱼禾，皇家三界多。周家周太伯，王土王无泽。万里去黄河，潼关泾渭波波。

176. 又

洞庭山上东西问，江湖万里江湖近。一岁一秋春，三生三界人。儒家儒有训，唐有唐朝郡。李斯李经纶，秦皇秦不秦。

177. 又

年年不尽年年酒，杨杨柳柳杨杨柳，吕氏吕春秋，秦皇秦九州。江河江海口，何尽何知否？二世二回头，三公三鹿求。

178. 又

吴波细卷清明雨，家乡禁火绵山雾。十里一平芜，千年千玉奴。望江亭上步，五女山中路。八十已殊途，三生书丈夫。

179. 又

桓仁八卦桓仁寄，浑江一曲浑江记。一岁一相期，三生三不知。清明清不意，寒食寒当易。七十九年思，千年千子时。

180. 西江月

又访西湖山色，瀛洲已过三年，苏堤春晓接来船，柳浪闻莺一片。杜仲茶花已繁，桃桃李李如鲜。梅花坞里采茶园，灵隐寺中拂面。

181. 又

十载西湖又别，三潭印月秋田。梅花坞里是茶园，虎跑泉边一见。有得浮沉玉水，品香龙王当然。明前雨后艳阳天，作得年年飞燕。

182. 又

一岁一年一负，三生三世三边。故乡五女一山前，处处清明如面。半路半途半步，寻唐寻寻寻天。诗词十二万方圆，作了人间飞燕。

183. 又

去国去乡去里，今年今路今天。清明步下忆源泉，如学如知如面。第一声中一步，三生路上方圆。耕耘日月种桑田，只有农夫所见。

184. 又

一日一天一夜，三生三世三边。创关东路已留年。祖代清明未见。自以胶州来此，爷娘父母前川。桓仁天原村田，且以乡思沉甸。

185. 又

去岁清明故里，西湖一路回乡。今年此日又炎凉，再以清明俯视。祖上父母子女，如今五世同堂。明春八十岁天光，何去何从何向。

186. 又

岁岁年年子女，年年岁岁儿郎。山岗基下问爹娘，何去何从何往。八十诗翁几岁，三生一世无长。东洋尽了下南洋，地地天天广广。

187. 又

见得醒醒醉醉，寻来暮暮朝朝。诗词秋世渡天桥，作了人生飞鸟。八十人生已老，清明之日难消。一生一世一难遥，止止何然缈缈。

188. 又

一半桓仁一半，三千弟子三千。年年岁岁又年年，一面清明一面。半世东山半世，弦弦月月弦弦。天南地北有源泉，日日心中见见。

189. 又

再步望江亭上，浑江一水如烟。南边什哈达田园，祖父留芳相见。少少年年日月，求求索索天天。关东步步自开原，何去幽燕如面。

190. 又

五女山前流水，桓仁八卦风光。故乡留我看斜阳，一脉浑江泱。立在望江亭上，心中又忆爹娘，胶州祖父共刘庄（祖母刘氏），自创关东慨慷。

191. 又

水上清明处处，山中草木扬扬。杜鹃远近已清香，日日天天朗朗。细雨绵绵细雨，情情意意长长。阴晴一半炎凉，回首云沉爽爽。

192. 又

步步望江亭上，峰峰水水青青，兄兄弟弟侄心灵，久久难平一梦。谁问江流何去，无言渭渭泾泾。桓仁八卦作新屏，老在人生一丁。

193. 又　祖父洪尊祖母刘氏，父传德母丛润花

五女山前一水，千波云里三层。杜鹃花里已香凝，吕氏百家一姓。行善阔花积德，洪尊刘氏明灯。心中自以大小乘，道上玄元清净。

194. 又

公社西关五队，深翻两尺求粮。学书学路学家乡，一半人间思想。大学北京千里，书生下得三洋。人来八十老年光，何以诗词独享。

195. 减字木兰花　江阴漾花池

维肖维妙，弱弱佳人如小小。金屋藏娇，十六当然水月潮。花花草草，一半春风春正好。细细苗条，寸寸心思处处刁。

196. 又

姑苏小小，处处声声春未了。六溪成潮，一水长洲一水桥。花花草草，柳柳杨杨藏小鸟。不上云霄，未在身边也未遥。

197. 又

只留一面，不可章台空半见。一叶舟船，半在舱中作柳眠。飞来一燕，切莫平章飞去燕。月下婵娟，蓦首回然莫自怜。

198. 又

偶然一面，留下桃花人不见。崔护经年，处处时时总不眠。长生宫殿，汉家画师皇帝院。月里婵娟，塞外昭君在眼前。

199. 又　琵琶亭

琵琶亭下，短短衣衫惊半夏，小女人家，出水芙蓉七月花。四方旷野，未有虫鸣不惹。豆豆瓜瓜，见得牛郎影子斜。

200. 又　立春

立春有旨，已是东君言语里，草色萋萋，不过林边不过堤。梅花有蕊，白雪阳春何不止，花已成泥，白雪成泥共作溪。

201. 又

阳春白雪，白雪阳春应已绝。上了天街，自可分匀自可谐。离离别别，不堪留藏不堪折，只是人佳，不下心中忆上阶。

202. 又

人情一半，留下人心还一半。不过前川，过了前川又一年。人情不断，不断人心心不断。月里婵娟，月下婵娟在梦边。

203. 又

杨杨柳柳，作得柳杨何饮酒。只饮春秋，且以诗词作度舟。诗翁老首，日月耕耘天下走。问得江楼，问得江流不到头。

204. 又

朝朝暮暮，岁岁年年天下路。楚楚吴吴，晋晋秦秦皆是儒。相相互互，千百人间千百度。不在扶苏，惜以明皇惜念奴。

205. 清平乐

多多少少，岁岁人生老。老老常知常小小，步步行行无了。波波水水潮潮，风风雨雨云霄，回首西阳夕照，半圆玉宇虹桥。

206. 又　杨侯书院

书书院院，有得长生殿。留下梨园人不见，古古今今如面。人间一半人间，阳关不是阳关，才子佳人应在，红颜总是红颜。

207. 又　梅

三冬一蕊，半香千风里。只见天娇天下水，已是东君桃李。红尘作了芳溪，姿身不以高低，姊姊冬春妹妹，群芳共与东西。

208. 又

北京门户，自是忧伊吕。见得萧何韩信语，也是飘母一煮。刘邦项羽多余，陈涉吴广当居。匹匹夫夫自主，何须天下樵渔。

209. 点绛唇　赠袁立道　自嘲

四下京州，今年又是重阳九。一生杨柳，处处人人友。三载长洲，不饮平生酒，应回首，一江江口，与海相连否？

210. 又　饯别

抑抑昂昂，寒山寺里寒方丈。是何方向，鼓鼓钟钟响。止止行行，去去来来仰，长亭上，以何思想，见得黄天荡。

211. 又

夏木阴阴，东山不尽西山侣。女儿谁语，少少多多叙。莫以秦楼，弄玉求凰去。何留下，穆公如杵。是穆公如杵。

212. 卜算子

岁岁一梅花，白雪年年下。一半阳春白雪花，岁岁年年下。处处一梅花，处处阳春下，不邮阳春白雪花，细雨纷纷下。

213. 许衷情　中秋不见月

年年八月一中秋，十二月中示。弦弦总是圆缺，十五总难留。悬玉缺，卷琼钩，月常羞，是非今日，是是非非，白首空忧。

214. 又

三百六十五天中，总以缺西东，中秋一日还缺，不得不由衷。天上问，地中蒙，已西风。一年无月，一月难明，一度空空。

215. 好事近　木犀

朵朵木犀花，子子香香细细，自是黄黄成济，不须寻青帝。三分秋色故人家，只是桂如艺。不以东君无见，已当重阳计。

216. 又　冰花

万里雪冰花，一树烟云相挂。满了三边天下，吉林长春画。阴晴一半一人家，已乱了三界，长白山中山外，最兴安岭砦。

217. 南歌子

已过长安夏，何留渭水春。云中我是去来人，一曲单于声中见经纶。步步燕山路，行行永定津。江山一半一征尘，隔日相思已在洞庭滨。

218. 又　赠吴伯承

大隐皇城市，中庸署府田。方圆寸尺方圆，亦步亦趋何不定三边。日月江山水，阴晴草木天。春夏秋冬四季四时年。

219. 霜天晓角

杨杨柳柳，水水山山友。最是长亭四面，送君行，不须口。阳关三叠久。来来去去走，说与归其不远，应未了，可知否。

220. 生查子　辽东在三边

年年今日闻，今日年年问。岁岁上元时，走马灯前近。立春春雨分，杨柳青黄韵。未了一秦川，自在三边郡。

221. 长相思

山空空，水空空，一点春心一点红，丹青只向东。山中中，水中中，不见青云不见风，天屏一笔工。

222. 忆秦娥

元宵节，秦楼弄玉秦楼绝。秦楼绝，穆公萧史，已月如雪。多情只是求圆缺，圆时少少弦弦缺。弦弦缺，黄河流水，波波折折。

223. 苍梧谣

归，一路风尘何不归，春秋里，南北雁应飞。

224. 又

归，一半春秋一半归，童翁见，应自不同飞。

225. 又

归，总是人生总不归，因行止，何以老难飞。

226. 水调歌头　又　示儿

自古农民见，不种共名粮，高粱谷子苞米，多种不分仓，至少分成两样，我在秋中司职，夜月自文章，六十身名退，格律自圆方。匹夫见，今古问，一生长。朝朝暮暮来去一日一回肠。秩里阴晴日月，秩外诗词岁月，一世一汪洋，积十三万首，杨柳运河乡。

227. 又　临安

送送迎迎客，客里客家乡。临安十里南北，有水色钱塘。杨柳隋炀杨柳，六涘汴梁六涘，千载运河长，彼此苏杭见，白日自天堂。通州北，金陵岸，虎丘旁。唯亭盛泽同里水水共周庄。八月盐官潮涨，上下天天地地，一度一天光。回首长安问，八水绕平章。

228. 木兰花　应为木兰花慢十七体

已纷纷细雨，幽幽下，净清明。也杜宇山花，桃桃李李，杨柳方成。相倾，一山五女，望江亭上八卦当荣。已暖山姜芽小，根红青萃初生。英英，草草萌萌，人已暖，水先明。金达莱，与映山红共色，各自纵横。同情，弟兄同步，祭祖回头八十年轻。却等明皇一日，平阳一枕京城。

229. 雨中花　应为雨中花慢二十一体

回首扬州，杨杨柳柳，隋炀一帛千秋，已是功名留下，几帝王侯。六涘水，秦淮岸，南南北北通州，领钱塘故郡，富春江头，同里长洲。先贤济世，物是人非不断，未可周游。应远望，雨消云散，西照沉浮。见得姑苏碧玉，桥边宝带风流，两岸桃李，梨花红杏，何问因由。

230. 鹧鸪天

待到黄花达帝畿，身名已可自相依，诗词格律方圆客，十万新诗世上稀。天下路，自芳菲。退休只似不休飞。东洋过去南洋海，过了巴新八十归。

231. 眼儿媚

洞庭山下五湖舟，十里到湖州。千年无锡，元头渚岸，一半风流。虎丘寺外生公去，留下石点头。姑苏几载，运河水路，到得杭州。

232. 虞美人

春江花月年年好，只是年年了。渔舟唱晚月无潮，夜色明明水色自沼沼。年年不尽年年老，自是难回小。逍遥之处不逍遥，日日耕耘日月北新桥。

233. 菩萨蛮

山山水水知多少，花花草草知多少。市隐不渔樵，巢由三界遥。绵山天下了，四皓商山了。了了不知水有，波波难作潮。

234. 临江仙

早早年年年年晚，春秋相似秋秋，杨杨柳柳未分匀，黄黄成绿色，绿绿作黄尘。一度年年年一度，黄黄绿绿难匀。先黄后绿是应春，秋黄因不绿，何以共黄轮。

235. 浣溪沙　过临川

我是临川旧使君，如今又在岭南闻。飞来白鹤问功勋。偶尔功名功偶尔，诗词格律二分文，农家不独种粮耘。

236. 又

不到长安不问，曲江进士曲江云。乐天自得乐天君，一路东都留守客，三生乐府白元闻，今诗句句已京文。

237. 西江月　自述

一步西湖旧路，三年秋满姑苏。江湖水月半东吴，九月重阳黄菊。杜宇山茶朝暮，瀛洲白塔何负，清清白白小蛇夫，方丈心离天竺。

238. 忆秦娥

梅花落，东君与了群芳约。群芳给，春梅已在，似轻云薄。花花自得花花萼，心心子子何离索，何离索，春留不佳，夏秋相托。

239. 浣溪沙　自述

一路行程六十年，三生续步万余天，诗词十二万多篇。自以辽东辽五女，书乡八封近延边。望江亭上望云天。

240. 柳梢青

山山日月河河，草木阴晴多多。白玉为车，黄金作印，夜里嫦娥。诗词不饮当歌，古古今今呵呵。少小甘罗，名成吕望，究竟如何。

241. 卜算子

已见渭泾流，再以新丰旅。一半长安一半吴，见得京城女。莫望广寒宫，玉树常年杵。一半婵娟一半明，悄悄轻轻与。

242. 柳梢青

虎啸龙吟，天高地阔，独木成林。十荷香，三秋落叶，一带衣襟。清风肃肃禁禁。已见得，冰霜暗侵。富贵功名，本来无意，何况如今。

243. 瑞鹧鸪

一曲鹧鸪半柳杨，千声杜宇百花香。农夫已作桑田首，日色西陵晚木苍。白雪阳春怜谢女，梅花三弄寄萧娘。如今八十知天地，不再相思不断肠。

244. 青玉案　送顾统辖行

相春亭上听君语，一男儿，三言虎。白节堂中何今古。英雄豪杰，紫泥丹诏，有唱黄金缕。谁当合纵连横武，要尺棰，平骄房。一令千军千里去，一鼓作气，九九重阳，谈笑清寰宇。

245. 念奴娇　读史

空城无开诸葛亮，对垒两军无鼓。一壁开门琴自语，老小残兵落羽，我乃南阳，耕夫自得，三聘三分主。联吴拒魏，当言刘备府。司马懿领千军，已威威赫赫，如龙如虎，不负英雄，欺弱小，不得人间平房。我且从容，如今如天度，让三分字。三国归晋，我当容你重舞。

246. 又

大江南北，魏吴蜀，对垒千军如虎。既使曹公徐庶计，铁马连营旗鼓，火要当心，风行火急，此计天应主。

何逐徐庶，周瑜黄盖如舞。其一徐庶连营，火风其二矣，何言军主，窃问曹公，东风扬火取，莫周郎房。庶非尽尽，连营风火今古。

247. 蓦山溪 又

三分天下，不是三分下，天下是群雄，古已是，群雄天下。秦皇一统，战国与春秋，何天下，何天下，是是非天下。苍苍四野，可几分天下，自海角天涯，大漠荒沙天下，江洋东海，北外黑龙江，谁天下，谁天下，是匹夫天下。

248. 拾翠羽

四季遗愿，当以竹梅兰菊，半春秋，夏冬香馥。桃桃李李，海棠甘菽。梨杏苣。苞米麦粮田谷。匹匹夫夫，相次中原逐鹿。数千年，谁人分目。重新估计，各朝重复。成败是，王寇几何分陆。

249. 蝶恋花

自以爱花花不住，日日红红，只向花丛注。若有人情情不顾，曹植赋里洛神赋。不是宓妃妃不语，有《燕歌行》，一半平章路，自是建安文化步。英雄不可精英妒。

250. 渔家傲 红白莲不可同盆而栽

白白红红莲自独，红红白白莲分目。出水芙蓉相互淑。云里薯，人间留下从天竺。大小乘中何大小，心经也有金刚馥。信仰如来如俯仰，儒和睦，潼关老子玄元逐。

251. 夜游 句景亭

一水朝朝暮暮，三亭景，相相互互，你你他他我我顾。山中影，水中颜，亭上住。事事浮云数，见不得，人人如故。鹭鹭鸥鸥飞带雨，柳杨塘，芰荷香，千百度。

252. 鹧鸪天 菊桃花

菊菊桃桃一树花，儿儿女女半人家，重阳未到东君到，春风半似秋风遮。成一色，已双华，东篱已付武陵洼。刘郎未问谁留下，错以渊明种豆瓜。

253. 又

物是人非物百年，书生进士日三千。绵山禁火清明解，晋耳何言一语先。天地见，子推贤，阳春白雪已前川。名禄禄禄何名禄，不到如今不自然。

254. 菩萨蛮 回头

落花流水流文阁，阁文流水流花落。波岸水边波，波连水岸波。约人情有约，约有情人约。多色一江河，河江一色多。

255. 又

缺花雪月风花雪，雪花风月雪花缺。船上不圆圆，圆圆未上船。别舟舟已别，别已舟舟别。弦弦知年年，年年自弦弦。

256. 又

尽情不尽情情尽，情情尽尽不情尽。音已是心心，心心是已音。准相矛与盾，盾与矛相准。寻自女儿寻，寻儿女自寻。

257. 又

白头人笑花间客，客间花笑人头白。应八十平生，生平十八应。石阡阡陌陌，陌陌阡阡石。凭处处香凝，凝香处处凭。

258. 南歌子 过严关

雁在衡阳度，湘灵鼓瑟还。昏昏日月在严关，竹泪苍梧流水各斑斑。不得鱼书断，秋霜客首问。洞庭云梦自无闲，此去岳阳楼上望君山。

259. 燕归梁

岁岁花花草草香，一半苏杭，钱塘一半是天堂，天堂望，燕归梁。杨杨柳柳荷莲色，谁聊赖，是隋炀。水调歌头帛丝长，接六渎，水云乡。

260. 卜算子

杜若一长洲，水月千杨柳。不见隋炀不见流，盛泽长江口。未尽运河舟，未饮谁人酒。作得书生作得忧，不饮糊涂酒。

261. 点绛唇

一路平生，平生一路朝前步。不分朝暮。日月心分付。一路公私，草木公私顾。经天度。岁年如数，天天地地住。

262. 水调歌头 酒

酒究为何物？酒不与成人。酒徒醒醉醒醉，冬夏又秋春。酒自刘伶伊始，酒作帝王赏赐，酒宴可君臣。酒已人生欲，酒已作风尘。酒天下，天下酒，酒分醇。曹操且以明月直向杜康民，赤壁周郎火败，且以华容小道，酒色未经纶，李白当涂酒，酒在误仙人。

263. 锦园春

一湘斑竹，二妃情未煜，岳阳山麓。女英娥皇，苍梧分香馥。风流雨沐，不尽是，月明宫淑。李白华清，霓裳裙下，明皇未逐，翰林幽独。

264. 天仙子

水调歌头三两曲，容易红颜容易玉。月明桂影广寒光，对空烛，空无蜀，不以昭君相记足。阁上楼中情继续，下里巴人何装束。单于一马逐阴山，万里瞩，千夫促，天下天空天共属。

265. 鹧鸪天　酒

醉醉醒醒一梦中，东西不见半西东。无无有有无无去，去去来来不由衷。淹世界，没天工。空空未了又空空。粮粮米米人生物，酒酒时时自始终。

266. 风入松

刘郎可以待萧娘，相见箸红妆。人人刮目人人望，小楼中，月色清光。拾以寒宫桂子，寻来小菊秋香。重阳九月九重阳，八月木犀内，卿卿我我卿卿，自依依，叙叙肯。再约明年此际，人情换得轻妆。

267. 多丽

清明近，子推不在绵山。雨纷纷，何须晋耳，禁火是禁人间。在其为，匹夫土地，意中天下作刁蛮。成败

兴亡，去来来去，可分荣辱可分班。以生死，身名何见，一世一公颜。天应问，今今古古，非是人关。算以来，司空见惯，帝王初对云鬟，苦难中，共难共苦，未然人去不归还。社稷多云，人臣多变，当时不是时闲。自去也，英雄处处，醒醉入河湾，谁回首，忠贞旧忆，如此何般。

268. 临江仙

一曲临江人不主，阳春白雪声声。小楼一半已多情，明皇留故世，处处念奴鸣。十丈梨园天下事，帝王将相人生，佳人才子有枯荣。人民人马卒，列队列难名。

269. 杨柳枝

杨柳枝前金缕衣，可相依。肌如白雪敞心扉，鸟初归。杏绿桃红不施粉，色颜稀。且以双波左右飞，自微微。

270. 鹧鸪天

一寸人心万里情，三生旧念半生明。神仙不在神仙在，醒醒醉醉误步行。衣不见，物难清。立言不饮不相倾，成成败败无从酒，辱辱荣荣独自平。

271. 西江月

见得醒醒醉醉，如何死死生生。行行一酒不行行，止止无须饮酒。日月朝朝暮暮，阴晴草木枯荣。醒醒醉醉何身鸣，不似杨杨柳柳。

272. 郭世模

瑞鹧鸪　席上

倾城一笑一回头，舞步轻盈如水流，

羯鼓胡旋胡小女，霓裳半卸半无羞。云舒云卷腰肢袅，足跃足蹈过九州。已约云中云带雨，不知早晚不知愁。

273. 瑞鹤仙　十九体无本体，以本体四纸韵和之　酒

非非何是是，问是非，非在刘伶乡里，醒醒醉醉里。平章文华梦，谁人谁比，龙门一子。有明经，山山水水，须陈谋对旨，不饮荒唐，杜康无技。经史，春秋子集，宋玉连墙，相如妹妹，昭阳本纪。天涯路，始终始，状元名状紫，鸾台窥烛，秦楼秦酒已以。好归处，共把诗书，醉须如毁。

274. 朝中措

青灯古寺夜方长，经卷自担当。自是如来如去，金刚普渡炎凉。天边十鸟，小中一凤，河岸鱼乡。俱是人间来往，生生苦苦思量。

275. 南歌子　酒

不饮刘伶液，还闻翰墨香。人生一路一扬。不可醉醒醒醉自荒唐。未可人生酒，人生只要粮。钱塘水月水钱塘，一半天堂一半是平章。

276. 念奴娇

江南江北，运河水，共比钱塘朝暮，北一通州，秦淮六溠，只向扬州渡，金陵北固，姑苏杨柳分付。又有南一通州，以烟烟雨雨，由长江注。未及江都。江左水，江右无言无妒。运河今古，天堂如如故。

277. 浣溪沙

一水清清阔阔水涯，三春浣女浣溪沙。江村一半女儿家。已是红尘红未尽，梅花落里落梅花，轻风一阵袖无遮。

278. 黄仁荣

木兰花

一水风流向下。

279. 许左之

失调

明知花有主，却在花前舞。

280. 又

你有当初，我亦从之。

281. 黄谈

念奴娇　过西湖

西湖烟雨，半烟雨，一半不发朝暮，一半已分堤上路，步步行行顾顾。唤取船娘，瀛洲远近，愿与荷花住，船娘笑道，荷花知我无妒。过了柳浪闻莺，见三潭印月，平湖如故。草木繁荣，花怯怯，见得船娘生妒。紧紧衣衫，身姿何显显，婷婷相渡，芙蓉想见，如何现如付。

282. 张栻

水调歌头

红石清溪色，白雪腊梅情。年年岁岁今日，处处已倾城。香雪海中石玉，杏杏桃桃李李，各自各繁荣。簇簇丛丛见，未了牡丹英。天香客，颜面国色，已相明。春春夏夏秋里日月也冬萌。见得梅花姊妹，不以冬春有别，处处教人惊，作以东君使，皆是故人声。

283. 阎苍舒

水龙吟　自述

行行止止行行，朝朝暮暮朝朝客。少年小小，皇城日日，阡阡陌陌。我自山村，书生如故，明明白白。可辛辛苦苦，殷殷切切，踪迹数，长亭驿。八十人生松栢，可经冬，久思恩泽。老来少少，最思初始，作人品格。格律诗词，方圆世界，九分流脉，以长江万里，黄河万里作人生迹。

284. 念奴娇

少年行路，一步步，不知何向何度。一亩高粱六千棵，八百余斤可数。岁岁年年，年年岁岁，日月当分付，百年一生，三万六千如故。读学始处家乡，与牛群共语，哞哞成误，我读俄文，知道否，日月东西分付，世界人声，兹拉斯一节，你好重许。四十年后，莫斯科里相住。

285. 崔敦礼

柳梢青

户户门门，门门户户。朝朝暮暮。绿绿黄黄，黄黄绿绿，秋春分付。浮生不饮如故，醒醉里，人人误误。已是千年，已来何去，有洛神赋。

286. 西江月

日暖梅梅柳柳，春光处处浮浮。天涯海角一方舟，塞北江南朋友。不免人生百岁，胡涂自得春秋，江流不必问江楼，自素自行白首。

287. 鹧鸪天

一世人间一世仙，蟠桃已熟百三年。王母玉女应相问，到了瑶台三千年。生世界，寿前川，神仙一觉已千年，酸甜苦辣都无见，未得人间半日缘。

288. 又

你作神仙我种田，人间一半是神仙。蓬莱岛上瑶台岸，未得江南一叶船。行日月，过前川，朝朝暮暮有乡烟。平生只以平生步，一寸心思一寸泉。

289. 浣溪沙　酒

一事无成一事成，三生有迹已三生。人情自在自人情，醉醉醒醒非好汉，身名不饮有身名，荣荣辱辱是荣荣。

290. 念奴娇　和徐尉

吴淞江畔，太湖水，百里烟波浩渺。人以江湖天下士，自得英雄多少，一半姑苏，黄天荡里，日月应多少。湖州无锡，洞庭山上方好。水水涌涌潮潮岸，杨杨柳柳，苏堤春晓。荷角尖尖，听杜宇，这里人生难。处处花花，莺啼疑小小，茵茵草草，以情相待，人间如此如道。

291. 水调歌头　垂虹桥亭

步步江湖岸，日色半垂虹。洞庭山上山下，自入太湖中。只以东西草木，自得繁荣昌盛，品类不相同。一半东山馆，一半西山宫。多花草，洋梅腻，各由衷，枇杷熟了蜜甜在有无中。人可骑鲸而去，踏破惊涛骇浪，前望似地穷，自以连营策，还道有东风。

292. 江城子

吴王一半已空空，馆娃宫，范蠡衷。五霸春秋，草木五湖风。已见夫差公路地，肝胆试，卧薪穷。剑池不远虎丘雄。有雕虫，有罴熊，自古如今，日月各西东，六国一秦秦二世，天地里，李斯同。

293. 陈造

诉衷情

卿卿我我许衷情，说得作人生，朝云暮雨朝暮暮，处处见人情。三峡水，五湖明，九州行。一鸣惊己，一步前途，一世今赢。

294. 蝶恋花　游石湖

一水石湖湖一石，一二三知，道在潼关客。万里江山阡又陌，雪花白了梅花白。俯仰云中由水泽，一半玄元，一半冰蚕帛，一半丹炉丹玉液，人间留下乾坤藏。

295. 洞仙歌　四十一体

山山水水，树木知多少。事事人人几何了。这秋冬春夏，一半中原留得个，处处花花草草。如来天竺教，老子潼关，还以儒学作基好。自以自心钟，向平生，对天地，分乘大小。

八十年，工格律诗词，自作自方圆，步人生老。

296. 水调歌头　千叶红梅

探访寻梅路，问道问东君。冬梅五瓣香尽，六瓣是奇闻。千叶千枝千载，古木盘盘错结，白雪变纷纷，待到群芳色，小妹已红芬。冬初尽，春初立，日曛曛。洞庭山上香雪海里箬衣裙。六瓣娇娇八瓣，九瓣幽幽十瓣，不必作诗文，只在江湖上，万里卷舒云。

297. 菩萨蛮　乞梅画

冬梅未尽春梅见，梅花落里梅花面。沧海一桑田，人间三界然。寒时心不卷，暖日千家恋。不仅在前川，无言从野悬。

298. 虞美人

霸王帐下虞姬舞，天下应无主。一时一事一浮屠，一世一生一路一扶苏。刘邦韩信丞相府，四皓知钟鼓，一相一母一身躯，半步半生半得半中枢。

299. 鹧鸪天

死死生生在一人，荣荣辱辱一人臣。平生不以平生志，半在刘邦半在秦。王帅将，将帅钧。英雄自古是凡尘。坑灰未冷江东应，一半人间一半春。

300. 又

一半扬州一半花，三吴子弟两吴家。运河柳柳杨杨岸，且从船中第二家。知日月，问桑麻，阡阡陌陌女儿华。

青莲水里红莲度，最是黄昏映晚霞。

301. 又

半入船舱半到家，一厢水下一香花。运河日日平平去，小女时时望夕斜。舱底下，岸明沙。幽幽隐隐已平霞。心心意意从无尽，自可藏羞自不遮。

302. 江神子

运河水下一船舱，半炎凉，几炎凉。最是船娘，曲曲凤求凰。弄玉秦楼秦弄玉，今古事，已苍茫。如今近在女儿乡。水洋洋，岸扬扬，已见千姿，处处有花香。同里姑苏难靠岸，竹枝曲，诉衷肠。

303. 黄定　进士第一

鹧鸪天　寿

一世文章一世田，半儒日月半儒天。青云普照青平步，桔赤橙黄正自然。三榜里，八花砖雍容大度翰林泉。玄元草罢明堂殿，国色天香寿老筵。

304. 王自中

念奴娇　严滩钓台

严滩严岸，一渡口，半渚明沙花草。隐隐微微芦苇荡，翠羽菲菲多少。俯仰随心，低昂从欲，赤足行行好。清新如许，与之鸥鹭飞鸟。你在我在他行，以和谐向道，何知何晓，一半人生，天下路，忙忙闲闲无了。彼此心情，问桃源内外，武陵溪老。钓台谁钓，如公如案如绔。

305. 李处全

水调歌头　吴门

水调歌头唱,一水到江都。今今古古留下,不问不苍梧。记取湘灵鼓瑟,治取九嶷苏。俱是江南水,天下半浮屠。长城问,苍梧问,一江都。楼船去得何以儿女论朝枢,帝帝王王来去,谁以民生作,不作不为夫,只以朝廷迹,古今有还无。

306. 又　送王景文　论酒

上马方思酒,醒醉向前行。何须不饮还饮,啸啸作声鸣。四壁长亭杨柳,一路朝朝暮暮,驿驿有阴晴,这醉醒醒醉,不必不枯荣。兴亡事,古今迹,半平生。醒醒醉醉何误,何事一长荆。若是骑鲸而去,不可醒醒醉醉,错了此行程,自以平生论,饮饮莫言明。

307. 又

去去来来购,冬夏又春秋。人生八十年岁,不饮不回头。见得醒醒醉醉,见从来不酒,见自沉浮。酒酒何何物,不似米粮油。兴亡事,成败路,辱荣休。无言必是当酒聊以忘忧愁。事事人人不可,莫以刘伶所作,只是醉醒由,只以乾坤界,一目大江流。

308. 又　渡口

渡口江流浅,日月白云深。高山流水台上,留下一知音。醉醉醒醒今古,有待人人事事,李白问衣襟,不可当涂去,捞月再无吟。刘玄德,关云长,张飞寻。当知翼,德醒醒醉,生与死相临。诸葛空城一计,不饮干戈已静,只寄一琴音。莫以刘伶见,此物乱人言。

309. 又

五女山前水,八卦镇中城。年年依此重去,故土故清明。少小爹娘俱在,祖父祖母同住,日月共同明。只以人情见,处处已人情。当今是,应八十,未平生。来来去去南北草木自枯荣,再步望江亭上,回首江流不尽,未了万波行。我以双儿女,寄托老人惊。

310. 又　咏梅

岁岁寒寒见,处处耐霜枝。青松古柴成岸,傲竹雪冰时。同自清清楚楚,各以凌凌信信,日月可相期。月照留天以,岭上作先知。经天地,寻暖气,柳杨迟。梅花已自三弄二九已成思。又以春梅姊妹,会与水仙淑玉各自共千姿,已作人间色,只待忆香颐。

311. 又　处州烟雨楼

两目楼观雨,四壁已成烟,清明时节南国,半路客家船。几粒青团园子,艾草浆浆液液,糯米已蚝甜。最是姑苏女,碧玉小桥边。五湖水,同里岸,虎丘蚕。春桑小叶丝已细细总相连。只是情情不尽,自在心中困困,自著自方圆,如此如何彼,一度一经年。

312. 又　除夕

夜半明除夕,灯竹已分年,声声不断南北,处处共云天。忆得当初少小,新帽新衣新鞋,一岁一新筵,家父执当厨,以此谢家娟。多灯火,新符换,挂悬鞭,兄兄弟弟和妹一卓共团圆。八十如今如彼,何以儿儿女女,各自在天边。回首回头见,自语自宜宜。

313. 又

少小天天盼,日日过年年。闯王十八天里,过得十八年。盏盏灯笼高挂,处处鞭鞭炮炮,四野弥硝烟。子夜增年岁,祖赐磕头钱。对联帖,天地合,吉祥宜,春风春地春雨一半以春连。孟昶长春佳节,第一联中今古已可慰前川。如故如今见,八十不当年。

314. 满江红　寄燕宾妹

十八年年秋,离乡去,朝朝暮暮。读大学,北京钢院,去平生路,小妹当时应六岁,一同数马同分付。咳嗽声,一记一心中,情情步。大跃进,应相度,公社化,当然圃,在西关五队,以清洁数。地尾田头多少垅,领先领主扬扬顾。七八年,这小小青年,多辛苦。

315. 临江仙　寄吕长禄兄为师

直立挺胸端坐位,兄言切记平生。年年岁岁自成城,今年今八十,直立挺胸明。一字一言成一记,当行当立当英。人言付我将军名,原来原不是,是立是吾兄。

316. 念奴娇　京口上元雪夜招唐元明

上元京口，北固镇，望尽瓜朝暮，一带江流收眼底，不问金山寺路。小白青蛇，徐仙借伞，何事当然度，如今如古，只应情字分付。造物已是天成，以人间彼此，阴阳相互，未与佛家，僧寺主，莫以私情相妒，水漫金山，如来如不见，任他如苦。西湖桥上，善行行善如故。

317. 满庭芳　初春

已满庭芳，花花草草，梅子已自初黄，江南江岸，已柳柳杨杨。处处葱葱碧碧，应见得，色色苍苍。姑苏渡，杭州也渡，一水逐钱塘。运河，连六溇，通州南北，记下隋炀，帝帝王王。以春秋六国，汉武秦皇。相似相同相仿，谁不是，天子天堂，何分别，长城万里，南北运河乡。

318. 鹧鸪天　社日二首

社日烟烟雨雨楼，醒醒醉醉已知秋，天天地地成因果，世世时时总不休。天下事，不难求。辛辛苦苦似江流。春耕一粒成千米，日月人间一叶舟。

319. 又

一日耕耘百日收，三秋社会半秋头。醒醒醉醉谁醒醉，老子儿童共马牛。男子饮，女儿羞，刘郎自在自风流。萧娘不涣门窗望，酒后人间已不愁。

320. 柳梢青　茶

烟烟露露，云起云落，朝朝暮暮。弱弱黄黄，见微见绿，山山雾雾。东西洞庭山路，有小女，坞中开；玉玉情情，碧螺春叶，如芽如故。

321. 又

三三五五，梅花坞里，无从无主。雾雾云云，烟烟雨雨，一番龙虎。如歌采摘如舞，问底事，心中有户，一曲单于，竹枝湘楚，听黄金缕。

322. 朝中措

沉沉一定一浮浮，起落有三眸。是碧螺春龙井，重重上下风流。丝丝展展，毫毫寸寸，玉玉差差。自以垂垂自得，横横纵纵春秋。

323. 又

洞庭山上半阴晴，日日雾云生。采得碧螺春早，小芽未绿黄成。枪旗未得，含羞侍女，已是的生。如此只须小女，眼尖手嫩方萌。

南宋·赵孟坚
墨兰图

读写全宋词一万七千首
第三十二函

1. 菩萨蛮

春花秋月应无主,高山流水多云雨。一曲到三吴,千声寻五湖。年年知落羽,处处何人诩。步步已相趋,行行当丈夫。

2. 又

中秋已见黄花早,木犀未放难开了,老子已修行,三生寻古情。重阳理九晓,端午端阳好。八月一江潮,千波归玉霄。

3. 又　菊

梅兰竹菊年年度,冬春秋夏时时付。自我自扶苏,何然何有无。君人君子路,谁问谁行步。一曲一江都,三声三五湖。

4. 浣溪沙　铸五女于浑江岸

五女江边五女乡,山城三月半春阳。清明依旧半阴凉。细雨毛毛毛细雨,行人步步已断肠,来来去去久飞扬。

5. 西江月　第四次浪潮

五月端阳端午,中秋九月重阳,汨罗屈子过潇湘,柳下渊明俯仰。日月天空日月,海洋宇宙海洋。阳阳自古一洋洋,人类人生方向。

6. 又　第四次浪潮

自古鱼鱼水水,如今见见天天。年年岁岁又年年,日月东西冉冉。停息农工停息,天工造物先先。人人类类自当然,不可迟迟道歉。

7. 又　第四次浪潮

能力能源能事,当生当灭当然。人生不可不依天。命命生生有感。自古阳洋自古,生生命命源源,年年岁岁又年年,古古今今相揿。

8. 生查子

冰冰雪雪花,叶叶枝枝嫁,日日映朝霞,雾雾烟烟榭。人间你我他,世上春秋夏,最是一冬纱,白白云云下。

9. 又

冰冰雪雪花,雾雾云云挂,一树一银妆,三界三光画。晶晶白白阳,闪闪明明派。最是迎朝霞,见得江山话。

10. 减字木兰花

春风不罢,只任东君挥指下。只木兰花,不叶由枝向日华。朝阳出嫁,已自扬扬天地化。半向人家,半向群芳问馆娃。

11. 又　木犀

黄金粉末,撒向丛丛林木樨。一片阳和,不见长沙不九歌。衣衣钵钵,却以香香求解脱。已是中秋,九月重阳已不多。

12. 又　和陈尚书宴

家家国国,已是人心分两齐,战战和和,不在汨罗唱九歌。金兵如贼,一力垂鞭行北仄。我以干戈,以职还牙向日多。

13. 想见欢　八月见月闻笛

中秋八月天香,半风凉。羌管声中抑扬,忆家乡,云散尽,嫦娥在广寒藏。一曲梅花三弄,月圆光。

14. 江城子　重阳

一番秋雨一番凉,已重阳,过重阳。采得茱萸,面向故家乡。少小轻离轻少小,今老矣,断衷肠。黄花不尽雪花扬。以秋香,待秋香,处处秋香,处处有衷肠,九九重阳重九九,行步步,久低昂。

15. 阮郎归

佳人已爱菊花天,重阳九月蝉,一声天下一声宣,再听可来年。秋已半,柳垂悬。苍茫四野烟,相思不尽在心田，人情寄小娟。

16. 忆秦娥

秦楼雪，秦楼月色秦楼雪，秦楼雪，清清白白，也伤离别。由君自在由君悦，天天地地依情结。依情结，天河天水，广寒明灭。

17. 又

萧史曰，凤凰曲里秦楼月。秦楼月，穆公不见，凤凰关阙。天河天水天河泪，应留一夜情无歇。情无歇，你来我去，一情难越。

18. 好事近

日月付江湖，岭外已梅花落。见得荼蘼如雪，一从梨花约。黄黄白白半相匀，悄悄隐飞雀。雪雪香香天下，小娟如何索。

19. 蓦山溪

梨花过雨，叶上珍珠暮。一夜一心情，广寒宫，分付，云中雨里，直以月光明，千百度，千百度，如此如何故。庭中玉树，月月应相顾。月正有婵娟，向人间，频频相互。情情意意，你知我意，不在广寒宫，人莫误，应相住，隔日弦弦妒。

20. 卜算子

一半问淞江，一半寻同里，一半姑苏一五湖，一半吴桃李。暗自己成蹊，暗自云烟紫。暗自桥边碧玉知，暗中人情始。

21. 又

一斗问江湖，一半江湖客，一半黄天荡里船，一半阡还陌。一半在姑苏，一半杭州石，一半钱塘逐运河，一半江都泽。

22. 诉衷情

衷情不在许衷情，只在广寒生。婵娟夜夜孤独，自以自无声。天下去，一纵横，半难平。何言何语，见得明明，见得盈盈。

23. 醉蓬莱　酒

笑人生一醉，是是非非，九重重九。最是重阳，见河边杨柳，因润平生，从联天地，不饮刘伶酒。玉作山前，冰为水际，物华依旧。白发朱颜，浩然相对，不饮耕耘，以日月友。李白当涂，九百诗余首。我今十三万首，八十载，未成升酒。苦苦辛辛，望江河口，海洋知否。

24. 贺新郎

不断山川路，半春秋，冬冬夏夏，只行行步。蜀道难中难蜀道，玉树庭中玉树。杨柳曲，单于声暮。下里巴人应处处，竹枝情，多少人间故。天下去，去来度。春江花月春江顾，有寒山，渔舟唱晚，有谁分付。自是高山流水去，莫以知音相互。日月里，江山留住，谁见得阳春白雪，似人生，岁岁年年赋，多草木，有云雨。

25. 四和香　立春

日日有朝朝暮暮，岁岁年年度。已是梅花三弄误，飞白雪，立春住。见得江南芳草路，已是茵茵顾。同以水仙行素步，应立意，前庭树。

26. 玉楼春　守岁

年年岁岁留无计，去去来来除夕际。谁知一度立春萌，梅花落里水仙艺。春风已告东君第，坐听灯竹应后羿，灯明子夜已分明，白首从头从守岁。

27. 南乡子　除夕又作

守岁守年分，一度立春一度闻。子夜钟声钟子夜，东君柳声春风已是云。日暖日曛曛，留下梅花落里芬。杨柳声里天下色，纷纭，绿绿黄黄着小裙。

28. 韩仙姑

苏幕遮

一人生，三界路。不必忧贫，不可停行步。富贵如来云去付，见得观音，见得菩提度。去来因，多少故，只以平平，莫以贪贪住。自误天公天不误，一水东瀛历历高低注。

29. 周颉

朝中措　湘席上作

湘灵鼓瑟两湘灵，水下数峰青。竹泪斑斑潇泽，苍梧处处安宁。忧人得意，汨罗五五，楚客零丁，且以长沙次第，洞庭四面浮萍。

30. 王彭年

朝中措　湘席上作

人才七泽一三湘，上轰已炎凉。水水龙门上下，寒窗十载文章。同行共度，鱼龙雀鸟，柳柳杨杨，得意如何得意，阳春白雪锋芒。

31. 李伯虎

朝中措　湘席上作

幽幽夜雨一潇湘，沅水半扬长。不问苍梧不问，书生未了书房。今今古古，来来去去，兴兴亡亡，我是当然自我，何当柳柳杨杨。

32. 岳崙

水调歌头　登赏心亭怀古

不以台城客，未问十三州。金陵旧事今古，足以六朝休。记取秦淮二水，胜似长城南北，见得运河流，我向隋炀帝，一度一春秋。石头岸，无锡惠，老长洲。杨杨柳柳如此八月一潮头。半步钱塘故郡，半步苏杭乡里，半步问王侯，若以英雄见，水载水浮舟。

33. 又

十渡江湖岸，八月过鲈缚，阳澄水上明月，上下一天光。巴解初知食蟹，且以昆山驻守，再将有兴亡。此去唯亭阔，同里过周庄。芦花荡，云水茫，几圆方。富春江上何见共注共钱塘。只是人来人往，不可春秋故国，处处有田桑。若有耕耘志，日月自低昂。

34. 又　秋日登望远堂

九月重阳九，日日菊花黄。人人向得高处，不见故家乡。望远堂中望远，一目何曾一目，只见得茫茫。莫以

人间事，付与自沧桑。秋毫路，分明步，自扬长。江山万里，行者逝水逝炎凉。雨过蘅皋浦口，草落长洲玉宇，人在问兴亡。社稷江山客，不可一黄粱。

35. 又　鄂渚

鄂渚游黄鹤，远客觅知音。洲前不见鹦鹉，只得故人心。日后琴台对坐，留下高山流水不，作古古今今。不以龟蛇锁，远近大江深。伯牙问，天地间，子期寻。由师旷留下五复二弦琴。日月千年过去，万里江山社稷，独木几成林。馆馆亭亭里，师旷一衣襟。

36. 满江红

岁岁年年，草木见、**繁繁**简简，日月里，以春秋在，以枯荣潜。自古如今天下事，当然不是当然眼。木成林，朽萎草中间，时时限。隋已制，唐六典，一池水，何深浅，有天云起伏，有峰青衍，虫鸟风流虫鸟去，山河自立山河涵。古今人，以去去来来，云舒卷。

37. 又

一半红尘，一半路。朝朝暮暮。自来去，自无来去，互相相互。独自芳香芳独自，常常风雨常常误。见运河，草木赋，在琵琶曲里，以阴山故。汉帝宫中何不见，画师因之无情数，到头来，留下一青冢，何分付。

38. 又

一半金陵，六朝去，秦淮朝暮。胭脂井，鸡鸣山上，丽华何故，已是风流风已是，江山不以江山度。到头来，未可问隋炀，谁杨柳。有女色，无玉树，后庭曲，台城数。以心经日月，作观音渡。蜀蜀吴吴蜀客，曹操已被曹操误。叹空城，晋自不三分，英雄步。

39. 又

一女吴中，曲舞里，姑苏小小，以色见，态姿姿态，有情多少。步步纤纤腰细细，玉肌白皙双波好，入人心，最是以琴弦，飞飞鸟。剑池水，沧浪草，虎丘塔，留园淼。以浮萍拙政，运河方好。以此方知方如此。梅花落是梅花早。共群芳，是下里巴人，情难了。

40. 又　渚宫怀古

暮雨朝云，三峡水，巫山渡口，古栈道，有陈仓木，有嘉陵柳。十二峰前峰十二，谁知故事谁知否，白帝城，赤壁借东风，英雄走。草船箭，黄盖手。火字里，周郎手。已连营百万，踏平无守。落得华容谁落得，群龙一日应无首。两字差，徐庶语东风，人间有。

41. 洞仙歌

长长短短，一书千言故，应缩三言七八语，厚中应成薄，万卷千章，浓浓压，章节依然如故。今君应逆向，短短长长，压缩成章又如故。厚厚

一文章，薄薄文章，只做得，似新似故。原则是，有神有知殊，他中你，他中我互相故。

42. 又

繁繁简简，见云舒云卷，分得天空自然遣。又平沙鸥鹭，散散逢逢。江湖上，风景如深如浅。山中多少木，入水形成，伪伪真真自然展。十里一清波，小棹归来，短短路，似长似衍。是则是，是非是，非非谁知道，人人逆向章显。

43. 又 元宵词

元宵节日，处处灯花好。玉艳藏羞媚赧笑。运河桥，已见飞鸯如云，走马驿，当是花花草草。连环珠玉画，项羽虞姬、帐下声声别伊了。锦绣色，这刘邦，会了张良，鸿门宴，英雄多少。且回首，街中只喧哗，便是未央宫，也须能到。

44. 又 绵棠

花中尤物，以幽情姿度。深染胭脂浅含露，有春寒，无赖无去相居，推不去，难绽处，何如半故。以珠宫贝玉，绝色相倾，粉粉红红白白度。不必强追随，管领风光，同桃李，梨花分付，以春雨，惊春近寒食，且吃他，清明雨中相顾。

45. 又 金林檎

娇娇雅雅，湘蕙应知晓。腻体丰肌玉心好，向琼林，溪岸早，不与群芳，应独自，赢得殊香多少。与春风一道，最是东君，情无休又无了。妙处难寻，

姿态尽，何同花草。只可赋，同风雨含羞，与竹菊梅兰，不知人老。

46. 卜算子 一曲

一曲弄梅花，一曲黄金缕。一曲阳春白雪春，一曲人生主。一世问知音，一世听渔父人。一世渔舟唱晚情，一世何今古。

47. 沁园春 怀归

缺缺圆圆，岁岁年年，上下弦弦。见寒宫桂树，怀中玉兔，霓裳广袖，作得婵娟，独独孤孤，形形影影，总是弦弦少是圆。中秋夜，一度应一度，又是阴天。离离别别怜怜，最难是，他乡送客船。共是思归处，无缘各去，无缘再会，总是无缘，各自前程，前程各自，梦里家乡梦里田。谁老少，客里归不得，处处前川。

48. 又

鞄击弥年，日月经天，处处自怜。见湘灵鼓瑟，玉玉竹泪，苍梧草木，舜禹桑田。古古今今，来来去去，暮暮朝朝共雨烟。何不顾，岳阳楼上见，忧字高悬。人生一半方圆，自学步，求求索索迁。老大同小小，童翁相似，书香书案，书法书田。也有阴晴，山河水草，一古枢机一古贤，回首处，已南南北北，误了前川。

49. 千秋岁

朝朝暮暮，日日行行步。少小学，中年度。从天从地去，八十人生赋。

天下路，南南北北谁分付。岁岁年年数，驿驿亭亭住。共草木，同春夏，随云随雨布。如翼何如鹭，回头见，方圆总在方圆故。

50. 又

朝朝暮暮，日日行行步。何处去，朝前顾，随时随进取，由事由人慕。长亭外，遥遥近近谁分付。苦苦辛辛度，水水山山住。塞北雪，江南雨，春秋冬夏数。回首望，阴晴一半人间路。

51. 又

朝朝暮暮，日日行行步。秋内是，文官主，郎中应四品，达者去事故。天下事，随君随已随臣度。秋外平生路，古古今今赋，修格律，佩文韵，康熙天子句。十三万首路。三万日，天天五首天天数。

52. 汉宫春

别别离离，在异乡送客，不系行舟。无知春秋飞雁，也有风流。声声南北，共日月，同了沙洲。岁岁是，衡阳青海，当然一半乡。往事不须回首，只平生不饮，日夜书游，诗词格律记载，覆水重收。二十五史，运河水，已到扬州。应又是，当年相似，日休赋十三楼。

53. 又 和辛幼安秋风亭

别别离离，在异乡送客，有了乡愁。南南北北飞雁。何以家洲。爷娘在得，即是家，日月当头。父母去，行人去后，烟波只是离忧。有说飘泉雨雾，

著精庐次舍，见得飞鸥。莼鲈螃蟹脍制，上老苏州。人情宜老。已邮得，一半沉浮，应又是，嫦娥后羿，弦弦上下如钩。

54. 水龙吟　自述

人生八十人生，行行八十行行路。年年岁岁，天天夜夜，诗词歌赋。成败何言，何言荣辱，一生如故。以中中正正，凯然介石，前处处，留踪处。五万唐诗如步，有诗人，两千三百，守付，莫回头唉叹，人生步步人生路。

55. 念奴娇

小儿小小，学举步，而且呀呀无了。已始人生人已始，一二三时如道。撤捺如天，人当其介，一石当然晓。地天天地，应知多少多少。自是八十诗翁，已来来去去，人行人老。回首行踪，何记忆，且以立锥当好。一语成师，终生如此去，若行行早，坚程坚力，持之衡矣飞鸟。

56. 扑蝴蝶

东京二月，唐朝蝴蝶会，金金玉玉，已成尘向外。穆宗已令张网，且以迟明视之，宫中宝珠无赖。已交泰，梨花院落，只云云霭霭。朝朝暮暮，人人国中艾。待得一夜闲时，化作三春蝴蝶，由群扑时成贝。

57. 祝英台　成都牡丹会

牡丹花，何到此，前事恐难忘。当自长安，由武曌考虑，此情不在成都，何寻工匠。莫老去，只留吟唱。

几名状，应见香里荼蘼，红红含苞放。节物移人，花草有方向，日边水岸温和，有云有雨，寸心里，当然高尚。

58. 江城梅花引

梅花落里梅花天，俱香妍。以心田。一片西湖，白雪作晴烟，点点飞鸥飞不定，在云边。作林妻，鹤子宜。近川近船，近婵娟，水弥漫，小泉涟，天天地地处处接，已无方圆。白塔寺迁，远近竹溪前。何以小雨共云翩翩，露绵绵，与何人，似当然。

59. 西河

长安道，西去阳关重唱，沙沙鸣处又沙沙，作黄天荡。且英雄不觅英雄，荒丘难以思量。莫俯仰，朝前望，不可何言名状。隋时天下重繁华，断碑残将。未央宫阙已成灰，天公如此无恙。古战场，留下何向。酒泉边，山河悲壮。醉卧沙场成旷，算当时，不见留名，尽见得，李陵名，谁人样。

60. 夜合花

风问屏窗，月寻书卷，谢娘形影纤娇。凤凰一曲，秦楼弄玉云霄。润玉暖，过兰桥。自芳情，香透鲛绡。一曾初梦，云云雨雨，楚泽红摇。萧史未了文箫，似天宫缈缈，丝路迢迢。罗衫折折，胭痕粉迹无消。行又止，问还寰。有心思，宽尽芳腰，约时未见，小亭悄悄，待影相招。

61. 垂丝钓

凤花翠羽，无山无林无主。戊戌经

年，已亥当宇，应三吾。一二曾已数。黄金缕，不是杨柳谱。如烟如雾，孤城十里淮浦，云云树树，独立临川舞。步步行行苦，客客谁言虏。天下虎，再入飞将府。

62. 黄河清

籥黄河清已浊，如山如谷如濯。三百里兰州阙，何言分榷。天山天云已落，自青海，山山岳岳，以中原作母亲，曰："大河不必清涿"。阴山直下潼关，同泾渭，向东营，共祥乐。一峡三门，角羽宫商徽卓。若以中原逐鹿，数千载，春秋璞玉，古今今古，三千载，浊清清浊。

63. 蓦山溪

年年草木，岁岁重阳菊，自曰夕阳红，登高处，黄昏相逐。山低见处，已暗自无明，灯火逐。灯火逐，远望应王屋。兰兰竹竹，且以梅花淑。九日是茱萸，九九九，黄花香馥。人间如此，世上可如故。知天竺，问天竺，且以心天竺。

64. 鹧鸪天

百里江湖一水温，夕阳万里半黄昏，姑苏四围千年巷，同里三吴，子胥门。人心已入小江村，卖花只问买花女，桠桠香香小子孙。

65. 又

海外蓬莱海外山，人中玉液醉中还。瑶台见得蟠桃梦，世上人间一水湾。天下问，雁门关。南南北北去来颜。衡阳岸渚如青海，两度春秋两度间。

66. 又　登君山

半步君山一度秋，三湘落叶一乡留。江流有意江楼问，不可无忧不可愁。江日照，岳阳楼，君山屹立作中洲。山河草木枯荣见，世上人生度九州。

67. 又　采莲曲

柳围芳塘一小舟，芙蓉出水半含羞。形形影影珍珠落，独独孤孤四望眸。牛不在有郎求，婷婷玉立自风流。衣衫挂在高枝上，一半随风一半酬。

68. 又　咏绿荔枝

金谷园中一绿珠，珍珍玉玉半浮屠。娇妍碧碧红红顶，素口蛮腰有弱姝。枝叶色，自扶苏。人间不可不姑苏。明皇匹马杨妃笑，力士惊呼向念奴。

69. 夜行船　越上作

水满平湖香满路，小船轻，花花无数水芙蓉，婷婷玉立早熟莲蓬入户。萧郎潘郎藏不住，性情里，不羞不顾。儿女江南，艳阳春里，只以芰荷分付。

70. 又

明月无声灯花落，应相给，意心交错，似影如形，半愁雀短山长，互相求索。何后羿，嫦娥无诺。香襟冷，不看花萼。八月中秋，九月重阳，还似去年独鹤。

71. 又

绿满商山红满路，见樵渔，不知分付。岁岁年年，年年岁岁，心在汉宫相顾。不是巢由屈指，回头问，一书有误，应是无言，人生一步，度了又还重度。

72. 又　怀越中

曲曲弯弯山水路，小桥头，小家东渡。碧玉厌厌，身香冉冉，浑似那时相妒。日上不知郎已到，回头见，一心不误，言外分付，长亭北面，水月不明深暮。

73. 感皇恩

十里一长亭，短亭五里。百里亭亭不桃李。风云无起，却又是风云起。路，明知我意，多行止。一曲单于，狼虫虎豸，逐鹿中原见红紫，四时四秩，人共博山孙子，秋冬春夏序，谁无视。

74. 蝶恋花　寿酒

岁岁年年今日酒，不过三杯，不过三人口。作得一生杨与柳，行行止止当知否。醉醉醒醒非是友，不饮当头，不误清清首。李白当涂何足丑，诗翁不饮诗翁酒。

75. 又　送岳明　寄杨一木一机部副部长　国务院能源办

少小知何是酒，不饥平生，自是原因有。已见昭君冢外柳，呼和浩特谁成友。少女唱歌边劝酒，不饮方停，饮了难停口。杨一木先生示手，平生此醉诗翁首。

76. 又　竹阁

竹阁楼中寻竹阁，有菊梅兰，四秩应相应约。大理云中飞孔雀，开屏不邮开屏跃。云中云南云水若，四季如春，秩秩相同落。一曲芦笙儿女乐，隔山唱得情开柘。

77. 一剪梅　梅

一半佳人一半身，处处均匀，细细腰身。纤纤玉玉自相邻，白雪阳春，晋晋秦秦。傲骨香香不染尘，作了红人。入了清津。梅花三弄已相陈，入了天轮，自是人沦。

78. 天仙子　五体

一半人情应不断，君在江南江北岸，牡丹开了白梨花，我长安，香不散，明月圆时应可唤。

79. 朝中措

冬梅落里一春梅，日月总相催，领略一城香气，群芳处处因陪。东君谢罢，行中太乙，上了天台。见个小儿小女，寻寻觅觅猜猜。

80. 又

梅花落里见梅花，疏影入人家，最是暗香浮动，三枝插入窗纱。冬天去了，春天来了，处处芳华。白雪阳明处处，当知海角天涯。

81. 又

千姿百态玉腰身，由得向新春。领略春芳入伍，香风四处邻。盘龙古木，千年曲曲，年年红尘，不能东君来去，轻轻入得天伦。

82. 菩萨蛮

人人字字人人姓，公公业业公公正。石介石头城，六朝三界名。南唐南不改，千年千载净。一代一台城，天光天竺情。

83. 又　甲午秋

秋香一半秋香院，西风有璎西风面。落叶落南山，江南江水闲。霓裳霓不见，上了长生殿。曲曲舞红颜，身身杨玉环。

84. 又　送

迎迎送送何人见，东风不识西风面。客送客家船，何知何谷川。云舒云又卷，风去风来便。我子我心田，君夫君自怜。

85. 西江月

一半西江月，三生一半娟娟。年年岁岁事方圆，驿驿亭亭店店。未了平生之旅，已终职守桑干，郎中四品不当然，下海人间作俺。

86. 又

九九重阳九九，千千万万千千，百年三万六天，日日书书见见。一片黄花一片，生生处处泉泉。京畿草木以名宜，且以东君相见。

87. 梅弄影

雨停云定，未了寒山磬。醉了人间不醒，废得平生，未如听石磬。曲终斜径，石石冰冰凝。步步行行不亶，作个幽人，儒知应不剩。

88. 诉衷情

衷情不尽许衷情，一半一人生，有知不是知道，以步步步行。天缈缈，路平生，不明明，只清清度，一昧前行，只得今赢。

89. 又

衷情不尽许衷情，一丈一夫名。不知不是无道，是去是来行。回首问，自平生，独前程。此生多少，日月东西，雅雅卿卿。

90. 又

衷情不尽许衷情。一半一平生。人生不是私自，须得与人英。天下事，去来行，小家名。大家家中，纵纵横横，羽羽缨缨。

91. 又

衷情不尽许衷情，一半石头城。六朝兴亡南北，五代十国名。应万象，自阴晴，各枯荣。夫妻何似友朋朋，意念成。

92. 锦帐春

处处开花，家家插柳，是寒食清明时候。细细毛毛雨，去去来来后，人间自有。木木绵山，不知知否？晋耳问，子推中守，已终成禁火，劝国成名首，天高地厚。

93. 谒金门

云又雨，草草花花成羽。杜宇声声啼杜宇，春来春去主。日月山川如圖，木木林林今古，去岁今年明岁数，无言庭后树。

94. 又

云又雨，草草花花成羽，自舞临风自舞，平生何自主。岁岁年年宇宇，五五三三三五，储储扬扬还俯俯，归根归于土。

95. 又

云又雨，草草花花成羽，翠翠微微应自主，由根由厚土。下里巴人如讷，忆唱罢黄昏缕，白雪阳春曾一数，心情何目睹。

96. 又

云又雨，草草花花成舞，暮暮朝朝朝暮暮，瑶姬瑶自主。宋玉襄王楚浦，巫峡高唐阳煦，一水平平官渡浦，何因今又古。

97. 好事近

一夜月明泉，白雪里梅花落。半枕纤纤依靠，手温何求索。弦弦七七自弦弦，隐隐作相约，自是婵娟难了，最怜单衣薄。

98. 又

一步一人生，一路人间方定。不是官民何是，自由当成性。人生一世一人生，撇捺一人净。以一成天成地，老翁当求姓。

99. 浣溪沙　寄吕思凝

大小心经大小乘，宫商角羽五音征。秋冬春夏四时承，美美琳琳成姊妹，鲲鲲彼此共鹏。春荣寄与吕思凝。

100. 又

吕氏宗亲吕氏明，中中法法两华清。思凝晓以美琳情。十四年中年十四，面临大学面人生，老翁寄与老翁情。

101. 浪淘沙

一望玉门关，半响沙山，谁人留下月芽湾，不见楼兰楼不见，不得回还。万里白云寰，路路弯弯，单于声里有飞鹊，见得胡来胡见得，等等闲闲。

102. 定风波　丹桂

中秋八月生桂香，西扬无了又东扬。郁郁沾身从不绝，离别。炎凉伊始已炎凉。黄里白中时尚，已留儿女嫁时妆。桂子已成香不散，重看，只今当有雁飞翔。

103. 卜算子

一度是人生，一度非人正。一度知行一度行，一度当知性。一度问江山，一度知天命。一度成成就就名，百百千家姓。

104. 柳梢青　和胡夫人

步步珊珊，行行曲曲，水水湾湾。赖赖闲闲，衣衣薄薄，素素颜颜。深深院落关关，油腔滑调处，何如石山。已向归还。新音微度，入得人间。

105. 点绛唇

柳絮杨花，红缨白雪谁分付。不分朝暮，已满重重路。一半风流，一半垂垂顾。何心意，牡丹开度，且与君君住。

106. 醉花阴

碧玉姑苏姑小小，春雨惊春好。寒食又清明，谷雨晚春天，再采茶尖少。云环一枝斜。小阁幽幽，是处都香了。

107. 愁倚阑　重九

重九九，又花黄。已斜阳。满把采茱萸，寄家乡。幽幽郁郁香香，一心短，一丝长长。弟弟兄兄同此忆，共爹娘。

108. 如梦令

弟弟兄兄如手，水水山山杨柳。客里客人生，缺月缺圆回首。知否，知否，别别离离翁叟。

109. 又

小小双峰双起，玉玉纤化纤蕊。已见一丛丛，自得半江春水，桃李，桃李，小杏已红足矣。

110. 太常引

春秋两度雁门关，一秋去，半春还。百度渡湘间。有鼓瑟、二妃泪斑。岳阳楼上，洞庭流水，问得谢东山。白雪共梅颜。梅花落，风流等闲。

111. 朱晞颜

南歌子　墨竹

影入三秋月，寒生六夏霜，文章幻得王簋笃。自以梅兰黄菊共君乡。九九重阳节，汨罗五五泱。长沙一赋贾生方，李白凤凰台上凤求凰。

112. 吕胜己

沁园春　闯关东

一半同宗，一半同源，一半共天，一半院落客，山东大半。东东北北，一半三边。长白山中，兴安岭下，鸭绿江中一半鲜。分两岸，你中应有我，我有江船。大千世界成千，高句丽，桓仁五女前。古王城尽，重修如此，征东未了，改了桑田，闯了关东，三千万先，本地人民千万员。如今见，以院落子女，学步先贤。

113. 醉桃源　即阮郎归　景山　寄独娜燕子

春花向自景山来，桃桃李李梅。景春亭上步天台，独娜燕子陪。临北海，故宫催，天安门后回。东城汪魏巷门开，黄滕叶里猜。

114. 又

一年一度景春亭，中原四季青，李桃梅杏已争红，樱花由自衷。香步步，色丛丛，芳华玉宇东，眼前一片故清宫，九千九百空。

115. 又

景山足下一槐生，崇祯一半明。君非甚暗闯王城。臣私自不平。回首处，鼓楼情，钟钟鼓鼓鸣。当知天下共人情，一年一度荣。

116. 蝶恋花　自述

一路平生行一路，秩里诗词，秩外诗词赋，爱好年年坚持住。回头十二万首数。一路平生行一路，已是天天故，自不分朝暮。专业学科科学故，当然止步当然步。

注：全唐诗四万九千首，二千三百余诗人。全宋词一万六千

首，一千三百余词人。另，重著诗五万二千首，词一万六千首。吕长春格律诗词六万八千首，是其总和矣。

117. 又

已见全唐诗可数，御笔康熙，五万应全赋。二千诗人三百故，由从天下唐诗度。全宋词中词可数，万六千首，千百词人故，自以宋词天下度，人间如此如文付。

118. 又

六万八千诗词赋，八十平生，格律工人注。再以唐诗五万度，宋词一万六千度。日日年年从不误，秩满尤明，以佩文韵句，且再工精重分付，此情未成衷情故。

119. 又

一半人间人一半，一半黄河，人在黄河畔。积积流流南北岸，胶东下得关东瀚。日日人生人算算。八十年年，不足三万旦，十二万首加万贯，平生已付平生断。

120. 长相思

小蛮腰，小苗条，一半心思一半窰，小桥流水遥。五湖潮，六渎霄，两两峰峰两两摇，小家碧玉娇。

121. 又

天风流，水风流，影影光光上小楼。姑苏月色羞。五湖舟，六渎舟，木渎西施半不愁，夫差娃馆修。

122. 又

一玉娥，两碧螺，已见玲珑闪玉波，阿么不渡河。东山坡，西山歧，曲曲阳春白雪歌，胸前已满多。

123. 浣溪沙

一半芳华一半妆，三吴水色两茫茫。清波未定向高唐。已有高山流水曲，梅花落里已沉香，西厢不是不红娘。

124. 又

玉影长长问夕阳，姑苏处处十三香。五湖波水入钱塘，一半江都江一半，运河一半到天堂，小家碧玉在斜塘。

125. 清平乐

红尘分付，分付红尘住。暮暮朝朝朝暮暮，岁岁年年如故。梅花落里梅花，人家处处人家。本色红泥本色，天涯海角天涯。

126. 又 咏木犀

帝王将相，都有黄金匠，留在人间三两样，桂子当然如尚。香香郁郁香香，扬扬点点扬扬。粟粟金金粟粟，黄黄粒粒黄黄。

127. 促拍满路花 瑞香

听阳春白雪，见下里巴人。瑞香香过一年春。重阳不及，寒气化天津。紫微宫女问，万万千千树，已误芳秦。四时原来原本，先后各分均。温柔情态尽人怜。霓裳犹在，宝珥连环身。最是凌仙子，更约江南，教东君令年新。

128. 谒金门 闻莺

西湖水，柳浪闻莺风起，俱是先先桃又李，东君曾彼此。柳色如黄已是，莺啼细声伊始，最是风轻风不止，知春桃与李。

129. 又

西湖水，半在瀛洲东里，半在风声听水起，天光从不止。杜仲三尺直视，缘缘向荣成美，见得浮萍荷未已，尖尖酬岁史。

130. 又

西湖水，步步白堤何止，太守钱塘疏篱比，高低分位始。知地知天知水，赤壁当然知彼，诸葛周郎应不以，连营徐庶史。

131. 又

西湖水，秦桧岳飞同里，一半英雄谁可比，亡臣亡国止。战战和和史史，界界边边无以。见得昭君昭彼此，单于声自起。

132. 又

西湖水，保俶塔前观止，百里平湖平百里，波波从不止。楼外楼中菊馂，济世济公留畧。福祉人心人福祉，当然他我你。

133. 又

西湖水，一色雷峰相妄。白白青青蛇所祀，成人成胜己。不止徐仙不止，水漫金山无比。始己人心人己始，依依多妹姊。

134. 又

西湖水,灵隐灵光灵里,尺咫天涯天尺咫,人心人已始。心得心经心止,金玉金刚金簋。无可从商从欲视,千年今日起。

135. 又

西湖水,一岭梅家坞里,龙井龙泉龙门子,茶园茶品始。虎跑龙吟不止,人去人来人祀,西子西湖西溪美,天堂天是水。

136. 南乡子

小小一轻舟,由水由波任自流。不似太公垂直钓,弯钩,鼓案如今不忧。已见是春秋,不邮纵横见九州。碧水湾头鱼不尽,何求,事事无言事事修。

137. 又

一步一江湖,一路朝天一路吴。六淡运河连六续,江都。水水无边不际途。一世一书儒,一寸心思一有无,日月长洲长日月,扶苏。一二三时一丈夫。

138. 减字木兰花

深深浅浅,一水含光含冠冕。一半云山,一半青峰一半天。平平展展,泫泫风波风泫泫,岁岁年年,天以当然地自然。

139. 瑞鹤仙 与独娜燕子过皇城根上景山 十九体

木兰花已落,且见一心蒂,方知求索。青英叶初博,以春开春谢,梅梅相约,情怀如若。问牡丹,知芍药作。二天初出土,芽芽似笋,几何相托。谁在迎春花下,欲折无衷,有云飞雀。不呆忘却。东君去,玉关绰,在梅花落里,得见则个。群芳百草领略。郁金香、未全花蕾,十天展萼。

140. 又

木兰花白白,绿紫淡成颜,如君如客。皇城道边隔。以蕾中分子,何须寻帛,思思泽泽,片片垂,方蓄叶厝。已年光一瞬,芳华易改,本心难册。求索,宗英留子,蒂中生叶,阡阡陌陌,同情共赏,桃李蹊,甘棠迹,与尔君米去,梅花落里,独树一帜无碧。与春风,以荣相就,是时是脉。

141. 又

已梅花半落,正是木兰生,东君当允。青英尚藏作。情怀若若。一半寒,暖一半托,以天光所赋,紫金城里,迎春花薄。谁作。齐在云里,只须天地,不在求索。年年岁岁,先自扬,当颜略,不随春分度,朝朝暮暮,只临风水相着。作伊家,万头千绪,亦天亦拓。

142. 又

向嘉陵楚鄂,一水已巴州,巫山朝暮。自三峡官渡,高唐已云雨,有猿啼故。悲秋宋玉,已当年,何何度度。只襄王向晚,瑶姬早,只是情多误。分付。一水东去,曲弯弯曲,去去难住。夔门白帝,十二峰,都如数。已知应归者,无分主客,古今今古一路,问千年,已千年故,独行独素。

143. 又

在煤山俯仰,一本作崇祯,明臣多少,三百年朱棣,三千年古今,了无无了。陈年旧世,想当年,元璋不晓,是兄兄弟弟,何言子,只是金陵草。人道,刘伯温卜,帝王幽燕,永定河好。桑干故水,飞将军,阴山鸟,运河通南北,明明日月,水村寨缈缈。望西山,李广射虎,北平政好。

144. 满江红

八十生平,三万个,朝朝暮暮。日月里,苦辛辛苦,向前行路,何谓向前行路去,随时随势随人度,有路成,无路自行成,人间路。左右问,前后顾,独步я,群步,独诗词格律,日年分付。从不停停从不误,到须功德圆满度,八十年,十三万首诗,生平赋。

145. 又

物态人情,一路是,秩中秩外。此记取,近生天籁,远生天籁,自在心中心自在,生生日月生天籁。万里程,所遇所千年,风云会。钱塘不,莼鲈脍,巴蟹蟹,昆山糯,又天涯海角,春秋无赖。已是扬州杨柳岸,玉箫月色何应最。历平生,见识广源泉,情情兑。

146. 又 长沙定王台

上定王台,长沙见,三湘大小。泪罗水,三闾大夫,九歌多少,不是离骚离不是,吴吴楚楚何时晓,二千年,渔父问昭关,英雄少。谁荣辱，何花草，六淡水，娃宫好。问天平山下，虎丘知道，五霸春秋谁五霸，苍梧一水湘灵老。见二妃，鼓瑟已声声，声声了。

147. 又　归次长沙

所向长沙，一路上，云烟四野。一小子，乞人余食，已声泪下。遣使巡随我去，虎威狐驾何牛马，近潇湘，竹泪已斑斑，无安厦。士也者，民也者，使也者，官也者，以人天下者，以人天下。五品郎中求四品，修私未了中伤也，谁居心，漠视漠贫民，谁何文雅。

148. 又　博见楼

八十年中，多少事，多多少少，多少路，少多少少，与人多少。六郡九州秦汉制，如今四十州还少。一越王，未取十三州，方圆小。落一足，飞一鸟，五千载，书多少。岁年年岁里，事人多少，事事人人分对立，时思物态多重晓，正史余野史更多多，知多少。

149. 又

五千年中，多少事，无休无了，多少事，正正反反，侧逆多少。何虑何思何所想，言非言是言无了，史史非，史中是，留何，何言好。诸葛计，司马晓。兵百万空城小，我拥军自退，孔明知道。一胜难平成一胜，断琴只是听琴好，这江山，非一战当天，人情老。

150. 又

渭水垂竿，自钩钓，文王一路，八百步，去来来去，周家朝暮。鼓案声声何所市，屠刀不与屠刀故，是居心，意在意文王，应分付。八百步，周公顾，天下事，从无误，这鱼鱼案案，以云行雨，八百年中成一幕，春秋战国何人数。这江山，这社稷人间，人间步。

151. 又

长白山前，纷纷扬扬，兴安岭下。分不得，琼化玉蕊素笼林桦。四野飞飞飞树挂，山川雾气茫茫迓。已全妆，一色一风华，萧娘嫁。酒市静，旗低亚。烧炉火，人情谢。闯关东是客，而今凭籍。百里雪源林海色，一衣带带冰霜借。已平平，是壑壑沟沟，何文化。

152. 又

白雪飞飞，却不是，阳春消息。重重落，一层层积，腊梅何觅。却以清香袭客至，姿姿态态应无匿。已三冬，九九数寒天，芳分织。问杨柳，东君力，太乙见凭身色。任江山日月，为人社稷。作得衣装衣作得，冰花洁洁冰花饰。待春光，不及半春气，相思翌。

153. 江城子

冰衣一幅作冰姑，弄浮图，自扶苏。白雪阳春，一日玉姿奴。见得肌肤匀腻理，情态里，罗敷腴。江南行客岭中图，下三吴，问姑苏。小小

金陵，共去莫愁湖，此路运河天下水，千细女，半江都。

154. 又

藏藏匿匿一情中，已由衷，不由衷。门外宣宣，户内有诗翁，一寸心思心一寸，应曲曲，莫空空。春云春雨有无中，是无穷，自无穷，南北西东，不别不相知。半意无声无半意，何由衷，可由衷。

155. 满庭芳　登博见楼

已满庭芳，文文化化，古今自可炎凉。夏商周后，世乱一秦皇。楚书坑儒断后，天地上，古古今今，先贤度，人人何以成愚纯，回到商汤。苍诘居心造字，承道者，继世书香，留文化，名名逆逆，一治一圆方。

156. 卜算子

水有万千波，山有森林木。四秩中原四秩娥，有菊梅兰竹。水自一江河，山以枯荣逐。一半人间一半歌，古古今今目。

157. 又

腊月一梅花，白雪冰霜亚。自在寒中自在遮，且以芳香谢。已是过天涯，只有东君借。待到春风待到家，姊妹同时嫁。

158. 瑞鹧鸪　登博见楼

方方面面已风流，蹑足登攀博见楼。一目书乡书卷卷，三生不尽一生休。齐齐鲁鲁沉灰纪，晋晋秦秦有国忧。云云梦梦今成泽，一渡天章一渡舟。

159. 又

山山水水一春秋，木木林林半世流。卷卷书书书卷卷，修修养养修修。千千万万千千万。有序无头有序头，迢迢云梦迢迢泽，一卷天天一卷求。

160. 感皇恩　舟泊

向柳柳杨杨，莲塘归住，水阔天高渡。小姑轻笑，已可等闲分付。竹枝湘蜀曲，相思苦。转杨柳曲，春云春雨。天地空空有情误，渔舟唱晚，泊在洲头相度。怎奈何，言不断，心无数。

161. 临江仙　又

一曲临江仙客问，木闻已自行。声声欸乃逐风流。人心人自在，水逝水东流。泊在裴公亭上月，秦秦楚洲洲。吴吴越越子猷修。同寻同竹径，独问独麇酬。

162. 好事近　又

水泊水舟平，一半心思难定。隔壁船娘杨柳，竹枝声声宁。心中月下小窗明，仔细用心听。下里巴人情调，似乎应回应。

163. 又

一水一舟平，一月一天清净。一夜竹枝杨柳，一人倾心性。一儿一女一人生，一度一方正。二自然孤独，一声何纵横。

164. 鹊桥仙　第四次雪

天低三尺，地高三尺，一片鹅毛大雪。江山霭霭素衣妆，已皓杰，冰花不绝。雪前寒秀，雪中渐暖，雪后三天冻切。梅花却在雪中开十五日，阳春白雪。

165. 木兰花慢

有春风到处，一番雨，一番温。倒是这梅花，一番新雨，落红封门，梅花落中回望，有群芳，小妹共篮坛牟。应见清商易改，桃桃李李村村。儿孙。小小已成婚，子女寄慈恩，自成蹼暗自，梨梨杏杏同了乾坤。书生已知李白，静夜思，夜郎已黄昏，乐府方圆格律，一文古木深根。

166. 又

有西风到处，一番雨，一番寒，倒是这重阳，以茱萸客。共菊花坛。群山几回演易，这枫霜，共与共青丹。何以江山易改，冰花白雪银冠。山峦。自起伏盘桓，草木已残残。待明年雨水，枯荣旧秋，重着云端。年年似如岁岁，以平生，知步学邯郸。独木成林处处，世人已久书安。

167. 又　观稼

见风调去处，一番雨，一番云，顺顺见牛羊。陌阡阡陌，草木芳芬。黄昏牧童一笛，半归村，老叟自耕耘。录自春秋演易，来来去去相闻。相闻。日日自辛勤，岁岁以东君，作田田亩亩，禾禾米米，儿女衣裙，生平已知草木，共兴亡，言语不纷纷。只与人间社稷，我时立与功勋。

168. 又　小隐

朝天门外路，短亭始，短亭留。一隔巷书香，一年封步，日月春秋，云中几回魏尚，谩夸劳，志气自然酬。更以班超定远，英雄以事尽头。嗟休。角绪茧丝抽，旧故续何由。见成成败败，荣荣辱辱，名名也如利利，俱非非，飘泊作风流。小隐城城市市，匹夫不可无羞。

169. 又

自年年岁岁，一冬夏，一春秋。草木似人生，去来来去，自自幽幽。今年去年一岁，似相同，却是不同流。梁黍应高五尺，多情田田亩亩，禾稻悠悠，村中匹夫已老，以孙孙，何以觅封侯，向越王钱镠，只言得十三州。

170. 柳梢青

柳柳杨杨，班超魏尚，总是黄粱。太守南柯，云中定远，何以回肠。功功业业长长，造化自然中，书卷香。风静皋亭，丝丝细雨，一路方扬。

171. 鹧鸪天　城南书院

上隐心求小隐田，樵渔意在立人贤。功功业业年年守，利利名名四皓怜。三世界，五湖边。一帆可驾一帆船。书儒草木书儒客，日月耕耘日月怜。

172. 又　桓仁西关天后村

梦里常思故老家，樱桃屋后卷莲花。石墙四围成天地，暮暮朝朝映彩霞。山五女，水淘沙。三生一半客风华。西关天后村前忆，八十年中夕照斜。

173. 又　湘赣

岳麓风云竹泪斜，湘灵鼓瑟玉长沙。葵轩老子今何在，不见三闾大夫华。

人去后，草荒洼。苍梧未见九嶷花。浔阳日色南昌客，步上滕王阁上家。

174. 又

彼此人间四十州，潇湘世上岳阳楼，先生留下先生语，步步经天步步忧。云梦泽，洞庭流。苍梧犹在湘灵去，逝吕还浮一叶舟。

175. 又

一步山河一步人，坑灰已冷半书秦。东瀛徐福秦皇岛，二世何终指鹿臣。分五马，李斯均。文章小篆至斯寅。黄骅八百童男女，到得如今作湮沦。

176. 点绛唇 长沙送同官

一路江河，苍梧未与湘灵约，向谁知索，只与院落鹤。一静干戈，自是梅花落。梅花落，尘天飞雀，作了红尘萼。

177. 又

日月无根，东西自在东西进。已无相吝，不是无相吝。
共以枯荣，共以阴晴顺，同秦晋，互相相信，草木碧王觑。

178. 又

一半江湖，风风雨雨相朝暮，小家何顾，水水桥桥渡。一半姑苏，止止行行路。应如故，二千年赋，风貌重数。

179. 又

桂子方成，如香自是如香性。是中秋令，不与重阳竞。三月西风，已见冰霜净，冰霜净，见枫红盛，得以人间正。

180. 又

似水如潮，春春日月秋秋早，草花花草，又鸟虫虫鸟。造物当然，随了人间老。人间老，老人真老，草老明年小。

181. 鱼游春水

鱼游春水里，天上东风飞燕子。玉楼相见，以斗角色心址。杜宇声声何不起，柳柳杨杨黄绿美。如浪似波，水中披靡。何以何为柘梓，枝叶同时生旧机，山中日日轻寒，清流不视。过尽征鸿鸭所以，自是先知先觉始，桃桃李李，以心行止。

182. 霜天晓角 题九里驿

九里驿边雪，十载常相别。一半人生来去，夫妻路，各圆缺。时以情所切，对月何可说。若是知人知己，谁分付，对明灭。

183. 虞美人 咏菊 自述

重阳只以黄花故，岁岁年年度。来年自是帝畿儒。八十平生格律诗词殊。十三万首天天步。日月心分付。秩中秩满秩扶苏，不计自名不计一浮屠。

184. 又

清明已有清明故，且以绵山度。子推勇退勇师余，古古今今云卷又云舒。无非普耳重分付，回首人间步。生生息息自当初，不在汨罗不必问三闾。

185. 又

重阳九九汨罗五，腊月梅花主。上元自是立春趋，三月清明寒食草芜芜。中元乞巧何今古，织女牛郎宇。长春节日立春夫，一岁一年一度一扶苏。

186. 菩萨蛮 月下听琴 西湖作

知音一曲知音少，西湖一半西湖小，月下有平潮，云中无小桥。高山流绺，下里巴人晓。弄玉凤凰箫，穆公声已遥。

187. 又 题莲花庵

莲花庵里莲花度，人生不尽人生路。善哉善人书，行房行者余。金刚金字语，嘛嘛尼吽女。一在一当初，三由三界如。

188. 南歌子 又

夕照黄昏路，莲花庵里钟。声声磬磬玉人封，施主何来何去一行踪，半以听君意，由心半已从。嘛嘛尼叭咪吽宗，步步行行步步有中庸。

189. 八声甘州 怀渭川

问紫岩去后汉公卿，不知几貂婵。司徒不分三国，魏武挥鞭。依旧黄河万里，泾渭一秦川。八百里周客，今古云烟。八韵八声八段，在梅花落里，岁岁年年，入潼关二水，自以问三边。望中原，风驰电骋，过九州，牙蠹正翩翩。阳关叠，已生西去志，谁是先贤。

190. 如梦令

已是如春如夏，未了群芳群暇。已见得莲花，一半尖尖低亚。谁嫁，谁嫁，莫以羞羞云下。

191. 又　同官新得故官故姬

已是秦砖秦瓦，又作汉家人下。一曲子期情，一曲伯牙音寡。如惹，如惹，自以人间消洒。

192. 又　催梅雪

白雪阳春时候，自是相依相就。处处已香浮。折了一枝香瘦，香袖，香袖，香了身心香透。

193. 西江月

举案齐眉日日，吟吟咏咏年年。诗翁家里一婵娟，晓得书书剑剑。去去来来步步，朝朝暮暮怜怜。方方正正已圆圆，意意心心忓忓。

194. 渔家傲

一日浔阳江上客，半年九派知阡陌。白白庚公楼上石。天下泽，运河杨柳苏杭帛。无锡江苏周太伯，江南郡里隋唐栢。见得滕王阁上璧。王勃迹，少年已及青年珀。

195. 又

一路江湖知俯仰，英雄步步黄天荡。半在人间人朗朗，心已广，寒山寺里听方丈。记得春江花月夜，渔舟唱晚枫桥上。未了钟声船艇响，知所向，天堂世界人间享。

196. 又

立世文章立世书，渔家日月渔家傲。已造梅花天已造。形影好，终生自得终生操。八十人生人已煮，方圆未了方圆导，不靠如今如不靠，谁过老毛，粗粗细细糙。

197. 杏花天

长春院落东风早，荷花草，鱼鱼鸟鸟。声声不尽声声晓。布谷人情多少。喜鹊落，问啄木鸟，七彩背，红黄好。麻雀燕子曾小小，天不老，人不老。

198. 唐致政

感皇恩　原无调名

君欲问予年，七十有九，百岁尚留二十一，利名成败，南北东西上下，如今赤道路，南洋树。

199. 楼锷

浣溪沙　双桧堂　实为山花子

双桧堂前叶已香，山花子后日方长。一半荷花一半色，白红黄。出水芙蓉谁不见，不须隐隐不须藏。虚絮实丝应护子，有潘郎。

200. 林外

洞仙歌

花花草草，草草花花了。岁岁年年有多少？以春秋冬夏，秩序回归，应得个，水水山山不老。谁言谁不老，俱是人人，言里言中又言道。老老是人间，这山川，这林木，江河改道。壹贰叁，知老子潼关，一是一人天，不知何好？

201. 梁安世

西江月　重九

七月荷莲身彻，中秋桂子还香。重阳九月九重阳，处处黄花俯仰。采得茱萸书案，人间一半炎凉，中原四秩四时光，南北东西两样。

202. 黄岩叟

望海潮

运河杨柳，钱塘流水，小桥碧玉人家。烟雨雾云，阳春白雪，东君带来梅花。香雪海中华。有群芳姿色，六淡香注。一半江湖，春江花月夜豪奢。舟平水影参差。有峰青入主，桂子桑麻，瀛女弄箫，冯夷伐鼓，黄昏钓叟莲娃。弱女浣溪沙，一半枫桥上，一半烟霞，一半姑苏日暮，一半似吴笳。

203. 富拯

多丽

潇湘月，你中有我中天。似琉璃，形形影影，我中有你船边。已清清，也还碧碧，以峰青草木鸥弦。花暖乡关。竹枝如泪，女英娥皇坠金钿。又杨柳，单于声里，鼓瑟已民云然。昭君见琵琶一曲，多丽轻弹。自长沙，汨罗两岸，九歌吴楚如烟，夜行船，以灯火间，九嶷山下不鸣蝉，善感多愁，浔阳司马，珠珠玉玉一盘前。且记取，元元白白，西子一湖边，钱塘水，桑田翠羽，中竹流泉。

204. 邵怀英　寄白居易

水调歌头

百亩西湖水，万亩古桑田。水高一寸三指，水淹半桑田。八月钱塘龙卷，必以泄洪分导，太守保家园。竹篦观分量，筑得白堤悬。明君易，行知府，白乐天。灵犀一尺三寸一届一主一全。若以唐家六郡，不可东都留守，望月望婵娟。且以人间事，如此向先贤。

205. 赵长卿

水龙吟　酴醿

阳春白雪阳春，梅花划以酴醿误，梨花也误，杏花也误，桃花也误。已是三春，山茶花盛，已香迟暮，且繁红已去，我行我素，柔玉质，冰肌许。自以轻盈相度，月光里，与婵娟住。不分不即，难离难处，朝朝暮暮，色色形形，同姿同处，如今如故，待荷花来后，云中雾里水中分付。

206. 念奴娇　梅

古今今古，有骚客，自以冬梅同度，腊月寒风寒腊月，它以根心分付，叶叶枝枝（妾妾子子），且留如此，只以花香顾，群芳不解，东君何以相许。及至其妹春梅，与群芳共处，无言无许。一色平平，当自在，香雪海中朝暮，化作红泥，不东张西望，以香如故。以香如故，以年如岁如数。

207. 满庭芳　元日

灯竹声声，屠苏处处，自以元旦新春。长春佳节，孟昶对联人。见得东君欲语，梅花落，一半作红尘。一半群芳共处，先吴越，晋晋秦秦。长安巷，长安故里，一代一天津。如今如自古，春风春雨，磁化水春春。引花花草草，带得经纶，自以和和暖暖，南北里，伊始茵茵。听杨柳，阳春白雪，一度一天轮。

208. 花心动　见梅寄暖香书院

书院香香，一窗寒，风风雨，风风雨，大地复苏，春向龙门，学步已邯郸暮。半春秋，增春秋读，子经书，集经书度。万千卷，千千万万，诗词歌赋。不记温柔如故，曾记得，直钩钓鱼无误，鼓案于市，无误文王，天下路同分付。相同相异应相互，向背处，合和成步。可记取，年年岁岁自数。

209. 踏莎行　春暮

止止行行，朝朝暮暮。泄洪日月天天数。秩前秩后秩中工，诗词已是人生步。水水山山云云雨雨，文文化化今如故，生生息息过屠苏，辛辛苦苦回头路。

210. 南歌子　早春

日日春风暖，幽幽草木香，南阳处处一南阳，未见天机天下已兰堂。晓竹青青色，梅花白雪扬。重阳自然菊花妆，一半人间一半度炎凉。

211. 蝶恋花　春深

燕子巢边多少。一片酴醿，留下阶前女。不在吴江何在楚，钱塘已禹苏杭去。与得红尘红得与，落落飞飞，生子相妻倨。虑虑生平生虑虑，相如只道只相如。

212. 鹧鸪天　茶醿

白雪阳春白雪香，作醿处处不寒凉。幽幽郁郁成行素，暂暂肌肤自在扬。天下色，嫁衣裳。人人驻步问潘娘。梨花相似伴娘误，一半人间一半莺。

213. 又　春暮

杜仲朝阳五尺长，三春翠羽一春扬。山茶未落荷尖角，一半西湖一半香。经日月，月炎凉。秋冬春夏四时乡。江山草木江山上，一度繁荣一度荒。

214. 江神子　梅

冬风刺骨骨方长，以冰乡，以寒扬。寄与骚人，梦里作黄粱。玉质肌肤应自傲，孤自立，独低昂。文章自古一文章，一中堂，半中堂。有了梅花，自得自芬芳。切切生书书切切，天地上，自浮香。

215. 南歌子　忆南徐故人

不饮南徐水，还闻故里人，朝朝暮暮事西秦，一度东南南北一秋春。岁岁人生路，年年日月巡。有生有息有经轮，共地共天共度共天轮。

216. 临江仙　酴醿

已到三春三界问，我行我素酴醿。层层白暂白丝丝。巫山巫峡水，一主一瑶姬。片片丛丛丛片片，芳香郁郁疑疑。小荷悄悄已私窥。红颜红已露，玉叶玉灵姿。

217. 一丛花　杏花

莺啼一曲一丛花，香色入人家。桃桃李李成蹊去，作红尘，未语春娃。芳心婉婉，媚容绰约，小杏自无遮。姚黄春思春不尽，魏紫夕阳斜。无言不语幽幽瞩，小墙高，书生声哗，然然一色，纤纤腰细，愿结作桑麻。

218. 青玉案　春暮

江南不尽江南路，不尽暮朝朝暮。不尽人间人步步，止行行止，诗词歌赋，共与平生度。一月白雪梅花住，二月群芳不相妒。三月清明寒食故，古今古今，是纷纷雨，不尽纷纷雨。

219. 蓬莱　芍药

有黄粱一梦，太守三章，初春时候，白雪长安，渭泾何依旧。推见芽儿，尖尖窥视，破土功成就。叶作先驱，心当旬后，合成豆蔻。本是红颜，牡丹相对，你有枝干，我根源茂，岁岁年年，共以香衣袖。不是诗书万卷，这枝叶，与根同昼。处处同因，以何成长，何左何右。

220. 雨中花慢　寄麦可沙龙

莫以南柯，似有似无。人物何以茫茫。路东西南北，短短长长，四秩秋冬春夏，有温情有寒凉。以天公造就，不同分析，北极南洋。黄河万里，万里长江，一半衷肠。万里长城秦汉，运河水乡。今古古今中国，人

建天下天堂，世间虚幻，薄名浮利，莫以黄粱。

221. 蓦山溪　早春

杨杨柳柳，柳柳杨杨首。五九已初黄，到七九，河开知否，黄黄绿绿，似已半分匀，江河口，匹夫手，燕子巢边守。当然九九，十九黄牛走。世上已桑田，处处见，鹅鸭纽纽。村村前后，一雨一春求，东家叟，西家叟，话在垂杨柳。

222. 蝶恋花　暮春

杜仲荣长春已老。独自娇娇，荷叶尖尖小。柳浪闻莺应不早，声声细细声声了。谁问瀛洲谁不晓，一半西湖，一关新芳草，鹤子梅妻天下少，人人自在人人好。

223. 虞美人　清婉亭赏酴醾

阳春白雪酴醾好，已是梅花了。梨花一片共春潮，白白云天白白嫁衣瑶。清清净净情多少，朵朵纤纤小，姿姿态态楚姬腰，不是手中飞燕是天娇。

224. 又

阳春白雪曾相约，只续梅花落。梨花作得一春潮，接了琼花入云霄。同颜同色同求索，结子同花萼。人生问得一南柯，不到黄粱不问一嫦娥。

225. 江神子　忆梅花

巫山以水问襄王。上高唐，下高唐。宋玉瑶姬，俱在水天乡。一半人间人

一半，朝已暖，暮还凉。云云雨雨在瞿塘。是珠娘，是孤芳，楚楚吴吴，目目见衷肠。十二峰中峰不锁，回首望，是黄粱。

226. 醉蓬莱

以蓬莱盏问，一叶金蕉，曲梅花落，庾岭归来，以文心约。何以由情，渊明琴柳，以武陵源索。已是人中，秦秦汉汉，几多飞雀。海角天涯，撑天一柱，自邮沧桑，是非如若，一岁一年，去去来来略。百岁千年万岁，只应得，飞云相掠。步步人生，蓦然回首，只应何作。

227. 临江仙

十日酴醾香雪海，吴蚕业已三眠。姑苏碧玉小桥边。浣沙太江，过去去来来妍。杜仲送春春已晚，山茶未了余天，风流留不住，最是五湖船。

228. 青玉案　社日客居

年年社日年年约，且不忍梅花落，化作红尘红不薄，我和燕子，都成飞雀。客里社日心居寞，燕子窗前已飞掠，不与行人行一度，只朝江浪，点头如若，点水轻轻诺。

229. 南歌子　春暮

处处红尘故，枝枝叶叶新，红尘一度一年春，化作香泥香彻去来人。枝叶常年绿，书窗作近邻。云云雨雨共天伦，总是枯荣总是自然臻。

230. 醉落魄　春深

柳已垂绿，兰花落了枝如玉，当然

小叶悄然曲,再过三天,可听阳关曲。台前一盏幽幽烛,且听夜静风声续,客中总是相思触,一梦南柯,太守不足。

231. 点绛唇　春寒

一路长亭,长亭一种多杨柳。自然垂首,黄绿相匀守。酒市旗亭,不饮何知酒。长亭酒,自年年有,饮者知何否?

232. 又　早春

一路长亭,长亭一路长亭酒,不知知否,一醉方休口。一路长亭,一路长亭走,如杨柳,水前山后,未了平生叟。

233. 又　春半

一半长亭,长亭一半长亭走,柳杨垂首,绿绿黄黄守。一半人间,一半人间口。谁知否,足踪当右,左足行于右。

234. 又　春雨

雨雨云云,云云雨雨长亭首。自然行走,驿驿多杨柳。日在长安,月在阳关守。人人口,不人人酒。醒醉人知否。

235. 又

十里长亭,长亭处处长亭酒。沿长亭走,驿路成然酒。醉醉醒醒,一路人生口。谁知否,一冬杨柳,一夏还杨柳。

236. 鹧鸪天　咏醑醸五首

白雪阳春白雪香,柔柔素素女儿妆。何疑来自蓬莱岛,已似琼花嫁粉郎。花作秀,枕中囊,带人梦里上天堂。书生直取龙门路,不在黄粱作客乡。

237. 又

只在梅花落里香,群芳不见胜群芳。我行我素传媒粉,不与桃姜梦阮郎。三夏始,一黄粱。花乡自是一书乡。后生自得先生教,且向荷花共一塘。

238. 又

告诉东城不必忙,我行我素我时妆。清清白白成天地,雅雅盈盈作玉堂。男子采,女儿藏。一诗一赋一平章。灵犀一点通天地,九曲黄河九曲肠。

239. 又

半向东君未着妆,梅花落里见群芳,酽酽醰醰自是含羞女,不染风潮不染霜。知日月,向天棠。人间正道是沧桑,荷花多我红颜色,共以娇娇白雪堂。

240. 又

独自扬扬独自香,一尘不染素衣裳,蓬莱岛上瑶台色,只作观音济世妆。天地上,玉兰堂。嫦娥寄与广寒光。银波付以琼花色,也助人间小嫁娘。

241. 探春令　元夕

两年元夕,在姑苏,客中观灯烛。女儿好妆束。生生息息,处处红妆玉。如今记取潇湘竹,二妃鼓瑟曲。斑斑泪不尽,苍梧女,杨柳当相续。

242. 小重山　残春

杜宇声声不住啼,桃桃李李色,牡丹迷。梅花落里作红泥。红尘里,其颜不减低。雁归已东西,草萋萋,衡阳青海两栖栖。红叶过宫溪。

243. 又

一半荷花一半红,三春五湖风。碧玉中,浮萍珠芷已由衷。洞庭山上,古城东。梁州羯鼓自无穷。玉关外,不再问飞鸿。

244. 菩萨蛮　梅

梅花落里香无绝,颜颜色色半如雪。一水一江河,泪罗听九歌。寒圆又缺,草木千秋节。不必问南柯,春花应几何。

245. 又

梅花落里香无绝,群芳丛里阳春雪。逝水逝江河,来人来自多。三年应已尽,一月何明灭。步步似南柯,行行如上坡。

246. 水龙吟

梅花落里梅花。红尘不心红尘客。风流不在,余香还在,阡阡陌陌。暮暮朝朝,来来去去。岁年年脉。以四时秩序,秋冬春夏,寒中三弄,天地上,人间泽。第一知春消息,向东君,上元资格,孤孤独独,寒寒暖暖,黄黄白白。待到群芳,芳香丛里,桃李琥珀。同以行踪度,春蚕不尽以吴丝帛。

247. 又　小杏

红红绿绿红红,黄黄白白黄黄色。桃桃李李,梨梨杏杏,春春息息,春雨春云,春风春水,如春春翼。

麦收刚开始，方成小杏，甜已足，酸香极。一口醇醇当极，激浑身，似寒风得，抖然一动，直入心底。荡然棘棘。忆取花花，过墙相照，招惹情织，已回心转意，居情结子与人间稷。

248. 又 莺词

声声一半声声，轻轻细细轻轻付。杨杨柳柳，黄黄绿绿，朝朝暮暮。杜宇曾啼，山花烂熳，群芳相顾，与春莺相与，东西南北，同气息，同人度。以霓裳相附，凤凰衣，娇娇妒妒，飞飞落落，无休无止，鸥鸥鹭鹭。与之何然，不同情气，隐藏云雨。向扬州无懒，同行同许，不同如故。

249. 浣溪沙 己亥清明寄

岁岁清明岁岁铭，宗宗视视照丹青。灵犀一点作飞瓴，创业关东关外客。桓仁五女一山屏，吕家以浩七代庭。

250. 胜胜慢 草词

石路边边，绿色兴兴，霜霜露露寒寒，几许茵茵，自是早早冬残。东君梅花已唤，献殷勤，小叶同安。却知道，色满山遍野，待以河滩。十月秋风四起，万物已青丹，高树枫冠。唯以丝丝，尤与共昏相繁。丛丛枯枯萎，深心处，汗汗漫漫。冬来也，且何处，等耐地坛。

251. 又 柳词

如杨是柳，拂拂垂垂，东君使得风流，意意依依，先知绿水朱楼。腰肢楚楚女学步，总相似，多了闲愁。应天地，

冬隆五六九，春上枝头，寄与霜霜雪雪，且以先黄均，带绿郊游。纳雨含烟，处处不击遍舟。坝桥留下折赠，已如今，少得新忧，春条在，到天涯，海角九州。

252. 南歌子 暮春值雨

雨雨云云落，云云雨雨轻，阴晴一半一阴晴，处处枯荣天下皆枯荣。草草花花暗，花花草草明。人情懒困懒人情，见得农夫得得杜鹃鸣。

253. 浣溪沙 与四弟义五弟藏扫墓

清明

一日清明半世忧，望江楼下望江流，江流不住问江楼。五女山前山五女，关东创业百年秋。桓仁八卦九州头。

254. 又 芍药，将离，离草

五女金鸳半玉奇，莲花泡子满将离。桓仁芍药自千姿。自为清宫章樾令，立县八卦始人知，今今古古已凝诗。落花流水流文阁，阁文流水流花落。波岸水边波，波连水岸波。约人情有约，约有情人约。多色一江河，河江一色多。

255. 又

绵绵清明雨，清明绵绵云，烟囱山上一衣裙，五女江前江水数峰分。水水山山水，山山水水文。桓仁一半一仁君。八十年来十度十乡曛。

256. 朝中措 腊

冰肌玉肌细思量，四九一寒凉。自是花三弄，女儿自为萧郎。凝香自以人消瘦，暗看独芬芳。处处人人知也，如颜如色如娘。

257. 昭君怨 春日寓意

草草花花草草，鸟鸟虫虫晓。碧玉小家桥，水中娇。见得人情多少，已是姑苏小小。自得自逍遥，意难消。

258. 桃源忆故人 初春

冰花又问东君柳，浮动梅香三江口，处处桃桃李李，叶叶枝枝首。云云雨雨不相守，未了阴晴知否。杜仲穿空已久，空饮相思酒。

259. 长相思 春浓

虫也鸣，鸟也鸣。草草花花一半情，云云雨雨萌。日不声，月不声，山山水水一半荣，天天地地英。

260. 感皇恩 柳

六九一河边，梅花时候。四秩寒中已如旧。群芳未属，君先纤纤豆蔻。垂垂拂拂相就。绿绿黄黄，难分已茂。自此随风春宇宙。锦囊多感，又以枝条分守，笛曲自然成杨柳。

261. 探春令 早春

杨杨柳柳梅桃李，任东君意旨。春茧困困丝丝里。冰雪化，风初起。小桥小家吴门水，碧玉同姊妹，燕归巢已矣，和和熙熙，百草都含蕊。

262. 菩萨蛮　春深

梅花三弄梅花落，红法一就红尘红。处处以人和，花花从草多。群芳成已荨，诸秀如飞鹊。学子学邯郸，公言公渡河。

263. 浣溪沙　已赢余清明

细细烟云淡淡风，莹莹杏李殷殷红，寒寒暖暖有无中。五女山前山林木，浑江水下水峰清，桓仁八卦易枯荣。

264. 丑奴儿

尖尖荷小浮萍里，不是荷花，碧玉家，杜仲方生五尺芽。年年四秋年年物，水水流霞。往事堪嗟，未见芙蓉已见华。

265. 浣溪沙　宠姬小春

一树梅花半入春，三秦醴醿五轻尘。千姿百态九州新。道是纤纤音色在，无言舞罢小蛮人。东君白雪贵妃身。

266. 清平乐　问讯梅花

三冬未绝，一夜分圆缺。最是人间人易别，不得风花明月。梅花落里梅花，高山流水天涯，下里巴人下里，阳春白雪人家。

267. 又　早起闻莺

声声曲曲，曲曲声声促。处处莺啼莺似玉，不尽情情绪绪。邯郸学步知书，春晚论语相如。一日三生六郡，樵渔不是樵渔。

268. 更漏子　夏

柳丝丝，杨幂幂。出水芙蓉白皙。云落落，日西西，夕阳成彩霓。寻觅觅，牧牛笛，一曲难鸣见历，风已定，水花齐。问君问玉堤。

269. 诉衷情　春台梅

春台一半一人间，香彻半红颜。姿姿态态南北，意意情情闲。孤傲立，独云环，素云湾。保由心里，粉粉红红，自以归还。

270. 小重山　杨花

杜宇啼鸣已百鸣，清明雨已晴，柳毛轻。杨花四处自盈盈。无不至，撩乱且无声。一念一相倾。三春三已去，不留情。朝云暮雨总难平。已成子，只是似浮荣。

271. 蝶恋花　春残

暮色方休巢中雁，有暖无寒，雨雨云云散。一片荷花浮水面，圆圆碧叶珠莲见。屋顶夕阳红已遍。玉碎波澜石径深深院。小小女儿情倩倩，明皇下了长生殿。

272. 鹧鸪天　咏雁

岁岁年年独只飞，朝朝暮暮不相依。三年一箭孤形影，不尽人间鸟兽归。千百里，半心扉。情情意意已微微。生生死死何生殖，岁岁年年独只飞。

273. 又　春残

岁岁年年已久安，残花往事似波澜。云云雨雨青莲色，鸟鸟虫虫满河滩。情不尽，意难卓，相关不断总连端。风花雪月下三箩，日月坛中一点丹。

274. 浣溪沙　与长义洪游章樾公园

雨过清明柳已斜，将离草木已初芽。池池畔畔浣溪沙。目见望江亭处岭，心念八十故人家。年年三月杜鹃花。

275. 又

达者为师已德知，先生逐教未时迟。江山社稷自忧思，一目望江亭上望，三生逝水有流姿。烟山五女故乡时。

276. 探春令　寻春

春从六九，河边杨柳，东君挥首，翠微里，白雪梅花守，已看得，谁知否。英雄不饮寻常酒，与寒冬举首。对元初，日日天高地厚，自天长地久。

277. 又　立春

元春谷雨，朝朝暮暮，雁声归路。问衡岳，举首阳关步。向青海，方如故。年年岁岁何相顾，自倾倾述述，雁门关，日日从来不误，从不惊春误。

278. 又　赏梅十首

霜霜雪雪，圆圆缺缺，离离别别。四时绪，日月风尘绝。回头见，年年拙。梅花不语芳香折，与寒光同切，木源心，木根切，岁岁年年豪杰，自作千秋节。

279. 又

风流标致，孤芳自赏，情姿傲绝。以霜霜雪雪，冰花碎玉，居心殷殷切切。身身影影九芬别。不分何优劣。以情怀相待，在苦寒处，以月如圆缺。

280. 又

阡阡陌陌，黄黄白白，殷殷帛帛。与冬寒互侍，春前腊后，本自凝香泽。芳心自与群芳策，且先生成迹，以文文雅雅，作寒窗友，冷冷含情脉。

281. 又

霜花六角，冬梅五瓣，其形似雪，月宫里，素淑嫦娥彻。共结寒明灭。人间已自相思说，又幽幽拙拙。是天然造物，红颜粉面，自应自纯洁。

282. 又

东邻一女，西窗半语，谁知处，只留下，素素香吞与。一半寒心楚。何须三六九冬虑，以孤孤訾訾，扬然自许，齐齐豫豫，自得自相如。

283. 又

桥桥路路，朝朝暮暮，云云雾雾。已看见，老老盘根树，奈得阴晴雨。君自可经心付，以三冬已度，如今如故。只等行人暮，绝不青春误。

284. 浣溪沙　乙亥三月十四日　北京东城汪魏新巷九号庭中枣树

一半东西一半荣，朝阳展叶暮朝生，难平自古是难平。且以新芽新旧易，先先后后先先情，鹧鸪处处有啼鸣。

285. 宝鼎现　上元

梅花落里，一半香尘，元元三五。灯市客，迟迟钟鼓。河出图，从优在。自旋转，尽轩车走马，阁阁楼楼作谱，俱往来，淡淡幽幽，簇起星星羽羽。政简物阜谁人主，问今朝，去日谁树？明火色，高低红烛。形影交加曾入户。自回首见，灯灯火火，岁岁年年无古，总相前，前前步步，如是非如古。酒市成行，多醒醉，旗亭金缕，睹来来往往，朝代更易似舞。夏商去，又周秦去，又汉隋唐去，自是难留雨。去已今，去来凭节，且以人间为宇。

286. 青玉案　残春

梅黄雨细纤纤女，已步里云中语。只在洞庭山顶处。止行行止，自来无去，了了衣衫虑。见了缕缕丝丝洇，点点珠珠灭明与，夬问吴江由自楚。馆娃宫里，越吴分蹞，见得西施誉。

287. 烛影摇红　深春

烛影摇红，二春归了三春路，无情本是有情圆，日日曾朝暮。杏桃应同相顾，结花子，同天分付。麦收应数，岁岁年年，如斯如故。百天中，雨云云雨阳胆步，中原一带一春秋，只与人相住。一花开，半花成就风流度，见得心中苦。已举长天飞鹜，上天去，天无门户。在瑶台外，疑以蓬莱，知仙知足。

288. 念奴娇　梅影

英雄天下，可独步，不以乌江渔父。昨夜虞姬虞帐下，曲尽人生一舞，双剑一眉，未似梅花羽。乌骓不去，鸿沟分别分宇。一半项羽刘邦，问英雄在也，英雄无主。韩信帐前，将将印，一半兴亡今古，将将兵兵，以萧何月下，以张良数。汉庭中，四皓分付荣辱。

289. 又　落梅

落梅何是，一行影，半壁江山分付。项羽刘邦谁客主，未以英雄相顾。只是成名，，一半兴亡路。人间自是人间，如今如故。已见去去来来，立家家国国，何从相互。日月阴晴，又河川草木，暮朝无数。言成名利，当知日月云雨。

290. 阮郎归　咏春

寒寒暖暖半风流，春云春雨头。红红碧碧上枝头。女儿一半羞。寻旧路，五湖舟，洞庭山下楼，东西已见两分留，新芽旧叶谋。

291. 虞美人

人为尺寸人为度，事造方圆故。书书剑剑一书儒，达者先生天下半河图。朝朝暮暮朝天路，去去来来步。春江花月夜姑苏，未了阳关三叠女儿吴。

292. 念奴娇　梅

以寒心见，对霜雪，由得东君行早。老树老根日月，岁岁年年不老，六九河边，杨杨柳柳，百草人间晓。群芳懒萎，待东风去时好。碧玉只在家娇，运河南北岸，鹧鸪声小，杜宇轻啼，心不了欲以商舟同道，天上人间，高山流水色，以金缕调，单于杨柳，竹枝晴里芳草。

293. 玉楼春　春半

江村百草荣春半，已见浮萍池水畔。

杨花柳絮已团团，雨锁香花情不散。
阡阡陌陌桑蚕乱，举首萝筐声不断，
惊人毛孔毫发涣。不再微微充好汉。

294. 谒金门　暮春

春朝暮，未是由春朝暮。草草花花
何不住，四时应所付。岁岁年年普度，
去去来来相顾，芍药将离名已故，
去年今岁数。

295. 菩萨蛮　残春

残春不了残春路，今今昔昔今今步，
一日一知书，三生三界余。应行应
所度，无可无所住，四秩四时如，
千花千里居。

296. 画堂春　长新亭小饮

长新亭下水清宫，鱼鱼鸟鸟虫虫，
青峰界入已无风，各自由衷。不入
人间不饮，似当初，了了西东。莫
以英雄醒醉同，在有无中。

297. 又

长新亭下水清宫，山花白白红红。
颜如醒醉去来风。四秩空空。不饮
天天地地，牡丹园，色色相知。不
是英雄有饮功，一只雕虫。

298. 卜算子　春景

水作水光图，山以山峰住，一半山
山水水吴，一半由朝暮。已见岁年
殊，已见阴晴故。共是形形影影见，
尺寸方圆度。

299. 念奴娇　梅

不分寒暖，独自得，四秩东君分付。
一意孤行成达者，且以四时相顾，

此作方圆，度量日月，尺寸何难故。
相合百草，群芳如是如故。寒有寒
里方圆，以方圆作主，枯荣分付，
叶叶枝枝，冰雪里，且以暗香相住。
一半阴阳，乾坤应一半，向如来渡，
共同天地，不同先后云雨。

300. 菩萨蛮　梅

雪花一半冰花半，广寒宫色江南岸，
白素白波澜，暗香藏牡丹。清姿清
玉冠，孤傲孤情断。一旦入云端，
三冬书久安。

301. 点绛唇　梅

不问东君，东君未作东君早。已香
风好，作得人难老。告以群芳，柳
柳杨杨晓，春心晓，不知多少，已
是人人晓。

302. 鹧鸪天　梅

已有方圆，一古城，何言尺寸量衡。
寒寒暖暖难分定，香香彻彻向春情。
经日月，历阴晴。孤孤瘦瘦瘦瘦自
丰荣，肌肌玉色夫夫净，岁岁年年
白雪生。

303. 又　送春

十里江村一渡头，三生日月半行舟，
何人不饮何人问，前前进进作春秋。
何醒醉，见沉浮。芙蓉出水玉人留。
当然四秩当然序，南楼百子在南楼。

304. 瑞鹤仙

半开花半落，见百草群芳。如非相
约。亭台旧情薄。有东君太乙，几
何求索。长空万里，不飞凭时雀跃。

有寻常，也有非常，辜负多回思略。
谁作，天机秩序，广外梅香，柳杨
沟壑。是东风恶，有云雨，作香萼。
刘郎不守，萧娘无语，嫌得殷殷漠漠。
可回头，岁岁年年，不如不若。

305. 临江仙　暮春

飞尽征鸿飞尽雁，衡阳青海何然，
声声不到玉门前。鸣时鸣日月，不
等不方圆。一见年中曾一见，嫦娥
上下弦弦。婵娟依此作婵娟。人生
无进退，草木有源泉。

306. 一丛花　暮春送别

阶前百草满离芽，红落暗窗纱。何
听夏夜虫鸣继，不问行，误了青蛙。
渡口有船，桥边沉水，欲行去天涯。
夜夜当然梦侬家，一笑一枝花，香
香不了人心上，最知忆，枕上情华，
月夜三更，明明玉色，人自各相斜。

307. 柳梢青　春词

白白红红，寒寒暖暖，淡淡浓浓，
远远春风，香香气气，乳燕穴空。
南南北北飞鸿，问李白、王维未工。
千载诗翁，当精格律，腊梅文雄。

308. 夏景

花心动　荷花

水水荷花，与浮萍相寄，不分朝暮。
细细烟雨，化成珍珠，闪闪明明应住，
偏是无情无欲垂，何以客心留下度。
一旦作芙蓉，连蓬作寓。杜宇成休顾，
杨柳花岸，白云青峰注。蝶蝶蜂蜂，
天天地地，共在微波同许。暗香浮

动桃李颜,玉立婷婷含微露,扬红粉瓣开,如女儿故。

309. 鼓笛慢 《词律辞典》仅存鼓行令,无此体收。甲申五月,仙源试新水,雨过丝生,荷香袭人而感。

仙源试水仙源路,流净净,渠注注。仙源花色,翠浮红玉,莲香袭步。一半芙蓉,含羞欲立,无分朝暮。已染染沾沾,赤身粉面,何情界,人间度。记取瑶台王母,向蓬莱,传书玉女。楚云吴雨,琵琶曲里,单于倾许,因念汉武,有黄金缕,风骚不误,袭人路上,丨分豪斗,不如相付。

310. 念奴娇 碧含笑

三千分界,以瑶台池水,碧玉含笑。似以年光,何所见,应以姑苏小小。已半鸳鸯,两三燕燕,一片章台草。吴宫西子,单于昭君了了。雪月风花情情,渔舟唱晚,水调谁人晓,自曲隋汤多又少,柳柳杨杨如道。金谷金城,丰姿已堕,记取绿珠无老,沈郎已去,萧娘迎得自笑。

311. 满庭芳

一水芙蓉,婷婷玉立,粉红两半东西,迎风招展,不过玉人堤。两岸杨杨柳柳,垂近近、色色辛萁。同天地,人人物物,自各高低。思量,今古事,秦秦汉汉,鲁鲁齐齐,也荣荣辱辱,易易栖栖。更是兴亡成败,成王寇,草木萋萋。人间是,人间总是,不见故范蠡。

312. 又

一半英雄,英雄一半,一半醒醉如泥。东西南北,南北复东西。饮者糊涂再饮,如草木,日月高低。平生客,天天地地,野草萋萋。思量,来去见,刘伶造酒饮饮,记记,赤壁曹孟德,以杜康题。举桨横空出世,漳河水,铜雀台低。燕歌行,谁人不得,上下建安犀。

南宋·赵孟坚

岁寒三友图

读写全宋词一万七千首

第三十三函

1. 好事近　雨过

雨过雨云平，一路一天清颖，三界三千辫子，半生人间首。春春夏夏已枯荣，日月复形影，百草欣欣滋润，万花重新憷。

2. 虞美人　双莲

芙蓉婷婷晓，最是双莲好。大乔已与小乔娇，窃窃周郎已上女儿桥。江流赤壁江楼老，以火人情老。至今犹见大江潮，乱石穿空一水上云霄。

3. 醉蓬莱　又

见芙蓉出水，玉立婷婷，教人回首，飞燕轻盈，一双红酥手。姊妹多情，拂berg杨柳，半似重阳酒。日日声声，姿姿舞舞，曲中依旧。此会王宫醒醉，花色左右双双，一情难守，摇动浮萍，玉玉珠珠友。来去从容，不尽君王口。结子成蓬，奉公云雨，一生知否。

4. 又

见芙蓉出水，由自含情，作人间女。和以微风，嫁衣刘郎女。赖有轻舟，好色无事，且以双双许。态态姿姿，情情意意，欲休无语。只会依依就就，仍以小杏桃花，古今情绪。云在云中，雨已经吴楚。为了今朝，不了明日，翠羽方知与。只见州人，不分塞暑，

可从君去。

5. 踏莎行

一夜无风，五更有雨，灯灯影影由人度，幽幽淡淡有如无。七分窒息三分顾。暗暗空空，何何付付，人间只与人间误。不知日月不知吴，姑苏一半姑苏暮。

6. 醉落魄　重午

汨罗重午，九歌唱罢长沙主。千舟竞渡千舟舞，一帜当先，四面应锣鼓。属子如今如破滏。楚人湘张仪扈。纵横横纵江中虎，浪打风翻，雨雨云云浦。

7. 阮郎归　送别

一人来去一人行，三生日月城。故乡应似共同明，却分两地情。何去去，已鸣鸣。年年草木荣。自知自觉自阴晴，自然举步行。

8. 蝶恋花　寄亚洲发展投资银行

一片榆钱榆树老。满了中庭，半地知多少。开设银行应未了。人间自是人间好。正道心中心正道，自在丹青，草草花花晓，大小乘中知大小，飞飞落落飞飞鸟。

9. 鹧鸪天　夜钓月桥赏荷花

钓月荷花钓月桥，水云一半水云霄。芙蓉出水芙蓉色，自在人情自在潮。香切切，玉摇摇，条条净净洁条条。姿姿态态姿姿好，梦里梦里消。

10. 红神子　夜凉

楚天不尽楚云中，夕阳红，一江风。已是黄昏五色半长空。远近山高山远近，天地界，自由衷。蒙蒙水雾水蒙蒙，广寒宫，桂花丛。作得人生，作得一诗翁，李白王维和杜甫，随日月，作雕虫。

11. 新荷叶　咏荷

净净塘塘，楼楼阁阁池光。十顷琉璃，目中一半清凉。平平泛泛，微波里，层层分妆。琴弦丝竹，曲中谁见鸳鸯。忆故家乡，当年举步方长。折叶应倾遮雨，步入黄粱，少年千里，不解处，几度思量，而今回首，为依终是牵肠。

12. 临江仙

去去来来还去去，归归不是归归，飞飞日月日飞飞，应知应处处，来得未依依。暮暮朝朝何暮暮，芳菲一半芳菲菲，年年岁岁不同微，今今今不在，是是是非非。

13. 朝中措　首夏

荷钱处处一荷钱，碧碧半青莲。见得生生息息，朝天玉足尖尖。春春夏夏难分得，杜仲已成年。红红白白云中色，霓虹入水相连。

14. 减字木兰花　咏柳

章台柳柳，拂拂垂垂天下友。不逐江流，只逐人情离别愁。知知否否，久久相思应久久，上得心头，下得黄粱下得休。

15. 卜算子

路路去来云，步步潇湘雨。竹泪斑斑竹泪清，点滴无朝暮。不忍二妃闻，尽以三光数。但以湘灵鼓瑟情，寄与苍梧度。

16. 临江仙

一半黄昏墙外柳，荷香已满枝头。年年夏夏十三州。山形山已住，秀水秀泉流。燕燕飞鸿天下友，衡阳青海春秋。朝朝暮暮上江楼。高唐高峡水，女色女儿羞。

17. 雨中花令

不断丝云何作雨，入黄昏未休朝暮。叶叶厌厌，珍珍冉冉，那珠滴时应数。日月何须不相住，回头见,岁年不误。搔首无言,长亭十二,分了又还重路。

18. 画堂春　游西湖

山中雨细雨中山，半西湖，一半红颜。芊芊草色玉斑斑，珍珠落不还。柳浪闻莺小路，对三潭，印月空闲，朝朝暮暮水云间，罗袖不关。

19. 浣溪沙　饮

不饮糊涂不饮成，无言醒醉作平生。清清醒醒可工精。醉醉迷迷迷世界，饮中未致八仙名。王维李白以诗鸣。

20. 西江月　忠孝堂观书

一片西江月色，三堂忠孝观书。河图洛水帝王居。纵纵横横规则。李白王维张娴，枚乘七发相如。兰亭集序半文余，只以风流直得。

21. 卜算子　四明别周德远

五里短亭行，十里长亭路。短短长长又止行，短短长长路。草碧草枯荣，花落花开数。日月　年年岁岁明，何问何如故。

22. 清平乐　忠孝堂雨过

忠忠孝孝，日月经天教。草木阴晴知所貌。柳柳杨杨树梢。堂前过雨潇潇，云中隐隐禾苗。米米粮粮天下，舟舟渡渡桥桥。

23. 清平乐　舞宴

刘伶一酒，醒醉何知友。六十人生成白首，长亭路上回首，沉舟侧畔千秋。草木荣荣朽朽，人生处处索求。

24. 鹧鸪天　寄内

一线缝衣一线牵，半生行路半生船，桥边碧玉桥边见，缺缺圆圆缺缺弦。人易老，月难全。婵娟桂影共婵娟。孤孤独独孤孤去，一夜夫妻一夜年。

25. 菩萨蛮

行行不止行行路，朝朝暮暮朝朝步。一世去来途，三生千万趋。阴晴无可付，日月应相数。天寸作书儒，方圆成丈夫。

26. 西江月

小曲新词未了，灵犀密意潜通。羞羞未免已颜红，胜似黄粱一梦。疑是姑苏小小，依依就就侬侬。凭其自在自由衷，半落钗头彩凤。

27. 浣溪沙

十里长亭去不归，离巢燕子傍人飞。阴晴草木自菲菲。一半人间人一半，三春去后一春闻，小荷尖脚敞心扉。芳芳秀秀翠微微。

28. 蝶恋花　分荷

不恋丁香天一半，只恋莲花。水上波无断，形影又光分两岸。轻轻摇动沧洲畔。不可分荷分可乱，已是生根，出水芙蓉叹。玉立婷婷蓬作冠，心中结子香云散。

29. 浣溪沙　呈赵状元

雨到西湖绿已荣，云归天上状元生，人间一半赋阴晴。日月相分成日月，天天地地自和平，有声之处胜无声。

30. 青玉案

阴晴草木谁应晓，社稷与江山道，阅尽人子已老，古今，物功多少，只是风光好。一半止止行行早，万象争新未应了，岁岁年年花又草，是非非是，异同难鹮，去去来来鸟。

31. 谒金门　雨顺风调

三更雨，润气连天如故。梦里莺啼

千百度,春来春去数。枕上如期如许。心里应情应八一。一路功名成一路,无言无不付。

32. 念奴娇　客豫秋雨怀归

平生来去,豫章里,竹菊辛夷兰赋,一半乾坤分一半,如去如来如故,水水山山,花花草草,暮暮朝朝路。止行行止,成云成雨成步。八面草木菲菲,九州天下色,谁人分付,见得江湖,何不见,见得人间无数。冬夏春秋,四时相序守,互相相互,古今今古,高唐三峡云雨。

33. 声声慢　寄元好问

云中飞雁,汾水清波,形形影影婆娑。草木枯荣,一半日月江河。情中几应造物,直教人,少少多多。任人笑,儿儿女女,心上厮磨。只待丘丘舍舍,共夫夫妇妇,共得蹉跎。万水千山,莫以平地如何。秋春南南北北,守芦丛,不问渔蓑,半青海,半衡阳,留半路歌。

34. 瑞鹤仙

一年三百日,半岁半春秋,中原时候。四时四分序,三光九州幕,夜承阳春。应思往事,记当年,风流豆蔻,逐江流向晚,黄昏外,步步江楼宥。回首,不尽前路,塞鸿南北,江左江右,湘灵鼓瑟,斑竹寻,苍梧守。又归程青海,芦芦苇苇,雁门关外锦绣。到伊家,自当南北,天高地厚。

35. 满庭芳　七夕

已满庭芳,唐山太守,又是七夕炎凉,云平天末,而净客衷肠,不见嫦娥所在,天河岸,鹊搭桥梁,婵娟问。牛郎织女,织女向牛郎。女儿,儿女望,人间乞巧,短了衣裳,却未藏绿,露了红妆,恰似出而不染,双莲样,水漾波光。谁人曰:"牛郎织女",心底已慌慌。

36. 水调歌头　中秋

水调歌头唱,南北运河流。隋断帛令杨柳,已过一千秋。且以长城相比,未得秦皇二世,不及二千秋。内外分兵马,富甲见商舟。从今古,寻功业,问沉浮。江山社稷天下,草木十三州。人以和平风貌,日以东西上下,水以一东游。世以经纶济,道一二三求。

37. 蓦山溪　古人云"满城风雨近重阳"

满城风雨,已近重阳路。处处秀茱萸,向九九,朝朝暮暮。木樨桂子,一半一秋香。桃源赋,黄花度,地厚天高故。分分付付,去去来来数。自岁岁年年,进退以,登高步步。登高步步,步步望难平,天下顾,人间政,日月难留住。

38. 洞仙歌　木犀

赵家姊妹,舞在昭阳殿。因以人间有飞燕。一团扇,班固以史修文,向西域,有司空惯见。木犀应结子,到了中秋,香遍婵娟故宫院。性情应不限,掌上人生,可论得,娃馆越宫一面。五霸六淒吴,只以伊,西子五湖中,范蠡所缱。

39. 虞美人　中秋无月

风风雨雨中秋节,一半香花绝。圆圆缺缺已圆圆,缺缺圆圆如此不如弦。明明灭灭何明灭,未见婵娟别,别时当是有情悬,留得相思留得作红莲。

40. 醉蓬莱　七月漕试,兰台主人宴于法回寺　题壁

独平生一步,留下兰台,法回分付。三载寒窗,自工书香路。赖以文情,苦读天地,古古今今句。处处寻寻,行行止止,朝朝暮暮。纵纵横横上下,去以卷卷舒舒,细看云雨。吕氏春秋,左传何人注。为了今朝,且向文苑,落羽龙门赋,略略经经,诸公余爱,作风华故。

41. 洞仙歌　残秋

霜霜叶叶,树树珑璁雪。已见枫红玉山绝,是西风西了,,去去无归,应见得,十里空空切切。峰光应七彩,水色成林,重组河川重清洁。白素共青松,半冰花,明明灭灭,已不分,深浅又高低,已唤取寒光,岁年优劣。

42. 夏云峰　初秋有作

一华清,三界爽,千峰已有凉生。杨柳竹枝,蜀吴秦楚声声。唱阳关曲,都总是,白雪余情。只见得,梅花三弄,体态轻盈。照人肤色分明。问周郎,二乔闺秀琼英。以指以弦,再三不作莺莺。藏娇无语,一任侧耳又心倾,是宋玉相如,我我当以卿卿。

43. 感皇恩　送别

杨柳运河亭，杨杨柳柳，自在垂垂自如是，飘飘荡荡作得是人间友。月明知我意，来相就。下里巴人，声声饮酒。白雪阳春已回首，文章太守，不到平山已重九，晋秦齐鲁楚，谁知否。

44. 瑞鹤仙　深秋有感

望千山一路，白雪已成冠，峰光无数，冰花月明住。渺春秋已去，自留封故。香凝落叶，不须寻根不顾。作寻常，百姓人家，应不可人情误。分付。江山日月，草木江川，朝朝暮暮。云云雨雨，过三峡，莫相住，高唐宋玉，姬神女，要得襄王倾慕。又争如，好问知情，一知所度。

45. 临江仙　送宜春令

一叶飞扬飞一叶，长天独自声声。归程何处何归程。求根求不得，楚水楚云平。万里江流江万里，波涛席卷清明。宜春宜夏宜秋鸣，宜冬宜日月，是易是宜情。

46. 又

一叶飞落飞一叶，秋声久久长长。清波沥沥水茫茫。忧心忧日月，去路去家乡。自古书生书自古，书香总是，书香，读书立步读书郎，为民为国去，嫁女嫁衣裳。

47. 鹧鸪天

一水汨罗半九歌，三湘屈子两先科。人间彼此公何渡，见得苍梧竹泪多。娃馆女，月嫦娥，蹉跎总是见蹉跎。

单于声里昭君色,弹尽琵琶是几何？

48. 蓦山溪

木犀开了，桂子香香早。一半向中秋，一半是，人情不老。秋香处处，自以自幽幽，应未少，也够，只要心心好。子孙小小，已上蓬莱岛。玉女问王母，汉武去，情情谁晓，人前人后，似在一云中，飞了鸟，作飞鸟，见得蟠桃道。

49. 醉落魄

离离别别，圆圆缺缺圆圆缺，情情只是情难绝，见得人间，未了阳春节。愁肠已似丁香结，谁人结了谁人折。残更数尽残灯灭，暗里相思，自度自如雪。

50. 好事近

九九一重阳，叶叶落黄天荡，半见长洲南北，问寒山方丈。运河不尽运河舫，二世问　央，废了长城南北，几玄应玄奘。

51. 菩萨蛮　七夕

穿针引线几家女，蛛丝马迹心中语。夜里读鱼书，云中知独居。人前多自虑，帐后听相如，梦梦似多余，情情应卷舒。

52. 卜算子　春深

谷雨断清霜，柳絮棉花网。去来来去向四方，得以青莲向。泗水不清凉，暑气黄天荡，一半姑苏一半妆，碧玉桥边仰。

53. 点绛唇

步步高亭，高亭步步高亭望。几多天上，几少人间量。一半黄昏，一半金阳放。天涯邕，驾瞿塘舫，神女应无恙。

54. 好事近

已尽问东吴，未了苍梧斑竹。鼓瑟湘灵流泪，雁归衡阳渎。一家儿女半家姑。两木一林独。古古今今天理，二妃心中蓄。

55. 品令　秋日感怀

相思客，相思客，陌阡处处阡陌。一流水，两岸河边，青岭青，白石白。水水山山山水水，互互相相成脉，你中有我我中你，知赢得，吴太伯。

56. 小重山　秋雨

一夜西风问柳条，寒中藏细雨，度凉宵。秋深绿涨万千桥。珍珠落，曲曲颂芭蕉。坐久一思遥，多情多自在，以心消。乐天樊素小蛮腰，居难易，不尽可人潮。

57. 采桑子

去年九九今年九，九九重阳。九九重阳。半采茱黄半菊黄。兄兄弟弟寻兄弟，一半家乡，一半家乡。不作书生只作郎。

58. 朝中措

森森幂幂日斜斜，溪水浪淘沙，一半黄昏夕照，青山掩映红霞。深深浅浅，林林木木，水岸津涯。步步寻寻觅觅，幽幽径径家家。

59. 又

清溪净土雨斜斜，野外两三家。垢面蓬头你我，青峰满了云霞。高高下下，孤孤独独，草草花花。不在桃源问楚，疑疑海角天涯。

60. 洞仙歌

春春夏夏，处处垂杨柳。云雨之中自孤守，共人情，同日月，天地相连，江山里，依旧如何依旧。去年今岁见，黄绿分分，又是绿黄两分就，步秋秋风里，伴着轻霜，无语后，自作长亭一友。半白首，行行止止来，一度一春秋，一回荣朽。

61. 似娘儿　残秋

百草绿橙黄，一叶落，半树重阳。黄花处处茱萸遍，飞飞落落，西风冷也，带了层霜。雨后更寒凉。枫已红，水净流觞。离愁不尽灯明暗，来来去去，行行止止，月转回廊。

62. 蝶恋花　深秋

雨雨云云细细，影影移移，露水应无际。社燕宾鸿心不闭，状元作得书香第。世世行程行世世，已是深秋，果果成成系，后羿逐阳成羿，广寒宫里嫦娥计。

63. 夜行船　送胡彦直归槐溪

渡渡槐溪应渡，朝朝不共暮暮。百草萋萋，千花冉冉，莫以扁舟误。格律诗词格律故，今今古古相赋，有雁归来，千千万万，寄我惊人句。

64. 清平乐　秋暮

秋秋暮暮，岁岁年年度。树树清高清树树，是是非非如故。相如司马相如，多余宋玉多余。一半风光一半，云云卷卷舒舒。

65. 又

朝朝暮暮，自以春秋度。朽朽荣荣清净树，简简繁繁如故。年年岁岁飞凫，时时序序屠苏。只是似曾相似，何当有有无无。

66. 一剪梅　秋雨感悲

半剪秋风半剪霜。有雨寒凉，再雨寒凉，一经雨后一寒凉。直到梅娘，可问梅娘。下里巴人一曲扬，天下群芳，地上群芳，阳春白雪向钱塘，直到萧郎，可问萧郎。

67. 南歌子　道中直重九

引日今何何，重阳已故乡。他乡已是半家乡。弟弟兄兄夫妇梦黄粱。八十人生老，风华十八扬。离乡不是不离乡，一半人间路上问隋炀断。

68. 醉花荫　建康重九

老少人生杨又柳，只向天公走。人事自前行，白菊茱萸，岁岁情依旧。登高不止扬天首。九九金陵守，六代石头城，过往兴亡，古古今今否。

69. 菩萨蛮　秋雨船中

秋云秋雨秋方冷，秋风秋月秋江影。岭上一峰清，水中三界明。无人无所境，多少多情景。岁岁故人情，年年新古城。

70. 又

船中见得船中雨，山山水水云烟路。未可一人居，何言三界书。已朝朝暮暮，去去来来数，不问不樵渔，云行云卷舒。

71. 浣溪沙　早秋

一叶飞扬一叶休，五湖日暮五湖舟。洞庭山上洞庭秋。雨打芭蕉声已冷，云平蕙草满长洲，回头是岸且回头。

72. 冬景

满庭芳　大雪

大雪层楼，层楼大雪，白白絮絮悠悠。已成衣被，一色一千秀。似有梅花三弄，寒影里已约王侯。混天地，茫茫四野，不见十三州。大江流水去，明明暗暗，落落浮浮。以色分两岸，去来回头。之外英雄自立，高低素，远近休休。衣装换，冰封世界，再论又春秋。

73. 御街行　夜雨

年年岁岁年年暮，冰花落，梅花雨。寒心三弄玉楼空，边塞英雄行踪，经霜封地，月华珠练，长是人何故。山穷水断三天雨，夜暗暗，弦弦数。孤灯明灭举头听，如叶如冰如树。声声断断，情情难问，回首长安付。

74. 有有令　守岁

人生百岁，无自上元分，始终终始计。除夕应知尾，由春节，梅花际。不是非，处处人人，访新问柳，求则门第。万岁，人间续励，听灯竹，一声声势，日月乾坤草木，白雪阳春丽。已寒子夜香逝，自然自济，应约定，是承是继。

75. 摊破丑奴儿 梅词

香香彻彻寒心外，作得红娘。带了群芳。淡淡浓浓弄玉妆。也啰，真个是，寄衷肠。梅兰竹菊分姊妹，各俱风光，梦断高唐，宋玉姬又楚王，也啰，真个是，暮朝娘。

76. 临江仙 舟中，月明，寒甚

月下舟中寒里冷，船娘已自先声，劝君借取女儿缨。余香余不得，保暖保人情。水卜云中烟不定，嫦娥色色明明，婵娟已自向舟倾，船平船已静，白雪白江城。

77. 南歌子

水上经寒夜，舟中历女情。声声不尽一声声。自以梅花三弄半香城。两岸冰花结，三更白雪明。人生不了是人生。听了东君吩咐向春行。

78. 永遇乐 霜

入得初冬，初冬入得，霜雪分布。自伴秋深，秋深自得。大地封朝暮。天公处处，天公步步，一寸一分如故。结冰后，冻寒三尺，向天向地支付。冰花六角，冰花千柱，玉玉莹莹相顾。梅花三弄，年年岁岁，除夕元元度。风花雪月，阳关三叠，都向人间倾许，春秋尽，冬冬夏夏，楚吴各赋。

79. 玉蝴蝶 雪

雪复玉山处处，霜封青女，旷旷轻浮。

只要轻风开口，若飞若无。素波涛，枯荣北国，再整容，何以东吴，色西湖，柳杨杨柳，净化玉江都。珍珠明明照跃，天光重著，旷旷隔隔。普普辉辉，一衣千带成壶。又方圆，颜颜面面，露牡丹，梅已扶苏，得临大罗天上，木木株株。

80. 潇湘夜雨 灯

形影成城，高低错落，始终暗暗明明。重重帘幕，独独各相倾。如走马，虫虫鸟鸟，楼阁叠，儿女红英。偏奇绝，人间乞巧，一市一工精。萧娘多艳丽，羿姐步步，寻阮郎行。试如纤手，细语卢卢。化止好，银光曲烛，堆不尽，金粟玉缨。轻轻约，今元子夜，来见是莺莺。

81. 念奴娇 夜寒

江南江北，一江水，岁岁年年多少。一场秋风秋雨后，冷冷寒寒早早。最当书窗，缝缝孔孔，隙隙经风小。寒心冻骨，炉中炭火知老。苦学苦读声声，以春秋旧事，周秦相了。手已冻僵，无情无欲了。静心孤岛，月明还见纱帘结冰草。

82. 摊破丑奴儿 冬日

又是立春冬时，经霜损，小雪先知。江村一带单衣迟。枫桥红叶，寒山古寺，拾得孤思。钟鼓上香枝，问方丈，数遍归期。烛烛灯灯应相继，月明月暗，梅花三弄，腊里分期。

83. 柳梢青 早梅

雪大天低，云沉暮落，分别东西。

茅店儿前，驿离儿后，一束香迷。香迷，粉面清溪，存只色，玉玉笄笄，有约相传，肌肤白皙，入了灵犀。

84. 祝英台近

柳枝枝，桃叶叶，如岁如年故。三弄梅花，寒里不倾许。立春自得经冬，花开花路。莫老去，几多回顾。有朝暮，朝暮朝暮东君，东君又朝暮，恰似书生，才子已无数，可曾古古今今，云云雨雨，去来度，诗词歌赋。

85. 点绛唇 夜饮青云楼听更在足下有所思

数尽更声，青云楼下青云影，月明如镜，往事重思省。少小年轻，背上离乡井。书生颖，自由驰骋，红烛三更秉。

86. 又

小少离逢，青云逝去难留影。岁年重整，老已难回省。相克相容，尺寸人间景。方圆秉，有生其幸，日月由伸憬。

87. 又

夜夜更声，青云不得青云影，以心清静，上下梅花岭。一半寒荣，总以香香荇。无人境，几何思省，落叶幽幽冷。

88. 浣溪沙 寄包文正

八岁听来五鼠名，如今八十半京城，包公一世几清荣。立腕开封开世界，锄刀有界有无情。碑碑口口自声鸣。

第三十三函

89. 柳梢青　东园梅

山前驿后一枝梅，香香在，芳菲不归。柔柔弱弱，岩岩壁壁，教以徘徊。寒心傲骨谁摧，形影里，肌肤共魁，婷婷隈隈，态态姿姿，阳春白雪，不必相陪。

90. 西江月　雪江见红梅

白雪红梅白雪，寒寒梅梅寒寒，江流不止一波澜，水水花花染染。闲是闲非闲见，青云青步青丹，云中篱外半长安，处处幽幽苒苒。

91. 眼儿媚　霜夜对月

霜霜月月十三州，一色半红楼。曲里应问，飞鸿嘹唳，落叶离愁。春春夏夏秋秋尽，处处蓄风流。寄于冬梅，玉肌傲骨，举找扬头。

92. 别怨　霜寒

月夜寒知，已深秋，霜侵玉司。一步三叹处，英雄问得雁门迟，已见楼兰不可期。宋玉高唐赋，相如曲，比着相思，知音未了，年年来去春时，待吴楚楚，朝云色，暮雨姿。

93. 减字木兰花

杨杨柳柳，不饮平生当饮酒。一半春秋，不可回头不回头。知知否否，白首行程应白首，比介书生，国国家家国国忧。

94. 好事近

已别别离离，又不知何行止，只道前行前去，以春求桃李。英英达者已成师，百岁未经史，五百年中来去，孙武是孙子。

95. 霜天晓角　霜夜饮

霜天晓角净，夜月晓角霜。一饮三杯心冷，孤情在，独意长。读学百岁苦，无为万日僵。此壶浅浅深深，何不尽，续黄粱。

96. 鹧鸪天　腊夜

子夜平分半烛残，三更不到一云端。梅花郁郁幽香至，灯竹声中祝杏坛。坐梦断，起身寒。长安八水问长安，年年岁岁曾如此，水水波涛水水澜。

97. 蓦山溪

和风细雨，一半巫山暮。在十二峰中，白帝城，夔门分付。襄王宋玉，楚客问瑶姬。三峡路，应相顾，滟滪中流误。官官渡渡，水水山山坼，莫以莫流平，经上下，西东倾注，波涛风浪，自古自高低，千年数，万年数，如此还如故。

98. 浣溪沙　西山老梅

老树千年九曲梅，盘根错节一春催。徘徊不去又徘徊。不尽芳香芳不尽，山隈苑里占山隈，花魁以此作花魁。

99. 又

一树梅花百步香，千年老树万枝扬。心心意意半衷肠。态态姿姿今古色，东君指令下高唐，黄粱作主作黄粱。

100. 点绛春　月夜

不锁黄昏，黄昏不锁黄昏阵。万军齐进，草木皆兵刃。蜀蜀吴吴，对以曹营印。东风信，孔明秦晋，赤壁周郎慎。

101. 鹧鸪天

半在江门半在船，三帆已落半帆悬。寒宫月色嫦娥信，一夜春风不可眠。听弄玉，望长天。双双独独已成怜。情知此处鸳鸯梦，未得芦蓬睡雁边。

102. 望江南

吴越水，岭岫望江南，以碧螺春人草木，微桑嫩叶养春蚕。道在一二三。玄虚步，已到杏花潭。老子潼关泾渭合，弯弯曲曲玉河涵，日月旧曾谙。

103. 菩萨蛮　初冬

垂枝垂叶无耸冗，寻根寻故寻年踵。一岁一枯荣，三生三界明。阡阡多少垄，陌陌阴晴茸，净净待春生，心心由自成。

104. 又

群芳自有群芳性，东君已下东君令。日月作枯荣。草花成玉英。梅花香气净，腊月如天更。百日百花明，三生三界情。

105. 阮郎归

一人不在一人家，冰花两地花。有溶无结半天涯。夕阳日日斜。肠不断，鬓先华，何求自在遮。千年万里浪淘沙，事中你我他。

106. 霜天晓角　咏梅

香香不歇，总有情离别。只以分分析析，南枝上，一层雪。清绝，自清绝，孤标谁不说，傲立朝天芳种，肌肤玉，身披雪。

107. 又

香香色色，好自生天国。行客断桥斜处，寒心先欲折。不绝，情不绝。如人如世说，最是近阳春客，疏影里，挂霜雪。

108. 菩萨蛮

江湖路上江湖绝，梅花月里梅花雪。步步过边河，声声何少多。广寒圆又缺，今古谁人说。自在自蹉跎，如来如去歌。

109. 忆秦娥

人求索，名名利利何求索。何求索，名名利利是何求索。名名利利非求索，何求索，名名利利，是非求索。

110. 如梦令

一路几何朝暮，一步几何分付。不可不知书，不可不知书成误。成误，成误，如古如今如故。

111. 总词

水龙吟　仙源居士武林之行

江流不问江楼，江楼只问江流去。年年岁岁，朝朝暮暮，吴吴楚楚。逝者如斯，来人还见，如波如语。以高低不定，东西相就，由自在，何思虑。宋玉高唐神女，一瞿塘、巫山相倨。夔门白帝，已鸣三峡，巴陵不与。直下天门，荆州相许，几何分欤。有渔舟唱晚，春江花月夜中相如。

112. 水调歌头　无日客宁都

缺缺圆时少，别У客离多。平生一路南北，步步度山河。岁岁朝朝暮暮，处处行行止止，日月尽坎坷，读学儒坛始，草木作先科。成和败，荣与辱，战还和。今今古古天下唱尽半忧歌。只任朝前走去，柳柳杨杨四野，举目问嫦娥，知己知家国，逝水万千波。

113. 水龙吟　盼盼翠环侑樽，琵琶曲，梁州舞

琵琶已到阴山，梁州未尽楼兰曲，阳关又叠，交河夕照，荣荣辱辱，无尽单于，有听杨柳。荒尘难绿。月芽湾里色，沙鸣不止，胡汉女，河田玉。盼盼胡姬妆束，两肩摇、姿身无属，双眸左右，传情来去，有心有促。翠翠环环，有声声断，有声声续，似蜃楼海市，云中日见彩霓虹洛。

114. 念奴娇　江亭小饮

刘伶何以，小饮别，大饮无须加注。醒醉难平醒醉误，事事人人已住，自是无为，当之不作，未上平生之路。匹匹夫夫，夫夫匹匹，俱是应天数。去来来去，秋冬春夏分付。千载万载刘伶，以沙场分界，军前相度，死死生生，谁可见，大小饮中何度。不是生非，昏昏其厌厌，不知朝暮，暮朝朝暮，无非无是无故。

115. 青玉案　又

醒醒醉醉何朝暮，自在自由分付。误了人生人不误，食衣食衣食，死生相度，一醉难醒怍。日日岁岁年年步，事事时时去来步。以醉方休停此路，是非非是，似今如故，俱是刘伶蠹。

116. 虞美人　又

醒醒醉醉醉，如杨柳，九九重阳九，小船到岸自然休，到了回头时节自回头。平平仄仄慵慵守，自饮千杯酒。沉沉起落又浮浮，水在川前川后自然流。

117. 又　送别

离离别别分分手，日月何须酒。西源之水白东瀛，已载飞舟自以自沉浮。人人无处人人有，叶叶根根柳，何须小大饮时休，草木由心由己不回头。

118. 临江仙　杨柳

柳柳杨杨垂自首，有心不饮春秋，醒时不见醉时休。成人成日月，饮者饮无头。杨杨柳柳谁问酒，云云雨雨风流。醒醒醉醉是非差，无醒无草木，是醉是羊牛。

119. 渔家傲　旅中

独独孤孤谁不晓，恩恩爱爱成烦恼。暮暮朝朝何未了。知多少，情情欲欲知多少。日月东西行日月，蓬莱莫是蓬莱岛，八十人生人已老，情难老，思思量量情难老。

120. 江神子

画眉西画眉齐。小窗低草萋萋。休了莺莺，本日不东西。得意何须多

得意，无人处，燕轻啼。梅花落里半辛夷。自开笄，已开笄，女女儿儿，见面似云霓。去去来来云雨色，千日月，半灵犀。

121. 御街行　柯山故人改图

花开花落花花雾，云又雨，谁分付。去来云去雨云云，处处红红朝暮。一双栖燕，满园芳草，早晚斜阳度。圆圆缺缺婵娟故，离别弦弦数。自然明暗暗明中，思量量思无数。余香余间，月明明月，当以相倾误。

122. 一丛花　和张子野

当歌不饮意无穷，酒色只由衷，人知日月去来中，南北见客西东，楚梦不回，吴音已同，他你我空空。三春小院一轻风，百草已融融，云云雨雨何难尽，灵犀在，处处相通。因果果因，鸳鸯结草，作得一家风。

123. 天仙子

一路人生何一路，步步前行前步步。诗儒不可自樵渔，何分付，谁分付。自顾公余公自顾。一路当然当二路，二步方成方一步。自然左右自然如。东也雨，西也雨，分不相平分可数。

124. 瑞鹧鸪

皇沟御叶已题时，不是书生不可知。无思见得方思得，微微已觉已迟迟。隆冬去了初春至，白雪红梅情已姿。各自从今多少问，人人已是有先期。

125. 又

丝丝绪绪一春蚕，困困层层半守函。口口声声情不尽，桑桑叶叶自相贪。巢巢壳壳巢巢暖，束束含含已再三。且以姑苏双面绣，西施不解范蠡男。

126. 行香子　路上有感

剑剑书书，水水鱼鱼，有官时，云有卷舒。浮名浮利，何以多余。为本以民，作宋玉，作相如。虽抱文章，溪口相居。自陶然，也自当初。山中山山里，欲结匡庐，以一斯文，一诗赋，一三闾。

127. 夜行船　咏美人

自古佳人多少？有四女，尽人知道。羞花闭月还沉鱼，又落雁，未了如了。西子昭君貂婵好，从天下，并非小小。羯鼓霓裳杨玉环，以梨园，古今传晓。

128. 采桑子　寓意

寄李白　静夜思

诗中一字千思外，字字分神。字字分神。静夜思前静夜真。谁何明月观音客，坐具经纶。坐具经轮，半得天光半得氤。

129. 蝶恋花　又

达者成才成者达，一坐观音，日月光菩萨。普渡人间人始跋，青莲居士青莲摄。何去何来乡里钵，自是回归，李白当知秫。不是江油江水泼，回归自是思乡越。

130. 又

不是床前床是阙，日月观音，明月非明月。坐具当床当坐歇，江油至此如此曰。净化如霜菩萨谒，故故乡乡，自是回归越，死死生生来去殁，何言彼此何言悖。

131. 又

是是非非非是客，字字文文，二十知阡陌。一石难成山一石，三言五语何言帛。一字千金应九脉，量量思思，古古今今白。一瞬万思谁不策，一思万念重相隔。

132. 鹧鸪天　又

李白乘舟不欲行，青莲未了夜郎情。三二一里求玄学，不是今生是下生。文未尽，酒先成。当涂捞月几声鸣，蚕丛蜀道渔凫建，静夜思中静夜城。

133. 又

一半相思一半情，琼英一半是琼英。琴声处处琴声处，十客知音百客鸣。谁他掀，酒仙名。当涂捞月对平生。千思瞬息三生见，一解难明半解明。

134. 又

一半风流两半愁，三生酒令九生忧。贤人达者知天地，莫怪安已已早秋。思李白，念王侯。江油不见夜郎舟，三千弟子三千客，九百诗章九百流。

135. 又

蜀道难时蜀道天，江油易得向青莲。清平调里千金解，一字千思百不全。诗首首，意悬悬，非非是是非是园。心心意意何难尽，太白平生太白田。

136. 眼儿媚　东院适人乞词，醉书于裙带之上

人随四秋水浮舟，此去有何求。居

官事本，樵渔问客，草木成忧。高唐见得瑶姬女，宋玉逐香流。朝云是也，是也暮雨，风月修修。

137. 又

风平浪静一层波，曲榭玉人河。阳台寂寞，云云雨雨，少少多多。泪罗岸上长沙客，冷落楚人歌。黄昏是也，斜阳是也，情里先科。

138. 又

当年一度过钱塘，水调唱隋炀。杨杨柳柳，朝朝暮暮，一半天堂。姑苏不尽杭州客，小小嫁时媄。繁红酽白，丰姿腴影，曲尽娇娘。

139. 临江仙　云梦笙伎，修眉问道

云梦笙笙云梦曲，齐眉问道盈盈。平生一半一平生。玄虚玄日月，卜易卜人情。下里巴人知下里，阳春白雪成城。凤凰语里凤凰鸣。石榴裙上色，云雨暮时荣。

140. 又

嫩蕊花心何多少，东风照样催红。由衷日月日由衷。秦楼秦凤语，弄玉弄凰空。一半玄虚玄一半，其中不在其中。石榴裙上石榴宫。应知应世界，雨落雨云穹。

141. 又　寄文卿

一字文卿文一字，东坡处处东坡。九歌不尽唱泪罗。争天争日月，家母家坎坷。寄与农夫农寄与。东坡字字东坡，词词学得亦东坡，相依相教得，独忆独时多。

142. 惜奴娇　水仙花

水水仙仙，一色见，人间秒。与梅花，分付春早。六郡精神，九州见，如玉貌。缥缈，以风流，情情多了。清净巡根，弱弱纤纤正好，不偏心，不依重道。最是幽幽，只以天上瑶琼好。谁晓，应谁晓，删删窈窕。

143. 水龙吟

人生一半人生，儿儿女女情情路。来来去去，行行止止，朝朝暮暮。独木成林，草花相就，如何分付。这人间究竟，情为何物，曾教以，重相误。如古如今如故，这夫妻，相倾相许。同林落鸟，共风承雨，自然自度，你我他她，事公公事，何因何许，总是分宾主，孤孤独独以谁分付。

144. 水调歌头　又

已是同林鸟，不向共林飞。人人事事来去，同去异来归。自古男儿自在，附主女儿依就，无是也无非。但愿人长久，一半性微微。枯荣路，朝暮步，问天机。云云起落，花草日日雨霏霏。几滴成珠成水，几滴成江成海，几滴晖晖，不得何须解，未可入扉。

145. 水龙吟　云词

云云不是云云，云云只是云云路，舒舒卷卷，浮浮落落，朝朝暮暮。舒舒平平，层层社社，由谁分付。也成天成字，成烟成雨，同日月，同天度。态态姿姿如故，有阴晴，浅浓分布。南南北北，秋冬春夏，相倾无顾。高高远远，何来何去，如凝似雾，且与人间，不平沧海，与人间住，与青青直上，书生最是作书生步。

146. 诉衷情

衷情不尽许衷情，草木自枯荣。儿儿女女天性，海誓也天盟。花草色，死生鸣，鸟虫生。自然然自，处处难含，处处难平。

147. 满江红　饮

如叶如桑，如日月，如丝如织。惊人处，如声如响，似鸣如睡。一岁春蚕春一岁，醉中不得醒真醉，饮者情，困在困中生，何成事。醉中不得醒还醉，饮者情，楞在困中缫丝以后，始成其肆。不可难鸣难不可，有音莫得无音寄。到头来，草木自枯荣，无醒醉。

148. 贺新郎

一半相思泪，雨霏霏，绵绵切切，但求醒醉，已是无知无已是，已致萧郎已致，向日月，东西随寄。夜夜婵娟经夜夜，这弦弦，不可心心睡。情意里，意情意。红红翠翠红红翠，问红娘，莺莺泌泌，玉人伸臂，以自姮娥姮自以，总是三生四季。天地合，人间相比。不可寻常寻不可，一相思，一半无知异，相忆处，是心弃。

149. 眼儿媚

三生不饮一生前,半夜对书眠。年华志气,笔断江山。今今古古重头数,步步种文田。兰城故老,轩辕黄帝,已是方圆。

150. 簇水

长忆当初,少年不知何杨柳,已垂垂下,两岸见,钱塘江口。也向重门深院,也向长亭后。从不饮,一些儿酒。可相就,可独自,可依处处,闵子里,频回首。云云雨雨,作十二峰中友。早晚向寒梅约,独独常相守。佳人在,何以眉头皱。

151. 摊破丑奴儿

不尽少年游,曾也见,一半离愁。不以作得离愁梦,孤情独步,黄粱不断,了了休休。是可是无由,月色里,下个长洲。退思苑里悬空镜,似曾柳絮杨花,来来去去难留。

152. 更漏子

柳丝丝,杨叶叶,不唱阳关三叠。云落落,雨绵绵,高山流水前。天从烨,地思鳃,始始终终歇歇。梅花落,竹枝情,阳春白雪明。

153. 浣溪沙

一半风流一半香,两衫短短两衫长。三情五意百姿堂。欲曲还从琴瑟调,为扬白皙却红妆。原来一品作萧娘。

154. 又

一品笙竽一品风,相思半夜五云中。萧娘曲尽怯颜红。记得春江花月夜,渔舟唱晚太湖东。长洲碧玉小桥空。

155. 汉宫春

冬里梅花,一心香向暖,岭上天涯。冰清玉洁,自然水上人家。长城内外,运河边,南北芳华。回首问,桃桃李李,群芳姊妹婚妙。可自是,凝情久,独立孤傲处,寒尽无遮。女儿右殷勤三弄,梅花落里琵琶。

156. 雨中花慢

一度分香,三春蓄叶,半年来,柳柳杨杨,已与群芳相约,独向炎凉。共以风花雪月,自作水远天长。作成红尘,如今留得,草木芬芳。情知四秩早晚,何须你我,时柳时杨。莫道是,思思不尽,不尽量量。若如人心归向,且对镜,贴了花黄。向得刘郎,也须问得萧娘。

157. 柳梢青

朝朝暮暮,朝暮朝暮。长亭分付。一路行行,一生步步,不须回顾。名名利利何故,问底事,生生自度。匹匹夫夫,与人人与,春秋无数。

158. 南歌子

桃李和雪晓,梨花带月春。梅香不尽作红尘。共得群芳相助,比天真。叶叶枝枝绿,红红碧碧珍。因因果果已成邻,见得花花草草作经纶。

159. 临江仙

不在这保空自望,青云过了层楼。江流逝水带浮舟。何年何月始,几度几人留。一叶知秋知一叶,无愁草木无愁。应来应去者,自事自家忧。

160. 浣溪沙

一半黄昏一半霞,三春日色两春华。子规啼处隔窗洼。未问吴宫娃馆问,西施不在浣溪沙,梅花落里是梅花人。

161. 浪淘沙

往事不成空,处处重逢。人知八十已相通,偏偏不以年岁闻,记忆无穷。云雨不须风,当自西东。王母汉武玉女衷,惟有情情物物别,始始终终。

162. 如梦令

二月如花如乱,一度何开何断,以李李桃桃,不以丁香分散。分散,分散,结子难分难散。

163. 减字木兰花

阳关唱遍,西云阳关三叠见。不见楼兰,但见交河沙作澜。长安落燕,问取刘郎曾一面。花落桃残,十载平生一寸丹。

164. 又

如梅如雪,如暗如明如不别。缺缺圆圆,日日东西日日弦。年年不绝,月月中旬中不灭,自在长天,自在寒宫自在悬。

165. 夜向船

雨雨云云水长草,黄昏里,夕阳残照,百里山羊,石岩峰上,留下霞多少。别后谁知人已老,以灵犀,何以今古笑。海角天涯,原来归路,不见楚吴还好。

166. 眼儿媚

明皇留下念奴娇,歌舞在云霄。眼儿媚梢,人前密意,一半魂消。梨园十丈成今古,穿越已回朝,秦皇汉武,水调歌头,近近遥遥。

167. 品令

高山流水,竹枝曲,单于止。风来杨柳,渔舟唱晚,桃桃李李,一曲阳关,多少冷香妹姊。梅花落里,凭记取,红尘美,阳春白雪,下里巴人,知音十子。孔书生,见得卧冰求鲤。

168. 柳梢青

朝朝暮暮,行路那时萧娘分付,来去江南,杨杨柳柳,鳞鸿无度。舟舟岸岸楼楼,三弄曲,梅花相顾。千结丁香,只留原处,如羞如许。

169. 浣溪沙

一半相思一半春,两三月色两三人。巫云楚雨自相邻。太白当涂当太白,清平乐里翰林法。多情自是寡情身。

170. 临江仙

十里长亭长万里,天涯海角天涯。谁留一柱撑天涯,椰林椰子落,浪击浪淘沙。寻到东坡留足迹,不知琼岛人家。天空海阔满洋霞,云舒云卷处,一树一枝花。

171. 夜行船　送张希舜归

年岁不分朝暮,自逍遥,由衷分付。白萍浮起月华寒,影朦胧,有云无雨。潘郎萧娘何相度,问江花,向山水步。织石榴裙,人生日日,草木殷殷无数。

172. 浪淘沙　又

步步一人生,岁岁枯荣。四时易得四时明,天下人间天下路,自在阴晴。日月与时盟。顺治精英。不是无为无不是,众志成城。

173. 如梦令　每日十首诗,百年三十万首,我今十三万首

莫以人生懒,切切前行无断。三万日天天,每天十首成腕。成腕,成腕,我自望洋兴叹。

174. 眼儿媚　又

诗词格律作方圆,百岁三万天,行行日日朝朝暮暮,总见闲弦。杨杨柳柳寻常见,唐宋作心田。先贤已在,书章达者,待我桥船。

175. 南乡子　又

百岁仰高明,不平人生久不平。十三大时天下路,精英世造英雄世造名。岁岁自行行,处处辛辛苦苦耕。日日殷勤成十子,赢赢,见得丰收见得情。

176. 又

众志一成城,独步三生八秩情。也上岳阳楼也上,忧声。半紫书生半紫荆。夜夜自余行,随得家家国国行,达者贤人贤达者,八秩公余日日耕。

177. 卜算子　又

一世仰三明,万里寻千梦。见得精明半开明,不及高明众。独木可成林,百鸟应朝凤。春夏秋冬四秩萌,六九梅花弄。

178. 谒金门　又

何朝暮,风貌人生如度。万万千千多少路,当然来去步。日日安排分付,秩内公余当数。句句平生平句句,成心成不误。

179. 点绛唇

一半秦楼,凤凰飞去箫声断,穆公兴叹,养马秦川岸。一半春秋,一半轻轻唤。吴娃馆,越西施看,吴越人情散。

180. 菩萨蛮

人心不尽人情断,苏州细雨杭州岸。百里运河船,千年吴越天。风流风一半,天下天堂畔。月夜见婵娟,广寒宫里眠。

181. 画堂春

分分合合又相知,阳春白雪情衷。人生处处有无中,塞雁横空。楼兰不斩不英雄,心心意意又何穷。去时已去始成终,岁岁雕虫。

182. 如梦令　寄蔡坚老

已是刘伶无酒,又见长亭杨柳。天下莫消愁,事事时时交友。交友,交友,且在人间知否。

183. 又

一酒千年如故,一醉三生无数。一醉一糊涂,一醉不知分付。分付,分付,一醉如何成步。

184. 长相思

短相思，长相思，短短长长谁可知？衣衣带带司。短相思长相思，短短长长谁不知，明明月月时。

185. 柳梢青

柳柳杨杨，桃桃李李，处处香香。一半红尘，三春晓月，水色山乡。鉴湖云雨荒塘，任谁记，李白知章，解下金龟，归来老大，切莫张扬。

186. 贺生辰

好事近　贺德远

万岁一生平，八十人间三幸。见河边穷等，一江东瀛影。老来自自以自三明，不了了回首，暮暮朝朝来去，去来人心境。

187. 朝中措　上钱知郡

钱塘一水运河新，杨柳半斯民。百里商船来去，苏杭织造经纶。人生显贵，三千弟子，五马君臣。已弄梅花依旧，再就白雪阳春。

188. 念奴娇　上张南丰生日

一名南北，一介子、一代书香朝暮。一二三时三二一，一字当头分付。一作人间，一生万物，一始应如故。一人天下，一春三峡云雨。一曲下里巴人，一阳春白雪，情情相互。一寸心机，一文行日月，一诗方住。一家之主，一江源水之注。

189. 好事近

日月运河丰，江北江南如梦。银艾金龟来去，五湖梅花弄。书书剑剑半平生，百鸟自朝凤。出将入乡里，地杰人灵贡。

190. 柳长春　《词律辞典》无此体　上董倅

一柳长春，六九相约。河边瑞气滕王阁。西湖林逋半山时，梅妻问子知飞鹤。步步人生，何求何索。天公造物应如若。明年此际又遐龄，千年百岁重承诺。

191. 武陵春　上马宰

白马飞天飞万里，瑞宰主西秦。万点灯火一月新，桃李武陵春。无须客主情思好，香遍作红尘，只饮清茶肺腹真，何以去来人。

192. 临江仙　上祝丞

洛以河呼天下策，经书世上三明。高台一半品官城。忧人忧主见，处国处无声。朝朝代代寄枯荣。功名功业继，社稷社家生。

193. 喜迁莺　上魏安抚

长亭杨柳，送君问重阳，作文章守。独木成林，深根成就，黄菊一台金九。茱萸遍野，清风肃肃，先贤时候。祝元老，达者声，以此一生翁首。人口，皆如寿。渔舟唱晚，高山流水友。一半知音，华堂歌舞，羯鼓霓裳知否。秦秦楚楚，吴吴越越，正长江口，向齐鲁、五羊城，海角天涯扬手。

194. 鹊桥仙　上张宣机

宣宣切切，机机晓晓，一半人间多少。江流海上作泙潮，自无了，微微小小。书生介介，山河草草，好好平生好好。朝前步步可遥遥，天下路，心中不老。

195. 拾遗

柳梢青

一半钱塘，运河一半，八月天潮。古今南北，水路迢迢。淮淮泗泗云霄。三吴六淡任渔樵，水国家门，管弦箫笛，碧玉藏娇。

196. 贺新郎

内外长城路，问英雄，南南北北，战和何故。不必英雄天下步，只以田园分付。共日月，同乾坤住。自得心思成彼此，不中原，也不三边误，由事主，以人度。精英达者精英顾，自枯荣，山河草木，阴晴无数，处处云云和雨雨，也有朝朝暮暮。你中有我，我中有你，他她相互。以和平，再以和平民意主，与飞鹜。

197. 东坡引

范蠡吴越院，西施馆娃殿。衡阳忆宿南来雁。雁飞谁见面，雁飞无见面。运河寄晓月，太湖西畔，拾桂子，风云断。唯唯碧玉相思乱，居心居一半，寻情寻一半。

198. 满庭芳

下里巴人，阳春白雪，梅花落里声声，竹枝杨柳，不尽女儿情。夏口高山流水鹦鹉去，不忍留鸣。龟蛇锁，知音草木，寄于伯牙英。南三楼上望，黄鹤楼下，击鼓难平，留下今古迹，草木无生。九脉滕王阁外，云梦泽，自是非名。忧人见，先天后已与日月耘耕。

199. 杏花天

风风雨雨知多少,四野里,花花草草。无心见得无心了,处处时时飞鸟。月圆缺,人心不老,经离合何迟何早,相思不见相思好,应是人情缈缈。

200. 临江仙

一半苏州苏一半,枯荣一半枯荣。半阴半雨半时晴,东西山上望,南北运河情。杨杨柳柳杨杨柳色,商船处处声声。小家碧玉小桥英,江湖江水色,玉女玉人明。

201. 滚绣球 和其韵,《词律辞典》无此体

流水子期求,黄鹤落,高山重九。伯牙琴里,知音台上,一洲鹦鹉,几何草木,曲中杨柳。步步常常六回首,谁可忘,去年时候,十三州外,那人情韵,秦唐六郡,中华故国,知否知否。

202. 眼儿媚

花花草草自然闲,玉立不须弯。莫藏艳艳,纤纤袅袅,风月珊珊。佳人如此作红颜,去去不思还。樊素口口,小蛮腰腰,未满人间。

203. 菩萨蛮

谁来日日分朝暮,羞羞答答和同情住。双燕传鱼书,独疑问相如。花下一步步,云中三不顾。寂寞应无余,回文可自初。

204. 鹧鸪天 一九九七年二月

步步东吴已四春,年年不度两三尘。未来不易去去易,逝水风流逝水津。何不尽,向西秦。如来如去已成因。何妨不为精英客,却是人间又问秦。

205. 沙沙

一树一鸣禽,一半知音,寻寻觅觅复寻寻。去去来来飞落见,古古今今。独木已成林,日久人心,江河折有深浔。海角天涯天海角,衣带衣襟。

206. 谒金门

千百度,处处人人相顾,更是栏删灯火误。相思何不住,黄昏深已暮。相约相倾相许,难止难平难付。步步从君从步步,如来如去故。

207. 侍香金童

一侍金童,半在香君刀。对梅柳,先春应直。玉骨芬扬娇让色,飞雁双翼,带来消息。半月明,未暖还寒心尚臆。不只是,冰姿徒称匿。望眼当穿人抑抑,可向刘郎,玉娘翌翌。

208. 菩萨蛮

梨花一片丁香白,桃桃李李春梅客。处处已香多,秦公莫渡河。川流川九脉,杨柳杨乔陌。有见有嫦娥,何求何玉柯。

209. 清平乐

声声不断,水水江南岸。船靠码头人已乱,碧玉小家一半。阳关岭岭山山,黄河曲曲弯弯。山水文文化化,情情态态颜颜。

210. 好事近

一事一余香,一步一生四象。只是乾坤两仪,八卦人方丈。九州六郡半黄粱,日月几来往。只有阴阳相结,此心行宽广。

211. 品令

好事客,宫商曲,三弄阡阡陌陌。一君自有阳春雪,月明冉冉如白。冰玉纷纷互相映,弱弱纤纤芳泽。一弄二弄三弄过,是太伯,是太伯。

212. 武陵春

到了重阳黄了菊,公已渡先河。不必秋风苦自多,九九唱天歌。叶落枝头何离索,逝水有千波。鼓瑟湘灵问两娥,无奈冷香何?

213. 罗愿

水调歌头 中秋和施司谏

水调歌头曲,杨柳运河流,隋炀以帛相易,南北一通州。自以阳春白雪,下里巴人故土,六溇已东游。已此江都色,再无玉人愁。天堂客,隋二世,好颅头。扬州尽了,天下尽了一长洲,古古今今逝水,曲曲弯弯积积,自在自浮浮,业业功功迹,作故作春秋。

214. 失调名

九九重阳黄菊,枫叶雨雪霜冰。

215. 楼铜

醉翁操　七月上浣游裴园独一体

缺圆，清圆，方圆。以弦弦年年。
东西上下和经天，广寒宫中婵娟。
人不眠，桂子玉山前。问："吴刚以此达全？"
不知后羿，今已成贤。八阳去后，自在埋一悬。山有凌凌峰巅，水有波波回川。相思如涌泉。瑶台多云烟，玉女寄怜田，此界世外谁望穿。

216. 又

苍苍，茫茫，凉凉。一霜霜，泱泱。
堂堂水下水堂堂。月明风雪寒光。
问玉娘，衣带满秋香。问："广寒宫中几章？"
幽幽缈缈，半入黄粱。待翁去后，太守文章柳杨，角羽征和宫商。自以五音倘伴。依桃桃姜姜，人情为人乡。此意在人间，两两三三轻不狂。

217. 导引曲

学士端明殿，翰林学士城，同知枢密院，七十少师情。

218. 导引曲

八也秩攻媿集，参和政事明。三生三可愚，七十七年英。

219. 张良臣

失调名

豆蔻春芳春水止，钱塘细雨江船停。
两岸太湖情。

220. 西江月

步步西江月色，声声古调逍遥，秦楼弄玉凤凰箫，曲曲多少多少。雁雁书书到到，心心近近迢迢。一波不尽一波，净净平平淼淼。

221. 采桑子

"阳春白雪"诗词集，"下里巴人"。
下里巴人，眼见身景日月春。"渔舟唱晓""黄金缕"，已是经纶，不是经纶。只作"梅花落"里秦。

222. 舒邦佐

水调歌头

江左萧甬路，到海问宁波。兰亭集序，书法以笔立先科。最是羲之父子，曲水流觞被褉，巴瘦见池鹅，视作唐宗，古寺故人多。谁方丈，谁卿史，净干戈。文章太守文化自古作江河。是是非非已去，古古今今留下，一月一嫦娥。见得方塘玉，见得碧莲荷。

223. 张孝忠

杏花天　咏北湖

寒山拾得何方丈，北湖问，长洲俯仰。
洞庭十里黄天荡，几何孤来独往。
在船边，三三两两，小曲唱，冯夷独享。孤身福地应清爽，四面方方向向。

224. 又

寻花问柳功名路，最应，朝朝暮暮，
香凝露水珠珠雾，只待黄昏分付。
北湖岸，香香切切，苞已放，含情无数。年年岁岁何如故，莫以郴山误。

225. 破阵子　故乡　人来处

不问刘郎不问，萧娘就是萧娘。下里巴人巴蜀客，竹枝杨柳女儿肠，何同吴楚乡。利禄功名处处，风花雪月汪汪。且把人生从日月，不为轻浮不为狂，人人向故乡。

226. 玉楼春

朝朝暮暮何朝暮，路路行行路路。
贤贤达达古传今，日日年年应步步。
杨杨柳柳山河树，水水山山同相住。
南南北北也东西，在得人间人共度。

227. 鹧鸪天

豆蔻枝头春正浓，丝罗袿子楚腰风。
姿姿态态梅花样，色色香香一路空。
巴黛锁髻彭松。何人故作是由衷。
多疑向背藏娇处，小镜带露红。

228. 菩萨蛮

春风吹过桃花面，金莲寸步佳人见。
自得以香妍，身姿从小娟。还寻枢密院，不下长生殿。去并运河船，萧娘对月眠。

229. 西江月　饮

醒醉簪缨起落，名利日月江河。如何不饮不如何，只以人生有约。求索自然求索，居间少少多多。干戈一令干戈，嫦娥不见问嫦娥，紫书黄麻若雀。

230. 霜天晓角　汉阳雪守席上

蜀君吴客，官渡阡陌。汉水有知音

石高山意，流水泽，问刘迹。使君何为策，马跃橹溪碛。三国英雄谁在，惊自帝，几交迫。

231. 方有开

点绛唇　钓台

七里滩湾，三光草木萎萎布。一日如故，一岁何如故。小小轻舟，水色谁分付。江峰数，以青青度，不以青青住。

232. 满江红　钓台

七里滩湾，钓台钓钓，朝朝暮暮。见水底，游鱼无数，诸峰无数。还有浮云相织造，天公如此如分付，已无穷，这浅浅深深，涵涵住。有来去，无倾许，有日月，无云树，已清清净净，共天同度。一水波涛成远近，含含纳纳形容故。到头来，自是自心中，飞飞骛。

233. 许及之

贺新郎

楚鄂多风雨，几何曾，昭关子胥，问寻渔父，子子臣臣吴越数，记取平王故字。六国尽头，春秋飞羽。五霞江山谁社稷，这民心，一半君王府，应已见，是钟鼓。人间只是人间主，夏商周，朝朝代代，似龙如虎，已不尽，秦秦汉汉，俱是传承大禹。诸好汉，群雄三五，晋以隋唐由宋继，元明清，唱尽黄金缕，非易止，是今古。

234. 傅大询

水调歌头　桓仁天后村故居

十丈方圆院，五尾四间梁。不分主客厅堂，东上是粮仓，储米中农饭食，自给自耕自足，一半作磨房。古下牛羊侧，养猪代田粮。篱门木，田百亩，四围墙。门前一架葡萄夏日可遮凉。屋后红樱树树，倒卷莲花处处，不尽李桃香，弟弟兄兄妹，祖父寄爹娘。

235. 锦堂春　又

祖自胸州，桓仁落户，农夫创业关东。自开田百亩，有力无穷，日上兴安岭下，人参长白山中。木林原始见，山火耕耘，自力年丰。浑江流水如画，烟囱山上隆，五女云。雨晓田工。已有一年笑语，处处天隆，白雪阳春佳节，联联对对红红。二百年过去，自慰青黄，相寄家翁。

236. 柳梢青　又

六代桓仁，胶州祖父，子子孙孙。十里西关，家居天后，自以慈恩。三家两户成村，以辛苦，调羹香门。草木仙姿，玉堂难老，人正乾坤。

237. 采桑子　乙亥春雨

云云雨雨知多少，朝也潇潇，暮也潇潇，见见听听一玉霄。湘灵鼓瑟苍梧老，古也遥遥，今也遥遥。竹泪斑斑竹泪消。

238. 念奴娇

念奴娇曲，应道是，白雪阳春多少，下里巴人杨柳唱，蜀楚竹枝俏俏。汉水知音，高山流水，不见音琴老。但巡昌明，何巡天上飞鸟。力士谢得明皇，以梨园约定，人情无了，羯鼓霓裳，天宝外，不以开元王表。色色声声，江山和社稷，几人知晓，三千年里，何非何是何好。

239. 行香子

明月天津，草色如新。老丁香，千结相邻。何名何利，何苦何辛。问广寒宫，长生殿，欲中身。三弄梅花，成就红尘。对东君，自在天真。秩余归去，作个诗人，格律方圆，一天下，一经纶。

240. 刘德秀

贺新郎　西湖

百里西湖水，只相当，一年饮酒，以人人纪，一九九三年统计。自以刘伶开始，两千载，何非何是，自得英雄谁自得，以功名，不以人情止，成败处，荣辱唯。生生死死由张驰，慰文书，八仙过海，饮中桃李。举樂杜康天下望，祭祈先灵玉簋。更不况，人间居士。且未了，醒醒醉醉，到天涯，海角长空视。何所了，酒成史。

241. 吴镒

水调歌头　柳州北湖

一半南洋岸，一半北湖洲，人间柳柳州外。司马八王休。莫以刘郎又去，岁岁年年日日，一半度春秋，社稷江山客，夏禹帝王侯。轩辕见，周公问，有巢由。祝融傲骨虞帝隐隐广寒留。虎裕龙潭今古，十万大山封锁，九万九千流。偶经回首，不可不疏求。

242. 又　85568个汉字

自以苍诘始，上下五千年。文章太守何见，世代有先贤。字海辞林词典，六万五千五百六十八字全。汉语大字典，以此作家传。春秋著，经史记，左传篇。唐诗五万余首，二万宋词添。格律方圆日月，且以康熙韵制，御制佩文悬，进士状元笔，历史作桑田。

243. 林淳

水调歌头

万里长江水，日日自沉浮。年年逝者如此，处处逐波游。足以沉舟侧畔，柳暗花明朝暮，自在自东流。不问谁来去，不问几春秋。书生事，天下路，古今忧。高低远近南北有水调歌头。事以匹夫田亩，尚可人为日月，岁岁作丰收，政绩人生见，客以帝王州。

244. 鹧鸪天

海海田田日月沧，天天地地去来忙。桑桑不尽蚕蚕尽，帛帛丝丝易柳杨。官渡水，帝隋炀。五千里路运河长。钱塘六渎天堂岸，水调歌头一水乡。

245. 柳稍青

秀草园林，丁香牡丹，香满衣襟。物外风流，花开花落，鸟语情深。

当初古古今今，格律度，隋唐知音。李白知章王维杜甫，入晚词心。

246. 浣溪沙　忆西湖

水色天光一处秋，云中草木半风流。沉沉不尽又浮浮。榭榭廊廊多曲曲，杨杨柳柳客温柔，谁人水调作歌头。

247. 水调歌头

水调歌头曲，南北运河舟。五千里路南北，南北半通州。六渎秦淮泗水，八百画屏洲。南北天堂水，南北玉人楼。姑苏岸，同里渡，一长洲。金陵明月，三山二水秣陵愁。莫以江宁问事，且有六朝兴废，以此作何由。好好头颅见，回首已千秋。

248. 又

一世书生问，三界误心闲，辛辛苦苦如致，步步上天山。白雪阳春日月，下里巴人草木，三叠唱阳关。已见楼兰去，此去未归还。运河水，桃李岸，半红颜。岳阳楼上黄鹤楼下，半人间，再以滕王阁序，古古今今处处，记取苍梧政治，不断湘灵鼓瑟，水水自湾湾。尧禹平东迹，竹泪已斑斑。

249. 菩萨蛮

依依约约芳芳信，云云雨雨丝丝润。步步湿衣裙，寻寻三界芬。女儿应自后，踏足无须慎。夜里寄回文，向君应不分。

250. 减字木兰花

多多少少，欲欲求求何不了。逝水潮潮，万里黄河万里遥。年青年老，都是人间一颗草，半在云霄，半在高山半不娇。

251. 又

名名利利，利利名名非是志。如学如期，事事人人食住知。同同异异，只在心思成一字。有了心思，有了平生进取时。

252. 浣溪沙

大雪谁思访戴船，梅花落里问红妍。芳尘入主话当然。玉女相邻相素手，香香未尽香香连，明明月色净婵娟。

253. 廖行之

洞仙歌

朝朝暮暮，作得平生路，何以人人不相顾。有无名，来去利，天也怜人，衣食住，应是行程分付。且之之也也，虫鸟生灵，只见得如此如度。以从前从后，有所翔，有两目，有所思思虑虑，为社会，忧忧作作余，自可献身心，以真卿赋。

254. 念奴娇

飞鸿南北，岁两度，青海衡阳相住。读学书生书不尽，听得儒家分付。一去三年，三年又去，九九范误，荣荣采得黄花，黄了无数。不与弟弟兄兄，祖宗同父母，心心还苦，子女夫妻。离别后，如是如非如故。八十回头，人生自未了，互相相互。互相相互，如圆如缺如数。

255.贺新郎　秋日许怀　木犀

步步黄花路,木犀香,山河一半,向江南付。自有骚人云雨见,且以风流芳自住。寻桂子,重阳重赋,留下惊人三两句,共茱萸,共了风花住,回首望,叶无数。飞飞落落经风雨。有枫红,有霜隆上,见高低树。已是秋冬春夏秩,未了朝朝暮暮,三百日,经纶如故。岁岁重重还复复,是相同,不是相同误。天下步,异同路。

256.水调歌头　寄寿

不必寻来处,父母赐人生,年年岁岁朝暮,日日赋深情。第一踪踪迹迹,自以牙牙学语,步步亦倾倾。八十回头见,子女已成名。书生路,天下赋,以诗盟。功功业业随世,日月共光明,独自行行止止,另僻溪溪径径,行止有清鸣。造物公余外,一世一精英。

257.又　家园

古古今今事,国国又家家,江山社稷天下,自是一桑麻,父母君臣子女,少少青青老老,海角到天涯,事事人人作,以水浪淘沙。夏时禹周公治,李斯衙。秦秦汉汉同轨,九鼎铸咨嗟。二世秦隋二世,留下长城,留下运河娃。战战和和论,自是一桑麻。

258.又

人自知功业,名利可相承。成成败败家国,大小两相乘。也有荣荣辱辱,进退长亭上下,时见作飞鹏。蜀道青天际,不作武林僧。长城漠,天堂水,运河凌,年年岁岁今古,一代一明灯。只要人人留下,后世传扬继续,处处有香凝。且以桑麻就,暮以国家兴。

259.采桑子　水

苍梧日月东流水,鼓瑟湘灵。鼓瑟湘灵,竹泪斑斑照汉青。黄河过了潼关岸,渭渭泾泾,渭渭泾泾,半在长安半在荥。

260.采桑子　感遇

人生处处　知南北,也有东西。也有东西,处处人生处处夷。天公造物高低见,草木萋萋。草木萋萋,处处时时各不齐。

261.沁园春

竹泪苍梧,鼓瑟湘灵。岳麓岳阳。以巴陵盛况,洞庭水色,君山郁郁,一路扬长。见得泪罗,长沙贾谊,古古今今赋柳杨。杨柳见,见柳杨处处,日月平章。黄粱梦里黄粱。九月九,重阳格外香。望长亭万里,垂垂拂拂,青黄相济,柳柳杨杨。如夏如冬,经云经雨,不语人间不语凉。江山里,以天天地地,作故人乡。

262.千秋岁

寿时祝寿,且饮选配酒。花影里,东君付,梅花三弄后,自是春光首。应只见,朝朝暮暮神仙走。九月重阳九,王母同知否。天外见,今谁手。黄花开已遍,采得茱萸手,千秋岁,人人得人人口。

263.青玉案　七里桥店

船行七里桥边住,店里不分朝暮。去去来来千里路,里中无里,雨云云雨,日月谁分付。业业不可功功顾,利利名名几何误。少少成翁成步步,近衡皋浦,蕙兰相度,如古如今故。

264.又

人生十里人生步,总不尽长亭路。花甲之年花甲度,首回回首,暮朝朝暮,八十诗词赋。少少读学离乡鹭,落落飞飞应无数,独木成林成一树,百年年百,付分分付,岁岁年年故。

265.浣溪沙　诗词盛典　吕长春格律诗词六万八千首　续集一　读写全唐诗五万二千首。续集二　读写全宋词一万六千首。总计十三万六千首,其中诗十万余首,词三万余首,年秩八十。

草木人生一柳杨,诗词盛典半书香。十三万首纪炎凉。国国家家国国,今今古古古今梁。圆方不尽始圆方。

266.青玉案

诗词圣曲诗词数,十三万首分付。盛典无非无圣赋。是人生历,是人生度,也是人生步。百岁三万天天路,秩秩公公从不误。日日拾余拾字句。苦辛辛苦,以云成雨,乳燕巢边哺。

267. 满庭芳

五甲科名，三生风貌，一世一举成英。十年寒暑，两壁挂红缨。四海千川六郡，天下路，不见平平。应行止，天天日日，自古自荣荣。阴晴分不定，春秋四秋，四秋分明。有中原逐鹿，也有和平，也有长城万里，分内外，有运河情。三千载，文文化化，代代有耘耕。

268. 凤栖梧 老嫂比母，寿长嫂清明张桂珍

老嫂慈恩比母寿，小到吾家。子弟珍稀有。记取年年重九九。茱萸黄花酒。所感兄闻无福厚，隔了黄泉，与母齐九九。南山碑前岁岁清明敬，年年多杨柳。

269. 又

老嫂慈恩比母寿，小到吾家。与我家中友，一到重阳重九九，茱萸插作房檐柳。画囤方圆秋社会，嫁得西关，已天长地久，双华三女留天下，清明一杯酒。

270. 临江仙

春雨春云春水润，红流江水江楼。沉浮日月自沉浮。行行千万里，载载去来舟。逝者如斯如逝者，家家国国忧忧。文文化化五千秋。阳春三白雪，水调一歌头。

271. 西江月

雨雨云云水水，林林木木山山。阳关十里玉门关，一去楼兰一念。漠漠沙漠漠，颜颜色色颜颜。黄河万里九弯弯，不是书书剑剑。

272. 又

古古今今古古，文文化化文文。山山水水总相分，火火温温认认。战战和和战战，曛曛日日曛曛，耕耘处处自耕耘，晋晋秦秦晋晋。

273. 鹧鸪天

竹泪斑斑竹泪青，湘灵鼓瑟问湘灵。苍梧治得苍梧水，半见黄河半渭泾。萧史曲，凤凰亭，秦楼弄玉穆公守。人间未了人间愿，一曲当心一曲铭。

274. 又

一半长城一半无，运河千里到江都，相承相继相南北，六淡方兴六淡吴。荒大漠，富江苏。人间正道是书儒，当知四库全书读，写下诗词念小姑。

275. 卜算子 人生

日月暮朝行，草木枯荣度，一半阴晴一产情，岁岁年年赋。路路向平生，步步应无误，字句诗词格律成，如古如今故。

276. 点绛唇 和梁从善

夜雨潇潇，池池水水知多少。不知多少，何以知多少。夜色遥遥，一半相思老，相思老，一情难老，半寄情难老。

277. 又 别卿

一半姑苏，鲈鲈脍脍莼莼好，只昆山晓，巴解秋风早。蟹脚莼鲈，脍脍人人巧，人间道，太湖飞鸟，小小长洲小。

278. 又

一半阴晴，南南北北东西道。自当微小，一二三方好。步步玄元，日月丹炉早。人生晓，玉金知晓，养养修修老。

279. 又

竹菊梅兰，四君子里三君早，有黄花道："八月重阳好"。四秋云端，最是情难。情多少，又情多少，最是情难老。

280. 丑奴儿

生子当如生女子，如玉如金，句句知音。小老人家弹鸣琴。书香门第由高密，一半衣襟。一半福荫。一半元侯，嫡水深。

281. 如梦令 寄梦

子夜方成诗梦，百鸟欣然朝凤。记鼓瑟湘灵，又有梅花三弄。三弄，三弄，绝句七言相送。

282. 又

见得梅花落里，见得红尘桃李。结子是春秋。果果因因相比。相比，相比，相比人间相比。

283. 鹧鸪天

落叶飞飞已带霜，边边角角已难扬。求根不得求根远，不是家乡是故乡。年已尽，岁青黄。枯荣一世自方长。去年不在今年在，不到明年不到妆。

284. 减字木兰花 送别

人生一路，处处行行步步。半在

姑苏，半是天堂半是吴。不分朝暮，千百沉浮千百度。半在江都，半问隋炀，半问儒。

285. 京镗

醉落魄

一箭射羽，嫦娥奔月应无主。人间唱彻黄金缕。这广寒宫，桂树玉兔府。不闻后羿闻今古，婵娟拂袖当空舞，上下弦弦，只可园三五。

286. 好事近

已半过重阳，已半西风霜雪。落叶寻根无得，已同人间别。年年岁岁度炎凉，风貌总无绝，昨日今天明日，一生三天说。

287. 又

九月九重阳，一世一生朝暮。昨日今日明日，是同非同路。年年岁岁总炎凉，似否似如故，满地黄花分付，共当人间住。

288. 定风波 七夕

七夕穿针引线忙，河边织女会牛郎。乞巧堆云堆喜鹊，银汉无津，不待有空房。本是人间儿女约，何似，相知梦里萧娘。取得衣衫先挂上，不得藏娇，只作嫁时妆。

289. 又

一寸人心十丈楼，三生弄玉凤凰羞。筑得秦川千百度，不见鸥夷，泛泛五湖舟。若不擎天为八柱，风已求凰，自是半春秋，莫道玉关人老矣，已有沙鸣，唱得月芽洲。

290. 水调歌头 呈茶漕二使

两位茶漕使，一半运河情，秦秦汉汉评论，六国已纵横。胜概锦官城外，胸次乾坤吐纳，谈笑已风生。自是书生客，形秽已难平。人间路，天下事，见枯荣。江流日月如此草木也丰萌。却是东来有诏，又恐西留无计，顶上系红缨。复以长亭去，记下一声声。

291. 满江红 中秋前同二使者赏月

月近中秋，桂子结、朝朝暮暮。二使者，来长亭路，去长亭路，也有嫦娥相邀请，杨杨柳柳长亭住，这江南，一半靠茶糟，人生故。山水客，诗词赋，日月问，心思度，见东流逝水，向江楼许。不以沉浮来去论，载舟不语成如数。运河边，忆取是隋炀，经风雨。

292. 又 中秋约茶漕二使，不见月

月到中秋，本来是，圆圆缺缺。三五见，应圆还缺，应圆还缺。三百六十五日里，圆圆十二弦弦缺，这中秋，云没广寒宫，如何说。二君使，杨柳折，留明载，成关切。以茶漕两市，是当悦悦，税制年年收税制，姑苏自古多多苗。这江南，只是半阴晴，梅花雪。

293. 又 次卢漕长短句之秋

已过中秋，有霜雪，黄花已遍，一步步，登高思远，有茱萸片。九月重阳重九九，使君又作南飞燕。是归鸿，诉职声，作得了民官，村村见。秋冬继，春夏变，四时守，三生面。以人生日月，故宫深院，五代南朝南十国，文文化化长生殿，这梨园，再古古今今，桃花扇。

294. 木兰花慢 重九

算西风景物，应九九，一重阳。落叶已经霜，云霄万里，玉宇低昂。蜀人从来好事，过良宸，不负佳时光。酒市重重叠叠，旗亭处处笙篁。天公不尽客疏狂，聊政致平章，也采来茱萸，黄花茶饮，一半清凉。年年以此明日，望故乡，个叩自凄肠。自得人生路和，何须落帽何方。

295. 绛都春 元宵

歌歌舞舞，处处是灯火，如龙如虎。又是三楼，黄鹤、滕王岳阳浦，一城结彩张灯府，儿女三三五一，市街长巷，丝莲步步，月明今古。今古，朝朝代代，民以习俗，听黄金缕，最是两头，暗暗明明奇人主。回头一望千人鼓，只见得，花花圃圃，刘郎且约萧娘，有情无数。

296. 满江红 浣花因赋

锦里先生，草堂外，浣花溪小，白石白，山形似旧，青峰青了，一叶轻舟应访载，梅花落里，月霜好。未朝春，白雪共红尘，人未老。沉浮水，知多少，何日月，同花草。最是朝暮照，女儿窈窕，古古今今人去来，贤贤达达世情晓。莫呜呼，落日作黄昏，霞缥缈。

297. 念奴娇　七夕

立秋三日，是七夕，织女牛郎相顾。自是人间人自是，织女牛郎相顾，喜鹊成桥，成桥喜鹊，一夜银河渡。粗儿细女，乞巧心里分付。已是不是牛郎，莫知寻织女，天河无故。有意有情，无日月，只待年年相互，你在那边，这边应是我，却难相住。一年今日，相倾相语相许。

298. 水调歌头　中秋

八月中秋节，九月是重阳。木犀结子前后，处处寄芬芳。共与黄花成就，未了人间演易，处处半青黄。渐渐西风至，素素一层霜。经冬至，扬白雪，腊梅香。秋冬一半天下，半共平章。胸里江山社稷，足下长亭杨柳，一半作书房。一半儒家路，一半好心肠。

299. 洞仙歌　药市

黄花一半，一半阳春雪，醒目清心对天说。守时冬虫取，夏草当归，留得个，野岭人参莫绝。连根托起后，带得幽芳，须酴醾自娇绝。种者常无如，待青龙，从白虎，明明灭灭。见药农，南北又东西，自是自成医，向何优劣。

300. 水龙吟

阳关三叠沙鸣，单于唱罢听杨柳。民民子子，官官吏吏，人人两手。减税三年，三年民富，米仓粱厚，这西川天地，上下老小，知日月，情相守。一路常常回首，可知否？食衣父母。名名利利，辱荣成败，行行走走。见得刘伶，杜康曹欒，自三杯酒，且以英雄去，自然留下是章台柳。

301. 汉宫春　立春是元宵日前一天

明日元宵，立春惊暖律，湿气如潮，衡阳乱飞燕子，北路迢迢。三湘故水，见君山，而打芭蕉。留竹泪，苍梧去后，二妃暗自潇潇。回首舜时传禹，禹又传子夏，建了王巢。无端原始公社，朽木难雕，商周已老，秦汉隋唐宋元消，明也尽，清当去了，中华胜似前朝。

302. 洞仙歌　海棠

花花色色，李李桃桃，别自是先君两三折，是春风难了，结果方成，红杏见，各自花花雪雪。酸甜应入口，麦垅应酬。春未当然夏初说，自得自生平，四时青，也红粉殷殷切切，继是桃，梨已作秋香，敢唤得中秋，月明无缺。

303. 念奴娇

锦官城外，十二里，见得北湖山色，半似西湖西子女，胜似西川南国。禊祓兰亭，羲之已去，流水曲觞侧，百花划草，卷舒云白云黑。不定朝暮阴晴，也鸥鸥鹭鹭，飞天飞翼，曲曲声声，似渔舟唱晚，瞬时藏匿。洲亭杨柳，春莺声里应惑。

304. 满江红

一路人生已步分，锦官城雪。腊月里，西川明月，向冬梅说。我可以圆圆缺缺，当然自是当然缺。你不成，傲骨寄寒心，东君折。科水里，三弄别。寒暖易以心洁。等香香切切，一情无绝。待以群芳群草色，梅花落里梅花节。作红尘，天下已芳菲，枝枝茁。

305. 念奴娇

双流溪畔，锦官路路，不分朝朝暮暮。步步行程步步，吏吏官官如故，即是当官，为民作主，不可桑田误，名名利利，何期何属何度。自古事事人人，以灯灯火火，相关相顾，吏吏无声，心心想互照，以公分付，衣食父母，平生平世平祚。

306. 水调歌头　驷马楼落成

驷马楼前客，色予锦江流。龟城百堞成势，今古几春秋。济涉杠梁如故，四围枇杷荔子，蜀制帝王州。东是钱塘府，西是锦官秀。谁孟昶，谁诸葛，几沉浮。成才云里云外雾里自无休。藏匿人间事事，暗度巫山云雨，一度一吴头。留得巴陵客，草木不知愁。

307. 念奴娇

锦官城外，一诸葛，自是不分朝暮。三国鞠弓何尽瘁，作得精英如故。作计空城，当知司马，只以英雄度。我兵百万，孔明难以分付。杜甫在浣花溪，草堂千百句，如诗如赋。我来先生，谁达者，何以千年千顾，留下心怀，西川西不止，以江源注，长江长水，黄河共土相住。

308. 洞庭春色

一越舒适，三吴访载，半春洞庭。二妃问苍梧，竹泪斑斑，鼓瑟湘灵。暗自潇潇细雨到岳阳楼上排元汉青。应四望，以君山桃李，云梦画屏。何嗟人生百步，漫赢得，雨落云宁。问里门第客，兄兄弟弟，孤孤独独，渭渭泾泾。老来何须重渭泾，念此去迟回问兰亭，不饮酒，问鸾台凤阁，北斗星星。

309. 满江红　成都七夕

处处寻寻，七夕晚，人间喜鹊，情自自，向银河去，作银河诺。王母如牛郎织女，如何汉武相求索。在瑶台，相会以盘桃，长相约。今古事，难如若，一线乞，人情错。是神神俗俗，以其收获。天上曾一度，心心意意曾相托，向牛郎，向织女传言，当相博。

310. 贺新郎　中秋

月上中秋路，已圆圆，嫦娥会面，两年如故。且寄广寒宫里色，寻来桂子玉兔。且回避，吴刚听住。莫以天天天度度。共婵娟，共向人间住。相互问，相互顾。平生见得多朝暮，你来来，我还去去，雨云云雨。上下弦弦经上下，盼盼明明数数。十二月，中秋分付。也有阴晴分后定，这明明，岁岁年年误，无短见，有长苦。

南宋·夏圭
溪山清远图

读写全宋词一万七千首
第三十四函

1. 雨中花 重阳《词律辞典》僻为雨中花慢，二十一体

九九重阳,重阳九九,锦官以容思乡。曾学第一语,来自爹娘。抬脚登高举步,扶摇难上摇床。人间第一,一从一始,自至家乡。作书生客,南北东西,家乡不是家乡。应会得,天涯海角,处处离肠。惜别未催鹞首。前行已问知章。年年老老,他途今日,以客思乡。

2. 又 次阁侍郎韵

九九重阳,重阳九九。锦官作侍郎乡。以紫萸正席,黄菊浮香。目目从高望远,楼楼丝竹笙簧。先生赐教,自然达者,举世文章。司空见惯,乡音无改。日月比翼钱塘。今古见,民心民里,心地天堂。自以是峨眉客傍怀相与疏狂。这回知也,此生心事,系得牛羊。

3. 瑞鹤仙

梅花落有约,一浔阳、滕王应是一阁,何王勃如爵。回方相顾与,九江沟壑。川流不泊。溯江源,泉泉漠漠,古今河,逝者如斯,青海蜀山荆鄂。求索。人人回首,处处时时不分强弱。拼拼博博,成败见,辱荣若。到头来,终是身名利禄,止止行行一诺。问因循,到了今天,昨天所获。

4. 水调歌头 子

举步扬长路,俯首问家乡。人生第一伊始,自是自爹娘。第一呀呀学语,第一摇摇学步,第一学炎凉。第一邯郸市,第一尚书房。人生迹,千万里,制平章。农家子弟来去日月柳还杨。四秩东西南北,立足功功业业,步步好儿郎,格律诗词客,一箭射天狼。

5. 水龙吟

平生步步平生,书香不尽书香路。成成败败,荣荣辱辱,分分付付。去去来来,功功业业,互相相互,历南南北北,山山水水,天下望,常回顾。十载寒窗朝暮,向人间三生风雨。花花草草,虫虫鸟鸟,林林树树。独木成林,百川相汇,孤身飞鹜。以不知不解,知知解解互相相互。

6. 满江红

十里长亭,有四面,八方去路。今已是、独木桥上,一身风雨。已见龙门,龙已见。虫虫鸟鸟同朝暮。向人生,彼此共山河,因人度。少小事,谁分付,老大是,谁分付。以方圆尺寸,作前行步,不语心中心不语,无言草木无言故。山人情,且问及,日月在长安,何如故。

7. 念奴娇

一生南北,三界里,半壁江山风雨。半见阴晴阴一半,不渡桥头不渡。过了天津,消遥宫里,自在玄元步。金金玉玉,天尊无量分付。一二三已生生,有人人事事,当然无数。最是书生,今古处,论论评评反复,简简繁繁,千年千智者,普天同住。儒家应是,如今如古如故。

8. 水调歌头

路路成南北,步步作行踪。人生第一伊始,故故已难封。日月阴晴草木,谷壑山川玉宇,处处可包容,四秩中原序,春夏又秋冬。书生客,官吏职,始中庸。离离别别分手日月总相逢。自在家乡自在,建树功业建树,鼓鼓亦钟钟。但在乾坤里,白虎见青龙。

9. 水龙吟

阳关三叠阳关,长安一路长安客。来来去去,山山水水,阡阡陌陌。不见楼兰,交河荒漠,边城云白。

叹酒泉流水。飞将李广，天水岸，燕山泽。已在阴山相隔，李陵声，史公评册。今今古古，是是非非，谁人评迹。败败成成，生生死死，周时太伯。谁不知诸葛，七擒孟获是何收获。

10. 酹江月　次眉州

蠶颐江上，已收进多少，山光林树。此是归宗朝故路。当年已成渡。初秩英游，四载贤迹，此付出回头数，以民斯国，甘泉风调云雨。一望北阙南山，书香从事。久以桑麻数。每亩高粱四千棵，古古今今相赋。业业功功，名名志志，作匹匹大大。为官父母，普天同步同度。

11. 水调歌头　苏州工业园区职

三载苏州职，六十秩归行。运河两岸杨柳，地铁一生名。以此公余自主，格律诗词日月，香港报平情。我是中书吏，八八作精英。五湖水，同里筑，作渔城。阳澄水泥船，上靠岸造民生。四品郎中五品，留下行迹楼阁，八十六幢情，以此人生问，足足作生平。

12. 又

一念天空阔，万事羽毛轻。诗词格律天下，八十已分明。日日行踪足迹，秩外秩中所历，处处可成婴。水水河湾满，字字已倾城。古今问，来去见，暮朝行，时时事事留下草木自枯荣。作得杨杨柳柳，日日阴晴日日，百岁百平生。自以辉煌色，一笔一纵横。

13. 满江红

暮暮朝朝，也总是，朝朝暮暮。却不尽，去来来路，去来来步。不尽重重还复复，却应岁岁年年付。此步非，此步是，同也，何同故。事相处，时何误，势已异。人成遇。这新新旧旧是非分付。日积居心居月累，今今昨昨明明数，只三天，切莫误人生，如来度。

14. 水调歌头

有志当忙碌，无迹可平章。生途一路南北，作柳柳杨杨。处处青青绿绿，自得云云雨雨，岁岁自低昂。切切居心见，寞寞伴钱塘。同天下，同土地，共炎凉，风流拂拂来去不怯不思梁。共与年年岁岁，自得垂垂首首，一半故家乡。且见昭明子，四面对潇湘。

15. 又

宜解中庸事，肯付大江流。黄河万里东去，九曲十湾洲。青海河源百里，处处清清净净，岁岁自春秋，逐鹿中源客，战事浊难休。阴山下，泾渭合，帝王州，人间以此父母载史载船舟。如此如今如古，似涌似涛似浪，一度一沉浮。自以轩辕始，两岸满羊牛。

16. 张震

蝶恋花

化作红尘春已暮，梅子初青，四围荷莲赋。普渡人生普渡，如来如去如来路。步步心经心步步，子子花花，果果因因住。李李桃桃天下树，空空色色应如故。

17. 鹧鸪天

一步人生不到家，三湘舜水二妃娃。疏疏导导成功业，逐农流流共米麻。从日月，到天涯。波涛万里浪淘沙。留当古古今今治，一半隋炀一半花。

18. 又　春暮

一寸相思半夜家，三更尽了五更花。衣衣带带何宽解，去去来来影子斜。灯火暗，问窗纱。云云雨雨已生芽。春春夏夏相交处，也有芙蓉也有蛙。

19. 蓦山溪　春半

梅花落羽，唱尽黄金缕。梅子已初青，再不为，群芳作主。红红紫紫，又白白黄黄，逢三五，经云雨，无力无今古。王母汉武。已约瑶台祜，素女寄情来，应不误，声声如诩。人间已是，一半作人间，有龙虎，有钟鼓，一半由天数。

20. 又　初春

阳春白雪，已向三冬别。不问东君，四秩里，初心关切。梅花三弄，心动始寒光，先自洁，经明灭，五次三番杰。冰凌已折，霜自分层绝，步步郁香扬，多殷冽，圆圆缺缺。素情傲骨，处处以萌萌，含苞节，千情桀，百草群芳彻。

21. 张顾

水调歌头　徐高士游洞霄

万步玄虚路，九转一黄芽，神仙自

是如此，一洞一人家。见得云舒云卷，守住雨停雨尽，一度炼丹砂。净净清清处，自是上苍霞。幽寻去，归四海，向天涯。情思自可来去亦步亦无遮。岁岁桃桃李李，成路成蹊成址。百岁一年华。不必留踪迹，你我是他她。

22. 王炎

蝶恋花　夜饮

古古今今谁饮酒，水水流流，逝者如斯否，白首人人人白首，年年岁岁同杨柳。饮中八仙何事友，功业无休，处处当街丑。无见无思无能走，黄河到了长江口。

23. 又

柳柳杨杨杨柳柳，万万丝丝，不系行船首，谁见得，天长地久，知情者是重阳九。遍地黄花知老叟，满了皇城，海角天涯否。自是明年惊世守，中年殳易明年否。

24. 点绛唇　野次

一路平生，自然记取来时路。十年风雨，处处何如故。原是川川，今是桥桥渡。十年步，陌阡分付，草草花花误。

25. 水调歌头　夜泛湘江

竹泪三湘水，鼓瑟二妃声。苍梧留下今古，不尽九嶷情，举目洞庭日月，久久涛波倾荡，久久不平平，百里君山阔，云梦万年盟。梅花落，桃花艳，杏花英。衡阳去了飞雁，半载有归鸣。禹可三门不入，傅夏公

私难顾，自此一天城，且以商周继，三千载明清。

26. 又　登石鼓合江亭

一曲冯夷舞，三叠唱阳关。江亭水合东去，石鼓立人间。水溅英雄落泪，涛涌青峰落日，此见落云闲。再领梅花落，无力对红颜。天风雨，沧浪屿，济河湾。楼兰不斩应断日月自归还。若以神仙所语，万里蓬莱可去，修史也班班。我自领风去，少小一千山。

27. 念奴娇　菊

黄花如此，过重九，九九重阳翁手，"待到明年黄花发，作得声名杨柳，达者帝畿，诗词格律，已十三万首"。回头是岸，如来如去如叟。无日无止无休，明年应八十，因无因有。日日耕耘，天下路，作得人间朋友，留以心思，成方圆尺寸，不知奈否。天高地厚，时时寅卯子丑。

28. 鹧鸪天　梅

一半黄黄一半红，三冬已尽立春风。当初独傲从今色，只芳芬处处同。空色色，色空空。梅花落里自由衷。冬冬已济春春接，目待明年白雪逢。

29. 阮郎归

云云雨雨，细雨过清明，莺啼一半声，杏红红杏性难平。梅花落里惊。南北路，有阴晴。青峰水下清。年年百草百芳萌，谁知瘦人情。

30. 青玉案

江南江北江西路，雨雾雨云烟雨。一度红中红一度。向群芳处，莫东

君误，只有东君误。如彼如此应如故。岁岁年年可分付。不记得朝朝暮暮，只寻花草，牡丹无妒，国色天香赋。

31. 浪淘沙令　寄小桥村叶兄与戈玛蒂

一白首问黄昏，杨柳封门。当年同里叶江村，追思苑中戈玛蒂，何以乾坤。老树有深根，原始天尊。翁翁老似小儿孙。八十重来谁可问，记事重温。

32. 木兰花慢

酝酿花树下，见梨李，至日已生情，成蹊不语，亦自卿卿，素玉傅来消息，到人间，不误瑶台声。十句王母秀字，玉箫已自余声。天盟。相约不须更，只当是荆荆。五百载盘桃，群仙毕至，是以衷缕。蓬莱岛中相会。这一时，胜似一人生，应对婵娟三五，清清又是盈盈。

33. 清平乐　越上作

朝朝暮暮，暮暮朝朝雨。花去留她留不住。度百千千百度。三春三界三吴，运河已到江都，两岸杨杨柳柳，姑苏碧玉姑苏。

34. 又

云云雨雨，雨雨云云故。碧玉姑苏千百度，回首回肠回顾。小家碧玉三吴。小桥流水浮屠。不见秦皇二世，隋炀到得江都。

35. 浪淘沙　辛末中秋饮

一月已圆圆，玉色娟娟。河河汉汉桂香连，半有微寒半净天，是饮求仙。

莫以问先贤，达者当然。醒醒醉醉可留连。秋气平分何已怨，自不经年。

36. 卜算子　雨后到双溪

渡浦唤轻舟，岸水垂杨柳。已过双溪万里流，直下长江口。一路几春秋，半年人生酒，醉醉醒醒不尽头，作得刘伶叟。

37. 又

一水一江舟，三界三杯酒。见得双溪见得流，影是何人首。白发半霜秋，千里千杨柳。四秩乡官四渡头，不作刘伶叟。

38. 江城子　癸酉春社

春风已去柳依依，日晖晖，草薇薇。八十重来，适遇雨霏霏。步步平生平生步步，人自独燕双飞。求归时节未求归，是还非，是还非。是是非非，一幕四方围。不可回头回不可，无臆守，有心扉。

39. 虞美人　正月望后燕来

运河两岸多杨柳，一去难回首。商商旅旅去来舟，不尽南南北北半风流。归来燕子梅花落，自与群芳约，桃桃李李共先科，你去衔泥我自筑巢窠。

40. 南乡子

布谷一声声，半有阴时半有晴。见得农夫农见得，催耕，半是春风半是情。草木已初萌，日月经天已暖生。待到秋收秋待到，营营，一粒春播百粒成。

41. 忆秦娥　赏春

梅花落，红尘已向秦楼约。秦楼约，凤凰已去，穆公如若。求凤求凤求飞雀，人情一半全情薄，人情薄，一箫弄女，凤凰求索。

42. 临江仙　吴宰生日

人近上元情意好，光明已满云天。春风得力雨桑田。耕耘耕日月，种豆种反干。自植河阳桃李树，成蹊处处当然。十年草木凤池边。三山三鹤至，万户万人贤。

43. 好事近　同前

上日近元宵，雨顺风调方好。已见人间天下，四方东风早。高山流水一春潮，草木已多少，子弟三千坛上，步青云难老。

44. 水调歌头　贺宰生日

日月耕耘处，草木去来时。人间正道天左，贺宰一相司。不尽江流直下，不尽山川沟谷，不尽一思慈。当以英雄论，当以预人期。邯郸步，秦晋路，旷先师。今今古古文化，一度一灵犀。已赋阳春白雪，下里巴人照旧，处处可兰芝，夏口琴台上，独立总相持。

45. 念奴娇　过江潭

江潭深浅，存日月，也存青青峰树。也存高山流水色，也存阳春白雪。一半天云波涛一半，一半行船路，分纹两岸不分朝暮朝暮。深浅深浅江潭，以流流止止，风光无数。以水春秋，时分秩守，四时如故，相容相合，包含天地分付。

46. 浪淘沙　令菊

万里浪淘沙，已到天涯。撑天一柱对朝霞，海阔天空天宇宙，不见人家。八月木犀花，九月黄花，西风落叶雪霜花。待到明年黄花发，自是奇葩。

47. 采桑子　秋日丁香

秋中色丁香好，只有芳菲。只有芳菲，不尽西风落叶归。南飞不尽南飞雁，两两依依，两两依依。处处晖晖处处微。

48. 好事近　早梅

一木两年中，一本两年香梦。作得群芳媒使，有无严冬控。黄黄腊月也红红，太乙相送。岁岁梅花三弄，百鸟应朝凤。

49. 临江仙　落梅

已是群芳郡已是，梅花落里红尘。香香未了已成春。飘飘垂缟袂，迹迹作裙巾。月色偷偷应结子，青青子子仁仁。经纶自此一经纶。年年年已始，岁岁岁天津。

50. 卜算子

草碧草相知，花落花开语。一日三思一日迟，最是青春女。有约有无期，何故何当楚。蜀尾吴头一峡持，自在高唐许。

51. 木兰花慢

龟蛇何不锁，黄鹤落，大江流，已过二千秋，鹦鹦鹉鹉，草木洲头。沉浮，自今自古，不尽米家舟。流水高山日月，竹枝唉乃风流。江楼，水色幽幽，湾渚处，雨云留。面对一江潭，岭峰如此，不止无休。羊牛，一年一岁，问狱獬，何似十三洲。不以当年旧事，不然自问王侯。

52. 小重山

一线寒宫一线长，自弦弦上下有明光。嫦娥不断作姮娘。在暗处，也自贴花黄。不是入黄粱，曾寻曾后羿，着轻妆。不藏淑玉淑人香，思君切，一步一厅堂。

53. 阮郎归

年年岁岁忆家山，浑江一曲湾，去来来去几前川，相思五女颜。南北雁，玉门关，衡阳几去还。望江亭亭上望江环，何人可等闲。

54. 临江仙　莫子章郎中买妾佐酒，魏倅词戏之，因韵

自己修身自己，求仙你去求仙。姿姿态态一婵娟。千情千意结，十五十分园。刺史肠中肠刺史，前川主客前川。郎中四品已无眠。人生人百岁，树木树千年。

55. 又

一世修身修一世，神仙一半神仙。弦弦月月总弦弦，藏娇藏不得，作色作婵娟。老老难小小。无眠不可无眠。当然伴侣伴当然。黄炎黄帝继，内子内经传。

56. 水调歌头　留魏倅

一水调歌州唱，一曲到隋炀。当年帛易杨柳，自成运河乡。不论头颅好否，不论楼船去否，可论一钱塘，如今苏杭去，一步一天堂。江南岸，莲荷水，四时香。芙蓉出水西子时妆，十二桥中望，一步一君王。

57. 南柯子

渡口舟何去，长亭客不归。秋风落叶向南飞。不是衡阳青海也相依。汉赋枚乘主，鼓瑟湘灵妃。斑竹流泪翠微微，不尽苍梧不尽九嶷晖。

58. 浣溪沙

北京市东城区汪魏新巷九号院家居

四面玻璃四面墙，半庭杰树半庭香。圆方世界自圆方。格律诗词修格律。杨杨柳柳复杨杨，十三万首十三梁。

59. 好事近

一步一三吴，半路半千湖岛。水水不知多少，自人情难老。五湖六淡作江苏，处处是花草。这里风光宜好，只听莺啼晓。

60. 朝中措　异体

声声杜宇已声声，细雨细耘耕。数得锄锄数得，百日始方成。亩田两万粒种萌，间苗取其半，见得禾苗壮，秋来因果收成。

61. 南柯子　秀叔娶妻不为人知小词贺之

镜里鸾当舞，云中大小乘。梅花三弄已香凝。织女郎河岸自呼应。玉佩床前解，心思月下灯。珍珍惜惜结丝绫，一半衷肠一半似阳冰。

62. 朝中措　九月末水仙开

梅花已共两心同，素玉不分红。九月黄花态度，重阳月半临风。其非拙拙，湘妃宓女，各自由衷。不便云云雨雨，香香自是无穷。

63. 西江月　酴醾酒

已见春来春去，酴醾处处成姝，清清白白入屠苏，酿得深情相度。不尽云云雨雨，醒醒醉醉江都，隋炀杨柳玉人奴，一饮方成朝暮。

64. 柳梢青　言志

士小言微，莱衣细软，万里回归。少小成流，向人何处，一举鸿飞。也曾月佩相依，领略是，玉树心扉。去得长年，问以客主，稳住微微。

65. 踏莎行　自述

一半人生，人生一半。人生六十人生半。公余自是自成年，诗词格律诗词岸。方万八千，不休不断，全唐诗著又五万，再吟全宋二万，十三万首同霄汉。

66. 清平乐　除夕　又

人生离岸，一世三天算，昨日今天明日断。独得元元两半。年年岁岁年年，方围格律方圆，数数时时数数，弦弦自是弦弦。

67. 南柯子　又

守岁初更至，成鸣子夜钟。人间取自是三农，自得中庸，之处且中庸。自力年年苦，行营岁岁丰。江山日月是形踪，一度春秋一度守家宗。

68. 夜行船 和随

淡饭粗茶缝衣过,桑田里,新农一个。草木修身,光明自得,只凭么,有何不可。过眼烟云都看破。红尘里,独行独坐。细细思量,日日求索,天么与,因因果果。

69. 临江仙 过双溪

杜宇声中春无了,飞鸿过了云霄。双溪花草似江潮。已听梅花落,未上过河桥。渡口一蓑细雨,山前小笋条条。行人不问不藏娇。白心黄皮却,见得玉消。

70. 蓦山溪 自述

翁翁叟叟,八十垂杨柳,已此已平生,随日月,诗词首首。风云相继,万事何回头。天下口,人间走,草木皆朋友。一身不酒,半世文章守。四品半郎中,来去见,无无有有。辛辛苦苦,以岁岁年年,天地厚,作杨柳,字字谁知否。

71. 忆秦娥 咏梅

梅花雪,梅花一半梅花雪。梅花雪,梅花白雪,一枝三绝。如何明了如何灭,只随月色同圆缺。同圆缺,梅花白雪,月明无灭。

72. 满江红 至日和黄伯威

吏吏官官,随日月,朝朝暮暮,天下事,自何来去,与谁人路。王命为民应作主,功功业业当然度,这身名,利禄不相倾,前行步。足踪迹,心分付。风云易,情分付。以潮流而动,以阴晴顾。自力更生更自立,随天随地随文赋。不牵强,也不自悲图,无贤住。

73. 玉楼春

小小成年老老,一半红尘红了了。黄粱梦里又黄粱,曲曲词词文化少。事事人人谁不晓,时时势势何迟早。明朝杨柳满钱塘,八月潮头天渺渺。

74. 又

一路钱塘多杨柳,万户天堂儿女手。运河今日颂隋炀,水调歌头相互守。只见琴书谁饮酒,处处风流大江口。三吴文化寄三吴,不否人情人不否。

75. 杨冠卿

如梦令

一半人间花色,一半园中花色,一半女儿心,上得秋迁无力。无力无力,下得秋千无力。

76. 生查子

梅花一半吴,碧玉三分雨。处处是云烟,步步非知路。声声问小姑,寞寞寻朝暮。只在入心田,只在桥边住。

77. 前调

孤身碧玉霄,独立苏州小。自在自藏娇,谁待谁人老。藏娇不可娇,飞燕飞云少。与日与春潮,何见何花草。

78. 前调 赋湘灵鼓瑟笺湘妃泛莲叶上有片云擎月

湘灵鼓瑟情,不尽苍梧梦。月色半云情,水照莲花弄。天空天已明,百鸟如朝凤。达者作人生,且以鱼书送。

79. 浣溪沙

柳柳杨杨共薜萝,流流水水万千波,平生数尽九江河。曲曲东流东已尽,秦秦楚楚楚人歌。汨罗逝者逝汨罗。

80. 前调

不在汨罗唱九歌,长沙贾谊几坎坷。潇湘未了遂风波。五五当然当五五,人人事事已经过,长江万里共黄河。

81. 霜天晓角 渔社词

船船簇簇,西塞山前宿,唱晚渔舟渔女见,春江满,千波逐。白菊。有香馥。黄昏不可独,且把声声留下,由心牧,依玉竹。

82. 卜算子 杜甫贾谊

杜甫一成都,贾谊三湘赋。一半人生一半图,不尽人生路。一目一扶苏,三界三生步。古古今今问五湖,日月可相住。

83. 垂丝钓

人人皆老,一年年似花草。暮暮朝朝,暮暮朝夕了。生平少数取阴晴好。阴晴好。以阳春白雪,高山流水,梅花三弄谁晓,自然小小,下里巴人道,何以黄昏早,归去杳,郁郁归去杳。

84. 菩萨蛮 春日宴安国舍人

春春夏夏何分布,朝朝暮暮云云雨。

共度共扶苏，同行同不住。天涯芳草路，目送飞鸿顾。不以问江都，应言安国夫。

85. 前调

西湖不尽西湖雨，阴晴一半阴晴故。我问我姑苏，君听君念奴。三潭印月路，柳浪闻莺步。渎渎水东吴，鸥鸥飞玉凫。

86. 前调

江湖一半江湖路，人生一半人生步。一半一浮图，三生三界殊。何不度，谁问谁知故。作得此飞凫，寻来成就途。

87. 前调　雪

天宫玉碎纷纷落，冰花叠叠霜霜约。不渡半江河，人间衣被多。因为因玉薄，何以何冰索。天上动干戈，湘中听九歌。

88. 好事近　代人书扇

扇扇扇余香，扇扇扇中相望。内有红颜如玉，外成春潮涨。诗词歌赋一文章，瀚墨有方向，点点相连天下，品评多思量。

89. 前调

一字一书香，半地半天工匠。就就成成成就，几何何舒畅。人人处处状元郎，字句自高尚。第一龙门皇榜，古今应无恙。

90. 谒金门

飞落雀，觅食人间求索，见得农夫田亩约，书生知客落。记得梅梅鹤鹤，子子妻妻如若。只以同来同去诺，何时何地错。

91. 忆秦娥

梅花落，梅花三弄梅花约。群芳绰，群芳自得，不如如萼。秦楼不解秦娥索，凤凰曲里人情薄。人情薄，穆公弄玉，若今如昨。

92. 前调

一寒江雪，圆圆缺缺人生别。人生别，一心未了，一情难绝。逢不得离远，孤孤朝天说。朝天说。波波折折，问千秋节。

93. 清平乐

离离索索，下里巴人约。已见高山流水落，不尽阳春白雪。春江花月山河，渔舟唱晚清歌。杨柳竹枝曲里，人间处处天波。

94. 柳梢青　金陵八艳

十二金钗，三千粉黛，一半天街。玉树清风，双荷并蒂八艳秦淮。琴琴曲曲费阶，女儿事，文房玉斋。不以偷香，也应家国，年少情怀。

95. 前调　咏鸳鸯菊

白芍双缔，黄花满地，胜似辛荑。只以芳香成城片片，映得虹霓。明年此日开筵，卜易爻，见得东西。且见身名，玉宇环乡，鼓鼓鼙鼙。

96. 浣溪沙　忆苏州书于北京瑞尔齿科

八十人生六十孤，三生秩满秩三吴。千株玉树玉千株。半长洲长一半，江湖不尽是江湖。隋炀以帛到江都。

97. 又

一水江南一水风，小家碧玉小桥东。夕阳远上夕阳红。百里湖州湖百里，三吴日色半吴中。空空色色空空。

98. 西江月　白菊丛开有傲霜雪之姿

雪雪重重雪雪，霜霜垒垒霜霜。千姿百态傲低扬，见得深秋方向。白白红红白白，香香处处香香。五颜六色嫁时妆，俯俯人间仰仰。

99. 前调

一作得酴醿姊妹，行身九九重阳。成层素玉素时妆，寄与渔凫孟昶。白白丛中淑女，群芳已不群芳。春秋各有嫁时娘，一品清清爽爽。，

100. 前调

九九重阳九九，霜霜雪雪霜霜。为他客作嫁衣裳，自得天高气爽。素节森罗万玉，丛丛簇簇千香。深秋过去留衷肠，见得嫁时方丈。

101. 东坡引　古今诗

自姑苏一路，三年问朝暮。公工已尽余生步。如今如古故。分城格律，隋炀已度，古今界，唐以分付。平平水水曾相注。精当音韵句。

102. 鹧鸪天

已东君第一枝，隆冬太乙己三期。人间自立春风始。江南草木已千姿。芳信息，色无辞。芳芳郁郁已时时。人间若以人间故，且向群花取玉肌。

103. 小重山

五寸心思两世情，无言曾已许，少年城。三生日月半生明。言人久。海誓以天盟。不问那回声，曾闻还问不语，总难平。筑巢燕子总多鸣，何不断，暮雨朝云行。

104. 蝶恋花

一片桃花红一片。只与僧人，不与刘郎见。岁岁年年蜂蝶恋，明皇已下长生殿。见得长安花满面，不与高人，只与云飞燕，不可留情留玉缱，黄河流水鸣时溅。

105. 前调

寺里桃花僧一半，也向刘郎，也向玄都观。你若无心无意，江山日月风云散。自古千年千古叹，作了书生，不做江湖畔。记取运河杨柳岸，钱塘已是天堂旦。

106. 水调歌头　春日舟行

日日阴晴客，草木去来舟。年年岁岁风水，一度一春秋。古古今今事事，自以行行止止，都付一江流。但在凌烟阁，上下十三州。匹夫子，书生士，帝王侯，英雄自是南北一度一沉浮。可品功业足迹，可品田桑沧海，可品继无休。谁见黄河水，净净是源头。

107. 又

水调歌头曲，帛柳运河舟。隋炀六渎南北，逝者如斯流。见得长城内外，成就秦皇汉武，了了十三州。由是江都岸，水载水沉浮。兴亡去，今古问，去不求。荣荣辱辱成败一度一春秋。不尽人间朝暮，不尽乾坤云雨，不尽大江头。不尽平生步，不尽问羊牛。

108. 前调　云海亭

远近成云海，上下问亭楼。寻寻觅觅天下，止止行行南北，处处各春秋。自以凌烟阁，了了运河舟。隋炀帝、秦二世、沉浮。三千年里兴废不尽帝王州。见得长城南北，见得运河南北，见得匹夫求沧海桑田问，一制一风流。

109. 前调　古今诗自述

路路罗浮去，步步九歌头。人生六十公秩，事事以人休。唯有诗词格律，再以方圆日月，草木各风流。上帝三千载，八百帝王侯。夏商禹隋唐制，古今求。读书万卷行路万里一皇州。万事万人不尽，万水万山万画，十二万诗酬，与世成今古，与世共沉浮。

110. 水龙吟　金陵作三次握手，与陈立夫萧丽云

金陵故国金陵，中山陵墓重修树。知陈立夫，知萧丽云，如今如故。有江八条，当然汪古，重新分付。制三次握手，再言国共，同日月，同朝暮。自以明清当数，郑成功、秦淮何误，男儿所志，八艳求主，江山无误。去得台湾，远中原处，任凭风雨，此今今古古，英雄自有自英雄度。

111. 崔敦诗

六州　寄萧丽云"本朝歌吹，止有四曲，十二时，导引，降仙台，并六州。六州十二时，每更三奏之，若巡幸，则夜奏于行宫。"二十体。三千载，天地一行经。民所望，匹夫愿，百度安宁。和自贵，诸子人丁。重建中山陵，党产当廷。崇讲肄，再拜金庭，以重庆聆听。重新握手，卿云，成盖，同心造物，共达慧形，向背有犀灵。君知一介立夫屏，"成败之鉴"铭。年年岁岁，今今古古，落飞浸泽，民以保华亭。

112. 赵汝寓

柳梢青　又

水月台湾，风光大陆，一半乾坤。国是江山，共非草木，同渡慈恩。中华子子孙孙。峡百里，朝明暮昏。一海无分，南南北北，两岸渔村。

113. 辛弃疾

摸鱼儿

几番时，几番风雨，几番朝几番暮。几番花开花落早，更有几悉如故。何已住。这岁月，年年都是枯荣路。已千百度，一半是春秋，夏冬相互，四秩自相互。长亭步，自是前行步步。楼兰城上行路，交河日落何相顾，俱以英雄分付。居莫误，君莫见，幼安当见沙鸣鹭，天山一赋。三叠唱阳关，斜阳尚在，苦辛不辛苦。

114. 又　观潮上叶丞相

一钱塘，半钱塘雨，涛天难以朝暮。水潮惊空成鸥鹭，当自是翻飞鹜。云已住，莫说道，波摇天下无归路。此鲸不顾，任自会蛟龙，共同钟鼓，引起蟹将无数。虫蛇舞，上下云云信步，瑶宫如此分付。倾倾荡荡东山阵，万马谢公云路。神不渡，仙不渡，自然杨柳曾相误，天辛地苦，同作玉危澜，连天逐地，飞将已准成。

115. 沁园春　带湖新居

一半山光，一半林云，一半水平。稼轩亭一半，文斋一半，掩掩映映，三径初成。一两莺啼，两三鹤唳，鸥鹭朝天引颈鸣，千百步，竹荫和碧玉，系得红缨。衣冠楚楚营营，见帐下，无兵无令行。有金兵南下，偷营拔寨，垂鞭厉马，暗自声声，我是幼安，辛弃疾也，保护临安自太平。边疆事，在边疆界外，纵纵横横。

116. 又　送赵江陵东归

赵氏江陵，举步东归，竹泪二妃。叹湘灵鼓瑟，苍梧落日，衡阳芦苇，细细微微。已搭巢窝，无心久住，雨雨云云雁未飞。天下路，待君行步步，草木霏霏。送君折柳依依，君送我，红梅正自稀。挂冕垂帽处，行行止止，呼之驿使，莫守门扉。不可红尘，无征旧衣，一半平生一半威。宣令处，励兵兵马马，日月晖晖。

117. 水龙吟　登建康赏心亭

登高望赏心亭，清秋万里江天路。人人事事，来来去去，云云雨雨。日落滩头，黄昏斜照，如斯如故。问江山社稷，南南北北，天下事，如何度。自是长安朝暮，过潼关，沿黄河步。中原逐鹿，临安设防，大江都护。六十人生，少年豪气，三生分付。待老年成就，灵犀日月向天津赋。

118. 又　为韩南涧尚书寿

临安不可临安，长安必是长安手。江南江北，中原塞外，长城可否。不是秦皇，金戈铁马，几英雄手，这平生日月，江山草木，田舍里，人间守。如此何人当酒！这金兵，垂鞭无口，杨杨柳柳，江南花草，谁成父母。不是功名，应非虫鼠，自当知丑。老小年之子，扬扬志气一生回首。

119. 又

平生老少平生，年年岁岁年年寿。今天六十，明天七十，天天饮酒。人在临安，望长安路，籍情籍口，借江南江北，黄河上下，同日月，同杨柳。谁不饮英雄酒，一功成，不惊回首。长城内外，黄河清浊，谁人知否。过了潼关，不分泾渭，同父同母，作金戈铁马，江山一统一江山手。

120. 满江红　贺王宣子平湖南寇

制冠湖南，湖南制，湘江两岸。今古是，望英雄路，见风云散。且听得湘灵鼓瑟，苍梧竹泪应无断，问孔明，也可问周郎，谁兴叹。一五月，征尘畔。十万军，平戈旦，过君山百里，九嶷重算。自以家乡家自以，他人不可他人乱。此前川，自古自当然，王宣冠。

121. 又　送汤朝美自便归

一半人生，自便是，人生一半。共日月，也同山水，也同河畔。再去人间天下路，卿卿我我平分半，可观天，可问地中仙，凭兴叹。十万卷，书不断。十万里，行程旦。有诗词格律，有方圆判。再以人间天下路，卿卿我我平分半。回首时，一半一人间，人间半。

122. 又　送李正之提刑

蜀道之难，蜀道去，之难已断。渔凫问，蚕丛如此，已风云散。最是锦江流水住，浣溪杜再常吟叹。已古今，珍惜是中年，黄河畔。蜀相祠，亡蜀冠。托孤去，巫山岸。问城中白帝，一江流爨。古古今今天下路，君君子子从无断，自去来，大路自朝天，谁轻唤。

123. 又　中秋寄远

过了中秋，月总是，圆圆缺缺。上弦见，下弦还见，是弦弦缺。不晓嫦娥藏那里，弦弦不绝弦弦别。有梅花，也有李梨花，酴醾雪。云遮月，明又灭。谁因此，千秋节月难平十二，客难评说。总是人人人总是，求全不得求全折。可情情，自以自情，求圆切。

124. 又　建康史致道留守席上赋

一半钟山，石头见，长江虎阜。大江去，六朝兴废，已秦淮暮。一半金陵金一半，英雄自得英雄步。向莫愁白下凤凰台，应如故。鲍照问，青莲赋。江宁寄，台城数。有梁红玉鼓，岳飞相固。自古英雄英处处，家家国国家家数。一人生，受国一人生，当朝暮。

125. 又　赣州席上陈季陵太守

九派江流，一客至，千杯朝暮。已见得，是长安路，是临安步。不见贺兰山下雨，却迷杨柳钱塘雾，入宋城，又出去杭州常相顾。劝莫饮，君北固。日月照，云林树。以荣荣辱辱，可君分付。自得君臣君自主，人生且以人生度。镇江山，社稷是江山，季陵赋。

126. 又　江行

一路江行，日月照，杨杨柳柳。老子是，英雄何问，未曾君首。已恨千杯千已恨，从今不饮平生酒。这醉醒，都是一原来，遮遮口。君未子，朋不友。白白去，云云手。这江山日月，有无无有。半见人间人半见，知人知酒知心否，这人生，谁是谁非寻，醒醒酒。

127. 又　送郑舜举郎中赴召

一半平生，进退里，平生一半。十万卷，当兵千万，运河南岸。已度人间人已度，风云日月风云散。望长安，逐鹿在中原，黄河畔。作房谋，成杜断。太守暮，郎中旦。看官梅野柳，以东君赞。沧海桑田沧桑见，飞诏下达径霄汉。策云中，也策收桑干，燕山冠。

128. 又　游南岩

剑剑书书，一半是，书书剑剑。十万卷，十万里路，此情明鉴。见得江湖江水岸，何言日月君心念。问天山，三叠唱阳关，长安店。水天阔，波艳潋。流万里，云光潜。几何何小隐，向巢山敛。入得人间人入得，粮粮米米茶茶验，在其中，方得一其中，同油盐。

129. 又　访别

六九梅花，通常是，寒冰白雪。衣被里，藏娇藏素，月中圆缺。不待东君传旨令，枝枝不慎枝枝折，有千姿，有百态，婵娟，与寒别，有君问，何人说。曾三弄，千秋节。以明皇所教，以梨园杰。已望长安长已望，情无了得情无绝，有春秋，也有夏冬时，阳春雪。

130. 水调歌头　盟鸥

水调歌头唱，白鹭白鸥盟，运河一路南北，六渎秦淮泗浙，已与富春平，共与钱塘岸，百鸟自声鸣。带湖柳，江湖月镜湖明。江南处处花草处处柳杨城。八月莼鲈相胗，宋嫂鱼羹一品，尽是女儿情，一水千流去，一水有无平。

131. 又

所以隋炀帝，唱水调歌头，运河两岸杨柳，以帛易千秋。莫以楼船定论，应以人间功绩，日日有行舟。自以天堂计，未得帝王州。钱塘岸，苏浙色，富春流。人间多少商贾四面八方游。北皮南丝一路，西兽东鱼一带，世上共丰收，地大天大，水水自沉浮。

132. 又　席上留别

黄鹤楼前问，夏口武昌扬。高山流水天下，一路到潇湘。回首知音台上，日日来来往往，事事久繁忙，自以人生论，处处济平章。兰亭句，惊赤壁，射天狼。君君子子如故一步一冯唐。回顾回头回问，前可前行前止，日月自沧桑，只见江东客，不见汉侯王。

133. 又　九日游云洞

九九重阳日，菊菊独花开。渊明寄此篱下，李白饮千杯。我采茱萸一把，共与黄花三奉，此次正崔嵬。待到明年际，达者帝王台。十万里，十万卷，十万催。年年自是来去，日日逐成魁。一世当三万日，三万朝朝暮暮，岁岁有冬梅。白雪阳春曲，步步望蓬莱。

134. 又　答李子永

下里巴人曲，玉树半瑶台。高山流水何在，久久自徘徊。自以阳春白雪，又有渔舟唱晚，杨柳竹枝猜。未了梅花落，独自一枝梅。相如赋，枚乘发，贾谊来。今今古古来去不断九歌才。楚客汨罗自去，汉水知音曲尽，日月久相催。不见英雄在，谁可净尘埃。

135. 又 吴江观雪

处处吴江水，处处玉壶冰，人人大小乘乘，处处故香凝。本是天山玉碎，粉粉研研洒洒，素羽一层层。铺就银妆界，造物向恢弘。梅花落，明月夜，一清灯，钟钟鼓鼓因此再造再宫征。重朝银身银座，再致人家人净，化作一阳绫。未了千山鹤，只以武陵应。

136. 又 舟次扬州

千载隋炀帝，十里半扬州。征东征北征夏，一马一貂裘。塞北江南万里，上下长城内外，半世问千秋。剑剑书书问，未了帝王州。谁年少，谁老矣，客难休。家家国国心上日日自忧忧。十万书书卷卷，十万行程止，十万问人流。自作英雄梦，计策向君谋。

137. 又 自曰

八十人前老，六十已公休。诗词格律天下，已了丈夫忧。本是同林鸟雀，各自分飞南北，独步独分谋。久久同殊异，一步一回头。何年岁，冬夏至，半春秋。爹娘在世无以膝下尽情由，子女生成无以，尽力尽时尽责，未尽一生求。我自无言去，自可自蒙羞。

138. 又

一世三杯酒，半界五千忧。忧人忧己忧古，忧过一春秋。父父母母，作个杨杨柳柳，格律向诗求。也试方圆见，飘泊去来舟。苏联体，欧美国，大洋洲。此身六十多国八百十三州，已逾一千县市，二十五史上下，一万帝王侯。自以平生了，去去不何求。

139. 贺新郎 水仙

不与梅花落，半争春，半寒半暖，向群芳约。未了东君情未了，只以玲珑浅薄。水里客，仙姿如若。自是沉香沉沉不住，以幽幽，也以遥遥跃。芳已作，玉求索。芝芝一色兰兰诺，以初心，以春将至，早成花萼。我以娇黄梅一色，半以灵均领略。孟昶曰：春长春节，且向百花丛且向，女儿情淑淑萌萌寞。琴不语，总弹错。

140. 念奴娇 过雪楼观雪

阳春白雪，已传遍，下里巴人如约。一曲春江花月夜，杨柳竹枝相诺。唱晚渔舟，梅花落里，月上凌烟阁，鳞鳞甲甲天山冰碎成雀。楼上楼下楼，着衣裙一色，成繁成略，量体成妆，留心留嫁得，向春风作，江山当此，如今如故如若。

141. 又 白牡丹

沉香亭北，牡丹白，半在华清池岸，出水芙蓉应出水，玉立婷婷云散，影影波澜，贵妃谁见，疑似神仙乩。一春又是，群芳群女群冠。自以处处风流，一丛丛簇簇，清官难断。一色千姿，纯一色，洁洁素颜灿灿，弄玉秦楼，凤凰台上曲，齐眉举案。

无须相惭，则天则玉则馆。

142. 又 登建康赏心亭

赏心亭上，建康路，已尽六朝朝暮。齐宋梁陈一半，一半秦淮风度。问石头城，燕子矶外，日月江流故。今今古古，东山安石曾付。建邺者建康城，秣陵百里，反洲北固。一半金陵，金一半，古古今今如数，八艳明清，女儿多爱国，以忧相度，郑成功问，台湾如此如误。

143. 又 书东流村壁

是梅花落，见桃李，与得群芳相约。香雪海中香似雪，四野梨棠雀跃，过了清明，十天谷雨，一日人间诺。东风处处，女儿如若。春水春雨春云，半阡阡陌陌，荒原闲鹤。目下青青，红白绿，见得杜鹃离索，留下迎山如荼如火色，欲染城郭。连天连地，江山原在开拓。

144. 又 西湖

梅妻应在，鹤子在，一半先生如故。已是西湖西子误，西子西湖何误，一半长安，临安一半，一半应相互，西湖西子，去来来去朝暮。步步柳浪闻莺，有三潭印月，瀛洲分布。下了苏堤，谁不记，太守文章相度，未了平生，明珠苍璧处处，可诗词赋，金戈铁马，中原回首回顾。

145. 又 赋雨岩

何来何去，问云雨，附在山岩成布。渐渐流流清白许，落落如倾，如注。闪闪发光，明明灭灭，溅溅轻轻许。

平平镜镜，人间相映相度。竹竹木木林林，自峰峰顶顶，丛丛分付，只有山岩，彤屹立，接地承天云雨，下自成溪，汇东流日月，共同飞鹜。何来何去，思量留意留步。

146. 浣溪沙　秦唐府

一树梨花一树因，三秦月色半三秦。阳春白雪白阳春。自是人间人自是，珍珍惜惜惜珍珍。经纶作得作经纶。

147. 新荷叶

物是人非，年年岁岁如归。记取巴陵，湘灵鼓瑟微微。斑斑竹泪，向苍梧，了了心扉。情情何以，九嶷夜雨霏霏。雁雁双双，春秋两度飞飞，已是衡阳，衡阳不是相依。去年芦苇，今岁是，岸芷翠薇。知音人唱，高山流水春晖。

148. 又

岁岁年年，年年岁岁，如归。一度沧桑，人间一度，如归。江山草木，何以哉，秋月春晖。阴晴相映，枯荣繁简，如归。李白当涂，王维鹿柴，如归。五柳渊明，东山谢安，如归。如归不是，何以哉，不是如归。非非是是，是是非非，如归。

149. 最高楼　醉中有索四时歌者为赋

人生醒醉，醒醉人生，处处可清鸣。四时时四应成四，秋冬春夏秩相成。以中原见曾，律吕分明。一匹夫，也无所二，二丹桂，只是一荆。天地上，草枯荣。长安自古皇城帝，八水相绕作天京。牡丹桃李独树相

倾。

150. 又　赋牡丹

长安道，记得牡丹红，八水自由衷。渭泾已作黄河水，潼关城外已朝东。过中原，云雨路，自无穷。武盟曰，有阳春白雪，这东日，有梅花月缺，得此日，对天苫。种花事业无人问，唐周李武已应别。这长安，朝暮遇，是豪杰。

151. 洞仙歌　为叶丞相作

江山日月，已然千条路，分得行行待朝暮。以房谋可数，杜断江湖。人间步，风景风流如故。凌烟阁上见，社稷分明。蓠四图中已成布，自古一东都，百里长安，渭渭泾泾，八水去，入黄分付，向大海，带清浊东流，浪淘沙，英雄自是如数。

152. 又　访泉

长江万里，万里黄河路，何处江原两分布。半康藏青海，泽泽沼染患，泉如数，湿地源源如故。澜沧天水去，下去嘉陵，上以黄河不相误。万里万波涛，万里无归，只任取，作东海度，望两岸，自南北东西，江山是，江山社稷分付。

153. 八声甘州　为建康胡长文留守寿

秣陵建康建业金陵，一路石头城。六朝今古在，三吴故地，残照明清。是以当年燕子，又去谢王惊。见得风流水，只是阴晴。云自当然司马，颁三军将令，一举长缨。以龙龙盘

雅典踞，步步柳家营。见红梅，君家所寄，暗香回，不尽东君情。貔貅镇，大江南北，见得精英。

154. 声声慢　红木犀

得香无尽，无尽香香。明明八月明明。桂子倾城，粒粒粟粟倾城。玲珑一金一玉，向中秋，处处精英。独红色，风流少少，孤傲萌萌。未遍田田舍舍，未遍阡阡陌陌，自得乡情。百尺高楼，七寸心思孤成。无分朝朝暮暮，喜红尘，品位难平。有元始，有无终，当自枯荣。

155. 江神子

红红绿绿又红红。半东风。柳柳梅梅，处处不由衷。暖暖寒寒暖暖，桃李色，牡丹丰。归鸿作了是飞鸿，已相逢，又相逢。十载相逢，我已老童翁。仰首朝天何仰首，南北路，也西东。

156. 又

梅梅柳柳梅梅，半春媒，一春媒。五九分寒，六九已相催。太乙东君分不得，何日月，自徘徊。梅花三弄已常开。半瑶台，一瑶台。柳柳河边，伴了金达莱。一半青黄成绿色，千草碧，百花来。

157. 又　书王氏壁

松松竹竹任横斜，一人家，半云遮。白雪梅香，处处隐红花。石径成层成百步，傲处，不争华。虚涵玉谷隐风沙。种田瓜，种桑麻。自力更生，自在织窗纱，两只鸳鸯分得，同戏水，共朝霞。

158. 又

烟烟雨雨有阴晴，半枯荣，一枯荣。到了清明，处处总多情。细草茵茵纤细草，成碧玉，作裙荆。梅花落里声声。忆平生，水形成，曲曲东流，处处有轻鸣。逝者如斯如逝者，随日月，总无平。

159. 六幺令 送玉山令陆德降六幺辞无七字者。故取六幺正体单调三十字八句平韵。

江水湖，一半吴，半是淞江半太湖。黄天荡里途。运河奴，到江都，见姑苏，半是儒。

160. 六幺 辛弃疾双调九十四字上四十六字下四十八字，各九句五仄韵。

回头一笑，来去已多少。阳关自然三叠，却怪楼兰小。放浪交河归去，万里可言少。玉门关了。以英雄见，如此如彼，月光好。何处何人问我，社稷江山社稷老。尽是醒醉空空，胡说成八道。不是泾泾渭渭，何见长安晓。问君花草。可堪杨柳，下里巴人多少。

161. 满庭芳 和洪丞相

一半江山，江山一半，一半自在人间。升平歌舞，一半是红颜。一半楚腰细细，吴姬曲，等等闲闲。听杨柳，阳春白雪，小口与阿蛮。管弦，丝竹里，霓裳羯鼓，去去还还，下里巴人见，曲曲弯弯。不以南南北北，长安巷，水水山山，临安路路，飞鸿起落，已向雁门关。

162. 又

剑剑书书，书书剑剑，一半望尽长天。江村江岸，一半在前川。只见圆圆缺缺，明月间，下上弦弦，无分半，年年岁岁，总是见弦弦。广寒宫里路，唯唯月月，一日圆圆，上下弦上下，月月当然。古古今今书剑，如此见日日当然，当然是，年年岁岁，岁岁亦年年。

163. 鹧鸪天 鹅湖寺

一路清风一路香，半湖草木半湖凉。山中古刹山中寺，世外人间世外先。云雨后，已微茫。烟烟雾雾已回梁。林泉不语林泉语，处处啼莺处处藏。

164. 又

一半鹅湖一半明，两三草木两三层。山山水水难分定，共共同同总不平。天落下，地升荣。你中有我我他生。心经大小乘中见，古刹钟声自自鸣。

165. 又

不可长沙唱九歌，无须楚客度泪罗。鹅湖山下鹅湖寺，暮鼓辰钟已自多。方丈问，衲先科。心经普渡作江河。凡夫俗子如来度，一世如斯一世波。

166. 又 送人

祓禊天中祓禊城，鹅肥池瘦瘦水平。唐宗取得兰亭序，御史无名古寺名。三界外，一人生，文章太守自精英。贤贤达达人间事，古古今今半不声。

167. 又

一半荒沙一半山，阳关已过玉门关。胡姬不在胡杨在，九曲黄河十八湾。千万里，古今还。沙鸣已到月芽湾。楼兰兴废交河壁，不在成成败败间。

168. 又

水水山山四十州，花花草草两三秋。功名利禄应何问，业业勋勋可不休。人历历，士忧忧。家家国国是风流。人人事事，成今古，一水江楼一水流。

169. 丑奴儿 博山道中效李易安体丑奴儿正二体平声韵。取曾干曜又取黄庭坚体。

远树明斜阳，天地上，都是云光。雨云雨雨云云昌，黄昏漫道近似，一半少价风凉。几处向峰梁，以高见，何是沧桑。逝者恋恋直远近，向高高不低了，不归去留芳。

170. 蝶恋花 送长义弟登望江亭

四弟望江亭上望，十里家乡。万里何思量。八十人间何俯仰，桓仁五女浑江浪。不问三哥三两样，已误爹娘，又误人间向。父母为人为之谅，为人父母之养。

171. 浣溪沙

父母未尽其孝，子女未尽其养，妻子未尽其尊。终生误也。父母为人父母身，为人子女未为人。为妻未尽与妻亲。一事无成无一事，蓬尘有界有蓬尘。经纶不了不经纶。

172. 蝶恋花　和杨济翁韵

不尽刘伶千载酒。不尽忧忧，不尽多杨柳。醉醉醒醒成白首，应留何物谁知否？饮者难成天地友，不饮春秋，人在黄河口。饮尽西湖西子守，何其日月何其有？

173. 又　月下醉书

不饮人间人不少，饮了人间，日月知多少。醉醉醒醒何了了，阴晴草木知多少。已饮人间人不少不饮人间，去去来来好。臆臆昏昏应不晓，清清正正清清老。

174. 又　杨济翁侍女

一半东风春一半，已是梅花，自以芳香散。一半娇羞藏一半，人情已在回头盼。一曲高山流水断，一半余音，久久心难断。留意轻轻三两叹，风流草木江南岸。

175. 定风波

一目公明一目清，三春草木已繁荣。夏水风波应已定，荷馨。朝天仰望半阴晴。醉醉醒醒复醉醒，行胫。花花草草自琼英。试问春归春已证，书磬。平生任性任平生。

176. 临江仙　探梅

一半寒冬一半，阳春白雪阳春，梅花傲骨见精神。千姿千不语，自以自经纶。已就东君君已就，东邻作得东邻。百花已得百花新。何时何不见，一度一红尘。

177. 又　醉宿崇福寺

醉宿云中崇福寺，人人不见人人。空山玉笛竹枝春。何随何日月，不见不知秦。饮生平生饮，今今古古尘尘。英雄一半不醒身。年来年去是，岁始岁终沦。

178. 又

九鼎山林山九鼎，三生一半三生。醒醒醉醉不分明。英雄英不得，李白李何鸣。捞月当涂当捞月，饮中不饮何情，饮中自以八仙名。今人今不在，古者古诗惊。

179. 菩萨蛮

带湖不见天山雪，人间多少多离别。一箭一江河，三生三万波。天公天不语，明月明圆缺。不可不汨罗，谁人谁九歌。

180. 又　书江西造口壁

郁孤台下清江水，秦秦汉汉谁同轨。孰是是非非，几行行不归。长安长历史，未了未央篡。独步独心扉，孤鸿孤自飞。

181. 又　送佑之弟归浮梁

无情最是长亭柳，离离别别无停手。木叶各春秋，人生何白头？浮梁浮似酒，不似长江口。水自水行舟，带湖应举楼。

182. 又　赏心亭为叶丞相赋

赏心亭上尝心故，丞相晓得丞相赋，一子一书儒，三台三断图。英雄英可数，长见长安路，步步在东吴，形形思北鬼。

183. 又　赋樱桃

红红白白黄黄见，阳阳背背阴阴面。色里色同妍，酸中酸共甜。云舒云亦卷，知秩知飞燕。一水一江船，三吴三品泉。

184. 西河　送钱仲耕自江西漕赴婺州

西江水，照得西江人美。多情却解送行人，月明千里，弦弦半半又弦弦，年年知道桃李。已成蹊，未成止。岁岁可随红紫。一时一度一回归，与君兰芷。向杨柳曲是分明，阳春白雪伊始。对山河，不箭不矢，见长城，朝积暮垒，未了是非非是。自去婺州如跬。已飞飞，且以衡阳同住，有雁鸿鸪来矣。

185. 木兰花　慢席上呈张仲固帅兴元

木兰花慢，一番雨，一番春。不过十三州，去年今日，已到西秦。英雄几回激烈，向君王、塞令筑天津。知道江山易改，人情化尽红尘。红尘，梅花落中身。以香泥处处，年年岁岁，师道经纶。廉颇自应不老，力强弓、施弩壮人身。寄与胡风汉马，一时去去风津。

186. 又　滁州送范倅　自述蛇口工业园区

平生平不得，半云雨，半雪消。在儿女灯前，妇夫明月，夜注天骄。潘琪不怜人意，却向交通弄新潮。香港招商蛇口，第一园区渡桥。我作专家组长谋，袁庚学、客相邀。熊炳泉、乔胜利、桑恒康，共折腰。珠洲三角洲前。待说来，人已上云霄。只恐过关人晚，鸡鸣已颁新朝。

187. 朝中措

杨花柳絮不空忙，十日换新妆，一片茵茵处处，岸边四围池塘。先生达者，老子无香。直凭思量，一曲高山流水，鹧鸪与自平章。

188. 又

醒醒醉醉半书香，玉笛一红妆，这里都愁酒尽，那边独忆萧娘。为何来去，为何朝暮，日月文章。李白当涂捞月，稼轩作是牛羊。

189. 祝英台令　应为祝英台近晚春

月秦淮，桃叶渡。建邺秣陵故。风雨风云，一日又一日，看春去去何顾。金陵无与，梁武帝，六朝分付。浦口渡，燕子矶上江流，台城石头数。空色心经，应大小乘度。杜鹃不与春同，独孤孤独，自飞落，一减肥一暮。

190. 乌夜啼　山行

江头醉倒渔翁，半舟中。半与江流归去，共蛙虫。人一半，水一半，月空空。吕尚应知泾渭，古今风。

191. 又

何言子子么公，色空空。北北南南北北，一西东，醒一半，醉一半，已无穷，若以田间瓜果，苦辛中。

192. 鹊桥仙　为人寿八十

诗诗赋赋，朝朝暮暮，去去来来如故。公余秋外一余公，八十岁，分分付付。山山水水，行行步步，独木成林独树。今今古古今同，八十岁，人间普渡。

193. 太常引

无诸居世太常妻，诏狱各东西。草木自高低。不见得、西施范蠡，吴宫娃馆，儒商常熟，虞水半凄凄，何以辛黄，五树北，幽幽小溪。

194. 昭君怨　豫章寄张定叟

长记三湘两岸，百舞千歌一散。五五汨罗船，只争先。日日江流不断，楚客春秋汉，张仪纵横研过桑田。

195. 采桑子　书博山道中壁

长亭十里，长亭柳，水水江流。水水江流。处处忧忧处处修。三杯不尽三杯酒，一半风流，一半风流，不饮人间可作舟。

196. 杏花天　无题

桃桃李李杏花面，隔岸去，香香一片。蛛丝网迹邻墙院，小女似曾相见。有多少，莺莺燕燕，各自里，相追互恋。花花草草人情倩，水水流流溅溅。

197. 踏歌

白雪。玉梅花，月以弦弦缺。离时折，唱得阳关彻。玉门关外已沙如雪。一切。问长安，明月何明灭。已西去，且以沙鸣绝。是荒丘不尽骆驼列。书剑事，向豪杰，楼兰没，再向交河说。人间自沧桑，彼此行踪别，明皇何故千秋节。

198. 一落索　闺思

一络丝丝一络索，有梅花落，月明花上色相亲，却不可常相约。人作人情飞雀，如如若若。开门何以又关门，日上日下，东风掠。

199. 千秋岁　为金陵史致道留守

花花草草，最是金陵好。守致道，英雄表。玉壶流酒盏，屈指金汤晓。人自见龙盘虎踞人难老。一半长安道，一半临安道。可回首，人心小，只须君一箭，射虎阴山了。飞将也。江山社稷情何了。

200. 感皇恩　为范倅寿

一路一人生，为君作寿。我作人生半如酒。醒醒醉醉，一半孤身行走。月明知我意，无相守。曲曲歌歌，花花柳柳。下里巴人可知否，阳春白雪。谁在博山回首。人生人不老，为君寿。

201. 青玉案　元夕

东君不与春风住，只自以梅花路。唤起群芳千百度。两三天里，不分朝暮，见得香香树。明月草木应如故，云云雨雨自无数。相互元生元相互，今天明日，自然回顾，子夜观星雨。

202. 霜天晓角　旅兴

朝朝暮暮，暮暮朝朝路。南北又东

西去,长亭外,似如故。止止行行步,柳杨杨柳树。明日已梅花落,留不住,红尘雨。

203. 阮郎归　来阳道中

江边不尽一黄昏,落霞半小村。小桥流水小儿孙。小家碧玉门。开不得,闭难存。藏娇作玉坤。温温火火又温温,心心无有根。

204. 南歌子

意意情情问,情情意意寻。知音一半一知音。不道由他遮得误吾衾。水水山山浅,山山水水深。你中有我我中吟,结了衣襟结子两人心。

205. 小重山　茉莉

一半香香一半情,明明成碧玉,月圆生。酴醾秀秀共成城,但人见,处处可相倾。绿绿翠翠薇盟,藏娇藏不尽,未胜荆。宽衣解带落花行,芳菲菲,白雪向梅英。

206. 又　送李子友

长安十里一南山,泾泾渭渭,北苑红颜。已知天水有河湾。听一路,自在过潼关。黄河无还,相如自己老,汉宫颁。休将舜日向尧闲,同天地,争似共人间。

207. 西江月　渔父词

八百乌江子弟,三吴子胥仇因。四时秩序半秋春,楚汉何人可悯。八月鲈鱼一脍,中秋黄菊千珍。荣荣采得忆风尘,老子潼关伊尹。

208. 减字木兰花

朝朝暮暮,止止行行一步步。半是姑苏,半是江湖半是儒。云云雨雨,雾雾烟烟花草树。碧玉珍珠,碧玉桥边一半住。

209. 清平乐　博山道中

黄粱入梦,百鸟曾朝凤。见得八仙仙子洞,还有请君入瓮。一川淡月疏星,三生笔墨丹青。四野葱葱碧碧,五湖处处浮萍。

210. 又

三儿小小,一手藏花草。猜去猜来猜不好,老眼昏昏不老。波波水水潮潮,风风涨涨消消,老子潼关老子。逍遥不是逍遥。

211. 又　检校山园

川川涧涧,影影云云幻。草草丛丛藏落雁。百草百花百绽。原来向背红颜,人间不是人间。旷野无非旷野,江山有是江山。

212. 又　独宿博山王氏庵

床头床下,已不分冬夏。小小虫虫多多结社,有被有窝有厦。一年立得人家,三春处处红花,岁岁年年如此,你中有我,桑麻。

213. 又　检校山园

乡间小曲,小草随红绿。这里藏小家碧玉,这小界无荣辱。小桥流水舒舒,溪溪小小虫鱼。小在自然自得,相公小小相如。

214. 生查子　山行

山山路路不平,水水舟舟无缺。一半去来寻,一半梅花雪。行行已不声,止止情难绝。只是小桥边,两迹应无折。

215. 又

人人路行,事事时时正。自在自枯荣,成者成生命。登峰造极声,隐遁樵渔性。一世一英明,三界三如镜。

216. 山鬼谣　两岩石甚怪,取九歌名山鬼,赋摸鱼儿,改本名

问山鬼,几番风雨。年年无语朝暮。奇形怪状,羲皇晚,应付女娲无数。因此住。见说道,同归芳草溪前路。不因不故波涛。一半似盘龙,露根虬立,虎落野园度。无风问,石浪普渡,峨眉曾有人妒。千金不买相如赋,步步此心步。三更许,三更断,殷殷切切声苦,鞭笞再铸,休去问峥嵘,思思量量,三两似飞鹜。

217. 声声慢　登楼作

南寻江浙,西望长安,天涯海角沧洲。白水里山,四面凤展龙游。山中一花一草,也留心,水上行舟。进还退,风云指点,今古春秋。不必回回首首,又前前后后,一度江流。地地天天,但何何以高楼。行行何思远近,有红尘,也有沉浮。一尊酒,唤元龙,华胥旧游。

218. 满江红　题冷泉亭

一冷泉亭,三界外,朝朝暮暮。半

爽道，独峰孤立，石径斜路。不可人行人草草，难攀古木难攀度，似山鬼，已是九歌声，何如故。挂绝壁，岩分付。垂倒木，平林树。忆当年玉斧，削平顶布。自此琼浆流不止，天天滴滴天天雨。坐危亭，俯仰一长空，难相住。

219. 又

一涧三泉，清净处，如今如故。见独木，成林成主，雨云分付。叶叶枝枝枝叶叶，生生命命机机护，自朝天，日月共灵宵。同朝暮。水清冽，泉如注。涧穿谷，溪相顾。以千红万紫，向群芳许。不见人间人不见，江山另有江山赋。到此时，不得不回归，方知度。

220. 又　暮春

见了东君，也可问，梅花落，甘棠桃李，白红黄紫。香雪海中香雪海，花花果果花花子，一半春，一半再经秋。风流里。杨莓色，枇杷矢，滩薏苕，浮萍起。这山中水上，岁年无止。一半传承传一半，三生日月三生始，有枯荣，也有个阴晴，何原委。

221. 又　送佑之弟

弟弟兄兄，情意寄，多多少少，多已尽，少应无尽，不休无晓。一去长亭杨柳折，回头步步回头老。只前行，何以要前行，何时了。何知子，知何了。岁岁路，年年草。问如何不好，问如何好。水里游鱼游水里，天空不尽天空鸟，各自由，如去又如来，飞天鸟。

222. 又　和廓之春

三弄梅花，和白雪。冰霜如若。心已暖，二冬三九，以根求索。一半寒天寒一半，孤芳自以孤芳约，以暖寒，独傲独相争，情相博。地之暖，天之作。五六九，东君托。以三寒四暖，互相交错。已是含苞含已是，芳芬自得芬芬跃。共群芳，合作合群芳，梅花落。

223. 又　稼轩居士花下郑使君惜别醉赋

一片酴醾，尚留得，层层白雪。应记取，年前今日，已曾分别。月月弦弦弦月月，圆圆夜圆圆缺。何醒醉，谁去别。明岁事，今时说。这情情意意，水风波折。自古人心人自古，千秋立下千秋节，只以为，一世一长生，称豪杰。

224. 又

太守文章，何见得，文章太守，日月见，古今今古，饮千杯酒。李白当涂曾捞月，华清池上青连首，此一时，又彼一时也，何言酒。夜郎路，翰林手。难蜀道，江油绶。醉长安市上，有呼难就。不以王家王不以，何言造反反成杨柳。作柳杨，只在水山边，江河口。

225. 又

一路长，送客是，长长一路。无休止，也无南北，也无朝暮。十里长亭长十里，长亭十里长亭度。是人生，自得自枯荣，行行步。几功业，何分付。日月度，江山赋。一时成一事，以年年数。纵纵横横横纵纵，苏秦不与张仪顾。这人间，想后又思前，经风雨。

226. 又

柳柳杨杨，到处见，杨杨柳柳。五九问，河边杨柳，已应出手。六九河边杨柳色，梅花见得香香久。向东君，你我又他她，春当首。向离别，人常乎。君已折，言情口，再相逢再别，再寻杨柳。拂拂垂垂垂拂拂，人间不尽人间友。以春秋，冬夏四时从，应知否。

227. 又

一半人生，江南岸，人生一半。日月里，天空天下。几何兴叹。一半江山江一半，三生岁月三生断，欲如何，万里是风云，风云断。作功业，成霄汉，君子路，英雄冠。以江山社稷，通宵达旦。剑剑书书书剑剑，辛辛苦苦辛辛算。数岁年，数尽一人生，心思半。

228. 又　暮春

过了清明，江南岸，清时过了。秦淮水，运河杨柳，六朝飞鸟。下里巴人巴蜀客，阳春白雪阳春道。已年年，处处是红尘，人情老。暖日夜，和花草，香不尽，酴醾好。以红红紫紫，白黄多少？雨雨云云，绵山草木何缥缈。见浮萍，满了共荷花，蓬莱岛。

229. 贺新郎

自是东阳客,寻余来,陈同父与,共鹅湖泽。约会紫溪朱晦庵。不至,东归阡陌。不至矣,苍颜苍伯。叹止之间闻夜笛,一千杯,未解心中石。何已结,系丝帛。风流把酒长亭碧,问渊明,弃弦五柳,一倾浆河说人间自。不饮当然当不饮,诸葛空城计带。司马懿,千军相隔,共以英雄英共以,等平平,你我心中易,君子见,去来策。

230. 又　陈同父见和

老大何须说,是男儿,江山社稷,自然轻别。半见鹅湖湖水月,半见天山白雪。一万里,楼兰明灭。大漠交河成大漠,五千年,古古今今折。朝暮易,去来绝。千钧一发应然切,力平生,行行进进,已心如铁,国国家家家国国,自是豪豪杰杰,日月里,经纶如彻。路是关河关是路,一千斛,五百年中拙,吴雨下,问江浙。

231. 又　前韵送杜叔高

对酒诗词说,作文章,无非草木,自然生苗。格律音声何格律,古今今有别。汉已尽,隋唐新折。平水何言何平水,半吴人,一半长安阔。天下语,北南切。佩文韵典康熙阅,统前朝,康熙字典,字字如铁,格律如今真格律,自浩诗词自洁。古今诗,格律诗词说,应不饮,始豪杰。

232. 又　听琵琶

一曲琵琶切,问昭君,单于白马,踏阴山雪。莫以画师宫里画,落雁沉鱼情绝。一路上,儿中豪杰。大漠千年千大漠,以荒冢,古古今今说,天下事,几明灭。千秋节里千秋节,自开元,霓裳羯鼓,立梨园颉。古古今今古古,舞舞台台咽咽。最是曰,鸿门宴别,四面埋伏惊楚汉,向乌江,自以琵琶决。秦汉楚,去来辍。

233. 又

一半桃花,日月见,桃花一半,刘郎问,玄都观里,帝王兴叹,佛道唐家唐佛道,书儒自得书儒岸。信仰中,已古古今今,风云散。情未尽,因未断。想已了,思还乱。几兴兴辱辱,几兴亡叹。自度人间人自度。难清是非难清算。到头来,自以自平生,云霄汉。

234. 水调歌头　谢严子文韵

问以天文字,答以谢严台。东风过尽天下,我自酒泉来。自以楼兰已远,自以交河已远,自以是蓬莱。谁道人间客,已作小梅栽。灯前望,心中忆,步徘徊,诗翁不可情急亦步亦驱催,当以江山社稷,日月阴晴处处,匹马去无回。他用他人智,我用我身才。

235. 又　送太守王秉

五品郎中守,五味寸樵渔,一身都是正气,半宇卷云舒。见得昭阳团扇,见得班姬修史,见得赋相如。自力田间事,自得自耕锄。问来去,听父老,拜除书,东风桃李陌上四秩四裙裾。已是秋冬春夏,又是桑田沧海,玉宇以元虚。日日当然故,岁岁不当初。

236. 又　六户之叹

我饮何须劝,他饮不知行。人人各自门户,各自各成缕。古古今今日日,岁岁年年草木,自在自运营。一笑扬天去,十日有阴晴。空城计,司马懿,晋归声。出师表里三里魏尽蜀吴情。刘备孙权孟德,诸葛周瑜徐庶,一世不知平,以战求天下,以乱作群英。

237. 又　送郑厚卿赴衡州

郑厚衡州去,见此一稼轩。临行石鼓城下未了一帆言。已有湘灵鼓瑟,竹泪斑斑流下,九派一源泉。已是苍梧治,导引九嶷元。耕蚕继,刀剑化,解行辕,吾生以此天下,一步一轩辕。但得民歌二首,又以葡萄百醉,胡汉解城垣,内外长城望,草木自萱萱。

238. 又　元日投宿博山寺见者惊叹其老

草木应先老,日月自西东。博山寺里方丈,无始亦无终。鼓鼓钟钟磬磬,佛佛香香礼礼,自在自由衷。如去如来见,色色已空空。应天地,何南北,有飞鸿。英雄立世平步自度自英雄。不可平生来去,无作无为无顾,一了雕虫。腊月梅花始,元旦东风。

239. 又　南涧

造物童翁问，立止少年行。猿猿鹤鹤相见，草木自枯荣，一半风云一半。一半乾坤一半，一半是阴晴。向背分南北，左右合相生。问南涧，寻古刹，向钟声。小川流水穿石以日以深成。玉石天公成就，何以千年万里，见得见精英。莫以人生计，似是似非明。

240. 念奴娇

醉醒醒醉，半生是，一半稼轩朝暮。已饮千杯三界酒，不尽行程之路。向背江山江山向背，作得英雄步，成成败败，无言荣辱如数。委以柳柳杨杨，作杨杨柳柳，听君分付。十里长亭千万里，处处山河相顾，也向宫廷，向楼台馆所，与人相度。柳杨杨柳，隋炀如此如树。

241. 又　用东坡赤壁韵

正生来去，几度是，今古风流人物。饮中八仙谁已住，不饮曹操赤壁。两世英名，三朝老将，处处梅花雪。高山流水，广颇天下豪杰。一箭射虎阴山，万军争日月，呼声无绝。醉里观书，抬望眼，恢恢孤灯风明灭。自作长歌，周郎应不在，孔明已别。谁知徐庶，东风何有何缺。

242. 又　用前韵和丹桂

入秋丹桂，已结子，自作江山香雪。八月中秋明月色，九阳重阳圆缺。此路风流，桑榆夕照，一半黄花别。人间留下，四时分秩之说。一日一度西风，见枝枝叶叶，殷殷切切未了归根，天下去，雨雨寒寒咽。见得枫红，经霜经岁月，作千秋节。向千秋节，开元天宝明灭。

243. 又　墨梅

三冬应尽，暗香处，傲立枝枝梅梢。墨玉成苞成墨玉，洗砚重重无了。留下丹青，寒只只处，三弄东君晓，春风毕至。本来今日还早。姑射古色冰姿，已天公作巧，无休无了。且以芳芬，根叶里，含了书香之道，见得文章，有文章太守，自然难老。文章三友，人间多少多少。

244. 又　梅

香香郁郁，隔墙去，寄与萧娘多少。镜里红颜红镜里。朵朵春春早早。一半芳潮。含苞已绽，处处藏娇好，一层白雪，素妆谁见谁晓。心里自是东君，百花还未醒，先情先好，瓜果梨桃，云雨里，作了水仙之道。我以冰姿，与君分享后，女儿花早。与君同去，私情无止无了。

245. 东风第一枝　寄老子

步步陈家，杨杨柳柳，三山五岳云手。少林自在嵩山，武当峨眉峰首。烟烟雾雾，日月鼎，仙人洞口。玉壶石玉度红颜，阳阴阴阳知否？天纱纱，寅卯子丑。机纱纱，已分左右。两仪太极关关，丹田自成自守。乾坤八卦，玄虚里，九重重九。一二三生自循环，已朽自然无朽。

246. 水龙吟　人生

层岩断壁孤松，盘根错结成树。晨阳早致，黄昏晚去，朝朝暮暮。自向天光。有求无欲，以身分付。与人间共处，年年岁岁，经日月，经风雨。自在如今如故。有清明有重阳赋。枝枝叶叶，朝天朝已，辛辛苦苦。节节苍苍，斑斑驳驳，品格无数。向天天地地，平生一半，自然朝暮。

247. 又

平生不是平生，人生自是人生路。行行止止，时时步步，朝朝暮暮。两足行，两行留迹，自然分付。自然分左右，人生路上，分左右，如来度。左是公思公顾，以工精，向天机许。公余之外，终身相布，诗词歌赋，记录身心，以情成就，沧桑风雨，以日月相数，自然自是含辛如苦。

248. 又

平生只是平生，一条路上加条路。当然此路当然彼路，当然路路。事有公余，人无圆缺，互相相互。下长安一路，长安路上，还一路，心分付。人曰公私兼顾，一公为，二私诗赋。相承相合，相继相续，天天如数。日月终生，步步留迹，苦辛辛苦，以心径相度。年年岁岁日心相度。

249. 又　题瓢泉

稼轩步步瓢泉，心中万马千军故。

三思报国，三思日月，三思路路。彼是情怀，国家家国，精忠分付，也书书剑剑，江南寒北，征战路，今如故。不断稼轩词赋，作英雄，以诗词数。经纶日月，此路彼路，相相互互。一个稼轩，两条思路，作平生度，以所余岁月，人间留下步人间步。

250. 又

瓢泉不是瓢泉，瓢泉就是瓢泉路。瓢泉以润，瓢泉以水，瓢泉以注，各是资源，各非花草，共流同住。与云云雨雨，川川谷谷，泉自得，风流度。日月当天分付。此工精，彼精工布。人生彼此，彼此人生，公私兼顾，两腿平行，路之中还有一路，且同行同止，分分合合共成同步。

251. 最高楼　送丁怀忠

怀忠路，一步一知音。半世半人心。高山流水琴台唱，下里巴人汉秦寻。玉壶倾，多少酒，古今吟。也作得，三边风雪印，帐令下，纵横共马阵。冰霜夜，冻衣襟，怀中一腔英雄雪，百年独木可成林。向长安，泾渭水，鸟归林。

252. 又　乞归示儿十月兰。

长安道，一步一临安。水水有波澜。钱塘八月天潮落，丹青云水已青丹。过盐官，寻一线，逐金冠。骤落下，风云天下乱，向四面，如烟如浩瀚。回首见，总孤单。种花事业传儿女，笑荷锄，应自立，苦辛餐。

253. 又　答晋臣

长安道，七十苦辛忙。八十问斜阳。平生一路前行步，长亭长短短不长。自枯荣，求日月，向圆方。也曾是，人间多俯仰，也曾似，黄粱成故乡。且过去，自炎凉，燕山一箭阴山去，英雄一手射天狼。向云中知日月，一哀肠。

254. 又　为洪内翰庆七十

人生道，六十一循环。七十半红颜，八十海阔天空见，黄河九曲十八湾。向山东，天水岸，不归还。谁太守，郎中唐六典，且是已，三台君客冕。莫过了，玉门关。春风只问河田玉，楼兰雾霾已般般。古今人，今古客，度人间。

255. 浣溪沙　己亥春末北京景山题黑豹珍珠藏娇隐玉牡丹

黑豹珍珠一色空，藏娇隐玉半残红，皇城轴上各西东。不问煤山煤不问，崇祯不是不祯崇。清明自得自明清。

256. 又　七彩郁金香

一国色天光一洛阳，荷，荷兰七彩郁金香。倾倾荡荡四方扬。太乙群芳群已落，东君自着牡丹妆，残红结蕊子中央。

257. 瑞鹤仙　上洪倅寿

一生天下路，去来间，千步万步。年年有朝暮，有功名成就，有功名误，维维顾顾，以独香，群芳不妒。向东皇，共得洪钧，如古如今如故。

分付文章太守，殊自三台，门下中书，玉犀相遇，以黄金数。利禄风流飞鹜，到头来，三百六旬五日，知足时时不足。有阴晴，天下江山，云云雨雨。

258. 汉宫春　即事

北第书窗，剑戟东门里，巷口繁舟。南风带来燕子，西屋睢鸠。桑田十亩，自耕种，日日羊牛。迎送客，童翁自得，诗文一半春秋。四首长安归路，向阳关不饮，八声甘州。楼兰交河雾霾，覆水难收。阴山已老，单于曲，近了长河。灯下见，当时止酒，依前未尽风流。

259. 沁园春　弄溪赋

一饮千杯，不饮三杯，不是不非。已提笔忘字，写诗无律，衣无所暖，去而无归。北北南南，衡阳青海，岁岁年年几度飞。苍梧见，有湘灵鼓瑟，竹泪双妃。弄溪细雨霏霏。天地合，东流带日晖，水下山林碧，洲滩白鹭久等，待鱼误入，已自肥肥。已自肥肥，无心草木，各自微微各不违。当世上，不人人相解，是是非非。

260. 又

一路长安，一路阳关，一路玉门。以朝朝暮暮，行行继继，孤孤独独，旭日黄昏。海市蜃楼，沙丘移日，度过玄元度五蕴。天下去，自扬长回首，无止无垠。惊天动地鹏鲲，卷海浪，长空气宇吞，在天山南北，昆仑雪域，黄河天水，大漠孤村。此时此际，无女无儿无子孙。独一职，对天观日月，未了慈恩。

261. 归朝欢　题晋臣积翠岩

一柱擎天天一柱，半笑共工何不主。补天化石女娲情，古今王道传由禹。一二三四五，潼关老子玄元祖。可挥毫，文章太守，向武陵源数。莫唱高山流水雨，下里巴人自当舞，梅花落里问梅花，黄金休把黄金缕。江山难易鼓，唐标铁柱宋玉斧。北阴山，单于落羽飞将应射虎。

262. 水龙吟　过南剑双溪楼

双溪南剑东楼。登高不见天涯路。风光万里，千年水月，元龙已休。来去兴亡，春秋秦汉，又隋唐付，见成成败败，荣荣辱辱，名利客，人生度。醉里挑灯相顾，叹生平，不分朝暮，书书剑剑，家家国国，飞飞鸶鸶，一半江山，田园一半，云云雨雨，是终生不怕，辛辛苦苦再加辛苦。

263. 又　别传倅先之，时传有诏命

重阳九九得阳，知君书命知君早。行期十日，征车五马，前程未了。自是思公，房谋杜断，天机多少，听单于曲里，阴山一路，知彼此，当言好。蕙蕙兰芝芳草。事功名，步人生道，今今古古，庸朋庸友，飞飞鸟鸟。近得长安，远离皇上，向临安晓。但愿天下客，来来去去一情难老。

264. 卜算子　答晋臣

万里向长程，步步天天少。日月方圆日月明，岁岁年年好。路路有阴晴，草木枯荣晓。野水波涛亦不平，无止无休了。

265. 江神子　和人韵

醒醒醉醉半平生，一惊鸣，半无声。万马千军，大战洛阳城。但使龙城飞将在，求一马，不贪情。来来去去系红缨。却金兵，胜身名。已在云中，一诺一心倾，日月山河山日月，醒醉里，醉醒明。

266. 又　和陈仁和韵

湘灵鼓瑟泪斑斑。一红颜，半天关。且向苍梧，不问九嶷还。作得英雄英作得，身可折，意难弯。飞将一箭射阴山。待云寰，向沙湾。过去长安，万里白云闲。海市蜃楼何海市，天已末，地无间。

267. 鹧鸪天　鹅湖病归起作

不饮无非饮一回，醒醒醉醉只三杯。嫦娥不见嫦娥见，寸寸相思寸寸灰。粗鲁汉，状元魁。何人肆酒自相催。成成败败常因酒，废废兴兴不可陪。

268. 又　席上

一席官姬一席香，农夫岁尽半天粮，醒醒醉醉何分辨，是是非非各断肠。田亩上，对沧桑，青黄不接也青黄。衙门税赋满官仓，宴宴余余宴餱。

269. 又　对阵

卒卒兵兵已过河，将将帅帅不干戈。车车马马炮炮战，仕仕相相守玉窝。成败伦，久厮磨。残棋自是磋跎。攻城居市公三界，不过鸿沟胜几何。

270. 又　重九

九九黄花九九香，茱萸一半一炎凉。人间正道沧桑见。弟弟兄兄各自扬。何你我，几青黄。功功业业作平章。状元八百隋唐始，处处书生处处量。

271. 又　石门道中

落下飞泉万斛珠，云中雨雾半成湖。潭潭水水分难定，似有人声似有无。寻石径，问浮屠，石门道上石门庐。前前后后难回首，老子无为一丈夫。

272. 又　送欧阳国瑞入吴中

一半阴晴一半吴，小家碧玉小桥姑。梅花落了由桃李，雪雪香香有似无。莺细语，柳丝苏。楼船时时到江都。明天借助隋炀路，尺寸难修一丈夫。

273. 又　送廓之秋试

不笑人间举子忙，春蚕食叶响回廊。丝丝束束丝丝缚，剑剑书书作柳杨。鲲向海，凤朝阳，龙门自是鲤鱼乡。平生作以平生路，月殿应闻桂子香。

274. 又　和赵文鼎雪

一白雪阳春白雪梅，香香色色久徘徊。寒寒暖暖谁分别，一半冬春一半魁。形鲍鲍，影鬼鬼。三杯未尽向千杯。如今自得如今醉，来日相承去日陪。

275. 又　徐衡仲惠琴不受

一格律人生格律诗，评评品品各宜

时，邯郸学步邯郸路，一子效颦一子词。应读学，可相知，伯牙当以子期思。高山流水琴台外，不度骚人自主持。

276. 又 游鹅湖醉书酒家壁

一醉醉醒醒野菜花，清清淡淡酒人家。明皇寻到长安市李白醒醒醉醉醉斜。天子问贵妃遮。华清池上赋清华。清平乐里清平女，侍奉翰林倍奉娃。

277. 又 元溪不见梅

百里元溪不见梅，三春桃李已相催。梨花已落酴醿在，一步人生酒一杯。知窈窕，问崔嵬。东林竹木西林菊，且与渊明问色回。

278. 又送元省干

半度人生半柳杨，家乡十里一家乡。童翁只问童翁客。四方无言望四方。秋社散，醉高粱。知君此去此当扬。车轮自以经纶主，路路难平步步忙。

南宋·马远
华灯侍宴图

读写全宋词一万七千首
第三十五函

第三十五函

1. 西江月　夜行黄沙道中

夜在黄沙道上，车行月色蛙惊。池塘水岸静无声，四野清心净净。不见流萤点点，还听犬吠鸣鸣。山村十里半心情，人去人来人性。

2. 菩萨蛮

花花草草花边草，红红绿绿红中好。水水一春潮，人人三界遥。忧忧飞去鸟，处处蓬莱岛。一度一舟桥，千云千玉霄。

3. 又

相思不断相思故，天涯海角路。不远一东吴，何言寻太湖。人间人不度，何事何时误，昨日有君书，今辰无鸟余。

4. 又

高山流水高山岸，渔舟唱晚渔舟畔。月下一寒山，舱中半玉颜。人来人去断，桃李桃花乱。上下洞庭山，何因何故还。

5. 朝中措　为人寿

年年九九是重阳，天地菊花黄。一步一杯一度，人人寿寿筋骸。香香度度已香香，今古在天堂。已是高山流水，如今千百杯尝。

6. 鹊桥仙　送佑之归浮梁

浮梁不远浮梁已远。远近船船岸岸，长天日日共长天，见今古，风云未断。江山社稷，人情理念，一半书香一半。年年岁岁已年年，只不必，兴兴叹叹。

7. 又　山行寄所见

山山有水，山山有木，岁岁朝朝暮暮。扶苏处处自扶苏。石径上人前一路。人人有志，人人有语，日日前行步步。温温火火是平生，总不断，辛辛苦苦。

8. 临江仙　和南涧韵

已是清明寒食节，桃桃李李丹青。湘灵鼓瑟是湘灵。绵山绵雨水，介子已推廷。桑嫩野蚕初见叶，杜鹃啼遍浮萍。小荷听取是丁宁。红莲红已露，碧叶碧方形。

9. 又　岳母寿

岳母平生如菩萨，儿儿女女情情。时时普渡众人情，年年年不尽，岁岁岁枯荣。百寿殷勤千寿坐，仙家风骨身名。祈祈祝拜已声声。明年明日见，再度再群英。

10. 定风波　药名

谁问冬虫夏草名，甘贝灵芝蜀藏生。今古分时分属性，雅正。牡丹芍药未央成。白雪梅花三弄，白芷当归作九歌。自然莲心辛味辛，源本病人知病定风波。

11. 又　游建康

半是江宁半是吴，金陵无以秣陵都。建邺建康曾未断，零乱。秦淮未了石头零。南北六朝曾几许，台城今古有还无。试问去来王谢燕，难见。运河杨柳到江都。

12. 又　再和前药名

记取防风通圣名，黄芩连翘薄荷生。栀子大黄荆芥穗，三四。当归白芍麻黄英。滑石石膏甘草子，川芎、白术桔梗横。再以芒硝微苦致，知识。防风通圣记其名。

13. 又　大醉自诸葛溪亭归

醉醉醒醒日已低，刘伶元自有贤妻。计路不行行不计，无系。儿童笑我似红泥。南北去来南北问，东西之后问东西。此地有人佳又丽，问第，古今名字值高低。

14. 又　席上赋

下里巴人一半情，高山流水两三声。客有玉壶君有性，清正。三台忧国自倾城。南去北来缨几许，英雄怀

219

古不求名。见得小蛮腰舞倩，形圣。笑簪花底，是飞琼。

15. 又 杜鹃花

杜宇声声杜宇槐，山岩山谷作天门，紫紫成红红不断，香散。层层簇簇共黄昏。梅雪水仙应自得，群芳桃李好儿孙，四秩四时分天地，佳丽，草花花草在山村。

16. 浣溪沙 赠子文侍人名笑

一笑嵚崎一笑人，千金一笑半生春。知音一笑入天轮。一笑人间曾一笑。梅花落里见红尘，香香不尽满东邻。

17. 又 别成上人并送性禅师

半熟青梅去不回，三春杏李可相猜。松松竹竹意徘徊。色色空空空色色，行知受想一心开，天台智慧在天台。

18. 又 种梅菊

留得孤芳种菊梅，重阳腊各相开。三光四秩久徘徊。自在群情群自在，春秋一半作人媒，来来去去似如来。

19. 又 漫兴

一步三杯两步回，千山万水半呼来。挥兵将令不难裁。已似阴山飞将去，无非不是自徘徊。梅花腊月带香开。

20. 杏花天 嘲牡丹

牡丹腊月谁人晓，牡丹女，人情多少。已是武曌唐周了，丁令取，天香好好。这春节作宫中蘂，是国色，人人知道。则天故意蓬莱岛，酷吏何人不老。

21. 鹊桥仙 赠人

年年七夕，牛郎织女，乞巧人间云雨。鹊桥仙里鹊桥图，只寄与，朝朝暮暮。似来似去，如今如古，只有情心相度。春风草木自扶苏，照旧是，依依故故。

22. 又 为岳母庆八十寄

千年万岁，平生八十，八十生平一路。人间见历一枯荣，八十个朝朝暮暮。梅花腊月，重阳黄菊，世界阴晴风雨。来来去去来来，事事是，辛辛苦苦。

23. 又 贺余察院生日

人生路路，人生步步，见得英雄飞鹜。明光殿里智成谋，以家国，和风细雨。豸冠风彩，绣衣身价，如古如今如故。灵犀三万六千天，应自是，乾坤普度。

24. 又 送粉卿行

情情不了，心心不了，意意难平不了。车车马马共衣装，似了了，非非了了。思思多少，量量多少。去去来来多多少。云行千里几回头，总不尽，多多少少。

25. 虞美人 送赵达夫

平生一步三杯酒，问运河杨柳。知君知我不知愁，日月江山社稷，共君忧。兰亭小字平章守，岁岁重阳九。茱萸插向故檐头，一半春秋一半又春秋。

26. 又 赵文鼎生日

来来去去知何处，生日谁言语。来时父母教书儒，去已平生自主自屠苏。朝秦暮楚应无序，一故胶东莒。

关东创业下江湖，三万六千五百日飞凫。

27. 又 饮不饮

屏风后面毛延寿，一饮千杯酒。大江东去自沉浮，一半波涛一半是行舟。运河两岸多杨柳，多少谁知否。九州之内十三州，醉醉醒醒半度半风流。

28. 又 赋荼蘼

群芳已尽群芳暮，留下荼蘼住。三春一雪半屠苏，已是杨妃有意玉肌图。月光菩萨观音度，胜似相如赋，隋炀只在运河吴，一片琼花一片满江都。

29. 蝶恋花 送人行

小小姑苏小小，一半春城，一半情多少。草草花花草草，飞飞落落飞飞鸟，江南远古蓬莱岛。渺渺江湖何渺渺，两洞庭山，拙政园中好。虎丘剑池吴越了，春秋五霸心难老。

30. 又 元旦立春

元旦立春元旦，日一生成，第一人间一。十一口中应达吉。时分日月时分秩。白雪阳春天地律，见得方圆，见得乾坤юй，腊月梅花香四逸，东君指令当无密。

31. 又 和江陵赵宰

一半江陵江水岸，一半川流，一半风云断。一半难同难咏叹，人生不必回头看。一半人间人一半，一半江山，一半知严滩，一半樵渔都不算，春秋五霸藏娃馆。

32. 又　送郑元英

远近离情无远近。咫尺天涯，咫尺人间问。思量不尽思量酝。人间儿女空当愠。止止行行何进进，步步行行，处处知音韵。古古今今成律训，不分日月何分郡。

33. 感皇恩　寿范倅

七十古来稀，人人都道，不是身名怎知道。黄河万里，九曲弯弯都晓，知君知日月，知百草。楼兰一箭，交河两笑。醉里桃灯看剑好。从今处处，不用灵犀不了，应用五百，人无老。

34. 一枝花　醉中作

一柱擎天手，万卷悬河口。忧君忧四海，五湖友。曾千军万马，三通击鼓后，未天长地久。似斗草儿童，原原本本杨柳。已不得，千杯千斛酒。醉里谁敌有，心中守。对社稷江山，人事谁知否。老少常回首，但指日，重来重九。

35. 永遇乐　送陈光宗知县

九品知县，三台一品，天下臣里。彡彡冠冠，名名利利，事事人人止。低低在下，高高在上，下上只分青紫，平生路，依依步步，从来亍了如是。恩恩怨怨，卿卿位位，六典难明去去，春种秋收所以，行效里，成成就就，上善若水。

36. 御街行　山中

山中处处山中路，小小登高步。阶阶石径石阶阶，尽是先人留足。行行止止，回回顾顾，俯仰朝寰宇。高峰不了高峰雾，日月成云雨。九仪三事道天颜，不尽朝朝暮暮。行行止止，寻寻觅觅，不见神仙住。

37. 又

多多草木应无数，自以风亮度。江山之外是江山，共与朝朝暮暮。人行只是，东西南北，进退难分付。微微上下微微步，石径阶阶路。循循序序可登高，八步很难五步。回头一笑，天高地厚，社稷人间度。

38. 生查子　雨岩

天溪八面消，石壁千泉渺。一片逐岩平，半以清津沼。桃花流水娇，杏李红黄好，十色十颜潮，共与同流好。

39. 渔家傲　卜寿

水打乌龟应一石，三台出此时阡陌。步步长生应已泽，功名迹，龟山是西江客。三万六千五百日，年年岁岁三千帛。九脉流江九脉，分明白，今今古古同同册。

40. 好事近　元夕立春

岁岁立春时，处处梅花香雪。已有东君分付，冬冬应先绝。华灯盏盏挂无迟，子夜月弦缺。灯竹声声先后，烛先明春节。

41. 又

回首望长安，三叠阳关三遍。已是玉门关外，不须河田见。蜃楼海市在云端，自是古今院，玉宇层层台阁，未如长生殿。

42. 行香子

归去来兮，意意迟迟。问渊明，五柳谁师。菊生篱下，九九自知，以一番秋，一番心，一番诗。北树南枝，草木辛不当闲，不当酒，不当痴。

43. 南歌子　独坐

一道玄元入，三禅大小乘，人人处处见香凝，不二法门天下有明灯。不免心中暗，心中不免曾。潼关老子问儒僧，守一抱圆一度一壶冰。

44. 又

利利名名,名名利利。人生功业功成,不废先生今古古今荣。宠宠荣荣去,成成败败行。行行止止亦行行,莫以醒醒醉醉误乡情。

45. 清平乐　寿

一船靠岸，流水从无断。逝去不平云雨散，一半望洋兴叹。人生百岁人生，功名百岁功名，十万诗书十万，方圆一半广圆。

46. 又

朝朝暮暮，云云雨雨故。独木成林成独树，一帜一年一度。东吴不是东吴，江都只是江都，是是非非是是，屠苏四象屠苏。

47. 又　赵民则提刑从不饮

从无饮酒，四海皆朋友。与我相倾君子口，作得杨杨柳柳。醒醉醉醉王侯，生生死死幽幽。古古今今，江流逝者江流。

48. 浪淘沙

一水浪淘沙，万里喧哗。湾湾曲曲有人家，积积洲洲洲洲富土，自可桑麻。半世半乌纱，海角天涯。书书剑剑自奇葩。醉里挑灯应看箭，塞外琵琶。

49. 又　赋虞美人草

不肯问江东，已自由衷。作成草木忆英雄。若以虞兮虞剑舞，已见殷红。儿女此情同，往事空空。谁言项羽醉人中。八百男儿已成风，再不重逢。

50. 虞美人　赋人虞美人草

江东处处生芳草，日月知多少。英雄自得在云霄，垓下鸿沟一断未央桥。虞兮帐下山河了，舞剑人人晓。张庸已作楚歌潮，留在微山湖里以身消。

51. 新荷叶　初秋访悠然

去访悠然，枝枝叶叶齐齐。十顷芙蓉，婷婷立立高低。何如醉客，我稼轩，识得东西。亭前杨柳，花开花落辛亥。去该悠然，溪流处处虹霓，十里红尘寻同百里香泥。鸟飞鸟落，自是见，欲得栖栖。去来去也，不闻题此灵犀。

52. 生查子　独游西岩

山山水水山，水水山山水。一步一西岩，千步千年美。李李桃桃李李桃桃李。色色共颜颜，子子同生子。

53. 西江月　赋丹桂

八月木犀丹桂，嫦娥结子人家，香香气气到天涯，天上人间天下。羽化朝霞羽化，朝霞羽化朝霞。重阳九九共黄花，度得春春夏夏。

54. 唐多令

寒食到清明，三天两日行。雨纷纷，一半阴晴。一半思归思一半，寻父母，问乡城。步步ደ人生，年年问故情。杜鹃啼，也有莺鸣。最是应当应最是，小儿女，两三声。

55. 王孙信　《词律辞典》无此体可校。去声四寘韵

字字以何易，两仪度，同同异异。半阴阳，四象八卦置。独成时，莫孤帜。但以爻词生，可相纪，几何造次。一天书，自有书中意，因自解，非非赐。

56. 一剪梅

一步梅花十步香，月作寒光，雪作寒光，肌肌骨骨玉肤凉，去也昂昂，来也昂昂。半问佳人两断肠。左也思量，右也思量。黄粱处处是黄粱，我是刘郎，你是萧娘。

57. 又

一鸟声声独自啼。不问东西，已问东西。高高不得不低低。已忍栖栖，不忍栖栖。草木枯荣各不齐。朝也凄凄，暮也凄凄，红尘处处是红泥。桃李成蹊，暗自成蹊。

58. 玉楼春

月在玉楼春一路，处处行行千百步。不寻天子牡丹花，国色天香应似故。除夕水仙香远近，腊月梅香超普度。此身孤冷问嫦娥，桂影空空何不住。

59. 又

不是木兰花平句，自以平声成尾赋。玉楼春里仄声规，平仄仄平相易误。行里字间寻格律，语外意中千百度。一词欢了一千金，太守文章朝又暮。

60. 又

有个人人桃花面，两半人间难再见，一度由之一衷情，总在梦中长生殿。贵妃未了郎之恋，望尽长空飞去燕，云舒云卷在云天，见得杏花红已遍。

61. 南乡子

一路一春莺，半向池塘岸上行，织女藏羞藏水下，声声，已见牛郎抱衣情。一度一心平，半在人间半自荣。七夕鹊桥相渡见，成城。处处云云雨雨生。

62. 又

碧玉碧螺春，采是明前小女人。今日君来年一客，频频，幸好如今独自珍。杯里半红尘，自是绿茶炒已均。一点羞颜羞一点，人伦，自以香香自以身。

63. 忆王孙　雁

春来秋去向衡阳，两处经年半故乡。不独双双共翼翔。度炎凉，只在潇湘青海旁。

64. 柳梢青

黄玉珍珠，天香国色，黑豹姑苏。不待酝酿，一春破废，三春浮图。千姿百态江都。香远近，有有无无。今夜簪花，他人第一，作子芳奴。

65. 惜分飞春思

一半知音应不顾，一半知音已顾，只是同郎误，刘郎如此情相付。一半人间人步步，一半人间不步步。留下相倾许。由天由地由心度。

66. 六州歌头

西湖万顷，水色入临安。天净澜。碧杨柳，挂金冠，着青丹。茉莉香花岸，风云断，小桥下，听小涧，人如幻。小栏干。朝凤雕龙，曲沼苏堤上，学步邯郸。望三潭，印月，瀛洲半生寒。何以云端，百花繁。北青山好，南竹屿，梅坞巷，驻征鞍。回首见，来去路，满峰峦，忆桑干。保傲曾留半，千百旦，祝金銮。谁不叹，吾汉漫，莫严滩，只以英雄臆对，钱塘畔，十三州观。以玉津一道，四海有千官。见得心肝。

67. 又　自慰

年年岁岁，九九一重阳。思故乡，一生事，半炎凉，见沧桑。少小朝天仰，问方向，学生步，父母养，初如想，是爹娘。明月堂前，校址春秋里，一半书香。被中年事事，无以问青黄。家国兴亡，见冯唐。古今诗里，严格律，音韵守，有隋炀，知孟昶，春节对，有联章，度圆方。已见黄天荡，寒山广，问方丈。秦泱泱，何汉仿，又文昌。二世谁言指鹿，行已止，不是黄粱。老矣何再问。万里长城长，半运河长。

68. 满江红　醉

醉醉醒醒，不认得，朝朝暮暮。应记取，忆君明日，上长亭路，自有群公群酒客，今天许我孤身妒。尚未醒，目下江舟，知兄渡。人生事，千百度，醒醉里，何如故，自来来去去，不如无误。饮者无心无日月，无情无意无分付，是行行，也是不行，平生误。

69. 又　山居即事

去去来来，大山里，朝朝暮暮。我只是醉醒醒醉，不知何故。自以英雄曾自以，无为不得无为赋，已寻常，作醉醉醒醒，由分付。可籍酒，明知误，偏籍酒，何如故。是昏昏恹恹，不知其度。独木成林成独木，成林独木成林树。在山中，木木是林林，应无数。

70. 永遇乐

事事关心，关心事事，朝暮朝暮。事事无心无心事事，止止行行故。人生一路，人生一处。处处是非其误。有成败，也常宠辱，不由自己分付。离家少小，中年成就，老已无须举步。醉醉醒醒醉醉，彼此何无数。谁人不饮，胡涂是饮，是饮胡涂不顾，这平生，平生一路，省心省苦

71. 兰陵王　赋一丘一壑

一丘壑，过得千年一约。轩辕氏，天水女娲，劈地开天山脚。楼兰飞古雀，大漠里罗布泊。川流去，谷谷沟沟半如阁。沙鸣万千索。大地有心中，春水鱼跃。九九黄菊重阳诺。五五九歌绰。听梅花落。天天地地问杜若，以春向渭洛。遇合，可相托。自去去来来，古古今今，夏商已尽周秦博，汉隋又唐宋，不难飞鹤，却难贤达，进亦乐退亦乐。

72. 蓦山溪　昌父赋一丘一壑，格律高古、因效其体

一丘若谷，一壑如川约。自以五千年，楼兰去，交河落雀。夏周已去，秦汉晋隋唐。君臣索，父兄索，世世人人索。云云雨雨，水水山山若。一谷一川流，丘壑见沧桑不略，天公造物，重正度山川，丘壑狄，江湖泊，不以人生莫。

73. 又

云舒云卷，一半桃花院。碧玉小家船，羞答答，红颜不见。相思留下，月色作婵娟，君如面，我如面，相约长生殿。飞来小燕，只在巢边恋。百态已纤纤，快回首，倾倾羡羡。只当彼此，可岁岁年年，心也倩，情也倩，夜夜多方便。

74. 满庭芳

缕缕丝丝，丝丝缕缕，束束缚缚春蚕。自成自困，一二不思三。老子潼关老子，伊尹见，一半家淦。平生路，当然自受，日月入清潭。高山流水见，阳春白雪，杨柳江南。只以功名迹，海海涵涵。作得英雄作得，天地外，

处处峰岚。人间路，先先后后，虎视已眈。

75. 又

九九重阳，重阳九九。天地一半青黄。茱萸思故，十里菊花香。步步登高望望，千万里，意志昂扬。英雄问，长长北顾，月夜柳营长。三湘，寻屈子，平章五五，五五平章，作九歌未了，别以他乡。日得张仪使楚，秦主问，百里边疆。江山客，横横纵纵，今古一黄粱。

76. 最高楼

京城道八，十已回归。七十古来稀。诗789律随天地，人生来去逐时微。一屠苏，三万日，是无非。梅花落，红尘红不依，香未了，红香泥土肥。不须问，入心扉。年年岁岁群芳处，情情味味也成衣。莫回头，云渺渺，雨霏霏。

77. 又

长安道，六十不重游。三十半春秋。人生七十成功业，人生八十载飞舟。望江楼，应逝水，只东流。且知道，作高山流水，不须问，知音台上止。总见了，一沉浮。阳春白雪阳送道，下里巴人下人求。这江山，应九鼎，十三州。

78. 江神子 送

江山不尽一江山，半成湾，半成颜。水水青青，同去不同还。屹立青峰青屹立，曲折东流东曲折，山直直，水弯弯。湘灵鼓瑟泪斑斑，九嶷关，

五岳艰，古古今今，处处有云环。云云雨雨，知水水，问山山。

79. 木兰花 慢十七体菊隐

已重阳九九，黄菊隐，向巢由，不是介子推，绵山晋耳，未了春秋。四皓是商山客，汉宫深处太子难求。只以渊明五柳，篱篱下下留留。无休。无以帝王州。偏四野风流。处处共茱萸，丝丝袖袖，肃肃悠悠。如何月明不去，与先生、都向夕阳浮。天外更无今古，四君同雨同舟。

80. 又

旧时楼上客，常把酒，作神仙。未问半人间，南山一鹿，明月婵娟。临川。至今自古，不依然。认得米家船。花落花开有尽，醉醒无度成眠。英雄不到三边，飞将在，射阴山。一曲问单于，汉昭君墓，已闭酒泉。云天，是非霍卫，误桑田。都日月高悬，记得当时旧事，误人确是先贤。

81. 又 中秋饮酒达旦送月

自无人送月，天问去，自沉浮。已岁岁年年，年年岁岁，如无如钩。如钩，以弦上下，不回头。万载又千秋。多少弦弦上下，不留处处清愁。悠悠。玉宇行舟藏玉兔，自身羞，正面对吴刚，树犹如此，桂子秋收。何求闭门隐约，水山洲。冬夏又春秋。只以圆圆缺缺，误人却是风流。

82. 声声慢 隐括渊明停云诗

高山流水，下里巴人，阳春白雪声声。唱晚渔舟，梅花三弄声声。疏

二十五点，向樵门，更鼓声声。望舒卷，以云云雨雨，情里声声。五柳渊明种菊，武陵源外客，遗憾声声。闪烁邻灯，吟吟叹叹声声。何愁去来不了，望云停，绵雨声声。一日许，只一半，分了声声。

83. 八声甘州 夜读李广传

酒泉天水岸，向屏山，飞将自春秋。已燕山射虎，长城南北，何以封侯。一饮不知醒醉，无以未生愁。家国当家国，今古忧忧。杜曲桑麻年岁，李广英雄事，慷慨风流。酒泉从君客，一马展轻裘。坝陵尉，桃桃李李，留下功迹作溪流，关山道，万军兵马，八州甘州。

84. 水调歌头 送施圣与枢密帅隆兴，信之讦云："水打乌龟石，方人也大奇。"方人也乃施字

一举相公鼎，两足字春秋。万马千军北上，意气共貔貅。见得东山风月，已以谢家净土，立帜已悠悠，岩水云龙迹，玉宇卷舒游，方人也。乌龟石，自思谋。人心自是天下一步一神话。金旨金銮金印，御意御人御笔，红紫自风流。扬首长安望，大路待皇州。

85. 又 壬子被召，端仕相饯席上作

一步英雄少，一路作人生。并非一醉天下，一志一清名。一字君召北上，一世呼来号去，一国作精英。一寸芝兰佩，一尽着红缨。何今古，

来去别，已长鸣。金戈铁马挥斥日月过长城。回首临安故道，也见金陵旧迹，你我共天盟。且以阴山宴，归以白鸥行。

86. 又　以病止酒

何以知醒醉，病里有余生。人生何以成败，不饮有余名。不可昏恢恢，不可无知无觉，不可不清鸣。酒是混沌液，酒已误耘耕。人百岁，三万日，一纵横，身名功业应在一步一倾城。不以呼来唤去，绿蚁杜康陈酿，一诺作精英，只以江山望，社稷已重明。

87. 又　醉吟

酒市旗亭在，古古又今今。高山流水无尽，处处有知音。一饮千年陈酿，半以口中五味，以醉自倾心，不问人间事，不问世中金。共天地，同日月，自衣襟。平生你我他里步步不相寻。良夜无休秉烛，达旦无休呓语，独木未成林。回首江山客，暮色水云深。

88. 水龙吟　爱李延年歌、淳于髡语，合为词，庶已高唐、神女、洛神赋之意云

今今古古今今，人人事事人人路。情情意意，云云雨雨，朝朝暮暮。落雁沉鱼，羞花闭月，佳人分付。且西施于越，昭君于汉，和马战，男儿炉。又是高唐云雨，楚襄王，以情相度。瑶姬自在，巫山神女，朝云暮雨。宋玉留言，江流三峡，陈王留赋，向洛神寄售，人间如此作人间度。

89. 贺新郎　福州游西湖

十里西湖路，福州人，言言语语，不分朝暮。沧海桑田应入目，彼此相相互互。千万里，江山如故。半在西湖何半在，水中山，水里云中雨。天澹澹，半烟雾。臣龙山下人间住，海风光，扬扬鸳鸳，岸边鸥鹭。陌上游人游故国，阁下台台树树。镇海寺，钟声倾许。抱子观音观抱子，寄人心，处处神仙流。三百岁，一千步。

90. 又

不饮西湖酒，有沧桑，却无石玉，也无杨柳。万里东流归大海，万里东流江海口。广阔见，沙滩云手。日月天光留下色，一汪洋，一半江山守。谁问我，作人支。人人点点人人首。有天涯，当然海角，有重阳道。一片黄花香不尽，岁岁年年九九，却道是，天长地久。不饮西湖何不饮，一年中，饮尽西湖酒。应知否？可知否。

91. 又　别茂嘉十二弟

杜宇声声别，半啼血、蚕丛孟昶，蜀人春节。此道之难难步之，却是人人不绝。一顶近，那山高切。自以行行无止止，有攀登，也有关山铁。前可继，后无缀。天山一半天山雪，有昆仑，却无草木，以冰霜结。八百里秦川日月，自以回头可说。周养马，秦长城灭，见以运河杨柳岸，问人生，俯仰朝天说。知自己，作人杰。

92. 又

独我稼轩客，邑园亭，无声草木，有声溪石。日月经纶经日月，陌陌阡阡，云起落，云青云白。不见古人人不见，见今人，处处烟云隔，长城磊，运河帛。天涯咫尺天涯隔，大江流，川山越谷，九嶷风脉。不是求名求不是，一柱擎天不迫。立此帜，天高海阔。万里行云行万里，以江山，社稷规标格，三万日，半人窄。

93. 沁园春

古古今今，事事人人，物物生生，五千年日月，三黄五帝，禹传于夏，立代私营。自以君臣，庭家父子，自建君君子子城。凭自己，在人间自己，自在枯荣。声声处处声声，共日月，同天地，不平。你当然用我，不然用你，成王作寇，虎口余生。一半阴晴，功名利禄，赐与无情赐与情。秦汉去，晋隋唐也去，百姓无名。

94. 又　将止酒戒酒杯使勿近

一世人生，一世人生，不酒自行。已生生息息，生生息息，当然草木，自在枯荣。自在枯荣，枯荣自在，一度三光一度明。天下路，去来皆可定，不是刘伶。刘伶就是刘伶，与一醉，无知无不平。与昏昏恢恢，昏昏恢恢，离离别别送送迎迎。最是无为，无为最是，当作心中当作情，何爱欲，不可知切切，切切惊惊。

95. 又酒

只饮三杯，只是因君，戒酒戒名。借稼轩一醉，天中半解，人中五省，刘伶已弃，自作求生，立马军营，丈夫将令，已是何须带酒行，天下事，已今今古古，留下英名。辛翁不饮则明。荣辱荣，成成败败成，有非非是是，行行止止，高高下下，不饮则明。不饮知情，何人不饮，适可江山社稷盟，应节欲，可功功业业，处处耕耘。

96. 哨遍　秋水观

谁问故人，谁问庄周，鱼水何相顾。洋洋乎水水鱼鱼度。有沉浮，无以朝暮。人与人，潼关伊尹见，一二三生已无数，四象一玄元，归两仪付，以一羊皮一步。覆水难收丈丈夫夫。却以孔丘春秋天下路，知左传文，不曰周公，莫以朝暮。蠹子固磨磨，成之成矣已成儒。南水应北调，东西丙两江都。有网罟如云，飞鸿成阵，有无有有还无。何以两茫茫，上下南北。阴阳向背云雨。且寻天下正道为步，使事事人人皆成赋。似鲲鹏，万里可数。沧桑日月，草木自以运河图。以秦汉之长城，比运河水，几何相误。和和战战几何奴，李陵当之司马注。

97. 又

哨遍一歌，以王摩诘，自与裴迪赋，便独往山中，以汪莘，一朝一暮，以之稼轩，从羽音五调，步登华子冈头路。兴网水沧涟，草木本色，山沟远近扶苏。坝川内外碧玉村姑，已听去来牛羊有无。单于乡笛，不待此时，回思普渡。度。记取东吴，寒山拾得一姑苏。流水小桥住，梅花三弄知会面，只待一龙门，长安可望，皇城八水黄河路。有渭渭泾泾，往来飞白鹭，青皋云雨方住。雉关关，百鸟朝凤计。不误是非何以朝暮。素行行素，我孤步。天朝非宰相者，致以安史故。似中是外人间。质子分付。不从不道，阳关三叠一诗人，是王维诗词当数。

98. 念奴娇　赋梅花

问林和靖，半世界，鹤子梅妻谁晓，西子西湖西西子，逸事多多少少，一阵东风，三吴故客，处处生花草。渔舟唱晚春江花月应好。处士息息生生，向寒山拾得，枫桥枫老。夜泊姑苏，明月色，已见洞庭缥缈。老树盘根，自如龙错结，香千年了，残冬残腊，东君当知小。

99. 又

一歌当酒，九歌尽，五五汨罗何了，一半雄黄雄一半，一半英雄多少。击鼓开旗，挥风哪呐，斥策鱼龙晓，离骚留下，楚人何以秦赵。自有说客张仪，与苏秦背道，无蓬莱岛。纵纵横横，应一统，大势年年应觑。一半江山，又江山一半，小大大小，以人人以，难天难地难老。

100. 感皇恩　寿陈丞及之

六十半人生，杨杨柳柳。一世一生一杯酒，功功业业，利利名名应有。当年君折桂，人长久。父子同攀龙门同就。古古今今两才手。此来此往，已是人间稀有。百年重相见，无言寿。

101. 又　读庄子有所感

半是是非非，何多何少？水里游鱼孰知道，所思所见，是了非非是了。岁年知我意，飞飞鸟。满了人间，花花草草，仅仅中原几多少。四时四秩，无止无休无了，江山依旧是，人先老。

102. 又　寿七十

七十寿人情，梅花相约。江月娟娟上高阁。云舒云卷，处处人人欢乐，已不分老少，香香若。银字吹笙，金光领略。子子孙孙放仙鹤。当天有寄，八十重新相托。年年岁岁是，无求索。

103. 南乡子

一步一南乡，半水清流半水扬。草草花花春未了，香香。小小山村小小庄。一年一青黄，半度园时半度方，事事人人人事事，衷肠。小小英雄小小郎。

104. 小重山　游西湖

内外西湖西外红，白堤应百步，有轻风。芙蓉出水已由衷，朝天望，悄悄筑莲蓬。结子在其中，像三潭印月馆娃宫。初秋未了问飞鸿，留君住，日月共诗翁。

105. 婆罗门引　别叔高叔高长于楚门

梅花落里，杜鹃啼尽送君归。离情楚客心扉。五五汨罗重忆，屈子九歌飞。一路成一路,日月光晖。忧忧国忧,也不断,是和非。楚楚秦秦汉汉,何以相依,知音翠薇,这杨柳,声声不可违。相约定,不误天机。

106. 又

阳春白雪,本来天下共日晖,人间翠翠薇薇。下里巴人,天下,天下共心扉。但以杨柳曲,子子依依。知音一台,夏口水,问回归。岁岁年年总是,南北飞飞。衡阳草菲,又青海,芦苇苇闻,回首是,一半湘妃。

107. 又

云舒云卷,天天地地一轻风。清清净净空空。一半人生一半,已入广寒宫,正嫦娥不在,桂影朦胧。佳人未逢,问此夕与谁同。玉兔吴刚已隐,独我称雄。元宵何处,向灯火,长吟此词中,千万里,自由衷。

108. 行香子

一半苏杭,一半天堂,近清明,柳柳杨杨。故人不见,归曲余香,运河风光,满阡陌,菜花黄。太守文章,古刹僧堂,牡丹红桃李芬芳。小桥流水,碧玉萧娘。水调歌头,却都是,女儿肠。

109. 又

水绕村庄,草满荷塘,阁楼前,明月寒光。下弦桂影,姐女身藏。似弓如钩,向桃李,向青黄。结子正忙,隐约余香,运河舟同了船娘。小桥

流水,碧玉苏杭。小家藏娇,半朝暮,女儿乡。

110. 又

一半清明,杜宇清明,共耕耘,常自清明。寸田寸许,香满清明,采茶初尖,过春雨,近清明。雨雨清明,雨纷纷,流水清明,以阴晴见,日月清明。父母身旁,作儿女祭清明。

111. 粉蝶儿

雪月风花,年年岁岁多少。向如来,向观音。有秋冬,春夏秋,阴晴多少。也无休,还无止,谁知晓。普渡众生,回头是岸心了。这江山,有花有草,以春香,凭夏雨,秋收冬昭。天不老,人情老。

112. 锦帐春

苦苦辛辛,辛辛苦苦。只见得,如云如雨。牡丹红,桃李子,又丁香新结,水向东注。杨客将从,籍枚乘赋。七发也,千年一句。问何人,留得住?社稷还社稷,与江山度。

113. 夜游宫 苦俗客

下里巴人一曲,五音是,无全无足。柳柳杨杨如风烛。如枯石、似黄绿,多拘束。一半宫商促,几征和,无谐无续。角羽参差朵弦促。落叶声,乱举止,半帝嚳。

114. 浪淘沙 山寺夜半闻钟

一世酒杯中,万事皆空。英雄不得不英雄。五十人生人五十。酒醉红红。日月少年功,蜀道蚕丛。江山社稷自匆匆。子夜钟声钟子夜,梦里人中。

115. 唐河传

朝暮,行路,云云雨雨。分分付付。蜀道穷处问东吴,念奴。虞姬何丈夫。男儿八百乌江故,霸王数,只有一雅住。未央图,见扶苏,楚吾。鸿沟岸上呼。

116. 西江月 题可卿影像

我我卿卿我我,卿卿我我卿卿。纤纤弱弱已相倾,柳柳腰腰影影。隐隐娇娇,意意,柔柔语语情情。歌歌曲曲半声声,静静文文静静。

117. 又 以家事付儿曹示之

一日一朝一暮,三生八十三生。诗词格律自无声,已足十三万首。华尔兹儿儿女女,自谋自力自情,明明不是不明明,此世杨杨柳柳。

118. 丑奴儿 书博山道中壁

一生八十一生柳,见得江楼,铜陵得江流。不断诗词格律修。康熙佩文一韵典,一半春风,两半春秋,古古今今已白头。

119. 破阵子 赠行

路路行行步步,人人事事多多。楚楚秦秦天下事,五五汨罗有九歌。莫问屈子何。贾谊朝朝暮暮,风光夜夜婆娑。莫以张仪分土地。六国纵横净干戈,人间且稻禾。

120. 又 硖石道中有怀子似

石石川川谷谷,阡阡陌陌生生。处处山高应有水,草草花花独自明。当然林木声。少以弓刀事业,老来

诗酒功名。不成是成今古事，硖硖峰峰相互情，江流总不平。

121. 定风波　送卢提刑约上元重来

君子离离别别多，何以卢公不渡河。忧我忧他家又国，天色。上元再约再厮磨。你有佳句当赋，项羽刘邦一曲歌，不分鸿沟垓下路，当本，并非韩信定风波。

122. 又　再用韵卢置歌舞甚盛

多是平平少是多，成是非非败是河。家国，忧忧家是国，君侧。有荣有辱有风波。白雪阳春高尚，下里巴人不九歌。望君旗开军百姓，功业，便知儒士净干戈。

123. 踏莎行　赋稼轩集经句

死死生生，荣荣辱辱，升迁进退常相续，千杯尽在玉壶中，平生不足半生足。一曲稼轩，稼轩一曲。遭桓司马应何瞩，涂炭已见卫灵公，丘为桀溺何相赎。

124. 汉宫春　立春日

香自梅花，水仙春消息，先入人家。东君自得，汉宫春色参差。阳春白雪，任七弦，共了琵琶，三弄曲，中央正艳，人间处处芳华。衡阳燕子窗斜已向青海望，飞落无遮。无须一月，桃李可与桑芽。春蚕自缚，采绿茶，碧玉窗纱，相隔处，东邻可见，疑心是女儿娃。

125. 归朝欢

水水山山山水路，止止行行行步步。

清明前后共阴晴，寒食云烟同朝暮。处处纷纷雨。杨杨柳柳杨柳树，运河人，来来去去，李李桃桃数。草草花花花草度，木木林林木林住。梅花落里问群芳，姑苏城外见飞鹜。人生人所得。楚王当以枚乘赋，一江山，江山一顾，社稷黄垆付。

126. 玉蝴蝶　追别杜叔高

处处长亭不断，杨杨柳柳，大路朝天，杜叔高人，一步一步前川。只须得，行行止止，守一处，自是方圆。运河边，长城内外，陌陌阡阡。云烟。成成败败，荣荣辱辱，月月弦弦。别别离离，如来如去又经年。天上雁，春秋两度，自去还，草木芊芊。可相知，飞鸿声里，切切思然。

127. 雨中花慢　登新楼有怀昌甫，斯远、仲止、子似、民瞻

楼上扬言，楼上俯仰，河山楼上春秋。有风云缈缈，天地悠悠。云度飞鸿万里，川川逝水行舟。雨中知花慢咫尺天涯，当以羊斗。离骚楚客，太守文章，一陶五柳沧洲。疑武陵源秦汉，何以回头。兴废存亡陈迹，江山一度沉浮。一人饮酒，一尊情短，一度风流。

128. 临江仙　侍者阿钱以行赋钱字以赠之

一半春光春一半，榆钱处处榆钱。年年结子结余钱。随风天下去，落地有方圆。不饮三杯空不饮，前川未了前川，孤身独步自留连。人欺

人岁，白首白思怜。

129. 又

香雪海中香雪海，东君已过西乡。荒园处处惹思量，急呼桃叶渡，快近牡丹香。一半桃李桃一半，刘郎我是刘郎。十年一见自张狂，传情传不尽，结子结余肠。

130. 玉楼春

醉中忘却来时路，已近清明多少雨。三三两两女儿声，后后前前多不顾。阿钱巷口曾分付，见得桑榆是家树。应朝古寺行人问，我是稼轩何处住。

131. 南歌子

一醉英雄路，三军大丈夫。刘邦项羽过东吴，记取隋炀杨柳到江都。左右何言步，明皇纵念奴。阳春白雪问姑苏，下里巴人处处酒家咕。

132. 品令　八十

八十步，年年步，天下人人步步。一年一步年年步。一生八十生路。须十字头顶加撇，人字上头加二，地久复以天长故，十八付，十八付。

133. 武陵春

知运河杨杨柳柳，日夜有温柔，物是人非总是由，欲去欲下愁。醒醒情情皆是酒，草木也风流。柳柳杨杨不系舟，自是自沉浮。

134. 鹧鸪天　离豫章别司马汉章大监

合合分分一自然，天天地地半天天。何须痛饮千杯酒，醉醉醒醒问酒泉。

飞将军,李广弦。燕山射虎作良田。
阴山一箭黄,河岸,去去来来几百年。

135. 又
三分墨迹六分香,十里长亭半柳杨,
千杯不醉千杯醉,缥缥缈缈一黄粱。
锥刺骨,纳萤光,书生进退上高阳。
黄花不怯秋风冷,只怕英雄两鬓霜。

136. 又　知昌父
八十人生一悟空,三千弟子半英雄。
春秋战国纵横论,六六坑灰二同。
王世界,李斯风。同轨九鼎未央宫。
苏秦不与张仪事,二世当然指鹿穷。

137. 又
八十人生一乃翁,十三万首半诗丛。
稼轩八百词文赋,一半英豪一半雄。
醒醉问,望飞鸿。黄河直下自朝东。
阴山自在单于曲,不可虚无不可空。

138. 又　赋梅
自古千年自古城,人人不尽颂琼英。
香香处处时时异,复复繁繁总未成。
今古见去来情,梅花三弄梅花落,
彼此心思各独生。

139. 又　黄沙道中
小叶东君一叶英,春风细雨半春萌。
家犬不吠迎家妇,见得依依是旧情。
千世界,万人生。一灵一物一心平。
天公造物原承继,一物相应一物成。

140. 又
石壁临川屹立高,溪流逐谷满野蒿。
惊波乱石多迥响,杜宇声声不得毫。
疑石落,恐山毛。丛丛不见有儿狼号。

情情不定人人去,回首云中一帆旎。

141. 又
自古山自古荣,一如月下半弦明,
繁繁简简枯荣见,去去来来总不平。
圆缺见,暮朝行。江流逝水有纵横。
醒醒醉醉何分付,一半无声一半声。

142. 又
九月黄花九月香,重阳处处见重阳。
秋风落叶红枫见,扫尽山林净故乡。
寻桂子,问天光。英雄一醉到边疆。
金戈铁马同飞将,一举功成作柳杨。

143. 又　和子似山行
日月风光各不同,阴晴草木自西东。
天天地地应相异,水水山山几色中。
行步步,止终终。终终始始总无穷。
朱朱紫紫成峰谷,八戒沙僧有悟空。

144. 又　祝良显家牡丹一本百朵
国色天香一牡丹,深宫武曌半倾寒。
天公费尽功夫力,自是长安久是安。
颜似玉,色如鸾。同本一树百花冠。
红衫白子高堂上,自在扶苏自在云。

145. 又　赋牡丹
出水芙蓉半已倾,杨家姊妹一华清。
天香国色明皇侧,虢国夫人过帝京。
唐玉树,牡丹英,醒醒醉醉已平平。
吴宫百女相娇艳,见得西施也得明。

146. 又　再赋
白白红红色已珠,浓浓淡淡玉香芜。
不老不分男女,已见羞容作念奴。
裁翡翠,着扶苏。隋炀杨柳满江都。

琼花一半昙花半,只向长安不向姑。

147. 又　不寐
草似花光玉似金,人如是处面如心,
高山流水知音在,下里巴人木作林。
知老树,见根深。群芳百草半日霖。
黄河直下,阴山岸,近得长安近得浔。

148. 又　村舍
鸡犬相闻一五蕴,桑麻互影半渔屯。
退思园里思天地,百里姑苏十里门。
同里舍有乾坤。小家碧玉小桥村。
杨杨柳柳江南岸,意意情情小子孙。

149. 又　博山寺作
寺寺山山总不平,钟钟鼓鼓却声声。
不鸣之处常鸣语,色色空空逝者名。
松竹菊,古梅荣。人人见得已归耕。
花花鸟鸟,成天下,草草虫虫自力生。

150. 又　寄叶仲洽
处处移花处处栽,天台寺里一天台。
国清自得天清净,净土人生意境开。
应彼此,共徘徊。两三相遇两三杯,
醒醒醉醉交朋友,半壁江山半壁来。

151. 浣溪沙　黄沙岭
一路人生十里序,黄沙岭上半丹青。
行行步步有刘伶。野水野山川谷野,
野花野草野虫宁。湘灵鼓瑟忆湘灵。

152. 又　泉湖道中赴闽宪别诸君
闽宪途中一路行,诸君别后半无声,
泉湖道上始多情。醉醉醒醒余醉醉,
还闻杜宇自啼鸣,人生一半弟成兄。

153. 又 种松竹未成

竹菊梅兰种未成，兄兄弟弟总难荣。时时处处自耕耘。且以平生平自以，高风亮节共同盟，人人不尽醉情情。

154. 又 偶作

下里巴人下里人，阳春白雪已阳春。经纶自是自经纶。子夏商周秦汉问，隋唐六典秩方钧，梅花落里是红尘。

155. 又

一半阴晴一半春，两三岁月两三人。醉醉醒醒谁醉醉，稼轩臣。醉里桃灯，还问剑，醒来余烬已成尘。古古今今成古古，是经纶。

156. 又 赋清虚

一半清虚一半人，两三道士两三邻。潼关老子潼关客，是经纶。原始天尊原始界，今来古待是秋春。功功业业何名利，假非真。

157. 又

一处阴时一处晴，半醒半醉半称名。已生自得自己生。老少知音知老少，少年当是少年行。家家国国是忧情。

158. 又 偕叔高，子似宿山寺戏作

柳柳杨杨五九春，来来去去一行人。生生息息半红尘。寺寺钟钟还鼓鼓，方方丈丈已平身。垂垂拂拂待风津。

159. 又

十里长亭十里行，杨杨柳柳一人生。时时处处自枯荣。不食人间烟火事，自然世界自然萌，先黄后绿有神情。

160. 又

总把余生作醉乡，何须日月总流光。精英作得柳和杨。半对阴晴天一半，一和天下久圆方。英雄可以自扬长。

161. 又 常山道中

一路常山一路瓜，香香道道小人家。农夫且以女儿花。这里云前云有雨，衣衫湿了贴身娃，流流水水也无遮。

162. 新荷叶 上巳日子似谓古今无此词索赋

有有无无，无无有有诗词。格律难明，诚须格律必清明。鞋鞋足足，相适也，大小何精。调中知体，三千四百余城。

古古今今，佩文韵典清生。自是康熙，自从天汉相迎。康熙字典已成英，全书六库，诗词因此方明。

163. 生查子

高山流水天，柳柳杨杨半。日月运河边，草木江南岸。隋炀易帛员，水调歌头断。一路一楼船，未见风云散。

164. 又

阳春白雪琴，下里巴人曲。天下是知音，草木皆金玉。书书自古今，剑剑何荣辱。一世儒心，三界三生烛。

165. 昭君怨

柳柳杨杨杨柳，朝暮暮朝知酒，岁岁运河舟，一春秋。人白首，谁太守，何以重阳九九。江水有沉浮，只东流。

166. 乌衣啼

苗苗细细条条，半春潮。见得江河两岸，水云消。人一路，风月路，七步桥。十里唯亭同里，运河遥。

167. 朝中措 九日小集，世长将赴省

重阳小集半秋风，已见一枫红。世世长长赴省，今今古古少年雄。而今休矣，三杯残酒，不知西东。故忆燕山射虎，如今桂子莲蓬。

168. 又

弦弦月月半清明，夜半一心情。起望中庭信步，原来俯仰难平。圆圆缺缺，中秋十五，玉树空城。只有婵娟可问，嫦娥不见何行。

169. 河渎神

一半运河流，一半天水春秋。江南六渎满江楼，处处不尽风流。一路英雄常问酒，不可空空白首。一世杨杨柳柳，三生人在神州。

170. 太常引 建康中秋为吕叔潜赋

建康不树秣陵戈，且有莫愁歌。已醉问嫦娥。已白首，秦淮奈何。寒宫不去，金陵自古，俯仰问山河。步见六朝羹，人有说，天光更多。

171. 清平乐 谢叔良惠木犀

人生俯仰，见得黄天荡。不上江湖江不上，结桂木犀四象。香香八月香香，重阳九九重阳，子子成城子子，炎凉一半炎凉。

172. 又

东风已好，今又西风好。好好春秋应好好，无止无休无了。遥遥近近已遥遥，桥桥路路桥桥。彼彼行行此此，人情不在云霄。

173. 又

翁翁小小，莫以人情老。了了平生何了了，一醉一醒多少。春云春雨春潮，云中云外云霄。不以不平不事，知山知水知桥。

174. 菩萨蛮

人生不尽人生酒，长亭一路长亭柳。水水大江流，人人行九州。无为空白首，不作何相守。一岁一春秋，三生三界求。

175. 又 赠周国辅侍人

人情不老人情老，知多少知多少。曲曲已遥遥，声声余不消。周郎心未老，已顾先生好。大小两乔乔，人从人意潮。

176. 又 张医道服为别，且令馈河豚

千金不足囊中玉，张医道服国医足。一路一扶苏，三杯三界孤。河豚河不属，鱼是鱼非欲。此味东吴当须当有无。

177. 又 晋臣张菩提叶灯，席上赋

菩提灯似菩提叶，菩提法是菩提牒。处处以心谐，人人同步阶。天花形影叠，走马灯灯烨。步步入天街，

情情应入偕。

178. 又 云岩

浮云半掩岩溪落，游人偏向游人约。珠玉已成河，飞扬花万多。逐流惊鸟雀，落水河求索。处处水连波，垂垂如白戈。

179. 又

本醉一醒人间博，半和半战人间约。已见柳杨波，谁人听九歌。三冬寒暖若，一月梅花落。铁马共金戈，英雄今已多。

180. 柳梢青 生日八吟

八十何难年年岁岁，随日何难。日日难难，诗诗赋赋，可持难难。行行难难步步何难，朝前路，恒之何难。左右为难，思之再四，进退为难。

181. 贺新郎 严和之好古博雅，以严本姓庄，取蒙庄、子陵四事，曰濮上，曰濠梁，曰齐泽，曰严濑，为四图，属于赋词。予谓蜀君平之高，扬子云所谓虽隋而何以加诸者，班孟坚独以子云所称述为王贡诸传序引，不敢以其姓名列诸传，尊之也。故予谓和之当并图君平像，置四图之间，庶几严氏之高杰者备焉。作乳燕飞词合歌之

濮上何飞鸟，问蒙庄，濠梁十里，半齐泽小，已见风流在严濑，向以子陵一道。问谓水，姜公垂晓，直钩幽幽何不钧。又教人，鼓案声声矫，

是非也，屠宰好。我刀下可屠人了，上应屠国智谋取，治周多少。何以也中细看取，可见巢由已老。几不至，高台多少？已待得文王向此，齐桓鲁府又管鲍，四图上，一公道。

182. 又 小鲁亭

步小鲁亭上，自朝天，玉宇风云，一时俯仰。回忆当年金戈朗，凤驾辇车豪放。万里目、千年未想。玉佩丁当天下响，作英雄，国国家家向。天下士，人间广。周郎自得东风享，孔明谋，曹营赤壁，火风浩荡，百万军兵，如陆鳌，徐庶安知地象，半真伪，江流方向。直待功成名慨慷，古如今，但向阴山往，飞将问，独欣赏。

183. 又

柳柳杨杨路，运河舟，向金陵去，雨云共住。今古秦淮风波处，桃叶扁舟自渡。六朝尽，台城如故。问宋齐梁陈何误。石头城，白下重新赋。天下水，罗敷步。凤凰台上知音数，任青莲，南楼李白，对崔颢付。行到东吴春已暮，吹箫忆，潮平可流。莫愁女，如情如苦。前度刘郎又重至，紫金山，梅苑花成雨，雨花台，中山路。

184. 又 悠然阁

九月重阳九，采茱萸，向黄花色，可知可否。登上高楼朝天望，人近风云入手。在风里，人如杨柳。止止行行何回首。问渊明，不知西风久。篱下菊，谁相守。人生当父还当母，也夫

妻，湘灵鼓瑟，天高地厚。举案齐眉今古有，莫言到，同林左右。大难见，翻飞无偶。如去如来如儿女，九重阳，霜枫叶，四顾江河口，天下事，何无酒。

185. 又　题君用山园

不尽人间路，一山园，且为君用，读书雅赋。花径朝天朝云里，玉石阶阶步步。半松竹，清泉含雨。燕子飞来曾相住，已声声，又似诗词句。工格律，惊人住。东山无约棋盘付，谢安兄，琴台一曲，净胡尘故。人作精英何所顾，以其智，分分付付。蓦见，人人朝暮奇石临川成丘壑，作清流，芳草花千树，公物化，天飞鹜。

186. 又

一曲梅花落，竹枝词，又听杨柳，一丘一壑。千万年高山流水，春江花月夜乐，已惊燕，留人飞鹊。七夕人间人情约，女儿间，乞巧云前索。从织女，牛郎诺。三章文束之高阁，叹人生，功名利禄，比云光薄，知道年年朝又暮，半天地，银河不度，独今日，王母如约。难以如何何托，独鹊桥，留下人间望，谁错错，谁莫莫。

187. 又

十步高阁上，一高低，半东西见，北南可望。天下当然留今古，四方无须八方。可吕尚，何然商鞅，国国家家谁知享，李斯文，不似黄天荡。飞将去，谁来往。天涯海角极南方，又黑龙，兴安岭下，以森林养，东

海余珠齐鲁想，正西见，昆仑万丈。这青海、江湖源养，万里长江黄河，万午年，东流胸怀广。天不尽，天宽广。

188. 水龙吟

重阳自是重阳，年年岁岁黄花故。渊明已去，东篱不见，朝朝暮暮。五斗折腰，三春杨柳，如倾如住。作弃弦古木，心心意意，何所见，何分付。已是西风出路，见红枫，雪霜相布，层层复复，经年经岁，人间不住。不问秦皇，汉家何武，自然相度，已生生息息，平平已是自平下步。

189. 又

瓢泉只是瓢泉，江南只是江南岸。长江万里，黄河万里，西来不瀚。有水云烟，有江河畔，桑田分散，供衣衣食食，粗茶淡饭，天下富，人间半。不可望洋兴叹，这东流，源源无断，浮舟逝水，沉舟侧帆，江楼达旦。莫以稼轩，文章相守，酒肆轻唤，以余生不醉，江山日月再重新看。

190. 水调歌头

万马千军去，一令五车来。单于声在南北，自以幼安裁。梦里挑灯看剑，醉醉醒醒不误，见得一崔嵬，射虎燕山客，飞将不徘徊。阴山下，黄河外，望天台，中原自古如此彼有冬梅。岁岁寒寒必尺，岁岁东君暖，足是百花开，逐鹿长城北，再饮一千杯。

191. 又　一枝堂

草木枯荣见，日月有阴晴。江山社稷天下，主战主和赢。自立金戈铁马，自立房谋杜断，大宋有精英。自恋人间主，自慰古今情。当年勇，如所见，志难平。书书剑剑如此如彼作人生，有辱有荣有迹，步步行行进进，一路一心成。不以多回首，万斛玉壶倾。

192. 又

步步人间路，秩秩地天书。知音台上谁问，一赋一相如。帐后文君意合，一世一生一度，自在自当炉。竹木临邛客，有父有情余。杏坛子，春秋士，百家居。玄元老子天下以一二三初。自以生生息息，建立功功业业，不可自樵渔。莫以巢由故，日月作耕锄。

193. 又　自叙

七十人生客，八十去来孤。应当六十前后，秩满立书儒。自以诗词格律，再致方圆审度，且以佩文瑜，且与三千子，五百丈夫趋。问今古，寻来去，见天枢。八千一万二百五十一生途，五十年中名利，五十年中事业，五十度扶苏。六十诗词里，八十念浮屠。

194. 又

路路江南客，步步运河乡。舟舟水水南北，养马是非长。一壑一丘一滗，一竹一兰一菊，处处有梅香。最是殷勤见，柳柳亦杨杨。谁成败，

何醒醉，也圆方。纶巾羽扇颠倒一梦一黄粱，挥斥千军万马，踏遍澄江似练。一带一路扬，自以英雄志一曲一衷肠。

195. 又　自述

我作诗词客，又作读书肠。书中自有千万，自有古今香。姜尚鼓刀于市，渭水直钩垂钓，向背各分梁。已过三千载，亿万卷书藏。千皇帝，三生路，万人章。隋唐伊始清末八百半无郎，二十五史班固，古古今今横纵，俱是故人乡。自是题材富，百子画诗房。

196. 念奴娇　又

三皇伊始，五帝继，至夏商周如数。黄帝轩辕伏羲氏，再以颛顼可数，帝喾尧舜，公社大禹，传夏私营路。莫非王母土，如秦如汉如故。太伯独在江苏，五湖天草外，鱼禾分付（草鱼禾，苏也）。古古今今，田半亩，社稷天光云雨，代代传承，公社公有化，是非相顾。以人人以中华相合相度。

197. 又

古风行止，乐府至，格律歌行辞赋。不尽竹枝南北调，楚客子长短句。效庙歌辞，帝王成就，也有深宫许。名人名画，三千年里相数。尚有一百佳人，也宫妃一百，一千皇属，八百状元，廿五史，如古如今风雨，历史中枢，步凌烟阁上，二十唐王布。唐词诗曲，声浔今古相遇。

198. 又

苍梧谣令，南柯子，渔父潇湘神住。捣练子江南好问，以浪淘沙之句，再忆王孙，江城子赋，醉太平朝暮，双红豆误，长相思里重遇。摊破浣溪沙声，画堂春已故，秋波媚妒。水调歌头，一剪梅，喝火令中如数，赤壁东坡，凤凰台上再忆吹箫误。汉宫春步，高阳台上分付。

199. 新荷叶

雨雨云云，新荷叶叶如黄。小小园园，眼前便是风凉。芙蓉出水，左右顾，忘了衣裳，蓬蓬顶顶，丝丝络络成妆。碧玉婷婷，四方已得芬芳，六淡钱塘，运河柳枝杨杨。船过码头，一两曲，却是萧娘。同船相顾，苏杭成了天堂。

200. 又　悠然阁

一阁悠然，四方草木高低。十亩新荷，不分南北东西，红红绿绿，碧玉叶，独自园栖。香香色色，似齐自是不齐。作了芙蓉，莲蓬结子凝霓，洁洁清清，出泥不染污泥。晴蜓偏在，点心里，共似辛黄，有人一曲，乍闻常似莺啼。

201. 波罗门　引用韵答先之

龙泉一剑，三生十万卷诗书。英雄一醉心舒，自古功名勋业，长与少年初。唱阳春白雪，古尽今余。卧龙诸葛，得风向，赤壁居。最好六十学易，万词相如。男儿事务，须一步，下里巴人锄，知时节，坚持华胥。

202. 行香子

八十尝真，富富贫贫。贵亦尘，贱亦成尘。由来乐处，总属闲人。且饮瓢泉，作醒醉，数云频。日在东邻，老语给纶。忆飞将，一箭千钧。酒泉有酒，霍卫近臣。不问燕山，古今事，在天伦。

203. 江神子　鸣蛙

无人水岸有鸣蛙。半人家，一人家。钓者来时，碧玉作香花，姜尚直钩刀鼓案，君子在，不鸣蛙。江流万里浪淘沙。子陵菠，谢公涯。过了严滩，听得一琵琶，留在阴山天下见，同日月，共桑麻。

204. 又

有人不语见鸣蛙。一呱呱，半呱呱四起群声，彼此自无瑕，世界原来孤自在，无咫尺，有天涯。当然鼓鼓自无遮，一咨嗟。如此蹲踞，彼此共跃爬。水水栖栖陆陆，非你我是他她。

205. 沁园春　农夫一带一路

路路平生，步步平生。南北西东。以少年日月，中年历练，老年学易，如立如弓。作得英雄，英雄未已，格律诗词自可工。先贤在，十三万余首，有始无终。风风雨雨声中，共和国，扶民救世穷。我农夫子弟，中华泽济，中华一国，世界飞鸿。农村革命，一带人间一路隆，今古见，以环球玉宇，伟绩丰功。

206. 又　赵茂嘉郎中

路路平生，步步平生，南北西东。以少年学子，青年立志，中年成业，五品郎中。早在鞍钢，冶金部里，全国科技大会衷。科学院，联合国教科文化人隆。皇家英国公工。信息论，电脑成雄。一九七九年，招商蛇口，园区事业，部典交通。回到京城，国务院里，见证中华改革风。三农始，又以城市见，国富民丰。

207. 喜迁莺　又

一人生路，八十岁月中，中华步步。小学诗书，转自私塾，已仄仄平平许。解放丈夫，农民自主，自由朝暮。重新数，建人间同富，共人间住。农村依此故，开放改革，七十年中度，国力方强，民生富裕，处处见诗词赋。国家屹立东方，继往开来分付。已留取，人民共和国，阳光和煦。

208. 永遇乐　赋梅雪

雪雪梅梅，梅梅雪雪，寒暖分别。水水冰冰，冰冰水水，月月园还缺。霜霜色色，层层洁洁，素素以银妆绝。几何也，香香彻彻，有无远近明灭。英英楚楚，藏娇藏色，唯有芬芳如节。唤了群花，东君分付，李李桃桃列，梅花落里，成蹊自下，作得人间玉洁。无须是，人人事事，地语天说。

209. 又　送十二弟赴都

弟弟兄兄，兄兄弟弟，行路行步。去去来来，来来去去，共度同朝暮，功功业业，名名利利，日月似今如故。以天计，平生八十，二万九千天数。龙门一跃，京都千鹜，十里长亭分付。止止行行，杨柳柳柳，一路前程一路，江山社稷，家家国国，半在人间相互。多少步，无休不止，历辛历苦。

210. 归朝欢　寄题郑元英文山巢经楼，楼之侧有尚友斋，欲借书者就斋中取读，书不借出。

十里长亭千百竹，四壁元英三两簇。文山字海已巢经。五千年里中原鹿。玉玉金金逐。天高地厚多黄菊。九月九，重阳重九，六十桑榆馥。当酒当友言五六，当觉当心当慧目。斯文日月各春秋。穆公不在秦楼独。忘刘伶百斛。英雄不饮英雄镞，箭在弦，长城内外，飞将牛羊牧。

211. 瑞鹤仙　南剑双溪楼

鹤仙知多少，南剑双溪楼，江流淼淼。回头有花草，帆帆舟舟逐，何何子了，日月里，谁人不晓。有竹枝，也有杨柳，春江风月飞鸟。人好。情情意意，温温雅雅，斯文如昊。芳心一寸，宋玉赋，神女娆，以朝云暮雨，巫山三峡，且向高唐城堡。不同溪，却同人情，老人不老。

212. 玉蝴蝶　叔高书来戒酒用韵此词非正体，取柳永正体。

古古今今谁见，醒中无能，醉里英雄。只有刘伶，弄个色色空空。我稼轩，不应无奈，对月望，一斛倾穷。自由衷，故情白在，不自由衷。寒宫、嫦娥不在，弦弦玉树，也自西东。缺缺园园，不知何处雨云风。念后羿，天高远近，有朝暮，少小成翁，且容人，玉壶影里，始始终终。

213. 满江红

辛子稼轩，渊明柳，谢公赋雪。清平乐，以明皇客，作千秋节。李白夜郎天下问，浣溪杜甫河分别，不易居，牛李更难容，何圆缺。李商隐，昌龄别，富春水，金陵雪，一连江夜雨，何长安说。渭渭泾泾渭渭去，潼关汇合潼关折。六十也，学易学人生，当天说。

214. 雨中花慢　非正体，取苏轼正体，双调九十八字，上四十九字十一字四平韵，下四十九字四平韵。

何以人生多半，醉醉醒醒，雾雾烟烟。有问运河杨柳，见运河船，应道隋炀，为之翻案，甲第名园。一带一路富，江都两岸，彼此留连。东吴六溇，三千年里，胜似万里三边。荣草木，业成今古，彼此依然。因此头颜好好，成成就就年年。已如留取，十分家国，岁岁年年。

215. 洞仙歌

湘灵鼓瑟，不尽苍梧竹。半子汨罗九歌复，但闻长沙客，贾谊人归，留得个一二三四五六。刘伶真作酒，日日相倾。无了千杯又千斛。自得自英雄，斩楼兰，交河度，九嶷岳麓。已老翁，何事再扬鞭，只唤起渊明，上楼扬目。

216. 又

名名利利,富富贫贫度。业业功功互相付。续春秋冬夏,事事人人今古继,柳柳杨杨如故。经年年岁岁,诸草群芳,同共朝朝又暮暮。醉醉也醒醒,作英雄。这醉时多,醉时少误。问老仙,为社稷江山,敢直立长鸣,我今当数。

217. 又　浮石庄

罗浮石玉,已与仙人住。一半山庄一条路。以云泉云海,小径深深,应见得,树树林林树树。溪流清似酒,共与幽芳,明月梅花落中赋。白雪对阳春,似冰霜,又如此,酰釀似雨。且不知香白自琼花,已暗自成蹊,向谁分付。

218. 鹧鸪天

一半高楼一半忧,高楼上尽上高楼。家家国国家家事,醉醉醒醒已白头。瓢泉水十三流。燕山一箭可封喉。阴山已有单于曲,蜀女昭君已自由。

219. 又

水水山山一去流,杨杨柳柳半长洲。丝丝帛帛应相易,运运河可已不休。南北见,去来舟。楼船已下作船楼,隋炀六渎隋炀路,水调歌头到古州。

220. 卜算子

一半牡丹开,一半梅花落,一半红红紫紫来,一半香泥约。一半岳阳楼,一半凌烟阁。一半忧人一半忧,一半应求索。

221. 又

一路去来多,一步枯荣作。不渡公无不渡河,逝水寻飞鹤。醉里净干戈,醒生何兵博。已梦千军万马歌,作得平生诺。

222. 又　荷花

半水几高低,一女多妍丽。出自清泥自不泥,已可群芳替。玉立自东西,头以莲蓬济。苦苦心碧玉蒂,不入谁门第。

223. 点绛唇

利禄功名,贫贫富富书生路。苦辛辛苦,寒食清明雨。燕雁无心,岁岁年年度。人如故,去来如故,日月何如故。

224. 谒金门

明月雪,缺缺圆圆明灭。雪上加霜梅色绝,维维香不绝。不可对天不说,昨日女儿先折,脱尽衣衫身自洁,眉妆惊夏桀。

225. 又

千秋节,九九重阳分别。满地黄花开不绝,月弦弦缺缺。一夜明明灭灭,烛烛波波折折,如意如情如不说,此心如子了。

226. 东坡引

相思相不足,离肠莫当促。行止止人间曲,归期归要赎。君今去也,儿女孤烛。怎忍见,阳关曲。梅花落里红泥浴。春春云雨续,花开花落笃。

227. 醉花阴

黄花岁岁年年好,日月天难老。六十半平生,七十居中,八十桑榆早。人间见历知多少,过了秦皇岛。近下里巴人,白雪阳春,当约京城道。

228. 清平乐

玉壶小小,装入江湖好。进出千杯千未了,日日餐餐多少?平生岁月平生,行行止止行行,只要坚坚持持,家家国国同英。

229. 又

文房小小,古古今今晓。如此如来如去好,一二三生一道。春江月夜成潮,江山社稷船桥,彼岸何同此岸,飞鸿志在云霄。

230. 又

心肝小小,地地天天晓。随得国家家国好,持以永恒不老。桑田自以禾苗,天天暮暮朝朝。步步人生步步,不停不止遥遥。

231. 醉翁操

当然,桑田,方圆。有云烟,源泉。千杯不尽千杯年,日月天地如鞭。不醉眠,应醒度前川。曰:"有心也哉此贤!"古今不断,来去宣宣。醉翁不醉,夜里挑灯看剑,自以书香周旋。社稷江山峰巅,登高闻陌阡。如来如青莲,似道似婵娟,映日处处听杜鹃。

232. 西江月　又

日月山河草木,人人陌陌阡阡。宗

宗祖祖制方圆，日日行行远远。国国家家国国，天天地地天天。先贤自是自先贤，腊月梅花玉苑。

233. 丑奴儿　和陈薄

鹅湖水岸人生路，何以阳尖。何以阳关，八声甘州万里山。楼兰未斩交河见，曲曲弯弯。曲曲弯弯，醉里还言千百般。

234. 破阵子

天上谁言日月，人间自有方圆。步步平生平步步，渡口常寻渡口船。一桥边岁年。苦苦辛辛时时，功功业业全全。一箭燕山天下去，漫道秦筝多两弦，周郎误细传。

235. 又　如陈同甫赋壮语以寄

醉醉醒醒问问，功功业业名名。射虎燕山飞将在，帐令雄师点兵，众志已成城。万里黄河直下，千年渭塞如惊。了却英雄天下事，俯仰人生今古情，当然自请缨。

236. 千年调

一斧可开山，两手劈滕帛。自是披荆斩荆，天天地地，一径连阡陌。揽江湖，吸溪泉，千丈石。高山流水，已展琴台碧。我以三杯谢矣，自立苍壁。以丘为壑，却似九流脉。当俯仰，又询客，竹木择。

237. 祝英台近　泉为何鸣

问瓢泉，喧处处，何以有朝暮。当自清流，高自问低注。此中白石相怜，声声相住，有左右，有东西度。几分布，当曲当折当湾，应流止回顾。滟潋惊空，烟雾成云雨。可堪远近纵横，永无止境，以天赐，留鸣无数。

238. 又

柳杨曲，桃叶渡，何以献之顾，千里秦淮，三巷玉人树，此情老去应休，东君多误，向百草，共群芳许。自如故，年岁年岁年年。不得不分付，节物移人，时事几成路，可堪格律诗词，入心入意，入天地，方圆重度。

239. 江神子　自述

一生一世书儒，半姑苏一江湖。上洞庭山，下六浈江都。无锡湖州同一水，寻四围，过三吴。黄天荡里问天枢，有珍珠，有飞凫。最是中秋，鲈脍蟹莼糊。处处江南杨柳岸，同里富，运河图。

240. 清平乐　呈昌父，时仆以病止酒，昌父日作诗数篇，未章及之。

朝朝暮暮，醉醉醒醒路。不饮当然当病故，去去来来分付。昨天今日明天，生生死死前川。无酒无余之易，不吟与汝难全。

241. 临江仙

岁月经天经岁月，年年日日年年。苍天厚土共苍天。高低云落落，上下月弦弦。草木知荣知草木，方圆自在方圆，前川一路一前川。行程行不尽，问道问难全。

242. 又

六十人人生人七十，年年一岁年年。秦皇岛外一条船。徐仙徐福问，一海一茫然。不见蓬莱谁不见。百年胜似千年。清风晓月莫无眠。耕耘耕日月，自数自桑田。

243. 又　和叶仲洽赋羊桃

树树羊桃成树树，时时秩秩时时。枝枝满满一树枝，知根知所木，问未问迟迟。冬夏春秋分节令，东西南北常羿。中原四秩自相司，南洋南不见，北海北无知。

244. 又　元亮席上见和

自笑人生人自笑，醒醒醉醉年年。生生死死是眠眠。来来来不见，去去去难全。不饮何谈何不饮，因因病病求全。生生死死醉醒前，应为应是本，作事作当然。

245. 南乡子

一岁一经年，格律诗词格律宣。日月阴晴成日月，方圆。半在人间半在天。两界两桑田，已见天天地地全。步步行行行步步，先贤。数尽平生数尽弦。

246. 玉楼春

岁岁飞来飞去燕，月月似弦弦似面。佳人何以误相思，都是周郎相互见。天上云舒云又卷，世里人情人贵贱。相思一半已黄昏，现以明皇长生殿。

247. 又

月在玉楼春水见，色色空空桃李面。

虎丘同里一长洲，来去去来飞小燕。
吴越剑池分不定，一半范蠡娃馆院。
五胡船上自经商，下海如今如所善。

248. 又

塞北江南半主，海角天涯天一柱，
长城内外运河情，富土原在同里
府。万里飞鸿飞落羽，九九人间还
五五。重阳一半一汨罗，鼓鼓钟钟
钟是鼓。

249. 又

云落青山谁是主，水逝东楼何自古。
林林木木木林林，雨雨云云云雨雨。
你自多情多玉宇，我已经心经肺腑。
相思独立到黄昏，出水芙蓉心里苦。

250. 又

三两相知三两语，居易多情多自举。
龙门何以见龙门，太守文章如铁杵。
独立曲江泾渭女，一半长安长楚楚。
香山老少到香山。去去来来去去。

251. 又

杏杏桃桃东风面。李李梨梨天下见。
百草无意共群芳，约了玉真长生殿。
月明似水如玉练，意乱云中云作燕。
飞来飞去飞不断，以此被伊金缕线。

252. 又

山中一半山中酒，林下三千林下友。
草花溪石木当头，回首难言回白首。
江山社稷谁知否，太守文章文太
守。三三无可再三三，九九还须重
九九。

253. 鹧鸪天

一寸乡田一寸心，半知日月半知音。
无平始见东流水，有欲方兴万里寻。
纤百载，木成林。千钟万炼有黄金。
长亭十里长亭路，古古今今作古今。

254. 又

壑壑丘丘一水川，天天地地半坤干。
阳阳向北阴阴见，草草花花满陌阡。
云雨问，去来年。经纶沧海又桑田。
人生百岁人生短，三万三千日月船。

255. 又 重九

九九重阳九九阳，一千日月一千觞。
是因一病应无饮，挥斥精兵入梦乡。
寻守备，论兴亡，书书剑剑总思量，
家家国国心家国，柳柳杨杨作柳杨。

256. 又 睡起即事

一梦南柯日已斜，半塘池岸半鸣蛙。
无惊竹木无惊水，鼓鼓争鸣你我他。
人已静，暮山涯，八方四面久咨嗟。
天公造物多知觉，百草群芳处处花。

257. 又 有感

草草花花各不齐，云云雨雨自高低。
飞飞落落何行止，去去来来各自栖。
鱼喜乐，鸟空啼。黄昏一半彩虹霓。
远山近水回光照，见得红尘见得泥。

258. 又 子似过秋水

日月长长有古今，酒杯浅浅亦深深。
谁言不尽谁言尽，九九重阳九九荫。
陶令去，谢君音。东山一半老人心。
分明大小成天下，一寸春光一寸金。

259. 又 有客慨然谈功名

已事功名已事秦，自然勋业自然身。
春秋一半春秋继，纵纵横横竟日臻。
向六国，问经纶。分分合合在天津。
农农子子田田舒，一代王朝一代民。

260. 又 示儿吕赢

子子难成父父成，家家国国两难平。
功功业业车明今古，去去来来各自情。
同日月，共阴晴。不同步步不同营。
有心也是无心客，一处相思两处赢。

261. 又

世世英英世世雄，童童小小老老翁。
经经历历随家国，苦苦辛辛日日工。
天下子，古今中。由衷不得不由衷。
人生八十人生尽，有有无无已大同。

262. 鹊桥仙

朝朝暮暮，云云雾雾，两岸江边白鹭。
朝天俯仰自朝天，且等待，游鱼可数。
多多少少，中中小小，不事渔翁已老，
一惊一跃一平船，瞬息见，脑中一度。

263. 西江月

富贵功名勋业，童翁老小成城。今
今古古有身名，月月圆圆缺缺。岁
岁年年续续，行行止止得得，人生
步步步人生，终是阳春白雪。

264. 又

处处风风月月，人人事事和和。长
江逝水一千波，气势汹汹勃勃。古
古今今业业，金戈铁马山河，人生
一半有蹉跎，日月当然可越。

265. 又　三山作

九九重阳九九，三山草木三山。玉门只在玉门关，不论书书剑剑。已唱阳关三叠，楼兰已斩无还，黄河曲曲又湾湾，借以人生可鉴。

266. 又　遗兴

醉去醒来笑笑，优优劣劣行行。平生步步平生，持持人人性性。岁岁年年日日，功功业业成城。精英处处可精英，直直情止止。

267. 又　和晋臣登悠然阁

一步悠然阁上，三生日月心头。擎天一柱半春秋，不以南柯作梦。作得杨杨柳柳，山山水水江流。吴吴越越十三州，百鸟林前朝凤。

268. 又

日月江山社稷，金戈铁马黄河。踏平万里大风歌，独你他独我。成败兴亡荣辱，生平进退蹉跎，长江万里几千波，赤壁风风火火。

269. 生查子　独游西岩

西山西岩，南水南溪岸，一水一长流，三木三林半。孤身一路边，独步千波断。半峡半峰愁，香气香风散。

270. 又

瓢泉已半瓢，汉武泉千酒。一日作渔樵，三界如杨柳。霄云已自霄，口作悬河口，自我自天骄，他日他人守。

271. 卜算子　饮酒败德

饮者有其名，李白诗仙首，醉卧长安不见醒，未比垂杨柳。智者有芳荣，不解金龟酒。盗跖无须孔跖情，今古谁知否。

272. 又　饮酒成病

二十作师生，四十交朋友，五十人生已涅盘。只饮杯中酒。醉里不知情，醒后无青首，去去来来已不还，日月何知否。

273. 又　饮者不写书

一水运河流，一水钱塘口，八月潮头八月舟，见得英雄手。铁马半军情，日月长安守。我自醒醒醉醉书，胜负谁知否。

274. 又　饮者龄落

饮者断门牙，形影随杨柳，一日千杯浊浊酒，六十八年叟。腊月一枝花，白雪阳春守。齿落难鸣独自家，作得人知否。

275. 又

一语一庄周，千水千杯酒，醉醉已自休，闭住江湖口。饮者势如牛，不饮空难守。利利名名已下头，勋业谁知否。

276. 又

一醉付江流，一醉山河口。一醉何知日月舟，一醉余生否。一醉作王侯，一醉狂言叟。一醉平生一醉休，一醉谁知否。

277. 又

一步一人生，千日千杨柳，逝水东流逝水舟，自以沉浮九。日月有阴晴，草木枯荣朽。路路丘丘壑壑洲，独自孤身守。

278. 又

已尽李半军，不尽酒泉。霍卫当然蔡下分，一箭谁知否。自古见宫庭自古知杨柳。天水辕轩向女娲，炼石天知否。

279. 哨遍　诗有其意计无其意，也辩，诗乃作者与读所思也。

诗本意诗，其意专行，其似长亭路。泮泮乎，不尽其朝暮，自连篇，浮想分付，尝万思，千重千百度，是非是是非顾。据古古今今，羊蚁有误，且以庄周不误。且以鱼之是也非图，莫以说人之其悟许。谁以春秋，不作春秋，是路非路。步。子固非鱼，鱼之为计如儒，时地谁所感，因君见历屠苏。一瞬万千思，如心如物，视知行觉各同殊。他你我中文，纵给横横，前前后后分付。道家玄卜四象为度，佛祖以心经普超度。最儒书，孔子旧度，人人异异，似此似彼似同途。古来学者异途，九鼎难足，诗无其赋，其诗以其人天枢，悟三思成行若故。

280. 兰陵王　又

一朝暮，一步人生一度，思其想，时物有无，一瞬一息一分付。同非同是顾。事事相相互互,阴晴易,向背于人,固意成诗自人度。诗无其人赋,读人自思量,其悟应故。东西南北条条路,处处有云雨,佳人何处?时时事事各所付。异同万水注。遇合,是相互。读者是诗人,启后承前,心思不在心思误,且以心思误,有云相妒。是非非是,应是雾意非雾。

281. 贺新郎　枣花

己亥今年树,枣开花,三天小满,不分朝暮。立夏和风应十日,贵子当然已住。枝叶里,黄花如数。一粒春秋春早许,小蜜蜂,处处钻营顾。心目是,已传度。根深自茂相如赋,也枚乘,秦秦楚楚,一中原故。千里黄河分两岸,小大红红付付。小子问,为何倾许。晋冀方圆曾逐鹿,这军兵,不在前川误。风去后,下红雨。

282. 又

岁岁年年树,十年前,未盈五尺,且如今数。五亿朝天群叶叶,自度根深自度。守四秩,无悲无妒。见得牡丹成国色,杏桃梨,结子心中顾,同日月,共分付。千年古古今今布,一神农,中原处处,与黄河住。晋察冀幽齐鲁豫,见得朝朝暮暮。这土地,和阳风雨。彼此年年知荣朽,已生生,又已回天赋,天地上,去来路。

283. 又

俱是人间树,自青青,自然处处,以春秋度。见得中原曾逐鹿,留下轩辕步步,天水岸,神农分付。社稷江山因此主,有三皇,五帝人间许。因禹始,夏私住。商周八百年何顾,有春秋,纵横六国,一秦如蠹。二世坑灰应已冷,九鼎桑田已误。何日月,何人付袵。古往今来千百度,我依然望中原变故。人已得,子当赋。

284. 又

岁岁年年度,以年轮、斑斑驳驳,并非如故。叶叶枝枝根已茂,自立心中大树,对日月、当然如故。是是非非成彼此,这人间,岁岁年年度,非有故,是无故。万年一日还朝暮,日无停,月无止处,汐潮潮汐,作人间路。去去来来应不尽,独木成林步步。沧海见,桑田无数。古古今今天下住。一人生,一半微微悟,坚持久,永恒固。

285. 念奴娇　和信守王道夫席上韵

已梅花落,牡丹在,共与群芳无止,最是东君多少意,百草桃桃李李。见得人间,争先恐后,步步寻花美。稼轩如此,千杯如醉如水。自是逝者如斯,饮中八仙客,明皇依始。李白当街,醒又醉,天子呼来无起。供奉翰林,在清平乐里,唱杨妃姊。夜郎难了,当涂捞月知己。

286. 又

何醒何醉,是非是,日月无休无止。自是稼轩非自是,五十人生老子。听得单于,梅花落里,下里巴人始。阳春白雪,金戈铁马如此。一日不饮千杯,也当然十斛,方知桃李。万里冰河,天下去,俱在心头无比。不可回头,楼兰应已没,过交河矣,平生平步,玉壶当是银簋。

南宋·马远
梅石溪凫图

读写全宋词一万七千首
第三十六函

第三十六函

1. 又　五百年梅

洞庭山下，太湖畔，五百年中何见。沧海桑田无所事，不变之中有变，形似盘龙，枝如卧虎，叶是江山飞燕。繁根简杰，无须李谋面。腊月已有寒心，历经三弄始，云舒云卷，一吐芳容，孤傲处，玉肌粉妆相恋。尤物瑶池，王母同汉武，在长生殿，古今今古，阳春白雪成片。

2. 沁园春　自述

一介平生，走遍人间，步八百县。二百城市访，六十余国联合国里，教科方宜。总统府中，联邦美国，半以东西半以贤。求所得，信息成世界，一马当先。招商蛇口当年，一九七八年，冶金部别，交通部去，月月弦弦。记取潘琪，共图南天，我以专家组长研。袁庚学，讲第三浪潮，未来前川。

3. 又　寄辛弃疾

老子平生，一半稼轩，一半岁年。已金戈铁马，挑灯看剑，醒醒醉醉，不忍垂鞭，一曲单于，阳春白雪，下里巴人过百川。英雄见，自饮千百斛，度运河船。当然不是当然，经日月，寻常未得全，问江南江北，

山河草木，人间社稷，沧海桑田。回首无休，君君子子，国国家家国国贤。昆仑下，向长城内外，万里云烟。

4. 又　答余叔良寄安吉宏

示子平生，未了人情，未了枯荣。自年年岁岁，少年同学，青年共读，北京学院，别作离程。老少乡城，分缨自立，你在家乡我在京。君七品，我郎中五品，一路同行。从零开始身名。步步是三年一秩赢。你县中上下，京华是我，共同政府，付正经营。五秩同盟。行行止止，止止行行自己行。人六十，又重新再度，谨以私情。

5. 又　答杨世长

八十人生，八十人情，八十已平。已无从十步，不行不止，有行有止，了了程程。曾请红缨，曾思曾想，欲斩楼兰问柳营。交河水，望长亭杨柳，未了声鸣。阳关三叠豪情，天下去，天山路不平。西去无故也，千杯不尽，谁人不识，泾渭分明。何未知君，天云白日，海市蜃楼草木萌。人八十，共江山八百自在枯荣。

6. 水调歌头　寄桓仕四弟五弟六妹

对月思乡里，举目望中秋。重阳九九回首，七彩上枫头。一半霜层故步，留下下踪踪迹迹，不上十三楼。五女浑江水，七彩共风流。寻章樾，知今古，问胶州。我家祖上来此创业待田畴。祖父行医百里，父母耕耘日月，春种又秋收，自力青黄秩，六代改沧洲。

7. 又　和章樾县令

天后村前路，五女近西关，桓仁一半山水，八卦两仪颁。造物天公如此，县令如行如故，本是共人班。不尽林林木，不尽水湾湾。枕头石，云中立，玉云环。人生一半乡里十载变新颜，弟宿迎熏门下，步去南山旧亩。忆祖去无还。七十常怀旧，八十故乡间。

8. 又

白雪阳春曲，下里问巴人，东西南北相望，冬夏序秋春，不是商周战国，何以纵横百子，不解李斯秦，已是书坑冷，指马误经纶。谁天下，何日月，史相邻，黄河直下东去，万里度红尘。晋魏燕齐鲁豫，纵纵横

横理论，张仪也苏秦，莫道秦皇岛，二世汉家缙。

9. 又

绿蚁壶中尽，再援杜康手。醒醒醉醉如此，月下不徘徊。莫以垂鞭相迫，老子倾觞没汝，只要十三杯。记取稼轩在，指日下蓬莱。帐前令兵马肃，鼓相催。冰河万里封步日月向天裁。牧马荒原牧马，粮米中原粮米，两两不相裁，各自相安去，老子再无摧。

10. 又

小子江山问，老子自风流。大江逝水东去，一岁的春秋。斟斟杯杯斗斗，一半平生一半，九九重阳九九，已过十三州。见得江楼在，不必问江流。英雄问，来去，半曹刘。何然三国归晋明月依然酬。莫以江山社稷，莫以人间草木，目尽一心求，田要和平土，人要自然头。

11. 又 送杨民瞻

日月穿梭去，草木自然催。知君步步南北，望夜我徘徊。浊酒千杯未，铁马金戈一梦，见得大江开。且以飘泊饮，醒醉可相催。柳营令，弓箭手，点兵台。英雄自古如此一世一君裁。处处单于声里，路路长城内外，永定水天回。驻札桑干北，捷报奏天台。

12. 又 三山用赵丞相韵答帅幕王君，近中秋事

西子西湖客，玉宇玉人冠。星星点点银汉，一步一波澜。已见天河两岸，不似长城南北，飞将在云端。南目杭州问，西北望长安。问天地寻日月，话桑干。英雄如此如彼不可醉严滩。莫以樵渔世外，不道巢由举措，事事有青丹。问道潼关老，学步下邯郸。

13. 又

万事三杯酒，一客半盘桓。长城内外南北，渭水卷波澜。我望钱塘两岸，柳柳杨杨草木，处处有严滩。且向垂鞭怒，西北问长安。五湖去，三边北，一桑干。千军万马天下三遍鼓云端，探报兀兀已败，已向阴山逃窜，不再设兵云。且以神州梦，日月正君冠。

14. 又 赋傅岩叟悠然阁

十步悠然阁，一日独青山。英雄梦里天下，已过玉门关。唱得阳关三叠，唱得阳春白雪，不唱竹枝闲。唱得新杨柳，直下月芽湾。沙鸣问，秦川马，去无还。英雄自古天下自度自君颜。不尽黄河南北，未了长城内外，以此作人间，逐鹿中原外，日月对朝班。

15. 又 赋松菊堂自述

记取枚乘赋，百里一松涛。金戈铁马天下，地动似挥毫。如此庄王不已，一鸣惊人一霸，立国着军袍。自以春秋志，日夜望弓刀。渊明菊，篱下色，九英豪。京畿处处黄花草木也风骚。格律诗词十万，日月方圆三界，草木各低高。孟昶长春节，李白醉江皋。

16. 满江红 中秋

缺缺圆圆，总见得，圆圆缺缺。三十日，是弦弦月，别分别分。上上弦弦下下，中秋十六方圆说。问嫦娥，窄窄向何居，宫如雪。生桂子，寻关切。问玉兔，吴刚拙。独长空玉宇，向谁评说。后羿人间人后羿，情情不绝情情绝。究竟知，何物是情情，情无绝。

17. 又

月月风风，草木里，风风月月。见白雪，与梅花色，已芳吴越。茉莉花香花满地，不分四野分关阙，也不分，小女自如何，如何曰。子规啼，芳隐没。桃李艳，酴醾歇。以情情意意，立姿成谒。一半春江花月夜，春江花月惊飞鹊。这江南，处处是红荷，莲塘月。

18. 又

万里江山已记取，江山万里。同日月，不同南北，却同红紫，草草花花天下色，林林木木山光美。一江河，总是半西东，多桃李。汉稼墙，胡牧苡。单于曲，琵琶止。以昭君北上，画师何子。若以英雄弓上手，燕山一箭阴山矢。向身名，不向半平生，黄河水。

19. 又

八声甘州，一斛酒，十年朝暮。醒醉里，半人生路，半人生步。见得民间民见得，云云雨雨云云雨。是江南，是塞北，枯荣荣枯数。问草木，

谁分付，向日月，何人度。忆燕山一箭，到阴山树，留下飞将军李广，酒泉天水谁如故。司马迁，且向李陵顾英雄妒。

20. 又

紫陌红尘，却应是，红尘紫陌。谁问道，是梅花落，以香泥泽。已见群芳芳已见，桃花粉了梨花白，半赤橙，一半又青黄，东君策。七彩绵，千颜帛。调五色，三光脉，望江南处处，以村相隔。汉汉人生人楚楚，姑苏多少姑苏客。问太湖王土草鱼禾（苏），周太伯。

21. 又 和卢国华

一半人生，屈指计，人生一半，已醉过，又醒来过，是英雄汉，去去来来，都是怨，醒醒醉醉皆无算。我枕戈，你也着戎装，通宵旦，意未消，情未断，人未老，江山叹。这冰河铁马，过交河岸。一箭阴山当一箭。昭君有语昭军唤，这黄河，自是母亲河，流汉漫。

22. 又

佳句诗词，工格律，诗词佳句。楚客在，芈家文化，九歌歌赋。自以关关鸣雎鸠，情情意意由分付，唐诗声，及至守词数。已变迁，太守太文章，人如故。太白酒，张旭步，金龟子，王维度。南楼崔颢咏，凤凰台炉。黄鹤飞天鹦鹉水，何须日暮乡关住。几英雄，芳草已萋萋，留佳句。

23. 又

一曲阳关，渭裕去，阳关一曲。问杨柳，高山流水，竹枝装束。下里巴人听不俗，阳春白雪佳人住。一春江，花月夜，声声，人人诉。荒年谷，丰岁玉。国有库，家无顾。大河河水水，小溪溪注。一半英雄应一半，三边日月三边村。向阴山，不忍误单于，昭君瞩。

24. 又 游清风峡

一半山河，抬頭眼，江河一半。杨柳见，荷花塘里，有芙蓉畔。见得莲蓬应结子，寻来丝蕊香香散。正艳红，白粉白清姿，情难断。风不语，齐眉案，玉色里，谁兴叹。向深深去处，有停船岸。采女衣衫应挂起，牛郎不可轻声唤。隔叶丛，先自己藏娇，风光乱。

25. 永遇乐 京口北固亭怀古

万里江山，江山万里，朝暮朝暮。赤壁周郎，周郎赤壁，诸葛东风度。三分天下，三分霸主，蜀魏与吴分付。一孙权，曹刘相拒，英雄自得风雨。江山社稷，金戈铁马，步平生步步。一箭阴山，阴山一箭，飞半军如故。廉颇尚在，食当八斗，醉醉醒醒无数，视来去，扬扬已得，九州北固。

26. 归朝欢 丁卯岁寄题眉山李参政石林

天水女娲天采石，采石补天天水陌。人间至此岭峰多，林林总江山客。地地天天白。瑶林琼树成豪迹。以奇形，珠连怪状，万万千千百。一室收藏收锦磧，半世蓬莱立名册。惊涛骇浪记沧桑，风光和煦展群碧。周郎留赤壁。空空心里空空隙，过江洋，玄虚似海，只作山河隔。

27. 瑞鹤仙 赋梅

暖寒三弄约，待到立春时，听梅花落。东君自求索，在群芳族里，春梅同尊。时时秩秩，杏梨棠桃李作。向寻常，百草扶苏，和靖几回飞鹤。天诺。三冬去尽，一度清明半寒食粥鬲。丘丘壑壑。岁年外，见飞雀。刘郎去后，长安兴废，已女桃花庵阁，又争如，已过十年，有梅又约。

28. 声声慢 又

平生未了，了平生，江山社稷方好。落帽人来。金戈铁马多少。残兵败将收拾，向单于，此梦还早。灯外影，已高扬十丈，一人春晓。百草无言缥缈，梅花落，孤身一枝芬芳小。蛱蝶无知，明日飞红飞鸟。如今已开日月，可由得四秋守道，天已见，地已闻，人不可老。

29. 汉宫春 舒适蓬莱阁怀古

一半情怀，一半天下事，一半人生。春花秋月一半，一半轻鸣。蓬莱阁上，望钱塘，富春江，鹿苑西子去，一半无声。范蠡吴宫娃馆，覆水难平，春秋已尽，问五霸，草木枯荣。应不似，醒醒醉醉，英雄自立身名。

30. 又 会稽秋风亭观雨

一半苗山，一半兰亭序，一半阴晴。

夜来风雨，杨柳朝暮分盟。谁闻大禹，以治水，九鼎功成。今古事，来来去去，烟波路上重生。由水流觞祓禊，池肥鹅瘦问，见得书荣。无端父子傅夏，是帝王情。三皇五帝，以禹终，自立私城。回首是，会稽日月，曹娥是女儿名。

31. 又　答李兼菩提举和章

字字心经，又心经字字，字字心经经。当知空空色色，日月丹青。空空色色，色色空空，自长亭。今岁好，去年作伴，以明年再生铭。此世三年已矣，日日还月月，渭渭泾泾。如来已然普渡，已普贤听。文殊自在，向观音入得心灵。休笑我，醒醒醉醉，刘伶不是刘伶。

32. 又　答吴子似总干和章

达者初回，以先贤子似，近水楼台。诗书千千万万，日月相媒。春秋左传，记三皇，落地尘埃。承五帝，禹传夏代，过苗山而同来。万卷何非万卷，万载非万载，久久徘徊。人民结公结社。一度天才。儒儒道道，佛家人，地守天开。谁问我和章未了，君君子子如梅。

33. 洞仙歌　红梅

稼轩不忍，不忍稼轩别，片片梅花落成雪。与东君同去，近了清明，寒食ября，向杏梨桃李说。春风春雨水，已是群花，还是红尘色无绝。自在自香香，百花园，一千色，成城切切。以玉肌，傲骨叶朝天，敢唤起年年，不分优劣。

34. 又

梅花落里，未了红尘断，水在江南柳杨岸，运河船，一路明钱塘，扬州客，玉女心思已乱。汉武王母约，到了瑶台，时见疏星渡河汉。今夜可如何，莫问西厢，莺莺见，红娘兴叹。应俱是，儿儿女女情，却不道，流年暗中偷换。

35. 上西　平会稽秋风亭观雪

上西平，观白雪，秋风亭。不曾见，渭渭泾泾，何如天下，山山水水白黑青。以其见，近长廊，素玉中庭。纷纷落，扬扬洒，六角角，任形形。一图画，无色精灵。以云接地，人间楼阁已零丁，八方衣装，向弥茫，不分飞翎。

36. 又　送杜叔高

别三春，重别了，上三秦。问泾渭，洛水宓神。陈王赋里，梅花落里已红尘。夜阑风雨，青莲入夏欲留人。天高上，云舒卷，山峰石，海阔沦。望玉宇，有千钧。朝朝暮暮英雄豪杰不相邻。劝君知我，唱阳关，三叠河津。

37. 婆罗门引

新杯旧酒，新酒旧杯自难归。衡阳青海两回飞。只以春秋作度，行行可依依。见来来去去，乱了心扉。草木雨雪，有南北，也无微。且以醒醒醉醉，是是非非。唐标铁柱，宋玉斧，今古已围。何不得，望及日晖。

38. 千年调

醉醉复醒醒，杨柳如倾倒。已是昏昏可可，万事无晓。今古日月，满目皆花草。长城外，运河南，人已老。玉壶不满，陈酿嫌拗，不似和合之道。草木无了。丈夫之语，已学男儿好。向楼兰问交河，英雄早。

39. 江神子　赋梅寄余叔良

三冬大地日晖晖，暖微微，雨霏霏，一半居鸿，一半待回归。已是东君多指令，杨柳岸，腊梅绯。梅花弄自心扉。雪依依，月依依。一半冰霜，一半入香闱。但以女儿眉上色，书已落，鹊还飞。

40. 又　和李能伯韵呈赵晋臣

秋春草木自枯荣，半阴晴，一分明。醉醉醒醒，彼此是平生。最是梦中由不得，挥日月，过长城。英雄今古不求名，志成城，不身鸣。去去来来，请系箸红缨。万里驰驱风雪月，回首见，已天惊。

41. 一剪梅　中秋无月

一半西风一半秋，一半江流，一半江楼。寒宫一半广寒游。一半生愁，一半含羞。一半嫦娥后羿留，桂子难收，玉叶难浮。婵娟上了运河舟，一半西头，一半东头。

42. 踏莎行

暮暮朝朝，朝朝暮暮，人人事事时时故，繁纷复杂几相思，心中瞬息多分付。雨雨云云，云云雨雨，年年岁岁春秋度，收收种种作田禾，因因果果何相住。

43. 又　赋木犀

桂子中秋，中秋桂子，香香不尽人心里。重阳九九九重阳，黄花与茱萸比。唯唯西风，西风唯唯。天光自以天光美。红枫自是已经霜，木犀尚有余芳姊。

44. 又　和赵国兴知录韵

多少英雄，英雄多少。萧何莫以商山老，微山湖里一张良，楚歌四面谁人晓。多少英雄，英雄多少，陈仓暗度何栈道，刘邦项羽界鸿沟，军中韩信深宫了。

45. 定风波　自和

汨罗三声唱九歌，阴山一箭定风波。一半英雄成一半，平乱。人间处处我山河。醉醉醒醒应自醒，微冷。旌旗已举自金戈。李广呼来飞将问，天近，蹉跎岁月不蹉跎。

46. 又

醉醉醒醒且问君：清明寒食雨纷纷。纵使人生留得住，朝暮。阴山射虎飞将军。不作英雄非所务，自度。书书剑剑几相闻。不想浮生何时好，多少，长城万里着衣裙。

47. 破阵子

一半人生一半，三千弟子三千。自以长城分内外，战战和和总不全。人间人缺圆。柳柳杨杨柳柳，船船水水船船。自以运河分两岸，雨雨云云富土田。丰收艳岁年。

48. 临江仙

柳柳杨杨柳柳，池塘处处池塘。山山水水是乡乡。林林林小小，树树树长长。暮暮朝朝暮暮，炎炎处处凉凉。青青绿绿也黄黄。村前村后路，左右左书房。

49. 又

杜宇声声寻杜宇，花花草草香香。杨杨柳柳又扬扬，春情春不尽，一日一圆方。处处莺啼莺处处，芬芳未了芬芳。姑娘只是小姑娘，东邻东月色，凤语凤求凰。

50. 又

一步秦楼一步，萧声萧史萧郎。凤凰不是凤求凰。箫声箫弄玉，弄玉弄箫郎。留下秦楼留下忆，儿儿女女情长。穆公不断穆公肠。秦川秦养马，老汉老凄凉。

51. 又

金谷绿珠金谷玉，明君不是明君。石崇留下石崇文。依人依自己，一涧一风云。古古今今今古古，分分别别分分。堕楼美女堕楼裙，王非王道介，石是石劼闻。

52. 又　中庭枣树汪魏新巷九号

善待门前红枣树，十年自可炎凉。斑斑驳驳亦苍苍。三年三落叶，一载一青黄。曲直朝天朝曲直，枝枝叶叶扬扬。方长来日方长。同生同日月，共度共沧桑。

53. 又　北京钢铁院毕业，郭雅卿致计曰："待到明年黄花，此时声名达帝畿"

一片黄花黄一片，方圆自得方圆。诗词格律十三万首。耕耘耕日月，寸尺寸心田。十人生人八十，三万日日天天。年年岁岁月弦弦。恒当恒一世，持已持千川。

54. 又

九九重阳重九九，黄花一片黄花。冰冰雪雪半人家，思量思不尽，望海望天涯。五五端阳端五五，长沙半度长沙。黄昏一半似朝霞，高山高自得，独木独无遮。

55. 又

八十年中多少事，一时几世人生。分分秒秒有枯荣。人思人不尽，作事作难平。处处无穷无处处，声声不尽声声。天天地地总阴晴。行行行止止，止止止行行。

56. 又

古古今今今古古，如如是非非。阴晴不尽寸霏霏。扬长扬日月，老路老回归。大小乘中乘大小，心扉只有心扉。微微纱纱可微微。人中人界界，日月日晖晖。

57. 又

处处人生人处处，思量不尽思量。详详细细细详详。去成云起落，水作水汪洋。一事一人何一世，文文字字章章。茫茫不隔已茫茫。人心人已隔，一寸一千肠。

58. 又

子曰临江仙子曰，神仙不是神仙。神仙自在自神仙。蓬莱蓬海岛，一度一天年。已道玄虚玄己道，方圆立论方圆。源泉是处处源泉，人生人是本，作事作成全。

59. 又 海南岛

仰望云舒云卷去，天空海阔天空。擎天一柱立天穹。天涯天不尽，海水海西东。万里边疆边万里，风风浪浪风风。太阳朝夕太阳红。无在无里有，有在有无中。

60. 又

已冷坑灰已冷，儒生又是儒生。文文化化自枯荣。苏秦苏六国，一纵一千横。楚问张仪张楚问，有声不是无声。倾城土地自倾城。何非何易得，不是不分明。

61. 蝶恋花 继杨济翁韵饯范南伯知县归京口

二水风流风又雨，半在金陵，半向长安路，半在建康京口步。长江不可长江住。自古秦淮何所顾。问道三山，一有春光一有瓜洲渡，回首人生千百度，如来如去如分付。

62. 又

不住莺啼莺不住，自是翻飞，处处何如故。且以运河舟少数。两三只里船娘误。明日东吴风里雪。夜里云平，下里巴人许，柳柳杨杨遮小路，阳春白雪由分付。

63. 又

不见渊明何不见，九九重阳，处处黄花面。采了茱萸云已卷，明皇上得长生殿。雁燕无心无雁燕，未到衡阳过了长江练。隔岁重回青海甸，年年不向深宫院。

64. 又

不作英雄今白首。日日清鸣，日日千杯酒。九九重阳重九九。长停一路多杨柳。老叟无言无老叟，万里长城，万里黄河守。射虎阴山飞将手，燕山可记君知否。

65. 南乡子 登京口北固亭有怀

十里一瓜洲，万里长城战不休。古古今今成败鉴，江流，不到汪洋不到头。京口北固楼，自立三吴建邺留。从此秦淮已十州。沉浮，一代英雄孙仲谋。

66. 鹧鸪天 和张子志提举

一步龙门一步行，一声举子两三声。光明日月光明路，草木枯荣自在萌。天地问，请红缨。长城内外建和平。君王以此君王事，老子无成小子成。

67. 又

借酒风流有几人，梅花落里作红尘，阳春白雪阳春继，下里巴人下里巾。寻日月，问天津，长城内外故三秦。千杯酒水应如海，半是经纶半是瞋。

68. 又

指点江山指点梅，寒冬腊月独先开，东君见得东君意，唤取群芳落地来。天下事，莫徘徊。英雄且饮一千杯。鼓鸣沙场何言醉，铁马冰河入梦来。

69. 又

一梦长城一梦多，三生铁马半冰河。长沙贾谊长沙客，不向汨罗唱九歌。杯里物，玉壶波，原来足步有蹉跎。千杯之后千杯客，醉里空挥四壁戈。

70. 又 郑守厚卿席上谢余伯山用其韵

曲水无平曲水流，青衫司马过江州。居易一赋原中草，一度春风一度秋。和一韵，半名流。长江不尽自东流。江楼且向江流问，回首金陵一石头。

71. 又

一夜青霜一夜明，三更独醒五更盟。长城内外谁人问，半在长安半请缨。田上事，待和平。英雄一世半人情。临安只有长安路，壮士千杯壮士行。

72. 又

半世英雄两世乡，三生不饮一生长。天高不尽天高在，地厚桑田地厚忙。常雨雪，有炎凉。思量未了又思量。应无病态应无饮，且置空杯问柳杨。

73. 又 三山道中

半世千杯万马铭，三山二水一金陵。台城已在台城问，不向梁朝待渭泾。家国事，以丹青。湘灵鼓瑟作湘灵。苍梧治已人间水，不与刘伶带意听。

74. 又

已在梅花落里情，桃桃李李又芳荣。

东君不作青莲容，只待稼轩共结盟。
寻五柳，问渊明，红尘不尽是红城。
不醒不醉谁醒醉，一病三生饮行。

75. 又　寄陶渊明

一世平生一世尘，武陵源外武陵人。
秦秦汉汉千年后，去去来来五百春。
先酒友，后东邻。弃弦已是琴弦弃，
木板知音木板频。

76. 又

未似尊前问自身，人间俱是去来人，
千杯一醉英雄在，铁马冰河净不尘。
因一病，误三轮。平生不饮不秋春。
楼兰不远交河近，六十余生日月频。

77. 又

不饮当然不饮闲，回还未了未回还。
楼兰欲斩交河断，步步朝堂步步班。
扶脚病，净夷颜。英雄弃酒到人间，
应声自弃应声弃，不唱阳关只疾关。

78. 又

六十年前一代人，三千载后半秋春。
兴亡不尽兴亡事，纵纵横横六国秦。
同轨道，共经纶。量衡统一入天津，
苏秦不在张仪去，格律方成音韵频。

79. 又

鸟雀投林鸟雀频，音音韵韵北南因。
同同异异同还异，格律先成韵不珍。
平水韵，庾楼邻。南腔北调误经纶。
方圆格律皆同异，不作诗人不入秦。

80. 又　登一丘一壑偶成

万卷诗书万卷由，一丘一壑一春秋。
平生不尽平生志，九鼎天机九鼎留。

三界石半川流。千山万水是神州。
黄河万里黄河水，万里长江万里流。

81. 瑞鹧鸪　京口有怀山中故人

十三州外十三州，六十人生早子头。
不是不归归不是，江楼总总问江流。
樵渔只向山中老，草木云烟胜诸侯。
见道如今溪水上，巢由不可作巢由。

82. 又京中病中

醒醒醉醉已无知，不饮何言已饮姿。
未了英雄何未了。长安自是久安时。
钱塘八月钱塘水，一线潮头一线师，
吞没天关天有语，稼轩至此时迟。

83. 又

何时草木自无休，日月当空十三流。
四象两仪分左右，风花雪月满沧洲。
我行我素我难解，不饮不醒不所求。
自是消愁消不尽，英雄倒是更添愁。

84. 又　乙丑奉祠归舟次余千赋

风风雨雨雨风风，色色空空色色空。
郑贾正应求死鼠，叶公不是好真龙。
坑灰已冷应刘项，逐鹿中原水向东。
未了建安曹孟德，燕歌行里七言雄。

85. 又

当思一醉少年来，且向三边去不回。
李广弓弓飞将在，葡萄美酒马中催。
燕山一箭阴山射，大漠琵琶腊月梅。
不是长卿终慢世，枚乘七发楚天裁。

86. 玉楼春

朝朝暮暮何朝暮，雨雨云云还雨雨。

春秋一半一春秋，不住人间谁不住。
年年岁岁年年度，草木枯荣草木路。
日月东西从不止，英雄独自独分付。

87. 又

来来去去千条路，步步行行还步步。
人生处处人生是，普渡如来如普渡。
风流落帽人风度，不说当年何不顾。
谢公直是坐东山，毕竟东山留不住。

88. 又

春光自在春光住，百草群芳花一树。
高山流水遇知音，汉口回头黄鹤误。
龟蛇未锁长江路，不付琴台何不付。
伯牙还知子期音，雨雨风风风风雨。

89. 又　题文山郑元英巢经楼

文山一郑元英句，且要枚乘三十赋。
梅花落里作红尘，不是飘零千百度。
平生只得昌黎故，一步天机天一步。
秦楼弄玉凤求凰，见得相如辛苦苦。

90. 又

九江一石观音度，十里香炉朝又暮。
如来自在玉溪束，且向人生人所顾。
普陀大士文殊路，又以普贤牵手步。
浔阳持献上峨嵋，已在五台慈善信。

91. 又　乙丑京口奉祠西归将至仙人矶

西归北国瓜洲树，不是六朝人不住。
悠悠今古总关心，不饮千杯何已暮。
仙人矶上多风雨，好似风帆飞白鹭。
尘埃已定作梅花，总见红尘由自付。

92. 鹊桥仙　席上和赵晋臣敷文

少年一路,少年一步。老子当年可数。二万日月半江湖,总是问,朝朝暮暮。
一年如故,十年如故。岁岁年年如故。不如不故,不胡涂,不如故,分分付付。

93. 西江月　用韵和李兼济提举

一路三台步步半生九鼎催催。东君指令向冬梅,向得阡阡陌陌。几醉几醒几日,无心无意无猜,阳关三叠莫徘徊,雪迹清清白白。

94. 又　春晚

不尽梅花落里,何应处处红尘。春春未了是春春,李李桃桃六郡。一曲阳春白雪,三重下里巴人。天天地自经纶,远远香香近近。

95. 又　木犀

处处金金粟粟,香香子子英英,馨馨郁郁共秋情,九月重阳相迎。不与吴刚伐桂,人间已遍芳名。嫦娥见此已相倾,月色宫寒洁净。

96. 又　赋秋水瀑泉

一水黄河一水,长城万里长城,有泉有酒可相倾,事事何须独醒。半壁河山半壁,精英总是精英。声声不尽是声声,鼓鼓钟钟磬磬。

97. 又

日日年年岁岁,春春夏夏秋秋。冬冬已尽四时休,处处杨柳柳。路来来去去,江江水水流流,沉浮不定总沉浮,醉醉醒醒酒酒。

98. 朝中措　祝寿

黄花九九一重阳,十里菊芳香,不似年前旧叶,刘郎见得萧娘。茱萸未老,飞鸿已渡,芦苇薄酒。若以西江作寿,西江地久天长。

99. 清平乐　书扇

扑萤小扇,却以桃花面。处处清风都不见,如此云舒云卷。杨杨柳柳烟烟,江江水水船船。不忍停停恋恋,明明月月眠眠。

100. 好事近　中秋席上和王路钤

月色满人和,已是长相如约。桂子平分天下,郁香谁求索。嫦娥玉影自婆娑,见得有丘壑。后羿如今何在,且同稼轩托。

101. 又　和城中诸友

有人唱长歌,作得人间飞雀。展翼长空如是,不知何求索。鸟为食物存亡窠,人有旧成约。见得东君来去,已知梅花落。

102. 菩萨蛮

江南处处多云雨,江南处处多烟雾。六浃六江苏,千舟千百渡。江南何养马,碧玉桥边住。昨日问江都,今天同里路。

103. 又

西风有了重阳近,知君不远家乡郡,昨夜有新闻,枕边多小云。居心居所问,多少多情运。喜鹊喜衣裙,梅香梅已熏。

104. 又

功名利禄何人说,人生道路多分别。一步一台阶,三生三界谐。心情心不绝,月色明如雪。借以佩文斋,状元音韵皆。

105. 又　送郑守厚卿赴阙

知君直上金銮殿,三篇已尽文章见。一字一千言,三生三正藩。如书如所面,闻道闻其院。自古自轩辕,当今当水源。

106. 又　送曹君之庄所

人产万万千千路,一条留作归乡路,步步向三吴,情情归五湖。运河里雨,用直唯亭雾。草木自扶苏,阴晴分不芜。

107. 又

谁人不见谁人顾,牡丹苑里天香误。镜里画红颜,云中多少蛮。胡姬胡不住,秦女秦分付。越女越云环,吴娃吴媚弯。

108. 又

夫差已在吴娃馆,剑池勾践谁人伴。不见范蠡船。西施孤自怜。明皇情不断,羯鼓霓裳短。太白李延年,清平安史宣。

109. 卜算子　问陆游韵咏梅

驿外断桥孤,寂寞开谁主。不在沈园不在吴,莫色多风雨。不可不扶苏,无是无非舞。自以梅花落里姑,作得香泥数。

110. 丑奴儿

朝朝暮暮朝朝暮，越越吴吴。越越吴吴，曲曲声声有玉奴。醒醒醉醉英雄去，酒市玉壶。酒市玉壶，醉醉醒醒一匹夫。

111. 又

三杯一斛五湖友，俱是王侯。俱是王侯。二水东流半不流。离离别别情情酒，不是春秋。不是春秋，不尽人生不尽头。

112. 又

长江万里东流去，不问江楼。不问江楼。不信人间别有流。黄河万里黄河在，自是春秋。自是春秋，浊浊清清自是流。

113. 又

燕山一箭燕山虎，一马当先。一马当先。飞将原来下酒泉。千钟御酒溪流上。酒已成泉。酒已成泉，自此英雄在酒泉。

114. 又

年年见得梅花落，一半红河。一半红河，片片风云片片歌。香泥不尽香泥约，净了干戈，净了干戈，万里长江总是波。

115. 浣溪沙　赠内

独木成林独木桥，夫妻本是共云霄。飞飞息息不知遥。自在归巢归自在，生生死死互相窖。渔樵不可作渔樵。

116. 又

下里巴人一半春，梅花落里满红尘。余香不尽总相邻。燕子巢边巢燕子，一声唤得百声频，人间世外有经纶。

117. 又

一半梅花落里尘，小桃无赖杏花春。梨花一树白头人。下里巴人听不尽，阳春白雪可天伦。年年岁岁四时新。

118. 又　别杜叔高

这里吟诗话别离，那边宓缝问归期。婵娟月下展千姿。雁雁双双元好问，情为何物总相思，君知夜夜自君知。

119. 又

半向西施半效颦，杨杨柳柳四时新。梅花落里有红尘。下里巴人巴下里，何人姊妹比何人，三秦不得不三秦。

120. 添字浣溪沙

一曲阳春白雪情，千声下里巴人鸣。世上人间何所以，有枯荣。且与高山流水问，梅花三弄立春萌。三叠阳关三叠惊。望西行。

121. 又

半问瓢泉问行，三生未了一生情。醉醉醒醒醉醉，几功名。已梦黄粱黄已梦，有声不可似无声。杜宇啼时啼不住，已春耕。

122. 又

过得清明日月低，梅花落里子规啼。李李桃桃李李，自成蹊。百草逢春逢雨水，香梨一树未成梨。春春又

以秋秋继，入红霓。

123. 又

一月初春二月香，千花百草半青黄。雨雨云云云雨雨，雨茫茫。紫紫红红黄白白，**繁繁**枝叶已长长。柳柳杨杨杨柳，任炎凉。

124. 减字木兰花　宿僧房有作

朝朝暮暮，一世一生何一树。独独孤孤，半是儒生半是奴。诗词分付，格律方圆相互顾，草木扶苏，草木枯荣有是无。

125. 又

儿儿女女，一世一生多少语，作了诗儒，自是如来如去无。何来何去，处处当思当处处。别了姑苏，六十年中一匹夫。

126. 醉太平

一生路路，三生步步。自随天下随云雨，改革开放路。三农日月三农树，千万里，任朝暮。社稷江山国分付，回首千百度。

127. 太常引

长沙不问不汨罗，江流一千波。楚客楚如何，是非是，当然九歌。湘灵鼓瑟，苍梧舜治，胜似干戈。贾谊汉宫过，且一醉公无渡河。

128. 又寿

吴公季子百余龄，鼓瑟二湘灵。竹木已青青。泪挥洒，宫商满庭。人间事事，阳光处处，物物有明星。几几苦零丁。且公渡，无分渭泾。

129. 东坡引

君如梁上燕，妾如如手中扇。明皇上得长生殿，珍珠何不面。珍珠何不面。云舒又卷，云舒又卷。咫尺近，天涯见。醒醒醉醉自方便，梅花落片片，梅花落片片。

130. 又

何情何不断，风雨风云散。君君妾妾杨柳岸。心思多少乱。心思多少乱。兴兴叹叹，咫尺隔，天涯畔，卿卿我我正霄汉。君君持一半，妾妾持一半。

131. 恋绣衾

明月寒宫寒月明，水清清，风定夜平。我自是，笑向花草，步轻轻，蛙已不鸣。如今只是人情少，已作业，格律独英。十三万首当了，合唐宋，须我独行。

132. 杏花天

桃桃李李成蹊见，小杏是，红颜如面，荼蘼已与芳香便，已止莺啼飞燕。醒醉里，病久人倦。只待得，百花开遍。风流不过都江堰，父子李冰分甸。

133. 柳梢青 三山归途见白鸥

鸟鸟虫虫，鱼鱼水水，鹭鹭鸥鸥，日月江河，人间草木，石陆沧洲。严公不问江流，滩萍芷，鲈莼自收。好把诗文，重分日月，再度春秋。

134. 武陵春

去去来来三百里，五百载为期。上下五千年所疑，自是过来时。古古今今一孔见，多少已无迟。不免无知作有知，逝者如斯。

135. 谒金门

无可数，如古如今如故。沧海桑田微步步，只朝朝暮暮。海阔天空分付，十载一寸相度。一不留心留不住，十年还不误。

136. 酒泉子

下里巴人，人到阳春白雪色，西安西去一阳关，月芽湾。沙鸣万里半天山，胡杨大漠，折还弯，已斑斑。

137. 霜天晓角 八十岁，三万日，十三万诗词数。

条条路路，万万千千步。只可前前去去，要坚持，不应住。三万日月度，十三万诗赋，每日只须留迹，三五首，自分付。

138. 点绛唇 留博山寺

已是黄昏，博山寺里行僧路。细云微雨，止止行行步。色色空空，自以心经度，如来渡，又观音渡，自在由人渡。

139. 生查子

梅花三弄声，节节朝阳正。一度一寒明，独傲孤心性。梅花落里情，作得红尘净。有叶有新生，常岁当根晟。

140. 又 京口郡治尘表亭

长江流水不住，京口瓜洲渡，日落一金山，水没三山路。黄昏处处云，表表悠悠故，治者治江山，行客行其步。

141. 昭君怨 送晁楚老游荆门

夜雨三春杨柳，朝日一壶别酒。君去问荆门，魏刘孙。直下长江一水，却为天门蜀子，风雨已黄昏，向乾坤。

142. 一落索

步步应无住，日日如诗数。方圆格律已同度，十万首，心分付。八十科生重顾，三万重赋。时时日日有诗余，三万日，年年度。

143. 如梦令 赋梁燕

燕子飞来飞去，燕子如人如语。燕子燕巢边，燕子知秦知楚。无绪，无绪，三峡巫山神女。

144. 生查子 和夏中玉

行行自请缨，举举当然步。醉梦已生成，作得英雄路。阵前一两声，马上挥戈赋。回首谢王鸣，草木阴山数。

145. 满江红 吕长春格律诗词六万八千首

八十平生，六十后，公余一路，工格律，以方圆度，著诗词赋。上下五千年，平生岁月中华度，见三农，改革开放，功勋数。不如故，还如故，家国事，繁荣路，自共和国立，国家分付。一带风流成一路，中华自以中华，七十年，步步自强民，东方主。

146. 菩萨蛮　和夏中玉

中楼中玉中和酒，知君知客知杨柳。一醉一无休，千杯千白头。醒醒都是否，醉醉皆朋友。见得运河舟，长城思国忧。

147. 一剪梅　柳杨

梦里黄粱梦里长。信久思量，久久思量。长亭作得柳和杨。柳柳杨杨，杨杨柳柳。水水山山向四方，朝也炎凉，暮也炎凉。天天地地故家乡，岁岁青黄，岁岁青黄。

148. 又

滴水之恩，已四方。细细长长，细细长长。运河两岸忆隋炀。已可思量，已可思量。万里长城万里荒，一射天狼，再射天狼。姑苏碧玉帛家乡，易得柳杨，作了天堂。

149. 念奴娇　谢王广文双姬词

赵家双姊，作飞燕，掌上身轻如舞，自是人生人自是，不主何人不主。金屋藏娇，昭阳团扇，唱尽黄金缕。秦皇汉武，求生求欲求古。两两雪雪媛媛，两歌喉远近，姿身如羽。两只习鸥，何起落，两两形形相聚。两展红梅，作阳春白雪，一声三数。双苞双蕊，奇葩奇色相谢。

150. 又　三友同饮

酒非何物，可醒醉，自以刘伶为口。步步行行都不是，只以梦中杨柳。不见西东，无知左右，未得阴晴否，枯荣草木，江山谁问谁有。我是心里英雄，上楼兰未斩。交河难守，见得千杯，应不了。认得三生三友。回首平生，平生回首处，是江河口。是江河口，如人如水如酒。

151. 又　赠夏成玉

平戎收房，回首是，作得乌江渔父，莫以鸿沟分两界，是主夫央是主。项羽刘邦，咸阳垓下，曾以鸿门舞。秦秦汉汉，唐标之后宋斧。社稷自是江山，以人生日月，长安长主。一鼓三通，兵马战，直捣单于军部。七纵无擒，阴山南北问，射燕山虎，不须飞将，稼轩当是行伍。

152. 江城子

宽宽狭狭小罗裙，半边云，半边云。楚楚腰腰，处处小蛮芬。百态姿身千百态，何所见，是斯文。庾郎风度十三分，自殷勤，自殷勤。见得相如，帐后卓文君。自己怜怜自己。声曲曲，酒微醺。

153. 惜奴娇

十里长亭，一路是，垂杨柳。阳关驿，玉壶蚁酒。负我相承任凭我，自然空首。春秋，几何见，重阳九九。一半人生，独是个，天长久，有心肠，自然入手。且且思量，问沙鸣，见风口，沙丘。应道是，知知否否。

154. 眼儿媚

人情一世一人情，腊月有春萌。红尘红粉，红尘香玉，相辅相生。英雄已在英雄在，一醉半身倾。声声约约，声声语语，左右声声。

155. 如梦令　歌声，寄武警歌舞团长高歌

一曲高歌高调，半部天声天啸。向海已平潮，举步天光多少。多少，多少，留下人情多少。

156. 鹧鸪天

一半醍醐一半心，空空色色作英钦。五弦加地加天曲，数尽人间数尽琴。知日月，见森林，如来如去是观音。行行止止行行止，古古今今是古今。

157. 踏莎行　春日有感

草草花花，花花草草。一年一岁知多少。秋冬春夏四时荣，中原独自中原好。草草花花，花花草草，一年一岁枯荣了。沧桑不尽是沧桑，人人不老人人老。

158. 出塞

花未了，花落花开晓。此花去彼花开，春夏秋冬过了。红梅白雪半天台，自然群芳七早。岁岁年年各如时，雨雨云云绵绵。

159. 谒金门

寻杨柳，十里长亭朝暮。步步阳关行步步，玉门关外路。大漠沙丘无数，非今非古非故，移向天边移向悟，心经天竺度。

160. 好事近

一望酒旗风，十里长亭相送。且饮三杯西去，不须黄粱梦。醒醒醉醉各西东，梅花已三弄。百鸟飞来飞去，有谁朝凤。

161. 又

故水一春潮。野店半花如早。日月普天同照，共知人间好。舟舟渡渡过桥桥，此路有多少。任得去来来去，不须知多少。

162. 又

见暮暮朝朝，去去来来知多少。岁岁年年消逝，有人情人老。波波水水弄潮，日月自无了。当以当然天地，已无休无了。

163. 水调歌头　和马叔度游月波楼

日月三千水，草木一春秋。西湖四围杨柳，半壁小瀛洲。柳浪闻莺不止，十里白堤游。处处青莲龛，处处有红楼。人生问书己卷，剑难收。英雄步步天下自立九州头。已诺楼兰必斩，已诺交河横渡，自主自悠悠。何以骑鲸去，四面十三州。

164. 又

半壁三山越，八水一长安。泾泾渭渭谁见，处处有波澜。自潼关东去，古已中原逐鹿，已问已云端。晋冀同齐鲁，已近孔家坛。正军帐，分虎节，对金冠。公公业业南北，日日上天官。兵令後如山倾倒，飞将如飞直下，自是李陵丹。一箭阴山外，万斛酒泉湍。

165. 贺新郎

已是梅花落，作红尘，香泥甸里，来年相约。腊月梅花三弄久，唤起群芳诸雀。林和靖，梅妻子鹤。自在西湖由自在，已平生，无欲无求索。非不若，是如若。滕王半在滕王阁，以文章，九江一脉，过浔阳廓。见得鄱阳云梦泽，见得群山飞鹊，也见得，荆门门泊。见得湘灵常鼓瑟，见苍梧，是古今云壑，人不觉，是开拓。

166. 渔家傲　湖州

俯仰人间人俯仰，湖州对面黄天荡，除去长洲无锡水，何分享，寒山拾得谁方丈。一角湖州湖一角，三分无锡无方向。大半苏州湖泱泱，明月朗，一桥宝带谁来往。

167. 霜天晓角　赤壁

大江朝暮，一水重重雾。后马连营无误。东风付，火光住。是非徐庶顾。成败何应许。一计难成无故，全得个自分付。

168. 苏武慢　雪　选冠子又名苏武慢，辛此词不工，取陆游体

白雪红梅，分层分叠，寸寸互相分付。你中有我，我中有你，相互互相相住。暖暖寒寒，寒寒暖暖，都是各行其路。以其形相付，其身相互，以其颜顾。空自得，共在三冬，一春新立，还是故人重许。连年共度，你来我去，共同经春。分别别分年度。惟是当然，雪中梅里，守故创新当数，你是冬寒继，新春其我，以心同赋。

169. 绿头鸭　七夕　别名多丽，平韵者绿头鸭，仄韵者多丽。多丽十一体，绿头鸭独一体。辛词平韵体多丽，取张孝祥多丽体。

景萧疏，自然七夕初秋。这云天，苍茫都是，入凉凉己沧洲。望银河，已分河岸，任喜鹊，共展风流。织女牛郎，人间儿女，绿丝丝线月老求。乞何巧，丝丝自缚，茎棹且夷犹。关情是：王母玉女，汉武因由。莫追思，当然旧事，惹起多少离愁。地上人间人地上，不可不少十三州。女女儿儿，儿儿女女，多情多意十三州。一州一天中天下，儿女任自留。九州外，三三两两，无以难收。

170. 乌夜啼

乌乌夜夜啼啼，不东西。只在巢中栖止，不高低。月寂寂，云觅觅，草萋萋。已见得梅花落，作香泥。

171. 品令

秣陵一路，过二水，秦淮故，台城水月。石头回问，见桃叶渡。再下江宁，一步远行一步。江南千里，运河水，钱塘雨，江都已去，醒醒醉醉，稼轩无数，古古今今，子子孙孙分付。

172. 好事近

一步一东吴，自古孙权孙子。建邺建都今古，已无休无止。六朝已去六朝声，金陵自伊始。已在台城台上，有人间桃李。

173. 金菊对芙蓉　重阳

九九重阳，重阳九九，一年何以重阳。正金金菊菊，处处花黄渊明未了东篱句，知桂子，已有衷肠。茱萸先采，可堪寄与，故舒家乡。寒叶已自经霜，却水中芙蓉，首蛤昂昂。正莲蓬无畏，自可扬长。心心何苦荷辛苦，岁年里，杨柳分芳。以西风对红枫，不饮一醉千觞。

174. 贺新郎

步步稼轩路，问稼轩，幼安日日，几知分付。一半英雄曾一半，知古知今已故。斥帐令，挥戈朝暮。铁马冰河重正顿，过楼兰，又过交河渡，应收拾，不应误。军中日月军中步，柳营前，弓刀处处，箭枪林立，曾以飞蝗天似雨，最是三通鼓暮。百里逐，无休无住。直以阴山寻蜀女，汉家书，重许当年故，宫殿外，画师度。

175. 好事近　西湖

日日问西湖，步步不知朝暮。处处山沟依旧，柳杨阴晴雨。故都问道问新都，西子范蠡误。记取卧薪尝胆，且闻英雄渡。

176. 生查子　重叶梅

无须太乙寻，有欲东君面。一色一群芬，三弄三开遍。似花似白云，如雪如家眷，只着小衣裙，不入桃花甸。

177. 赵善扛

传言玉女　上元

玉女传言，汉武帝承华殿。"七月七日，有王母来见"，墉宫路短，凤辇子登如面。瑶台一约，九州天院。视以人人，榕鹊桥，乞巧线。何须月老，把珠帘半卷。娇羞一语，只道八仙同宴。相逢常是，上元随便。

178. 好事近

云问一川花，雨落三山百草。好事人人知晓，一生知多少。江河万里浪淘沙，无止也无了。小小微微微小，是沧桑之道。

179. 重叠金　春游

杨杨柳柳垂垂岸，山山水水从无断。见得运河船，江南草木天。芳芳应自散，曲曲萧娘乱，不是不知弦。周郎带小娟。

180. 又　春思

花花草草春春乱，儿儿女女行行断。今夜月如弦，春风入寸田。幽幽寻水岸，影影香云散。约得约桥边，轻轻一小船。

181. 又　春宵

风花雪月春宵见，灯灯火火情情面。步步曲栏干，行行独影寒。香香何不止，目目应不倦。树下不多单，云中可自丹。

182. 十拍子　上巳

柳絮杨花不断，梅花落里江南。草花花已涌泉，陌陌阡阡应翠岚。桑丝三月三。上已兰亭上已，春蚕自缚春蚕。不是原来原不是，一半文章文杏坛。心心苦也甘。

183. 青玉案　春暮

阡阡陌陌知春暮，已是寸云无故。半数阴晴何半数，以群芳问，是青莲住。自主谁分付。不断不止人生路，春夏秋冬四时度。杜仲湖边新玉树，色空空色，是谁崔护，引起桃花妒。

184. 烛影摇红　盱江有怀

一半梅花，群芳只向东风面。风花雪月已江南，谁在长生殿。只是杨妃未见。自所望，云舒云卷。越家得了，大燕飞飞，飞飞小燕。烛影摇红，墉宫玉女深廷院。阳春白雪共天关。自是情情牵。未了云收雨散，在昭阳，团团扇扇。藏娇屋外，班固去时，有双飞燕。

185. 谒金门　春情

朝又暮，岁岁年年春暮。处处鹧鸪啼不暮，不分朝又暮。自以朝朝暮暮，去去来来朝暮。止止行行多少暮，生生多少暮。

186. 宴清都　饯明远兄县丞荣满赴调

日月留人住，人不住。事事由得难住。王宣有令，君呼步步，江山分付。墉宫玉女传书，杏坛上文华无数。始见得，庾信规则，江淹不可多赋。县丞七品父母，人间草木，何以辛苦。明明远远，秦淮旧步，不分朝暮，无须少言多论，只前进，如今如故，持长久，宋玉相如，枚乘一度。

187. 小重山　别情

旧酒新瓶旧酒香，谁寻谁不饮是扬长。醒醒醉醉自炎凉。应忆取，回首故家乡。春秋自青黄,前程前不尽,别思量。衷肠不尽是衷肠,长亭外,当自柳杨玩。

188. 感皇恩　自述

七十古来稀，依依难暮。八十如今自相顾，万千千万，卷卷以诗词赋。佩文音韵里，工精故。一生格律，方圆成路，今古相承古今句，共人生处，共以人生相度。不奈何，言未尽，文无数。

189. 贺新郎　夏

十步中庭路，一东西，南南北北，正方如数。七十年前移枣木，曹雪芹家有故。根已老，移枝成树。自己然，斑斑驳驳，直朝天，曲曲朝还暮。经日月，共云雨。年年岁岁年年度，枣红红，叶间碧玉，不藏分布。桂子寻来寻桂子，也向风光不住。最可见，冰花冰许，老子无心无老子，以诗词，半在人间步，杨柳客，去来赋。

190. 喜迁莺　又

南枝向暖，北叶背户见，临风临暮。一树均匀，生生息息，前后高低相度。一根百干千叶，五亿成城相护。何以得土土肥肥事，传承步步。心中心意中，万叶万根，独木成林故。

万碧千红，秋霜白雪，总是以人间赋。月明隙中浮动，时有龙吟相如。且留取是无休无止，平生分付。

191. 越善括

菩萨蛮　西亭

西亭一望千波小，烟波万里三生老。小鸟上云霄，江流逝水消。人人何了了，事事当然晓。处处有春潮，时时归路遥。

192. 柳梢青

别别逢逢，离离合合，南北西东，雨雨云云，花花草草，同异异同。心经色色空空，怎见长帆短蓬。汉水知音，琴台有意，望断飞鸿。

193. 鹧鸪天

问问南楼问问君，寻寻黄鹤作黄云。如今已到滕王阁，始得王勃九派分。天下望，岳阳嚎。湘灵鼓瑟泪纷纷。苍梧一水东流去，舜禹功成日月勤。

194. 又

我是行人且送行，长亭十里短亭声。知君问得何南北，一令长安九令程。人一路，事三生。杨杨柳柳自枯荣。阳关三叠阳关唱，且以梅花落里萌。（香泥）

195. 又

不可行人以醉行，人生步步自倾城。谁听诸葛成军计，司马知琴且退兵。天一路，步殊情。英雄一世一精英，根根慧慧成成觉，悟悟生重百万兵。

196. 沁园春　和辛帅

一路人间，半路稼轩，已遇急流。是急流勇退，又非自落。今今古古，不断春秋。且问江楼，江流去矣，不到汪洋不到头。争日月，不争醒醉酒，无止无休。瓢泉不是沧洲。可再饮，清清老子酬。看长江如此，黄河如此，江山社稷，自在沉浮。自在沉浮，沉浮自在。九鼎中原九鼎州。功业逐，莫樵渔乡里，无所求。

197. 又

一问瓢泉，再问瓢泉，水水映天。在稼轩故里，风风雨雨，云云雾雾，露露烟烟。一半江南，江南一半，一半长安一半田。天下路，我英雄在此，不可垂鞭。弦弦月月弦弦。何所见，寒宫总不园。先是寒先见，圆圆缺缺。圆圆缺缺，缺缺圆圆，缺缺圆圆。缺多圆少，自在东西自在天。吾已矣，可经纶所许，岁月年。

198. 又

一印千金，六印千金。覆水不收。叹来叹去去，荣荣辱辱，成成败败俱是春秋，废废兴兴，功功业业，步步人生步步求，何以止，自今今古古，半度君留。严滩不似沧洲。共日月，同承草木秋。不名名利利，繁繁简简，年年岁岁，自在沉浮。水水浮舟，浮舟水水，逝者如斯逝者流，稼轩也，这人间路路，满目神州。

199. 满江红　和坡公韵

虎虎龙龙，日月里，龙龙虎虎。草木见，柳杨杨柳，古今今古。利利名名利利，功功业业成成主。有去来，也有暮朝行，听钟鼓。标铁柱，挥玉斧。天下水，尧舜禹。已分成九派，又三江浦。万里东流东万里，人间自此人间雨。问东坡，成岭亦成峰，匡庐牯。

200. 又　南康作

五老峰前，同五老，峰前五者，且一醉，重观重见，所闻多少。以侧成峰横作岭，匡庐草木浔阳小。指九江，一派一鄱阳，天难晓。雨不断，云无了。百户水，千家昭。在仙人洞里，有玄元道。可上当当可下，有声不是无声早，望群山，日月可从容，芝兰草。

201. 又　坐闲二〇一九年

七十年前，初解放，人间已好。分土地，不分家国，以公多少。若是大河长有水，滋滋润润之之早。一农村，农业又农民，人间道。历改革，开放晓。农先主，商其貌。步城城市市，满天飞鸟。富富丰丰丰丰富富，衣衣物物蓬莱岛。这古今，向背顷乾坤，人无老。

202. 鹧鸪天　和朱伯阳

一酒千杯一酒归，鸟飞鸟落鸟无飞，来来去去何来去，醉醉醒醒几是非。花色色，草菲菲。门扉入得入心扉。功功业业成功业，日月当空日有晖。

203. 念奴娇　重阳岚光亭

一溪风月，半石白，已是声声无了。曲曲弯弯流不尽，畔畔湾湾才好，已得清荫，林林木木，木木林林草，天云是也，自然多少多少。已是五十年前，向人间岁月，无须知晓。五十年中天地改，已是难同风貌，社稷江山，与新颜旧色，不难难老。重阳重九，黄花开了方好。

204. 醉落魄

重阳时节，阡阡陌陌黄花色。鸿鸿雁雁双飞翼，潇湘青海风云侧。及至三秋，入得芙蓉国。竹泪斑斑何不惑，君山过了忧人则。不知九月东篱仄。不见荣萸，却见峰山饰。

205. 摸鱼儿　和辛幼安韵

问人间，几番风雨，匆匆何以朝暮。春已留红无数。人可住，且说道，梅花三弄群芳故，一香一路。又不是无情，杏梨桃李，日月已分付。梅花落，自是红尘不误，香香无尽人护。千金不买相如赋，玉女自埔宫许。何不顾，知汉武。玉环飞燕皆其故。藏娇最苦，休去问昭阳，团团扇扇，杨柳自相度。

206. 又

半西湖，运河杨柳，钱塘流水谁渡。琼花已在江都素。白雪阳春无妒。云又雨，作露露烟烟，已可常知赋。吴亭玉树。又与我萧娘，船乡有约，芦苇有归鹭。胡飞鹜，万万千千里路，遥遥何以相互，情情近近常倾许，共渡朝朝暮暮。应自顾，水月共风花，日夜同分付。灯灯火火，你我可相依，同心弄晚，同意可同住。

207. 虞美人　无题

姑苏十里黄天荡，不得何其向。运河两岸忆隋炀，半在扬州半在一苏杭。寒山拾得谁方丈，留下千年仰，人人记得一钱塘，六淡秦淮南北是天堂。

208. 好事近　怀归

草木自扶苏，岁岁年年朝暮。俱是乡南乡北，不因谁分付。江东一半在三吴，如今如数。何事长安还去，匹夫乡家住。

209. 鹧鸪天　翁广文席上

吏吏官官吏吏官，人人事事半云端。清清正正清清客，浊浊昏昏录录桓。无日月，有青丹。泾泾渭渭久波澜。功功业业成名利，少少难明老老安。

210. 满江红　和李颖士

一半江南，运河岸，江南一半。杨柳岸，有苏州畔，有杭州畔，也有江都南北半，花花草草香香散。小船娘，曲曲唱江南，从无断。香雪海，桃李乱，小杏色，酴醾冠。以青衫换取，向风云看。已是人间人已是，清清正正廉廉难。但平生，立志薄云天，无兴叹。

211. 水调歌头　渡江

北固秦淮岸，渡口过南州。金陵建邺孙子，三国几春秋。又是六朝来去，不尽大江舟。不见周郎问，自是石头楼。问兴废，知成败，见沉浮。风风物物天下杜断又房谋，见得凌烟阁上，已有唐标铁柱，玉斧宋家留，见金焦石，不逐水漂流。

212. 好事近　春暮

已雨雨云云，暮暮去朝朝如约。已曲梅花三弄，又听雪花落。红泥自是自芳芬，红尘不情薄。待到明月冬末，虽寒还如若。

213. 鹧鸪天　庆金判王状元

玉殿分明见桂华，皇城列榜状元家。风流自以灵根植，日色重开第一花。金已甲，佩芳加。人生步步近朝霞。当然一水三千里，心怀海角共天涯。

214. 醉落魄　江阁

江流不止，江楼不似何江阁，如今不见飞黄鹤，一曲琴台，击鼓谁相约。未锁龟蛇鹦鹉鄂，高山流水谁求索。子期伯牙音音错。水水山山，不独江山若。

215. 又

江流已去，江楼留下江楼阁。南南北北应飞雀，事事人人，处处可相博。高山流水何相约，伯牙一曲分明落。子期独是知音若。独一无二，应是人间错。

216. 朝中措

梅花着意雪中香，红白一身扬。暖暖寒寒暖暖，开开落落大方。东君已在，阳春白雪，自是群芳。独在梅花落里，依然曲里一衷肠。

217. 菩萨蛮　七夕

墉宫七夕知情约，子登玉女成飞鹊。织女过天河，牛郎浮玉波。王母从所托，汉武何求索，七夕望云波，人间儿女多。

218. 水调歌头　赵帅生日

水调歌头唱，千载运河流。农夫只在田亩，日日盼丰收。莫以干戈莫以，只以干戈只以，方得一春秋，若以千年治，不过十三州。风云散，江楼在，问江舟。英雄何度天下一步一沧洲。留得运河南北，立马长城内外，逝水任沉浮。社稷江山客，杜断又房谋。

219. 满江红　自述

一路行程，八十载、行程一路，三万日、十三万首，已无朝暮。自以无踪无迹去，重寻父母重寻故。向东山，不必向南洋，幽幽寓。何来处，何去处。应去处，应来处。过天天地地，是玄元度，已独人生人已独，年年岁岁谁分付，是何须，不是不何须，何须步。

220. 醉蓬莱

已人生未路，何以年年。度重阳九，行止公余，以三军为守。纵有多情，不饮成鉴，以古今成友。采得茱萸，黄花处处，物华依旧。已是孤孤立立，朝暮进退枯荣，运河杨柳。还是萧娘，碧玉桥边走。来去依然，以玉壶劝，只是三杯酒。且醉无人，饮翁可见，否知知否。

221. 又

自然成一梦，当自然知，自然长久。花落花开，去来何回首。小小年华，老老公岁，达者先贤守。岁岁登高，人人四望，物年年依旧。远近空空色色，应把紫菊茱萸，共同杨柳。经得风霜，处处同朋友。三百人中，一子成就，一水江东酒。只与前朝，莫为今遇，作人寿。

222. 鹊桥仙　又达者

人人事事，先贤达者，达者先贤成就。平生一路一平生，可以作、杨杨柳柳。名名利利，称贤不守，达者当然不守。功功业业古今成，一步步、知知否否。

223. 水调歌头　吴门咏

富土由同里，一水满长州。虎丘孙子回忆，又揽太湖舟。五霸春秋旧路，且问干将所得，不可望东流。步上盘门港，木渎古溪头。羊公碑沧浪阁，庚公楼。当年帝子风物日日作风流。但饮碧螺春玉，再以二泉茗目，见得剑池盏，何以西施女，换取半春秋。

224. 又

一木成林色，一水浴楼明。吴门富甲同里，自以运河荣。威泽丝绸路起，帛柳长洲六渎，碧玉小家情。勾践夫差去，五霸五湖平。剑池水，西子舞，虎丘鸣。生公石点头，处处日月已重明。古古今今来去，越越吴吴儿女，久久共阴晴。莫以江东问，草木雨云萌。

225. 又　奉饯冠之之行

一步秦淮去，一路大江流。高山流水不断，夏口自春秋。日月吴头楚尾，草木荆门同里，百里见长洲。最是苏杭问，继往运河舟。飞黄鹤，滕王阁，岳阳楼，寻常百姓思得一国一民忧。子以波潮自度，披沥云云雨雨，自在自风流。且以尘埃净，水调到扬州。

226. 又　饯吴漕

一度吴漕史，循吏半生游。三年江右江左，水水自风流。不问江流不问，只见江楼只见，日月有春秋，莫以江楼建，逝者是江流。君知我，天下客，不回头。秦淮六渎沧浪草木满扬州。一半江南税赋，一半今今古古，一半作王侯。但以苏杭贡，岁岁盼丰收。

227. 鹧鸪天　1949–2019 七十年中国金融

解放初期一国光，工农中建四银行。从零伊始中华立，记取天地日月光。天地上，立金章。东西南北树天堂。四千多户银行主，浮载天轮自主强。

228. 又

一带方长一路扬，共和国是故家乡。工商第一全天下，万亿美元自栋梁。年七十，立金光，国民产值第一强。东西世界东西济，远近中华远近阳。

229. 满江红　饯京仲远赴湖北漕

一路天门，直水下，天门一路。吴蜀魏，借荆州牧，以刘分付。三国无言三国故，周郎不以周郎误。即生瑜，何又孔明生，人间妒。自巫峡，经官渡，蜀已楚，鄱阳暮。古今云梦见，向君山注。自有英雄尧舜禹，苍梧又及余虞渡。九嶷山，回顾是匡庐，江河数。

230. 满庭芳　七十年　金融史

七十年来，伊初建国，只有四家银行，工农中建，四百亿元量。今以四千以上，百万亿，产值相当。金融舟事轮滚动，历史已平章。一九五〇年，中华倒数第二穷乡。以二〇一九，奔向强强，中华民族欢跃，经一路，一代天堂，中华是，中华世界，世界中华乡。

231. 好事近　又

一水自浮舟，历史车轮知否，政政经经文化，自传承相久。工家商学又兵筹，五年计划守。事事金融承载，与天高地厚。

232. 程垓

满江红　又寄国家档案馆

上下五千上下，朝朝暮暮。禹启夏，商周秦汉，晋隋唐故。又宋元明清一路，当然俱是君王步。自毛朱，解放万农夫，人间主。已自古，如今度，是文化，传承付。要关门考究，报平章注，更要开门庭议许。房谋杜断明经赋。自三皇，五帝不巢由人间路。

233. 又

七十年前，刚解放，中华机遇。一百废是待兴天下，以人民度，世界排行倒第二，病夫不得英雄步。有工农中建四银行，共和国。先农业，还工业，有自主，平民顾。五年计划始，国家如数。第三浪潮三改革，三农政政经经铸。是金融，承载共沉浮，腾飞路。

234. 最高楼　七十年中国金融史

中华家国，兴七十年华。世界第一家。改革开放惊天下，工农商浮兵同霞，自然金融载，改革桑麻。又政经，富强社会，一带去，一路天涯。千万里，你我他，如今第一强天下，以春桃李作梅花。以东西半球共奇葩。

235. 南浦　又

经七十年来，解放人，农民已主家国，天下共人民，银行设中建又工商域。从零起步，共和国经济财力。五年计划，工农业金融，改革天力。鲲鹏鹅雀齐飞，有贤有达人同飞同翼。自先富农工，江河水，还济成社稷。家家国国，第三次浪潮信息，已重组织，听处处人生，六百万亿。

236. 摊破江城子　又

家家户户富强门，已儿孙又儿孙。一路中华改革开放恩。第三浪潮工农商，一带始，一路上，齐五蕴。五蕴，五蕴，世界根，以华根。作华根，小小世界，共建设，一地球村，见得金融，载动一乾坤。步步前行前步步，家富也，国强也，海洋鲲。

237. 木兰花慢　又

这金融似水，浮载起，国家舟。自七十年来，工农中建，成就春秋。春秋，自今历史，见高楼，不作食米愁。今日国家兴盛，国初倒数二流。悠悠。七十年头，经一带，已风流，一路上民生，似今如此，世界沧洲。沧洲，共赢共富，共神州，同志共商求。世界村中世界，华人自是房谋。

238. 八声甘州

半黄昏，水色半江天。去来运河船。见朝朝暮暮，云云雨雨，归五湖边。楼下榴裙隐约，香了女祒。不可三杯酒，忘了先贤。何以潘郎，还记得，梅花三弄，一半琴弦。莫以依旧问，情不古今传。素玉寻，阳春白雪，尽风华，春江花月夜怜。人声断，青楼未掩，净净清泉。

239. 洞庭春色

春色洞庭，君山草木，满岳阳青。自得潇潇水，应知云梦，已闻苍梧，竹泪凋灵。鼓瑟声声不尽问，独独孤孤各自零丁。多少事，古今功业路，步步长亭。当然事事过也，可赢得，人人聆听。舜禹成天下，思量有余，已传承夏，私家社，接商周战国，半见天廷。

240. 四代好

太乙东君早，梅花色，已自香香无了。向凌空对，阳春白雪，未呼芳草，切切以私回报。腊月里，春光已到。三弄中暖暖寒寒花好，百好千好。

群芳自主成丛，香雪海里，红颜谁葆。直见人寻碧草。桃桃李李小小。又梨树，酝酿未老。岂未觉，春去芳潮，红尘多少。

241. 水龙吟

云云雨雨烟烟，杨杨柳柳船船路。湖湖水水，吴吴越越，朝朝暮暮。一半姑苏，五湖天下，洞庭山住，向东西远望，会稽百里，今古见，钱塘故。楼外楼中分付，止三杯，醉醒无数。杭州太守，西湖西子，莼鲈脍瓠。一线潮头，盐官何以，天流如注。这吴吴越越，原来如此普天如度。

242. 玉漏迟　七夕

见人间乞巧，谁知巧处成烦恼。天上银河，喜鹊理应多少。最是王母玉女，向汉武，传情知晓。何未了，埔宫雾里，星空云缈。莫道，儿女心中，已如约，从月老。岁岁年年，须得互相承瞒。见这男男女女，左右是，中间藏小。归去也，逢七夕，明年好。

243. 折红英

江南岸，扬州半。运河楼船从无断。桃李见，琼花面。不鸣飞燕，以巢相恋。倦倦倦。香无散，人轻唤，深情当以，东风畔。明皇宴，长生殿。花落花开，华清成片。遍遍遍。

244. 上西平

杏花开，桃花色，一春妆。香雪海，处处群芳，红红绿绿，翠薇带紫满高唐。牡丹明月共海棠，处处余香。

有鹧鸪多蜂蝶，杨柳岸，女儿藏，静俏俏，疑见牛郎。偏偏正正，潘郎已在好心肠，笑他人世漫步扬，先莫轻狂。

245. 瑶阶草

声声子规问，处处黄杨柳。江岸江流，处处春已友。运河逝水，以沉浮力，四时分守，自当天长地久。大江口，似乎无语，红楼步步香香酒。一半醒醒，一半醉醉空白首。运河逝水，醉也不走，醒也不走，看谁彼此知否？

246. 碧牡丹

不执昭阳扇，知赵家飞燕。金屋藏娇，玉女埔宫传见。自是王母，芳已瑶台遍。八仙何以深院。有华宴，也有人情恋，思量去来难缱。莫以相如，班固修史孤倩。太守文章，且向兰亭羡，这黄云，几舒卷。

247. 满庭芳　临安晚秋登临

北望长安，南闻都府，步步见得钱塘。运河千载，一水作天堂。正是富春两岸，寻桂子，到菊花香。登高处，茱萸遍地，却过了重阳。重阳，重九九，中原故土，多了寒凉，这黄河直下，一路扬长。过了潼关东去，泾渭注，作故家乡。江山是，南南北北，社稷是，炎黄。

248. 念奴娇

千年千载，向月是，总自弦弦圆缺。也总是苍苍白白，处处成成霜雪，作得寒宫，嫦娥何在，且以吴刚折，还知玉兔，无弦何以分别。如此如彼人间，以心心相印，何明何灭，上下弦弦，难不得，月月分分难绝。复复重重，思量思不尽，又如何说，向嫦娥问，婵娟如此如彻。

249. 浣溪沙

过秦淮寄萧丽云、陈立夫

半是男儿半是雄，成功海峡郑成功。桃花扇里女儿红。不得明清明不得，由衷已是由衷，长空望远望长空。

250. 雪狮儿

梅花三弄，寒寒暖暖，芬芬隐约。傲骨疏香，自是人人求索，眉间可托。与太乙、东君如作。天地见，群芳会翠，作梅花落。逦迤浮云半掠，这红泥，依旧以香相博。唤得生春，塞北江南飞雀。杨杨柳柳，已似醉，垂垂若若。曾相诺，共蕊同心成尊。

251. 摸鱼儿

问人间，一情多少，不分年幼年老。王母汉宫墉宫会，七夕鹊桥何小。谁乞巧，只留下，牛郎织女星河缈。长生殿昭，容不得明皇，贵妃一影，只见得窈窕。清平乐，李白汤泉拂晓。霓裳羯鼓环绕，芙蓉出水婷婷色，半见半风流好。情未了，人可了，思量不心思量早，古今缈缈，几度几阴晴，雁丘还在，一岁一花草。

252. 闺怨 无闲

春与甘棠，不合桃李，杨柳牡丹情分。也上有人情，乱人方寸。未了梅花三弄，且见得已是群芳色，香雪海里半紫，红白频揾。分寸，不怨天，不忧人，却有思思忖忖。倩人托语，先以解带，早曛香被情份。不可说，情多无人问，此彼间，无也是心，有也是心困。

253. 孤雁儿

长亭十里长亭道，有烦恼，多荒草，止止行行何无止，记得前程昏晓。驿外红梅，庭中白雪，香遍梅花好。朝朝暮暮空怀抱，任年岁，人情老。府中独自问东风，处处时时飞鸟。天末遥远，无边无际，自以无归了。

254. 又 有尼从人而复出者

醉里看花曾依旧，记取是，芳心友。朝朝暮暮见黄昏，日日天天孤守。杨杨柳柳，垂垂拂拂，不定由风久。天天地地本相就，问春夏，秋冬首。五五辈子过潇湘，九九重阳九九，已是渊明时候。素女传信乞巧人间，汉武从王母。

255. 意难忘

一半书房，一半天地阔，一半炎凉。三黄传五帝，启夏又经商，秦汉介，晋隋唐，自此半平章。几子集，经书相继，佛道相扬。天堂一半天堂，以长城换羽，赤壁周郎。以和和战战，岁月运河忙。多少岁岁，作天堂，人人问苏杭。又只应，长安消息，步过钱塘。

256. 一丛花

年年岁岁年年，回首望前川。来来去去来来去，那里是，本本源泉，迈第一步，声声伊始，应有父母边。书书剑剑自方圆，十里一长天。长亭自得长城外，有风云，也有桑田，长城运河，今今古古，日月自相传。

257. 蓦山溪

林林木木，草草花花布。独木已成林，百草向，群芳分布。山川日月，自度自枯荣，天下路，人间步，几度向分付。山山树树，水水芷芷付。不是不知情，可可道，如来普渡。观音普渡，守一抱圆住。心经住，金刚住，只与知音住。

258. 满江红

屋作行舟，岁月里，朝朝暮暮，经风雨，也同行止，以人生渡。各自寻来寻去处，功功业业成成路。自前行，不必总回头，心分付。经日数，经月数。经字数，经诗数，数人生步步，数人生故。数得平生同日月，时时事事，皆当数，到头来，满囤满仓，知无数。

259. 小桃红

不以分朝暮，不以何行误。见得流年风光草木，普天同度，以青天白日浮云去，以情相分付。深院幽幽路，石径园林，梅花柳树，有桃李赋。向东君，香雪海中花，可否长留住。

260. 芭蕉雨

日日朝朝暮暮，以行行止止，天天步步。自水山山路。驿社十里长亭，杨程柳树。古今古古不住。曾是风雨。晴了又见阴，常相互。不见得，这人生，非是十里长亭。前程可度。

261. 红娘子

夜夜闲窗薄，月月孤情约。总是无人，似霜如雪，有梅花落。已曾三弄暖暖寒寒，含香逐飞雀。雨雨风风略，女女儿儿索，最是分心，先折后折，如何冷却，到如今，寻得林和靖，梦里应相托。

262. 醉落魄　赋石榴花

百碧成穴，绿叶深处藏红结。杜鹃去后留啼血。小小灯笼，挂满枝叶缺。幽幽隐隐何须折，风中闪闪经明灭。心心蕊蕊无轻别。多子多孙，室中自豪杰。

263. 一剪梅

一剪梅花半夜香，三光凝结，九脉炎凉。严冬腊月自低昂。见了东君，太乙家乡。白地阳春唤诸芳，傲骨朝天，作得红娘。枝枝叶叶映西厢。过了东墙，有了情肠。

264. 又

小小幽幽切切香，枝枝无叶，独独疏香。情情意意寄心香。作得天香，有得余香。化作红泥化作香。玉女知香，弄玉知香。年年岁岁赋梅香，去也香香，来也香香。

265. 眼儿媚　又朝中措

一枝独秀过东墙，处处有余香。不分天寒日暮，相怜作得红娘。情肠未了，情肠不尽，约会西厢。只是

思思量量，心思一夜芬芳。

266. 浪淘沙

君在小溪头，见得东流。行人不尽客无忧，我自相思多少泪，已向君流。天水两悠悠，溪断东流，因之泪水向君流。载我深情君记取，上得心头。

267. 雨中花令

路路朋朋友友，醉醉醒醒酒酒。处处生，杨杨柳柳，情意常相守。水水源源江河口，已聚汇，向西回首。一本末，自微微小小，巨浪人知否？

268. 又

见得儿童老叟，晓得天高地厚。辈子汨罗重五五，天下重阳九。一路长亭杨又柳，驿站社，自空空手。不饮者，月明思好酒，不在刘伶后。

269. 又

一半无无有有，一半杨杨柳柳。一半书书和剑剑，一半人间走。一半身名功业首，且留下，以文章守。一半是，月明风水好，一半人归后。

270. 凤栖梧客临安

九月重阳重九日，一半炎凉。已入四时律。独步小楼观稼栗，秋秋落落秋秋毕。匹匹夫夫田地秩，半得丰收，半得思驻跸。自是临安临自是，不失长安长不失。

271. 又

一第钱塘钱一第，半在苏杭，剑剑书书毕。百里兰亭琴瑟逸，临安处处长安秩。吏吏官官儿女密，半在

江南，半在河湾失。逐鹿中原曾逐鹿，驻跸潼关再驻跸。

272. 又

甲乙南渡南甲乙，北北南南，自己分明一。九月重阳重九日，明年已了今年毕。国国家家何不必，望见长安，望见有筚篥。一曲单于声来佚，一路垂鞭问甲乙。

273. 又

雨雨云云云雨雨，暮暮朝朝。不道谁分付。露露难分难分雾雾。年年未了年年度。自是江南江水路，养马长安，养舟渔父赋。不住江东人不住，十里荷花杨柳树。

274. 又

草草花花花草草，碧碧红红，色色知多少。暮暮朝朝应不了，人人岁岁年年老。老老平生平小小，见得临安，却以长安好。一道玄元玄一道，北北南南飞雀鸟。

275. 愁倚阑　三荣道上赋

云云雾，雨潇潇。路遥遥，步步前行前步步，半山腰。舟舟一半桥桥。应无止，不断江潮。且与杜鹃同伴，问渔樵。

276. 渔家傲　彭门道中早起

一路彭门知起早，三光只明星好。已是孤灯灯火小，方知道，离家十里情难了。儿女情长儿女觉，人生最是人生老，天下晓，人生步步人生道。

277. 又　独木成林

独木成林应一树，成林独木根成树。百度人生人百度，从不误，芙蓉树里芙蓉树。四周垂根垂四围，三光自以三光住，日月年，朝朝暮暮，风雨顾，年年岁岁年年故。

278. 临江仙

一叶舟平舟一叶，随波逐浪东流。人生一半一春秋。川流川不止，逝者逝沉浮。未尽南来南未尽，临安处处红楼。不闻日月不知愁，行人行所了，不可不回头。

279. 又

一半桃花红一半，前川一半前川。已藏小杏已藏鲜，羞颜羞欲露，不隐不修妍。片片香梨花片片，阳春白雪花如烟，不藏小杏不藏奸，扬头扬所欲，不守不心田。

280. 朝中措　运河

运河水调一歌头，六淡半扬州。两岸杨杨柳柳，船娘碧玉风流。春芳桃李，夏莲芙蓉，桂子知秋，最是冬梅傲骨，疏香已满长洲。

281. 又　茶词

清明细雨已纷纷，采女湿衣裙，龙井溪泉虎跑，细将团凤平分。一双玉手，两怀碧螺，已散芳芬，凉晒杀青淡炒，人事草木斯文。

282. 又汤词

莼鲈八月胗方闻，炉外短衣裙，有意无须皆玉，本来颜色难分。一缕轻风，半池蟹脚，阳澄落云。记取中秋时节，绿蚁自可微醺。

283. 又　咏七十九

人生八十是明年，直差百三天，不道朝朝暮暮，行程方是余篇。宋词二万，五年相继，尚有三千。要得安排妥当，当然四百成全。

284. 又

桃桃李李共梨花，小杏不回家。西望东张彼此，不守海角天涯。情情色色，娇娇态态，玉女破瓜。且道周郎已顾，不分你我和他。

285. 醉落魄　别少城舟宿黄龙

朝朝暮暮，少城别路黄龙宿。人生不尽人情逐，老小行程最怕苦行独。重阳九九黄花菊，船娘曲曲何垂目。竹枝一半腰不束。以此相知，来散几香馥。

286. 酷相思

一半相思何一半，两方是，情难断。已今日，余香还未散，不止也，孤兴叹，未足也心心乱。别别离离离别别，昨夜里，共宵汉。问云雨，梅花开也半。春到也，香云畔，君到也，声声唤。

287. 生查子

花花草草芬，事事人人故。古古已今今，去去来来数。秋冬春夏云，南北东西雨。意意一心心，马马猿猿付。

288. 又

红尘不尽红，一曲梅花落。杜宇已声声，且与农夫约。桃桃李李荣，杏杏梨梨若。处处自春生，物物如飞鹤。

289. 忆王孙

长亭十里一长亭，柳色千荫半玉青。见得王孙自零丁。侧身听，已过三更北斗星。

290. 卜算子

一日一行程，千暮千朝景。路路人生步步荣，烛烛明明秉。不饮独当醒，以醉沉深井。处处时时总不平，秩质应脱颖。

291. 又

独步上层楼，远近多杨柳。九九重阳九九秋，见得童翁首。老少各春秋，草木谁知否。日月东西水自流，见得江河口。

292. 又

二月杏花天，九九黄花染。过了重阳问酒泉，李广谁知贬。射虎在燕山，一箭阴山点，天水英雄永定边，飞将虚门掩。

293. 霜天晓角

只有师儿好，只有王生好。只有净慈寺外，藕花岸，短桥小。知情情无了，双语双还娇。水下应知应道，今多少，古多少。

294. 又

西湖人不老，只是行都小。问姥几

人来去,真情里,有多少。生生死死了,师儿王生好。直教知人知己,何难尽,作飞鸟。

295. 鸟夜啼

一夜鸟啼曲曲,三更杜宇声声。梨花挂月遮不住,又见小桃明。只道群芳易见,谁舌百草多情。时时令令红黄紫,处处自枯荣。

296. 又　醉床不能寐

白酒欺君易醉,黄花待客多忧。年年岁岁重阳九,自得自春秋。风花雪月来去,老翁少小沉浮。赤橙黄绿青兰紫,总是伴东流。

297. 又

柳柳杨杨,桃桃李李红红,春春独自成蹊路,各以各由衷。口道花花结子,无言隐约蓬蓬。蜂蜂蝶蝶居相间,莫以去来风。

298. 瑞鹧鸪　瑞香

奇花冷艳瑞香成,半映天光半相倾。久久沾衣余不尽,沉沉郁郁有时惊。柔条学得丁丁结,矮树还如茉莉生。直得心思心不定,只缘一夜一红英。

299. 又　春日南园

开花节令落花心,香雪海中百草深。探探寻寻探探,访春不尽尽访春荫。莺莺不语鹧鸪语,杜宇轻啼白鹇音。直到群芳群毕竟,东君古古似今今。

300. 青玉案

人生一半长亭路,日日去来朝暮。只以前程前步步,不须回首,只须分付,驿社常相住。无了止止行行故,自道勋功不难付。半是阴晴云又雨,利名名,是人生误,莫以人生度。

北宋·燕文贵
秋山琳宇图

读写全宋词一万七千首
第三十七函

第三十七函

1. 好事近　资中道上无双堠感怀作

一路过资中,步步无双堠顾。自是自行离别。暮朝前程数。千山万水雨云风,一度一分付。独独孤孤独独,不须人间误。

2. 又　待月不至

月月总弦弦,日日如何圆缺。十五团圆十六,此余天天折。今今古古几年年,有见有如雪,无隐无时无约,与嫦娥离别。

3. 又

一半上弦天,一半下弦天缺。只有其中圆了,又寒宫如雪。偏偏狭狭住嫦娥,影约影无绝,切切明明殷切,独心向天说。

4. 又

一月一嫦娥,上下弦中圆缺。自以寒明天下,度人间霜雪。人间已坎坎坷坷,后羿久离别,何必吴刚伐桂,不寻王孙折。

5. 点绛唇

已过秦淮,桃花水月桃花扇,后庭深院,一半桃花面。步步天街,未得红娘见。云舒卷,小池塘旬,如是长生殿。

6. 如梦令

处处长亭杨柳,处处长亭行走,处处总无停,处处自然回首。回首,回首,醉醉醒醒如酒。

7. 清平乐

多多少少,木木林林晓,止止行行应早早,地地天天飞鸟。江江水水潮潮,波波涨涨消消。岁岁年年日月,花花草草苗苗。

8. 又

杨杨柳柳,醉醉醒醒酒,见得稼轩空仰首,太白今涂知否。消愁饮了多愁,江流总是江流。逝者如斯逝者,春秋步步春秋。

9. 又　咏雪

衣衣服服阴,被被裙裙复。一色成妆成一目,厚厚层层半牍。明明字字书,云云卷卷舒舒,素素清清素素,樵樵雾雾渔渔。

10. 又

多多少少,草草花花好。一半前川人已老,八十归巢飞鸟。平生路路迢迢,江潮处处江潮,日月长空日月,风风雨雨潇潇。

11. 望秦川　早春感怀

柳柳杨杨暮,吴吴越越初。梅花三弄腊云舒,见得东君指令,以香余。物物春风雨,人人草木锄。樵樵不可不渔渔,入世成成就就,箸诗书。

12. 又

竹粉离离落,山花处处生。人人一故一多情。岁岁年年易易,自酬劳。腊月梅香色,春云雨水萌。青莲入夏半红倾,留得芙蓉九九,菊花城。

13. 又

竹泪苍梧落,湘灵鼓瑟声,岳阳楼上一忧情,国计民生依旧,作精英。代代朝朝易,人人事事更。书生自古作书生,且以功功业业,作身名。

14. 天仙子

不正谁人谁不正,以镜中庸中以镜。人生步步一人生,天地命,时物性。姓姓名名姓姓。净净清清清净净,竞竞争争争竞竞,精英不可不精英。群芳里,群芳色,香雪海中香雪盛。

15. 望江南　夜泊龙桥滩前遇雨作

蓬上雨,蓬下有云流。汉水知音黄鹤去,萋萋芳草鹦鹉洲。只向弥衡留。

何望尽，家在锦江头。逝者如斯如逝者，炎炎凉凉半春秋，安得故书舟。
（家有拟舫名书舟）

16. 南歌子

日月东西去，阴晴草木齐。风鹃不语子规啼，水水潮潮波浪自高低。弄笔文章守，兰亭近会稽。鹅池已自瘦肥羹，曲水流觞处处有红霓。

17. 又　杨光辅又寄示寻春

淡淡云云落，微微雨雨消。桃桃李李已红潮，自可寻春寻色问柔条。去去来来步，醒醒醉醉寥。夜来江雪已平桥，此已天公自在自逍遥。

18. 又　早春

杜宇三千句，黄鹂七八声，风鹃不语不多情。香雪海中香雪有琼英。一曲梅花落，初春百草荣。萌生不尽又萌生，处处荣荣处处再荣荣。

19. 又

柳柳杨杨绿，桃桃李李红。梨花深处杜鹃鸣，杏出墙颜色问书生。崔护曾相问，刘郎十载倾。如今古刹已无声，事事时时易易总难鸣。

20. 又

野水清溪路，荒山草木春。长安西去半天津，八百里秦川是非秦。渭渭泾泾问，今今古古循，江河日月一经纶。一半乾坤一半是风尘。

21. 南乡子

日夕一黄昏，三叠阳关落叶村，步步人生人步步，乾坤半向天涯半向

门。老子小儿孙，自是慈心自是恩。处处生平生处处，温温，本本林林主作根。

22. 浪淘沙

碧玉小桥家，腊月梅花。衣衫不笞自光华。香气幽幽余不尽，到了天涯。信口问乌纱，处处胡笳，农夫不得误桑麻。儿女情长儿女见，月已西斜。

23. 又　木槿　马来西亚、巴布亚新几内亚

逝水浪淘沙，到了天涯，南洋见得两三家。木槿红颜红胜火，向得阳华。不似杜鹃花，木本如纱。心中长蕊半垂斜。日日朝开从暮谢，朵朵奇葩。

24. 摊破南乡子

一岁一春秋，谁留住，日月沉浮。去年今日明年见，请君自语，水花水草，不止无休。莫惜少儿头，真个是，不可回收。归来七十曾七度，花开草榭，谁不知道，逝水飞舟。

25. 祝英台　晚春

依《词律辞典》载，此为祝英台近，九体。非祝英台一体。

问红泥，梅花落，最是余香暮。岁岁年年，如此如相数。香雪海里群芳，来来去去，都见得，香芳如故。岁年度，春归不是春归，秋收才是赋。复复重重，岁岁年年步，老老少少人生，时时物物，七十稀，古今分付。

26. 虞美人

春花秋月知多少，往事何时了。江

流日日涌波潮，汐落朝升年岁总云霄。群芳百草知多少，水月何时了？消遥津里问逍遥，七十年稀八十又何雕。

27. 长相思

一重阳，九重阳，年年岁岁在羿乡，西风天一方。又重阳，再重阳，已过三生半故乡，他乡作柳杨。

28. 又

对重阳，问重阳。一半黄花一半黄，异乡一半黄。已重阳，未重阳。几度年年几度长，心中有曲肠。

29. 又

有重阳，无重阳，处处登高望故乡。故乡在远方。是故乡，非故乡，去去来来作柳杨，平生日月光。

30. 鹊桥仙　秋日寄怀

黄花一半，茱萸一半，一半登高半一半。江山一半已成霜，一半见春秋一半。乾坤一半，枯荣一半，一半人间一半。人人一半自低昂。一半是，风云一半。

31. 醉落魄

落花时节，红芳未尽香无绝，情人悄悄向君说，白雪阳春，且采三枝折。小月弦弦明又灭，东邻半角藏难别。一心不了心心切，且以余香，已向周郎子。

32. 减字木兰花

云云雨雨，不在巫山朝又暮。一半姑苏，一半淞江半五湖。烟烟雾雾，步步洞庭山上路，满目东吴，勾践

夫差一匹夫。

33. 谒金门　杏花

杏花小，过得墙头先笑。两胛红红扬未了，书生情已晓。崔护桃花已早，又见红颜还好。一夜梦中人不老，衔花飞去鸟。

34. 又　荼蘼

花簇簇，树树梨花成熟，未满东君应满目，含含还蓄蓄。女女情情淑淑，到了三春香馥。白雪如霜眉不蹙，和君何不宿。

35. 又　陪苏子重诸友饮东山

今古客，醉醉醒醒阡陌。不记夜郎知太白，长安闻九脉。莫问稼轩自责，铁马金戈乌革。最以阴山飞将射，从容应不迫。

36. 又

人生客，去去来来阡陌。见得阴山天上石，黄河流китак不白。逐鹿中原锦帛，且问单于乌革。自古长安泾渭泽，潼关成一脉。

37. 又

西风叶，唱罢阳关三叠。不是梅花三弄接，荒沙鸣月笑。牒牒关关牒牒，玄奘玄应玄奘，西去天光天竺晔，如来如去蹑。

38. 又

风不定，自是从初醒。见得高僧敲石磬，寻山寻石径。大小之中未证，小大之中已证。古古今今古今应，如斯如所凭。

39. 又

春夜雨，细细微微难数。步步梅花坞上路，半山龙井雾。女胸前如故，一一旗枪分付，自主分香分不住，人情谁不顾。

40. 蝶恋花

一步苏堤苏一步。柳浪闻莺，已是平湖路。保俶塔前和靖赋，梅妻鹤子谁分付。西子当年西子误，越越吴吴，本是英雄数。不是范蠡应不顾，夫差勾践江南雨。

41. 又　寄稼轩，

不问稼轩何步步，不在长安，不近临安路。不可瓜洲同北固。金陵一半江南赋。醉里挑灯看剑数，此去阴山，见得单于顾。此是幼安三两句，如今如古何如故。

42. 又　春风一夕浩荡，晓来柳色一新

一夕春风何浩荡，柳色如新，见得辰来仰。拂拂垂垂杨柳纺，烟烟雨雨知方向。小叶星星眉已敞，处处行人，且以群芳赏，已过梅花三弄享，阳春白雪何宽广。

43. 又　自东江乘晴过暮颐渚园小饮

小饮无语无语酒，一半晴溪，一半垂杨柳。翠翠青青成玉首，风流江左风流叟。临水人家临水久，一半红英，挂满房门口。小女出门花入手，前川静处谁知否。

44. 又

小鸟飞飞飞小鸟，半落江村，半弃知多少。何去何来何处好，女儿红里无休了。草草花花花草草，岁岁年年，只有人人老。暮暮朝朝日昭昭，天轮只在天轮晓。

45. 又

已有梅花三弄约。见了群芳，一曲梅花落。不与东风相寄托，四时分秩何求索。傲骨疏香情不薄，处处红英，百草丛丛拓。觅觅寻寻飞雀雀，年年岁岁谁交错。

46. 又

一月钩心楼角见，暗似杨妃，窈窈长生殿，已是云舒云又卷，桃桃李李成蹊恋。后羿嫦娥曾一面，问了昭君，未了单于院。万里黄河成一线，弯弯曲曲三农甸。

47. 又

水调歌头听水调。记取隋炀，不可轻轻笑。一半船娘知奥妙，刘郎不远心难料。次第相连灯火绕，见得扬州，已过千年眺。自是苏杭天下耀，钱塘水色天堂照。

48. 又　月下有感

冷月寒光寒欲滴，夜半鸟啼，梦里保寻觅。四野清明清寂寂，单于不吹单于笛。未了长安长见历，自是隋唐，作得人间绩。老马识途今伏枥，英雄不饮金戈击。

49. 又　崖柏毛瓣宇妻之兄刘力宏送我赵朴初赠万年崖柏

刘力宏兄家作客，御苑山河，赠万年崖柏，出自毛家新宇策，禅音已致朴初格。自是如来如佛魄，箸以袈裟，若若观音泽。水草扶苏周太伯，长洲内外鱼禾借。

50. 菩萨蛮

三三两两人家住，前川一二高低树，无锡水云都洞庭山五湖。长洲长短步，今古今古雨。自主自然苏，三吴三界凫。

51. 又

农家日日农家乐，红红小杏知飞雀，麦米过新磨，英雄知玉戈。诗翁诗有约，高远高云鹤。岁岁望金波，年年公渡河。

52. 又访江东外家作

杨杨柳柳留春住，荷荷叶叶曾如故。一日一东吴，千波千五湖。红颜红不数，如玉如莲付。水水满江苏，烟烟云雨赋。

53. 又

层层水色层层绿，家家小小家家玉。处处有相如，时时无敝庐。山藏山曲曲，云卷云还舒。水水一天堂，空空三界书。

54. 又　正月三日西山即事

层层雨露层层雾，西山竹木西山树。不可不知书，无须无自如。黄莺啼不住，杜宇田家数。一日一公余，三生三界锄。

55. 又

罗衫细细条条好，身姿未到心思到。柳叶柳枝腰，藏情藏玉娇。如形如舞蹈，何态何颜傲。一子一逍遥，三公三玉宵。

56. 又

人情不可分明说，梅花未了阳春雪。一水一江河，三吴三界多。嫦娥圆又缺，汉武王母别。织女望天河，牛郎知鹊波。

57. 又

心心事事何相约，芳芳聚聚梅花落，逝水逝江河，源泉源水多。红莲红水若，莲子莲心索。苦苦自斯磨，蓬蓬无九歌。

58. 又　回文

面前谁客谁前面，面前谁客谁前面。山水半云山，山云半水山。见多何未见，见未何多见。扇扇几颜颜，颜颜几扇扇。

59. 又

东风无意留人住，住人留意无风东。隆界三年年，年年三界隆。东风来去数，数去来风东。衷由何是不，不是何由衷。

60. 又

双星节日情情好，心中自以生幽草。织女不藏娇，牛郎渡鹊桥。人闻多乞巧，七七人情早。水水有波潮，心心无路遥。

61. 又

人情不尽人情故，分离一半分离误。日日是前途，天天非匹夫。运河杨柳树，两岸船娘渡。玉手玉三吴，红衫红五湖。

62. 又

桃桃李李成蹊早，萍萍水水红莲好。碧玉小家桥，船娘杨柳条。三春牡丹老，九夏芙蓉晓。冬月腊梅雕，重阳黄菊瑶。

63. 又

人人不免人人老，年年见已年年草。燕子筑新巢，鹊鸟居树梢。情心情不了，离意篱难晓。日月自逍遥，阴晴兴浪潮。

64. 又

耕耘野老耕耘早，犁犁土土犁犁好。一子一逍遥，三界三度遥。先贤先日老，达者思然晓。自古自今雕，如人如已桥。

65. 木兰花　北京东城区汪魏新巷九号

疏枝一影窥窗早，文文千章应自好，风低枣树过东城，月照诗书笔晓。平生八十平生老，苦苦辛辛如百草。年年岁岁逐阴晴，你我他她何不了。

66. 鹧鸪天

日日诗词夜夜明，岁岁年年自枯荣。思思不尽量量尽，句句难平字字成。今古问，去来行。人间一度一阴晴。

精精未了工工了，十万之中七名。

67. 入塞　杨柳

已思量，又思量，一故乡。自人生步步，作得柳和杨。来是乡，去是乡，朝朝暮暮独半乡。水土间，真个杨长。垂垂拂拂有根乡，天也长，地也长。

68. 桃源忆故人　又

杨杨柳柳人间树，一半朝朝暮暮，古古今今如故，水土风华路。阴晴日月谁分付，自以根深不误。付得辛辛苦苦，八十天天数。

69. 愁倚阑

杨柳岸杏桃花，女儿家，碧玉小桥流水处，夕阳斜，青莲初露尖芽。已见得，大小枇杷，出水芙蓉三二月，自明霞。

70. 乌夜啼

运河柳柳杨杨，一钱塘，碧水红莲天下，半风光，芙蓉白，有俯仰，自昂昂。玉立婷婷颜色，在苏杭。

71. 忆秦娥

忆秦娥，秦楼不断秦楼月，秦楼月穆公弄玉，似霜如雪。今今古古总分别，来来去去由人说。由人说，凤凰声里，女儿殷切。

72. 又

何圆缺，秦楼一去秦楼别，秦楼别，秦川养马，已无分说。秦楼犹在秦楼雪。秦楼雪，年年弄玉，穆公豪杰。

73. 又

吴江路，黄梅处处黄昏雨，黄昏雨。来来去去，朝朝暮暮。相思不断相思误，情情未了情情许。情情许，以何分付，以何相度。

74. 西江月

月色西江月色，西湖月色西江。书窗半夜半书窗，未了黄粱梦想。短短长长短短，孤孤独独双双。刘邦项羽不刘邦，拾得寒山方丈。

75. 又

腊月梅花春意，桃桃李李成蹊。芙蓉出水自高低，玉立婷婷结子。九九重阳九九，桂香已自东西。黄花处处与秋齐，叶叶经霜红紫。

76. 乌夜啼

冰冰雪雪梅花，半新芽，傲骨疏香天下，入人家。东君嫁，回天亚，已风华。自得梅花三弄，到天涯。

77. 浣溪沙

香雪海中香雪多，公无渡河问公河，单于声里净干戈。见得长安长见得，秋波八水八秋波，江流逝者逝江歌。

78. 又

一寸心思一寸书，巢由不可作樵渔。人居只得与人居。四皓身名身四皓，深宫半部帝王初，此时只是彼时余。

79. 又

细寸绵绵细雨天，清明时节半寒泉，碧螺春里有春眠。陆羽茶君茶似玉，沉浮上下一轻悬。琴声不断有余禅。

80. 又

半见江南半见鸿，运河两岸柳杨风。船娘自得女儿红。腊月梅花香腊月，桃桃李李杏花中，青莲处处问西东。

81. 又

出水芙蓉半结蓬，莲心十子半悟空，辛辛苦苦在其中。一片黄花黄一片，重阳九九有余衷，英雄自古自英雄。

82. 鹧鸪天

一月梅花二月春，三吴桃李四时新。莲蓬结子芙蓉帐，九九重阳菊竹邻。杨柳岸，运河津。钱塘水色一潮沦。苏杭一半天堂半，一线潮头一线人。

83. 又

一树桃花半树红，三春小杏半心空。只须麦陇青黄定，见得酸甜见得工。无意解，有情衷。书生自以自飞鸿，当时我以墙头色，已向扬长已向风。

84. 一落索

步步人生杨柳，路路谁知否。年年岁岁半春秋，天何高，地何厚。醉醉醒醒如酒，已余生白首。来来去去任沉浮，一杯新，一杯旧。

85. 又　歌者索词，名之一束

小小腰身曲曲，紧贤形形束。阳春白雪，夫妻鹤，都不尽，阳关玉。闻道是，梅花落，月明应相约。从今另眼一相见，有其意，应无足。

86. 破阵子

小小红尘院落，香香郁郁清清，静静鱼池鱼不跃，巷口东城东巷荣，杜鹃三两声。喜鹊日日飞渡，歌歌曲曲轻鸣，本岁银行已天成，自然来去情。

87. 一剪梅

冬至金科一线长，玉律声中，还在冬乡，算来三九有寒香，三弄梅花，已见新妆。度度严严半冰霜。节物朝春，步步沧桑。年华不断易时光，业业功功，苦苦思量。

88. 木兰花

离离别别离离见，合合分分多少面。人生咫尺是天涯，云落云舒云又卷。声声不尽声声院，花落花开飞小燕，心心意意足思量，三月群芳开已遍。

89. 生查子 春日闺情

黄昏一影长，碧玉三心短。已了画昭君，记取吴娃馆。幽情半缕香，闺意千丝满。九九九思量，曲曲周郎伴。

90. 虞俦

满庭芳 腊梅

腊月梅花，寒天自立。太常少卿使金。外交交外，内力内知箴。战战合合战战，言不尽，语又分心。英雄路，金戈铁马，苏武汉朝荫。梅花三弄九，三九最冷，却致香深，已立春立意，有帝王音。一改乾坤旧木，不改森林。独去独来独往天下事，智慧方临。人间迹，横横纵纵，已古古今今。

91. 临江仙 苏俸席上赋

缺缺圆圆圆缺缺，弦弦月月弦弦。临安只在浙江边。弦弦何上下，日日向圆圆。八水长安分八水，泾泾渭渭源泉，潼关共汇一河川，天光天水见，运道运河船。

92. 徐似道

阮郎归

长沙百里问汨罗，谁人唱九歌。纵横横纵一先河，联横合纵何。成一水，万千波，时时事事多。张仪六国合厮磨，苏秦六国过。

93. 虞美人 夜泊庐山

庐山上下庐山路，不可庐山步。鄱阳牯岭锁云疏，白石仙人洞口几玄书。朝朝暮暮无朝暮，处处迷烟雾。多余草木不多余，不得帝王不得帝王居。

94. 瑞鹤仙令

一步临安临一步，泾泾渭渭天边。牡丹三月同杜鹃，秦淮桃叶渡。洛水陈王宣。自有诗词知进士，公余不饮酒泉。姑苏见得五湖船，忆娃馆西子，不忘浙江田。

95. 一剪梅

一二三成首先经。世上丹青。世上丹青。玄玄自以自灵灵。东也东铭，西也西铭，事事元元半渭泾，云也形形，来也形形，萍萍水水水萍萍，南也萍萍，北也萍萍。

96. 失调名

寻梅问雪，点竹知安。

97. 徐安国

蓦山溪 早梅

冰霜白雪，度过千秋节，傲骨已扬名，寒冬里，经三弄别疏香浮动，独影已精英。高清杰，自清杰，淡淡殷殷切。层迭迭，已向东君说。自以立春时，香雪海，严冬作别。年年岁岁，自主自枯荣，人人折，情无绝。已见群芳悦。

98. 鹧鸪天

一路梅花百里香，三春杨柳五湖妆，运河水色钱塘岸，步步青莲日月光。兰竹绿，菊梅黄。芙蓉出水不衣妆。姑苏碧玉长洲女，桂子方成落故乡。

99. 满江红 约齐同席用马庄父韵

一席华堂，半歌舞，半妆半束。吴侬语，九歌思楚，竹枝知蜀。最是春江花月夜，阳春白雪颜色如玉。小女儿，小小女儿声，情深瞩。琵琶切，金缕曲，衣衫短，身姿触。以秋波左右，逐人间欲。若是天天常彼此，东流十寸何源续，自断矣，日月有沧桑，知何足。

100. 又 晦庵席上作

去去来来，人世间，男男女女。见歌舞，见三杯常醉，却知伴侣。假到真时真亦假，情因切切相无语，不束腰，且以柳枝平，琴予与。君不醒，周郎处，只隐隐身相许。有阳春白雪，雨云吴楚。见得江南多水月，临安记取长安国。不十年，是十载阴山，英雄泪。

101. 黄人杰

祝英台　八十自寿实为祝英台近体

一人生，行止路，三万六千度。老子今年，三万日朝暮。任他南北东西，公余公事，总不尽，诗词歌赋，总如故。天天五首诗词，少年未分付，有有无无，后补后加数，十三万首诗词，如今如古，日月在，当无停步。

102. 酹江月　寿二月初三，又

年年今日，一朝一暮异，思思量量。元是农家生此夕，风雪梅花俯仰，自以寒心，对得双荚，与日书文长。邯郸学步，与之飞鸿向往。犹记射虎飞将，今今古古，常问英雄榜。也见淞江五湖客，一诺去，黄天荡。步步姑苏，公余南洋，自得余生唱。孤孤独独，此生端然海上。

103. 感皇恩　西湖

寻桂子西湖，步苏堤路，一派烟光自朝暮，梅妻自足，鹤飞去来如鹭。印月三潭问，婵娟误。谁道越吴，西施相住。云雨方成不如故。晚来风静，清波月色香雾。馆娃今夜来，范蠡许。

104. 念奴娇　游西湖

西湖西子，总不尽，吴越越吴烟雨。十里荷花杨柳岸，处处鸥鸥鹭鹭，柳浪闻莺，三潭印月，小小瀛洲路，林和靖问，谁当梅鹤分付。已见秋色平湖，问西泠桥社，跨虹难渡，日月江山，六和塔，自以钱塘江顾，一水东流，富春如逝如注。

105. 浣溪沙　江陵二在席次为江梅腊梅赋

一路江陵一路开，腊梅香里半江梅。金金玉玉以川裁。同态同姿同日月，以形以影以时催。东君彼此作春媒。

106. 生查子

姑苏烟里云梅子肥中雨。步步洞庭山，处处江湖雾。酸梅十里闻，霉湿三吴数。止渴望青颜，口水已相住。

107. 柳梢青　黄梅

子已肥肥，花还底底，同共心扉。叶叶枝枝，余香红落，细雨霏霏。春春夏夏回归。听莺啼，杜鹃已飞。竭后情怀，望中心思，是是非非。

108. 蓦山溪

运河两岸，柳柳杨杨看，处处驻商船。水色里，池池畔畔，青莲片片，四围满浮萍，风云漫，群香散，碧玉轻轻叹。小桥一半，岁岁年年半。小家半，私心一半。江南云雨，水露水如烟，人不断，情难断，有武陵秦汉。

109. 满江红

一半兴亡，一半是荣荣辱辱。一半是，秋冬春夏，绿红红绿。一半是成成败败，王侯贼冠相承续。见刘邦，项羽设鸿沟，风云瞩。颛顼氏，同帝誉。尧舜禹，夏商促，以周朝八百，唱春秋曲。战国纵横秦汉继，隋唐格律诗词玉，一运河，半壁作江南，人间曲。

110. 蔡戡

点绛唇　百索

罢举升迁，文文武武朝朝路。百官朝暮，日日天天步。九品开头，一品先贤住，郎中顾，四品何度，五品平生渡。

111. 水调歌头　南徐秋阅宴诸将代老人作

老少何相近，老少自难同。书书剑剑今古，付付成成败败，老少一英雄，八十老耄耄客，十八少年功。老年智，中年力，少年弓，荣荣辱辱身世以目望无穷。一半江南塞北，一半运河长城。不得未央宫，垓下鸿沟问，远近一天空。

112. 又　送赵帅锁成都

一帐元戎令，五虎去来惊。成都蜀相何阵，草木已枯荣。逝水锦江流去，留下英雄固守，社稷久和平，未与陈仓度，已了晋秦名。临安路，长安道，国家城。中流砥柱天下一度一扶嬴。不止岷山风雪，未了单于旧曲，战鼓只三通，谈笑关河步，收拾故乡情。

113. 何澹

鹧鸪天　绕花台

白地阳春白雪来，梅花落里绕花台，香香不尽余香在，庾岭红泥处处催。冰玉至，玉冰来。自然自在自徘徊。群芳见群芳色，独异清姿独影开。

114. 桃源忆故人

桃源不忆渊明故，洞口秦舟汉路。同前共朝暮，何问谁人住，秦秦汉汉难分付，草草花花今古，五百年中不数，忘了神仙故。

115. 满江红　和陈郎中元夕

岁岁元元，年年夕夕，年年白雪。四十年，一半书剑，缺圆明灭，数尽弦弦分上下，难言去去来来别。自少年，再次又青年，中年说。不回首，肠百结。花甲见，成豪杰。路何须老小，短亭无绝。野驿梅花先自落，无人对话从情彻。七塔边，十三级浮屠，由先哲。

116. 又

古古今今，三千载，百万朝暮。禹传夏，商周秦汉，又隋唐路。已宋元明清故国，相同相异风云雨。数秦皇汉武筑长城，英雄赋。运河水，杨柳树。南北色，荷塘住，有群芳碧玉，有芙蓉顾，七月莲莲应结子，重阳九九黄花布，采荣萸，寄取故家乡，何分付。

117. 鹧鸪天

岁岁年年日月天，运河两岸客行船。杨杨柳柳隋炀帛，一夜难明一夜神。青灯寺，度方圆。大榕树下气根全。今今古古何须见，独木成林独木悬。

118. 陈三聘

满江红　冬至

一线天长，十日见，分分朝暮。辰光早，夕还迟照，已知何故。最是梅花三弄后，如寒如暖声声步，欲立春，结事了严冬，重分付。天下色，东君布。四秋里，群芳赋。这寒中数九，水仙同住。已有河边杨柳叶，黄黄绿绿难分度。这春风，是本本源源，经风雨。

119. 又　八十年吃五亿粒米，一树柳，五亿叶一春秋。

未了平生，不饮酒，诗词白首，四五品，郎中官场，以廉亲友。不是知廉知不是，人人如此人人守。自向东，解放了农夫，人间柳。作臣子，为人后。经日月，寻常走。自公余字句，已无空手。三万天三万数，十三万首同杨柳。五亿叶，五亿米平生，知杨柳。

120. 又　雨后游西湖荷花盛开

雨后西湖一路上，清新满目。湿气里，有云无雨，半听风竹。小小瀛洲洲小小，天涯咫尺闻天竺。半钱塘，六和塔前流，沧桑逐。西风肃，杨柳木。荷盛开，芙蓉簇。有蓬蓬结子，已成心腹，且是婷婷形玉立，红红白白难分淑。照琉璃，映地又含天，香香郁。

121. 又

一叶惊秋，半水色，飞鸿落羽。江南岸，运河杨柳，似鱼龙舞，子胥昭关关不住，黯然白首闻渔父，几未如，不肯渡乌江，平驱虏。谁去来，何今古，成败鉴，英雄主，问江山社稷，可如何数，已见秦皇秦二世，书坑已冷书香诩。这剑书，毕竟是传承，为人圃。

122. 千秋岁　重到桃花坞

樵渔一路，莫小巢由步。且莫以，桃源故。何人何世外俱是桃源误，谁小隐，又谁大隐城中步。自古如今数，四皓商山住。天子去，江山在，应求应社稷。太子深宫顾，凭吕后，还知借得人情度。

123. 浣溪沙　烛下海棠

一树甘棠一树花，三春玉色半人家。因因果果上窗纱。烛下形形同影影，枝枝叶叶逐豆瓜，四时物属共桑麻。

124. 又

翠羽方成一玉丛，红红白白半由衷。因因果果醉东风。不定分身分不定，甜酸一半在其中，沙沙脆脆任西东。

125. 又

万绿丛丛占点红，黄黄玉色隐其中。垂垂自在自悬空。一树珍珠藏一树，枝枝叶叶隐无穷，形形影影一微风。

126. 又

腊月梅花腊月香，一春草木一春扬。群芳总是共群芳。处处莲花处处，运河水运河乡。苏杭一半天一堂。

127. 又　元夕后三日王文明席上

不饮尊前不饮翁，玉人未在玉人丛，姿姿色色有无中。曲曲声声声曲曲，小壶出人小壶空。女儿十八女儿红。

128. 又

一曲声声一曲终，半生处处半生逢。歌歌舞舞有无中。小女红楼红小女，依依就就柳杨风，妻妻妾妾匹夫翁。

129. 又

匹匹夫夫匹匹夫，官官吏吏独情无，歌歌舞舞是殊途。一半家私一半，念奴留下念奴扶，姑苏草木满姑苏。

130. 朝中措　丙午立春大雪

立春大雪西山，户户第门关。一尺新妆四野，梅花素裹红颜。身姿淑女，玉腴傲骨，缕缕银环，且以东君指望，芳香等等闲闲。

131. 又

求田一亩画香瓜，入土三分芽，随春不过芒种，四时秩序桑麻。农夫如此，书生见故，半作人家。且喜因因果果，头顶一朵黄花。

132. 又

去年今日在余杭，柳色已轻黄，大禹终当治水，江南处处梅香。东君已问，夫差故里，一水钱塘。最是运河南北，人间一半天堂。

133. 又

运河杨柳十分余，百草似当初，一半梅花新秀，阳春白雪玄虚。群芳丛外，桃桃李李，处处樵渔。自是官官相护，且为卷卷舒舒。

134. 又

钱塘水色半天光，不及运河长，一路杨杨柳柳，三吴作了天堂。鲈鲀八月，中秋桂子，九九重阳。玉立芙蓉出水，菊花还带梅香。

135. 蝶恋花

一叶春桑春已半，已有蚕鸣，日日惊人断。自在夫差家国岸，丝丝帛帛从无乱。双面绣里双面看，竟是相同，碧玉香香散。月影梅花都可赞，云舒云卷江湖畔。

136. 南柯子

别去梅花落，逢来桂子收。重阳九九已深秋，犹有莲蓬心里自堪忧。一片残荷叶，千声暮雨舟。此情此景此幽幽，彼见彼人彼处水沉浮。

137. 又

一半江湖水，三吴日月舟，姑苏百里是长洲。勾践剑池尝胆度春秋。木渎修娃馆，夫差上虎丘。江山社稷十三州。败败成成竟是女儿流。

138. 又　七夕

织女牛郎望，王母汉武声，埔宫素女已传情。七夕银河飞鹊驾桥平。何以同天上，难为子女行。人间乞巧已难平，一线丝丝月老此心成。

139. 水调歌头

水淡春江岸，叶重月霜流。杨杨柳柳天下，楚尾接吴头。步步平生路路，百里荷花桃李，岁岁半春秋，一曲梅花落，暮晚唱渔舟。虎丘问，娃馆舞，剑池忧。吴吴越越今古日月总无休。有兰亭集序，有高山流水，楼外有青楼，醉醉醒醒客，不可不知羞。

140. 又　燕山九日作地铁沟通使节

一步燕山路，万里纪封侯。名名利利非是，励业国家忧。自是男儿不老，记取廉颇旧志，一使一风流。自度筹方略，法国弃鸿沟。我谁人，怀壮节，箸春秋。西方七国风云，我自泰然谋。若得平生知己，地铁沟通故事，一笑对云浮。只以平生问，八声一甘州。

141. 西江月　马来西亚

已去当然万里，重来又是三年。南洋一半海云天，不似运河两岸。自以马来半岛，丛林处处方圆。基隆坡上汉家田，雨雨云云不断。

142. 又　巴布亚新几内亚

一步巴新一步，三生自是三生，枯荣自在自枯荣。彼此人人性性。处处丛林处处，光明赤道光明，情情总是总情情，水水山山如镜。

143. 鹊桥仙

牛郎织女，王母汉武，一是埔宫玉女，银河两岸，鹊桥中，七夕日，吴吴楚楚。江州司马，青衫依旧，自是来来去去，人间半度半人间，何不尽，言言语语。

144. 宜男草

来去浓浓一杯酒，半长亭，五里杨柳。天地为，水水山山处处，应彼此，垂垂绿首。不分南北，不先后，对风云，对冰霜久。春也秋，岁岁年年日日，自主自，知知否否。

145. 又

杨柳无分作杨柳，运河边，作风云守，向小桥，碧玉声声曲曲，应对我，朋朋友友。不知醒醉不知酒，这平生，有无无有。步步绵山步步，记寒食，清明可否。

146. 秦楼月

梅花落，群芳自以东君约。东君约，香雪海里，浮云应薄。西湖已见新飞鹤，王勃未去滕王阁。滕王阁，青衫司马，九州如若。

147. 又

秦楼月，阳关西去阳关阙。阳关阙，玉门已锁，何人超越。交河水色人无歇，今今古古闻王勃，闻王勃，浔阳一阁，逝流如曰。

148. 又

衣衫薄，刘郎已自情相约。情相约，黄昏未了，荷蓬相托。莲丛采女何求索。寻寻觅觅寻花萼。寻花萼，惊飞一鹊，不知其掠。

149. 又

婵娟缺，阳春白雪丁香结。丁香结，君心已定。此情已说。明明灭灭明明灭，波波折折波波折，波波折，粼粼不语，殷殷切切。

150. 又

惊飞鹭，云云雨雨径朝暮，经朝暮，巢边已湿，岸沙未故。茵茵草草花含露，尊前容易青衫误，青衫误，无须舟退，当然不妒。

151. 念奴娇 自述

浮云收尽，望长远，玉宇晴空飞鸟。水水山山天下路，行者多多少少，去去来来，匆匆客客，不似飞天鸟。云舒云卷，岁年无语花草。日日月月春秋，暮朝朝暮易，人情人老。一半平生，天下问，一半平生无了。一半平生，公余应自主，古今天道。无休无止，诗翁方解诗好。

152. 又

东君来去，香雪海，桃李人间朝暮。处处芳香处处，步步寻寻不住，一树梨花，杏花一树，多少人情故。海棠结子，丁香如此如数。白白紫紫红红，又黄黄绿绿，青兰相顾。七彩云霓，三元色，自是不分无妒。满了人间，秋冬春夏见，任谁分付。任谁分付，思量同度同度。

153. 又 寄李白

几尊前客，学李白，天子呼来应赋。作了华清池上客，力士清平乐度，黄鹤楼前，凤凰台上，汉水金陵故。夜郎南下，当涂捞月如数。一世醉醉醒醒，问蚕丛蜀道，鱼凫分付。静夜思中，半格半律何许，坐贝称床，千年如此也，古今何误，月光菩萨，人间普渡普渡。

154. 又 寄杜甫

锦官城外，蜀相祠，古古今今如故。不尽老臣心不尽，且以浣溪居住。幕府人生，诗诗句句，自是先生付，何须计较，你我他中相妒。达者自以先贤，草堂留日月，如云如雨，向往严滩，相泽济，莫以匹夫自误。两个黄鹂，一行飞白鹭，以诗词赋。民心民语，终生辛苦辛苦。

155. 又 寄王维

人间今古，几得失，且以平生分付。若历开元天宝见，红豆生南国数，曲状元情，声情并茂，名致公主度。文章太守，琵琶如赋许。安史之乱朝皇，恐朝中宰相，其名难顾。作微书生，难从难不语，怯无言附，肃宗天下，谁非谁是谁步。

156. 惜分飞

步步行行天下路，莫以重寻朝暮，彼此何分付。山山水水常栖住。寺寺僧僧应不误，处处禅心领悟。明日长亭雨，今天望尽飞云度。

157. 梦玉人引

别来何去,相思语,最朝暮。心上交情,应是共行共度。池上鸳鸯,百鸟朝凤曲,溪亭如故,只是匆匆,不得相厮顾。作江南客,有竹枝,且以水山住。欲语无声。柳梅梅柳相互。灯火幽幽,红楼笙歌数,且知君,不得今宵分付。

158. 又

路难行走,人难见,意难守。何以交情,应是以长亭酒。从此尊前,**醉醉醒醒**,垂垂杨柳。处处寻寻,处处交朋友。两杯三盏,尚不如,一别一回首。欲语江河,一流无止人口。应是思量,情情深知否,自别后,缺园时,总是空床独守。

159. 如梦令

岸岸沙沙鸥鹭,玉玉佳佳树树。一日一东吴,半雨半烟朝暮。朝暮,朝暮,且在洞庭山住。

160. 又

暮暮朝朝朝暮,雨雨云云云雨。百里问江湖,一路寻来天路。如故,如故,如古如今如故。

161. 菩萨恋 端午

长沙不尽长沙主,汨罗自是汨罗五。辈子问苍梧,潇湘闻小姑。九歌秦楚羽,十地黄金缕。岳麓岳阳珠,明皇明念奴。

162. 又 元夕立春

元元夕夕梅花落,香香色色红尘约。立日立春宵,水仙从玉瑶。分年分岁着,长句长联作。孟昶蜀人潮,华人依此桥。

163. 又

梨花开了桃花落,因因果果常相约。百日一田禾,三光年岁多。何须天下雀,且问凌烟阁,不以弟兄戈,何言玄武波。

164. 临江仙

雾雾烟烟雾雾,云云雨雨云云。清明时节自纷纷,江南江水岸,碧玉碧衣裙。一 半纵横纵一半,分分合合分分。斯斯未了又文文,千年千日月,十里十芳芬。

165. 又 聚

白首回身回白首,青丝不见青丝。无知八十已无知,常寻天下路,最忆少年时。不饮玉壶何不饮,千杯万斛吟诗。醒醒醉醉已相厮。三生三欲尽,一度一思迟。

166. 减字木兰花

花花草草,岁岁无休无了了。近近遥遥,水水行舟渡口桥。多多少少,人去人来人已老。独独寥寥,汐汐潮潮水自消。

167. 又

黄花一半,九九重阳重一半。岁岁年年,叶叶枝枝独自悬。茱萸一半,弟弟兄兄分一半,忆里前川,八十寻回不着边。

168. 又 思乡

桓仁步步,五女山前山下路。八卦城中,章樾成县七品终。浑江朝暮,少小西关天后住。已自由衷,杜宇声声映山红。

169. 又

山中一路,一路山中一路。少小知书,少小离家少小如。朝朝暮暮,去去来来天下步,卷卷舒舒,雨雨云云日月初。

170. 又

秋冬春夏,上上望江亭下下。百里桑林,数尽山花数尽家。村村野野,不是秦砖和汉瓦,过了天涯,一半书生一半娃。

171. 鹧鸪天

且向尊前细细观,波澜不见是波澜。醒醒醉醉谁人解。无欲天天地地宽。三界外,一云端。玉壶深处玉壶寒。梅花第一枝前见,不饮难平半长安。

172. 又

不到临安不见春,书生记取曲江人。泾泾渭渭潼关去,注入黄河入海滨。千万卷,半经纶。梅花落了作红尘。当然八水长安守,一半兵曹一半民。

173. 又

前夜东风半夜花,三更未见五更华。群芳不尽群芳色,且入人间一两家。梅未落,李桃斜。海棠叶下有新芽。杏红一树朝墙外,且向书生作女娃。

174. 又　雪梅

白雪梅花白雪春，东邻香色过西邻。梅花三弄梅花落，作得香泥作得尘。冬腊月，岁年轮。天天地地是新人。东君不忘东君嘱，且向群芳寄白银。

175. 好事近

一望广寒宫，半曲梅花三弄。白雪阳春天下，百禽应朝凤。空空色色素空空，淑女淑如梦。留得人间高杰，已知仙人洞。

176. 又

不必问嫦娥，一半弦弦圆缺。月月相离相别，却无休无绝。山山水水共江河，夜夜总如雪，静夜思中天下，却应梅花折。

177. 卜算子

百草与群芳，岁岁知多少。路路人人日月长，自是年年老。水运河光，柳柳杨杨好，处处红荷处处香，一半天堂鸟。

178. 又

小路小桥边，同地同天远。一渡黄昏一渡船。不必问刘阮。半壁半桑田，千古千花苑。不见嫦娥自不眠，更柝声声晚。

179. 三登乐

一介书生，经十载，不分朝暮。已三登，泰平步步。有浮云，见草木，水村烟树，南南北北，去来分付。作得杨杨柳柳，梅花无数。问江流，载云载雨。对江楼，逝者曰，如斯如故。五千年外，不知一度。

180. 又

一水东流，千万里，如斯如注。自江源，已然吴楚。下巫山，知云雨，已分朝暮。宋玉媱姬，见闻官渡。不是高唐草木，襄王可数。以风流，一川烟雾。对江流，独叹息，此生难付。老已八十，以词以赋。

181. 又

一半横塘，天一半，江村一半，还余一半，杨柳岸。半浮云，半水色半含云断，荷塘月色，雨烟一半。一半江南一半，运河河畔，运河船，一兴一叹。小女儿，独自见，香香分散，谁应记取，馆娃一半。

182. 又

一品归来，公不语，已风云断。何应问，身名不算，任单于牧草处，在黄河畔，天下子弟，齐眉举案。六朝金陵已去，台载不算。问东流，秦淮两岸。也文文，也武武，燕山兴叹，国国已罢，家家一半。

183. 浪淘沙

一树半梨花，傍着人家。阳春白雪满天涯。留点寒光春不住，处处风华。逝水浪淘沙，哺育桑麻。人间草木自生芽。桃李成蹊桃李色，上了窗纱。

184. 虞美人　寄人觅梅

阳春白雪阳春早，不见梅花少，且寻玉屋已藏娇，略带寒凉冰碎似云霄。疏香脉脉应无了，傲骨天知晓。群芳已待弄春潮，记取梅花三弄是春桥。

185. 又

人情不尽人情晓，风月年年早。灯花处处祝元宵，白雪梅花玉影玉藏娇。英雄来济长安草，走马灯前了。东流万里自遥遥，逝者如斯总是有波潮。

186. 又

秦楼不尽秦楼曲，不尽秦楼玉。穆公未得凤凰留，养马秦川八百里君侯。凤凰箫史箫声续，弄玉巡天酱。东流逝水亦东流，留下江楼如是如秦楼。

187. 又　红木犀

秋风八月黄天荡，拾得成方丈，寻来桂子木犀香，九月黄花共度九重阳。红红已是人间想，只在人间仰。姑苏三载客家乡，一半江湖一半运河商。

188. 醉落魄　元夕

梅花有约，径三弄，与群芳著。在寒冬里衣衫薄，花也娇黄，应白雪雕作。疏香傲影如飞雀，一枝去了鬓巧梳掠。柳边池岸谁求索，轻折轻心，日月已生萼。

189. 眼儿媚　老苏州餐馆

姑苏八月五湖秋，独步上江楼。半竿落日，两行过雁，一叶轻舟。十三州里钱王去，不是十三州。洞庭山下，莼鲈脍蟹，是老苏州。

190. 石孝友

水调歌头　送张左司

落地千根器，独木一成林。君臣不弃南北，社稷作知音。八阵金戈铁马，九鼎中原逐鹿，天下一人心。直下燕山外。射虎会英钦。湖水，临安路，半南浔，自然向北知道步是宗荫。草木知名草木，汉将公卿汉将日月满衣襟。自以挥尘去，作古古今今。

191. 宝鼎现　上元上江西刘枢密

山中草木，水中鱼鳖，胸中丘壑。从明月，阴晴风雨，步步天街房谋拓。扇雄暮，鼎枢由元老，自取南山飞雀。望野墅平泉，高山流水，三朝韬略。梅花三弄梅花落，群芳丛，由曲常箸。寄目是，飞鸿起伏，高低问，从人间博。园里李李桃桃，同小杏，梨花求索，结子方成无止，何以花花萼萼。且举首，向凌烟阁，廿四图中诺，未尽天辽阔，今初霄醒醉，不胜飞跃。

192. 眼儿媚

半知粉黛半知书，一半画妆梳。慵慵束束，姿姿玉显，短短裙裾。无羞有妒花草乱，肌肤白皙余。身身好好，既是今日，何必当初。

193. 又

思思不尽又量量，对镜贴花黄，皮肤白皙，冰肌玉质，四面余香。梅花三弄梅花落，会色会群芳，春心卧底，小名玉女，小字窅娘。

194. 临江仙

一阵风雨风一阵，三东半见三吴。小家碧玉小桥姑。长洲长草木。柳岸柳杨苏。上下洞庭山上下，东西四面平湖，阴晴成向背，日月向江都。

195. 又　自述寄子吕赢女吕今

一半黄昏黄一半，天涯咫尺天涯。江村巷陌被云遮。残阳明远水，古木集栖鸦。八十人生人八十，回家不是回家。诗词不尽不桑麻。何人何子女，我你我他她。

196. 又

买笑听歌听买笑，谁知草木低高。东流逝水逝波涛，燕山燕永定，曲芝曲临洮。下里巴人巴下里，阳春白雪江皋。单于曲里问葡萄，胡人胡客语，汉使汉庭庞。

197. 又

八十年中年八十，人人事事谁知，分分秒秒自多思，文成文未了，境过司。古古今今古古，五千年里何时。年年岁岁总相持，人多人少见，事简事繁期。

198. 又

碧玉姑苏姑碧玉，长洲一半长洲。运河不尽运河流。阴晴杨柳岸，日月去来舟。记取天堂天记取，隋炀留下春秋，王侯王彼此，水载水沉浮。

199. 鹧鸪天

一半心情一半春，相亲相近互相邻，歌歌舞舞当筵色，见得梅花见得人。云态度，雨精神。朝朝暮暮两红尘。月明月暗何言语，不可分明不可秦。

200. 又

不收双波不收情，霜合自两相倾。巫山云雨分朝暮，夜夜嫦娥月月明。来有影，去无惊。心心意意自难平，阳春白雪阳春在，下里巴人下里荆。

201. 又

一曲难成一曲成，半身姿态半身倾。朦胧月色朦胧夜，席上思量席下情。文化客，匹夫英。真心实意对天盟。亲亲密密谁分别，去去来来两不平。

202. 又

一度相思一度秋，半江逝水半江流。江流已去江楼在，水自沉浮水载舟。千万里，暮朝休。不回日月不回头。落霞孤鹜齐飞处，了了休休未再求。

203. 又　寄祖父

一寸心思一寸肠，半家日月半家乡。兄兄弟弟谁言小，祖祖宗宗作栋梁。千万里，过南洋，人生八十毕诗章。关东创业山东客，五代同堂作柳杨。

204. 又

一水无平半水平，千流有阻万流生。年年岁岁何年岁，草草花花处处荣。天日月，地阴晴。人人事事久难衡。农夫只以田家乐，总是耘耘总是耕。

205. 又

一水东流半小姑，三湘竹泪两江苏。二妃鼓瑟苍梧问，不及明皇唤念奴。天下客，故功夫，殊途之内有殊途。

余瑶禹穴径尧舜，世上人间碧玉姝。

206. 又
小小难明老老情，来来去去总难行。
分分别别离离见，岁岁年年久太平。
成是路，败非荣。成成败败是人生。
朝朝暮暮齐心力，日日天天步步明。

207. 又
你我他间你我他，大家之内小人家。
天涯咫尺天涯见，一寸心思一处花。
天下水，浪淘沙。夕阳尽了又朝霞。
春秋冬夏年年续，匹匹夫夫种豆瓜。

208. 卜算子
雨下雨云平，花草花难定。一夜阳春白雪生，半醉花无醒。已是各枯荣，意自依香凝。见得眉尖见得婴，不尽难分情。

209. 又
见也见时难，分也分难见。一半梅花一半寒，且以东风面。水水有波澜，月月弦弦线。自是舒舒卷卷单，卷卷舒舒单。

210. 又
一半暮朝行，一半关山道。一半长亭一半生，柳柳杨杨好。一半腊梅花，一半群芳草。一半独香一半城，去去来来了。

211. 又 孟扶干岁寒三友屏风
一载运河舟，岁度寒三友。半在姑苏半不留，望尽淞江口。逝水问江楼，两岸多杨柳。自在沉浮自在流，

不饮刘伶酒。

212. 鹧鸪天 旅中中秋
一岁中秋一岁圆，年年上下半弦弦。人言十五余圆缺，十六云中不问天。无歌舞，有婵娟。广寒宫里莫孤眠。如今不去如今去，一度中秋一度怜。

213. 又 冬至上李漕
一线天长日月安，三冬已在暮朝寒。天机只以天机见，逝水难平总是澜。书未了，剑方弹。单于曲里有青丹。阴山一箭知飞将，射虎冯唐且正冠。

214. 渔家傲 送李憨言徐元吉赴试南宫
一日惊鸿惊百鸟，集英殿上冬梅早。射虎燕山飞将好，书未了，房谋时策凌烟标。十载寒窗寒十载，三生日月三生晓。了了无非无了了，天下道，精英自以精英道。

215. 又
步步长洲长俯仰，江湖深处黄天荡。四象寒山寒四象。谁方丈，两仪日月分明朗。勾践剑池吴越问，夫差娃馆西施赏。双面绣中双面纺，秋风爽，纯鲈脍里阳澄鳖。

216. 洞仙歌 四十一体
长亭十里，见杨杨柳柳。黄绿分匀自六九。七九河边色，春已梅香，应不尽，处处天高地厚。秋冬春夏了，水水山山，自与人人作朋友，不差草木，不差王侯，头顶上，当知可否。只寻常，高风有时来，古古今今，只垂垂首。

217. 念奴娇 上洪帅
长城南北，运河岸，处处年年杨柳，记取秦皇和汉武，不记隋炀左右，见得钱塘，杭州湾里，自是江河口，千年过去，英雄谁不知否。坑灰已冷儒生，酒泉飞将守，深宫亲友，霍卫身名，何李广，天水黄流奔走，逐鹿中原，不以单于惊肘。一曲声声，昭君何所怨，向阴山久。不堪回首，英雄人见人口。

218. 又
清明寒食，七八日，细雨霏霏朝暮。不尽江南江北草，见得梅花树树。色色香香，自以群芳故。阳春白雪，茵茵如此如故。处处雾雾烟烟，向杨杨柳柳，分春分布。杜宇声中，听不住，日日阴晴相互。见得丁香，知桃桃李李，已成蹊赋。海棠成果，红红黄黄里分付。

219. 又
天空寒月，却总是，别别离离圆缺。上下弦中弦上下，一半明明灭灭。桂树吴刚，嫦娥玉兔，后羿谁人说，世间难了，情中殷切殷切。七夕乞巧人前，见星河喜鹊，婵娟波折。汉武王母，塘宫传信息对瑶台悦，玉情玉女，无今无故无绝。

220. 又
大江东去，几今古，去去来来朝暮。独木成林成树木，器器根根分付。上下垂垂，垂垂上下，百岁千年数。少年老子，人人知道榕树。天地自

以方圆，见人人处处，相倾相住，子子孙孙，前川前古木，以心相顾。望而行止，寻根寻祖寻度。

221. 又

石头城外，六朝尽，未尽台城今古。武帝梁朝梁武帝，不主人间不主。自得心经，金刚自得，不惜黄金缕，平心静气，无言辰钟暮鼓。掘断两半秦淮，紫金山下路，秦皇天府。北固江南，慎三山二水，不须飞羽，江山依旧，孙权建邺虎阜。

222. 醉落魄

朝朝暮暮，云云雨雨云云雨。巫山不尽巫山路。一半高唐，一半应官渡。花萼楼中千百度，珍珠一斛情人误。明皇何以江妃妒，不忘梅妃，且与杨妃住。

223. 又

江流一路，巫山三峡多云雨。夔门不锁朝官渡。逝者如斯一半瞿塘雾。宋玉媱姬分别度，襄王楚客喜高唐付。朝朝暮暮朝朝暮，不是无心，却是多情故。

224. 又

步枫桥上，寒山拾得谁方丈。江湖深处黄天荡。四顾长洲且对洞庭仰。东西山下梅花赏，香香雪雪群芳享，桃桃李李人间往。八月莼鲈，蟹脚秋风痒。

225. 又

小家碧玉，梅花三弄梅花落。黄昏

未了桥边约。影影形形，宿鸟何求索。短了香衫裙已薄，巢中归得无飞雀。月明一半寻花萼，悄悄依依，笑笑轻轻若。

226. 丑奴儿　次韵何文成灯下镜中桃花

菱形镜里桃花笑，一半香团，一半云端。月下移灯可细观。双波似水何浮动，已是栖鸾，影孤形单，半是音琴半待弹。

227. 西江月

万里黄河逝水，长城万里金戈，书书剑剑四方多，处处风花雪月。一半长安故国，临安一半江波，英雄夜半问嫦娥，面对单于关阙。

228. 又

一片西江月色，三湘草木皆兵，二妃鼓瑟世人惊，不尽苍梧水性。百里君山屹石，千年牯岭湖声，鄱阳一脉九州横，俱是人间百姓。

229. 鹧鸪天

八十姑苏步步行，长春三载半人生。寒山拾得枫桥寺，勾践夫差岁月城。孙武子，虎丘鸣。生公点石石头平。吴门不锁藏珠玉，越女常怀闺密情。

230. 踏莎行

暮暮朝朝，朝朝暮暮。朝朝暮暮还朝暮。风尘风月有风尘，阴晴草木枯荣度。路路重阳，重阳路路，春秋步步春秋步。长亭十里又长亭，人生分付人生付。

231. 望海潮

运河南北，杨杨柳柳，钱塘八月天潮，今古六合，盐官一线，波涛直上云霄。逝水著天桥。将龙宫迁址，玉宇遥遥。可叹珠玑，芙蓉出水正藏娇。初生桂子绞绡，有莲蓬自立，未了苗条。篱下菊香，黄花四野，人间多少逍遥。不尽问渔樵。莫以耕耘见，日月昭昭，试得灵霄殿上，太白金星雕。

232. 虞美人

牛郎织女牛郎误，天人上间路。王母汉武自倾居，玉女传书彼此以情余。鹊桥一日经年度，七夕难相顾。相如不是故相如，不是当今不是不当初。

233. 又

清明时节清明雨，细细绵绵数。长洲十里一三吴。木渎西施娃馆半姑苏。江湖一半江湖路，五湖淞江步。隋炀杨柳一江都，水调歌头胜似问书儒。

234. 水龙吟

人间一半人间，英雄不作英雄主。六朝记取，台城记取，梁朝帝武，不思金陵，只思天竺，天天钟鼓，自空空色色，我刚经里天下去，云中数。如此如今如古，去来问，春秋飞羽，南南北北，何寒何暖，辛辛苦苦。岁岁年年，衡阳青海，不言风雨，只见飞不止，南南北北有芦花浦。

235. 长相思

短相思，长相思。处处相思处处思。情情不尽思。日相思，夜相思，总是相思，总是思，相思自己思。

236. 又

你也知，我也知。你我之中你我知。无知也是知。去也知，来也知。去去来来你我知，明明暗暗知。

237. 又

合一时，分一时。合合分分不尽时，分分合合时。是一时，非一时。是是非非总是时，卿卿我我时。

238. 又

暮不迟，朝不迟。暮暮朝朝总不迟，离离别别迟。缺也迟，圆也迟，缺缺圆圆总是迟，心心意意司。

239. 品令

一胡笛，几欲垂鞭，向江南觅。荷花岸，木犀香，道："结子三五绩，一十二三颗粒，白皙苦心白皙。似桃李，葡萄都是果成一个，俱成幂。"

240. 点绛唇

一夜梅花，香香彻彻知多少。且听飞鸟，见得藏娇好。见得群芳紫紫红红早。茵茵草，见人情老，不见人心老。

241. 又

出水芙蓉，婷婷玉立婷婷见，有梨花面，一树桃花扇。解带开封，上下长生殿。华浦院，是明皇倦，也是杨妃倦。

242. 又

自笑平生，行行止止行行步，自由分付，自主前前路。日夜公余，格律诗词赋。平生度，回头相数，格律诗词故。

243. 又

小女蛮腰，香香色色何多少。眼波无了，偎偎依依好。自不藏娇，白皙双峰鸟。慵慵态态，在怀中小，小小春啼早。

244. 又

四十人生，人生不惑人生路，与天同住，与地还同住。四十人生一半人生路，行行步步，与天行步，与地还行步。

245. 又

一半吴门，吴门不锁吴门雨，雨云云雨，俱是云烟故。一半珍珠，一半琉璃露，姑苏雾，五湖分付，一半长洲故。

246. 玉楼春

梅花三弄梅花落，下里巴人谁可约。高山流水有知音，白雪阳春飞黄鹤。桃桃李李风前尊，雁雁书书谁见讬。春江月夜张若虚，李白玄宗浦平乐。

247. 又

东君已约群芳早，只与当年张好好。梅花落了作红泥，结果樱红桃李小。吴云楚雨已淼淼，三峡巫山官渡老。瑶姬宋玉赋高唐，暮暮朝朝何时了。

248. 又

乘风破浪东流路，逝水江楼何不顾。我行我素我如斯，佛道儒书日月度。春秋一半春秋付，草木人间多玉树。歌歌舞舞满青楼，古古今今何不住。

249. 又

离离别别人生度，业业功功谁不顾。名名利利谁分付。芳草萋萋芳草路。江山社稷朝还暮，楚峡吴江今古渡。山门不锁问寒山，鼓鼓钟钟谁可数。

250. 又

洞庭山上几朝暮，一半枇杷作玉树。新茶发叶中微芽，采碧螺春曾一渡。旗旗小小枪枪住，雾雾云云烟烟分付。好茶好水好茗壶，井上江中泉下注。

251. 又 冬日上江西漕鲁大卿

疏流九脉尧舜禹，日月王光星不主。飞龙卧虎见台书，业业功功丞相府。先贤达者风云雨，国计民生晴玉宇。颐倾石尉净尘心，鲁客齐侯同渔父。

252. 又

春春夏夏秋秋续，雨水浦明浦谷绿。云低小满暑相连，九九重阳霜似玉。枫林白雪冰红属，淑气交融寒已足，已经冬至入人心，一线天长一日束。

253. 又

秦秦汉汉桃源路，古古今今应不住。渊明赋予武陵故。湘湘鄂鄂谁不顾。觞觞酒酒已分付，醉醉醒醒都是误。从来不饮不重来，云飞云落云下雨。

254. 又

三生已定两生路，五柳难明五柳顾。粮粮米米斗中平，诗诗书书朝可暮。弦弦弃弃两三句，板板知音板板误。陶公不负不陶公，刘伶不见不师付。

255. 西地锦

日月花花草草，数江南最好。芙蓉玉立，香香桂子，葡萄多少。已是中秋风貌。向重阳还早，黄花九九，兰桥落鹊人人无了。

256. 朝中措

山山叠叠水泠泠，花草自丹青。路路行行止止，尘尘土土泞泞。春秋荏苒春秋，枝枝叶叶飘零，少小中中老老，驿驿客客长亭。

257. 阮郎归

江流东去总无平，声声不住鸣。自高如此向低行，无须日月惊。千万里，半阴晴。沉浮载物生，相倾不尽又相倾，原由自不平。

258. 满江红

已满江红，夕阳里，黄昏渐暮。向远照，高山峻岭，水光分付。最是江湖留不住，归鸿落鹜云中树。到黄粱梦断有余情，难行步。天下水，千百度，世上客，长亭路。各人人事事，半阴晴付。少小成思成少小，青青壮壮年年顾。到老来，伏枥识途时，谁如故。

259. 浪淘沙

十里一人家，五里人家。人家不尽半人家，咫尺天涯天咫尺，只一枝花。五里一人家，十里人家，一半人家人一半是一枝花。

260. 声声慢

良辰美景，月下花前，如此一半相思。燕子归巢，何以语语词词轻轻翻复来止，已生奇，作为人师。此彼此，殷勤密约，切切因时。杨柳运河杨柳，船隐处箫娘若若身姿。万水千山，一定莫失花期，刘郎算来重会，共香红，不只相思。再留下，又相思，自得自持。

261. 忆秦娥

秦楼月，秦楼弄玉秦楼月。秦楼月，年年杨柳，岁岁关阙。秦川八百里回纥，穆公养马周王厥。周王厥，凤凰声里，萧史何曰。

262. 菩萨蛮

阳春白雪阳春雪，梅花三弄梅花别。一月一嫦娥，寒宫寒意多。弦弦明又灭，桂桂园园还缺。玉兔玉厮磨，吴刚吴越河。

263. 又

朝朝暮暮何朝暮，人人路路谁人路。不可不知书，云浮云卷舒。衣装衣食住，利禄公名付。日月可同初，阴晴有所余。

264. 又

杨杨柳柳同朝暮，年年岁岁同成树，事事有当初，人人无可虚。同行同一路，何止何三顾。日日苦辛殊，年年功业图。

265. 惜奴娇

我自多情，却遇着，多情自你。把一心，十分与你。有春秋，有阴晴，方知你。望前程，一端是你，不止不休，共如今，同因你。我你你我也，同行我你。

266. 又

合合离离，总是个，难分我你。把一心，五分与你，五分心，向功业，还向你。与你朝暮朝，只同个你。岁岁年年，一公余，当知你，独行时，心里是你，共产共栖，共了你，同了你，生生息息也，生生我你。

267. 江城子

运河一路岸边桥。水迢迢，木摇摇。一半钱塘，一半海天潮。我是行人君是客，云落落，雨潇潇。烟烟雾雾半云霄。柳条条，女儿娇。隐隐身影，碧玉小家箫。只似岩阳山上雪，如美玉，似琼瑶。

268. 又

孤孤独独半时生，半乾坤，半阴晴。一半前行，一半自枯荣。一半精英精一半，争日月，苦辛城。人人事事一难平一荆盟，一勋名，一半妻儿，一半国家行。格律诗词留后世，公不尽，秩余耕。

269. 如梦令

不尽运河杨柳，尽了钱塘江口。见了一西湖，可作一年之酒。知否，知否知古知今知酒。

270. 又

醉醉醒醒如草，东倒无风西倒。步浪浪沧沧，无止无休无了。多少，多少，醉醉醒醒如草。

271. 又

作了人间飞鸟，见得人间花草。一岁一枯荣，半夏半春方好。方好，方好。一半枯荣多少。

272. 亭前柳

一柳亭前，半玉色，自垂怜。运河岸边由帛易，拂荡见不系过往行船。识得千千又万万，也有情，处处青莲。岁月百年，春夏秋冬去，只分付，不分付婵娟。

273. 好事近

三弄一梅花，直到是梅花落。是与东君相约，与群芳相约。香泥作得红尘。不似小飞雀，共了春光来去，一名凌烟阁。

274. 夜行船

如古如今如梦，自在见，百鸟朝凤。梅花三弄一梅花，梅花落，记取三弄。何以请君先入瓮，人间道，匹夫成众。春夏秋冬南北路，也东西，与谁相送。

275. 又

不是青莲何太白，醉长安，不知阡陌。呼得明皇，浦平乐里，成侍奉翰林客。格律已中唐立册，静夜思，古风重隔。乐府无则。兰桥未就，今诗里，运河帛。

276. 茶瓶儿

不尽运河杨柳，看得白红酥手。放翁琬儿沈园酒，应不奈，两相厮守。应知否，无知否。只堪是，文章太守。山盟海誓人人口，却似得运河杨柳。

277. 西江月

别别离离别别，相思处处相思。鸳鸯一双凤凰时，水水台台相说。月月圆圆缺缺，归期一半归期。灵犀一点一灵犀，白雪阳春白雪。

278. 望海潮 元日上都运鲁大卿

杭州西子，姑苏碧玉。钱塘自古人家。江水富春，杨杨柳柳，耶溪浣女轻纱。少女舞云霞，似芙蓉出水，粉白荷花。玉玉肌肌，一半丰姿半无遮。三秋桂子嘉佳，五湖天下水，咫尺天涯。渔舟唱晚，寒山拾得，枫桥钓叟莲娃。日暮虎丘斜。见钟钟鼓鼓，朝暮蒹葭。最是黄昏落照，浴后女儿娃。

279. 清平乐 送同舍周智隆

何言少小，岁岁年年老。不了人生人不了，一路如何是好。波波汐汐潮潮，朝朝暮暮云霄。处处耕耘处处，桑苗是桑苗。

280. 又自述

重阳九九，四野黄花首。采得茱萸兄弟手，处处杨杨柳柳。生生世世沉浮，名名利利何谋。且以诗词格律，公余日日春秋。

281. 又

朝朝暮暮，止止行行路。一步人生一步，少小中青老故。少年自读诗书，牛群与之相居，已是聚精会神，同声共语当初。

282. 又

少年意志，不以知天地，未了三三和和四四，未以五分成器。老来南北东西，高高何以低低，木木林林草草，齐齐不是齐齐。

283. 又

梅花有约，雨水梅花落。化作红尘余一尊，总是香香若若。嫦娥月里嫦娥，江河日下江河。草木枯荣草木，厮磨总是厮磨。

284. 又

一朝一暮，半是人情雾，去去来来云带雨，如有如无如故。香香留下余余，形形影影相居，彼此如今彼此，当初何必当初。

285. 一剪梅 送晁驹父

共在他乡共客居，你也相如，我也相如。只知别处不知书。一半无余，一半多余。自是浮云自卷舒。你不荷锄，我不荷锄。樵渔不可故樵渔。家有当初，国有当初。

286. 浣溪沙

李白韦章半酒香，王维杜甫一君肠。乐天元慎两低昂。古古今今成格律，音音韵韵佩文乡。隋隋已经已唐唐。

287. 又

曹丕燕山一首歌，四声八病半江河。隋炀已始运河波。水调歌头歌水调，佺期之问过汨罗。广寒宫里问嫦娥。

288. 又

世上阴晴一渭泾，人间草木半丹青。长亭十里又长亭。竹泪苍梧苍苍泪，湘灵鼓瑟两湘灵，金刚经卷共心经。

289. 又

一半婵娟一半明，三更未了五更清。卿卿我我两相倾。相就相依相互问，嫦娥后羿此何声，夫妻别后见真情。

290. 谒金门

三峡雾，一水东流官渡。白帝巫山成此路，是朝云暮雨。宋玉高唐如赋，神女瑶姬如故，只是襄王王已住。依情何不付。

291. 又

三峡路，半在瞿塘官渡。不顾夔门何不顾，巫山朝又暮。白帝城中分付，见得巴州云雨。十二峰前来去数，何人神女赋。

292. 又

黄粱梦，腊月梅花三弄。百鸟林中朝玉凤，书生迎又送。一日龙门知贡，试卷请君入瓮。酷吏人间人已众，煌煌仙客洞。

293. 又

知云雨，却是不知朝暮。一半花庭多玉树。情间相互顾。如去如来如故，何古何今何数。百度人生人百度，无休无止路。

294. 又

人如雪，已是梅花如雪。白雪阳春何白雪，肌肤如白雪。见得梨花白雪，月里婵娟如雪。自是广寒宫白雪，霜明霜白雪。

295. 水调歌头

水调歌头曲，今古一风流。隋炀好好头颅，见得运河舟。帛昜杨杨柳柳，高低南南北北，一水一沉浮。且向江都去，六渎扬州。黄阁老，三世界，百春秋。楼船不似皇上不是不交游。见得今今古古，见得秦皇汉武，见得帝王侯，见得苏杭水，何必立鸿沟。

296. 又　赵倅生辰

三十身名左，四十立勋功。英雄五十天下，六十自天空。二十书书剑剑，少小不知穷。七十诗词客，八十弃家翁。南洋外辽妾，自西东，从林赤道山水一度一心中，逝水今今古古，独得来来去去，任可已由衷。以此云天步，达者已成空。

297. 又

一半男儿志，逝水浪淘沙。风流日月天下，咫尺见天涯。木槿朝开朝暮榭，白粉红黄兰紫，七色玉人花。独木成林见，百鸟凤凰葩。青莲影，黄桂子，碧山茶。重阳九九云外百度向人家。已是金阳金菊，又以茱萸四野，处处共天涯。一柱擎天石，海角有鱼鲨。

298. 又

腊月梅花雪，元日立春头。秦淮六渎连水，不尽运河舟。寒食清明细雨，无了霏霏无止，草木露珠留。最是群芳色，不可不低头。红桃李，梨杏色，已藏羞。阴晴一半天气一度一风流。待到荷塘月色，步步寻来桂子，百里共春秋，记取隋炀帝，水调一歌头。

299. 又

上下弦弦月，缺缺一圆圆。吴刚伐桂无止，玉兔也无眠。最是嫦娥不忍，隐隐明明灭灭，以此作云烟。玉宇琼楼外，百度广寒天。三界外，天地里，问何年。东西自在来去主意主前川，后羿经常不见，射日无须勤勉，明镜自高悬。冬夏春秋济，夜夜共婵娟。

300. 杏花天

杏花天里桃李好，已结子，微微小小。日经六十东风了，麦收田中见晓。春夏里，私情杳杳。红颜里，香多多少，最是色色阳光早，彼此情不老。

301. 南歌子

水水浮明月，天天落晓星，长亭十里一长亭。四望春风杨柳自青青。昨日非今日，听风是雨宁。湘灵鼓瑟二湘灵，竹泪苍梧留下九嶷町。

302. 又

草色成裙带，花光映目开。小家碧玉小桥来，折下一梅香气耳边堆。踏步青青路，寻情处处媒。桃红柳绿有春催，我是如今作了玉壶杯。

303.浣溪沙

忆

别父如今十八霜，中年别母半儿郎。人生八十忆爹娘，祖上洪尊家业创。关东自立故家乡，孤魂独步客南洋。

304.南歌子

柳叶垂垂绿，桃花艳艳红，棠梨一树带春风。不符东君离去已由衷。结子蜂蜂语，成友蝶蝶空。青莲水上已相逢，一半江南一半是玲珑。

305.又

九月重阳节，三秋问故乡。年年一日一回肠。久久难平难得久思量。去去行无止，来来问有方。登高四野菊花黄，此际声名达者帝畿扬。

306.又

岸浅连天草，池深落日光。山山水水一芳塘。纳纳容容容纳作天堂。事事成名早，人人客八方。阳春白雪腊梅香，下里巴人处处是衷肠。

307.又

十步长亭路，三生日月光。行行止止度炎凉。自是阳关三叠过黄粱。大漠胡杨树，沙鸣问故乡。黄河万里自扬长，一曲一湾一路一思量。

308.武陵春

别别离离三百里，十日作归期。半月无回自是迟，如彼似此时。已可思常去也，最是月明知。不免相烦喜鹊仔，先上女儿枝。

309.好事近

一半武陵春，一半潇湘无信。处处桃花杨柳，汉秦无分吝。飞上下化龙蛇，一半去来迅。一半自由成雨，有情人间润。

310.减字木兰花　赠何藻

小小青莲，小小青莲青小小。碧玉村桥，碧玉村桥碧玉桥。人人好好，好好人人好好。处处藏娇，处处藏娇处处娇。

311.又

人人老老，老老人人老老。汐汐潮潮，汐汐潮潮汐汐潮。小小重回，小小重回重小小。路路遥遥，路路遥遥路路遥。

312.又

多多少少，少少多多多少少。一路禾苗，一路禾苗一路滔。春秋不了，不了春秋春不了。一半云霄，一半云中一半霄。

313.柳梢青

薄薄窗纱，清清楚楚，是女儿家。散尽香香，梅花弄里，曾见来那。东君处处花花，只见得身姿不遮，闭目风流，一人情意，雨后云霞。

314.乌夜啼

乌乌夜夜啼啼，向东西。雨雨云云来去，草萋萋。寻寻觅觅，寻觅觅向高低，叶叶枝枝繁简，总无栖。

315.愁倚阑　又名春光好

人好远，路可长，久思量。路在路中路不尽，有天光。远山先得斜阳，黄昏里，已见沧桑。不以功成业就望，一文章。

316.又

长城外，运河中，几英雄。已有秦皇和汉武，一长空。不记帛柳吴宫隋炀帝，一翼天鸿。留下千年天水岸，再相逢。

317.满庭芳　上张紫微自述

止止行行，行行止止，自是自得枯荣。中南海里，六十老书生。一半中书门下，从四品，不可声鸣。公余后，诗词格律，未了故时情。郎中，父母教，农夫土地，亩亩苍生。数尽颗粒籽，岁岁收成，每亩六千粱秫，由尺寸，苦辛耕耘，年年度，天天日日，夜夜老书生。

318.又　次范倅忆洛阳梅

一路人生，人生一路，处处春夏秋冬。风云雨雪，日月在苍空。见得年年两度，南北客，俯仰飞鸿。江湖岸，勾践问，木渎吴宫。夫差见，西施不已，舞罢夕阳红。临安临逝水，洛阳梅色，格外殷红，向梅花三弄，一曲无终。岁岁年年白雪，今古尽，不问英雄英雄问，红英不久，不久治兵戎。

319.又

汉汉秦秦，秦秦汉汉，一半五陵春。五百年里，未见去来人。世外桃源隔绝。花草色，四秩天轮。何分别，秦皇汉武，土地有经纶。江山江水月，柳杨柳叶，草木天津。二月梅花落，作了红尘。留下香香世界，依旧是，日日珍珍。由今古，成成败败，不尽不撕民。

320. 又 寄别

铜雀春空,春空铜雀,不见旧日曹公。杜康当醉，举櫜一称雄。赤壁周郎一计，徐庶见，忘了东风。连营里，千军万马，踏平大江东。华容，三国路，分吴蜀魏，有始无终。问空城诸葛，我可西东，放你孔明一曲，由你我，见取飞鸿。应归晋何言一战，不作故家翁。

321. 更漏子

问垂鞭，向古道。多少关山多少。人已见，雨潇潇。长空八水潮。牡丹红，丁香老。听得单于一曲，飞鸟去，入云霄。黄河日月谣。

322. 又

一南天，半北道。老少人人老少。天下路，去来遥。成成败败消。成其事，败自黜。自是梅花三弄，群芳里，作春潮。金屋不藏娇。

323. 木兰花

阳关一曲阳关路，渭水三春泾渭故。黄河已自向潼关，牧马单于朝也暮。阴山不断琵琶雨，蒙古胡琴声不住。帐房步步满牛羊，百百千千应不数。

324. 又

草草原原草草牧，近近遥遥多少菊。黄花一片满黄花，辚辚声声听辚辚。琵琶曲里琵琶女，淑玉胡风胡马逐。春春夏夏满秋香，白雪冬冰奶香馥。

325. 踏莎行

一半阴晴，阴晴一半。运河柳柳杨杨岸。钱塘一水过苏杭，隋断水调歌头断。一半江南，江南一半。楼船到了扬州岸。苏帛换取柳杨钱，如今六渎香香散。

326. 行香子

明月无尘，子夜空床。内衣衫，留下余香。长亭长路，名利何扬。一半相思，一情在，半身凉。太守文章，来日方长。有诗词，也有黄粱。几时归去，问个箫娘。小小婵娟，寒宫里，半家乡。

327. 画堂春

冬梅落了一冬梅，群芳处处催催。东君不住暗徘徊，当自裁裁。楚女沉腰瘦，瑶姬宋玉高台。朝云暮雨野花开，是玉人来。

328. 摊破浣溪沙

日落江流半水村，虫栖雁过一黄昏。正是高山流水处，小儿孙。漠漠风光风不止，幽幽芳芳满乾坤。古古今今曾未了，是生根。

329. 燕归梁

柳柳杨杨桃李荫，一笑值千金。眉眉目目有情寻，娇滴滴，玉深深。当初一见，如今半念，日月已难禁。由然自得是关心，又何止，是余音。

330. 望江南

天水岸，九曲十八湾。万里黄河黄不断，潼关泾渭过阴山，何以水云间。秦晋路，齐鲁问红颜。逐鹿中原分四秩，长安太守两朝班，已可正冠还。

331. 青玉案

梅花三弄梅花落，上元后，十天约。簇簇群芳紫红若。风流掩映，雨烟分合，似以凌烟作。黄鹤楼上飞黄鹤，岳阳楼下日光薄，九脉东流滕王阁。心随天地，如斯如此，一曲清平乐。

332. 蝶恋花

两地相国分两地，一半心情，一半留春意。未别声声留一字，半空半枕从君事。处处相思分一季，三月之中，织女牛郎织。鹊岸银河云绵寄，王母汉武埔宫次。

333. 又 柳

太守文章谁太守，日月人间，处处知杨柳，知杨柳，拂拂垂垂风雨久，长亭西侧长亭友。春夏秋冬，天地有，北北南南，草木同知否，自是王孙当左右，平生是处应回首。

334. 又

一曲高山流水泪，一曲单于，一曲黄金缕，下里巴人三四五，阳春白雪今从古。玉女传书传汉武，已会王母，已是银河无主，织女牛郎云可雨，鹊桥乞巧人间数。

335. 暮山溪

莺莺燕燕，处处桃花面，一半春风，半崔护，天天如见。人人心里，处处有深情。云舒卷，云舒卷，日月成家倦。倾倾恋恋，半在长生殿。天宝一明皇，却已是，开元宫院。杨妃荔支，又一斛珍珠，他已缱，她相缱，一半江山缱。

336. 又

江山一半，日月人间半。天下一人情，却总是，难分两半。阴阳一半，向背两分仪，此一半，彼还半。男儿一半，小女应分半，世上乾坤，地地半，天天一半，明明暗暗，岁岁亦年年，来是半，去还半，死死生生半。

337. 又

运河两岸，不尽风云断。柳柳又杨杨，以帛易，隋炀何算，头颅好矣，留下数千年，云无乱，雨无乱，六浃霏霏畔。运河两岸，岁岁芳芬散，一路满青莲，梅花落，红尘一半。荷塘月色桂子对重阳，黄花半，茱萸半，一半春秋一半。

北宋·范宽
溪山行旅图

读写全宋词一万七千首
第三十八函

1. 千秋岁

元春相约，三弄梅花落。儿女见，春衫薄。声声唤日月，点破群芳尊。非是昨，今今不与明明各。日日皆方略，当以清平乐。人不老，情求索，应天南地北，楼上飞黄鹤。曾一诺，知音台上飞云鹊。

2. 传言玉女

玉女传言，汉武在承华殿。七夕墉宫，与王母相见，英春梦里，我是王子登倩。人间乞巧，月老红线。紫陌红阡，俱是八仙如宴。盘桃采得，有人参果见。幽期密约，只可只须如面，形形影影，任舒由卷。

3. 韩玉

水调歌头

不读隋炀帝，未得一精英。头颅何以好坏，日月可成城。留下千年业绩，留下运河南北，留下万人情。留下江南岸，留下自枯荣。秦皇治，何汉武，一长城。南南北北留下战战又争争，记取琵琶蜀女，记取单于放牧，记取一和平。记取田桑赋，世上自繁荣。

4. 又　自广中出卢陵，赠歌姬段云卿

一曲天涯客，一曲寄卢陵。声声美女清唱，语语有香凝。见得阳春白雪，也有高山流水，我自似游僧，寺里心经念，独月对清灯。听秦晋，惊楚汉，问鲲鹏。王母汉武墉宫传信王子登。玉女如今在此，未了姿姿色色，弹指弄商征。且以依依态态，大小已双乘。

5. 又

一半寒宫色，一半等闲人。弦弦上下来去，不尽问秋春。腊月梅花比色，也与阳春白雪，平步过天津，最是波波水，处处自粼粼。芙蓉立，寻桂子，泡清尘。重阳九月黄菊一半有霜身。但向枫丹白露，也济凌冰碎玉，岁月度天轮。且莫嫦娥问，后羿是西邻。

6. 念奴娇　十三体

长江万里，又黄河万里，长城万里。分道中原分万里，水水山山云里。逝者如斯，岁年年岁。何以长城毁。古今今古，以周秦汉相比。千里，一路隋炀，运河南北，消长盈虚里，杨柳垂垂情不断，春江花月夜里。一半钱塘，芙蓉出水，六淙三千子。兰亭书序，诗翁元自所以。

7. 感皇恩　广东与康伯可

一路运河亭，杨杨柳柳。别去羊城一杯酒，谁言不饮，且问东吴茶友。月明知我意，来相就。步近天涯人思太守。彼此文章可离否。十年岁月，半得三生消瘦。重回故地见，皆杨柳。

8. 满江红　重九菊张舍人

九九重阳，九九九，重阳九九。九月九，黄花满地，也黄杨柳。步步登高登步步，方方面面而何回首。半功名，半勋业风光，谁知否。共日月，同携手。事事举，人人友。自朝朝暮暮，以文章守。更对匈奴应剑剑，临安设在长江口，向冯唐李广在燕山，谁知否。

9. 曲江秋　正宫

朝朝暮暮，数岁岁年年，应三万度。去来来去，天天日日，已如今如故。书剑已两误。望南北，东西顾。何了兴亡事，枯荣自付，止行相互。细雨，烟烟雾雾，运河水，江南已住，春江花月夜，高山流水，词赋词又赋。渔舟唱晚荷塘，琵琶声里单于妒，莫利禄，身名勋功处处，自由飞鹜。

10. 一剪梅

剑剑书书剑剑情，南南北北，一界长城。半是春秋不和平。射虎燕山，飞将归程。梦里关山不见，云中花瘦，月下轻盈。原来有约有心盟。且在黄粱，云雨三更。

11. 上西平

弃琴弦，听杨柳，不弯腰。水造化，汐汐潮潮。风风浪浪，天边一鸟在云霄。雪雪霜霜倾下，惊了天骄。连云去时空逐，鱼龙舞，半逍遥。有无限，日月昭昭，区区点滴，巢由舜禹不渔樵。当今世界当今主，弄玉吹箫。

12. 西江月

地久天长地久，天长地久天长。寒山拾得小桥旁，拾得寒山方丈。自是心经自是，金刚日月金刚。文章左右一文章，上下人间俯仰。

13. 临江仙

水水山山山入水，山山水水山山。云间一半一云间。三声三未了，一步一红颜。去去来来去去，无还总是无还，黄河曲曲又湾湾。风流风不尽，有泽有香蛮。

14. 番枪子　又名春草碧

半半杨柳江南客，十里两荷塘，芙蓉白。自是玉立婷婷，左右风流若丝帛。采女叶而藏，身形隔。到此色色精神，香透有隙，不似不群芳，东君择。东东水水西西，又在黄粱梦里策。一度一回归，春草碧。

15. 清平乐　赠棋者

鸿沟两岸，不见风云断。楚楚秦秦秦汉汉，一半江山一半。年年岁岁年年，贤贤达达贤贤。阮肇山中阮肇，神仙谁是神仙。

16. 减字木兰花　赠歌者

杨杨柳柳，太守文章文太守。一半春秋。一半人间一半忧。长长久久，重阳九九重九九，日月风流，已是黄花遍九州。

17. 行香子

一树梅花，百里香魄。对诗楼，薛女黄昏，江流不尽，笺寄乾坤。锦水校书，三界外，一灵根。江右幽兰，江左竹村。向重阳，菊立儿孙。秋冬春夏，禅声云门。暮鼓辰钟，待情愿，忆慈恩。

18. 太常引　自述

山山连水水连天，忆故里，北三边。五女问前川。山海关、燕山月弦。处处追念，浪迹天涯，书剑度岁年。诗赋自相传。独立对、十三万篇。

19. 又

年年岁岁年年，一年里，八百天。一日作两天。五女枕、三吴雨烟。三十蛇口，四十五品，五十大君边。六十诗余传，日夜度、一天作两天。

20. 贺新郎　自述

步步平生路，一诗词、佩文格律，似倾如诉。二十知书知世界，三十治金部度，联合国、教科文顾。四十国务院里步，一郎中，四品中央顾。天下见，共朝暮。家家国国新词句，风云平，法兰西国，总统分付。地铁沟通首辅，特使东西似故。五百日，千天如数。自是人间人自是，有枯荣，也有沉浮住，任进退，有诗赋。

21. 又　咏水仙

自以东君度，主春时，身姿如玉，与人相互，一半玲珑玲一半，薄薄轻轻自付。白白素，心黄心误。郁郁香香香郁郁，暗幽幽，一半人间住，留一半，女儿故。怀中寄与怀中妒，不分平，不当彼此，有情波慕。且存衣衫衣且存，悄悄羞羞细数。且莫碎，无惊云雨。我自经心经我自，独孤居，我已心中足。明不顾，暗时顾。

22. 又

一峡巫山雨，一瑶姬、一声宋玉，一流官渡。一客襄王成一客，一度高唐一度。天地久，何分朝暮。白帝城中城白帝，锁夔门，十二峰中数，何不见，已如故。藏娇不得藏娇住，水芙蓉，芙蓉如分朝暮。隐隐形还约约，姿色倾倾许许，最是得，身心付，是以人间人是以，识人情，不识相思误，非你我，是她步。

23. 水调歌头　上辛幼安生日

一酒稼轩醉，一步幼安鸣。金戈铁马朝暮，帐令半无声。万里黄河流渡，万里长城无阻，万里一边情。自以英雄唱，江左水难平。阴山在，飞将去，酒泉倾。原来霍卫先斩后奏已倾城。已是阳春白雪，下里巴人同在，指日问红缨。射虎燕山北，日月是天生。

24. 且坐令

三弄约，自是梅花落。不求欲望何求索，顺其自然雀，玉宇长空，沉浮远近，如如若若。任自力，自更生博。飞翔毕，跳还跃。天高地厚任其乐。何强弱，怎生全不思量着，是人心开拓。

25. 风入松

杨杨柳柳运河旁，六淀半渔乡。隋炀易帛扬州路，五千里，一半天堂。一半苏杭一半，群芳百草余香。南南北北，有船娘，草木见经商，范蠡已泛江湖上，问同里，富土钱塘，留下人间日月长安社稷炎凉。

26. 鹧鸪天

一寸相思一寸心，半生草木半生林。名名利利何无尽，日日光中月月寻。天地远，水风深，知音不在有知音。琴台夏口飞黄鹤，古古今今古古今。

27. 又

古古今今已是令，林林木木自成林，高山流水高山在，达者贤人达者音。云淡淡，雨浔浔，田园处处要甘霖。农夫只以桑麻事，力力耕耘苦苦心。

28. 生查子

红红一石榴，足足三杯酒。子子半春秋，叶叶千杨柳。年年逝水流，岁岁童翁首。日月自沉浮，草木阴晴守。

29. 卜算子

一岁半春秋，三界千杨柳。日月经天日月流，已度童翁首。水水问江楼，岸岸重阳九。草木阴晴草木洲，始末谁知否。

30. 霜天晓角 十体，有平仄声

五关城里，镇海楼台子。十万人家桑梓。东也是，西也是。最是，江海耳，直下南洋砥。老树芙蓉一见，成林矣。自无止。

31. 又

人间五羊，海天何故乡。彼此何当彼此，寻日月，下南洋。扬长，柳成杨。卷和东马香。说与明人其道"须自由，以圆方。"

32. 熊良翰

蓦山溪

人生白首，八十何时候。三十半书生，四五十，郎中锦绣，朝堂五品，四品地方官，天秩守，地时守。进退升迁右。少年豆蔻，上下谁知就。见得有沉浮，见荣辱，前行依旧，先贤达者，秩满秩诗词，唐声透，佩文守，韵韵音音究。

33. 熊可亮

鹧鸪天

佛佛儒儒道道情，朝朝野野半身名。田田地地桑桑事，吏吏官官久难平。无日夜，有阴晴。枯荣自在自枯荣。耄耄耆耆经年月，不是人间不是行。

34. 熊上达

万年欢以《词律辞典》校此体不工，应属平仄声韵。

何自平生，以朝朝暮暮，书画成名。绛帻鸡人时报，总是三更。一马飞天万里，望天下，三朝之路，分元宋，嵩岳千呼，万岁声震殊荣。方圆各自申明，向前廷后宫，皇化如数。日月龙颜，唐宋乃元明，四海田田舍舍，草木界，唐虞分付。凭今古，王母瑶池，八仙相互相倾。

35. 苏十能

南柯子

十能苏千之，三吴罢九思。平生一事一垂丝，鼓案直钩天下渭泾知。文叔方今贵，君房素玉慈。咸阳城外洛阳时。楚汉相争代代有人司。

36. 朱景文

玉楼春

寒山拾得谁方丈，步踏枫桥枫叶上，钟钟鼓鼓隔风尘，百里江湖芦苇荡。由人不解由人俯，任得时知时所向。红红绿绿月明楼，曲曲歌歌依客唱。

37. 欧阳光祖

满江红 奉吴漕正月十五

不饮平生，只一饮，君今作寿，五十载，元宵天下，普天同酒。玉是玉门关是玉，物非物是知杨柳。在长亭，也在运河边，真朋友。千万里，千万首。江河岸，江河口。以长城内外，运河相守。作得人间人作得，漕漕南北漕漕久，运河舟，赋税一江南，当知否。

38. 瑞鹤仙　与十九体不工。取史达祖体。

杭州两朝暮，过杜若汀洲，云云雨雨。烟烟已成露。小瀛洲上望，两三飞鹭。阴晴分付。且留意，山茶初度。自开苞，心在蕾里，如此如彼如故。谁数，花花草草，风风月月，桥桥路路。行行步步，思量着，已相互。以春情多事，秋霜复素，也把相情相住。待重阳，黄花遍地，京畿词赋。

39. 罗椿

醉江月　贺杨诚斋

郎星五品，四品星郎双目。九日登高曾已许，一半人间林木。岁岁年年，寻寻步步，路路长亭逐。湘灵鼓瑟，苍梧处处泪竹。见得疏疏导导，似尧非鲧，共理江流濲。只以房谋杜断智，留下黄花秋菊。且使明年，群芳常在，芦苇衡阳麓，飞鸿如许，一年一度香馥。

40. 游九言

沁园春　自述

二十前，四十年前，六十岁年。少小知学步，郎中五品，公余秩外，不尽高天。叹运河船，不济隋炀，

头颅好矣留下人间水月篇。杨柳岸，一片荷花甸，处处青莲。长城南北方圆几秦汉，难成二世田，见书坑灰冷，鸿沟刘项，来来去去，月月弦弦。利利名名，成成全全，日月经天日月船。回首见，是功功业业，故步前川。

41. 赤枣子　又

七十岁，十年间。玉门关外玉门还。十三万首重起步，诗词格律已工班。

42. 又

八十岁，十余年。十三万首古今诠。再再唐诗五万首，宋词二万首成篇。

43. 刘光祖

洞仙歌　荷花

荷花成片，水水丛丛岸。一半芙蓉以香散，半红蕾，一半结蓬窥人，一半色，一半青莲云断。玉股携素手，自立摇摇，不是无声是心乱。谁问该如何，蕊是丝丝，形影是、向天兴叹，莫辜负、西风几时来，一瓣瓣，春秋暗自轻换。

44. 鹊桥仙　留别

相离相别，相分相合。笑笑迎迎送送，生平一半一平生。一梦里，人间一梦。阳春白雪，梅花三弄。声声曲曲又声声，问箫史，凰凰凤凤。

45. 昭君怨

一半朝朝暮暮，一半云云雨雨。步步问三吴，望五湖。一半风尘度度，一半烟烟雾雾。路路三年姑苏，杨

柳江都。

46. 江城子　梅花

分分雪色半成霜，带寒凉。月茫茫。腊里梅花，无意着新妆。自以藏娇藏不住，疏影下，吐幽芳。清姿面对紫微郎，向西厢，向东床。玉肌条条，处处散余香。且在寒中三弄后，春已立，自扬长。

47. 长相思　别意

腊梅香，玉人香。半在寒中半在堂，情情切切长。已柳杨，又柳杨，日日条条日日昌。箫娘问阮郎。

48. 水调歌头　旅思

步步人生路，岁岁有春秋。行行止止来去，逝水向东流。进退升迁左右，月月弦弦上下，日月有何求。剑剑书书秋，草木在芳洲。何今古，兴亡故，国家忧。忧民忧国，忧已，处处四时忧。不尽江山江稷，李李唐唐武武，一代一周周。何以文章守，刘项望鸿沟。

49. 临江仙　春思

一片桃花桃一片，无心拾取红英。阳春白雪已倾城，高山流水色，下里巴人情。树树梨花梨树树，盟盟结子盟盟。春江花月夜潮平。山歌山水阔，竹有竹枝声。

50. 又　自咏四五十始工于格律而成今诗

六十公余公八十，重修古古今今，诗词格律作知音，康熙清一帝，书

斋佩文钦。自古长安长自古，方言土语唐今。当然传统有文禁，何人何进十，状举状元箴。

51. 踏莎行　春暮

腊月梅花，春风百草，荷塘十里芙蓉好，重阳九九到天涯。年年岁岁人人老。少少多多，多多少少，枯荣自是枯荣道。花开花落序光华，年年岁岁应无了。

52. 醉落魄　春日怀故山

朝鲜都储，二千年里人无主。隋炀唐王东征羽，不尽江山，彼此都如古。春秦汉汉桃源数，如今已是桓仁守，八卦城里浑江浦，五女山前，一水黄金缕。

53. 沁园春　自述

十岁知儒，门生私塾，小学成章。共和国初生，人知人字，元元一课，第一书堂。二十离乡，京都大学，三十翻翻译译扬。俄语后，德德英英日，昼夜成行。人生四十唐皇，春夏秋冬向四方，中南海当年，开放改革，人民指令，地地方方。五品郎中，沈阳市长，任职中华地铁旁。对法国地铁沟通使，一国华阳。

54. 何师心

满江红　又

五十人生，前后事，朝朝暮暮。地铁使，外交官里，步平生路。当年犹记风云后，兰西之国先注目，戴高乐，第一认中华，东方顾。联合国。

同分付。日月色，风云雨。而如今再度，与中华故。地铁沟通今古志，长春白朗拨云雾。下重庆，又上五羊城，巴黎住。

55. 赵蕃

小重山　又

塞纳河岸法兰西，高房戈玛蒂成蹊。巴黎明月自高低。密特郎，总统一灵犀。地铁外交题，对话成功，首辅因缔。法中两国彩云霓。千百日，铁塔共巴黎。

56. 菩萨蛮

人情已断人情绝，阳春白雪阳春雪。不可不当知，难言难秩时。何时何地说，寻地寻天别。一度一相思，三生三界迟。

57. 何令修

望江南

曾书剑，抚掌一长歌。巫山一水官渡过夔门，留下万千波，吴楚意如何。

58. 马子严

水龙吟

芙蓉叶上初平，明明亮亮圆圆露。如珠似玉，如光似闪，如珍似雾。半似含天，半似含水，如流如注。自无无有有，有有无无，多少滴情相附。自以婷婷分付。一蓬壶，十三籽数。莲莲本本，形形色色，心心苦苦。最是多云，自然多意，通常多雨。以天公造物，女儿采得

又何相顾。

59. 玉楼春

南枝已有芳心弄，白雪冰棱还冷冻。东君岭外唤梅花，群芳莫作黄粱梦。林前百鸟应朝凤，弄玉箫声已相送，秦楼留下穆家公，一曲求凰仙客洞。

60. 桃源忆故人

年年不作园林主，只向今古古。白雪阳春落羽，儿女花间舞。清明节气霏霏雨。叶上珍珠可数。雾雾烟烟挂挂，谁唱黄金缕。

61. 十拍子

七夕人间乞巧，牛郎织女还情。王母汉武应自晓，玉女传情知一生。星河点点明。一线红红月姥，西厢也语声声，自是红娘红自度，快快逾墙先结盟，一计行不行。

62. 花心动

一半花心，一半情，一半谁知多少。含蕾欲动，纳露藏羞，无语无闻无了。窥得人间杨柳色，三弄已经荣草草。处处有幽香，多多少少。杜宇谁言早，严冬初尽，已立春春晓。燕燕喃喃，巢巢语语，岁岁年年生小。少寒多暖人已寻，最是女儿心心高，红红绿绿中，何是好好。

63. 贺新郎

春去春来见，一年年，朝朝暮暮，向桃花面。花落花开花不尽，玉帝灵霄宝殿。天女散，人间人见。腊月梅花春一半，约群芳，又是黄花片，

同日月，共飞燕。芙蓉自立莲塘甸，玉婷婷，环环顾顾，几分宫院。十日莲蓬结子，缱缱慵慵倦倦，叶落落，残荷残扇，寄与炎炎风九夏，向重阳，九九茱萸遍。先寄与，白洋淀。

64. 满庭芳

一夜西厢，西厢一夜，成全却是红娘。月明初吐，寸寸度高墙，无用书生无用，心里急，误了清香。莺莺见，荒唐一半，一半又荒唐。梅花三弄后，梅花落了，独自芬芳，向阳春白雪，暮雨高唐。下里巴人一曲，应胜似，宋玉襄王。瑶姬女，猿猿马马，一水一波扬。

65. 水龙吟

芙蓉出水美芙蓉，华清池里华清顾。采萍已去，太真又至珍珠一屏。曲已西施，貂婵无主，昭君相住虢国封美女，霓裳羽舞，同羯鼓，单于赋。古古今今何数，半玄宗，一明皇路。年华五十，开元天宝，弟兄步步。人在情中，情中人在，不应无度，见得安史乱，雨霖铃里雨霖铃故。

66. 二郎神 十体本词转调
二郎神，取杨无咎体自语

今今古古，已见得，英雄年少。八十作寿翁，词律辞典，一四四二体来。仄仄平平，工精音韵，休问康熙谁老。佩文斋，护得中华，重使八方知晓。年少。寒窗十载，经史子集，一半一春秋，百吟百了，无止花花草草，岁岁年年，沈腰潘鬓，不旦年青年老，人生途，八十二十

当年，自少年好。

67. 天仙子 又

止止行行天下路，觅觅寻寻天下步。少年已始过成年，每日度。应分付三万日中应不住，每日四首诗词赋。老来八十是人生，一条路，三万步，十二万首诗词赋。

68. 最高楼 十七体

云已卷，塘里菱荷红。同日月，共微风。玉人左右芙蓉立，只窥行人自西东。入情怀，应结子，着莲蓬。香不尽，空城何不空，沉甸甸，十三子粒衷。垂玉镜，挂帘槐，心心苦苦心心籽，一春三夏雨蒙蒙，向天堂，将此愿，自由衷。

69. 青门引

玉带腰腰束，身紧紧条如玉。香香散散香香，楚吴吴楚，女女学如玉。明明夜半空空烛，解后流新曲，双波半露风流足，可闻可见何相触。

70. 朝中措

风风雨雨半黄昏，僧侣一云门。处处人人客家，山山水水乾坤。禅堂共坐，碧螺茶白，问道王孙，不是知音不是，心心印印慈根。

71. 临江仙 上元

寒食清明寒食节，绵山不是绵山。玉门玉仔玉门关。长城长万里，一战一归还。九曲黄河黄九曲，弯弯折折湾湾。上元一月一元颁。排冰排两岸，水逐水云间。

72. 月华清 忆别

一半书生，长亭杨柳，是非衣短衣薄，明月徘徊，已见得梅花落，发一叶，公与群芳，香雪海，如今是约。飞雀，已凌云相许，人情人托。长是客临飘泊，玉女遣香波，汉武渭洛。西去王母，端的何以求索。别离别，何以轻心，迈一步，已春秋略，执箸，向花时取，不须莫莫。

73. 贺圣朝 春游

花花草草留春住，不得分朝暮。三分颜色二分香。留下三分度。雏莺乳燕群芳顾，道："春香已付，夏云留得作荷花，四时当然故。"

74. 鱼游春水

春风催桃李，不似梅花先存蕊。你今如我，先叶先枝先此，后以花花子子结，作了全身全退美。莺啭上林，鱼游春水。是是如何已止，已只一番无从起。佳人应怪归期。见得花开花落花结子，望断清波无双鲤。天涯咫尺，寸心千里。

75. 海棠春

梅花三弄梅花落，百草群芳已有约。谁逐燕儿飞，和靖梅如鹤。残红剩下心中萼，且以频频执着，处处已香香，红泥花间作。

76. 鹧鸪天

一寸相思万里长，三生客舍九离肠。南洋北海经纶路，腊月梅花白雪香。千万里，去来量。人间正道去他乡，京都也是京都客，作得风流作柳杨。

77. 归朝欢

别岸离舟三两树，雾雾风风来去顾。阴晴草木半阴晴，人情一半人心付，不知谁普渡。川流逝水何朝暮，今古见，长亭十里，总是难相误。望取乡关乡水路，止止行行亦步步。人生未了是人生，云云雨雨云云雨，不知知不足。巫山过了应官渡。向神女，高唐去后，自以多辛苦。

78. 孤鸾

未分朝暮，一日雨烟中，运河飞鹜。一半姑苏，雾水已成珠露。五洲已经涨绿，洞庭山，林林木木。处处枇杷枝叶，有杨莓共住。一里桥，连接长洲路。见得雕花楼，小船逐鸥鹭。陌上声声，处处卖花如故。玉梅牡丹栀子，已香香，以茶蘼误。小女挂垂双耳，不知人人顾。

79. 阮郎归　西湖春暮

清明时节雨霏霏，阮郎何不归。白堤春晓翠微微，西湖喜鹊飞。柳叶露，映光晖，甘棠玉叶肥。吴吴越越共香妃，西施久不违。

80. 卜算子慢　二体《词律辞典》无此体，以张先体

十里长亭，来去去来，日落日升行路。不断前程，不断驿台风雨。回顾半生如此半生如步。自剑剑书书，记取坑灰未冷朝暮。自以秦皇故，又汉武宫中，飞教军误。一曲单于，见得李陵情付。难许，以家家国国以英雄数。尽职矣，人情不尽，不须千百度。

81. 锦缠道　桑

陌陌阡阡，已过小桥杨柳。采桑叶，养蚕如友。回首何人窥人首。我自藏羞，露了红酥手。向胸前挡衣，人后人口。一丝丝，束束守守。五雨箕，万只有惊声，却见得绸缎谁知否。

82. 满江红

玉宇澄清，风云净，长亭一路。杨柳色，不分朝暮，只分春暮。步步行行行步步，当然道得当然故。是利名，也是作勋功，人间住。五马贵，三品赋。社稷客，江山度。见成成败败，以兴亡数。垓下鸿沟分两岸，英雄未了英雄许。月半明，四面楚歌声，咸阳付。

83. 水调歌头

万仞鹅湖岭，百里大江风。楼台闽粤观海，一水两西东。天上元虚贯顶，地上松杉落日，已在五云中。岳岳钟钟秀，见得夕阳红。六彝耀，三界色，六星空。九州六郡，南北日月树勋功。一世书书剑剑，不遗诗词格律，未了一孤雄。以此方圆立，八十可由衷。

84. 感皇恩　四五句非正体。自寿

步步步红尘，一儿一女，一世夫妻半世语。旧情无了，又问何来何去。以诗词格律，终生誉。八十人生，完ास词箸。十三万首诗词著，此生去也，何处不知何处，孤孤独独矣，自如欤。

85. 浪淘沙　又

一世一人家，你我他她。儿儿女女一枝花。半辈夫妻多半辈，万里天涯。逝水浪淘沙，达者人华，平生日月自无遮。八十南洋无八十，万里天涯。

86. 苏幕遮　又

人生，三界路。半世为人，如此如何故。子女夫妻妻子女，七字之中，一字夫孤住。下南洋，天已暮，赤道丛林，八十诗赋。格律方圆千百度。了了终终，自作何分付。

87. 水调歌头　龙师宴王公明

玉鼎金龙帅，主帐宴公明。高山流水相见，不尽伯牙情。一曲阳春白雪，下里巴人风俗，一半竹枝声，有得宸旒顾，惠泽略韬平。天心格，嘉褒极，帝王城。琳宫羽仗凭佐一语一相倾。举得元枢策划，且在单于声里，独意御红缨。已是惊回首，日月主枯荣。

88. 又　春野亭送别

送各江亭外，逝水自然流。无言渡口洲渚。有意滞离舟。满目烟云杨柳，已是垂垂寂寂，不肯不回头。轧轧声声橹，已去已难留。同长路，同南北，共悠悠。行人行止行别，去去各千秋。不是平生不是，自是平生自是，漠漠十三州。岁岁三百日，苦苦志难酬。

89. 又　癸卯信丰送春

日日倾城照，月月去来明。人言日能明月，能教一枯荣。少小书书剑剑，老大诗格律，未了未身名。同是方圆度，八十问先生。春秋继，冬夏秋，四时行。梅花落里留下一岁一春情。共以阳春白雪，下里巴人风俗，水水泛河平。共了人间色，日月共阴晴。

90. 又　万载烟雨观

一半烟烟雨，一半雨烟烟。茫茫一片观里，万载是桑田。一半阴晴一半，一半枯荣一半，一半共家国。渺渺何无际，别别是离船。四方静，三界易，五湖边。长洲百里红雾自主自当然。已有梅花三弄，又在梅花落里，白雪已冬眠，留下香泥在，化作野山泉。

91. 又

去去如何速，处处见来迟。人生如此如彼，总是总难知。吏吏升迁进退，事事人人上下，别别自离离，作以平生客，有是有非期。有年华，无休止，问何时。长亭十里杨柳十里又相斯。十里长亭十里，五里短亭五里，相继互相移。百岁长亭路，日月是良师。

92. 又

一日黄昏去，一月带弦来。人言日月来去，一半下天台。腊月梅花三弄，正月东君春立，不作久徘徊。且以群芳色，香雪海中催。梅花落，桃李色，荷花开。寻来桂子天下八月以香裁。九月重阳九九，一片黄花一片，叶叶自成堆。唯有霜红叶，玉宇净尘埃。

93. 又

万事纷纷变，百岁去来忙。风风雨雨冰雪，红叶共秋霜。进退升迁处处，上下荣荣辱辱，一步一炎凉，剑剑书书问，自是自相伤。横秋志，房谋议，有轩昂。平生百岁文守一度一平章。何必冠官计较，何必名名利利。自主自扬长，格律方圆客，过日过南洋。

94. 又　长沙寿王枢使

有得苍梧治，九派共潇湘，岳阳楼上忧国，一曲九歌扬。自仰三朝元老，著已英豪时世，民意济炎凉，向得台星座，寄与寿无疆。貔貅立，森棨戟，镇筹方，折衡樽俎，天下亦步趋梁。玉节麟符自在，已得房谋杜断，惠雨故家乡。古古今今见，达得绣衣光。

95. 满江红　甲竿豫章和李思永

逝水东流，从不尽，朝朝暮暮。一万里，五千年去，半风云路。日日波涛波日日，江流不与江楼住，有冬春，也有夏秋，无分付，无分付。问今古，寻百度。见来往，知天赋。以乌衣巷口，作秦淮步。不见东山王谢顾，金陵燕子金陵，是秦皇是汉武，风云，风云雨。

96. 又　辛丑赴信丰，舟行赣石中

雨雨烟烟，赣石里，烟烟雨雨。信丰路，年逢辛丑，不闻渔父。子胥无声无子胥，乌江项羽乌江羽。是古今，不是古今寻，人生路。闻逝水，听杜宇。惊草木，知鹦鹉，汉江黄鹤去，有弥衡数，草草当年无草草，如今一木如今树，对曹公，留下建安文，燕山赋。

97. 又　壬子秋莆中赋桃花

一面桃花，崔护见，停停步步，求口喝，姑娘如玉，两波相许。已是花开花已是，萧娘未了刘郎顾。莫来年，莫隔女儿情，相倾付。云可见，人相互。物已易，心思慕。夏秋重分付，以秋分付，女女儿儿女女，人间日月人间度。一年年，一岁岁，重重，重重度。

98. 又　丙辰中秋定王台即席饯富次律

月在三湘，一东流，清清白白。见竹泪，二妃鼓瑟，岳阳阡陌。不问长沙长不问，汨罗逝水汨罗客。一中流，一石一中流，中流石。皇华使，和戎泽。朝天阙，中兴策。向江山社稷，向单于责。万里江流江万里，万里长城万里帛，已九脉，射虎在燕山，黄河魄。

99. 又　丁卯和济时几宜送春

腊月梅花，任寒里，如春守约，自主是，梅花三弄，又梅花落，自与

群芳香雪海，东君已向荷花托。有重阳，九九采茱萸，黄花若。四时守，三元诺。燕雀故，飞鸿博。是年年岁岁，莫留春尊，去去来来去去，春春夏夏秋冬乐。此经纶，一度一年华，何求索。

100. 沁园春　和伍子严避暑二首

一半江山，一半阴晴，一半九流。又人间一半，枯荣一半，春秋一半，一半春秋。一半乾坤，乾坤一半。一半东西一半州。天下水，逝者如斯也，一半沉浮。谁问侧畔行舟，已万里，千年独自优。可官居极品，无为造物，家乘万富，未免闲愁。醉醉醒醒，羊羊牛牛，不及家家国国谋。何已也，以心心印印，彼此悠悠。

101. 又

满目神州，满目春秋，满目国忧。望长安旧路，咸阳草木，长城内外，列国东周，八百秦川，三千子弟，见得江河逝水流。东方去，以江楼留下，不问沉浮。谁知侧畔沉舟，如斯也，何因何是由。见中华逐鹿，成成败败，荣荣辱辱，是帝王侯。万家万户，祉羊羊共马牛，年岁里以和平共处，春种秋收。

102. 醉江月　题赵文炳枕屏

长空玉宇，有飞鸿小雀，各自量羽。远近高低曾上下，落落翔翔自主。你自潇湘，燕赵是我，陌陌阡阡数。同来同去不尽云云雨雨。何以行问

天涯，曲屏成枕，此意意何占。鼓瑟湘灵鼓瑟，竹泪斑斑问禹。只维巢沿，相承咫尺，不必思渔父，钟钟鼓鼓，谁人唱黄金缕。

103. 又　丙午螺川

一朝一暮，步长亭，一百前程里路。六十年中能几许，着意也留不住，人在行途，停停只是误误风和雨。杨杨柳柳，山山水水相顾。春花秋月相度，心思只在，时以风流数，又是孤身孤独寂，人在深山深雾，不见行踪，不得鸟语，只唱阳关句，逝水东去，只如倾又如注。

104. 又　乙未白莲待廷对

风风雨雨，白莲花，总是朝朝暮暮。杜宇声中声杜宇，不止也难不许。春去春来，何颜以对，且问谁分付。亭亭驿驿，花花草草如数。行行止止何故，书书剑剑，尽在江山路，一步行成行一步，人在途中途步，古古今今，自可普渡，八水长安护，向潼关去，与黄河共东注。

105. 又　乙未中元自柳州过白莲

谁知渔父，不问几今古，刘邦项羽。两岸鸿沟鸿不主，飞去飞来如数。一火未央，千军垓下，不尽乌江虎。楚歌汉将，不然韩信横竖。因念张良成贤，萧河佳处成在一人取。败在三思三四五，一半兴亡如斧。不可风流，还须静致，古刹有钟鼓，蓑衣老旧，重新再问渔父。

106. 又

谁知渔父，已知几今古。昭关子胥，一夜银须银落羽。吴楚如何相数。一语夫差，三鞭故主，未了风云雨。胥门犹在，馆娃当自金缕。尝胆卧薪如房，范蠡已去，越国养弓弩。十载成天成地补。已是相承相辅。自得春秋，还留五霸，且以会稽数。江湖老矣，何须再问渔父。

107. 又　信丰赋茉莉

天公有意，向天涯海角，好花清首。白皙透色玲珑守，不染一尘玉绶。小巧黄心，冰姿神秀，雅淡天香久。幽幽郁郁，自护沾衣成友。自此相称姊妹，兄兄弟弟，不再独饮酒。与此醒醒醉醉后，伴得溪桥杨柳，共与梅花，馨上元，立春清芬口，风风露露，已是人间知否。

108. 又　万载龙江眼界

平生眼界，以龙江相见，鲸潜泱泱。十里峰巅垂下，卷起波涛俯仰，虎跳峡中淘荡。日色鳞鳞，旋涡簇簇，咫尺天共享，至千宽宽广广。天下第一江余，横横纵纵，又苍苍漭漭。雨雨烟烟成天址。点点珍珠澄犷。鹤岭云平，天河波渺，只是潇湘榜。襟怀舒旷，寒山禅语方丈。

109. 又　呈乐园牡丹

天香国色，正风和日丽，碧波清柳。见燕听鹂莺巧语，纷纷落下莫空首。富贵花王，盈盈藏娇，武瞾元春守。鹤子误飞，梅妻女相诺已绶。自是

京洛风流，姚黄魏紫，天下如锦绣。映日低回明叶后，暖气香风如酒。醉醉醒醒，绿蚁葡萄，不如声名久。留连春末，其心已似老叟。

110. 促拍满路花　十四体信丰黄师尹跳珠亭

春花春草色，水玉水流泉。跳珠亭上落，满前川。数光寒目，露击竹枝悬。叠石成关堞，著得泓池，自成如雾如烟。一溪清自然然，静静似弹弦。高山流水曲可茬传。喷珍吐雪，历历自潺湲，应以兰亭见，俯仰长天，几何岁岁年年。

111. 又　瑞阴亭赠锦屏苗道人

元虚元一二，三四五人间，从容从老子，过潼关。已生无限，不过玉门关。飞上烟岚顶，三缕明霞晚照，来去何还。乌飞兔走迹斑斑，难了一河湾。坐来门兀兀，望仙颜。道人活计，休道玉尘㧾。凭所客，成心是，一两麻鞋，不期踏遍名山。

112. 永遇乐　重明节

一半金秋，金秋一半，杨柳杨柳。九九重阳，重阳九九，寄取茱萸友。寻来桂子，黄龙满地，落叶何无无有。问今古，年年岁岁，来来去去知否。霜霜雪雪，枝枝叶叶，自守归根自守。不得归根，归根不得，自是杨杨首。飞天飞地，离乡离土，暮暮朝朝知否。成灰烬，乌乌有有，天高地厚。

113. 又

处处时时，人人事事，今古今古。

败败成成，荣荣辱辱，只以兴亡主，名名利利，功功业业，何以江山数。一东流，沉舟侧畔，雨云已是云雨。升迁进退，枯荣花草，只有天公作主。物物灵灵，形形影影，景景当然谱。高高下下，低低上上，南北东西钟鼓。平生故，分分合合，缺园水浒。

114. 又

万里长江，黄河万里，朝暮朝暮，万里长城，运河千里，去去来来故。长城南北，运河两岸，留下后人评述。长城战，运河和，古今之古何同住。帝王将相，佳人才子，去去来来无数。匹匹夫夫，田田亩亩，子女人间路，先先后后，官官吏吏，彼此民心普渡。五千载，三千岁月，已千百度。

115. 风入松　潇湘

湘灵鼓瑟两湘灵，江上数峰青。岳阳楼忧人去，问苍梧，竹泪泠泠。却是长沙贾谊，声声不尽丁宁。池塘处处玉浮萍，芦苇落飞翎，鸿鸿雁雁经南北，向汨罗，问九歌铭。一半春秋一半，星星月月星星。

116. 凤凰阁　己酉归舟衡阳作

一舟潇湘水，衡阳一路。已如鸿雁已如故，几度春秋几度，自在分付。有归思，乡心可数。平生行走，一世人间不住。此生三万日步步，一半公余，一半秋则诗赋。万里路，千年一注。

117. 蝶恋花

一半烟云烟一半，一半江南，一半

风花岸。记取隋炀杨柳畔，秦淮也有桃花扇。处处香风香不断。系了商船，且以江楼算。醉醉醒醒都不算，红尘深处红尘乱。

118. 又

分秩分时分不断，这里中原，那里南洋岸。雨旱丛林丛水畔，马来半岛巴新旦。赤道风云风雨泮。海海天天，望望多兴叹，难道无声难道此，何人不觉何人半。

119. 又

一半秋风一半，一半芙蓉，一半江南岸。玉立婷婷香自散，红红不尽红红畔。一半莲蓬莲一半，结子心中，只在心中叹，苦苦辛辛心革换，人间留下人间冠。

120. 又　二色菊花

九九重阳重九九，菊菊花花，二色人间久。白白黄黄君见否。红红紫紫君见否。柳柳如丝如柳柳，自是垂垂，且以团团绶。自守英冠英自守，经霜日日经霜首。

121. 又　临安道中赋梅

日见临安临日见。由是东君，已与春风面。三弄梅花三弄倩，梅花落里梅花甸。自以云舒云又卷，寄取幽香，腊月群芳院。小燕穿梭穿小燕，明皇已上长生殿。

122. 又　秋夜

泪烛方明方泪烛。鼓瑟湘灵，一半苍梧曲。彼此人间相继续，明明暗暗明明束。辱辱荣荣何辱辱，见得东方，日月天天促。利欲无心无利欲，朝阳万里朝阳旭。

123. 又

次第秋冬春夏路，一片黄花，一片梅花度，一片群芳桃李树，桂花开了荷草暮。四秩中原南北顾，社稷江山不可同分付。三百六十五天数，生平日日生平步。

124. 又

一笑人生应一笑，不必当真，日月知多少，了了何知何了了，来来去去谁知晓。一笑人生应一笑，只要当真，日月知多少。了了无须无了了，人生见历人生老。

125. 鹧鸪　天壬辰惠月佛阁

一度心经一古今，心经半部半人心。空空色色金刚在，色色空空惠月篾。天竺近，水云深。高山流水有知音。禅禅觉觉人人见，慧慧根根日日临。

126. 又

管管窥窥只一斑，花花草草满千山。如来如在如来在，只在心中只在还。三叠唱，一阳关。黄河九曲十七弯。人随日月从长短，草木随天草木颜。

127. 又

榕树根根地上长，**繁繁**简简百千章，枝枝叶叶同根器，独木成林独木扬。天地上，细思量，年年岁岁共炎凉。心中只有心中力，世外桃源世外乡。

128. 又　七夕

七夕星河七夕明，两人相会两人情。谁心乞巧谁心见，喜鹊连桥喜鹊声。天上望，已澄清。传言玉女已盟盟，牛郎织女应相会，汉武王母已钓成。

129. 又　湘江舟中

一水难平一水平，半江月色半江明。峰青自得江青落。水岸沙晴水岸荣。舟上语，客中惊。船娘一曲竹枝情。湘灵鼓瑟苍梧去，不见娥皇问女英。

130. 又　赠妙惠

一曲人间一曲情，半依玉臂半依声。兰心蕙质柔身态，假假真真自不明。云雨色，雨云盟。藏春自有藏春，扭扭妮妮已住行。

131. 又　丁已初夕

爆竹声中一岁除，上元八十半生余。诗词格律方圆中，一客孤心一客居。人织步，笔耕锄。只知日月只知书，不作巢由不钓鱼。

132. 柳梢青

物换星移，花红草碧，日立成司。一半红尘，香泥一半润润滋滋。茵茵织锦相知，待斜阳、量量思思，宜与春光，宜与春水，春与人宜。

133. 又　荼蘼屏

红紫雕零，散香余色，各自丹青。琼枝笼玉，白暂浮翎，团结团莛。英英柔自明星，一层层，半明身形。月色玲珑，阳春白雪，郁郁灵灵。

134. 又

一片团英，三层白雪，万束香茗。不似琼花，却如西子，纱羽轻轻。素衣已自倾载,不可不藏芳，何自明。自得春情，暮时方见，月上盈盈。

135. 又

暮暮春春，群芳故苑，未尽人人。白雪阳春，月明如洗，琼花再邻。天津一半天津，梅花落、凝成香尘。半似荷花，无须水映，自得天伦。

136. 又

半掩红楼，红楼半掩，月水瀛洲。已是三春，琼花开晚，素雪封侯。王冠一色风流，白暂处、肌丰玉游。叠叠层层，风花传粉，玉作春秋。

137. 又

一见成霜，堂堂派派，半层阳光。不怪徐卿，画师难描，姿素姿扬。昭君留下柔肠，共西施、浣纱轻妆，寻向貂婵，杨妃玉影，十度花香。

138. 又

不似冰霜，冰霜已似，差了炎凉。已似琼花，独怜其貌如玉柔肠。已扬郁郁香香，更向女儿藏，怀里芳，步步余余，只须留下，对付儿郎。

139. 又

一月梅花，三春白雪，半入人家，素素形形，玉姿冰态，孤自光华。有香有素无遮。四秩四时中,共豆瓜。且听鹧鸪共来同去，作得桑麻。

140. 又

色色光华，光华色色，玉女无遮。已告汉武，是王母意，如此香花。素颜入得人家，不以一精英，披厚纱。月月明明，星星点点，到了天涯。

141. 又

浣浣纱纱，溪溪澹澹，夕夕斜斜。是女儿色，是女儿粉，是女儿花。一人一见丰华。不忍处，残春玉葩。黄昏去处，入得谁家。

142. 浣溪沙 癸巳豫章

乳燕双飞绕画梁，文房四宝散书香。春花秋月自炎凉。下里巴人巴下里，萧娘不住问潘郎，为何夏日总方长。

143. 又 滕王阁席上赠段去了经

九派南昌九派扬，一江逝水一鄱阳。滕王阁上问浔阳。见已苍梧生旧忆，忧人自得在潇湘，长沙贾谊几炎凉。

144. 又 鸣山驿道中

步步鸣山驿道中，风光一片杜鹃红。江楼处处半春风。不止川流川不止，平生事物作英雄。空空色色本空空。

145. 又 螺川叙别

万里阳关万里沙，一生驿路一生涯，使君此去返京华。聚散思人思夜雨，清江渡口是吾家，春山处处杜鹃花。

146. 又 鉴止宴坐

曲曲声声宴坐时，成成败败鉴其知。荣荣辱辱自何迟。醉醉醒醒醒醉醉，如斯逝者自如斯，当司日月已当司。

147. 又 鸳鸯红梅

只是双双只是香，梅花心中有鸳鸯，肌肤玉色似铅黄。一度思量思一度，梅花三弄立春忙。梅花落里有余芳。

148. 菩萨蛮 癸巳自豫章檄归

人生去去来来路，朝朝暮暮朝朝暮。一世豫章居，三光天下居。年年千百度，日日重分付。何已有樵渔，原来无渎书。

149. 又

行行止止行行路，来来去去来来步，一是一当初，三界三不余。人生千百度，日月何分付。多少是多余，忧人忧读书。

150. 又

归乡步步心难位，平生处处情误。一世一家奴，三生三有无。天光天下路，草木阴晴雨。三载一姑苏，淞江连五湖。

151. 又 用三谢诗："故人心尚远，故心人不见。"

故人不得东风面，故心未了桃花扇。客在楚江边，客问吴水船。君如飞去燕，我似沉泥甸。一步一青莲，三生三小泉。

152. 又 秋望

求根不得求根去，飞扬莫于飞扬虑。落叶落三吴，秋光秋五湖。何寻云里楚，但见天门女。水调到江都，歌头知匹夫。

153. 又 可人梅轴

可人一轴梅花落，群芳半簇东君约。腊末始先河，元初香气多。心黄肌玉薄，骨傲朝天诺。白雪复金戈，长安泾渭波。

154. 又 题胜竹屏

梅兰竹菊人间友，冬春夏里秋风守。见得一江楼，谁问千水流。文章君子手，日月天杨柳。水载水浮舟，何言何问否。

155. 又 玉山道中

千山落木千山小，三湘竹泪三湘老。渡口玉山桥，行人潇水潮。晴云晴日早，风水风花好。道上道中遥，人心人玉箫。

156. 又 默林渡寄兴伯

沉舟侧畔沉舟略，浮波水岸浮波故。一水一江苏，三吴三越奴。应然天下步，何止默林渡。玉树玉人姝，当涂当有无。

157. 又 永州故人亭和圣徒季行韵

潇湘步步潇湘雨，君山处处君山雾。日月自当初，阴晴如已故。渔村渔水岸，林木林天树。小约小亭书，成行成客余。

158. 又 春陵迎阳亭

潇湘百里潇湘路，苍梧一步苍梧故。不问春陵初，迎阳亭上书。云舒云卷赋，风水风云渡。九派九嶷孤，千流千玉壶。

159. 又　辛亥二月雪

阳春二月阳春雪，梅花落里梅花别。枝叶已丰姿，新妆当已迟。层层应不绝，月月何圆缺。自以自瑶姬，巫山巫水时。

160. 又　鉴止莲花穿栏杆开

衡沙鉴止莲花路，穿栏过隙人间暮。一水一东吴三湘三界苏。西施西子数，太以太真付。不忆不东都，何思何念奴。

161. 好事近　垂丝海棠

小杏近溪泉，李李桃桃分岸，见得垂丝长短，自幽幽不断。红红白白海棠边，四面四香散。见得人朝暮，在春花江畔。

162. 又　癸巳催妆

喜鹊喜成桥，七夕七云相照多少女儿多少，只知轻声笑。云霄一半一云霄，乞巧乞人巧。织女牛郎知晓，是非人间好。

163. 醉蓬莱　重明节

度重明一节，朝暮三秋。九还重九，当以重阳，对黄花昂首。赖有茱萸，寄忆兄弟，似古文章守。岁岁登高，年年俯仰，柳杨杨柳。一叶经风自去，千里未得寻根，旧依依旧。枫可经霜，事事人人手，东去江流，不可回顾。海会汪洋口。且问稼轩饮公遣爱，是英雄酒。

164. 汉宫春　壬子莆中鹿鸣宴

一半江南，是江南一半，一半春秋，春秋一半燕子，玉宇风流。无情浙水，富春江，未了东流。已见得，杭州湾里，钱塘一半潮头。回首长安旧梦，八水杨柳岸，独灞桥游。无端泾渭分散，覆水难收。扬州已老，有千金，上运河舟。应又是，云舒云卷，俯依约约红楼。

165. 厅前柳

运河舟，两岸柳，君知否，月登楼。阳春白雪三曲，竹枝羞。梅花落太真游。骊山下，华清池月净，芙蓉出水共风流。羯鼓霓裳舞，玉人浮。梨园乐，大唐州。

166. 又

一枝花，半带色，香成足，自无遮。衣衫越短越露，作奇葩。单于曲，任胡笳。越姬舞，浣溪溪水净，西施夕照共轻纱。且以琵琶女，阴山外，黄河岸，作人家。

167. 诉衷情　鉴止初夏

阴晴一半一阴晴，密树笫荫成。烟烟雨雨花木，玉露玉珠倾。莺不语，燕难鸣，雀无声。雾云雾，薄暮风轻，一半枯荣。

168. 又　莆中酹献白湖灵惠妃三首

湄州圣德惠妃香，酹献白湖娘。灵性普渡南北，总在水中央。天下爱，世中祥，共炎凉。以人间济，处处情情，处处衷肠。

169. 又

茫茫水自无边，处处打渔船，童翁一半来往，祈后自安全。人一世，惠千年，护桑田。云车风马，普降甘霖，福祉绵绵。

170. 又

湄州十万户春秋，一半水田畴。农家自以甘果，过誉帝王州。天下问世中求，白湖收。以威灵载，俗阜民康，共济羊牛。

171. 一剪梅　莆中赏梅

雪里盈盈，玉破花，半在人家，半在京华。墉宫淑女净无遮，昨日朝霞，明日朝霞。记取香香你我他。咫尺天涯，咫尺轻纱。阴山一曲蜀琵琶，净了胡沙，落了袈裟。

172. 又　丙辰冬长沙作

一半梅花一半春。一半经纶，一半红尘。群芳簇簇满天津。处处茵茵，野野新新。只在长沙未在秦。未忘东邻，未忘西邻。年年事事几为人，不似斯民，已似斯民。

173. 朝中措　莆中共乐台

斜阳直上远山红，川谷一江风。共乐台上一望，风流水里双峰。千颜五色，松云逸韵，林木迷蒙。俯仰人间不尽，唐僧何以悟空。

174. 又

舒舒卷卷一云工，刀剪自云风。整整齐齐聚散，清清楚楚成功。沉浮不定，迁移左右，浓淡通融。有有无无天上，来来去去匆匆。

175. 又　乙未中秋麦湖舟中

秋收时节米粮川，农户自欣然。黍麦高梁玉米，丰丰粒粒全全。京华独客，长安羁思，见得天然。社稷人间如古，年年岁岁桑田。

176. 又　山樊

山山水水自年年，处处一长天。去去来来自望，相知饮且思泉。桃桃李李，梨梨杏杏，杜仲青莲。春秋秋冬四秩，清风明月客船。

177. 又

丛丛簇簇度春辰，鲜丽自天真。色色香香艳艳，红红粉粉新新。浑身带刺，含苞欲放，处处为邻。一路丰姿碧玉，三春自主惊人。

178. 又　丁亥益阳贺王宜之

五品郎中自何如，步步似当初。四十年中寻路，十行只奉天书。滕王阁上，黄鹤楼外，岳阳楼居。日月银章绯服，行看玉带金鱼。

179. 点绛春　和翁子西

草木荣枯，阴晴日月人人度，去来相互，岁岁年年数。逝水沉浮，万里东流路。江楼住，本当如故，杨柳参差赋。

180. 又

暮暮朝朝，飞飞落落啼啼鸟。去来多少，处处声声好。一半心情，一半人知道。诗翁老，人微言小，了了无无了。

181. 又　同曾元玷观沈赛娘棋

玉润花娇，鸿沟两岸分兵布。一心三顾，不是虞姬故。吕后刁妍，韩信萧何误。藏机付，进退难互，成败何相遇。

182. 扑蝴蝶

清明时节，霏霏云雨小院，茵茵草木，梁巢居乳燕。有声无力轻轻，画栋桃花四面，明皇在长生殿。水何溅，佳人投石，粼粼波逐线。心心散散，红红杏花甸。池塘处处游鱼，吐吐吞吞似练，难分雨点繁衍。

183. 醉桃源　桐江舟中

云云雨雨半长安，渭泾八水寒。灞桥折柳二年残，阳关三叠难。知日月，问邯郸，郎中五品官。每当夜夜净尘冠，悠然问杏坛。

184. 又　单叶荼蘼

纤枝薄叶一层花，头披白雪纱。稠稠密密满光华，舒舒展展霞。琼作色，玉成葩。天光素蒹葭。香香白皙白无遮，疑疑小女家。

185. 又

山中一片杜鹃红，水上千波浓。红红紫紫各西东，香香色色空。何数尽，是无穷。四时三月衷。忽然见得落飞鸿，佳人问玉宫。

186. 贺朝圣　和宗之梅

梅花三弄梅花落，一半群芳约。香香未了作红尘，几分情不薄。颜颜色色，多多少少，已人人求索。眉间手上胸前戴，见得如飞雀。

187. 踏莎行

觅觅寻寻，寻寻觅觅，多情只是多情付。云云雨雨朝朝暮暮朝朝暮。步步行行，行行步步，前程只是前程路。名名利利误名名，功功业业功功数。

188. 又

正正邪邪，邪邪正正，功名富贵何应定。因因果果自随缘，人生一半由人性。竞竞争争，争争竞竞。人生一半人生命。先贤达者自先贤，天枢自取心经净。

189. 忆秦娥　和刘希宋

一离索，三生步步也无约。梅花落，香泥留作，面如飞雀。见得无端丛中尊。颜颜色色分分弱。惊孤鹤。何成此处，结子成错。

190. 武陵春　和王叔度桃花

已见东君花信早，先开一桃花。处处红云作彩霞，试探入人家。结子贪心情已老。小小己成华，消得刘郎去路斜，未到武陵洼。

191. 又　信丰楫翠阁

细雨阴晴分不定，百草竞纤柔，簇簇群芳自害羞，藏色不抬头。已湿衣衫无自由，揖翠阁中留。见得云舒云卷落，烟不尽，水珠流。

192. 清平乐　萍乡必东馆

必东一馆，萍乡三宫殿。百草千花

深里院，处处红桃玉面。年年岁岁年年，船船渡渡船船，进退千迁来去，弦弦缺缺圆圆。

193. 又 阳春亭

声声杜宇，处处春无主。半见梨花桃李舞，结子方成今古。阳春白雪多余，青莲水色当居。杜仲枝条根上，更生茂茂元虚。

194. 又 迎春花，一名金腰带

迎春天籁，系住金腰带。小女心中心意外，暗自交交泰泰。年年岁岁开开，来来去去来来。处处人间处处，天台不止天台。

195. 鹊桥仙 归舟过六和塔

人生一路，人生一步，一半人生如故。六和塔下一钱塘，却总是，云云雨雨。人生自主，人生分付，一半人生细数。三吴未了问东吴，五湖水，鸥鸥鹭鹭。

196. 又 安仁道中雪

安仁道上，行人白雪，六角飞花离别，山川处处着衣衣，见玉树，高低不绝。江河暗淡，风云鸣咽。闪闪明明灭灭。行人已换客人装，冷冷地，向谁可说。

197. 又 同敖国华饮，闻啼鹃，即席作

花花落落，声声杜宇。处处今今古古。川川谷谷一江流，怎见得，风风雨雨。行行止止，钟钟鼓鼓。日日天天数数。平生路路步平生，且记住，三三五五。

198. 又 丁巳七夕

人间七夕，牛郎织女，玉女传言一语。王母汉武约瑶台，我只是，墉宫玉女。鹊桥已在，银河渡侣。乞巧心中相许。她他相合你和吾，这时节，吴吴楚楚。

199. 谒金门

春夏雨，古古今今今古，古古今今今古古，人人人自主。大禹皇王作谱，见以我营成羽。上下三千年里数，帝文文武武。

200. 又 丁酉冬昌山渡

江水绿，江上峰青如玉。江下石头飞似旭，明明何曲曲。远近人人瞩瞩，总是别人灯烛，断断无承无续续，文成文不足。

201. 又 耽冈迓陆尉

西阳暮，偏上东山高树。影子长长连不住，朝天何不顾。一水千波不数，暮暮朝朝如故，昨日今天明日付，如何如所路。

202. 又

何第一，见得状元书毕。格格广圆方律律，年年多少秩。第一人间第一，自以豫箄箄。日是耕耘耕日日，不须分甲乙。

203. 又 常山道中

风策策，陌陌阡阡阡陌，去去来来都是客，何言吴太伯。处处松松栢栢，云暗云明云白。古古今今诗册册，秋天秋所获。

204. 又 和从善二首

风云雨，一半人间朝暮。冬去春来花草路，夏秋如是数。岁岁年年不住，四秋四时分付。唯有人老人已去，秋冬春夏故。

205. 又

东风雨，已到深宫人见。已是云舒云又卷，巢边梁上燕。自是声声不倦，如草如虫无宴。父母无声不无遍，留形传代衍。

206. 东坡引 别周诚可

相看相不足，分离莫催促。行行止止何难欲。阳关何一曲，阳关何一曲。如今去也，长亭相续。怎不见，谁荣辱，明天明月灿，相思由帝誉

207. 又

梅花三弄面，梅花落时见。明皇上了长生殿，玉梁听乳燕，玉梁听乳燕。群芳满地，成独成片。但记得，东君倩。春归只是春归便，明年今日院，明年今日院。

208. 又

情人情不断，香花香自散。杨杨柳柳江南岸，年年何不算，年年何不算。如何去也，别时方难。怎计取，心分半。轻舟夜暗滩头看，茫茫都是叹，茫茫都是叹。

209. 生查子 宜春记宾亭别王希白庚

行人在宜春，却与行人别，止止复行行，月色如霜雪。人当步步新，

月以圆圆缺。一度一经纶，三界三生杰。

210. 又　萍乡阳春亭

阳春十步亭，一目萍乡性。九派江青，如逝如斯镜。千山千玉莲，三水三浮并。此在此鄱阳，牯岭牯牛政。

211. 又

去年草木荣，日月阴晴守。一岁一生平，千里千杨柳。百年草木荣，百岁人无有。草木问人生，九九重阳九。

212. 又

年华不可留，日月当然走。事事人人，古古今今守。秋冬春夏流，南北东西首。物是物沉浮，人是人非否。

213. 又

庭前草草生，一隙枯荣小。不及问人情，十日当然晓。年年总不平，岁月阴晴早。物是物相成，人是人非老。

214. 少年游　梅十五体

三弄立春香缈缈，向自问群芳，一身白雪，以寒当暖，颜色作衷肠。梅花落了谁问道，此去自扬长，牡丹未了，不寻去处，同以水仙妆。

215. 又

一寒三暖半余香，才着雪花妆，明明月色，玉肌冰骨，举首对朝阳。梅花三弄梅花落，岁岁度春乡。年年如此对炎凉，岁岁见共群芳。

216. 小重山　农人以夜雨昼晴为夜春

一夜农家一夜春，云云成细雨，自留人。披衣伸手向东邻，有客在，以酒共红尘。润土润茵茵，三杯三不醉，听君慢慢讲天津。原来是，处处一经纶。

217. 霜天晓角　三衢道中

一身清净，不尽人人性，如是三衢如镜，分明是，画图正。百家头一姓，海角天涯政。社稷江山知圣，何自得，国家命。

218. 又

暮春时候，最是群芳秀，香雪海中肥瘦，分明是，互相就。短长长短袖，红里兰白究。一半姑苏碧玉，青云首，白肤蔻。

219. 江南好

天一半，水一半，相连。水净天空藏一处，共图月色两相兼，月映水中天。山一半，云一半，难全。林林总总照无眠，同在世人前。

220. 关河令

朴根不是飞来雁，西风曾不慢。无凭落叶，幽幽寻北润。行人归期变幻，误心情，官官宦宦。远水长天，秋云遮不绽。

221. 又　己亥宜春舟中

舟中座像人声断，天高望汉漫。来来去去，平生已过半。行程何须应无叹，只前行，无私暮旦。步步营营，

何须回首看。

222. 采桑子　三月晦必东馆大雨

疾风骤雨倾盆落，一片声声，一片声声，荷叶垂垂荷叶平。惊惊惧惧连天色，一会晴明，一会晴明，点点花间滴滴生。

223. 又　樱桃花

樱桃花开樱桃子，结蒂残红。结蒂残红。有无无无一阵风。春春夏夏时时序，各自由衷。各自由衷，见得因因果果丰。

224. 浪淘沙　杏花

小杏过墙红，一半春风。书生见得意无穷。不可多情多不可，不可由衷。玉影向西东，一半心同，如君有意且相通，回首留情留回首，色色空空。

225. 又　桃花

崔护半桃花，一半人家。芳菲色色到天涯，自得心中心自得，不必乌纱。饮水半倾斜，女女娃娃，眉眉目目已无遮。透过衣衫应可见，玉树奇葩。

226. 又　柳

一柳自垂垂，十尺丝丝。隋炀帛易运河姿。两岸长洲长两岸，处处灵犀。四面可移移，半水滋滋。南南北北作陶师。五丰人前人五斗，象象仪仪。

227. 双头莲令　信丰双莲

双双并并一莲塘，草木总双扬。芙蓉出水自双香，两两以双长。蓬蓬碧玉碧心房，教人忆黄粱。连连理

理叶边藏，见得是鸳鸯。

228. 画堂春　梅

西真仙子宴瑶思，梅花素艳身姿。阳春白雪玉肌时。总是相思。傲骨凌霜带露，芳香不浣凝脂。红尘曲里红泥梅，隔岁重期。

229. 南柯子　送朱辰州千方壶小饮

木落千山小，风流一水清。方壶小饮可相倾，客里客人人客客声。话话语语阔，离离别别情。渔舟傍岸傍沙平。不问潇湘不问自无行。

230. 西江月　丁巳长沙大阅

号号军军令令，兵兵鼓鼓鸣鸣，弓弓箭箭柳营营，剑剑书书政政。一举羊祜临阵，三通亚夫边城。英雄自此自难英，飞将阴山永定。

231. 又　同蔡爱之、赵忠甫巡城饮于南楚楼

世态醒醒醉醉，人情暖暖凉凉。故家不是故家乡。何以方方向向。水水淼淼荡荡，军军令令堂堂。见戎帐下有扬长，自以人间俯仰。

232. 洞仙歌　丁巳元夕大雨

元宵大雨，三五三三五。走马灯前作飞羽。板桥红，香市府。不以归行，低檐下，听得弓弓弩弩。一天如击鼓，半度人间，风里云中自然主。楚楚一萧娘，似落汤鸡，身上下池塘游舞，一欲柳，幽幽亦条条只顾得梅花，有遮双乳。

233. 南乡子　又

一夜一元宵，半是梅花半是潮。白雪阳春阳白雪，藏娇，玉女佳人在小桥。一树一条条，半步倾身半步遥，且与衣衫衣且与，逍遥。雨后云轻寸尺绡。

234. 行香子

小小溪溪去去低低，有春风，芳草萋萋。夭桃灼灼，杨柳迷迷。杏花红红，李济济，白梨梨。彩彩霓霓，影影西西，向东君欣欣萋萋。自然兴兴，步步堤堤。有莺啼啼，曲儿缓回语红泥。

235. 卜算子　立石道中

六九柳杨色，七七梅花落，八九春风八九晴，九九人间约。处处是红泥，处处何求索。处处群芳处处萌，处处人间博。

236. 又　丙午春节

爆竹一声鸣，绿蚁三杯落。隔日东君隔日行，已向梅花约。七九已河平，八九燕儿博。九九黄牛已自耕，十九人间拓。

237. 又　海棠

一树一逍遥，千子千情早。白白黄黄色小桥，只是春先老。半日半春潮，三界三生了。见得东君见得么，只有人情好。

238. 又

一路一歌人，三界三杯酒。半在人间本在春，处处多杨柳。曲曲问西秦，舞舞谁知否，不见长安八水尘，逝者江河口。

239. 又　赴春陵和向伯元送行词

路路向前程步步何时了。渡口轻舟过小桥，日日君行早。一一不声鸣，半半知难晓。未是遥遥也是遥，岁岁人先老。

240. 伊州三台　丹桂

伊州俯仰三台，一曲阳关去来。大漠桂花开。桂子寻，郁香徘徊。吴刚伐下无催，不与嫦娥不猜，玉兔始成媒。广寒宫，净净尘埃。

241. 陈亮

水调歌头　送章德茂大卿使虏

使虏阴山客，未守燕人名。长城内外南北，处处是胡兵。弱弱强强天下，古古今今社稷，处处有精英，何以称臣右，未识细柳营。幽州虎，飞将箭，系红缨。长安八水泾渭众志已成城。回首运河两岸，处处杨杨柳柳，十里百花明。如此江山客，留下大卿荣。

242. 念奴娇　至金陵

六朝如此，秣陵问，二水秦淮朝暮。独上台城台独上，草草荒荒步步。一半心径，金刚一半，梁武梁朝误。人生曾渡紫禁相住相住。千里北望中州，有长安八水，咸阳宫赋。又是秦皇，和汉武，古今何分付。邓

禹无言，冯唐当自主，李广曾数，飞将军目，英雄如此如故。

243.贺新郎　同刘元实唐与正陪叶丞相饮

十里长亭路，十长亭，朝朝暮暮。几何风雨。去去来来来去去，一半中原不住。夕照见，黄昏如故。已是英雄英已是，上三台，下也平章步，臣所顾，将重寓。千杯未了千杯赋，问稼轩，幼安可在，一醒当醉。醉里挑灯看剑去，铁马冰河再渡。举将令，三通分付。自以鸿沟分两岸，以强人，只以强人数，天下路，万千步。

244.满江红　怀韩子师尚书

一路精英，已不是，精英一路，分左右，不分前后，只分朝暮。步步行行行步步，留当世上留当故。以房谋，以杜断江山，人间度。已千章，曾十赋，知世界，寻飞鹜。已成就就，以功名住，古今今今古古，平章未尽平章付。望三台，六欲七情中，何辛苦。

245.桂枝香　观木犀有感寄吕郎中

香香馥馥，处处依秋秋，净净肃肃。千里江山已瘦。独峰如簇。叶飞不远难归去，向西风，皈已竹木。水明云淡，楼高望尽，有英雄目。已往矣，中原逐鹿。叹战国春秋，齐鲁相伏。燕赵秦韩魏楚长城分毂。张仪李斯如何治，赵高何以二世倏。鸿沟刘项，坑灰已冷，未央宫戮。

246.三部乐　七月送丘宗卿使虏

三部云中，坐部立部声，法曲如故。使卿苏武，汉地风光无数。雪花夜，南北霜明，持节乡梦远，不分朝暮。何以百步，处处去来成树。大河上下阴山，单于曲曲，不远幽州路。燕山因射虎，琵琶声误。见潼关，渭泾合渡。臣不顾，君王已付，何以永定，苍茫见，如李陵住。

247.水调歌头　菊

秋菊为谁晚，九月自成黄。枫叶知此彼，朝暮度层霜。自在篱边杖下，又是满山遍野，处处寄余香。已带燕山月，又以问重阳。秋难尽，天难老，地难凉。天高地厚秋水日月久沧桑。自古人思太平，战事如今太久，不见故家乡。落叶飞天去，一此一飞扬。

248.念奴娇　登多景楼

危楼多景，可俯仰，四面八方云雨。万里长江长万里，逝者今今古古，一半金陵，六朝一半，草木成龙虎。三山二水，紫金山上钟鼓。北固一寺金山，又瓜洲四围，如云如雨。蜀蜀吴吴，谁建邺，不以秣陵相取。最是江宁，浣溪王谢问，唱黄金缕，踞高临下，英雄渔父当数。

249.贺新郎　寄辛幼安和见怀韵

一月何圆缺，自弦弦，弦弦上下，对谁难说。一物遮当遮一物，如雪时时如雪。最不是，常常分别。别人间何别别，此情中，难以难成折。天下去，去来竭。醒醒醉醉英雄节，已悠悠，神州望尽，始终无绝，永定云中云永定，铁马冰河豪杰。千万里，无分优劣。一步桑干桑处处，牧牛羊，只在阴山辙。凭日月，共明灭。

250.瑞云浓慢　八十述

一生一路，一生千度，何以一生分付。少年十载，读学再三，幸当父母祖顾。山东创业，又道是，步步邯郸学步。山海关，里七外八路，大学相度。北京城，当此住。已如是，儿儿女女故。成成就就，辛辛苦苦，日日夜夜相数。诗词格律，作方圆，成千百赋。只向来，李太白风流，以唐宋句。

251.阮郎归　重午

长沙不远一汨罗，谁人唱九歌。楚秦秦楚半先科，如今沉水波。闻铁马，任戈戈，英雄曾几何。阴山一箭过黄河，谁思李广么。

252.祝英台近六月十一日送叶则如江陵

已千思，行一路，路路可分付。处处思量，处处不停步。江行自以江流，山行山路，一步步，向前无误。人生度，黄粱有梦黄粱，如今也如故。柳柳杨杨，滴水也知足。秋科春夏时时，生生息息，见日月，经风经雨。

253.蝶恋花　甲申寿元晦

望尽黄花知九九。已是重阳，见得

垂杨柳。太守文章文太守,杜康已似刘伶酒。八十人生应白首,见得荣英,日月人间寿。自下江河归海口,生生息息何知否。

254. 水调歌头　和吴允成游灵洞

见得云舒卷,见得水东流。神仙见得灵洞,胜似帝王侯。山上风云变化,岭下玄元演易,日月自沉浮,元始天尊问,天下一神州。东山客,提封路,几琉球。人间自古来去只以故中休。设想蓬莱诸岛,记取秦皇汉武,阮肇与何求,世事如斯去,不去为谁留。

255. 念奴娇　送戴少望参选

人生高处,自举步,作得人生之路。十载寒窗寒十载,一度青衫一度。半界阴阳,阴阳半界,演易谁分付。两仪四象,何因何果何故。自以苦苦辛辛,又辛辛苦苦,经风经雨。学步邯郸,应射毂,未了诗词歌赋。格律方圆,是方圆格律,是平生度。青绿绯紫,如云如雨如雾。

256. 卜算子　九月十八日寿徐子才

一岁一秋潮,三界三光老。九九重阳九九霄,不与人问老。结子石榴开,竟自朝天笑。一片黄花一片娇,自在丛中好。

257. 贺新郎　酬辛幼安再用韵见寄

立马长城路,望黄河,长安八水,渭泾风雨。一去潼关何一去,不自朝朝暮暮。秦晋赵,束营分付。回首中原回首见,洛阳城,已过咸阳故,唐已去,宋相顾。幼安不住稼轩住,一英雄,英雄一半,醉醉醒醒,梦里冰河惊梦里,何以倾倾许许,日月里,阴山当步。铁马金戈挥铁马,已云中,去国重新渡。三将令,一军数。

258. 垂丝钓　九月七日自寿

一年一岁,黄花开了重度。一岁一年,自以分付。何一路,不尽平生步。听风雨,日月同草木,山山水水,人间当此相住。何知如故,今古如故,青绿绯紫误,人后数,莫人前苦苦。

259. 彩凤飞　十月十六日寿钱伯同

知草木,阴晴见,水雨江南岸。半钱塘,何以富春江畔。步临安,向杭州湾里风云,人家住,一一旧时香案。已无难,共运河南流水,依然多声叹。公子王孙达旦。这些儿,脱颖出,携玉人腕,人情未散,不了不断。

260. 鹧鸪天　怀王道甫

一步登天一步游,半江游水半江舟。今古古古风流在,去去来来自不休。天下事,问春秋。家家国国几人忧,洛阳百里咸阳见,剑剑书书不到头。

261. 谒金门　送徐子宜如新安

新安竹,一半新安林木。九月登高千里目,明明应是渎。四海精英相逐,八面方圆知毂。簇簇黄黄黄簇簇,三湘三岳麓。

262. 天仙子　七月十五日寿内

一半人生一半,杨柳运河杨柳岸,南南北北是商船,杨柳岸,杨柳岸,靠靠停停不断。一半人情人一半,去去来来都不算,兴叹内外兴叹,心不乱,情不乱,山水何言山水畔。

263. 水调歌头　又

别别离离见,去去也来来,年年岁岁南北,一度一花开。半在江上江下,半在山东山西,半在一天台,无可无言语,不可不相催。相思处,何日月,久徘徊。何时感遇知己不可不知猜。自是人非草木,自是情随日月,岁岁自花开。未得无风月,腊月一枝梅。

264. 洞仙歌

广寒宫里,留得嫦娥住。分付吴刚不分付,月藏娇,舒广袖,展展不言语。知后羿,九日射罢当误。弦弦上下,与之难倾许。作得人间去来度。照一门,分庭户,共了春秋,日月相同相互,变得晓英成婵娟,尽暗暗明明,以私心顾。

265. 祝英台近

祝英台,梁山伯,越国一阡陌,唤作哥哥,作了女儿客。书生本是鹤鹩,过河相与,已失得,自情脉脉。锦丝帛,人情玉笔金柯,梁家祝家册。嫁嫁婚婚,不是自家择,天天地地合和,鸳鸯蝴蝶,已双见,成双成魄。

266. 踏莎行　怀叶八十推官

八十推官，三千日月，十年草木朝天阙。东流逝水一江河，源泉蜀楚由吴越。路路潮潮，川川渤渤，无休无止无停歇。杭州湾里问杭州，富春入注钱塘曰。

267. 南乡子　谢家嘉诸友相饯

一水一东流，半岸半天半海洲，只得朋友朋自得，悠悠，处处江河处处舟。逝者逝难休，如去如来如是由，不饮无名无不饮，风流。李白知章杜甫留。

268. 三部乐

一梅如雪，三部乐里闻，女儿艳绝。与寒三弄，安得寒宫圆缺。藏娇处，颜面含情，白皙成皙白，有语轻说。素素似霜，不是以弦分别。幽幽暗暗明明，上下无左右，十分香雪。当以东君指令，同群芳苗。久思量，不须不诀，竹枝曲，殷殷切切，须折便折，直可以，对天轻说。

269. 贺新郎　怀辛幼安用前韵

一箭阴山雪，渡黄河。英雄拾得，是前车辙。铁马冰河知铁马，挥斥金戈阵列。对日月，何言何说，我自前行前自我，作豪杰。是以人间掠。秋叶落，作收获。男儿何用伤离别，一江山，年年岁岁，缺园明灭。国国家家家国国，何以优优拙拙。且去矣，知千秋节，莫以明皇明莫以，对开元，天宝千秋节，由自得，对天说。

270. 点绛唇　咏梅月

一半相思，不知独自人知否。是红酥手，白似黄藤酒。一半沈园，墙外多杨柳。谁回首，不须回首，此去人知否。

271. 又　圣节

一半阴晴，阴晴一半何云雨。岁年如故，圣节谁人数。去岁明年，不可如今度。人间住，运昌其付，甘露分均布。

272. 又

一树盘桃，千年始得千年见。只须瑶院，不必东风面。汉武王母，不必长生殿，牛郎羡，鹊桥难缱，织女当然羡。

273. 又

五百年中，神仙见得神仙路，一盘桃树，一半人间度。已是千年，汉武王母顾。墉宫步，不如如故，玉女传吩附。

274. 南柯子

水上新萍碧，云中小杏红。姑苏处处有情衷。最是运河杨柳各西东。色色空空色，空空色色空。寒山地外太湖风，百里鼋头渚上月蒙蒙。

275. 好事近

八水一长安，五月五湖飞帆。见得长洲南北，洞庭山中淹。运河静静不兴澜，日色共平汛，比海还低成岸，一吴多书剑。

276. 又

一日一东风，花开花落多少。一暮一朝南北，见苏州小小。空空色色又空空，处处见飞鸟，自是人来人去，不言人情老。

277. 又

玉女在墉宫，汉武王母成梦。我自云中来去，与人间迎送。人间七夕乞人红，织女牛郎西东，有梅花三弄。

278. 浣溪沙

十里梅花百里香，一江波浪半江扬。千年日月万家乡。已见春光春已见，娘娘细语细娘娘，鸳鸯见以凤求凰。

279. 采桑子

江湖大大江湖小，一半风潮。一半风潮，玉宇难平玉宇霄。人人日日人人老，此路迢迢。此路迢迢。远近功成远近昭。

280. 朝中措

一情一意眉尖，半步卷垂帘。一半残荷一半，纤纤小叶纤纤。歌歌曲曲，音音韵韵，依约新蟾。且以佳人相就，言言语语潜潜。

281. 柳梢青

子规啼血，杜鹃映红，春春时节，簇簇群芳，丛丛蕊蕊，花花如雪。丁香李李桃桃，总不比，甘棠百结。自是梨花，琼花多感，不分圆缺。

282. 浪淘沙

步步柳杨桥，步步摇摇。逍遥月色

月逍遥。一半吴江吴一半,处处江潮。水水上云霄,路路迢迢,五湖未了五湖骄,且在洞庭山上望,阔阔辽辽。

283. 又 梅

腊月一梅花,一半人家。香香咫尺是天涯。独傲寒天寒独傲,自得芳华。玉树自无遮,白雪轻纱。形形影影带天霞。蕊蕊成心成蕊蕊,见女儿娃。

284. 小重山

一树梅花一树红,幽幽情不尽,是香风。心中玉树各西东。圆圆月,半夜半情中。往事怨成空,高唐留不住,楚王宫。瞿塘峡里四川终,巴陵望,未了是飞鸿。

285. 转调踏莎行 上巳道中作

一半红尘,红尘一半,香香多一半,春芳散。梅花落里,成泥成畔。人后也是,余香不断。入得群芳,一分不乱。柳边多少梦,可寻可看。余余色色,河喧水岸,思思量量,兴兴叹叹。

286. 品令 咏雪梅

梅花落,梅花落,所香处处相托。化汲后,白雪如花,何素知,不可约。本是青衫青本是,绿了还徘求索。一来半去飞飞雀,长空里,自如若。

287. 最高楼 咏梅

吴六淡,杨柳运河船,由杜仲,早青莲。细角尖尖流苏带,黄昏月后拜貂蝉。以朝朝,还暮暮,对君年。花只向深香亭上妍。玉树后庭花中

露烟。衣带水,月婵娟。圆圆缺缺凌波处,蛾眉秀目过前川。管如今,应不了,自可怜。

288. 青玉案

朝朝暮暮朝朝暮,去来来去。路路行行行路路。岁年年岁,自由分付,所以人生故。一路一步知何度,觅觅寻寻日常数。雾雾烟烟烟雾雾,似花如草,雨云云雨,雨雨云云雨。

289. 诉衷情

一江逝水一江潮,半落半云霄。西来东去何了,万里自迢迢。天下见,自逍遥,已昭昭。源泉原本,处处天机,物物渔樵。

290. 南乡子

九月已三秋,宋玉方悲庾信愁。自得登高登自得,悠悠一半江楼一半忧。天末一浮舟,落叶寻根却自流。不定飞飞飞不定,休休,自度沧桑自度留。

291. 一丛花 溪堂月

空空月色一溪堂,落落半星光。楼楼曲曲弯弯路,树云烟,步步长廊。暗暗幽幽,深深阔阔,左右散余香。鱼龙隐隐水茫茫。鸣虫故家乡。高山流水伯牙曲,子期去,汉水低昂。鹦鹉洲头,萋萋草木,如今已扬长。

292. 清平乐 秋晚

上滕王阁,九派曾相约。不若浔阳楼不若。赣水南昌飞雀。匡庐不远山河,群峰林立金戈,牯岭鄱阳牯岭,

稼轩不可蹉跎。

293. 渔家傲

黄鹤楼前飞白鹤,知音台上衣衫薄。汉水东流东已落,鹦鹉错,洲中草木欣欣跃。芳草萋萋龟蛇锁,晴川历历曹操却。一口一人盒已略。何求索,人间处处何求索。

294. 丑奴儿

湘灵鼓瑟苍梧寄,向岳阳楼。向岳阳阳,自是先天下之忧。当然后天之乐。一半春秋。一半春秋。钱缪何须皮日休。

295. 滴滴金

阳春白雪闻啼鸟。杜鹃花满山好,艳艳红红红艳艳,见得人难老。枝枝叶叶知多少,自繁荣,向春晓。色色山前著新衣,嫁与东君了。

296. 七娘子 三衢道中作

当年一梦蓬山路,如今三衢道中朝暮。水水山山,林林树树。流溪伴我行行步。卖花声里情先误。女儿如花似玉同住。蜀郡归来,荆门又去,唯唯独独何分付。

297. 醉花阴 重九

一招一式鸳为玉,九九重阳曲。自是女黄花,已自纤纤,紧紧姿身束。与君与己同相瞩,已可声声促。此去后堂深,净净清清,独照金莲足。

298. 又

名名姓姓慈恩寺,谁作知时意,三弄一同欢,不似时人,阳关何人事。

凤凤月月水中媚，见得稼轩醉。珍重主人情，谁说当年，碧玉无行止。

299. 汉宫春

万里黄河，又长城万里，九鼎神州。潼关中原逐鹿，几是来由，泾泾渭渭，自此注，日日东流。晋赵燕，齐齐鲁鲁，烟波一路春秋。大禹如何传夏，教三皇五帝，自此商周。秦秦汉汉已去，覆水难收。隋唐已故，挥玉斧，再定边楼。应又是，君临天下，依先列满王侯。

300. 暮花天

冬雪冬冰，春云春雨。天公总是殷勤。一度水仙，肌韵正好，梅花三弄纷纭。红黄粉紫，共群芳，姚魏难分。恁意处，一半红尘，以香留与东君。

长安不似临安日，稼轩醒醉，见地闻闻。已是英雄，心知灼灼，仿佛前事难勋。人自应须，旧将军，射虎幽州，向阴山白云日曛。

301. 新荷叶

一叶平平，三春始得争妍，小角尖尖，肯作碧玉青莲。浮萍已老，任毛墙，西子差肩。以风初展，黄黄绿绿光鲜。细雨微云，起伏不定随缘。日见成长，也应做得方圆。林林总总，对一池，雾雾烟烟，株株好好，清香小女儿船。

302. 秋兰香

竹菊科菊一身正气，重阳九九重阳。茱萸兄弟采，共语故家乡。别离处，四面四花黄。香香处处香香。那陶令，东篱闲步，五柳倘伴。直是秋兰开

后，便是见霜花，白雪丰茫。是如今，蜜满小蜂房。英英不商量。何不见得，岁岁炎凉。莫说破，长春长济，百日红妆。

303. 汉宫春　见早梅呈吕一郎中

吕一郎中，五品还四品，不必端样。行行止止步步，日月寒章。群芳未织，已三弄，直是春长。谁知道，此心含苦，已经饱试风霜。认得红尘颜色，化作香泥故，一代容光。梅花落了恁好，心着婚妆，年年相继，岁岁扬扬，从今古，是君是子，留他万种余香。

北宋·范宽
雪山萧寺图

读写全宋词一万七千首
第三十九函

第三十九函

1. 桂枝香

毛毛细雨，处处落浮云，雾烟暮暮。润润滋滋，土土地，田田露。悠悠风貌年年故。半阴晴，是谁分付。自从檀郎，金门献萃，八句清赋。知上国，应有相互。广寒宫中闻，玉兔当数，桂子吴刚，寻得不寻何误。本来八月人间有，以余香，与天同住。这回良夜，从他桂枝，如此如度。

2. 水龙吟

钱塘不是，钱塘就是钱塘注。富春水色，富春草木，东来一路。水水山山，杭州湾里，如今如故。八月江峰落，盐官海锁。潮一线，千波数。不可鱼龙调度，以天涛，作云光雨，霏霏若若，柳杨杨柳，深潭已布，自作旋涡，再呈波浪，人间分布，正群英无首，稼作铁石肠路。

3. 仙江仙

五百年间曾一日，非非是是神仙。山前阮肇在山前。村中村已尽，达者达先贤。百岁人生人百岁，桑田沧海桑田。方圆自度方自圆。如今如草木，似柳似杨泉。

4. 水龙吟

天堂不是天堂，天堂却是天堂见。运河一半，运河两岸，苏杭面面。六涤钱塘，夫差勾践，云舒云卷。南北通州路，杨杨柳柳，寻结子，飞飞燕。见得运河河淀，满商船。女儿家眷。停停泊泊，弦弦管管，花花片片。下里巴人，阳春白雪，向桃花扇。作了江南新郡，春江花月夜云中倩。

5. 洞仙歌　雨

不知王府，不问谁门第。云雨当然百家水。四时中，处处暮暮朝朝由自得，一半田桑如此，可惜人间地，雨细云微，已是青黄不接字。盼雨顺分谋，总是民意。年岁里，不离不弃。一春春，子粒，一秋秋，见百日禾成，米粮相识。

6. 虞美人

梅花落了梅花落，隔岁梅花约。梅花三弄一梅花，折取寒香姿色入家。知音台上飞黄鹤，汉水何求索。子期已去伯牙

7. 眼儿媚

元宵灯火半元宵，步步人如潮。扬州知府，四品云霄。迢迢路路已遥遥。小女小苗条，何愁不是，三年过去，自可藏娇。

8. 思佳客

一世人心一世情，半生世事半生平。诗词格律天天作，方圆尺寸度量衡。行不止，路难明。离离别别始多情。归来不是归来处，独独孤孤月下鸣。

9. 浣溪沙　南湖望中

半在沈阳半在天，郎中五品四绯员。迪生武氏迪生宣。日月南湖亭上望，关东市长过关前，圆圆缺缺是圆圆。

10. 贺新郎

筑得黄金屋，且藏娇，壃宫玉女是何名目。汉武王母曾约会，天地青青竹竹，三界外，森森林木。一半蓬莱应一半，望难行，不尽瑶台，千载道，白金谷。从丛草木鸣鸣鹿，自幽幽，声声顾顾，以情相逐。织女牛郎何所误，莫以王母独独。七巧节，人间人穆，喜鹊成桥成喜鹊，祝长春，日日年年福。天下路，运河渎。

11. 又　八十人生，三万日，何以十三万首格律诗词

步步神州路，是黄花，重阳九九，自然如故。一半人间人一半，日日诗词曲赋，只记得，平生其步，见见随随还历历，与人同分付,行路路，

举步步。年年三百余天数,一天天,天天夜夜,有诗词度,坚持年年成持久,不可佯佯务务。日日日,方成方住。暮暮朝朝朝暮暮,守公余,六十公余句,千万句,长城数。

注:长城一千七百万砖,吕长春格律诗词十三万首,近一千七百万字,人称格律诗词长城。

12. 李谌 又

水调歌头,次琼小韵,足迹留天下,少小过前川,行行四百城市,步步一千县,岁岁走创北,岁岁东西乡镇,学历作方圆,改革和开放,共和七十年。病夫忆,农国立,共家园。人民七十年里,中华日富强,是部多事历史。只有银行,今日过四千,商学工农兵,远近慰先贤。

13. 六州歌头 又

中华独立,高举霸王鞭。成龙虎,驱环宇,制山河,运河船。逐鹿长城战,视余耳,平鹰犬,收祸乱,重炎汉,治桑田。方方圆圆。贫国农夫难。人民宣宣。 由私传夏,自立一王权。直至商周,一千年。国家谁主,应重绪。挥雪刃,匹夫怜。刘项立,雏已逝。渔父迁。水源泉。农民成根本。立天下,作云天。人世晚,无往返。北京田。应记一九四九,立长远。富了前川,今中华崛起,期七十余年,不忘农权。

14. 杨炎正

水调歌头 登多景楼

一望千分阔,四面万山秋,江船转折南北,落叶似飞鸥。不尽今今古古,逝水来来去去,两岸逐沙洲。足见峰青水,未了几春秋。问天地,成感慨,见神州。长安未了泾渭,八水逐中流。见得逝河南北,见得隋炀杨柳,见得一扬州。见得谁评说,水调一歌头。

15. 又 呈辛隆兴 八十岁,三万日

路路千行步,水水一东流。天天日日书写,夜夜读春秋。二十五史今古,上下五千年里,一万帝王侯。一百宫刀女,八百状元楼。长城石,今古论,运河舟。诗诗画画中国一字一风流。足迹南南北北,国内东西国外,日日有诗留,见历中华史,格律佩文献。

16. 又 送张使君

日月分时度,字句作春秋。方圆格律天地,足迹遍神州,见历成成就就,见历房谋杜断,见历故人求。见历沉浮水,见历运河舟。生平夜,如逝水,记东流。家家国国,忧者独上岳阳楼。激励平生所为,激励人间正道,激励岁年修。八十人生路,三万日羊牛。

17. 又

易易难难问,持持一天天。江流万里东去,水水一源泉。万里长征万里,步步行行步步,只要一余年。达者衡坚持,学读有先贤。平生数,三万日,八十年,长城砖石千七百万块方圆。我今诗词格律,千七百万字数,同著一方圆。饮水思源见,上下五千年。

18. 又

不作巢由客,不作金鱼翁。相承日月家国,读学自无穷。未了平生会议,未了繁文缛节,未了问英雄。我自精神抖,事事书书记,不却本由衷。中文客,俄文译,日文虫,当年德语翻译,一字一深宫,学著无休无止,电脑轧机系统,调入冶金部,万里作飞鸿,软件吾先译,硬件我先工。

19. 又

香港同蛇口,第一作园区,一九八零里,以此作前驱,我是专家组长,教取袁庚知识,现代化潘琪。六十交通部,停息浪潮趋。二年后,三生易,一官儒。家家国国文书,未了未前途。参于中书报告,政务工作报告。一世一匡庐。全国地铁办,作得小丈夫。

20. 又

地铁外交事,建设部人成。法国总统书信,戴高乐时情。赵坚翔,戈玛蒂,克里斯安白郎,共济北京城。经部长风度,政事已同声。曾同学,同政府,共师生。共和国里基业,共济共繁荣。特遣中华使节,再上巴黎铁塔,世界久和平,周觉知情智,地铁系红缨。

21. 又

八十人生步,草木不还家。书书剑剑今古,事事一中华。日月阴晴上下,

林树枯荣繁简，一风一春花。赤道南洋路，你我是非他。天时晚，人无办，日无霞。今今古古如是，水水浪淘沙，老老由来少少，日月朝朝暮暮，处处可桑麻。不必陈情久，独自独天涯。

22. 浣溪沙　丁巳初遇纺织娘

曲曲鸣鸣纺织娘，明明薄薄玉翼妆。乾坤演易度圆方。眉眉目目传情久，，时时界界自炎量。长长久久故家乡。

23. 满江红

一世人生，八十岁，三万朝暮。有效日，六十年计，两万朝暮，每日必须百字，一千七百万字度，比长城，砖数可相同，天天数。必如此，当此付，立于我，朋友误。对朋朋友友，无时分付。曾是晏超求买书，继文不托金阳故。卢明月，旧日一鞍山，吕赢住。

24. 又

一世步步，每一步，时间分付，曾立诺，一生如此，作前行路。翻译德英俄日语，一百五十万字数，自著书"计算机轧机"，无分布。科技会，天下路，七八年，由分付。入冶金部里，又重分布。离了鞍山钢铁厂，北京罗鼓巷中住，友朋求，买物买时间，吾知语。

25. 又

一世行路，三万日，时时分付。不知饮，不知休息，不知朝暮。当以心知陈景润。书生气足书生误。

八十年，若此若重新，应相顾。妻供食，夫著述，小女读，男儿度，在冶金部，计算中心住。觅觅寻寻寻觅觅，浪潮停息浪潮步，有译文，三百万字付，人生数。

26. 又

系统工程，停息论，仿真思故。现代化，运筹学术，国家分付。联合国中科教组，交通部里专家住。下南行，蛇口一潘琪，袁庚赋。加工区，园区度，珠三角，中华路，共和国经济，已重新布。改革声中声开放，中华世界中华注。可回头，万里好江山，重新布。

27. 瑞鹤仙　又

两万朝暮数，一路一前行，由心分付。内蒙古牧户，计来应十万，马油灯住，幽幽暗暗，成吉思罕如故。国务院，首辅吩咐：风力发电每户。如悟。荷兰丹麦，四百万度，照明电视，云云雨雨，现代化，腾飞路。刘郎见得「历朝历代行政体制著述」，又争为，二百万字，古今典故。

28. 贺新郎

不作严陵客，问稼轩，醒醒醉醉，不知阡陌。梦里金戈和铁马，月下云中石白。日月见，江山恩泽。不论谁人成败论，这中原，春夏秋冬迹，三界外，四时革。田中不是田中策，半禾苗，禾苗一半，以兵相隔。古古今今天下路，只有农夫太伯。这土地，王非王责。不在长安知八水，向临安，八月钱塘脉，天上望，地

中帛。

29. 又　寄辛潭州

羯鼓霓裳舞，一梨园，三分坐立，部生唐谱。不似开元天宝目，只是人间一辅，无如此，谁闻今古。蜀雨霖铃铃自语，这江山，社稷曾如虎，空玉宇，落飞心。人间自是听王府，禹传夏，商周彼此，亦成三部。秦汉隋唐标铁柱，不似刘邦项羽，逝水里，如黄金缕。此寄辛潭州自取，自平章，一半印章府。天不尽，地中主。

30. 念奴娇

三湘三水，两岸木，一半苍梧成就。鲧治东流常石阻，不导不疏不构。四面横流，八方阻滞，日月无常守，舜通引浚，九嶷山下繁茂。自是如古如今，是今今古古，人随人首，日月东西，成草木，处处相依相旧。岁岁枯荣，阴晴相互易，二妃衣袖。红黄兰紫，岳阳楼上天后。

31. 又

春来春去，小花草。夏水夏云多少，出水芙蓉天下玉，叶叶蓬蓬晓晓，大大方方，当然结子，不与人情老，秋风初，丝丝凉意当好。已是桂子寻来，自香香八月，重阳重道，一片黄花，当自得，一半天机何早，待到明年，与梅花共注，向群芳笑，阳春白雪，高山流水飞鸟。

32. 洞仙歌

已春春末，冷落默林道。杜宇啼时

问花草，野山坡，岭峰深，孤桥悠悠，惊谷壑，一束西阳晚照。还当行十里，鼓鼓名目，元首依依问天了，以天尊几度，空自虚门，青镜里，赢得朱颜不老。两仪中，四象又重分，八十算春秋，去来多少。

33. 又　寄稼轩

向英雄问，不得英雄道。你是英雄不应少。问英雄，何以英雄天下事，一半英雄也好。英雄千万里，见得英雄，回首英雄醉醒少。以英雄看剑，灯下英雄，应待旦，赢得英雄不老，作英雄，处处作笈。一世一英雄，上英雄岛。

34. 鹊桥仙

沉鱼落雁，西施蜀女，闭月羞花水性。貂蝉不见贵妃行，这今古，形形镜镜。儿儿女女，清清正正，何以江山易命，英雄不是不英雄，弱女子，从从政政。

35. 又　寿稼轩

半生饮酒，一生饮酒，今日当然饮酒。英雄一度一英雄，且作得，年年寿寿。长城内外，黄河上下，日月稼轩知否。飞将军是飞将军，又作得，文章太守。

36. 蝶恋花　别范南伯

雨作春云春作雨，雨雨云云，暮暮朝朝数。别别离离天下路，圆圆缺缺弦弦步。去去来来多少度。合合分分，独独孤孤误。见得鸳鸯相互许，同心同德巢住。

37. 又　稼轩坐间作

白首杯中寻白首，已饮平生，不住平生酒，作得杨杨和柳柳，长亭结伴长亭。醉醉醒醒天下叟，总是英雄，万里谁知否。已罢单于应久久，阳关三叠阳关守。

38. 又

不住留花留不住。暮暮朝朝，去去来来度。雨雨云云云雨雨，时时令令时时付。春夏秋冬年岁步。岁岁年年，古古今今故。一路人生人一路，行行止止行行步。

39. 千秋岁　代人为寿

人人寿寿，醉醉醒醒酒。花草影，垂杨柳。秦皇秦二世，童女童男走。何不见，东瀛不守蓬莱守。一路山东口，一步人间手。百年后，谁知否。见阳春白雪，下里巴人首。应是也，竹枝词里重九九。

40. 玉人歌

西风起，处处问黄花，含情香蕊。经霜红叶，见得是原委。风光不断秋云阔，肃肃无遮美。望高天，无休无止，难言彼此。何以见桑梓，野山满芒苡，不可非视。伴了茱萸，影顾在飞雉。非非是是非非是，春夏秋冬始，此人间，因因果果何止。

41. 点绛唇

上运河船，江南杨柳江南岸，玉娘香散，阵阵从无断。却是原来，不及船娘半。钱塘畔，月明娃馆，听得轻轻唤。

42. 又　送别洪才之

逝水离舟，自应举步何回首，此君知否，两岸无杨柳。草木春秋，岁岁年年守。江河口，一声朋友，地厚天长久。

43. 秦楼月

沉舟侧，千帆不则千帆则。千帆则，行了难得，不行难得。生生息息生生息，人人不得人人力。人人力，天天有极，日日无极。

44. 浣溪沙

一寸光阴一寸金，半知草木半知心。今今古古是今今。不是知音知不是，成林独木独成林，寻寻觅觅寻寻寻。

45. 又

碧玉姑苏碧玉邻，小家越子小桥春，红梅香落作红尘。不尽三吴三不尽，五湖未了五湖粼，兰衣白雪女儿身。

46. 桃源忆故人

三杯不尽三杯酒，已作垂垂杨柳。何以依依就就，白白女儿手。依依语语些难守，目目眉眉僾僾。有约约伊时候，梦里重交友。

47. 减字木兰花

飞鸿一路，北北南南天下住，一半湘吴，一半西西北北凫。人生一步，止止行行天下顾。一半书儒，一半江湖在五湖。

48. 生查子

金莲处处行，玉腕情情住。曲曲已声声，去去来来暮。年年岁岁云，岁岁年年雨。日日是高唐，处处先分付。

49. 柳梢青

细细思量，思量细细。寸寸情肠。短短长长。长长短短，柳柳杨杨。风流无定香香。以心来，自然娇藏。月月明明，星星点点，不着语装。

50. 相见欢

南南北北飞鸿，两相知。秋去春来向背似无霜。衡阳岸，青海水，半天中。不尽高低不尽，自由衷。

51. 诉衷情

东洋一半是西洋，一半下南洋。格林威治山上，世界两分疆。银界域，板条妆，各炎凉。你中无我，我中无他，一度千章。

52. 满江红　寿郑给事

一路人间，是不是、人间一路。是一路，始终终始，自行行步。步步行行行步步，左顾右顾成城顾。一邯郸，万事万邯郸，多分付。一目的，千百度，成一物，千方布。莫孤孤独独，一事一注。自以多思多见目，成成就就成成路，一生平，至少两生平，知如故。

53. 俞灏

点绛唇

过了扬州，运河已到杭州暮。作商卿故，且以安丰路。过了苏州，拾得寒山赋。枫桥步，五湖谁渡，月落乌啼数。

54. 连久道

清平乐　渔父

乌江渔父，子胥关渔父。何是非，今今古古。不是英雄不主。江湖一半江湖，书儒一半书儒。四面楚歌四面，张良何有何无。

55. 赵师儿

减字木兰花

江南花草，见得江南人不老，一半春潮，一半春潮过小桥。江南小鸟，小鸟江南飞。一半逍遥，一半逍遥一半箫。

56. 宋先生

苏幕遮

一神仙，三界地。一半神仙，一半人间意。一半阴阳分两置。一半神仙，一半人间意。弄玄虚，成道稚，一半神仙，一半人间意。一二三中三二一，一半神仙，一半人间意。

57. 丑奴儿　非正体，取黄庭坚正体

不是自是真真是假，真是非真。是非是是非非是，真真却是假假，假假却是真真。万物化作尘，直无见，风月自身。自是好意也是坏，两分难得分了，怎生知晓经纶。

58. 沁园春

玉兔金乌，意守丹田，石化固身，以三清为念，由千净定，玄蒙步迹，元始天循。八卦分天，两仪四象，半见阴晴半见真。仙人洞，紫气东来了，日月经纶。潼关一二三邻。老子在，无无有有津。是非非是易，非非是是，天天地地，简简频频，暮暮朝朝，炉炉鼎鼎，见得银波见得春。神仙也，处处天地界，处处红尘。

59. 武陵春

七返还丹人已攻，晓得自无难。坐定心思向内观，意念在云端。炉火金精无昼夜，玉石地天坛。天尊成时地道安，金冠凤凰鸾。

60. 又

虎啸龙吟炉火易，抱一守丹田。玉玉相烹石石煎，日月自当然。认取坎离成造化，真气已成仙。九转金沙银紫团，以念作源泉。

61. 丑奴儿

见得炉中金，也见得，自然如今。不走阳精成仙去，天子叫道：「宣言，玉女至，如是知音。」独木可成林，处处是，上下根深。一玄一虚当实在，四象八卦分仪，正是古古今今。

62. 丑奴儿

潼关老子潼关道，八两半斤。昼夜辛勤。两见阴阳两见君。炉中玉石已难分。多多少少何多少，四季黄云，洞里香醺，让我如何待古芬。

63. 又

普渡成真人，已自得，四时阳春。不弃精华精华在，谁可说道："阳身。

日月也分半分匀ợ"先自不相均，晋国度，划地两秦。甚时得归阴所见，自是有有无无，字字语语成神。

64. 太常引

金丹只在自身中，真水火，炼成功，因有吕仙公。以石玉，以炉火红。阳成体内，阴成体外，自可自由衷。日月有无穷，已跳去，乾坤世笼。

65. 点绛唇

二气功夫，阴晴一半何多少。无休无了，日月人情老。意念飞鬼。相克相生好。如花草，一颗当了，一颗无当了。

66. 又

去去来来，瑶台只在蓬莱岛。到东瀛了，处处飞鸥鸟。是是非非，彼此谁知道。潼关小，以阴阳了，不是阴阳了。

67. 捣练子

有石主，炼仙丹。黑铅银汞鼎中澜。液成体，火社观。金沙成就著天安。已功成，过汉漫。

68. 临江仙

一半临江仙一半，仙人洞里游仙。沧沧海海一桑田，神仙何处在，处处有神仙。自以坎离龙虎见，大千一半神仙。阴阳一半前川。乾坤分一半，一半作方圆。

69. 丑奴儿 取正体，黄庭坚体

石石玉玉中，炉火里，独阳独在坤宁宫。龙吟虎啸彼此，独步自得无鼎。一半一金公，作干子，阴火物功。你里是我，我里是你，已成天地来去，化圆成一刚风。

70. 浪淘沙

一夜一人情，一夜人情。人情一夜一人情，一念成蓬成一念，一一成成。一夜一人生，一夜人生。人生一夜一人生，一子当然当一子，一一盟盟。

71. 又

一石一金丹，一玉金丹。金丹一半一金丹。一半乾坤干一半，一半金丹。一意一炉田，一意炉田。虎啸龙吟天地气，方是金丹。不是不金丹，才是金丹，咫只有一丹田。干在坤宫干只守，半在云端。

72. 又

一步一三清，有明。阴阳两半两相倾，阳正坤宫坤自锁，坤在阳城。世世半人生，两目空行。你中有我有阴晴，我中有他无草木，万物同萌。

73. 唐多令

万里一黄河，千年逝水多。一长城，万里长城长万里，五千里，运河波。今古是金戈，阴晴问稻禾。有民生，战战和和，汉女如今如汉女，英雄去，女儿多。

74. 桃源忆故人

桃源故忆天机道，汉汉秦秦谁晓。玉石精阳皆老。人间人自好，铅铅汞汞知多少，客客仙仙无了。身外有身方了。化作三清草。

75. 惜黄花

天机一道，达者多少。见逝水，沉溪载舟绕。这一去东流，运河物人晓。同一程，共非同了。金砂半粒，玉石三老。水月同炉炼，铅汞正好。持功行成就，物求果宝，向元虚七祖都了。

76. 阮郎归

一轮明月照三晴，明中还不明。功成自是自功成，何必是虚名。达者问，先贤行。频频乃玉英。扬扬自得古今荣，路路步生平。

77. 武陵春

一半阳泉阴一半，情意守三田。道道修为修自然，自古自先贤。达者何言何达者，老子潼关禅，一二三成无限年，金丹结子莲。

78. 叶适

西江月 和李参政

事赏中枢纽带，人从象外慈恩，成林独木自求根。品品郎郎印印。剑剑书书今今，文文武武孙孙。朝朝暮暮一黄昏，晋晋秦秦晋晋。

79. 王楙

望江南 寿张仪真

三世界，福寿两无涯。剑剑书书书剑剑，郎郎品品几方司，富贵帝王知。门两扇，户第一开迟。日日文章文日日，诗词水月渭泾时，自得方圆思。

80. 刘褒

水龙吟

年年岁岁年年,和和战战和和草。春生处处阴山放牧,春来小小。八月蒓鲈,蟹当脚痒,老苏州好。向临安,向蓬莱岛。官官吏吏,迎迎送送,无休不了。不问东山,岳家军里,贺兰山晓,以江山社稷,时时世世,谁言不是不王孙造。

81. 雨中花慢

见得娥皇,见得玉英,湘灵鼓瑟生情。竹泪里,苍梧处处,舜寄芳名。疏导疏疏导导,九嶷山水清清。以东流逝水,不住沉浮,到海无平。春江花月,八月钱塘,运河岸柳杨荣。阳澄,见芙蓉色,风流风水,月已相倾。

82. 满庭芳　留别

别别留留,留留别别,此时最是无声。男儿寻得,万里一人生,不与女儿切切,前步去,熟是多情,从今日,天涯海角,一世一生平。无言,无语处,荆轲一梦,自系三缕。以冯唐旧志,李广重荣。一箭燕山射虎,何忘记,六欲千情,重回首,平生八十,独目独心惊。

83. 六州歌头　上广西张帅

湘西百里,草木不枯荣。匪盗寇,妖氛涨,城不市,客难鸣。羽檄交飞急,八十载,无人迹,何远驭,忆长缨,百色惊。细草黄沙纱纱,山路险,谷壑桥栈,已深千百尺,夜月也难平。见得飞英,向天声。有王家印,无官兵有封赏,却相倾。云起落,峰屹立,无天地,有纵横。自古王权弃,凭力棍,论输赢。行抢掠,戈藏革,土休营。一帜一旗一诺。插血当饮蔡州行,如今如古见,将帅驭军名,永诏恢宏。

84. 水调歌头　中秋　又

百色千川侣,一里十峰横。山山水水云落,草木自丛生。险恶人情是是,跚贫居掠夺,驿客驿心惊。不入耕耘序,却作生平。李逸间,李鬼答,共人生。梁山一百零八瘵,处处横生。莫以南洋见地,又以广西北海,出海作人生。且以饮州港,究竟是何情。

85. 章良能

小重山

柳暗花明春事深,杜鹃声不尽,唱红浔。梅花落里有鸣禽,群芳近,自带五分荫。细雨作甘霖,黄鹂有好音,向人心。寻寻觅觅且寻,经年处,只可捉衣襟。

86. 熊以宁

水调歌头

一半平生路,一半少年心。胡尘未净天下,三叠是知音。渭水阳关大漠,李广燕山射虎,日月以风临。草木潼关北,老子赋鸣琴。贺兰谷,朝天阙,一衣襟。风波亭上何以一见一英钦。只要精忠报国,只要如归视死,作得岳家琛。再上长安道,自古已成今。

87. 醉蓬莱

步步长亭路,十里长亭,长亭杨柳。又是长亭,又是长亭柳。伴伴行行,行行伴伴,处处谁知否。玉宇风潮,天街甘露,刘伶何有。总是升平,升平总是,事事人人,几何相守。南极星中,有老人呈寿,北斗村中,七十八十,已成垂年叟。太液波翻,长安八水,谁人回首。

88. 鹊桥仙

平生路路,平生步步,处处平生数数。书书剑剑书书,日日度,分分付付。少年读学,中年成就,老已坚持如故。三万日月有诗词,十万首,朝朝暮暮。

89. 詹克爱　失调名

三生三万日夜,一日一知书。

90.

圆圆缺缺,一笑一弦增。

91.

九月黄花满地,三秋桂子茱萸。

92. 李寅仲

齐天乐

长安一半长安步,潼关外,潼关路。逐鹿中原,中原逐鹿,且以中原分付。中兴分付,已分付中兴,未央宫暮。先过鸿沟,莫闻渔父乌江渡。听听楚歌回顾,不知垓下误。何住何住。了了封王,封王了了,忘了坑灰之固。咸阳不度,度不咸阳。自张良数,自数萧何,再数萧何,几何韩信故。

93. 张镃

长相思

短相思,长相思,短短长长总是思,长长短短思。你也知,吾也知,你你吾吾一半知,吾吾你你知。

94. 楚游仙

人情老,一半梦游仙。柳暗花明艳阳天,见得风尘运河船。碧玉小桥国。情无尽,一半女儿眠。过了黄粱无了边,通州南北各难全,此意自娇妍。

95. 又

人心在,一半自方圆。曲曲歌歌作婵娟,日日轻弹上下纺。月在运河边。南通岸,系住北通船。问了船嫌何不住,藏娇镜里玉人鲜,此意已由天。

96. 又

人情留,小月已如钩,瑟瑟琴琴半风流。拨拨弹弹有所求。曲曲意意幽幽。周郎见,不约小乔羞。一曲下里巴人眸,阳春白雪玉人舟,自可尽情游。

97. 又

寻觅觅,迹迹已藏留。艳艳娇娇半枝头。闭闭开开总相近,不是不轻浮。萧娘问,这里那边求。独步重来信幽幽,花光隐隐共风流,再步再含羞。

98. 昭君怨

一半朝朝暮暮,一半云云雨雨。汉汉半胡胡,一单于。路上琵琶曲,宫里画师难足。风雪过黄河,战应和。

99. 又

落雁当知南北,飞雪琵琶故国。马止过阴山,一红颜。不断黄河不断,直下潼关两岸。蜀女蜀无还,雁门关。

100. 又

一半单于故国,一半昭君南北。一半问黄河,万千波。已把汉家种子,带到阴山雨水,留下二千年,忆三边。

101. 霜天晓角 荷

已见荷花色,入得芙蓉国。自在自由南北,婷婷立、且无力。听微风细则,见女儿藏匿。织女牛郎相遇,衣衫在,莫相忆。

102. 如梦令 雪

雪在高楼深院,如是梅花成片。处处是梨花,如此如香如恋。红面,红面,何以飞扬何见。

103. 南乡子 春雪

白雪问红颜,白雪红颜去不还,雨水香泥分别见,人间一半天花一半闲。曲舞是阿蛮,自是乐天自是关,过得私情樊素口,河湾。十里香云十里山。

104. 乌夜啼 夜坐

云云暗暗明明,已无声。如此广寒宫里,不多情。行不定,坐不正,已三更。举首空床相问,故人盟。

105. 菩萨蛮

朝云暮雨瑶姬主,风流三峡瞿塘宇。宋玉半多余,襄王三界姝。巫山巫岭树,巴水巴官渡。十日到东都,三吴知五湖。

106. 又

朝朝暮暮朝朝暮,云云雨雨云云雨。读学读诗书,多情多客余。风流风一路,江水江千故,逝者逝相如,何思何卷舒。

107. 又

风风雨雨听啼鸟,花花草草知多少。一日一春潮,千家千户好。明年明岁早,今日今人老。岁岁不逍遥,年年孤木桥。

108. 折丹桂

八月香风寻桂子,三秋清逝水。天高云淡千万里,玉宇虚、兰白紫。黄花开得重阳蕊,问道渊明止,何然叶落求根去,却飞去、当无轨。

109. 清平乐 题黄宁洞天吹笛台

笛台吹笛,老马知伏枥。是因人生人见历,何必寻寻觅觅。东西南北高低,江山草木难齐。逝水风流已去,人间日月红泥。

110. 又 炮栗

山山沃沃,紫实包黄玉。灯下情中多一曲,尺寸芳香腊烛。少年自知书,十年日月成居。进士翰林入阁,人前九品其余。

111. 谒金门

山水涧,落下北来南雁。九月重阳

云变幻，何人何客栈。自是长安吏宴，又是临安官宴。日日年年都有宴。农家农有盼。

112. 又

情一面，只是桃花情面，自便春中春自便，年年如不见。崔护人间飞燕，岁岁桃花情面，已入心中何不见，东君难可恋。

113. 柳梢青　适和轩

水水流流，清清底底，影影羞羞，羽羽香香，花花面面，不愿抬头。牛郎岸边牧牛，吹玉笛，鸳鸯风流。有语沉浮，双双对对，无止无休。

114. 又

岸岸舟舟，杨杨柳柳，渡渡头头。女女儿儿，行行止止，答答羞羞。回眸总是回眸，牛已语，却在前头。十里荷塘，千波激滟，鸳沉鸳浮。

115. 又

一半风流，风流一半，只是低头。不语低头，低头不语，自自含羞。回眸不是回眸，疑不定，水落花浮，玉立芙蓉，婷婷色色，影影沉浮。

116. 好事近　拥绣堂看天花

拥绣看天花，瑞露珍珠天下。两户三家邻里，以香同春夏。天涯海角半天涯，一柱匿名举报天借。你我他中她是，只应周郎嫁。

117. 诉衷情　香一雁，偶亡其一，感而歌之

孤孤独独自声声，一半是人情。是非非非是，一世一时倾。生死见，去来鸣，久无鸣。夫妻非是，非是夫妻，子女同生。

118. 又

夫妻本是一夫妻，不可比高低。一时一事非是，不可作东西。儿女见，父母栖，匹夫齐，最当辞书，独步平生，去去来来啼。

119. 浣溪沙

一半平生一半家，天涯海角半天涯。人间你我又他她。一半夫妻夫一半，无余日月有余花，心心即取雅卿华。

120. 虞美人　又

北京钢院书生路，六七年中度。朝阳一面郭雅卿。自以人间步步作精英。翻翻译译中华故，日日时时数。十三万首格律城，三万日中著作一长城。

121. 玉团儿　又　格律长城

一千七百万砖著，万里足，长城自誉。格律诗词，三万日夜，十二万首，一千七百万字如。彼此比，秦秦楚楚。赖得其名，若还虚度，米而不食。

122. 眼儿媚

思量细细又思量，如何半空床。广寒宫里，吴刚桂子，纺织秋娘。起来举目听虫蚤，自影自瑞祥。为何独影，为何短长，何又炎凉。

123. 又　女贞木

风香八月木樨魂，叶满小山村。飞飞落落，扬扬误误，处处求根。霜雪雪女贞木，独立竹边门。芳芬结子，芳芬落叶，处处黄昏。

124. 又　水晶葡萄

小盘满满又大盘，珠玉在秋端。大珠小玉，大玉小珠，碧碧丹丹。大珠小珠满玉盘，似乳似峰峦。怯见女儿，手中三弄，逝水波澜。

125. 南歌子

百亩江南水，千年日月田。青山近处易求仙，一步登天登一步，方圆。草木阴晴故，枯荣水土边。源泉逝水问源泉，万里东流万里几山川。

126. 鹧鸪天　咏二色葡萄

六品朝衣七品鲜，大员三品帝王围。微微绿绿微微绿，紫紫天台紫紫贤。红已紫，绿当然，朝中九品是源泉。青衫未了青衫愿，一步人生一步回。

127. 江城子

人生一路一人生，久无平，久无平。逝水东流，逐日洞庭湖行。万里江源江万里，归大海，共阴晴。云南虎跳峡边生。见鲸惊，见鲸惊。第一江湾，第一四方横。第一人间人第一，同日月，共分明。

128. 又　凯旋

春风漫卷石头城。一军兵，半军兵，断了楼兰，断了海洋鲸。万里长江长万里，知日月，作精英。轻裘绶带制蛮荆。一柳营，又柳营。大路英雄，大路朝天情。北望长安长北望，人志在，将军行。

129. 卜算子

驿外驿桥行，梅下梅花落，已作红泥作玉英，香色明年约。腊月已生情，白雪衣衫薄。自自香香点点红，早早春求索。

130. 杨柳枝　《词律辞典》无此例。取白居易正体

阳春白雪自藏娇，下里巴人渡小桥。杨柳枝头杨柳色，一曲梅花三弄遥。

131. 感皇恩　驾霄亭观月

一路驾霄亭，青天如数，一半星星故。深暮，两行杨柳，何见得中秋赋。云惊云不破，婵娟住。十五劝君，弦弦已布，今日圆圆顾。分付，广寒宫里，已禁许多风雨。可寻来桂子，同朝暮。

132. 夜游宫

一半佳人一半，垂杨柳，运河两岸。作了船娘意不断，作梅花作荷塘，香四散。最是钱塘畔，作芙蓉，出水方成。自自随君从宵旦，见伊时，话阳春，白雪唤。

133. 醉高楼　月

弦弦上下，圆缺两相分，一日度，一思君。虎丘剑池吴越见，六淶水太湖云，广寒宫，容桂子，兔殿勤。圆缺时时何处处，上下弦弦总无垠，姮娥色，着衣裙。圆圆时节独圆圆，上弦难至下弦晕。以分文，十五六，字天闻。

134. 蝶恋花

一半运河船一半，北北南南，柳柳杨杨岸，见得通宵应达旦，金陵到得杭州畔。最是船娘舱已乱。曲曲声声，自己难分辨，不是竹枝应是叹，天明已有余香散。

135. 又

水水山山田阔阔，一半江南，一半人间信。最是农夫疏已浚，阡阡陌陌耕耘厯。草草花花皆自吝。绿绿油油，米米粮粮进，税税收收今古镇，年年岁岁田家认。

136. 又　挟翠桥

挟翠桥边桥挟翠，一路欣欣，处处心经醉。自是刘伶同此异，杜康留露珠如泪。不至山深山不至，叠叠峰峰，一谷清流寄。落落红英风景地，香香彻彻重新识。

137. 鹊桥仙　秋

芭蕉老大，流萤老小，夜夜风流好好。逍遥津里问逍遥，自问道，张辽草草。星星点点，明明暗暗，不以多多少少，来来去去已遥遥，似有雨，云云渺渺。

138. 又　采菱

汀汀浦浦，滩滩渚渚，处处菱菱小小，深深浅浅水池塘。小女女，情情正好。无声无息，无人左右，乘此从容洗澡，牛郎不在老牛遥，水岸上，青青草草。

139. 鹧鸪天　自兴远桥过清夏堂

月半空堂月半床，小村深处小村香。儿儿女女曾儿女，老少人中老少忙。千里路，故家乡。大人有萧娘，何当曲里曾相问，道是周郎胜阮郎。

140. 又　咏阮

半似琵琶半似琴，四弦谱尽世人心。尖尖细指头头挑，水水山山日月音。江上水，木中林。千年逝水自成浔，自然独木成林见，古古今今一古今。

141. 临江仙　自述

六十年前知六十，公余自是公余。知书一半一知书，天天经见历，日日记心初。八十年中年八十，时时不断樵渔，年年夜夜读相如，何言何避世，自主自荷锄。

142. 御街行

梅花落里梅花落，不独自，群芳约。青莲尖角角尖尖，萍叶圆圆浮薄。年年春夏，草花花草，人见人如老。思量不尽思量箸，渭水岸，阳关诺。楼兰三叠过交河，西去英雄求索。都来此事，人间心上，当是秋收获。

143. 满庭芳　促织儿

纺织姑娘，声声细细，低低抑抑扬扬。随音轻步，步得少年郎。朴以瓶中挑逗，相对目，不似端庄。须须立，龙龙虎虎，步步自牵强。炎凉，先后是，东墙过了，又过西墙。与人人相处，日月分光。岁岁年年岁岁，凭自力，不接青黄。同天地，鸣鸣止止，一度一方长。

144. 风入松　寄乐天

小樊口若小蛮腰，独木一春桥。乐

天自得何居易,状元步,见曲江潮。草草枯荣原上,年年岁岁迢迢。长安纸贵半云霄,太守白堤遥。青衫司马浔阳客,数珍珠,泪泪消消,自是同情自是,老马伏枥啸啸。

145. 念奴娇　宜雨亭咏千叶海棠

隋朝炀帝,以帛易,见得运河杨柳。两岸海棠千叶密,红白无无有有,果果因因,花花蕊蕊,子子方成就,春春夏夏,心中天下朋友。处处雨雨云云,共朝朝暮暮,三春三九。艳艳鲜鲜,何见得,叶叶丛丛元首,自自垂垂,蒂蒂长可见,以甜情诱。请君留步,琳琅满日知否。

146. 水调歌头　姑苏台

水调歌头唱,六渎一隋炀。姑苏台上吴越,今日一天堂。望去阊闾城外,见得会稽巷口,步步是苏杭。不似长城垒,处处战时伤。虎丘石,勾践问,剑池梁。夫差六渎修水未及一隋炀。记取兰亭一序,大禹虞乡留址,已得九流乡。谁道头颅好,千载一天堂。

147. 又

水调歌头曲,风月在钱塘。阳春白雪天下,处处是群芳。下里巴人世上,楚尾吴头儿女,自柳柳杨杨。拾得寒山客,草木记隋炀。运河水,姑苏玉,是余杭。春江花月南北,夜夜有花香。自是人间如此,也是天堂如此,处处女儿乡,日日知秦晋,久久是桃姜。

148. 木兰花　七夕

人间人七夕,天上是,望星河。喜鹊喜搭桥,牛郎年月,织女嫦娥。只恐玉女传信,误王母汉武烂新柯。意意多多少少,情少少多多。婆娑,来去百厮磨,来去百厮磨。不道不,柴桑袖手,门外千波。应当自然自在,是非如何不是如何。从此更无今古,乞巧才是穿梭。

149. 又　生日

年年二月三,是居士,始生朝。自学语呀呀,初心步步,难报劬劳。书香故乡土地,阡陌问,玉主高梁峣。每亩高粱细数,六千棵载皋。东邻一舍小羊羔,西去是江漕。听翁媪相呼,儿孙有语,门前葡萄。中秋婆娑细影,广寒宫,玉女展衣袍。八十重回旧日,阳春白雪英豪。

150. 又

始人生步步,知五女,小村前。六里到县城,沟沟壑壑,杨柳桥边山川。自今自古,自依然。处处是良田。斧祖关东创业,百年自力年年。山泉。曲曲南天。天下路,月常弦。白雪满西关,学邯郸步,且与牛宜群宜。你中有我,角书县,同度慢悠延,记取唐诗一句,学堂自有方圆。

151. 水龙吟

人间一梦遥遥,黄粱一梦人多少。人间处处,黄粱处处,多多少少。岁岁年年,年年岁岁,花花草草。问何时何了,生生息息,应了了,应无了。有道成仙方好,上瑶台,蓬莱仙岛。灵霄玉殿,太白金星,云云渺渺。谁见王母,盘桃还小,八百年之后,人情不见不人情老,

152. 祝英台近

草花花,花草草,世上有多少。岁月悠悠,岁月几时了。今今古古今今,桑田沧海,变迁里,夫休无晓。功名早,精精业业方圆,勖勖绩绩好,成事成人,作石作玉道。平生自是平生由天由已,由日月,人心人老。

153. 满江红

万里江山,没见得,江山万里。梅花苑,山山香满。玉峰突起。一片风波风一片。是雪花,一半是梅花,纷纷止。八百树,三万蕊,素玉色,心中紫。自拥拥雅雅,着衣方美。有有无无有有,空空色色何无止,半藏娇,一半是红颜,含羞姊。

154. 又

一半香山,白雪里,香山一半。八百岭,千梅衣着,素妆无乱。玉色红颜红玉色,嫦娥自得嫦娥叹。已广寒,月色作波澜,星河叹。昆山雪,西施馆,运河水,钱塘畔,这茫茫渺渺,雾烟难散,玉女浣沙纱在此,明胆薄薄江南岸,只求流,一剪切鸿沟,难流断。

155. 汉宫春　和稼轩帅浙东作秋风亭寄予,因登次寄

一半江南又江南一半,有运河船。江南久无豪气。问得三边。秋风亭上,

见稼轩,已帅方圆。以二水,三山作路,烟波一向朝天。回首重温旧梦,问六朝已故,事业如烟。秣陵吴蜀云散,无以孙权。风流还在,赤避赋,又是当年。何不得,刀枪不入,弓弓箭箭弦弦。

156. 烛影摇红　灯夕玉照堂梅花正开

一夜香香,无无了了无了了,初心如此一初心,人是年青好。留住初心不了。且不分多多少少。红红蕊蕊,白白肌肌,求衣还早。烛影摇红,肤肤白雪争春晓,东风有约半东风,且以人情老。不待云消雨散,任花苞,蓬莱仙岛。昏昏欲睡,燕子来时,还当一笑。

157. 贺新郎　寄稼轩

一世听风雨,大江流,山山水水,不分暮朝。渭渭泾泾泾渭渭,八水分分付付。且以去,潼关相注。万里黄河黄万里,一中原,黄土黄流故,三门峡,向东渡。稼轩有醉稼轩赋,浙东营,钱塘八月,当潮惊顾。一线潮头潮一线,虎虎龙龙百度,望,听山河数。曲曲单于谁曲曲,问昭君,不问昭君故。君莫误,莫君误。

158. 又

一步长安路,半秦川,穆公不在,与周分付。八百里秦川上下养马当然无数,有一角,单于相住,只与昭君应只与此江山,社稷黄河故,同日月,共朝暮。英雄不已英雄误,见廉颇,尚平一斗,以千钧数。此举应非应此举,一步人间一步。完璧见,相如相度,饮马长城长饮马,过阴山,射虎幽州固,来去是,去来步。

159. 瑞鹤仙　灯夕

见灯灯小小,淡淡明,形形影影好好。长长玉人老。有灯前走马,阁楼多少。花花草草。燕莺飞,啼啼鸟鸟。是无人,不是无人,饮市里牛郎道。约了。红灯玉烛,玉烛红灯,以心相晓。幽幽最好。云雨梦,便无扰。且倾倾,却把心期细问,先指兰梅花梢。莫因循,语了青春,怎人已老。

160. 八声甘州　秋夜奉怀浙东辛帅

问李陵去后汉公卿,八声一甘州。长安问阳关路,不语秦春秋。今古和和战战,无止也夫休。何以运河水,南北通州。草木自然草木,以长城万里,杜断房谋,以唐标铁柱,大理水沉浮。望中原,金陵六郡,九鼎留。分得半鸿沟,知刘项,并非争王气,南北神州。

161. 又　九月末南湖对菊

九九天下九九神州,菊花一重阳。来年问来年见,事事生香。依照天机处处,都里御名扬。十三万首诗词,京畿光。格律方圆格律,两仪四象易,八封疆。最当一记取,一步一慈悲。唐玄奘,玄应日月,数得年年岁岁天堂,人人是,以心心度量,冠冕堂皇。

162. 江城子　寄唐玄奘

玄奘一步一慈悲,一良知,一良师。二万天中(六十二岁卒),字字数相持。一半心经心一半,天下路,自如斯。西行五万里灵墀。一神奇,一孜孜,十七年中,步行步人施。大雁塔中留自己,人一事,觉千迟。

163. 渔家傲　又

一步一慈悲,步步,千经千卷书,朝暮,数尽六十二载路,西游度,珍藏大雁塔中赋。六十国家曾记录,步行十万人生步。过十长城应已付,天下顾,大唐日月由心布。

164. 八声甘州　中秋夜作

渭水西去万里僧游,八声一甘州。玄应兄玄奘弟,一半风流。应在经音译里,邪正译文修。奘识天竺路,求真经留。十七载求得也,已先游百国,印度边州。况人生所见,道路已分投,译真经,真经假译,自己羞。神秀已回头。心经在,以空空色色,千古千秋。

165. 木兰花慢

稼轩曾不饮,应带剑,问山河,向一路白云,东流难住,一路风波。本夜烂柯人到,此水阴不与世间多。东倒西吟席宴,汨罗不唱九歌。山河,依旧是山河,观逝去千波,自己不传心,文人袖手,兵不干戈。朝朝有酒暮暮,醉醒如何不是如何。杯里且无今古,广寒宫里蹉跎。

166. 念奴娇　夜饮双瑞堂

东南名胜，杨柳岸，十里荷花如许，遂起垂鞭之语矣，不是金汤所固，一半苏杭，天堂一半，一半钱塘路，运河南北，人间谁主分付。北望渭水长安，有潼关故土，中原何顾。日日升平，歌舞地，处处楼堂云雨，宴宴情情，听阳春白雪，酒中相度，年年如此，官官如此相护。

167. 兰陵王

一朝暮，勇冠三军独具，谁儿女，刺木北齐，武士共歌行附。半陵王事故。子伺文襄首赋，长恭汝，胜似佳人，假面胆壮，见得英雄兴风雨。金塘城下路，匹夫击周师，情莫情误。邙山之战何分付，待日下云合，长恭相顾。长恭免冑孝瓘顾，只须一笑住。阵曲。兰陵戍。只五百军人，一将过勇，仰天一句千人句，处处是军鼓，不须飞路，古来先者，进一步，胜一步。

168. 乌夜啼

静观氐红荷　，近泪罗，未了九歌听楚，项人多。梅花落，有湘约。问干戈，妾以垂鞭之语，汉山河。

169. 如梦令

一路长亭杨柳，一步三杯香酒。不是一长亭，不是三生朝楼柳。知否，知否，如是有无有。

170. 失调名

水岸一汨罗，楚人歌。鼓瑟湘灵久，是云和。闻苍梧，岁月雁来过。衡阳岭，青海芦梭。不似九嶷岳麓，洞庭波。

171. 风入松　池下

深深浅浅数峰青，水月共池萍。林林木木丛丛簇，已清楚，阁阁亭亭。上上中中下下，云云雾雾形形。原来处处有星星，静静可听听，含含纳纳颜颜色，可高低，也可零丁，可鉴天天地地，不分渭渭泾泾。

172. 蓦山溪　忆玄奘

朝朝暮暮，不止西行路，跷首别长安，西行去，寻身印度。关关堞堞，十七载卸货，天竺路，游僧步，百国行不住。千经一度，万卷还分付。大雁塔中藏，留下是，人间普渡。人间普渡，处处是真经。经音注，经音注，且以玄应注。

173. 菩萨蛮

寒窗十载冰花小，菱菱角锄晶莹好。一世一江潮，三生三小桥。黄花黄未老，九月重阳早。隔岁上云霄，京畿知路遥。

174. 贺新郎

不见英雄路，见风流，稼轩不在，不分朝暮。且饮千杯乡下酒，不似刘伶成老故，一醉去，千年无顾。未得人生人未得，这河中，上下沉浮误，谁所欲，又何度。今今古古何如雾，任曹操，杜康问月，作英雄步。举樂星空铜雀舞，留下漳河旧故。见草木，年年如数。渭水潼关东不住，过中原，只向黄河注，天不住，人莫住。

175. 柳梢青　舟泊秦淮

一半金陵，秦淮一半，今古香凝，酒市歌亭。朝朝暮暮，寺寺僧僧。台城望尽幽绫，大小乘，一盏明灯，梁武皇名，来来去去，废废兴兴。

176. 鹧鸪天

一步长亭一步盟，卷土重来驿社半生名。花人自卖花人色，问取佳人几度情。行不止，木枯荣。林林总总林林成。年年岁岁曾相继，水水流流不可平。

177. 宴山亭

一步燕山，燕山一步，皓月高亭时候。林木乍开，落叶重来，未问星光南斗。不尽苍空，玉宇色，宝阶秋秀，杨柳，且待明年岁，不分先后。如此宴宴缨缨，又歌吹瑶台，杜康原酒。银管竟酬，棣萼挥首，风流古来何有？下里巴人，却白雪，阳春三奏，知否，田地里，千千老叟。

178. 柳梢青　西湖

百亩西湖，三潭印月，柳浪玉姝不，小小瀛洲，草木荣荣，处处扶苏。水水月月芫芫，且见得，花花图图，已是重闻，香香自语，下去东吴。

179. 朝中措　重茸南湖堂馆

先生不是不空蒙，行处胜江都，岸岸花花柳柳，堂堂水月苏苏。诗诗赋赋，歌歌曲曲，迟老功夫，最是文人晓得，南湖胜于西湖。

180. 刘过

沁园春　御阅还上郭殿帅

半壁江山，半壁临安，半壁缺圆。见运河两岸，黄河两岸，长江两岸，处处前川。一半农夫，农夫一半，一半和平一半田。天下见，宋宗宗祖祖，不忍垂鞭。家家国国园园，凭日月、古今今，荣荣朽朽，岁岁年年岁岁年。知书剑，共君君子子，饮马桑干。

181. 又　题黄尚书夫人书壁后

剑剑书书，武武文文，日月两明。以运河，长城南北，种田牧马，相食相生。异异同同，人人事事，自在枯荣，自在萌。求生息，不求战乱里，只要阴晴。和平叫是和平。王允月，貂蝉相拜盟，又西施吴越，夫差勾践，春秋五霸，几度人情。最是昭君，阴山一名。不是和和不是平。儿女事，作朝朝代代，语语声声。

182. 又　寄辛稼轩

一半男儿，一个男儿，六郡九州。是英雄一产，会稽饮马，浙江逝水，一半东流。一半英雄，金兵南下，自以垂鞭自以求。长江岸，又运河两岸，见兀珠舟。单于水调歌头。日月见，阴阳青苹果。是醒醒醉醉，朝朝暮暮，挑灯看剑，独自悠悠。射虎阴山，李陵李广，飞将军中飞将留。原来是，沿昭君旧路，马上春秋。

183. 又　寄孙竹湖

一误阳山，一误昌黎，一误竹湖。见鱼龙入潜，峰青水净，纵横形影，水木江都。云卷云舒，飞鸥飞鹭，不尽天光尽一吴。天地里，是人间明镜，见得姑苏。西施莫以罗敷。八百墟，秦川故丈夫。以女儿春日，采桑自问，作蚕自缚，束束儒儒。浣浣纱纱，西施西子，馆馆娃娃一玉奴。春秋问，几儿儿女女，社稷江山。

184. 又　卢蒲江席上

一岁中秋，十岁中秋，岁岁中秋。自开元天宝，千秋节日，长生殿上，似得风流。羯鼓霓裳，胡旋胡舞，安禄山臣以其由。年年节，节年年岁岁，无止无休。官官吏吏王侯，已昼夜、升平歌舞酬，饮饮还宴宴，卿卿我我，依依附附，雨落云游。何处神州，神州何处，一度人生一度舟。今去也，作江流逝水，不自忧愁。

185. 又

一半桑田，一半农夫，一半九州。见官官吏吏，南南北北，迎迎送送，冬夏春秋，古古今今，朝朝代代，大禹传人夏启留。王家事，事王家税赋，可见江流。江流洪水江楼，不见得、官官吏吏休，饮宴谁饮宴，琴琴瑟瑟，歌歌舞舞，曲曲悠悠。已是商周，秦秦汉汉，未了左唐未了头。三千载，为人民服务，胜似王侯。

186. 又　寄稼轩承旨

一饮千杯，半饮千杯，一半栋梁。自醒醒醉醉，杨杨柳柳，风风火火，志在四方，先是阴山，黄河两岸，见得中原见得王。书有继，剑无须日月，夜顾茫茫。钱塘江上钱塘。六和塔，杭州十里香。枳子花开处，林和靖问，东坡老子，柳柳杨杨。八水长安，长安八水，过了潼关半故乡。千杯饮，再千杯饮尽，一半衷肠。

187. 又

一有刘伶，半有刘伶，一半杜康。有英雄举粲，周郎赤壁，盗书蒋干，诸葛风扬。铜雀台前，今今古古，一半漳河一半凉。何时了，有燕歌一曲，曹丕文章。醒醒醉醉堂堂，久饮宴，年年岁岁乡。是官官吏吏，君君子子，儒儒士士，不问田方。误了青黄，误了雨水，误了人间误了娘。回首见，读人间岁月，自在沧桑。

188. 又　张路分秋阅

万马江山，万马金戈，步步柳营。见金鱼玉带，龙章虎节，飞鹰帅印，阵列升平。一片金声，阴山落叶，一笑人间一笑情，天下问，犬马当效力，箭矢弓惊。摇摇羽扇明明，风沙石、千军已踏平。问匈奴草草，种田可否，良田万亩，何言种草，自是天城。各守经纶，同工日月，各自南南北北生。英雄论，这千兵万马，只要和平。

189. 又　张路分秋阅

五五长鸣，五五长鸣，不尽楚情。以屈原投水，汨罗记得，举身随水，自在清清。粽子为鱼，人须作伴。一举千帆竟水平，三百里，一呼江上勇，胜似平生。秦秦楚楚纵横，各自是兴兴废废生。在成成败败，荣荣辱辱。功功业业，得得名名。回首千年，千年回首，作得先生作后生，年岁里，是先贤达者，柴柴荆荆。

190. 又　赠王禹锡

醉醉醒醒，死死生生，一路一因。向刘伶问道，杜康举手，年年岁岁，冬夏秋春。下里巴人，阳春白雪，见得梅花落里尘。阳关道，不过三叠唱，不入经纶。渭城朝雨清晨。谁不道，杨杨柳柳新。以玄奘西去，行行万里，身名百国，万卷精真。回到长安，书书卷卷，步步慈悲步步人，六十二，完璧应归赵，字字臻臻。

191. 又　送王玉良

日月扬州，草木杭州，鸟雀九州。见云舒云卷，阴晴一半，东楼日落，逝水江流。人事平平，生生历历，一半春天一半秋。人世间，有英雄豪杰，无止夫休。隋炀水调歌头，应比得，长城屹石头。这头头不似，头头相似，今今古古，自以幽幽。各自年年，年年各自，不到钱塘不到头，到金陵问取，南北通州。

192. 又　咏别

一别三年，一日三秋，自是九州。问珠江南北，天涯海角，擎天一柱，海上浮舟。租界英人，广东蛇口，一国难平两制舟，南北问，继仲君之后，是仲君留。潘琪六十当休。专家组，袁庚半学亢。系统工程课，朝朝暮暮，步量南海，春种秋收。不可回头，三年不老，一世夫妻半世休，何自语，在人间世上，何去何留。

193. 又　王汝良自长沙归

少小年年，少小年年，小小少年。自邯郸学步，英雄见历，诗书万卷，史读篇著。如唱如饥，如贫如拾，自向源流自向泉。天下路，三万天步步，不作神仙。青莲居士青莲，蜀道难，难行难上天。静夜思里叹，不格不律，余音韵调，品位难全。月在床前，床为坐具，井里明明月半边，乡家忆，以声声步步，父母家田。

194. 又

一鹭山前，五女山前，逝水雾烟。望浑江两岸，两仪八卦，抱城而去，谷壑成川。曲曲湾湾，关东创业，一寸心思一亩田。烟囱岭，挂牌山屹立，势立当然。有言光绪立县。章樾令。如今见正传。自命桓仁镇，南曛门外，西关天后，村在江边。一介书生，成成长长，日日诗词日日泉。天地上，有先贤达者，格律方圆。

195. 又

烟囱山前，五女山前，列阵两边。以西东相对，浑江一水，居中流去，南下成川。曲曲湾湾，弯弯曲曲，万亩良家万亩田。人自觉，善人称我祖，我谓先贤。方圆小小方圆，南北向，东西向一县。十里边界线，两仪八卦，南流东去，逝水如烟。居在西关，诗书挂角，自古英雄出少年。京城读，学生多见历，日日天天。

196. 水调歌头

不可人生醉，一醉一俳徊。春风留下桃李，细雨净青梅。一半人间进士，一半苏杭碧玉，俱向小桥来。影影形形水，色色玉波开。红尘落，群芳簇，上瑶台。谁言崔护今岁又至女儿催，向得门内向得，人面桃花一度，自此自难猜。步步行行至，不可木悠哉。

197. 又

望断长城石，见得运河船，今今古古和战，自度自无边。记取西施娃馆，记取昭君出塞，记取一方圆。战战和和故，俱是女儿缘。弱生女，强生男，作桑田。今今古古来去胜负已如烟。已去春秋五霸，已去宫中师画，是此何年，十载窗寒事，百岁问方圆。

198. 又　寿王汝良

剑剑书书志，一度一风流。人人事事天下，谈笑问封侯。战有成成败败，和和荣荣辱辱，岁岁半春秋。姓姓名名客，出自少年头。长城石，中原鹿，运河舟。青衫九品绯紫，得以帝王忧。且以民生成就，且以桑田社稷，自得古今酬。以此人生至，百岁亦何求。

199. 念奴娇　留别辛稼轩

稼轩如故，不见得，见得稼如故。以此人间何大小同是朝朝暮暮。何醉何醒，何醒何醉，不可先分付。英雄气短，挑灯看剑相度。字字句句惊人，以成成就就，乾坤词赋，多景楼前多少客，不见垂虹亭步。留别稼轩，轩留别路，向兀珠数，单于声里，金戈铁马由数。

200. 又　七夕

不无孤独，一独雁，可作人间情侣，不道心情心不道，处处相思处处。你我他她，她他你我，三峡瑶姬女。襄王已去，高唐宋玉何去？玉女七夕传书，见王母汉武，墉宫相语。不问乾坤，天下路，一半无知情绪，两岸银河，有牛郎织女，鹊桥知汝。何须乞巧，当然孤雁未与。

201. 唐多令　安远楼小集重过武昌

八月下南楼，柳丝先系舟。月无明，十日中秋。听得黄姬三两曲，神不在，到中州。一水不回头，三吴可去留。这知音，胜似封侯，不是龟蛇何是锁，川未了，自风流。

202. 满江红　同襄阳帅泛湖

古古今今，自不是，今今古古。且见得，金陵依旧，唱黄金缕，已是秦淮分二水，三山屹立龙盘虎，问六朝，不必问台城，听钟鼓。楚鄂客，秦皇主，岘头尾，由羊祜。有苏秦六国，独张仪府。合纵连横分别致，刘刘项项何分羽。若今来，古往是经纶，风云雨。

203. 又　高帅席上

见得英雄，何不是，英雄见得。千万里，江河流水，去来家国。且以三千年日月，当知五百年中侧。大禹王，传夏启江山，谁人惑。西东水，南北国。今古问，阴晴力。以精英在世，可知天职，举得乾坤分羽翼，两仪八卦相生极。一铜鞮，笑笑是行身，醒人忆。

204. 又

少少多多，又应是，多多少少。云雨里，雨云多少，无休无了，水水山山山水水，花花草草花花草，树木林，叶叶又枝枝，知多少。世上路，天下小，情与意，知多少。这乾坤事事，不知多少。古古今今古古，年年岁岁人人老。问秦皇，汉武长生道，蓬莱岛。

205. 谒金门　次京口

情多少，总是无休无了。一寸心思成一丈，毛毛生草草。美美和和好好，去去来来当早，人老人情人亦老，回头成小小。

206. 又

人不老，岁岁年年多少。八十人生三万早，身名应小小。美美琳琳知道，儿儿女女纱纱。自道感怀感自道，终无无了了。

207. 贺新郎

两只英雄手，一嫁轩，金戈铁马，在长江口。应去长城南北问，不可回头白首。风肃肃，长亭杨柳。昨日精英今日醉，一单于，三叠阳关后，人醉也，尚呼酒。黄河见得中原叟，过潼关，长安日月，自然依旧。九九重阳重九九，处处天高地厚。不见得黄花肥瘦，且向凌烟阁上望，一江山，一半英雄守。来去路，可知否。

208. 又　春思

一曲梅花落，水仙花，立春是也。有梅花约。已在寒中三弄后，正正香香若若，任女折，由其求索。待与群芳群色彩，似云烟，也向人间作，红白紫，玉人错。东君去了多飞雀，入丛丛，心心蕊蕊，草来方萼。已是群情群已是，自得扬扬寞寞。小女子，周郎相托。不是知音不是，一声声，悄悄幽幽诺。情寄与，意难略。

209. 又

一半知音路，半相如，文君一半，以琴文误。一半当炉当一半，只在临邛一路。一半是，平生野草。莫以高山流水曲，子期乎，抑抑扬扬注，山屹立，水分付。伯牙不得知音顾，弃琴乎，难难得得，一厢如故。黄鹤楼前黄鹤舞，汉水东流入注。江万里，分流分布，不锁龟蛇应不锁，草萋萋，鹦鹉洲头路，川历历，客难数。

210. 又　游西湖

纱纱西湖老，柳闻莺，西湖渺渺。与钱塘道，小小瀛洲何小小，印月三潭了了。六和塔，江南晴好。一半阴晴晴一半，半阴时，雨雨云云好，晴是好，阴还好。江南碧玉江南草，半阴晴，阴晴一半，半难知晓。金屋藏娇藏不住，回首嫣嫣一笑。双目里，情思花草。有约君知君有约，小桥边，碧玉声声绕，山影外，月明早。

211. 又　赠张元功

算是迢迢路，路迢迢，长亭十里，短亭如数。作得英名英作得，经过风风雨雨。泾渭水，潼关分付。自入黄河应自入，向东流，已见阴山故。三叠唱，玉门住。长城南北长城暮，望三边，胡人牧马，不须南渡。日日年年同月月，不尽山山树树。蓬帐里，牛羊辛苦。最是汉家春秋度，半青黄，一半农家苦，争战里，再贫苦。

212. 又　赠邻人朱唐卿

一纸东邻友，半知声，如同见见，似同尝酒。同息同文同月色，同影同杨同柳。未语毕，先生先口。日日年年年日月，共阴晴，必共春秋守，

天地共，共相守。五言绝句成三首，寄东邻，东邻五首，不知知否。静夜思中思静夜，格律工精老叟。讲坐具，青莲开口。月是观音童左右，净人心，普渡人间久。如此是，是非朽。

213. 又

一半男儿路，一男儿，男儿一半，不分朝暮。自笑人生人处处，不评风风雨雨。但记取，如何如数。一半男儿男一半，作英雄，古古今今住，留不下，去来步。周郎写下江东句，少年心，扬扬自得，互相相互。腰下常悬三尺剑，不到交河不遇。大漠北，阴山分付。唤起兰陵王自去，战周师，勇冠三军赋。情不至，意难度。

214. 水龙吟　寄陆放翁

如何不是如何，如何却是如何了。说园内外，放翁独见，花花草草。作得刘郎，桃花依旧，何知多少。读罢楼兰曲，西安渭水，寻日月，潼关道。见得江南苏小，会稽城，人心还好。红酥手下，有黄藤酒，人情不老。柳柳杨杨，因风摇摆，谁知谁晓，若人间回首，重新日月且重新好。

215. 又

离离别别离离，分分合合分分蛋。人情自是，人情所以，人情少少。一去三年，三年还去，难休难了，这生生事事，功功业业，何不晓，谁知晓。冬夏春秋花草，四时间，

人人皆老。祖宗父母，夫妻儿女，同天共道。暮暮朝朝，东西南北，如何飞鸟。待回头思量，孤孤独独一人迟早。

216. 祝英台近　又

陌阡阡，阡陌陌，处处去来客。学步邯郸，见历国家迹，烟消竹帛烟消。秦皇已付，二世去，李斯相隔。玉中石，石中玉，玉门关。唐僧去来册，步步慈悲，留下万千册，平生步步平生，玄奘玄应，经音经译，天下见真经如册。

217. 柳梢青　送卢梅坡

兰兰荷荷，梅梅柳柳，同在京城，别别逢逢，云云雁雁，共语心情。迎迎送送鸣鸣，觉几度，同思共荣。北北南南，来来去去，月逐天行。

218. 霜天晓角

霜天晓角，梅花三弄约。醒醒醉醉何得，寒冰雪，月华薄。肌肤应已托，衣衫无可略。且以窗纱相伴，五成是，暗香博。

219. 辘轳金井　席上赠马金判舞姬

一情多少，半身心，自以小蛮蛮小。细细腰腰，似杨柳云梢。堂虚悄悄，但依约，语语声好。已自含娇。如曾无力，嗔词未了。刘伶酒，玉山已倒，红面红颜处，丰波缈缈，五尺肌肤，与西风凉早，秦秦晋晋，半流水，半花半草，溢溢香香，衣衫不整，故作人晓。

220. 好事近

草木一人中，意意情情谁定。已见式式尖细，不知何其性。心一度，一春风，雨后明前兑，只在梅花坞里，女儿怀中并。

221. 四字令

心心意意，真真不成。小楼明月调情，寄余香数声。思思量量，我我卿卿。依依就就英英。飞鸟一石惊。

222. 蝶恋花　赠张守宠姬

宠宠姬姬人不老，曲曲琴琴，舞舞声声好。下里巴人应不了，阳春白雪情多少。花月夜中情纱纱，岁岁年年，草木枯荣早，一半扬州谁不晓，人间留下红梅小。

223. 又

小小当然苏小小，半在天堂，半在人间晓。见得运河杨柳好，茵茵两岸茵茵草。一朵红花红未了，白皙肌肤，曲曲衣衫少。人见人情不老，红楼有约周郎早。

224. 临江仙

草草茵茵草草，清明一半清明。梅花落里玉人行，群芳群群正艳，独秀独阴晴。了了红尘红了了，香情总是香情。黄鹂不语有莺莺，声中声细细，日下日荣荣。

225. 又

一曲兰陵王一曲，声声三阳关。黄河之水已弯弯，听声听听自己，响誉响沙山。见得高山流水去，阳春白雪班班。英雄去得不回还，西行西万里，一步一慈颜。

226. 又

渭水西天西万里，真经只在真知，经经卷卷不分时。僧人僧不得，读者读难辞。译译音音同字译，诠诠许许司司。重回大雁塔前时，千年千不止，一步一慈悲。

227. 又

不假真经真不假，真经何是真经，音音译译作丹青，千年千已归，万字万难铭。为取真经源本去，真经译著真经，中庸中自得，大小大乘聆。

228. 江城子

洞庭山上碧螺春。女儿鬐，女儿鬐。不学西施，玉叶有原因。露水如珠怀中隐，香不尽，小芽新。胸前有浪可摇匀，小腰身。度风尘。细炒原形，见得去来人。雨后明前云两朵，同日月，共相邻。

229. 又

洞庭山上碧螺春，女儿亲，碧螺春。一半乾隆，一半女儿身。只是女儿怀中秀，妬此是，不嫁人。洞庭山上碧螺春。半情真，一情真，这里姑苏，那里是天津。自是王城王自是，成碧玉，作乡邮。

230. 浣溪沙　赠徐楚楚

汉水知音不自流，琴台楚楚一春秋，（薛）琼琼（张）好好半风流。谈笑之中何谈笑，欲言又止自含羞，声声切切曲悠悠。

231. 又

一半人生一半情，三千日月，两千行。飞飞落落久难成。不是同林何不是，离离别别是离明，不分彼此不分平。

232. 又

不是糊涂不是糊，糊涂就是一糊涂，糊涂不是半糊涂。所是糊涂何不是，糊涂少小是糊涂，糊涂老大不糊涂。

233. 又

一树同根一树枝，枝枝叶叶共同时。滋生养份色先知。想想思思无限了，行程步步莫疑迟。谁知几步达畿迟。

234. 又

有有无无有有无，来来去去去来殊。南南北北向方途。是是非非非是，成成败败败驱驱，荣荣辱辱问江湖。

235. 满庭芳

柳柳杨杨，杨杨柳柳，记取一隋炀。运河南北，帛易共钱塘。且以楼船吩咐，垂垂下，处处含香。江湖岸，苏杭一路，迁就是天堂。船娘船系柳，摇摇荡荡，散尽芬芳。切莫惊宿鸟，月上孤舱，已到秦淮故道，桃叶渡，自是王郎。人情是，卿卿我我，，不可怨隋炀。

236. 西江月

雨雨梅梅约约，烟烟雾雾霏霏。依依就就又依依，烛烛灯灯未未。见便阳春白雪，和平如是回归。言言语语在心扉，不以泾泾渭渭。

237. 又

一半西阳一半，黄昏一半黄昏。江村水色水江村，浸浸霞光浸浸。步步慈悲步步，恩恩济济恩恩。乾坤处处一乾坤，日日如来暗暗。

238. 又

一步慈悲一步，三生普渡三生，如一如去自如情，般若波罗之性。处处金刚处处，神清自在心清。平平际遇际平平，如古如今如镜。

239. 天仙子　初题省别妾

一半人情人一半，一半难全难一半。离离别别双离离，何一半，何一半，不断心中心不断。一半相思相一半，一半随君随一半。老来未得老来散，他一半，她一半，一半风云风一半。

240. 又

少小离有今老大，少小年年成老大。功功业业总时时，成老大，成老大，老大声声成老大。老大非然非老大，少少心中心老大，离离别别总离离，孤老大，几老大，少小离家今老大。

241. 六州歌头　题岳鄂王庙

作中兴事，今古一英雄。凭朝暮，听风雨，以精忠，对长空。年少起河渡，弓两顾，剑三少，自由衷，未央宫。重整江山旗鼓，向长安，阵阵隆隆。飞将如鸿，正西东。军营步步，中兴路，先分付，议知翁。江山住，阴晴误，情无穷，始无终。草木相如许，家园误，御旌红。阴山赋，黄河句，潼关风，树军功。知皓月，依然在，丹桂空空。听三朝今古，一曲一人中，兴废无同。

242. 又

见长淮，运河水，古扬州。隋炀帝，始皇可比，长城运河流。长城谁南北，听和战，农用车扰，人分散，荒芜地，札民忧。倒是运河，处处商船见，万户封侯。是琼花无恙，开落自春秋。故垒荒丘，自含羞。二水秦淮岸，三山落，钱缪十三州。兴废见，沉浮问，几时休。见得何留下，人间事，庶民求。运河水，长城石，自淹留莫上醉翁亭看，江南月色，杨柳丝柔。笑长城南北，大漠已沙舟，今古悠悠。

243. 沁园春　送辛幼安弟赴桂林官

一醉稼轩，一醒稼轩，一弟一肠。半枯荣日月，半天下路，半官桂水，土木天光。一半炎凉，桂花八月，四面扬扬八面香，寻桂子，在漓江两岸，再问重阳。黄花处处花黄，但采得，茱萸寄弟肠。且登高相问，长安西去，黄河南下，一半炎凉。过了潼关，中原逐鹿，作得英雄作柳杨。天下计，以兄兄弟弟，玉论千章。

244. 八声甘州　送湖北招抚吴猎

对潇潇暮雨洒湘边，滴滴二妃泉。鼓瑟谁鼓瑟，娥皇竹泪，似女英悬。不见苍梧不见，今古已如烟。彼此英雄路，楚楚天天。西望长安，南北见，临安临海，万亩桑田。处处何处处，来自富春船。一会稽，有兰亭序，杭州湾，终不似九歌传。人声见，灵灵隐隐，月印僧禅。

245. 四犯翦梅花　上建康钱大郎寿

水殿风清，一梅花，已月明宵旦。（解连环。）白雪阳春，自香香散散。（醉蓬莱）幽幽不断。半黄白，玉肌兴叹。（雪师儿。）不分向背，帝封王冠。（醉蓬莱）冬春一半，柳杨岸，玉情芳乱。（雪狮儿。）人也依依，情情未了，又轻轻唤。（醉蓬莱。）

246. 小桃红　在襄州作

一半黄花性，一半藏娇镜，一半黄昏，一半犹疑，一半清净。望行人，形影已长长，总无斜无正。醉醉如醒醒。以笑香香应。总是和，一半心病。不是心病。是私情，却怕外人知，几何能安定。

247. 竹香子　同郭季端访旧不遇有作

一半黄昏多少，一半那人在了。何须一半是何须，处处皆飞鸟。迟迟暮暮早早，树影暗，隐隐多少，来来去去已无来，不得明儿可好。

248. 祝英台近

步东园，天已暮。处处水边路。一半黄昏，一半彩云付形形，影影形形。香香如故，草木里，如烟如雾。是何顾，疑疑怯怯疑疑，私情不须误。我自行行，你可自回顾。楼楼阁阁长廊，桃花开处，鸟不语，卿卿相度。

249. 临江仙 四景

雨雨云云云雨雨，寒寒暖暖寒寒，滩滩水水水滩滩。泾流泾月色，渭水渭波澜，一半阴晴何一半，长安总是长安，青丹未了未青丹，人行人一路，步见步邯郸。

250. 鹧鸪天

一半梅花落里情，阳春白雪自无声。梨花一树三颜色，小杏红时自己惊。寻不见，问难鸣。人生自在自人生。东君已去东风至，莫以行行莫以行。

251. 清平乐

杨杨柳柳，拂拂垂垂首。一曲高山流水后，何语肥肥瘦。依依去去留留，江流自有归舟。下里巴人情绪，人间一半春秋。

252. 西江月

日日房谋日日，天天杜断天天，大风歌罢大风宜，几度书书剑剑。本本源源本本，泉泉水水水泉泉。方圆自古自方圆，念念思思念念。（长安）

253. 临江仙

止止行行行止止，年年岁岁年年。

254. 唐多令

不必唱苍歌，金陵怀古多。一秦淮，已半干戈。月色明明桃叶度，问二水，望星河。也见不平波，长安牧草萋，过潼关，一半廉颇。射虎幽州谁射虎，飞将去，影婆娑。

255. 贺新郎

日月人人度，一天天，年年岁岁，去来朝暮。碌碌忙忙忙碌碌，不渡公河不渡。见草木，枯荣分付。一半阴晴非一半，未分均，不得分云雨。天下事，地中故。南南北北条条路，有东西，高低左右，互相相互。不是平原君不是，孟尝君何不顾。也不是，春申君误，不是信陵君不是，古今也，处处人人数，应自主，作飞鹜。

256. 清平乐

消消息息，不要英雄力。已是五单于争立，一粒无收已极。何须鲁鲁齐齐，当然鼓鼓鼟鼟，处处中原处处，辛辛草木萋萋。

257. 西吴曲 怀襄阳

忆襄阳，事事看省，记铜驼巷陌，醉还醒。寄稼轩一酒，春申君子脱颖。海角天涯，还步步，梅花梅岭。又可问，刘备檀溪，向岘尾，那里风景。楚王城巷，也见得羊公，垂泪碑前入境。慢吊郢。几何鹦鹉洲头，知音台上，赖有龟蛇留影。长安应望，八百里路秦川，难老一英雄，扬眉山河整。

258. 行香子 山水扇面

何以江边，何以帆船。人何以，处处观天。一花不见，一花难宣。向望湖楼，塘埔水，遍青莲。西湖西子，阴晴分半，小瀛洲，自是方圆。不如回首，往事如烟。三潭印月，梅坞岭，虎跑泉。

259. 望江南 元宵

元宵夜，其乐已融融。醉醉醒醒分不定，梅花三弄玉玲珑。香遍广寒宫。谁走马，处处客由衷。明月吴刚窥见，忘时伐桂过春风，灯灯已红红。

260. 风入松

糊涂少小是糊涂，老在不糊涂。糊涂伊始糊涂始，是糊涂，不是糊涂不是，糊涂不是糊涂。糊涂不是不糊涂，不是不糊涂。糊涂自在糊涂里，是糊涂，不是糊涂，而止糊涂而止，难难得得糊涂。

261. 蔡幼学

好事近 送春

自古问春残，不问夏秋冬院。自是天公公道，此为中原殿。海南不以四时分，雨旱两季见。不是天公公道，也云舒云卷。

262. 卢炳

西江月

晚照重重古寺，舍香隐隐禅林。玄奘百国百行深，步步慈悲远近。此云西行万里，回来法法如今。真经字字值千金，守一九州六郡。

263. 念奴娇

六朝如此，六朝地，见得六朝去故。一半金陵金一半。秦淮分分付付。梁武台城，又陈叔宝，直至萧琮数，家家国国，依然朝暮朝暮。已是二水三山，又秦皇汉武，金陵金住，谁问石头，今古见，燕子矶前流许。一带江山，英雄回首处，大江南渡。中原相问，如云如雨如雾。

264. 鹊桥仙

一天喜鹊，一河喜鹊。喜鹊成桥喜鹊。人心已是见人心，今古事，如今已约。牛郎织女，人间七夕，乞巧之余求索。今今古古又今今，最听得，人间喜鹊。

265. 柳梢青

何不思量，夕阳西下，未约红妆。三三两两，一半春光。谁语花香。甘棠桃李轻藏，竹丛丛，隐羞衷肠。月色蒙胧，星星点点，不是周郎。

266. 又

谁是周郎，一音难定，却了红妆。情情无了，意意难藏，余处生香。容他细细思量。我相如，你文君肠。念念幽幽，殷殷切切，又是何妨。

267. 谒金门

春已暮，处处红尘如故。李李桃桃初结子，多云云雨雨。一路运河一路，千步天堂千步。普渡人间人人普渡，自辛辛苦苦。

268. 又

春已暮，划划花花如妒。白雪红梅因不误，群芳桃李树。杜仲青莲喜雨，夏里池塘蛙数，怯怯声声中断住，人来人不顾。

269. 又

春已暮，谁道谁知分付。去去来来春夏互，四时已步步。到了瓜洲北固，同里姑苏南渡，最是钱塘云又雨，霏霏杨柳树。

270. 浣溪沙

水阁荷花水阁香，池塘芜风满池塘，女儿依此女儿乡。却了衣衫衣已却，采菱先浴采菱光。芙蓉出水自扬扬。

271. 贺新郎　寄斜塘

十里斜塘路，过唯亭，昆山角直，阳澄湖雨。一半渔村渔一半，这里夫差曾住，左手去，金鸡湖步。也有潮汐汐尾，见天轮，也见乾坤布，兰衣裾，白肤度。江南处处江南顾，是轻舟，柳丝可系，有船娘赋，太守文章非主守，碧玉洋洋误误。夕照里，黄昏分付，一片红霞红一片，女儿身，出水芙蓉渡，天下望，去来数。

272. 菩萨蛮

江山见得江山客，来来去去来来迹。处处问金戈，时时知九歌。长安长锦帛，临水临安泽。一步一先河，千流千玉波。

273. 好事近

我住我巫山，你在你家天半，见得夔门无锁，上高唐岸。由君在此对红颜，宋玉已情断。自是瑶姬神女，向人间兴叹。

274. 减字木兰花

杨杨柳柳，醉醉醒醒皆是酒。理理由由，尾尾头头不是由。朋朋友友，事事人人皆是酒。水水流流，自自春秋自自留。

275. 画堂春

儒儒道道一如来，朝朝暮暮天台。虚虚实实半蓬莱。去去回回。路路玄玄步步，相知相同相猜。迷迷信信久徘徊，独自心自开。

276. 临江仙　寿老人

十年中除二十，年年六十年年。二万一千九百天，天天天本末，岁岁岁源泉。日日六首诗格律，方圆自度方圆，耕耘不止自桑田，平生平见历，读学读先贤。

277. 踏莎行　小桥村寄费孝通先生

雨雨云云，烟烟雾雾，姑苏同里江村路。三年不短不长行，费孝通已家乡步。一半吴江，莼鲈如数，巴巴肺肺秋初付。老翁八十自经纶，丝绸感泽老先生，英格兰国中华度。

278. 杏花天　又

费孝通回同里晓，八十八，家乡花草，丝绸产业三吴早，引进英机多少。纺织院，绣双面好。六十载，小城镇了。三代农村农家嫂，自是老人不老。

279. 水调歌头　又

一步三吴路，一步费孝通。当年六十南下，见识乃先翁。半见吴江朝暮，半见苏州纺织，见得小城工。见得华亭镇，见得胜高雄。小城镇，天地界，向天公。江南处处南北处处共花红。回首应当一笑，只是家家户户，草木不贫穷。同以三千界，共以一杯同。

280. 鹧鸪天　又

费孝通兄费世城，三吴未了女儿声，吴门子弟图门客，守卫连续守卫名。今古问，古今行。风风雨雨是平生。风风雨雨当今日，雨雨风风一国英。

281. 菩萨蛮

阳春白雪年年好，阳春白雪年年了，一女一逍遥，三光三玉霄。苏杭苏小小，花草花花草。碧玉碧条条，谁家谁小桥。

282. 踏莎行

淡淡客客，柔柔性性，温温雅雅文文正，仪仪态态步丰丰，东君太乙群芳令。自自红红，羞羞净净，摇摇扭扭如临镜。红尘欲作欲香泥，身身体体成成命。

283. 贺新郎

不断人生路，自行行，少年读学，试邯郸步。二十年华年二十，已入人生步步，四十载，风花云雨，五品郎中成四品，一平生，苦苦辛辛苦，天下路，甘辛步。三万日月诗词，自公余，二十年后，已如今故，八十年中年八十，日日天天数数。已至此，时时分付。字字辞辞还句句，比长城，相得相平数。今古步，古今步。

北宋·范宽
雪景寒林图

读写全宋词一万七千首
第四十函

第四十函

1. 水调歌头

逝水江流去，逝水问江楼。如何不可留下，处处有沉舟。岁岁年年日日月月，去去来来草木，一度一春秋。自在枯荣度，唱水调歌头。长安望，潼关道，泾渭流，黄河万里东去，曲曲亦沉浮。五位单于争位，一霸阴山无主，不可不封侯。只待英雄逐，饮马九州留。

2. 武陵春

荻荻芦芦黄色老，雁雁渡汀洲。苍梧瑟鼓明月舟，竹泪不轻流。岳阳楼上天下望，上下一人忧。楚客泪罗楚客愁，未了大江头。

3. 朝中措

朝来晓气五分凉，九九一重阳。采得茱萸相寄，叶叶带余香。菊菊花花明四野，篱下亦黄黄。好景不须放过，当然一韵三章。

4. 小重山

一半情怀一半幽，三生寻旧梦，已无头。不知日月不知羞。空相忆，好在心中留。密约化离愁，记取相依处，小床头。思思又以量量田，续了也，两地两悠悠。

5. 玉团儿 用周美成韵

苗条款款吴妆束，绾云缦，楚姬不俗。一度相逢，三生雅合，何以相属。阳春白雪以心曲，下里巴人生欲足，共得同欢不须同老，秦楼弄玉。

6. 醉蓬莱 上南安太守庚戌正月

读文章太守，一半沉香，云舒云卷。庚岭梅花，以东君相见，寒以寒心，枝当枝霜，傲骨朝天面。玉作冰肤，香成影，作苞宫宫。白雪阳春，浩然相对，待入群芳，春身如面。化作红泥，唤得飞飞燕。以笑重重叶叶，来年是，再来成媛。一切重温，入阳春院上阳殿。

7. 一剪梅 元宵

走马灯前处处莲，门门玉树，户户风船。寒宫本日作婵娟。管管弦弦，一度经年。客作人间五马贤，绮罗丛里，簇簇花田。儿儿女女竞娇妍。处处留连，色色争鲜。

8. 满江红道

一二三生，生无限，无休无止。如此是，有头无尾，无终当始。步步玄虚玄步步，两仪四象分分跬。一潼关，一半一潼关，谁老子。互对立，相观止，日月迹，阴阳轨，自乾坤两半，几何所以。莫以神仙知所以，神仙只是神仙比。设蓬莱，又设得瑶台。何人史。

9. 水调歌头 上沈倅

一步人生路，半刺岭南州。东君先自先主，腊里也风流。且以梅花三弄，再以阳春白雪，水月自沉浮。不与群芳比，独自作春秋。从此去，沧海路，莫回头。擎天一柱天天涯海角东坡游。此无四时季节，旱季还分雨季，四海七洋洲。只羽南天色，不著北雕裘。

10. 清平乐 木犀

高高仰仰，子子朝天向。八月阳光阳朗朗，寺寺方方丈丈。香香不尽香香，扬扬未了阳阳，处处黄金处处，秋光占得秋光。

11. 念奴娇 白莲呈罗教黄法

白莲孤立，玉手里，自得人间孤洁。一半香情香四溢，一半如霜似雪。一半包苞，形形色色，一半含羞节。姿姿态态，冰心茹苦分别。见得水水仙仙，又仙仙水水，芙蓉天绝。一半蓬壶，天一半，一半波平波折。一半心中，梦中分一半，以卿卿说。

幽幽雅雅，时时殷切殷切。

12. 又

池塘深浅，也容得，日月阴晴朝暮。也容得，峰青水水，草木高低玉树，处处平平，平平处处，暗暗藏天赋。一云舒卷，沉浮千百千度。自在无息无声，互相相见，天公分布。一介相邻，三界外，不几何人何数，一半乾坤。是天天地地，几何相住。人人知道，年年如此如故。

13. 又　自述

蜗名蝇利，四五品，青绿绯服何好，紫紫三台三界外，八十人生一笑。水月风花，人间步步，步步人间道，方圆格律，何须多少多少。三万日月多多，却当然少少。何多何少。夜夜补齐，天五首，见历国家多少，读学书书，先贤和达者，蕙觉多少，慈悲多少，古今人事多少。

14. 瑞鹧鸪　除夜逆旅、夜雨酌

道旅乡心一夜除，风声已作半家书。三杯已酩酊醉。四顾茫然问自予。冷冷山深溪冷冷，寒灯咫尺不多余。无须节物随今夜，步步屠苏步步初。

15. 武陵春舟行三衢

一路三衢三不易，处处半梅花。欲止还行向故家。水淡照香斜。只惜江边千树玉，雨露自无遮，月向东君吩咐她，与我共桑麻。

16. 鹧鸪天席上戏作

小曲轻轻底事浓，衫儿附体露余红。阳春白雪由君点，下里巴人任玉宫。三两句，一千衷。依依就就不西东。刘郎无语箫娘约，心有灵犀未不通。

17. 蓦山溪

西湖好好，雨雨烟烟好。近近一瀛洲，处处是，巢巢宿鸟，不鸣不动，一半作家园，晴还好，阴还好，印月三潭好。　西湖小小，十里长堤小，入柳浪闻莺，夕照晚，苏苏小小，多多少少，秋色满平湖，居易小，东坡小，日月江山小。

18. 又

西湖不老，不见西湖老。处处见西湖，柳浪里，闻莺啼鸟。三潭印月，一半小瀛洲，天上鸟，夕照雷峰鸟。　望湖一道，保俶塔前道，步步是风云，处处是，芳芳草草。人间正道，不可不阴晴，阴也好，晴还好，正道人间好。

19. 减字木兰花

江南处处，处处耕耘耕处处，一半农桑，一半姑苏，一半吴。吴吴楚楚，楚尾吴头吴楚楚，一半江都，一半云烟一半凫。

20. 满江红　送赵季行赴金坛

一路金坛，可不断，朝朝暮暮。要记取，送君杨柳，友情分付。作得文章文作得，行舟不住行舟住。半住时，你我且思量，诗词赋。记行迹，书所步。依日月，随其故。以家家国国，此生分布。剑剑书书书剑剑，文文武武应相互，半是半乾坤，人间度。

21. 踏莎行　过黄花渡沽白酒，因成，呈天休

一路平生，平生一路，黄花不尽黄花渡。烟烟雨雨忆姑苏，醒醒醉醉谁分付。暮暮朝朝，朝朝暮暮，云云雨雨同相住。玉壶不尽是醍醐，原来此是黄花渡。

22. 蝶恋花　和彭乎韵

草草花花花花草草。冬夏春秋，日日何其了。不少留春留不少，留秋不住留秋好。鸟鸟四时飞鸟鸟，南北西东，处处时时好，已老人生人已老，年年岁岁朝天道。

23. 点绛唇

逝水风流。弯弯曲曲常回首，不同杨柳，却是西东走。一半江楼，废废兴兴存。江源久，是非无有，百汇谁知否。

24. 诉衷情

黄花不尽已清秋，独步上层楼。黄河万里东去，日月共沉浮。天地上，一江流，百江楼。古今今古，曲曲弯弯，逝者悠悠。

25. 念奴娇　太守待同官曲水园因成

同官同待，上巳日，太守江城吟酒。曲水园中依旧许。处处杨杨柳柳，古古今今，俯仰书生首。天天地地，

秋冬春夏知否。四品五品郎中，青绿徘紫服，人言人口。日月阴阳，天下路，业业功功相守，利利名名，成成败败，荣荣朽朽枯枯。去来朝暮，苦辛辛苦久。

26. 冉冉云　牡丹盛开招同官小饮

到得钱塘富春断，一杭州，牡丹开冠。娇娅姥，寄与东君重看。十步里，香香不散。杭州湾里水分岸，牡丹花，已成红畔。何不见，最是流霞兴叹，一半黄昏一半。

27. 减字木兰花　咏梅呈万教

梅梅柳柳，友友双双友友，不在墙头，一半春秋一半羞。梅梅柳柳，先后同春同先后，共在神州，向莫人间向莫愁。

28. 鹧鸪天　题广文官舍竹外梅花呈万教

白雪溪云寒已轻，纱霜月色夜全明。梅兰竹菊谁香傲，玉骨方成向宇萌。红颜问，互相生。情情主客主情情。人间留下人间影，一岁春荣一岁成。

29. 水龙吟　秋

春春夏夏秋秋，冬冬雪雪冰冰守。立春日近，梅花弄里，香香透透。一半青莲，芙蓉出水，蓬蓬依旧，可秋寻桂子，嫦娥闭户，知玉兔吴刚酒。九月重阳重九，过中秋，中秋过后。枫红处处，霜霜无已，叶飞杨柳，已寻根不得，杨杨柳柳向天回首。

30. 浣溪沙　初心

始自初心一世人，终成止觉半天真。慈悲智慧度秋春。一带中华中一路，风尘不尽不风尘。经纶自古自经纶。

31. 又　七十年是部金融史

棋盘小鬼印钞班，红军已上井岗山。边区卷里有红颜。第一金银金华币，长征万里毛家湾。人民作主作天颜。

32. 柳梢青

竹菊兰梅，春夏秋冬，四季相催。月下精神，醉里风韵，寒玉香腮。天工造化难猜。不可道，物物徘徊。百草茵茵，千芳露露，送雪花来。

33. 少年游　用周美成韵

慈慈不尽又慈慈，一步一相思。步步悲悲。慈慈步步，步步亦悲悲。僧僧一步一相思。步步悲悲。慈慈步步，壁十年，真经所在，唯有自心思。

34. 汉宫春　初心

始如初心，又终成正觉，古古今今。心经空空色色，夜夜禅音。钟钟鼓鼓，一经纶，独木成林。年岁里，自行步步，以慈悲共同箴。不是人间省事，路路何路路，觅觅寻寻。西天见，东土问以带衣襟，去应译意，向玄奘，一半经音。真不假也假不真，年年岁岁敛敛。

35. 多丽　寿邵郎中

邵郎中，熊罴协寿由衷。记昔日，淮山隐陷，蓊草木兴隆。下樊襄，

砚山头尾，几垂泪，碑上羊公。势在成文章第一，过尧尧数自英雄。卿云道，华途之步。初卷一飞鸿。朝天望，山山水水，一半蒙蒙。问长空，江南江逝，姓名兰省缨红。已源流，自贤达，孔孟道，君子雕虫。去去黄粱回回一梦，何然南北问西东。问稼轩，又东坡见，雍容未称功。见杨柳，有临安月，泾渭之风。

36. 满江红　贺赵县丞

自古儒生，自道是，书书剑剑，又道是，名名利利，别别念念。业业功功功功业业，官官驿驿长亭店。五帝时，禹夏建王朝，商周絷。春汉易，隋唐敛。宋元改，明清验。以王朝建制，以王朝占。原始公社因已断，中华民族中华瞻，共和邦，上下五千年，长江淊。

37. 蝶恋花　和人探梅

路路寻寻路路，缕缕香香，步步香香故。树树林林林林树。遮遮掩掩梅花度。雾雾云云云雾雾，白雪阳春藏在丛丛付，暗里窥窥人已顾，姿姿态态同心住。

38. 水调歌头　读史

富贵身名见，功业剑书闻。江山社稷天下，日月自纷纷。去去来来去去，暮暮朝朝暮暮。亦步亦风云。三界三生路，一步一耕耘。夏传启，封建立，至明清，三千年里今古只有共和君。作主人民作主，不以君臣不以，同志一衣裙，为国为民主，不可不斯文。

39. 满江红

十里长亭，一路上，杨杨柳柳一半是，垂垂拂拂，依依回首。昨夜谁行停行止令，玉壶未断今晨酒。再前程，又是一长亭，谁知否。太行叟，王屋叟。日月守，阴阳守。自天天日日，待人间久，印印心心印印，重重复复重重走，以是非，步步对初心，凭双手。

40. 许衷情

重阳九九一重阳，半片菊花黄，山山一半天下，一半已炎凉。飞落叶，已苍苍，又茫茫。寻根寻得，远去难归，柳柳杨杨。

41. 浣溪纱

少小年华少小游，不知天地不知愁。英雄自得大江流。七十年中年七十，春秋一半一春秋。十三州里十三州。

42. 清平乐

多多少少，草草花花好。处处芳芳啼小鸟，一片春光未了。云云雨雨潮潮，推推落落消消。涨涨平平退退，遥遥远远遥遥。

43. 菩萨蛮 用周美成韵

三杯已尽三杯酒，千年未了千年口。一岁一春秋，双帆双驾舟。风流风谷口，寻住寻杨柳。见岸见不楼，知天知地求。

44. 姜夔

小重山令 赋潭州红梅

竹泪湘灵鼓瑟时。红梅红小小，已南枝。阳春白雪女儿知。东君问，何不香香迟。三弄已寒姿，疏疏形形影影玉师师。岳阳楼上一忧司，君山望，一步一慈悲。

45. 江梅引 丙辰之冬，予留梁溪，将诣淮而不得，因梦思许志。

离离别别儿多题，草萋萋。鸟啼啼。暮暮朝朝，无声也无栖。止止行行何不止，各东西。心难足，意难齐。寻寻觅觅一梁溪，问淮南，当玉题。谁游巷陌，见天下，夕照晖霓。旧约行程，成志不成薆。水调歌头重唱罢，满红泥。梅花落，向范蠡。

46. 蓦山溪 题钱氏溪月

依依就就，我我卿卿守。逝水逝行舟，留溪月，星河北斗。开开口口，一半一红楼。何时候，夜如昼，白雪阳春奏。江南豆蔻，锦锦花花秀。一度一风流，唱竹枝，苗条清瘦。春江已去，留下里巴人，情如旧，意如旧，子子还如旧。

47. 莺声绕 红楼甲辰春，平甫与予自越来吴，协家伎观梅于孤山西村，命国工吹笛，伎皆以柳黄为衣。

一半孤山白雪飞，西村外，误了回归。年年不断雨霏霏。云烟梅子肥，黄柳柳黄绿色，春风为，剪裁作成衣。垂垂细柳妒腰肢，人前自依依。

48. 鬲溪令仙吕调 丙辰冬自无锡归

花香寄与一路人，草茵茵。只恐东君归去化红尘，未了共天轮。孤山十里半云频，水横陈，漫向长洲运河已平岸，女儿已入春。

49. 阮郎归 为张平甫寿，同日宿湖西定香寺

禅声不尽宿湖西，定香寺普提。一生何以问高低。春莺处处啼。千万载，去来霓。朝朝暮暮笋。梅花落里见香泥，月明逝去溪。

50. 又 寄儿女

平生一半不平生，行行左右行。向前双足自难平。似明似不明。行不止，路难荆，吕今兄吕赢，如今父母自倾城，儿儿女女情。

51. 好事近 赋茉莉

百步一余香，越越吴吴相望，翠翠微微纯洁，只须天花匠。当初只与荔枝尝，心里月有方向。蕊蕊黄黄银羽，瓣成平波浪。

52. 点绛唇 西末冬过吴淞作

燕雁当心，江湖一半江湖雨。暮朝朝暮，处处云烟雾。日月知音，草木阴晴故。应何许，以谁分付，步步人人路。

53. 又 七夕

织女牛郎，人间不在天河岸，雨消云散，喜鹊何飞断。乞巧年年，汉

武王母叹。墉宫半，信傅无乱，玉女心中乱。

54. 虞美人　赋牡丹

春江花月人人好，岁岁年年了。秋风霜雪叶飞潮，不得寻根不得不逍遥。来来去去何时了，日夜知多少。牡丹落了雨云消，入夏莲花自得四时瑶。

55. 又　事与人

西园一半梅花落，自与群芳约。冬春已去似江河，你我他她只是作流波。人生自古何求索，事事人人博。牛郎织女隔天河，又见广寒宫中玉嫦娥。

56. 忆王孙　番阳彭氏小楼作

春秋一半一春秋，江流逝水逝江流。留下江南木小楼。作轻舟，且与风风雨雨游。

57. 少年游　戏平甫

寻寻问问，朝朝暮暮，何以少年游。古古今今，杨杨柳柳，难了父母修。邯郸学步，吕氏春秋，南北运河头。桃叶渡口，秦淮两岸，身在去来舟。

58. 鹧鸪天　己酉之秋苕溪记所见

一代佳人一代佳，荷花玉色玉荷花，芙蓉出水芙蓉净，不见人间你我他。衣薄薄，似无遮。贴身之处久咨嗟。波波水水波波色，只在人前不在家。

59. 又

一半人中一半人，二春已了入三春。群芳争艳群芳色，不是红尘不是尘。

知草木，见经纶。东施记取西施鬟，同样美女同样色，步步行行步步珍。

60. 又　丁已元日

玉在兰田玉在人，西秦泾渭一西秦。秦川养马秦川志，战战争争速度轮。三界里，一天津。英雄自得共厮民。三边永定三边北，日月东西日月春。

61. 又　正月十一观灯

四日元宵节日先，家家户户度田园。灯灯灯火连街巷，女女儿儿不着边。荷正色，牡丹宜，旋旋转转百花鲜。楼堂馆社长生殿，走马灯前问八仙。

62. 又　元夕不出

老老人人老老非，闭门不出闭门依。灯红酒绿时人醉，一首诗词格律归。庭寂寂月微微，嫦娥玉影共湘妃。何须不得三更问，少少年年仍未归。

63. 浣溪沙　元夕有所梦

七彩人间，七彩霞，五颜六色万人家，灯火处处问桑麻。一步黄粱黄帝梦，唐尧岁月五车遮，三千弟子度中华。

64. 又

一步佳人一步斜，芙蓉姊妹半荷花，莲蓬结子作人家。足足尖尖足足尖，圆圆露露玉光华，塘塘叶叶却是她。

65. 夜行船　己酉岁寓吴兴寻梅

暗度香香香度，留疏影，佩环无数。一半吴兴，佳人步步。独见得，应回顾。回首枝枝如不故。自多姿，风轻相互。白雪无声，新衣陪嫁，

应当最是，嫦娥道，佳人付。

66. 杏花天影

紫金山下秦淮浦，小桃叶，当时夜渡。楚吴吴楚半江南，已住。运河舟，不可误。金陵路，行行步步。六朝去，见台城暮，秣陵吴蜀晋隋唐，可数，可思量，不可付。

67. 醉吟商　小品石湖老人谓余曰：琵琶有四曲：濩索梁州、转关绿腰、醉吟商湖渭州、历弦薄媚也。

一半是春归，一半是琵琶曲。是梁州玉。一半关山独，一半商湖腰绿。历弦相促。

68. 玉梅令　石湖家自制此声

梅花雪片，散入溪南苑，梨花面，也桃花面。处处明月色，向背做佳人，疏影在，暗香不倦。飞飞燕燕，当已寻巢遍。花应好，石湖先缱，便寄琵琶曲，莫自问昭君，曾一日，上长生殿。

69. 踏莎行

一半江山，江山一半。人人兴了人人叹，阳关十里玉门关，荒沙不断人烟断。一半江南，江南一半，苏州百里杭州岸，临安望去望长安，百年百姓如何乱。

70. 诉衷情　端午宿合路

秦秦楚楚许衷情，不是九歌声。城池一日交易，六国几和平。春界问，四时行，一春萌。问张仪客，再问

苏秦，谁计民生。

71. 浣溪沙

一半琵琶一半声，五弦未了七弦生。四弦且与七弦鸣。瑟瑟琴琴琴瑟瑟，宫商角征羽之情。人间一半共和城。

72. 鹧鸪天　忆父

忆父中风在户边，窗前有隙不当眠。何为达人对先贤。八十人生人八十，耕耘自在五分田。诗词格律方圆见，源源本本自家园。

73. 浣溪沙　己酉客吴兴灯节后

一半冬梅一半枝，灯灯火火已迟迟。群芳未至聊无诗。步步吴兴吴步，长洲草木已荣时，无须饮酒月明时。

74. 又　辛亥正月二十四日发合肥

别别离离正月天，裙裙带带系郎船。滋滋味味又今年。此问吴兴吴不语，合肥不靠合肥泉，长江一半是江渊。

75. 又　丙辰岁不尽五日吴松作

雁怯重云不肯归，吴松未尽乱胡飞。灯灯火火问春闱。浦口轻舟轻已定，梅花落里雨霏霏。人人不得不依依。

76. 又 丙辰腊得腊花赋二首

一片花香一句诗，东君十里半无辞。群芳一曲作南枝。美女佳人佳美女，娇娇艳艳百千姿，杨杨柳柳已无时。

77. 又

小小梅花小小香，扬扬玉首自扬扬，疏疏影影着寒妆。白雪阳春阳白雪，羞羞躲躲还藏藏，心中只念及三郎。

78.

霓裳中序第一，丙午岁，留长沙，登祝融，因得其祠神之曲，曰黄帝盐，苏合香。又得乐书商调霓裳曲十八阕，皆无辞，乐天诗云："散序六阕"。人间作一雀，落落飞飞曾一诺。直上高高相博，却不道何高，高何求索。疏疏略略。去去来来似如约。应何在，如何如此，一笑一沟壑。辽廓。湘湘鄂鄂，楚楚吴吴都有泽。寻寻觅觅约约。不尽关山，不尽沙泺，与风云独掠。昨日今天明日拓。生生息息，人间当是，不若不如若。

79. 庆宫春　寄姜夔

归去吴兴，长桥寂寞，石湖笠泽渔翁。雨湿云衣，茫茫雁影，不误英雄。倦途朋友，向平甫，商卿寄衷。梁溪铦朴，何惧风云，四合无穷。华堂旧日相逢，一路渔火，一路鸣虫。一路琴弦，诗词精工，夜深篁暖笙空。流波传意，有密约，人人不同。情多情少。只以当时，独步无终。

80. 齐天乐　蟋蟀促织

一声声似声声赋，吱吱不闻相住。促织中州，吴兴蟋蟀，如古如今如许。分分付付。月明月园时，一声三顾。曲曲啼啼，夜凉独自道辛苦。声声自然数数，为谁频断续，无隐无妒。

丝已弦弦，音知隔壁，自有思量无数，何言细雨，点点相呼情，入心同度，见得明光，已声声不苦。

81. 满江红　原词仄韵。曹操至濡须口，孙权遣书曰："春水方生，公宜速去。"操曰："孙权不欺孤。"及撤军还，濡须口与东关相近，江湖水之所出入必以司之者。曰仙姥，改平韵。

不问曹操，问吴蜀，三国古今。千里路，雄兵百万，未可知音，不可知音知不可，孙权且以一书临。以人心，春水去无人，人有心。仙老处，雨云深，秦淮石，波澜浔。遣六丁雷电，别守关林。却见濡须口岸水，已惊天地问英敛。却怎知，一字一千金，非已寻。

82. 一萼红　长沙观政堂

古城荫，已官梅处处，竹菊与兰深，吏吏官官，民民子子，政政经经沉沉。曲石径，长廊折转，听笑语，惊起醉沙禽，一半林泉，楼台一半，步步登临。一路何言谓政，见湘湘楚楚，目及民心。农户桑田，丝绸商贾，情情意意相寻。莫问道，杨杨柳柳，鼓瑟曲，已是二妃音，治得枪柄归附，见得春霖。

83. 念奴娇　寄客武陵什刹海观荷

荷花荷叶，半红绿，一半青莲如数。一半芙蓉初出水，自在朝朝暮暮。姊妹相称，一身成就，一半莲蓬度，连心十子,年年如此如故。珠玉露水分明,已摇摇欲堕,风临分付,欲止还倾。流不得,去了池塘何故,缺缺圆圆,皆因明月色,以观音度,是观音度,人间多少云雨。

84. 又

平生何意,八九十,夜下芭蕉闻雨,点点方成滴滴,自我倾倾许许。不是无平,无平不是,果果因因度,微微细细,成云成水成雾。细细只是微微,以风云自得,轻轻分付。已是天天,行行无止止,作终成步平,平生如此,平生如此如故。

85. 眉抚 一名百宜娇

运河多杨柳,水调歌头,炀帝帛如约,二月梅花落,三春里,青楼人妙相托。不知共毂,不九歌,应不求索,只何以,上下人间路,见和靖梅鹤。湘鄂。江流沙漠,不见云梦水,无故无泊,未了三千载,当今见,沧桑云雨干涸,楚吴已隔,一水连。天地开拓,已南北相通,乘一舸,数城郭。

86. 月下笛

一半红尘,红尘一半,共群芳面。梅花落见,一半香泥香甸。问江南,红白绿黄,有声有色梁上燕。在巢边筑木,喃喃轻语,已闻三遍。玄宗应可叹,误了半江山,上长生殿。杨妃不是,羯鼓霓裳无俏。夜沉沉,冷冷暖暖,独听独见梁上燕,这人生,一半人生,一半天下恋。

87. 清波引

江南烟雨,运河岸,玉妃起舞。岁年无主,步步太湖浦。见得系舟树。柳柳杨杨如房。几何沧浪风流,向江国,问飞羽,寒山钟鼓。近渔火,三三五五,是船家沪,女儿唱金缕。春江花月夜,莫负江湖渔父。项项刘刘秦秦,楚人今古。

88. 浣溪沙

寄吕赢己亥入伏寄来扬州,水密桃。文豪以五万首诗为名,我已十三万首格律诗词,作吕赢家产。
入伏扬州水密桃,中秋八月玉葡萄。重阳九九菊花皋。桂子方成方桂子,风骚格律领风骚。文豪五万已文豪。

89. 法曲献仙音 读史

代代朝朝,帝王将相,才子佳人,朝暮。匹匹夫夫,野庄农户,桑田自己己分付。燕雁客,飞南北,人间不常住,几回顾。半春夏冬无计,谁可度。江山社稷无数,不问不神仙,自如来儒子辛苦。象笋鸳笺,古今书,社会进步。却三千年里,自禹光绪如故。

90. 琵琶仙

吴赋吴都,有人似,旧曲桃根桃叶。烟浦藏户飞花,家船画成赝春不远,姑苏近近,水沧浪,冠缨足涉。十里扬州,三生杜牧,红了夫妾。莫言道,千树桃花,牡丹国,司空见惯睫。都把一襟芳思,月明弦弦丰篋。何上下,儿儿女女,细数时,十五烨烨。未可何以乡关,用情心接。

91. 玲珑四犯

岁岁古今,年年今古。寒山朝暮钟鼓,过枫桥拾得,日月无人主,谁知问寻六祖,菩提时,本应无树,自在如来,观音自在,唯有度仰俯。禅房月明如苦。抱园成守一,不二门户。以慈悲步步,不逐黄金缕。枯荣草木经年易,是人道,天涯渔父,三与五,玄元里,王朝大禹。

92. 侧犯 咏芍药

一朝一暮,玉珠总在扬州住。微雨,点滴点圆圆,作明度。人桥二十四,总是笙箫误,相顾,却是那人情,笑相顾。琼花半吐,千万谁分付。应步步,且寻寻,香气有来路。后面花园,月明如数,隐隐形形,也无相互。

93. 水龙吟

中秋月色中秋,三潭印月三潭住。瀛洲左右,瀛洲内外,瀛洲百步。勾践西湖,夫差西子,吴宫相许。范蠡何所去,经商岁月,何事顾,何人顾。一里白堤千度,半平湖,钱塘分付,嫦娥在此,婵娟在此,如如故故。越越吴吴,莫愁小小,念奴人赋,自来去去,年年岁岁已然如故。

94. 探春慢 故家乡

八卦山城,山城八卦,浑江南北分布。章樾成县,清朝末令,作得桓仁一故。应记少年事,四野阔,江滩沙路。

屋前房后花园，樱桃山楂树。一字三问草屋，门前架葡萄，一井分付。祖父胶东，关东创业，八十行医无数。子女已留下，五六代，如今如故，随日随月以家隋国步步。

95. 八归 湘中送胡德华

知君日月，知君西去，西去独独步步。阳关唱罢何三叠，听得二妃苍梧。如吟如许。送客重寻西去路，见蜀女琵琶分付。可记得，一处沙鸣，总付与朝暮。长是离离别别谁人谁事，只对今如故。六州歌头，影移人远，缈缈茫茫如鹜，想昭君塞外，尚有单于曲中顾，阴山月，李陵何处，未了玲珑，玲珑苏武赋。

96. 解连环

问梅花雪，阳和先占取，暗香无绝。独傲影，似雪非雪，柳永以之词，解连环说。寒里三弄，庄子曰，适越连环，以根根不叶，可解是时，立春冬结。东君水仙杜若，有温风度之，月有明灭。可记得，心蕊玲珑，素英纳幽光，总统结结。水驻春回，且寄与，无言轻折。待桃李、杏梨再约，作长春节。

97. 喜迁莺慢 官二代

名门望族，自天下，本已非同竹木。幼小知天，风云际会，家国国家成目，海角路，天涯步，化作初心相逐。以身力，以思量，杜断房谋研读。民仆。留意处，人不高低，五五瓦瓦蓄。万里长城，黄河万里，见得运河连渎，六朝此如分付，了以秦

淮重复。望天竺，问儒书，一二三生和睦。

98. 摸鱼儿 又 农二代

小田家，小人庄户。农夫农业农户。税年年税公粮早，何不见江南数。刘项度。只应道，原来刘项无归路，未央步步。不必设鸿沟，屯兵垓下，不及张良顾。秦皇去，四面楚歌，分付，娥媚今古相住。虞姬吕后同秦汉。脉脉一情谁许，应不住。君不见，有成无败皆云雾，辛辛苦苦，三千载江山，谁家社稷，桑柘可如故。

99. 自度曲 又

扬州慢

一代诗人，京都巷口，书生一半书生，未名门望族，有家舍农情。随关国家家国路，趋趋步步，步步前行。二人天，撒捺应成，方圆自名。扬州城里，数琼花，又得箫箫声。二十四桥边，瘦西湖好，炀帝人惊，好好头颅难再，隋炀柳，共运河声。念城前红药，年年如为谁荣。

100. 长亭怨慢 予喜自制典，先长短句，后律五声而成

一生路，朝朝暮暮。十里长亭，十里步步。柳柳杨杨，风云风雨又风雨。去人多矣，秦汉去，隋唐顾。一度一英雄，也会得寻常度。如故。有高城不见，却有青山无数。三郎去也，怎记得，玉环分付。第一是，快马加鞭，荔枝熟，长安天赋，是同路非非，也是非非同路。

101. 淡黄柳 客居合肥南城赤栏桥西

阡阡陌陌，来去行行客。有水江南江北泽。自是情情脉脉，何以长江合肥碧。一丝帛，三春半花隔。黄梅戏，竹心屐，向梨花，近过清明白，去去来来，问清明雨，何以微微莫莫。

102. 石湖山 寿范成大，成大号石湖

千年长寿，万年古今求。朋友朋友。须见石湖仙，饮三杯，方知蚁酒。浮云安在，水自去，一川杨柳。客与，向世间，几度回首。重阳不重岁月，有黄花，成城九九。见说阴山，永定边云叟。直下黄河，唱单于否是章太守。应约口，明年再度君右。

103. 暗香 辛亥以暗香疏影寄石湖

石湖一友，月下寻杨柳，梅花园口。见得玉人，意意情情自难守。楚楚腰腰细细，百态里，千姿心妇。学小女，豆蔻年华，成大可知否。扬首，望北斗，七星有一余，是腊梅首。一香一口，一公一叟。弦月如钩与君糇。何须人人留恋，久久握，云天天手，接片片，留下蕊，不然饮酒。

104. 疏影

鸣禽小小，与梅花好好，日暖多少？白雪阳春，尚有余寒，有言有语无了。东君已见东君问，先分付，有茵茵草。正铺成，一载芳园，一度一花千草。犹记梅妆旧事，那人仰面睡暗羽谁

晓，目目眉眉，色在其间，女女儿儿不老。云云片片随风去，却不愿，玉山飞鸟。待香至，觅觅寻寻，直入得蓬莱岛。

105. 惜红衣　吴兴号水晶宫，荷花盛丽

陌陌阡阡，阡阡陌陌，柳杨荷泽。十亩莲花，芙蓉玉成客。心中有子，丝丝路，蓬蓬分隔，绸帛，高树晚蝉，池塘应成册。佳人石白，一路香城，红衣半红籍，随情有意脉脉。见天碧。可惜去年来此，只与梅花品格。是今年今日，三十六陂应硕。

106. 角招

一春瘦，三春瘦，树方肥，处处垂柳，向西湖出口，记得问君，居易何守，钱塘已久，涨一寸，西湖三手。尺寸相连知否。过三十六离宫，教人回首。谁有一衣一袖，吴吴越越，见得人间守。小瀛洲上走，望尽孤山，湖心亭后，无分左右，见处处，春心如酒，叫化鸡声有偶，问谁识，宋城前，西泠友。

107. 征招　五音以音而转者，易也

潮回不问西陵浦，扬扬是非龙虎。汐落几何时，黍离成今古。平生无自主，只赢得，不闻渔父。步步长安，汉时刘项，古今如数。三五。问中山，重相见，人间风风雨雨。一曲黄金缕，玉门关外宇。阳关三叠五，莫孤负，西天钟鼓。佛儒道，漠漠文华，莫以知音俯。

108. 自制曲

秋宵吟越调

望天空，问地老。见得杭州小小。姑苏女，短短一兰衣，玉壶多少，惹飞飞，小小鸟，自是声声无了。肌肤白，手手似红酥，以春知晓。语语侬侬，作草草，轻轻是好。卫娘应在，崔护方来，两岸运河葆。如此人情早。一半江村，幽幽绵绵，约荷塘，月色明明，如此如彼悄悄。

109. 凄凉犯

听梅花落，东风起，群芳一片求索。草茵四野，红尘八面，一时飞鹊。和靖有约，鹤子梅妻情不薄。似不得，荣时荣也，凄凉调中略。不以琴声去，角犯丝弦，以花行乐。冬梅去了，见春梅，四时红萼，处处光华，自春自秋南北若。女儿问，眉中一妆，过楚鄂。

110. 翠楼吟

草草洲洲，鹦鹦鹉鹉，知音已闻黄鹤。长江流汉水，一龟一蛇曾川壑，神仙求索。故日与之游，今闻其约。高山若，子期临水，伯牙相托。一阁，只可登临，不可随云落，与天相博。十三重天上，见芳草萋萋交错，晴沙荒漠，对故国春秋。曹操曾诺，孙权拓，晚来刘备，借荆州跃。

111. 湘月

君山一约，已经年旧事，苍梧云岭。见得中流，击楫问，一叶轻舟入境，竹泪湘灵，娥皇女英，鼓瑟山川影。苍梧落下，舜已点点心领。江上江下江青，峰峰带雨，乱点波波屏。逝水向东，多少浦浦冷冷。柳柳杨杨，梅梅桔桔，岳麓山前影，长沙已好，汨罗九歌谁省。

112. 小重山令　自述

读读书书一帝城，慈乌成对立，几公卿。玉阶端笏不言情。天日度，二万暮朝生。二十载公余，一万日一重续，更亲平。风花雪月计行程，十万首，人下地上明。

113. 念奴娇

孤山妻鹤，一处士，一世人间朝暮，自得人生人自得，步步寻寻步步，有有无无，无无有有，自度自分付，向林和靖，如今故古如故。人间日月人间，以天天计量，天天朝暮。七十年中，曾计道，二万五千天数，八十年中，应当三万日，一天天数，如来普渡，知途知路知步。

114. 卜算子　吏部梅花八咏次韵

一半暗香身，一半梅花路。一半人生一半春，一半行行步。半是红尘，一半寒中度。一半初心一半人，一半天公赋。

115. 又

一半共群芳，一半梅花落，一半寒寒一半凉，如此如相约。一半作泥香，一半成花萼，一半径纶一半妆，知地知天诺。

116. 又

一步一孤山，西子西泠路。步水沉亭上暗香，不尽凉观赋。竹阁玉门关，玉影人分付。南北东西一片红，只在人间度。

注 西泠在孤山西，水沉亭在孤山北。凉观在孤山麓，竹阁在凉观西。

117. 又

十里一梅坞，百草群芳护。半在杭州半在吴，小小红尘误。碧玉碧姑苏，西子西施赋。自是江湖自是吴，处处香香度。

118. 又

一载作香泥，二月梅花落。一半风流一半低，岁岁何相约。不顾鸟空啼，留下香花萼。暗自成流暗自溪，不以何求索。

119. 又

一半小桥旁，一半黄天荡。一半云光一半塘，独寺孤方丈。一半夜禅房，一半无方向，四野空空自自香，如是朝天望。

120. 又

碧玉小家娘，信女墉宫望。一度眉间一度妆，已是深宫样。处处自留香，影影姿姿仰。不到扬州不到乡，只与琼花量。

121. 又

一步一芳香，三界三生量。一路行一路长，三夏三冬将。白雪入心房，素玉寒模样。不误东君不误妆，嫁女红尘怅。

122. 洞仙歌　黄木香赠辛稼轩

谁言见得，压架酴醾，绝不是湘蕤春梅节，似平沙鸥鹭，羽翼丰丰，琼花满，枝叶枝枝浦彻。东山应问月，北海波涛，谢女云中淡如雪。一步一幽幽，一路娇艳，只作得，任人堪折，更见得，折不折无情，黄龙木，桃花不与优劣。

123. 蓦山溪　咏柳

官官柳柳，日日天天友。一路一长亭，垂垂色色，宫庭门首。南南北北自在自西东。常俯仰，未开口，不肯随风走。运河太守，帛易隋炀柳。上下几千年，水调里，人人手手，离离别别，总是折难留。行也否，止也否，缺缺圆圆否。

124. 永遇乐　次韵辛克浦先生

处处先生，先生处处，如此如此，事事人人，人人事事，是是非非是，何须见得，见得何须，处处时时彼，细微里，同同异异，无休无了无止。先生处处，处处先生，物物时时老子。一二三生，年年岁岁，去去来来已。桃桃李李，梨梨杏杏，多少花花叶尔，这无尽，因因果果，不是人间历史。何相似，繁繁简简，似桃似李。

125. 虞美人　括苍烟雨楼，石湖先生造似越蓬莱阁

蓬莱岛外蓬莱岛，烟雨知多少。吴吴越越运河潮，各半家乡各半石湖雕。蒙蒙未了茫茫好，内外无知道。渔樵之外问渔樵，十里江山五里有舟桥。

126. 永遇乐　次稼轩北国楼词韵

今古江山，江山今古，朝暮朝暮。岁岁年年，年年岁岁，去去来来度。天天日日，天天夜夜，一半是谁分付？有成败，荣荣辱辱，却无日月何顾。千军万马，似狼如虎，只是阴山一步。夜望金戈，挑灯看剑，未了英雄之路。李陵也，幽州李广，逝流水北固。

127. 水调歌头　富览亭永嘉作

日落高山远，水逝向低流，沙平汐退千里，省略问潮洲，富览亭中富览，沧海桑田沧海，无止亦无休。何须何人问，一浪一回头。经冬夏，知日月，见春秋。长城南北分界，此有运河舟。两岸杨杨柳柳，却似永嘉草木，不以觅封侯，作得山河客，今古寄悠悠。

128. 汉宫　春次韵稼轩

一半姑苏，一半吴门外，一半江湖。淞溪乱飞燕子，时有落凫，黄天荡里，洞庭山，望尽差殊，不总是庐去后，从君三顾茅菰。老君高怀如梦，李白吟蜀道，作了狂徒。风云日月来去，领客难图。中秋八月，寻桂子，见得潮趋。何不问，纯鲈相脍，醒醒醉醉相扶。

129. 又　次韵稼轩蓬莱阁

越越吴吴，已有三弄曲，万物扶苏。

梅花落时寄息,向小桥姑。苎萝不见,在眼前,玉玉姝姝,红酥手,兰巾贯头,衣下始觉飞凫。渔夫不是渔夫,是英雄念远,怀抱龙图。江湖里里,见来水鸟相呼。千年一笑,水月中,步步趋趋。千百度,秦碑汉宫越殿,不在江湖。

130. 点绛唇　寿

老大生平,长寿字里长寿守。始皇朋友,欲欲人人有。白白明明,岁岁年年久。应知否,不须回首,去去来来走。

131. 越女镜心　别席毛莹

一水钱塘,杭州湾里,入海富春同步。镜底念心,江青如玉,彼此人生之故。向秋风对春云,朝朝暮暮雨。运河水,柳杨岸,荷花百度。流萤逝,月色依依顾顾。八月已惊潮,向天歌,对地倾许,故国情怀,以波潮,上下分付。但已落千丈,只作深潭归路。

132. 月上海棠

黄花有约,只与茱萸讬。竹菊兰绰。雪成层,一层红枫薄。自然富贵天姿,留下是,莲蓬求索。云云雀雀,落叶与之欢跃。进入重阳日,秋风肃,山山水水壑壑,已川流而去残留花萼。结子如此为何,易菲芳,似成时序,梅花落。只有冰霜如若。

133. 浣溪沙　己亥入伏儿自上海寄水果来。

小枣蝉声小杏桃,枇杷上海荔枝袍。儿儿女女寄心曹。远远遥遥情情近近。

京城法国塞河涛。英豪自古自英豪。

134. 汪莘

水调歌头　月

古古今今月,去去亦来来。人人事事天下,逝水不知回,见得成成败败,见得荣荣辱辱,见得日相催。见得驱名利,见得逐天台。知朝暮,朝前路,莫徘徊。春花夏雨秋月,一度一冬梅。唤起群芳又盛,又见杨杨柳柳,处处不须猜。缺缺圆圆度,上下以弦陪。

135. 乳燕飞　采楚词

采楚难回首。九歌声,谁言九辩,何温重九。已望成都成已望,蜀相祠堂孤负。魏蜀问,吴人思偶。独向金陵还建邺,石头城、杜若和杨柳,以秦淮,秦皇后。人人见得天高厚。口口这江流,头头尾尾,陶唐何有。楚国山上听鸣年,已在庄王左右,以帝子、文章太守。项项刘刘封不定,一张良,项伯何出手,鸿沟岸,君知否。

136. 又

一曲梅花落,向群芳,阳春白雪,东君有约。日上洞庭山草木,酸梅枇杷关绰。太湖水,吴淞江泊。面向红荷三万朵,人八十、三万日若。步步量,一生略。秋冬春夏何飞跃,四时循,谁余风月,不飞黄鹤,却上得滕王阁。见九脉,浔阳云掠。已以高山流水问,向单于,琵琶声里博,今古路,多求索。

137. 浪淘沙　自述八十自六十后七千三百日,格律诗词七万首。

一岁一秋风,一度飞鸿。南南北北是西东,两足行行行两足,左右成功。一步一精工,一路身躬,人生俯仰再由衷,日日年年日日,格律成翁。

138. 沁园春又

春至逝伤春,秋逝伤秋,水逝水流。已年年岁岁,朝朝暮暮,辛辛苦苦,一路前行一路修。随家国,任风云日月,度度春秋。江流问得江楼,步步是,人间一莫愁。一心不在,一度春秋。一度春秋,春秋一度。古古今今古古求,先贤在,作先贤达者,上岳阳楼。

139. 满江红　谢孟使君

楚楚荆荆一江水,天门之路。风云下,千年如此,千年如故。不断江流江不断,汨罗不与汨罗住。唱九歌,不改半潇湘,何朝暮。谢丝竹,桓家寄,三闾许,直君山未问,以长沙赋。屈子难鸣难贾谊,骚人不与骚人度。自西东,自有得高低。春花雨。

140. 又自赋　一九四二至一九六九至二〇一九

已是重阳八十岁,黄花步久且待到,明年花发,以京畿赋,处处声名声外外,先贤达者先贤住,这古今,十三万诗词,经纶顾。五千载,何不误,七十载,中华故。共和国成立,跟随朝暮。作事作人随日月，家家国国应分付。自无言，格律作方圆，人间度。

141. 浣溪沙 又

自我言行自我明，无声不是无声。人生百度百人生。八十何知何八十，情情未了未情情。平平逝水逝平平。

142. 又

别别离离一半生，分分合合万千情，来来去去几时惊。客客夫妻夫客客，圆圆缺缺月弦明，钩钩割割日难成。

143. 念奴娇 寄孟使君

运河杨柳，一水色，南北通州无断，一半江南江一半，六渎江南一半，过了秦淮，姑苏同里，直到扬州岸。天堂似也，幽州齐鲁河畔。自古秦赵长城，问英雄好汉，何言好汉。战战争争，都造成，天下人间之乱。一曲单于，阳关三叠唱，有琵琶叹，黄河南下，阴山连到娃馆。

144. 暮山溪

长亭杨柳，一路谁知否。有想有思量，曾记取，文章太守，书书剑剑，岁岁半春秋，重阳九，惊回首，大海江河口。行行走走，走走行行走。有迹有成就，以步步段，天高地厚年年岁岁，又暮暮朝朝，应持久，自持久，日月人间友。

145. 生查子

春来春色来，秋去秋风去。一水一东吴，千日千西楚。群芳已半开，百草无三序。处处有江湖，处处无言语。

146. 感皇恩

水水一江南，花花草草。雨雨云云自渺渺。楼外楼见，西子西湖小小。向三潭印月，瀛洲好。不系轻舟，无声宿鸟，柳浪闻莺约多少，西泠印社，居易白堤谁晓，东坡太守老，钱塘道。

147. 忆秦娥

何消息，秦楼已向秦娥忆。秦娥忆，穆公老子，有秦川力。秦川八百里无极，周公八百年知我，年知国。凤凰萧史凤凰天翼。

148. 点绛唇

出水芙蓉，婷婷玉立婷婷胜，已蓬蓬命，子子心中正。碧碧青青，水水明明镜，红红映，一身清净，白白卿卿命。

149. 菩萨蛮

长洲路路长洲好，扬州步步扬州老，已见运河桥，何寻同里潮。钱塘江水淼，六合人间小。吴女楚腰条，越儿吴玉箫。

150. 桃源忆故人

春春已度秋秋度，日月经纶住。腊月梅花相顾，当夏荷塘付。蓬蓬结子心心苦，自是扬扬分付。且把四时相数，人在前村路。

151. 浣溪沙 手足胼胝

半在云中半在家，阳春白雪万梅花。春风已自到天涯。一二三，三二一，元元道道正无斜，如来舍利子桑麻。

152. 点绛唇

逝水东流，东流逝水东流去，楚吴吴楚，一路千波语。日月幽幽，自以东西序。高低处，江南女，寸风无阻，已约心心许。

153. 汉宫春

腊月冰心，只有梅花弄，已是多情，以风流性疏影，自暗香行。可怜儿女，折三枝，细语轻盟，温柔里，东君见得，精精自是英英。日月年华如梦，唤取群芳百草，色色明明，似有姚黄未得，桂子继生，花中隐者，水仙姿、兰花三更。应仔细，酝酿成性，琼花白雪层层。

154. 菩萨蛮 一九七八年梦渔

高高山顶高高壁，深深鼎镂深深枥。觅觅水中鱼，寻寻京府居。鞍山鞍马绩，郭雅卿妻寂。译子译千书，京城京万余。

155. 小重山

小小情怀小小春，一红重一绿，见时人。群芳簇簇又鬈鬈。何与我，知道正冠巾。三弄见红尘。其香香不尽，作经纶。东君见得牡丹晨，珍珠露，成就太阳邻。

156. 聒龙谣

一岛蓬莱，三山琼阁，玉石纯纯白白。半在成周，亦阡阡陌陌，似如来，自是人间，水月里，丝丝帛帛。莫踌躇，伟烈丰功，天知晓，注成册。故人少，八仙客，玉壶倾自饮，当疑太白。文昌不问，以金星传泽，共云将，飞翼扶摇，海天中，鲲鹏玄脉。见蟠桃，凤羽龙鳞，确无相隔。

157. 水龙吟

蓬莱一半瑶台，瑶台一半蓬莱路。仙仙洞洞，云云鹤鹤，鸥鸥鹭鹭。渺渺蒙蒙，奇花异草，细烟微雾。是人间仙境，琼楼玉宇，天上下，黄粱度。由得王母分付。以墉宫，汉武相顾，牛郎织女，银河分岸，不倾不许。阮肇回乡，原来难就，神仙如故，人神共在梦中朝暮。

158. 水调歌头

水调歌头唱，一路忆隋炀。头颅好坏评说，留下运河觞。见得扬州玉女，二十四桥上下，柳柳有低昂，不是长城石，六国问秦皇。运河岸，长城漠，几圆方。山山水水文化俱是故家乡。一半温柔商贾，一半雄刚逐鹿，和战久猖狂。自以三千载，治国治平章。

159. 又 自述 一九四九至二〇一九

我中有农家子，读学射天狼。前行见历家国，感遇上天堂。一带中华一路，自立初心日月，世界已称强。七十年中步胜出向东洋。民发奋，人自立，风光扬。二零一九当是世界国运昌。且以诗词格律，且以方圆尺寸。一步一南洋，步步慈悲客，步步自荣光。

160. 又

大禹知传夏，稷契不重来。商周继而秦汉，日月未相催。自向东西南北，自是朝朝暮暮，何处惹尘埃。自以如来作，自在自心开。望明月，知日色，冠崔嵬。英雄出自年少一度一天台。三十当然自立，四十人生不惑，五十命中裁。六十从花甲，七十不徘徊。

161. 又

读学人生路，见历遇知章。行行止止其感，一步一天光。格律诗词日日，尺寸思量处处，草木共群芳。自古三皇问，五帝一商汤。古今问，天地界，一圆方。房谋杜断家国治世炎凉。见得运河南北，见得长城内外，见得问隋炀，见得问秦皇。

162. 又

八十人生路，三万日天书。十三万首诗赋，夜夜苦无余。自立殊途苦苦，格律诗词步步，不以富贫居，日日应坚持，夜夜笔耕锄。初心在，初心佛，作心初。华严经卷居易一度一三阁。见得汨罗屈子，见得长沙贾谊，见得相如。鼓瑟湘灵见，云卷向云舒。

163. 又

一见桃源洞，半问首阳城。金金石石分别，玉玉自难明。当以初心立志，当以先贤穷达，当以持平生。二子浮云外，万里孟津行。观天地，寻日月，问枯荣。年年岁岁坚持治水治田萌。自是农民子弟，自是颗颗粒粒，一寸一人情。每亩三斤籽，五千高粱城。

164. 满江红 赋唐诗宋词者

唐宋王朝，全唐诗，全宋词赋，五万首，全唐诗者，古今诗顾，二百二千人所著，先贤三百年中数，一文华，留下寄康熙全唐付。全宋词，长短句。唐之末，同朝暮。一年三百士，二万词数。古古今今今古古，方圆格律方圆度。佩文规，射之就毂言，诗词赋。

165. 又

唐宋王朝，六百载，各成一半。治器焉，射之就毂，古今华汉。五万唐诗唐五万，宋词二万宋词翰。已成蹊，以李李桃桃，文华冠。李白问，居易见，杜甫也，前三算。宋东坡第一，次稼轩叹，醉醉醒醒天下路，大江东去应无断，佩文斋，格律韵音规，重头看。

166. 水调歌头 又

试举隋炀帝，七位状元郎。隋唐自此开始，格律作书香。水调歌头一曲，处处江南杨柳，一路运河长。两岸红荷色，四面百花香。诗词赋，唐诗句，宋词量。成格律音韵一字一圆方。古古今今之鉴，去去来来已易，两代两炎凉，留下诗词赋，老幼作华章。

167. 沁园春　忆黄山

三十余峰，三十余溪，百渚百洲。自云舒云卷，烟烟雨雨，山林草木，日日风流。绝顶临川，孤岸对谷，瀑布由天自在游。人已得，上下何俯仰，作状元头。前寻黄帝浮丘，后玉枕、仙家一洞留。向龙潭虎穴，天公造物，丹炉已冷化石春秋。且问渊明，桃源洞口，天下人间二九州。应晓得，是山前白鹿，畔后青牛。

168. 又

不到黄山，不问黄山，处处雨烟。必衣衫尽湿，云云雾雾，珠珠露露，叶叶如泉。步步蒙蒙，茫茫路路，一望凌空一望川，平峰谷，不平前后跬，切莫临悬。幽幽意守丹田。不远处，仙炉余点缘。向龙潭取水，潮头净玉，沧沧浪浪，对话先贤。谁是行贤，三皇五帝，自是人民民主天，今古道是桑田沧海，沧海桑田。

169. 行香子

暖暖寒寒，渭水长安。武陵源，水无波澜。先秦土地，后汉衣冠。几树梅花，百步竹，九叶菊，五枝兰。溪溪湾湾，流流泛泛，一孤峰，水渚银滩。人生老小，步履心丹，似可同行，似可止，似难安。

170. 行香子

一石溪边，一石川前，一石白，一石当然。当然一石，岁岁年年。一石山中，一石水，石中泉。今古古古，朝朝暮暮，已天轮，沧桑，如何如此，不尽方圆。自是方圆。目同照，月同弦。

171. 水调歌头

三十六峰路，三十六溪湾，云云雨雨天下，独此一黄山。看了黄山不看，不比黄山不比，步跬步不还。已在天涛里，人在雨云间。奇松石，多碧玉，少红颜。龙鳞驳驳松栢节节自斑斑。处处烟烟水水，处处荣荣色色，处处可清闲。不见巢由客，禹夏立朝关。

172. 鹊桥仙

人前安石，家中居易，事后初心百度。东吴一半在姑苏，问勾践，夫差何故。水仙如故，梅花如故。如故何非如故，朝朝暮暮是非同，日月里，无无故故。

173. 又

云中是云，云中非雪，是是非非雪雪。梅花一树一梅花，是非是花花雪雪。真真是雪，真真是雪，似水似花似雪，真真假假假真真，易中易，风云雨雪。

174. 沁园春　家乡

五里桓仁，南北西东，八卦小城。有浑江一水，环环抱抱，行行百里，鸭绿江平。五女山中，高丽古堡，作得王都作汉城。三千载，古今今古见，一路华荣。民生自以民生，挂牌岭、兴安岭下清，以山峰入水，风流草木，浮萍两岸，自得枯荣，一半江青，五分花草，此是辽东此是情，南江沿，西关天后村，是少年行。

175. 杏花天

李白居杏花天里晓，细雨露，珍珠多少。阮刘已去天台老，留下仙人好好。五百载，仙仙道道，一二三，无无了了。青莲居士何不早，只是夜郎草草。

176. 又　有感

美人一半姑苏住，虎丘外，三吴分付。同里富土应知度，碧玉向，风流朝暮。剑池玉带桥边误，角直巷，兰衣相许。肌肤白皙红颜妒，见得人人苦苦。

177. 减字木兰花

梅梅雪雪，月月圆圆弦缺缺。水水江河，万里东流万里波。波波折折，不绝江青峰不绝。一路蹉跎，一路磋跎一路歌。

178. 西江月　赋红白二梅

白白红红白白，红红白白红红。香风不尽是香风。自以梅花情正。素素颜颜素素，由衷碧玉由衷，东君不去有春风，色色姿姿有性。

179. 又　赋红梅

白雪寒中白雪，冬梅三弄冬梅，香香不尽自徘徊，唤取香雪海。百草群芳百草，天台七色天台，红颜自得自春梅，作得红颜共彩。

180. 又

独树岭南一帆，群芳见之天台，暗香浮动玉人来，由得东君主宰。素以寒中三弄，红颜淑女花开。姿姿豆蔻以春栽，相就人心常在。

181. 卜算子　立春日赋

立日立春情，梅月梅三弄。见得花香见得萌。一度凰求凤。一岁一枯荣，千顾千人众。半壁江山半壁生，谁作谁人梦。

182. 南乡子

一户一家烟，半谷半川岭田。坝子平平平平坝子，泉泉。寸寸源寸寸怜。有水有莲莲，偶偶丝丝自在连，女女儿儿儿女女，乾坤，见得方时见得圆。

183. 好事近

有下里巴人，也有阳春白雪，最是人间世界，处处有豪杰。江湖风静吴淞月，上下弦圆缺，一篾一丝一夜，独自离又别。

184. 又

作客已三年，朝暮暮朝朝暮，梦里镜湖云雨，有峰青无数。长亭无尽少年行，多少柳杨树。今古古今人度，步步条条路。

185. 生查子　春晴

天空不问天洞实无寻洞。一虎立山川，百鸟同朝凤。人人七尺田，子子三成众。上下月弦弦，彼此情如梦。

186. 好事近　春有三易，曰孟仲季，天分四象，曰晓夕昼夜。七篇

一度水仙开，二度是梅花落，见得立春轻暖，与群芳有约。三冬已去始东风，小女衣衫薄。昨夜一轮明月，只向红求索。

187. 又

处处有春莺，自是空啼朝暮，最是西湖柳浪，与鹧鸪相住。声声啄木鸟行医，复复重重度。柳柳杨杨树树，不以春分付。

188. 又

一度一群芳，如去如来如故。杏杏桃桃李李，子子初心住。东君不在荷风在，碧玉已分付。花落燕飞云雨，老了是朝暮。

189. 又

春春不觉遥，处处闻啼鸟。自是自空啼，何以何时了。清明清小桥，寒食寒心小。一水一波潮，三界三知晓。

190. 又

岁岁年年，朝暮依然朝暮。一半春风一半，一半黄昏雨。霏霏细细寒食，燕子望还住。两两三三日后，再下清明雨。

191. 又

晓夕阳自分明，昼昼无边成性。不以头头尾尾，是居中而定。当天日月当空见，自如此如镜。同了云霄玉宇，共了人间百姓。

192. 又

一二数三三，三二一还重数。孟仲季春已去，夏时还重数。四时四象两仪故，八卦八爻度。事事人人物物，去来千万数。

193. 洞仙歌

黄昏夕照，五湖渔公好，分得青青洞庭草。洞庭东山顶，日落西山姑苏巷，同里唯亭飞鸟。东西山上竹，白果枇杷，有碧螺春茶香道。十里有余情，越馆吴宫，一叶轻舟，谁唱晚，虞姬应晓。终不如，何以问寒山，步行步枫桥，尽初心了。

194. 乳燕飞　清明日

细雨霏霏，露半云烟。云云雨雨，朝朝朝朝。一步姑苏一步，柳柳杨杨一路，以帛易，隋炀分付。一叶轻舟飞不去，望荷塘，见得芙蓉住，应见得，尘中误。无衣不顾千百度，入人间，羞羞顾顾，无遮护，不道心中无子女，只有思量不误。共岸草，鸥鸥鹭鹭，怯怯红颜红怯怯，三尺蓬，玉立婷婷渡，舟影里，船娘妒。

195. 八声甘州

北水南下度运河天，柳杨共桑田。荷塘已留明月，碧玉青莲。寻得蓬中十子，江湖满云烟，船上一船主，新女儿船。隐隐洞庭山下，一望知一望，何了心弦。慕青山有意，绿渚思泉，这年华，似沉浮水，似天涯，还似在身边。销魂处，舱中舱下，

过了前川。

196. 浣溪沙

水上青青水上峰，芙蓉外外玉芙蓉，谁封故步故谁封。白日青天青白日，红踪赤色赤红踪，莲蓬结子是相逢。

197. 满庭芳

处处江河，江河处处，处处总是波潮。西东流去，一路一云霄。曲曲弯弯折折，千万里，处处桑苗。湾湾水，依依就就，总是日昭昭。高低高不去，恩恩泽泽。隐约渔樵。以巢由而见，四皓难消，借口山高水阔，逢时也，一代天娇。天娇子，谁言草木，不得不逍遥。

198. 谒金门

梅花落，落了梅花谁约，不是阳关三叠博，甘州天下略。多少人间喜鹊，朝暮声声如若。已是嘉言嘉语诺，心心多少索。

199. 玉楼春　赠别孟仓使

探探寻寻梅不断，香香雪雪江南岸。红红绿绿运河边，柳柳杨杨玉水畔。一夜溪流花已乱，桃桃李李皆兴叹，船娘一世一钱塘，只待刘郎应达旦。

200. 江神子

鹧鸪唱尽大江东，老诗翁，夕阳中，古古今今，人事有无中。八十年华三万日，公已尽，自由衷。十三万首不称雄。有春风，有秋风，格律方圆，日月自无穷，随着国家行不止，空色色，色空空。

201. 满庭芳　寿金黄州

云梦无边，荆门有限,已见沧海桑田，向黄州守，见处处清泉。已是金汤北固，纶中正，羽扇重天。知多少，今今古古，赤壁作前沿。周郎遥想处，东风料定，徐庶知然。百万雄师矣，吴蜀难全，诸葛草船借箭，黄盖辱，火字当天。精英也，精英今在，作此作先贤。

202. 哨遍

上华子冈，问裴迪路，已了一朝暮，处处一山中。木成林，亦云亦雨，北涉灞川，南及环八水，洛阳城外曾分付。闻得鸟鸣涧，不见杜宇，鹧鸪处处声声。有心中彼此匹夫情。两三户家桥水清。鱼游池静，客作水峰，同千百度。望俯仰枯荣。由衷自得自声鸣。天高地厚住。有来无去云英。只一半春秋，三三两两，村村社社垂维树。有出水青龟，点溪白鹭。垂流成潭方妒。雌无飞，自有蛙鸣许。是雨雨烟烟又成雾，不成行止不成步。藤藤缠绕乔木，处处知所护。是中物物殊殊，相克相互。亦倾亦许。独孤孤独独任书书，宰相山中王维故。

203. 曹彦约

满庭芳　寿妻

六十生平，生平八十。独尽二十年华。夫妻离别，不作一人家。你我他中世界，天下路，过了天涯。南洋渡，巴新赤道，问木槿红花。是朝开暮榭，朝朝暮暮，大浪淘沙。有江洋落日，闷闷牛娃。也有丛林芒果，分两季，旱雨云霞。何回首，初心不远，近处有蒹葭。